過去總以為我是那個陰暗潮濕的山洞裏的獨行者，
想不到在我前面已經走過了那麼多的朋友。他們無畏地前行，
用誠實做他們的前導。他們除了忠實內心的聲音內心的愛，
不懂得向任何強暴低頭。他們即使倒下，
也不會忘記給後人留下照明的火把……
火種就是這樣留下的，火把就是這樣永不熄滅地燃燒的，
民族的魂靈就是這樣的代代相繼的……

——題記，摘自作者長篇小說《麗娃河》

中國八十年代文學歷史備忘

李劼 著

引　言

　　中國二十世紀 80 年代，與其說是作為對一百多年前所謂洋務運動的以改革開放命名的回歸載入史冊，不如說是一次由當年的北大《新青年》和清華國學院交織而成的五四新文化精神的復甦，並且被人們訴諸了狂飆突進的激情。許多年過去之後，人們緬懷起這個年代，無不百感交集。

　　遺憾的只是，眾人一時間還想不到用文字去搜索自己的記憶，給今人及後人留下一份備忘錄式的歷史記載，致使一些過於利慾薰心的學者覺得有機可乘，編出一本本改頭換面的史論文論。書中刪去了許多當年眾所周知的人物及他們的代表作，然後在那些空出的位置上，安放了一大半編者在海外東亞系搭識的關係戶。就好比魯迅研究弄到後來只見研究者不見魯迅一樣，所謂的二十世紀文學史論編到後來只見編者，不見史論。就此而言，歷史備忘有了十分重要的史實意義。人們也許大都記得，以前的中國文學史曾經有過活埋不可忽略的詩人，作家和評論家的先例。不過，那種活埋因為出於某種政治原因，一旦其原因煙消雲散，被活埋者便不可阻擋地一個個從墳墓裏現身出來，打著呵欠重見天日。那樣的活埋雖然很可笑，但人們卻怎麼也笑不出來。因為他們由此想到的是無以計數的令人唏噓不已的悲劇故事。

　　相形之下，如今的這種當眾活埋，則由於全然是出於活埋製造者的一己私利，而成了一幕令人捧腹的笑劇。這種欺世盜名的喜劇性在於，當事人一個個還好好的健在，有的甚至依然充滿創作的活

力，人們還沒想到為此建立什麼紀念碑，那些學者就忙不迭地開始盜墓。這些盜墓者忘記了一個基本的事實，那就是，文學的殿堂不是由哪個選本建築的，而是深藏在眾多的當事者和更多的閱讀者的內心深處的。人們想起當年的文學，只消朝自己心中一看，所有的偷盜努力就會立即落空，只留下一個令人鄙視的偷盜記錄。

因此，本著呼籲當年所有的當事者，在你們的有生之年，寫下應有的回憶，留下寶貴的史料。歷史理當是許多個人回憶的拼貼，毫無中心話語可言，更不是那種利慾薰心的選編。對歷史的任何編造，無論在什麼名義之下，都是不可靠的。孔子編寫春秋，尚且讓人不無存疑，更毋需說基於某種個人生存策略的胡編亂造。歷史是一部多聲部的合唱。當眾人紛紛發出自己的聲音時，色彩繽紛的歷史也就自行呈現在人們面前了。也就是說，歷史的真實在於各方主體的主觀共視裏。而又由於是眾多個體的主觀共視，其共視便有了結構性的共在意味。這樣的共在使任何胡編亂造成為不可能。以《羅生門》為例，七個人雖然講法不一，但所講的故事卻是相同的。假如其中有人任意篡改故事內容，顯然就成了一目了然的謊言。

由此可見，歷史的真實，不在於過去所說的那種自欺欺人的客觀性上，而在於每一個歷史個體的忠實於內心的主體性上。歷史的這種心靈原則，使文學史具有雙重的心靈意味。也即是說，文學史是源自心靈的心靈史寫作。這種寫作的個性越鮮明，所寫出的歷史就越真實。在此，歷史的真實乃是個性的真實，而不是如同公分母那樣的共性真實。任何歷史個性一旦被強行訴諸某種共性，不管是意識形態共性，還是道德觀念共性，抑或哲學理念共性，甚至是學術小集團共性，更不用說那種個人生存利益圖謀上的共同需要和心照不宣，歷史就會自然而然地喪失其本原的真實性。文學史的寫作，與文學的寫作一樣，在骨子裏是孤獨的，無法拉幫結派的。這也是

本著為什麼在寫作這部文學史的同時，要呼籲所有的當事者紛紛貢獻出自己的個人回憶的根本原因。

　　本著毫不諱言這份歷史備忘的個人性，亦即整個寫作不是基於虛幻的上帝立場，而是來自作者本人的文學生涯和人生體會。本著的寫作原則，一如題記所言，以誠實作為前導，除了忠實於內心的聲音，不懂得向任何強暴低頭。不管其強暴是出自權力話語，還是來自經由各種面值各種管道的經費，和一些裝腔作勢實際上卻是要思想沒思想要學問沒學問的大學教授互相間巧妙編織而形成的話語權力。假如本著的努力能夠使後人得知，在漫長的昏睡之後，中國當代文學精英在精神上的啟蒙努力，曾經給國人也給自己帶來了再一次的甦醒，哪怕醒來之後再去昏睡，那麼，作者也已相當知足了。

　　本著的寫作原則，是忠於事實。本著不會因為事涉師長和朋友，就回避一些令人尷尬的細節。本著也不會因為個人的喜惡，故意對他人的貢獻視而不見。說這是童言無忌也罷，是尊重歷史也罷，反正見山就是山，不會說成平地。見了平地，也不會說成是高山。即便是面對自己，也同樣如此。我同時還希望其他當事人，也能像我這樣留下一些文字。不管怎麼說，那個年代，是非常值得大家一起來談說的。我希望大家一起緬懷 80 年代，讓歷史在緬懷中生成。

　　早在上個世紀 60、70 年代，西方的歷史學者就意識到了歷史的寫作與小說敘事的相似性，從而提出歷史寫作在本質上乃是敘述。我本人在《論中國晚近歷史》的緒論中，則提出過歷史寫作與小說具有同樣的虛構性。我後來得知，美國有一位叫做海頓・懷特的學者，將歷史的虛構性作了整整三十年的研究，期間寫了一系列的有關著作。不過，我現在已經不滿足於歷史的虛構性一說。因為活人寫死人的歷史當然只能是虛構的，但假如活人寫活人的歷史，那就不是虛構，而是回憶了。比如，我現在倡言眾人一起來談說中國的二十世紀 80 年代，歷史就變成了每一個當事人的回憶，歷史將在當

事人的不同講說中，被共時或歷時地敘述出來的。這便是我前面所說的回憶拼貼，或者說，記憶拼貼。

記憶拼貼式的歷史寫作，似乎與日本作家芥川龍之介的《羅生門》非常相像。一個故事，被七個不同的當事人，作了七種相關而不相同的敘述。讀者無法認定哪一個人的敘述是最可信的，這同時又意味著，讀者可以任意地相信其中任何一個人的敘述。讀者由此不僅知道了當時發生了什麼故事，而且還知道了那個故事是如何發生的。個人的記憶在此被作了七巧板式的拼貼。且不說這種拼貼如何精彩，至少是對歷史話語權威的天然解構。在這樣的歷史寫作當中，沒有任何一種敘述可以成為話語中心，沒有任何一個人的敘述，可以變成話語權力。

歷史的這種寫作方式，還可以避免人們長期以來從書本到書本的概念遊戲習慣。雖然王國維早就意識到紙上的講說，必須與地下的實物相關聯，但80年代以降，年輕一代的學者，對寫在紙上的概念所抱有的熱情，依然有增無減。學理雖然是做學問必需的遊戲規則，但把學理做成了一副學理面孔，其背後的生存策略也就在所難免了。所幸的是，在一批又一批的年輕學子出洋留學之後，他們當中有人開始意識到，比起福柯，司馬遷的歷史寫作也許更具後現代意味。事實上，早在西方的人文學者發現歷史寫作乃是一種敘述的將近兩千年之前，中國的歷史學家司馬遷就已經完成了一次規劃浩大的敘述性鮮明的歷史寫作了。中國的古典歷史寫作，不僅有著敘述的傳統，而且有時還訴諸純粹的描寫風格。比如《世說新語》的寫作，根本不作敘述，幾乎全部由一個場景一個場景的描寫所構成，有的甚至只是某個人物的某個生活細節，或者某個風趣的言談。遺憾的是，福柯不知道中國這種古典的歷史寫作，否則，他直接搬用一下就可以了他解構歷史話語中心的心願，根本用不著煞費苦心地尋找和嘗試解構性的歷史寫作方式。

由此可見，一個法國人不懂中文，並不見得比一個中國人不懂英文
或者不懂法文更遺憾。

　　為了我本人的歷史寫作不再有那樣的遺憾，本著不想重蹈福柯的
覆轍。本著在寫作方式上拒絕將歷史作編年史式的編排，更不會按照
概念邏輯尋找歷史真相。本著擬從《世說新語》式的後現代歷史寫作
中，提取其對個體生命的突出，從而從一個個具有一定歷史意味的歷
史人物入手，進入歷史事件以及相關的歷史文本。本著將歷史的敘述
和思潮的論說，聚焦在生動活潑的人物身上，並且以作者本人的記憶
為基點。本著希望能夠一面講說人物，一面闡釋思潮。或者說，綜合
《世說新語》式的人物刻畫和西方著名文學評論家勃蘭兌斯《十九世
紀文學主潮》那樣的宏觀史論，從中找到一種新的歷史寫作方式。毋
庸置疑，這種寫作方式既拒絕任何歷史話語權力，也無意於由此像福
柯那樣使自己的解構性寫作變成話語中心。因為作者已經申明，本著
所講說的歷史絕對不是歷史的全景，而只是基於作者本人的所見所
聞。無論《羅生門》的作者如何智慧過人，但他不可能替代那七個當
事人。這裏只有眾多的當事人，沒有一個終極的當事人。芥川龍之介
實際上不過是七種敘述的一個記錄者。毋庸置疑，全景式的歷史備忘
惟有全知全能的上帝才能做到。因此，作為一個凡人，本著所能夠做
到的，只能是我見我聞，一如佛經《金剛經》的開頭那樣，叫做「如
是我聞」。只是由於自己是個凡人，所以時不時地還要加上我思，最
後也許會抵達我在。至於我不在的地方，就讓所在的別人講說去。

　　這種歷史敘說方式的另一個重要特點在於，不以時間作為敘事
的線索，而是以人物和人物所居住的空間，作為敘事展開的基點。
以往的歷史，大都是編年史的編寫法。因為人們一想到歷史，首先
想到的就是歷史的時間性。其實，歷史在更大的程度上是空間的。

　　雖然孔子的編寫春秋與西方歷史學家不約而同地以時間作為敘
事的基本原則，但後來的司馬遷，卻在時間的向度上摻入了小說式

的故事講說。這樣的變化，到了劉向的《世說新語》，則走向了另一種方式，即完全摒棄了歷史的時間向度，而是聚焦在人物身上，甚至聚焦在人物的一個舉止，一句言辭。也就是說，歷史的記載有了空間化的可能性。

我的這部文學備忘寫作，雖然標明了 80 年代，但並不以時間作為敘事的線索，也不以時間作為寫作的原則。我所說的中國 80 年代文學，與其說是一種時間向度的概念，不如說是一種空間的展示。整個的 80 年代文學，實際上可以歸結為一個全新的文學和文化空間的創造。基於這樣的空間意味，我的敘事不再按照時間向度，不再以不停地標明時間的方式，而是以空間意義上的人物和事件，作為首要的敘事對象。比如上海，四川，北京，南京等等。我所選擇的敘事方式，是回憶和描述以及論說各個城市裏同時發生的事件和主導那些事件的人物。

我相信這種方式徹底打破了歷史編著的學院傳統，甚至整個的史學傳統。過去的歷史編著，很難進入歷史人物的內心世界，更無法像《世說新語》那樣，對歷史人物的個性和歷史事件的細節，進行細緻入微的揭示和刻畫。而歷史又恰恰是由人物和細節所組成的，抽掉了人物和細節的歷史，只能是概念的歷史，而不是人文的歷史。但事情的可悲又正好在於，人們一直習慣了概念的歷史，並且以概念的精確性作為衡量歷史寫作的標準。久而久之，歷史的人文真相被概念所覆蓋，從而被人們所遺忘。就此而言，我的歷史敘事方式不僅不是杜撰的方式，而且是還歷史本來面貌的方式。以往的許多歷史著述，除了《史記》和《世說新語》那類具有濃厚的人文氣息的敘事之外，大都是基於各種概念的杜撰。直到上個世紀的 60、70 年代，西方學者才發現歷史寫作原來與小說敘事有著驚人的相像之處。但他們依然不知道這在中國，早在一、二千年之前，歷史就已經被如此敘述和描寫了。我不知道西方學者現在有沒有意識

到，最為本真的的歷史寫作其實就是《金剛經》起首四個字：如是我聞。如是我聞，乃是我所遵循的歷史寫作方式。

在正式進入如是我聞之前，我想指出的是，80年代的文學思潮經常與相應的文化思潮互為表裏。很難說究竟是前者推動了後者，還是後者影響了前者。也許這麼說比較恰當，從事文學批評的學子比從事文化著述的學人要更為敏銳。經常在文化思潮顯得猶豫不定的時候，文學上的突破使之重新獲得了活力。比如有關異化和人道主義的討論，當這場討論作為一股很重要的人文思潮風起雲湧之際，現代派文學思潮的興起以及相應的寫作，已經對古典人道主義或者說人道主義的經典涵義，作出了質疑。最有意思的是，在88年左右，一些在文學批評上最為前衛的年輕人，不約而同地轉向了文化批判，從而給當時的文化思潮注入了空前的活力，為整個社會提供了全新的思想資源。

當然，在論及文學思潮和文化思潮的時候，我必須指出的是，歷史通常不是由書本構成的，而是由人物和事件構成的。在這一點上，歷史與小說驚人地相像。正如故事乃是小說不可或缺的敘事元素一樣，歷史通常是由事件構成的。對歷史事件的描述，顯然比任何一種概念的闡述來得明確和重要。尤其是當一些佔據了話語中心和擁有了話語權力的人們，在概念上大做文章，製造了大量的概念迷霧以掩蓋歷史的真相和他們所玩弄的生存策略時，對歷史事件的關注更是有了至關重要的意義。

正如生活的細節對於刻畫一個人物是關鍵性的一樣，歷史的事件對於思想和思潮的形成，其影響力遠遠超過被人視為經典的思想家或者準思想家。歷史的基本框架通常是由歷史事件構成的，比如文革，比如1989年。再如，就整個世界而言，9‧11顯然是一個十分重大的具有轉折意味的歷史事件。從某種意義上說，9‧11敲響了整個西方左派知識份子話語權力的喪鐘。義大利女記者法拉奇的

長文,〈憤怒與自豪〉,可以視為這一記喪鐘的歷史標幟。不管我對法拉奇的觀點究竟有著多大程度上的認同,但我非常尊敬和推崇這位以事實乃至以自己的親身經歷說話的女記者。她那篇文章之中的精神價值,是福柯德里達哈貝瑪斯等等通通加在一起都難以企及的。這不是因為她的思辨能力和學識學養高於那些學者,而是她所基於發言的那個歷史事件,以及她一生當中對眾多的各式各樣的現在仍然活著的和如今已經謝世了的歷史人物的實地採訪,使她的文章獲得了那些學者所無法具備的思想活力。順便說一句,法拉奇以前也曾經是個左派知識份子。這裏用得上魯迅說過的一句話了,大意是,從舊營壘裏殺出來的人,才是最清醒最知道要害在哪裏的。

寫到這裏,我不得不十分沉痛地指出,迄今為止,整個西方漢學界對中國 80 年代文化和文學的研究,不管在其眾多的學者當中不乏人格上十分高尚者,不乏對中國文化和中國文學真誠熱愛者,不乏為中國文化和中國文學作出了十分寶貴的貢獻者,但就其總體的思想成就和文化成就而言,乃是不及格的。因為這裏有幾個十分重要的不可或缺的基本指標,漢學家們沒能抵達,也無法抵達。比如,要弄清楚中國 80 年代的文學思潮,必須具備類似於勃蘭兌斯那樣一個大批評家把握文學思潮的能力;又如,要理解中國 80 年代的文化背景,必須具有類似於寫作《西方哲學史》的作者羅素那樣的大思想家素養。當然,更為重要的是,要真正領略中國的 80 年代,首先要對相關的歷史事件有著在內心體驗層面上的閱讀,比如文化大革命,比如 1989 年的歷史事變。可以說,漢學家們大都知道這兩個歷史事件,但幾乎找不出一個對此具有感同身受的體驗和領略的。即便其中有人以一個外國人的身份旁觀了,甚至多多少少地參與了,但與一個本國人的直接經歷,依然有著本質上的不同。毋庸置疑,對於中國的 80 年代,即便是福柯和德里達或者哈貝瑪斯,假如他們掌握了足夠的資料的話,都會感到束手無策,不知從何說起。當中

國的一些新興學術權貴領著德里達和哈貝瑪斯在國內招搖過市之際，他們忘記了，在經歷過 80 年代的中國思想文化面前，德里達和哈貝瑪斯只能是學生，絕對做不了老師。至於 9‧11 之後，他們更是可能連做學生的機會都已經喪失殆盡。

9‧11 之前，哪怕是以十分輕鬆的口吻談論諸如福柯和德里達都顯得十分嚴肅，而 9‧11 之後，不管人們以如何嚴肅的姿態論說福柯和德里達，都會顯得相當可笑。可能正是意識到了以自己的名字所象徵的話語權力，因為 9‧11 而遭受到了來自歷史事件或者乾脆說來自歷史本身的挑戰，德里達和哈貝瑪斯之流，才會對美國表達了那麼強烈的仇恨。話語權力最害怕的就是歷史事件，正如一些冠冕堂皇的人物，最經不起的就是日常生活細節的檢驗。比如，一個突然躍居諸如某個重要刊物主編之類高位的人，最難面對的質疑就是，你是怎麼當上主編的？

蘇東解體之後，最發人深省的是，那些祕密檔案的解密。一個知識份子的人文立場，最後並不由自己說了如何莫測高深的話語來決定，而是要在經受過類似於像祕密檔案解密那樣的檢驗之後，才能塵埃落定。同樣道理，話語權力一旦碰到歷史事件，馬上就被解構甚至被融化得乾乾淨淨。從前，即便是在權力話語支撐下的意識形態都尚且如此，更不用說西方左派知識份子話語。至於中國的新左派話語，不管其間如何花樣百出，不管所設計的言語動作如何精緻，最終都不過是喜劇一場，一場喜劇。本來就是建立在生存需要和生存策略上的話語遊戲，比起當年的意識形態，不知少了多少歷史真實性和合理性，甚至都找不出一個像樣的歷史事件作為支撐，這種話語怎麼可能會是嚴肅的認真的，從而是悲壯的呢？

因此，本書所緬懷的 80 年代，毫不諱言其鮮明的歷史特徵，亦即，這是介於文化大革命和 1989 年之間的一段歷史。人們可以說，這是一個文革之後的故事，也可以說，這是一個發生在 1989

年之前的故事。這兩個歷史事件，構成了整個 80 年代的基本語境。所有的文學思潮和文化思潮的來龍去脈，都跟這兩個歷史事件有關，或者說，都是在這兩個歷史事件的框架裏面發生的。而理清了這段歷史，那麼以後發生的一切，也就水落石出了。比如要知道所謂的現代化和全球化討論，究竟是怎麼回事，先看看這八十年代。要知道 90 年代初的人文精神討論，究竟是怎麼回事，先看看這 80 年代。要知道 90 年代的後現代熱是怎麼回事，先看看這八十年代吧。如此等等。

90 年代以後在話語權力上的炙手可熱，與當時許多出現在生意場上的暴富現象，其實是異曲同工的。撥開種種概念迷霧，透過那些雲遮霧障的話語遊戲一眼看去，其改變生存境遇上的迫切和因此而來的不擇手段，一目了然。

中國古人說，溫故而知新。其實溫故豈止是知新，還可以知舊。但無論是知舊還是知新，都得溫上那麼一溫。人們看過那部中國近代歷史的電視劇，一下子就明白了許多道理。這可是任何書本都不可能達到的效果。其實，早在那部電視劇之前，我在《論中國晚近歷史》一著裏，將該說的幾乎全都說到了，就連後來電視劇都沒說到的，我也已經說過了。可是，且不說我的書寫到什麼份上，即便寫得再出色，也不能跟那部電視劇的影響力相比。因為，在電視劇裏，所有的歷史人物和歷史事件，全都被訴諸了活生生的日常細節和事件細節。當人們弄不清眼下發生的林林總總，讀讀歷史也許是最好的辦法。當人們弄不清楚什麼叫做新左派，什麼叫做自由派，他們是些什麼人，他們想說什麼，想幹什麼，沒關係，看看 80 年代吧。假如 80 年代的諸多當事人，都能寫出他們的回憶，從而能使那個年代活生生地呈現在眾人面前的話，那麼 90 年代以後那些精英們的所作所為，也就大白於天下了。謂予不信，不妨拭目以待。

　　寫到這裏，突然想起司馬遷當年寫《史記》。也許是他懾於漢武帝的淫威，下了藏之名山的決心。但不管怎麼說，他筆下的人物，畢竟已經作古。我是不準備藏之名山的。在電腦時代，想藏也藏不住，只好聽之任之地一面寫一面問世。這無疑要比司馬遷艱難得多。因為我寫的基本上都是活著的人物，我要得罪的可能不止是什麼漢武帝，假如漢武帝還活著的話。我要得罪的是大大小小所有的漢武帝，因為漢武帝並沒有真正死去，而是一直活在人們尤其是所謂精英們的心底裏。面對這麼多的漢武帝，寫下讓漢武帝不想直面的歷史，這可能也是一種創舉吧。我的努力是撕破兩張皮，一張是中國知識份子的臉皮，另一張則是他們所依附的極權之皮。

　　寫活人，並且要讓所寫的活人在活著的時候就讀到他們自己，這不僅對我所寫的人們是一種考驗，也是對我自己的一個挑戰。上帝彷彿在試探我，到底能不能做到童言無忌。一方面是我筆下的人物，不得不面對我的寫作。一方面是我本人，不得不面對我所寫的人物。國人歷來講究人情觀念，面子觀念。所謂大面子上諒得過去，大家全都眼開眼閉。當有人提倡說真話的時候，有幾個問題是必須面對的。首先，提倡者本人到底說了幾句真話？其次，整個語境有沒有說真話的可能性存在？再其次，也是最為關鍵的，假如真話說了出來，又有多少人能夠面對真話？在一個謊言世界裏生活慣了的人們，面對真話之難，難於上青天，難於登上月球和火星。

　　有人以拒絕謊言命名自己的寫作。其實，拒絕謊言相對說來還是容易的，雖然不輕鬆，但畢竟是可以做到的。難的是挑戰謊言，挑戰整個謊言世界。所謂的挑戰，就是把真話說給難以面對真話的人們聽。當然，這種挑戰首先還不是對聽者的挑戰，而是對言者的挑戰。從某種意義上說，我也是在如履薄冰。假如我稍許有一點世故之心，我的寫作就會打上很大的折扣。我這麼說並非是想取得我筆下的人物，尤其是我的朋友們，對我有什麼諒解。我只是想告訴

自己，要對歷史負責，要對一代又一代的讀者負責，要對結束整個謊言世界的歷史使命負責。中國人從來沒有看到過一部以活人為講說對象的鮮活的歷史。可能在整個人類文化史上也沒有過這樣的先例。我不知怎麼的，竟然承擔了如此沉重的使命。說到底，誰不想如同當年魯迅說的那樣，彼此說上一句今天天氣哈哈哈？但就是因為中國人互相間打哈哈打了幾千年，才弄得我不得不向幾千年的打哈哈傳統說不。也許唯有如此，才能把文化批判或者說文化診治的那根針灸，插到整個民族文化心理痼疾的要害部位。

我想，就在那個要害部位，讀者將會看到，專制不啻是一種制度，早已成了整個民族的心理創傷，或者說集體無意識創傷。在這樣的創傷面前，我筆下的精英們，與芸芸眾生一樣難以免俗。這並不是個道德問題。就好比在一個精神病院裏，問題根本不在於道德。專制的制度製造了專制的心理，專制的心理反過來又製造了專制的人們和專制的精英，使得專制成了一種心照不宣的共識，一種難以戒除的吸毒，一種習已為常的日常生活，一種越反對越認同最後終於被同化的魔法效應。假如這真的是一架風車，那麼我只能再做一次唐·吉訶德。

上帝保佑中國，一如其保佑美國。

2003 年 9 月 3 日寫於紐約

目　次

第一章　在文學回到人學立場的日子裏

壹、師從錢谷融先生

　　師從錢谷融先生，是我的一大人生轉折。雖然時隔多年，但第一次與錢先生見面的情景，卻依然歷歷在目。以後發生的許多恩恩怨怨，也沒有使那第一面有所褪色。歷史是在不斷地轉動的，但記憶卻不會因此而改變。即便是我那部備受爭議的小說《麗娃河》的問世，也不能因此而遺忘師生之間最為本初的交往。從這一點上說，我確實是個相當傳統的人，不管後來發生了什麼事情，總也師恩難忘。而且事實上，錢谷融也確實不僅是個慧眼獨具的師長，而且是個頗具象徵意味的文學人物。

　　說錢谷融是象徵性的文學人物，並不僅僅是意指他在 50 年代的那篇「文學是人學」之於整個中國文學思潮的象徵性意味，而更是指他本人的文學立場經由他的教書育人和學術地位對上海文學界產生的那種潛移默化的影響。他的存在，使華東師大中文系在文學上的影響，曾經達到過史無前例的程度；其在文學思潮上的領風氣之先，庶幾讓眾人以為最頂尖的北大中文系相形失色。

　　我是在 1978 年考入上海師大就讀中文系之後不多久，讀到〈論「文學是人學」〉的。當時正值右派平反，學校裏的圖書館開放了塵封多年的 50 年代期刊。我有一陣子幾乎天天鑽在閱覽室裏翻看當時被嚴厲批判的那些文論。除了〈論「文學是人學」〉，記得還有〈論人情〉、〈現實主義廣闊道路〉、〈電影的鑼鼓〉等等一大堆。但我印象最深的則是〈論「文學是人學」〉。甚至連當時閱讀此文的的天氣、氣氛、連同午後透入閱覽室的斑駁斜陽，都記得清清楚楚。

　　此文假如換一個語境的話，也許不過是道出了一個毫無文學理論意味的文學常識而已。因為在西方的人文環境裏，沒有人會認為文學不是人學，沒有人會認為文學是權力話語的附庸。再說，由於文學是人學一語又是出自蘇聯普羅文學的主要代表作家高爾基之口，似乎先天缺乏某種震攝人心的力度。但在當時越來越專制的極權話語面前，在文學越來越被逼到喪失人性從而喪失文學本身的存在意義之時，錢谷融寫下此文的英勇不下於嵇康當年面對司馬氏執政集團說不。他說，「我反對把反映現實當作文學的直接的，首要的任務；尤其反對把描寫人當作反映現實的一種工具，一種手段。」

　　相比於同時期其他作者的文論，此文在行文上也顯得非常老到，沒有絲毫的猶豫，沒有當時其他許多文論難免的那種天真幼稚，更沒有那種捶胸頓足地表示對文學和對主宰一切的執政黨同樣懷抱忠心的愚昧。細讀此文，人們可以發現，文學是人學在作者絕對不是隨便說說的，而是一種根植於作者內心深處的人文立場，以及基於這種立場對專制極權話語的堅決不認同。可以說，此文在人道主義立場的徹底性上，在當時所有相類的文論中，乃是無出其右的。作者引用的雖然是高爾基的一句話，但其文章讓人感覺到的那種內在氣質，卻與雨果和托爾斯泰那樣的人道主義精神直接相通。

　　我想在此順便提一下，許多年以後，當高爾基當年的一些書信公諸於世之後，高爾基的人道主義立場具有了非同尋常的意義。比起雨果和托爾斯泰，高爾基也許並不見得如何偉岸，但高爾基能在極度的專制高壓之下照樣堅持自己的人道主義文學立場，其堅韌不拔便有了雨果和托爾斯泰所沒有的那種反差和英勇。因此，我想說，一個高爾基，一個陳獨秀（請參見拙作《論中國晚近歷史》中有關陳的章節），這是後來的新左派青年特別需要認真習讀的兩個文學經典和兩門思想功課。或者說，他們當中的學人假如需要自我反省和自我懺悔的話，那麼可以從對高爾基和陳獨秀的閱讀開始。

　　現在回到「文學是人學」。我當時讀完此文,感慨不已。我暗暗思忖道,要是這位作者還活著就好了。說來有趣,不知為何,我當時竟然認定這個作者已經作古,從而感到十分悵然。

　　也許是在精神上的這種認同,當我後來得知此文作者不僅活著,還成了中國現代文學專業的導師,正在華東師大招收研究生時,不由喜出望外。

　　當時我已經畢業,在上海郊區的一所中等師範學校裏執教。我畢業的時候,差點被分回農場繼續務農。我農場裏度過了五年半歲月,從十八歲到二十四歲,最美好的青春時光。後來我在讀大學的時候,寫了一部四十五萬字的長篇小說,毫不留情地但以當時的水平也相當有限地揭露了農場裏的一些黑暗。這部小說的手稿在我所在的班級裏流傳過,不少同學讀過這部小說。後來在我畢業分配的時候,這部小說給我帶來了極大的麻煩。當我前去詢問為什麼要把我分回農場去的時候,中文系黨總支書記回答我說,這是需要。我追問他,為什麼需要到我頭上?我告訴他說,我在讀書期間寫了那麼多作品,畢業論文即將在北京的一個刊物上發表。而且,我還寫了一部長篇小說;這不僅在整個班級裏,就是在整個系裏,能在讀書期間寫出四十五萬字長篇小說的,也是絕無僅有的。總支書記不以為然地聽完之後,十分嚴肅地回答我說,這些我們都知道,你創作很勤奮,可是你的小說裏面寫了太多的社會主義陰暗面。原來如此。我明白了。這個總支書記沒有讀過我的小說,卻知道我的小說寫了陰暗面。我至今不知道,是班上哪個或者哪些同學,給系總支打了那樣的小報告。我能夠感慨的只是,文科大學裏有思想有頭腦的優秀學生最後總是落得個發配式的下場,從 50 年代的反右到我就讀的 80 年代初,幾十年過去,卻一點都沒變。後來幸虧有個朋友找了醫生幫忙,證明我有嚴重胃潰瘍,才使我逃脫了發配到農場的下場,轉而分配到那個中等師範學校教書。

　　兩相對照，我自然愈加嚮往能夠前去師從錢谷融教授，一展自己的文學抱負。但由於有過畢業分配的那種經歷，我又十分猶豫。因為畢竟這麼多年過去了，從錢谷融當年寫作「文學是人學」到他招收研究生的八十年代，此間經過了多少人生的風風雨雨，更不用說那麼血腥的十年浩劫。那個〈論「文學是人學」〉的作者，還依然像當年那樣站在「文學是人學」的立場上麼？他有沒有被改造好了呢？如此等等。

　　懷著這樣的疑慮，我給錢先生寫了一封信。我在信中特意十分大膽地表述自己的想法，比如，我認為根本不能用愛國主義來談論屈原那樣的詩人，因為文學跟愛國主義是風馬牛不相及的精神創造活動。我當時想，假如錢先生認為我這些想法太過離經叛道，那我也不用那麼費勁地去報考了。

　　我沒想到錢先生會那麼熱情地給我回信說，他對我的那封信表示激賞。他不僅非常高興地期待著我去報考他的研究生，而且還希望能在這之前跟我面談一次。

　　我在上海師大畢業的時候，那個系總支書記冷酷無情地執意要把我發配到農場，繼續去過那種「變相勞改」的日子，作為對我寫了農場生活陰暗面的某種懲罰。而此刻我收到錢先生的這封回信，卻熱情洋溢地期待著我去華東師大攻讀現代文學專業，開始我全新的人生歷程。我讀完回信的激動心情，真是難以形容。當時，我在師範學校的同事看了此信對我說，你還猶豫什麼，趕快去呀！

　　不過，我一位矢志不著書立說的高隱友人，卻對我說了一番意味深長的話。他看了錢先生的回信之後，淡淡地笑著，對我說，你們二人彼此需要，你需要他，他也需要你。我聽了使勁點頭，其實卻是過了十來年之後，才明白這番話的含義所在。我當時完全沉浸在收到錢先生回信的喜悅裏，除了幸遇伯樂式的欣喜，根本顧不上領會友人此言的其他意思。

在一個冬日的傍晚，我來到師大二村錢先生的住宅。當時他剛剛用過晚膳，見了我，十分高興地把我帶進他的書房。彼此坐定後，我悄悄地看了眼這位當年因為「文學是人學」而被列入另冊的文學前輩。錢先生氣色極好，紅光滿面，看上去根本不像是吃了許多苦頭從而變得老態龍鍾的可憐人，而是一個活得十分自信的老學者。

老先生顯然十分看重這次談話，不要說旁人，就連他家養著的那隻波斯貓朝書房裏探頭探腦，都被他趕了出去。他先是問了我的一些情況，諸如家住在哪裏，在哪裏讀的本科，等等。然後，他對我說了一番讓我終身難忘的話。他對我說，文人安身立命，無非是才、學、識三個字。他說，才是天生的，怎麼教也教不出來的。學是後天努力的，只消勤奮一點就行了，也沒什麼大不了的。唯有識，是最為要緊的。做文學研究也罷，做任何其他思想學問也罷，沒見識，那就等於白做了。我從他的語氣裏聽出，一個人沒有自己的見識，就等於是一個廢物。

我聽了開心得什麼話都說不出來，像個大傻瓜一樣不住地點頭。假如說，我的那封信好比投石問路，以大膽表述自己文學立場的方式詢問，先生能給我多少思想和學術上的自由？那麼此刻他有關「才、學、識」的闡釋就等於是在回答我說，你想要多少自由，就有多少自由。這就好比我後來到了美國一樣，美國不是個什麼都為你準備好的地方，但是一個給你充分自由的地方。你能不能成為你，全在於你自己的努力。

我記得後來的研究生考試，我考得十分認真。我聽說那幾門主課考試，錢先生只批改作文，所以作文是最為重要的。我寫的那篇作文，根本就沒管所給的題目，而是自說自話地寫了我對《唐‧吉訶德》和《浮士德》的見解。由於這本是一篇很大的文章，我沒能全部寫完，只寫了其中的二分之一不到。看看時間來不及，我趕緊把主要的想法羅列在文章後面就交卷了。

考完之後，我一時有些後悔，覺得自己太大大咧咧，要是導師計較一點的話，給個不及格都是有理由的。但後來分數下來後，我大吃一驚，錢先生打了個 90 分，相當於美國學院裏計分的最高分數，A。

我就這樣跨入了華東師大的校門，做了錢先生的研究生，並且在這個學校一待便是十幾年。

貳、系主任齊森華

在我進入有關錢先生的教學育人和文學思想的論說之前，想說一說當時華東師大中文系的基本格局，以及在行政上為創造和維護寬鬆環境作出了很大貢獻的系主任齊森華。我進校的時候，原來的系主任徐中玉教授剛剛把主任之位交給齊森華。齊森華後來雖然也成了古典文學的博士導師，但他在行政管理上的能力，給我的印象更深。這個人的頭腦之清楚，也許只有我後來碰到的《上海文學》主編周介人能夠相比較。

當時的華東師大中文系四位頂尖教授，三個大右派，即許杰、施蟄存、徐中玉，和一個大右傾分子，即錢谷融，不僅已經恢復名譽，而且全都回到了原來的位置上，成了中文系說一不二的最高學術權威。在徐中玉做系主任時候，他把當年文化大革命當中被顛倒的種種人事關係，通通重新校正了過來。整個中文系在這四個教授心照不宣的共識之下，風氣煥然一新。什麼政治思想第一啦，又紅又專啦，這些在中國大學校院裏必須不斷重申的東西，在華東師大中文系是根本聽不到的。人人都以學術上的有無成果來見出各自的高低。錢先生跟我說的那個見識第一的標準，幾乎成了大家的共識。學生當中，誰都想標新立異，誰都想說出別人說不出的話來。我進

校的時候，正值錢先生的首批弟子許子東當紅之際。因為一本《郁達夫新論》的書，許子東身價百倍，當上了副教授，一時間成了系裏年輕一代學人的模特式人物。

華師大中文系在精神風氣上的如此自由和開放，跟整個高校的開放程度相比，顯然是非常超前的。為了保證這種自由能夠持續下去，必須得有一個出色的行政人員扮演護航者的角色。此人能夠協調系裏和學校的種種關係，協調系裏各種不同的教師之間乃至師生之間和學生之間錯綜複雜的關係。此人必須具有清醒的頭腦和處理各種人際關係的高超本領，再加上忍辱負重的性格。這個人就是齊森華。他當了十幾年的系主任，一直當到我離開這個學校之前才退任。

假如在中國高校處理各種行政事務也可稱作門藝術的話，那麼齊森華絕對是個一流的行政藝術家。後來我到了美國，發現美國高等學府裏的那種學院政治也是一樣的複雜。那是後話。作為系主任，齊森華的本領在於，他熟知每一個人的性格脾氣，知道對什麼人說什麼話，說得對方口服心服。更重要的是，他懂得如何在不停的政治風浪中，比如清除精神污染，反對自由化之類，保證中文系在思想和學術創造上的自由環境始終不變。不管面對怎樣的壓力，他對錢先生等幾位老先生的絕對尊重始終不變。比起錢、徐兩先生帶有眾多的研究生，許、施兩先生基本上處於退休或半退休的狀態，很少過問系裏的各種事務。徐先生雖然將行政事務全部交給了齊森華，但他依然和錢先生一起主持著學術委員會，在教師職稱的評定上，有著舉足輕重的發言權。當時系裏的教師晉升職稱，雖然形式上可能也採用投票之類的方式，但兩位老先生和系主任齊森華三個人的意見則是決定性的。可以說，系裏每一件重大事情，齊森華沒有一次不是充分聽了兩位老先生的意見之後，才作最後決定的。他們三個分作兩方，一方把著學術方向，一方協調著行

政事務，彼此配合默契地，共同開創了華東師大中文系空前輝煌的時代。

我個人跟齊森華很少接觸，但每到關鍵時刻，他總會出現在我面前。一次是我提出雙向同構，王曉明等人前來找我合作之後，中文系就此召開了一個全上海範圍內的有關雙向同構的文藝理論研討會。上海幾所高校還有一些中青年的文藝理論學人，大都出席了，濟濟一堂的很熱鬧。那次會上，由我主講雙向同構的構想，然後是一整天的討論。我在此之前從來沒有籌辦過任何會議，幾乎全部的會議事務，都由齊森華不聲不響地一手操辦，並且做得十分到家。現在回想起來有些內疚並且感到十分荒唐的是，下午的討論，我竟然不知為了什麼原因而缺席了。更為荒唐的是，那天下午，我還特意叫我一個從來不願在公開場面露面的朋友到會，作了一番發言。而我自己卻不在場，並且怎麼也想不起來是為了什麼原因。可能是件很要緊的私人事情吧。我甚至連那個發言稿也在講過之後不知哪兒去了。後來該稿見報之後，我才想起來，原來是一個報社記者拿去發表了。當時上海的各家報紙，都報導了這個會議和我說的雙向同構思維方式。可惜的是，真正弄明白這其中意思的人，實在太少太少。順便說一句，要是後來那場風波的當事雙方都能夠用雙向同構思維來考慮問題的話，也許事情就不會鬧到不可收拾的地步了。

齊森華又一次出現在我面前，是在我的畢業論文答辯會上。當時有家報社記者來採訪，齊森華發現那個記者走到另一個答辯會上去了，趕緊把他拉過來，告訴記者，你搞錯地方了，是在這裏。我從齊森華對記者說話的口氣裏，聽出他為記者前來採訪中文系一個研究生的論文答辯感到非常驕傲。因為研究生畢業答辯早已是高校每年都有的家常便飯，很少會引起記者的採訪興趣。後來，我的碩士畢業論文以概要的形式，發表在上海的《文學報》上，同時還附

帶了王元化和賈植芳兩位教授的評贊。王元化和賈植芳都是當年的胡風分子，苦頭都吃得很大。王元化教授在出任上海市委宣傳部長時，和賈植芳教授在復旦大學恢復原有的學術地位之後，在推進文學創作和文學研究的自由風氣上，都做出了很大的貢獻。可以說，與錢先生和徐先生在華東師大所作的努力，異曲同工。

齊森華跟我有過兩次單獨談話，一次是我留校之後。他對我說，我們能把你留下來感到很高興。我知道你不是沒有地方可去。他說得我大吃一驚。因為我畢業的時候確實為要不要留在華師大而猶豫過。當時，北京的中國科學院文學研究所有個新學料研究室，主持者程麻曾經要求我去他那裏。不久，北大中文系謝冕教授的一個學生，也是我的一個朋友，專門給我寫信，說只要錢先生沒意見，謝先生非常歡迎我能去北大。他說，謝冕讓他轉告說，雖然北大中文系編制已滿，但只要你願意前來，一定設法給你安排教職。後來，謝教授本人也給我寫信，告訴我說，他現在可以帶博士生了。然後他詢問我，有沒有什麼合適的人推薦給他。

說實話，中國科學院文學研究所和北大中文系，這兩個地方都是我十分嚮往的去處。我為此特意跟錢先生談了一次。我沒說具體的去處，只是跟他說，假如系裏留我有困難，我倒是願意到其他地方去試試。我當時因為離婚的事情，被人在系裏鬧得沸沸揚揚。有人藉此對我大肆攻擊。錢先生為此回答那些攻擊說，李劼不過是個性格浪漫的人而已，不要小題大做。對於我提出離開華東師大，錢先生更是一口拒絕。他說，外面的學校一般都會有門戶之見。你真要出去，以後再說。他過了會兒又對我說，不要多想了，就按原來說的，留在我身邊吧。你這人太天真，一點不通世故，到了其他地方，弄不好就會吃虧的。

在錢先生對我說這話之前，我已經得知，我畢業後的去向早就鐵定了。那些流言蜚語，根本影響不了我的留校任教。但齊森華作

為系主任跟我談話的時候，既沒有說我們系裏為了你的留校，花了很大力氣；也沒有說，錢先生為了把你留下來，頂著多少多少的壓力；而是強調說，我們能把你留下來，感到非常高興。並且，還強調說，他是知道我有許多地方並且是更好的地方可去的。他這麼說，並非是在刻意奉承我，而是在表示對我的讚許。因為他不僅明白錢先生的心意，而且還明白我之所以願意留下來，乃是出自對於師恩的看重。他以此暗暗讚許我對導師那種一日為師終生為父的赤誠，並且讚得不動聲色，恰到好處。我當時聽了，心裏僅僅是覺得十分寬慰，對方既沒有因為承擔了壓力而埋怨我什麼，也沒有像一般行政領導那樣訓導我什麼。如今回想起來，才感到十分欽佩，欽佩齊森華在體察人心上的細緻和設身處地站在他人角度想事情的體貼入微。

當時，研究生畢業之後，一般都要當一、兩年的班主任。齊森華知道我不是當班主任的料子，特意破例，讓我擔任系裏的科研祕書，做做科研經費統計之類的雜事。那雜事無關緊要，但我也沒能很稱職做好。做了不到半年，就把個統計本子給弄丟了，所有的統計數字就此通通完蛋，搞得有關的行政負責人哭笑不得。於是，齊森華索性連這個差事都不要我做了。他跟人解釋說，李劼數學頭腦不太好，還是讓他做文學去吧。所以我後來雜七雜八的苦差事倒是一點都不沾的，整天無憂無慮地一門心思寫作和教學。

相比之下，跟我同時畢業的同學夏志厚，卻做了好幾年的班主任。好像直到他出國離校，還在做班主任。

記得在做科研祕書的時候，我跟著齊森華參加過幾次會議。他知道我對那些事情毫無興趣，可是每每在發表什麼意見的時候，他總要問一聲，李劼你說對不對？我其實根本不懂，只是胡亂點頭，或者胡亂搖頭而已。挺逗的。

齊森華跟我的第二次單獨談話，是在 1989 年我徹底捲入學潮之前。他當時十分憂慮和不安。他幾乎要哭出來似的對我說，你是我

們系裏在學術上的一根頂樑柱，你要是倒了，對你不利，對系裏也同樣是個損失。他就此勸了我老半天。可是，我卻沒有聽從他的勸告，去承擔了一下救國救民的責任。數月之內，中文系老老少少三代精英，全軍覆沒。這當然也是後話了。其實不僅是華東師大中文系，全國幾乎所有的文化精英，通通在那年被斷送掉。痛感於此，有時在海外看到一些那年因此發跡的所謂「學生領袖」，一個個白白胖胖的，怎麼看都不順眼。

齊森華當時跟我說話的情景，我現在想起來都歷歷在目，甚至彷彿都能看見他惴惴不安的表情和憂心忡忡的眼神。後來 90 年代，他在臨退休之際，特意煞費苦心地安排了著名九葉詩人王辛笛的女兒，心地極為善良的外國文學副教授王聖思，出任中文系黨政領導，使中文系在風雨飄搖中一度獲得相對穩定，也使我這樣的人免受了更多的傷害。

我跟齊森華先生的個人交往非常少，系裏各種人對他的評價不一。我在讀研究生的時候，就聽說過有關齊森華的傳言，說這位系主任當年讀書期間，曾經躲在窗外偷聽同學談話，然後向校方彙報，打同學小報告什麼的。不管別人如何議論這位系主任，我對他卻是始終好感不減。當時也因為這個緣故，我對王曉明的初次印象不佳。

記得王曉明第一次來找我，是為了要我在他搞的一份什麼文件上簽名。那份文件是針對齊森華的，不是請齊下台，至少也是給他難堪。當時，夏志厚立即表示不簽。夏志厚私下裏跟我說，這種事情，我們沒必要捲進去。我是因為我對齊森華沒有什麼不好的印象，覺得他平時一直非常尊重錢先生，為什麼要反對他呢？所以，我也拒絕了簽名。我由此還對王曉明有了個他喜歡搞這類活動的印象，但同時又覺得他蠻可憐的，好像是受了什麼人的欺負一樣。

參、錢谷融教書育人的無為而治

錢先生帶學生的一個根本原則，是給學生以充分的思考和寫作自由。或者說，他的指導學生，完全是一種無為而治。其他學生對此什麼感想我不知道，這在我絕對是最投緣最開心的方式。

記得錢先生開始還按照規定給學生講講課什麼的，但講著講著，就有些不耐煩了，告訴我們說，你們不一定老是那麼正襟危坐的聽我講。我講來講去也無非是那些內容。關鍵是你們有些什麼想法。我講課的目的本來就是為了讓你們能夠產生自己的想法。錢先生說著說著，就把講課變成了討論。

我記得他講的是歌德。他非常喜歡歌德。他認為歌德對生命的看重，乃是文學的要義。後來我讀了斯賓格勒的《西方的沒落》，發現錢先生對生命對自然的看重，跟斯氏倒是不謀而合的。說來有趣，二十年之後，當我在一篇思想宣言式的文章裏釋說我所提出的人文精神時，恰好也是對歌德的某種重提。我說，「自由是回歸，回到事物本身，回到生命本身」。

錢先生最討厭的是死讀書，而且他不主張整天鑽在圖書館裏啃書本。他認為，讀書不在於多，而在於精。他說，書海浩瀚，真要讀起來，一輩子都讀不完。所以，只好有選擇地讀，讀經典之作。下三濫的書，讀了也是浪費時間。

他向我們推薦《歌德談話錄》，還推薦了《世說新語》。我當時不知道他何以那麼認真地推薦《世說新語》，直到後來我經由禪宗的啟迪，才體悟出，文化的真正載體不是書本，而在於一個個活潑潑的生命。歷史也同樣如此，不是在書本上，而是在個體的生命中。我發現，我跟錢先生有個與生俱來的相通之處，在骨子裏都是根本不相信那些書本記載的歷史的。我沒跟他談過對二十四史的看法，但我敢肯定，他不會認同由二十四史所形成的某種學術道統。人文人文，不在文

上，而在人上。《世說新語》的意味在於，那是對人的記載，而不是對文的發揮。讀人比讀文更能讀出歷史，更能讀出文化資訊。

當然了，我後來更看重《山海經》。因為《山海經》裏的人文形象由於其神話色彩而具有一種本真的民族靈魂意味。相比之下，《世說新語》裏的人文景觀展現的則是一種日常生活中的士大夫風貌，雖然同樣的有聲有色，但畢竟是人間煙火，世俗性大於精神性。遺憾的是，當我體味出《山海經》意味的時候，我跟錢先生之間的談話機會，已經越來越少了，以致彼此沒能交換一下關於《山海經》的看法。那是後話。

錢先生非常推崇魏晉風度，對竹林七賢有相當的體認。但他同時又不能真的像竹林七賢裏的某些人物那樣生活。我記得有一次在上課的時候，由於是夏天，大家都穿著涼鞋。我一時興起，脫下涼鞋，搓起了腳丫子。我當時根本沒有細想這麼做好不好，也沒有故意要竹林七賢一下。不料，錢先生突然對我大叫一聲，把腳放下來！當時我楞了一下，隨即，大家全都笑了。錢先生自己也笑了。

課後，回到寢室裏，同學之間將這個細節當作趣談講說起來，有個古典文學專業的室友開玩笑說，你們錢先生不是提倡魏晉風度的麼？怎麼就那麼不魏晉風度呀？其實，錢先生是確實明白魏晉風度的。他非常嚮往，但又被現實所局限。許多年之後，時過境遷，我不得不站在歷史的風雨中承擔著生存上的種種嚴峻，而錢先生又對此無能為力，不得不眼看著我日曬雨淋。彼此私下裏說起來，說著說著，他說到最後，十分無奈也不無沉痛地對我說，你是嵇康，我是阮籍。

他說得我一句也說不出來。我明白他已經把話說到底了。但我也非常佩服他，能夠把自己的怯懦，表達得如此漂亮。

錢先生不僅對阮籍深有體會，對周作人也非常理解和推崇。在對魯迅和周作人的評判上，我跟錢先生從來都是非常一致的。他不

止一次地在私下談話中說，周氏兄弟在現代文學史上，是無出其右的。我後來寫的《論中國晚近歷史》一著中，專門有一章談論周氏兄弟。我不知道錢先生有沒有看過。我相信，他假如看了的話，一定會有同感的。我那篇文章引起的爭議很大，但我相信錢先生會同意我有關魯迅和周作人的許多看法。

我跟錢先生似乎是天然相通的，或者說，在精神上有一種與生俱來的血緣關係。彼此好像根本不需要溝通，本來就是相通的。

可能正因為這樣的相通，致使錢先生對我又是喜歡，又是為難。他經常說，我真不知該如何教你。你是個長處和短處連在一起的人。叫你改了短處吧，意味著把長處也一起改掉了。那當然也不行。他有時對我說，你不能一點世故都不懂，那樣怎麼跟人相處哪？他說完沉默了一會，然後自言自語地加了句，可是，你真的變得世故了，那又不像是你了。

有一次，他非常認真地對我說，你是個很自私的人。我不是說你是人們通常說的那種自私自利的自私。我說你自私的意思是，你完全活在你自己的世界裏，看不見別人在幹什麼，別人在想什麼。總之，你眼裏看不見別人。他說完想了一會兒，又說道，不過也只有這樣，才能創造出東西來。

錢先生非常注重人的儀表。在一次會上，他看著我從場外走進會場。會後，他對我說，你走路時，人沒有挺直。在公眾場合，人一定要軒昂。

他這麼對我說，自己也是這麼做的。錢先生在穿戴上，一點不馬虎。尤其是出門，總是穿得整整齊齊。冬天裏喜歡戴一頂貝雷帽，風度翩翩。我後來到了美國，對錢先生這番囑咐尤其刻骨銘心。有一次，我和朋友們一起去出席美國人的一個派對。我因為事先不知道，隨隨便便地穿了一件 T 恤衫。結果到派對上一看，發現不好了。到場的男士全都西裝革履，女士身著漂亮優雅的禮服，我的一身穿

著糟糕得像個送外賣的夥計。我在派對上待了不到十分鐘，便趕緊逃之夭夭。

錢先生對爭論討論之類，不是很在意，既不反對，也不提倡。我那時被朱大可硬拉著在報紙上寫了篇〈謝晉時代應該結束〉的文章。那文章的大概意思基本上是聽朱大可講的，我只是照著寫成文章後，加了個自己的標題而已。我那麼作題的意思是雖貶猶褒，因為我把謝晉命名成了一個時代。錢先生知道後，對我說，其實謝晉還是很有成就的。他後來把這意思寫進了給我一本評論集所作的序言裏。

我讀了錢先生在那篇序言裏有關的這段話之後，發現錢先生不愧是個非常敏感的人文學者。他從我那篇文章中看出了過於強烈的批判色彩，由此觸動了他自己以前被批判的經歷，從而對那種喜歡批判的風氣表達了一種應有的警惕。當然，錢先生同時也借此給謝晉打了個招呼，告訴對方不要在意，這沒有什麼大不了的。錢先生知道我對人沒有惡意，就算是批判別人，通常也是快人快語而已。而錢先生敏感到的這種批判式學風，我後來也在北京中國社科院文學研究所召開的新時期十年文學討論會上親身經歷了。

我回來後在《文學報》上發表了〈傳統的批判與批判的傳統〉一文，對文化批判表達了與錢先生相近的警惕。事實上，批判是不能解決根本問題的。當年煞有介事地提出的謝晉模式戒語，並沒有讓電影導演們引以為戒。相反，若干年後崛起的年輕導演，一個個比謝晉還謝晉。在謝晉走過五十步的地方，張藝謀之類的導演大踏步地走過了一百步還不止。

不過，錢先生並非喜歡干涉學生在思想和學術上跟人論爭。比如我寫過洋洋三萬多字與李澤厚商榷的文章，錢先生從來沒說過什麼。順便說一句，錢先生在美學上傾向於朱光潛。他曾不止一次地提及朱光潛，並且還說到過克羅齊的直覺美學，非常的推崇。

當然了，無論是錢先生也罷，我自己也罷，有一點在彼此是心照不宣的，即思想學術上的成就，最終得靠自己的創造勞動，而不是光憑爭論去輕而易舉地獲得。

我的第一部論著，《文學是人學新論》，是我在讀研究生的時候寫成的。說來有趣的是，裏面的基本思想，恰好就是出自我在研究生考試時那篇沒寫完的作文。我寫出前面兩章，「從《伊里亞》到《百年孤寂》的文學——歷史相對運動」，和「《從堂‧吉訶德》到《老人與海》的追求意識」之後，便送給錢先生看去了。隔天，我想去聽聽錢先生的意見，走到半路上，碰到夏志厚。他告訴我說，先生正在讀你那兩篇文章，喜歡極了，不住地拍案叫絕哪，你就不要去打擾他了。

我當然就沒有去打擾。那一刻的感受，也許只有用心裏頓時充滿陽光才能形容。我非常高興。因為我當時最擔心的是，自己在讀書期間寫不出像樣的東西來，辜負了錢先生對我的期望。我能想像錢先生高興時的模樣，恕我直言，也跟個大孩子一模一樣。

錢先生開心起來，真的像個大孩子。我記得有一次他跟我說起章太炎的大弟子黃季剛批作文的情景。他說，那個黃季剛，拿起學生的作文朝地板上一扔，扔得最遠的那本，分數最高。他說完哈哈大笑。他開懷大笑的時候，非常爽朗，很有竹林七賢的味道。我不知道他有沒有那樣批過作文。估計沒有。

錢先生很少提及往事。只有一次，他說起文化大革命被關在牛棚裏的感受時，緊皺著眉頭對我說，那時候，真是非常屈辱非常屈辱的呀。看著他那麼痛苦的神情，我不知他當時是否也曾產生過胡河清那樣的一了百了念頭。

從某種意義上說，錢先生也是個活在自己世界裏的人，只是程度比我輕得多。他對師從他的學生雖然在大致上都有基本的印象和不動聲色的準確評判，但並不十分留意進一步的細節。他把我從一

開始就看得清清楚楚，並且將我此後的言行舉止盡收眼底，應該算是個例外。當然，我這個人也容易被人一目了然。相比之下，他對其他學生好像沒有如此細緻。比如殷國明為人的義氣，直到殷國明畢業去了廣東暨南大學，然後錢先生有一次去廣東受到了殷國明忠心耿耿的接待之後，才發現的。錢先生那次從廣東回來，私下裏跟我著實感慨了一番殷國明的義氣。還有，夏志厚是個具有英國式的紳士氣質之人，可是錢先生也是一直到夏志厚出國之後，才從那些越洋來信裏，發現了夏志厚的這種秉賦。我記得那天他手裏握著夏志厚的信，不無動容地對我說，夏志厚這人，真是好。

當然，反過來說，他的幾個在外面比較有影響的學生，也是分別習得了他的各個不同的側面。他不是個喜歡安安靜靜待在書齋裏的書呆子。他喜歡到處走走，出席各種會議，跟各種人交往。這方面的天性，由許子東發揚光大了。當然，許子東再喜歡在交際場合周旋，在別人眼裏也不會受到像錢先生那樣的尊重。這不是因為許子東的名聲還不夠，而是他缺乏錢先生那樣的精神底氣，只見燈紅酒綠，不懂燈火闌珊時的孤獨。

錢先生雖然在內心深處是個文學中人，但他也善於應付文壇上的種種人際關係，並且明白什麼人是什麼人，明白跟人交往的種種分寸，能夠把十分微妙的關係，拿捏得極為準確，從而跟人相處得恰到好處。這方面的能力，則由王曉明學習了。只是文壇畢竟是個染缸，精神底氣不足，內功不夠深湛，一不小心就會走火入魔。王曉明學到後來有些迷失了方向，學術研究越做越沒了耐心，學術外的經營卻越做越來勁。錢先生這方面的本事可能比較難學。錢先生再周旋，內心深處始終保持洞若觀火般的清醒。當然，那樣的周旋一點不把自己周旋進去，也是不可能的。

偶爾在網上看到錢先生九十大壽接受《新京報》的一篇訪談，發現他最終與俗世合而為一，並且終身不悔。在對他幾個學生所作

的評語中，他對我作了不大牢靠的評語。這意思裏似乎既有對他而言的靠不住，又有就官家而言的靠不住。看來，彼此確實漸行漸遠，終成陌路。至於他對胡河清所作的評語：「他生前我當面對他說過，擔心他鑽進去了走不出來。」更是說得涼風習習。這不由讓我想起，有一次他請所有學生吃飯之際的自我描述：「算命先生說過，我天生無情無義，六親不認的。」然後，一陣自我解嘲式的大笑。也許，這也算是一種世事洞明。

相比之下，我和胡河清都是天生的自作多情者。我們看重的是錢先生曾經表述過的在文學上的那種堅定不移的人文立場。這種人文立場的徹底性在於，在生存和毀滅之間，寧可玉石俱焚，就像胡河清生前一再對我說的那樣，也不願低頭和妥協。從某種意義上來說，文學是殘酷的。文學總是要求其承擔者付出生存的代價。這種代價錢先生曾經付過，並且付得他害怕不已，不願意再付。而我和胡河清則可能由於以前沒有付過，所以不得不補上這一課。我們和錢先生的不同在於，在文學和生存之間不得不有所取捨的當口，只好放棄生存，認領那份因為選擇文學而只得承擔的命運。但錢先生不願意如此決絕。曾經文學過了之後，錢先生為了生存，寧可放棄自己的人文立場，根本不在乎文學不文學。這可能就是他對《新京報》記者所說的那句話的內在涵義：「我這個人既無能又懶惰，這絕不是謙虛。」

也許別人聽不懂，但我非常明白，並且完全理解。人各有志，不可勉強。只是面對跳樓自殺的胡河清，錢先生的那句評語說得太狠了一些。這樣的狠話，迫使我不得不將隱忍了十幾年的往事，和盤托出。

當初，我把大學同班同學胡河清推薦給錢先生讀博士時，為了強調胡河清的學術根底。特意向錢先生介紹了胡河清的家學淵源。胡氏家族可算是前清貴族。胡河清的遠祖，是顧炎武的外甥，清兵

入關後，最早在清廷做官的漢人。胡家原籍太倉，歷代出仕，官至中堂。當然也不免像曹雪芹那樣的家世遭際，歷經滄桑，也曾有過被抄家的悲涼。及至胡河清的外祖父一輩，不再繼續仕途，改而選擇教育救國。胡河清的外祖父年輕時飄洋留學，回國後在北大就任西語系主任，一度與蔡元培共事。蔡元培是其外祖父和外祖母的證婚人。後來回到上海，在復旦大學任教。60 年代過世。胡河清的母親徐氏，50 年代的北大哲學系畢業，在蘭州大學執教。80 年代初期，徐氏曾以于晴的筆名，在上海的《大美學》雜誌上，發表過有關黑格爾美學的論文。其才學不在其同學李澤厚之下。

　　80 年代的我，只知道錢先生是寫《文學是人學》的錢先生，根本不曾想到，錢先生的文學裏頭不僅有人學，還有很深奧的人際學。胡河清成為錢先生的博士之後，錢先生曾託人捎話給胡河清母親，說，你的兒子在我這裏讀博士。不料，胡河清母親根本不諳人際學，讓捎話人作了如此回話：我兒子在你那裏讀書，與我無關。碰了一鼻子灰之後，錢先生對此耿耿於懷，不止一次對我說過，胡河清的母親，不近人情云云。我不知道對錢先生說什麼為妥。因為，假如換了我，很可能也會這麼回話的。學府不是官場，沒必要拉扯關係。遺憾的是，錢先生無法免俗。我第一任前妻的父親，也算是個有頭有臉的人物。早年聖約翰大學的地下黨人，有個叫做茅盾的堂兄，本人則是紅色官員。錢先生知道後，會在一次政協會上，主動跟他打招呼說，你的女婿在我這裏讀研究生。我當時只是覺得，錢先生這麼做有點好笑。但我沒想到，錢先生是當真的。

　　胡河清畢業之際，錢先生給了他臉色看。胡河清的去留，錢先生早就和我達成過共識，留校任教。無論從人學的角度（人品），還是從文學的角度（學養），胡河清都是難得的人才。沒想到，錢先生會出爾反爾，請胡河清走人。聽胡河清說了輔導員叫他找工作之後，我當即去找錢先生談話。那天，又正好碰上王曉明，也為了

胡河清留校一事，找錢先生說項。彼此坐定，王曉明先開口。話沒說完，就被錢先生打斷，說，我決定了的事情，是不會改變的。王曉明不敢再吭聲，站起來走了。王曉明走之後，我對錢先生說了一句：既然你不會改變，我也不用再說了。我說完很不高興地離開了。

接下去的寒假裏，湊巧有朋友請我去海南。我去了海南之後，友人建議在海南試試經商。結果，寒假結束，我滯留不歸。那是90年底91年初的事情。我正值因89年的事情，被釋放出來沒多久。學校因此非常著急。因為他們對我的去向是要負責任的。當時已經有謠傳，李劼從海南出境，遠走高飛。系裏焦灼不安地給我寫信，要我回去。我不予理睬。接著，又來了第二封信，告訴我說，錢先生非常惦掛。同時，又告訴我說，系裏已經決定讓胡河清留校任教。他們這麼一說，我就回校了。當然，我那時也已經發現，我根本不是做生意的料子。

留校以後的胡河清，並不快樂。他不止一次對我說過，我們兩個，不會有好結果。我們要準備好，做終身講師。他還非常決絕地說：實在不行，只好玉石俱焚。我至今記得他說這話時的表情，眉頭皺得很緊，一字一句，從牙齒縫裏迸出。

胡河清的自殺，讓錢先生相當震撼。他告訴我說，胡河清自殺前，曾經給他打過一個電話。那個電話裏的聲音，非常虛弱，好像患了重病一樣。我當即問他，那你為什麼不告訴我呢？他說，我沒想到，他會那樣。我說，不管怎麼樣，都得叫人去看一看。他歎了口氣。

我沒出席系裏為胡河清開的追悼會。我是在自己的課堂上，給學生講了一堂紀念胡河清君的課。錢先生聽說後，非常緊張，特意打聽，我在課上講了些什麼。其實，我除了表達悲悼，什麼都沒說。

　　即便是胡河清母親徐氏，驚聞噩耗後趕到上海，我也沒有說什麼。那天，徐氏邀請了胡河清的生前好友到枕流公寓相聚，我也在邀請之列。但我沒去。徐氏託王曉明帶了一盒胡河清博士論文答辯會的錄相給我。那是胡河清生前唯一的影相。同時又託王曉明捎了一句話：都是性情中人，咱們後會有期。

　　胡河清母親沒有跟系裏的領導見面，也沒有跟錢先生見面。她沒跟他們打過任何交道，但她似乎有一種本能的直覺。那樣的直覺，讓我感覺很相通。我事後很後悔，沒跟徐氏見上一面。及至今年，2008年，年初得知，在蘭州大學執教的徐氏，也已於幾年前撒手人寰，更是傷感不已。

　　但錢先生當時卻因此對我非常感激。因為我什麼都沒說。錢先生一再請我吃飯。我一再拒絕。人死了，不能復生。雖然在胡河清的複雜死因裏，錢先生並非負有直接的責任；但一句「鑽進去了走不出來」，也著實令人困惑。我忍不住想問一聲：假如鑽進去走得出來，胡河清又能走到哪裏去？孫悟空一個筋斗，還是翻在如來佛的手心裏。……

　　錢先生是個非常複雜的人。與此相應，錢門弟子也可謂色彩紛呈。許多年以後，有的出沒於香港或上海的社交場合，有的十分辛苦地經營著自己的學術地盤，有的捍衛女權，有的憤然自殺，有的流落他鄉。如此等等。

　　不過，錢先生對學生的不幸遭際，倒也並非全然沒有抗爭過。比如，對我的生存處境，他曾經在學校召開的一次會上痛心疾首地說，當年的北大連辜鴻銘那樣的怪人都容忍了，今天的華東師大難道就容不下李劼麼？

　　後來有些人說起錢先生帶學生的方式，頗有微詞。說是像那樣的帶學生，天賦差的學生不就很吃虧了麼？我覺得這種邏輯非常荒唐。天賦高低，是先天的，並不是老師帶學生的方式造成的，怎麼

能將此怪罪於錢先生無為而治的教學方式呢？人道主義的原則是同情弱者，但並不是把優勝劣汰顛倒成劣勝優汰。

也許人們經歷了過多的劣勝優汰，竟然習慣了那種退化論選擇，從而將此當作了正常的生存方式。結果弄到後來，常識被作了修改，為了照顧平庸，竟然連無為而治都變得不平等了。好像只有讓那些平庸的人佔據高位，然後把出類拔萃的人一個個從大學校園裏趕走，那樣就平等了。事實上，中國高校演不完的悲劇也恰好在於，有才華的人總是處境悲涼，而平庸的人卻平步青雲，諸事順利。

確實，平庸的人在錢先生門下，就算得志，也不是錢先生的玉成，而是為鼓勵平庸的時勢所然。時勢造英雄只含有一半的真理性。因為有時候的時勢，恰恰是成全庸人的。在教書育人上，錢先生盡了他的努力，其他就看各人的造化了。當今華東師大中文系的凋零現狀，人文環境的惡劣，已經超出了人們的想像。我想，那些對錢氏教書育人方式十分不滿的人們，現在應該十分滿意了。

也有人把錢先生帶學生的方式跟徐中玉先生相比，說徐先生更看重做卡片云云。那也只能說明，各有巧妙不同罷了。錢先生是不喜歡做卡片的，我也是不喜歡的，雖然我在大學讀書時做過一些，但從來沒有拿出來翻看過。事實上，錢先生的學生當中恰好有喜歡做卡片的，而徐先生的學生當中則有不喜歡做卡片的。這點差異不重要，根本不能說明什麼。

順便說說，我跟徐先生只相談過幾次。不多。他給我的印象就跟其面相一樣，方方正正的，中氣十足，行事端方。更多的細節，則有待於徐先生的學生寫回憶了。

徐先生和錢先生之間的相處，是相當和睦的，可以說，給各自的學生做出了榜樣。他們始終有事互相協商，求同存異，從來沒紅過臉。因此，我後來還特意提醒過王曉明，彼此應像錢先生和徐先生那樣相處，互相尊重。遺憾的是，他沒有聽進去。

肆、錢谷融的人文淵源及其精神譜系

錢先生晚年自稱比較懶散，無心筆耕。他的見解和思想，常常流於述而不作。我研究生畢業將近十年之後，其時早已時過境遷，胡河清也已撒手人寰，在我與錢先生之間那幾次非常凝重的相談眼見要說不下去之際，他突然翻出了他五十年多前所寫的一篇文論，親自重新抄寫之後，拿給我看。可惜，我現在手頭沒有這篇文章，只能憑記憶來談說。

我記得我在那篇文論裏所看到的錢谷融，是一個朝氣蓬勃的西裝革履的年輕才子，並且彷彿與司湯達和梅里美，或者與後來菲茨傑拉德和海明威之類的人物為伍，時不時地出入於類似當年法國斯達爾夫人或者後來斯泰因夫人那樣的文學沙龍。

錢谷融寫作該文時才二十歲出頭。他從瓦雷里的一句什麼話談起，行文舒展有致，才氣橫溢，充滿機鋒和妙悟。他在給我文集寫的序言中對我文章的那些讚揚，我完全可以原封不動地轉贈給他自己的這篇精妙文論。我看完後怔了老半天，後來給這篇文章寫了一個短評，找了一家報社，連同文章一起發表了。

我在短評中毫不猶豫地認定，此文就文論本身而言，其見識其才情的發揮，遠在作者後來寫的「文學是人學」之上。

我不知道錢先生為何一直沒有讓此文見諸報章的原因，也許是他生性淡泊於文學功名，也許是他後來覺得此文已經不合時宜；尤其是在極權話語的重壓底下，如此自由暢達的文論，就其風格而言，都是大逆不道的。然而，我從錢先生的這篇文章裏證實了我當初讀他「文學是人學」時的一些猜測性直感，從而完全明白了他的人文淵源和精神譜系。

「五四」以降，中國的文學思潮大致上分流為這麼兩類，一類是以前的教科書上講得最多的左翼文學，最早叫做為人生的文學，

以後逐步發展成所謂革命文學，大眾文學，最後叫做為工農兵服務的服務文學。在其淵源上可以追溯到諸如蘇聯的高爾基，法捷耶夫等等革命文學，還有日本的許多左翼作家及其作品。順便說一下，中國的左翼文學，在很大程度上跟日本的左翼文學有關係。因為早年那些提倡左翼文學的作家，諸如創造社諸君，大都在日本留過學。這類文學經過左聯的左翼文學運動，上升到越來越統一的組織行為，一時被稱之為革命的大眾文學。然後又經由延安的毛澤東講話，歸結成為工農兵服務的文學。毛澤東的講話，一方面最終統一了左翼文學，一方面也造成了左翼文學的某種分流，我指的是以胡風為代表的左翼文學。胡風提出的不是為工農兵服務，而是克服精神奴役創傷。胡風之所以敢在毛澤東面前舞槍弄棒，是因為胡風自恃是魯迅的嫡派傳人。而胡風提出的的精神奴役創傷，則來自魯迅的國民性批判。

這類文學在創作上雖然乏善可陳，但也留下一些作品。其中，以郭沫若的詩歌，茅盾的《子夜》，路翎的《財主和他的兒女們》最為著名。當然，還可以算上魯迅晚期的一些戰鬥性很強的雜文，連同左聯五烈士的作品，其中以殷夫的詩歌和柔石的小說為最出色。後來則有延安時期及之後的一些創作，諸如趙樹理，周立波，丁玲等等。胡風的七月詩派，也是其中的實績之一。還有其他等等，不一一例舉。

教科書上一直把這一路的文學，立為正宗。除了胡風及其追隨者被刪除一時，其他的都一再提及。然而，這並不是中國現代文學史的全部真貌，更不是五四新文學的主潮所在。

五四新文學主潮的經典闡發者，起先是首倡白話文的胡適和陳獨秀，後來應該是周氏兄弟，即早期的魯迅和周作人。其中，魯迅是在創作上，周作人是在理論上，兩兄弟雙雙勾勒出了五四新文學的基本輪廓。這一路的文學，開始稱之為平民文學，人的文學，後

來周作人在〈新文學的源流〉一文中，將這新文學跟明末的性靈文學相聯，指出了五四新文學在中國古典文學中的淵源。這一類的文學，以其鮮明的人道主義立場為特徵，以心靈的自由為指歸。

我在當年跟王曉明陳思和一起討論併合寫的那篇重寫文學史的論文裏，曾經特意引出周作人關於什麼叫做「人的文學」的闡釋。周作人一方面把人的文學說成是「用人道主義為本，對於人生諸問題，加以記錄和研究的文字」，一方面又指出，「我所說的人道主義，並非世間所謂『悲天憫人』或『博施濟眾』的慈善主義，乃是一種個人主義的人間本位主義」。（具體細節見諸〈中國新文學發展概觀〉。此文曾作為我文學史論一著的附錄，收在我的思想文化文集裏，由於當時還沒將那段重寫文學史的歷史公諸於世，出版者不敢造次，他們兩位的署名沒有出現）。

在上述關於人道主義的闡釋裏，周作人後面所作的那個補充，乃是準確理解整個五四新文學主潮的關鍵所在，也是我當年力主重寫文學史的真正用意所在。因為假如僅止於前面那段解釋，那麼周作人所提倡的「人的文學」，跟後來茅盾講的「為人生」的文學，並沒有很大的區別。但周作人加上「個人主義的人間本位主義」一語作限，便將他所說的人道主義跟茅盾的講法，完全區分開來了。人道主義僅僅是研究人生，或者為人生，那麼後來的流於大眾文學和革命文學，乃是順理成章的。但人道主義假如立足在個人主義的人間本位主義上，那麼心靈的自由和作者在人格上的獨立便有了一個根本的保證。我想，也是因為周作人的這種洞見力，致使他在後來的《中國新文學源流》中，將中國新文學跟明末性靈文學聯繫到了一起。

毋庸置疑，周作人當年給人道主義作了一個非常重要的補充。人道主義假如沒有雨果、托爾斯泰式的人間關懷，那麼其胸懷其悲憫就沒有了比大海比天空更廣闊的博大和浩瀚。但人道主義假如沒有以生命個體的自由為指歸，那麼就會喪失人道主義的精神地基，連同

其深邃的心靈底蘊，從而很可能會流落到後來諸如大眾文學，工農兵文學之類的聽命文學和服務文學上去，致使對人間的關懷，變成了落草為寇和話語暴動的別一種說法。文學被用於話語暴動，然後再反過來成為權力話語的附庸，這是中國文學史上最為慘痛的一個教訓。

由此可見，周作人的「人的文學」和茅盾的「為人生」的文學，看上去沒有多大的差異，實際上卻有天壤之別。在周作人的文學主張後面，人們不僅可以看到雨果、托爾斯泰那樣的身影，而且還可以看到中國文學史上那些不依附權勢的或者放浪江湖或者歸隱山林的以自由獨立為特徵的人文景觀；而在茅盾的文學主張後面，人們看到的則是蘇聯的革命文學和日本的左翼文學，或者中國古代文學史上諸如韓愈那樣的文以載道。彼此分道揚鑣，並且南轅北轍，越走越遠。後來的周作人，更加看重的是古希臘悲劇，比如《特洛伊婦女》那種蒼涼深邃的審美境界；而茅盾卻遵循著他的文學主張邏輯，走向為了證實某種社會學和政治學理論的寫作方式，使文學越來越服從革命的需要和造反的命令。

如今，歷史已經證明了，茅盾所標記的文學道路後來雖然越來越得勢，最後卻越走越窄終為人們所不齒；而周作人所闡發的文學精神，雖然歷經滄桑，卻一直沒有泯滅。在話語暴力和話語權力面前，心靈的自由和連同人們對自由的本然嚮往，如同離離原上草，一歲一枯榮；野火燒不盡，春風吹又生。

當然，我在後來寫的那篇文學史論，即〈中國現代文學 1917-1984論略〉一文裏，又進一步提出了王國維的意義。因為我發現周作人雖然相當深刻地闡釋了中國新文學的精神所在，但我發現在王國維的美學思想裏面，蘊含著更為深刻的思想文化內涵。我的這個想法，後來慢慢地成形，在 1992 年 11 月寫成的〈悲悼《柳如是別傳》〉一文中，正式提出了從《紅樓夢》到王國維到陳寅恪的文化承傳，從而成為我次年提出重建人文精神的思想起點。此乃後話。

現在再回到周作人所標記的人道主義上。雖然周氏兄弟早年的思想極為相近，但後來彼此有了不少分歧。其中，周作人越來越走向古典主義意義上的文化和文學的回歸，而魯迅則在越來越複雜越來越激烈的非文學的鬥爭中，把自己一步一步地燃燒成灰燼。然而，他們兩個有一點始終非常一致，即一旦提及中國古典散文，從來不提唐宋八大家，一說起來，要麼是魏晉諸子，要麼是明末小品。也就是說，他們從來不說，居廟堂之高，則憂其民；處江湖之遠，則憂其君。文學固然難免關懷，但文學的本質卻不在關懷的多少裏面，而在自由的實現之中。

說到這裏，我想，人們應該明白，錢谷融的人文淵源和精神譜系在哪裏了。錢谷融對魏晉風度的醉心和難以追慕的悵然，對歌德的熱愛，對瓦雷里的理解和妙悟，對「文學是人學」的悉心闡發，無不與五四新文學中立足於個體生命和自由精神的人道主義相關連。就其思想的橫向比較而言，錢谷融無疑是個十分西化的學人。從他身上，甚至可以看見諸如方鴻漸、趙辛楣那樣的影子。雖然他沒有飄洋留學的經歷，但他的心靈卻跟西方的人文經典息息相通。這情形跟施蟄存先生十分相近，施先生也沒有留學經歷，但他卻成了當年上海現代派文學的標記性人物。精神上的相通，有時候不需要遠足，也同樣能夠抵達。相反，精神上不相通，即便足跡遍佈西方世界，也依然兩眼一抹黑。比如後來的新左派諸君，幾乎大都有過一番出國的經歷，有的甚至還是在西方世界長大的，可是在人文精神上比起施先生和錢先生這樣的文學前輩，相差何止以道里計。

經由周作人當年所闡釋的人道主義精神譜系，中國現代文學呈現出的景觀，歷歷可數，有周作人本人的散文，魯迅的小說和他《野草》那樣的散文，徐志摩，邵洵美及其他新月派詩人的詩歌，林語堂和廢名的創作，還有錢鍾書的《圍城》，張愛玲的小說，還有沈從文在《邊城》裏那樣的走向自然，還有施蟄存，戴望舒他們的寫作，

以及後來被稱之為九葉派詩人們的詩歌。更廣泛一點說,還可以包括屈指可數的現代主義詩人李金髮。如此等等。

在此,十分有趣的是,過去在五四白話文首創伊始時被十分過激地推倒的所謂貴族文學和山林文學,後來經由文學家們的心靈追尋,自在而然地回到了文學當中。令人遺憾的只是,整個現代漢語文學的貴族精神還不夠充分,山林氣息也遠不如魏晉時代那麼高遠。在至今為止的白話文學當中,人們再也聽不到李後主那樣的唱歎,再也聽不見陶淵明那樣的吟詠。因為五四那場話語顛覆,後來被訴諸一場草根性極強,草莽氣十足的話語暴動。整個文學在語言暴力的左右之下,完全失去了精神上應有的尊嚴和高貴。

我之所以對錢先生年輕時的那篇文論那麼看重,就因為其中洋溢著那樣的尊嚴和高貴。而錢先生後來寫的〈論「文學是人學」〉,也是基於那樣的尊嚴和高貴,並且擔心文學的尊嚴和高貴被慢慢地摧殘殆盡。相比於年輕時那篇文論的汪洋姿肆,錢谷融的〈論「文學是人學」〉雖然人文立場十分堅定,但行文卻相當約束,盡力使用時下通行的語言,把話說得圓滿,不留任何把柄。但即便如此,也沒有被權力話語所認可所接受。錢先生因此被劃入右傾行列,當了三十年的講師,直到 80 年代右派右傾平反,才因恢復名譽進而當了教授。

50 年代的那次打擊,對錢先生來說,在他的 80、90 年代文學生涯中,產生了兩個相反的效應。一個效應是,他的「文學是人學」在批判中成名,歷史一旦翻過那一頁之後,便一躍而成新的話語權威。先不說在全國範圍內,至少在上海,文學的人學立場成為整個新崛起的文學潮流的主要精神支柱。《上海文學》在 70 年代末那場「文學是不是階級鬥爭工具」的討論,使文學是人學逐漸成了人們的共識。相比之下,錢先生的文學同輩,大都出自胡風或者其他左翼文學背景;在文學的人文立場上,多多少少帶有歷史的沉積,從而難以為一種徹底的文學人文立場提供精神支點。當然,在錢谷融身後,還站

著施蟄存。可是，由於一者施先生當年的現代派文學主張被 80 年代
潮湧而入的現代派思潮給迅速吞沒，再者施先生乃是一個徹底淡泊之
人，致使施先生於 80 年代文學思潮的影響，微乎其微。

不過，值得一提的是，作為一個人文學者，施先生在精神上的
獨立和面對俗世的毫不妥協，比錢先生更為徹底。這就得說到 50 年
代的那場打擊，在錢先生身上所產生的另一個效應。

這另一個效應，便是他內心深處對文學作為一種事業的懷疑，
從而寧可在學術上無所作為，寧可將自己在精神上的創造和追求付
闕，潔來潔去。我想，這也是他對我說，他是阮籍的意思所在。相
比於阮籍以醉酒的方式，錢谷融選擇了跟世人打哈哈的方式。這種
方式不僅在於錢先生天性不願服膺孟夫子的教導，被勞其筋骨去擔
當什麼大任，更在於他於世事洞明之後的絕望。所謂的看破紅塵有
兩種，一種是隱居山林，或者遁入空門，一種則是索性更深更徹底
地沉入世俗生活，隨波逐流，偶爾悄悄地長歌當哭或者不當哭。難
得糊塗也罷，難得清醒也罷，山林和空門都已經不再存在了，就連
坐在空空蕩蕩的青燈古佛旁打坐的可能性都已經消失得乾乾淨淨。
於是，想要繼續活下去，維持自己的生存權利，只好在熱熱鬧鬧的
塵事世裏做醉生狀。當然，這樣的玩世不恭本身，不無犬儒，這樣
的人生方式似乎又很現代派。

可是錢先生偏偏對現代派文學又很保留。在 80 年代，錢先生
在對現代派文學的看法上跟我有很大的分歧。錢先生認為我對現代
派的著迷，有類於培根的偶像崇拜，把自己的美好想像，投射到自
己的認讀對象上。應該說，錢先生對現代派的不認同，有一定的道
理。因為我本人對現代派也並非是一概認同的。比如對美國 5、60
年代的文學，垮掉的一代，或者後來的黑色幽默，我後來都有一定
的保留。西方的現代派文學裏面，也有不少草根性或者流氓相。但
我記得當年錢先生是在讀到我《文學是人學新論》一著有關論說孤

獨的章節時，放棄了為該著寫序的想法。而我在那個章節裏談的是卡夫卡。

我當時一直難以理解，錢先生為什麼對卡夫卡那麼保留，後來漸漸地明白了。

相對於雨果、托爾斯泰小說裏的那種憐憫，卡夫卡小說裏更多的是謙卑。托爾斯泰是一直寫到《復活》，才意識到謙卑的。可惜的是，他來不及寫出卡夫卡那樣的謙卑就因出走和逝世而結束了他靈魂自救的整個過程。比起憐憫，謙卑需要的是另外一種精神底蘊。一個紳士再憐憫芸芸眾生，永遠不會妨礙他那身著西裝革履的風度翩翩。但假如這個紳士突然落到了被他所憐憫的芸芸眾生的境地，他成了憐憫的對象而不是憐憫的主體，他可能不得不選擇謙卑。精神的尊嚴有時是西裝革履的，有時卻恰好是放浪形骸或者蓬頭垢面的。《復活》中的涅赫留道夫只是跟著瑪絲洛娃到了一下流放地，但他能不能像瑪絲洛娃所追隨的那些流放者那樣，置身於苦行僧般的流放？托爾斯泰也許正是想回答這麼個問題，所以最後才選擇了出走，從而在一個小車站上溘然長逝。我不知道錢先生有沒有想過這個問題，但我覺得假如想過的話，錢先生的回答很可能跟托爾斯泰的不一樣。司馬遷當年受了那麼屈辱的宮刑，尚且忍辱負重，寫下了煌煌巨著藏之名山，更何況面對一個要不要出走的問題？這似乎也是中國文人的一種傳統。

此生沒能像當年的司湯達、梅里美們那樣出入於高貴的文學沙龍，乃是錢先生人生的遺憾。但此生能夠避免被流放，被監禁，被徹底剝奪生存權利，至多只是坐了坐文革期間的牛棚，卻是錢先生的僥倖。倘若人的一生，都是活在卡夫卡《審判》所描述的境地裏，那實在是非常可怕的命運。《審判》所揭示的生存處境，即便作為純粹的文學閱讀，讀者都很難再願意讀第二遍，更何況小說講的恰好是人所置身的現實。

應該說，卡夫卡小說確實讓人難以直面。但人們不得不承認，卡夫卡是徹底的。整個西方現代派文學魚龍混雜，良莠不齊，但卡夫卡所揭示的人的孤獨處境以及相應的謙卑心胸，卻為西方的人文精神別開了一種境界。在此，自由依然如故，只是西裝革履不再。自由轉換成了一種蓬頭垢面的流浪，一種醒來後發現自己變成了甲殼蟲那樣的恐懼，一種在貝克特《等待果陀》舞台上升起的無望，一種上帝失落後的惆悵。在此，高貴的文學沙龍如同蕭邦一樣成了遙遠的的回憶，甚至成了更加遙遠的夢想。我雖然沒和錢先生談論過音樂，但我猜測，假如他能碰到蕭邦的話，沒準會將蕭邦引為知己。錢先生看上去雖然是清醒到了可以作醉的地步，但他骨子裏卻是個不肯放棄夢想的紳士。哪怕是別人告訴他，他的夢想早已隨風而逝，他也照樣守望著自己的夢想。是的，錢先生的拒絕現代派文學與其說出自他的文學口味，不如說緣自他對夢想的守望。假如這麼說不算唐突，我確實想說，錢先生是個夢想守望者。

我能理解這樣的守望。我本人也是這麼一個守望者。哪怕是我聽過了蕭邦，或者聽過了瓦格納，聽過了斯特拉文斯基，乃至巴托克，聽過了披頭士及其後來林林總總的搖滾音樂，我照樣還要回過頭去聽聽柴可夫斯基的《天鵝湖》。

但我還是非常認同卡夫卡。

彼此間的這一分歧，到了90年代，便成了師生之間兩種不同生存方式的選擇。這可能是錢先生在接受任何訪談時都要加以回避的話題。錢先生非常忌諱提及在80年代末的那個歷史事件，以及這個事件發生後，師生之間的關係有了什麼樣的微妙變化。相對於他向我作了阮籍、嵇康的比喻，我對他說的是，由圓入方，由方入空。不啻在一封私信裏說過，也在飯桌上當眾說過。當然，我明白，彼此都不會因此有所改變。

　　結果自然是，錢先生選擇了世俗的校園閒住，住在如同卡夫卡筆下的城堡那樣的地方。在外面的人都想擠進去，而在裏面的我卻想走出來。是的，我選擇了出走和流浪。

　　90 年代，我寫了三部思想文化論著，即《紅樓夢》論稿，《西方二十世紀文化風景》和《論中國晚近歷史》，作為一種總結，也像是一種道別。在我出國的那年，經由朋友努力，在國內出版了包括這三部論著在內的五卷本思想文化文集。我在大洋彼岸遠遠看著自己文集的出版，如同一個死者觀看著自己的生前往事。我不知道錢先生有沒有讀到那幾本破書，但這已經不重要了。對錢先生不重要了，對我也不重要了。錢先生讀我第一本論著時的欣喜，對我，對錢先生，都已恍如隔世。

　　後來偶與師弟通電郵，得知錢先生依然掛念我。其實師弟不說，我也知道。我知道錢先生的內心深處，偶爾會牽掛一下那個因承擔而風雨交加的學生。一如我在大洋彼岸也同樣經常想起住在城堡裏的老先生，有時甚至還夢見過他。

　　記得我有一次夢見他之後，特意給他打了個電話。我很想與他敘敘師生之情。可是電話那頭傳來的聲音，卻陌生得讓我吃驚。根本不像是師生間談話，而像是某個黨支部書記在做屬下的思想工作。我當時心中一涼，從此決意再也不想跟他通電話。我事後想了想，漸漸弄明白了其中的奧妙。錢先生在電話裏的那種聲音，不是說給我聽的，而是在說給可能存在的竊聽者聽的。事實上，也真有朋友，因為與我通過越洋電話，而被有關方面找去談話。

　　後來看到吳亮電報體的回憶文章，提及當年我身陷囹圄之際，他和錢谷融以及其他上海文壇老人一起打麻將。散場之後，錢先生和他一起走到弄堂口，突然問道：有李劼的消息麼？一般人，包括吳亮在內，從錢先生的這句問話裏，聽出的當然是對李劼的關切。但這在跟錢先生打過那個越洋電話的李劼聽來，卻從中聽出另一層

微妙意思：不管李劼做了些什麼，他導師錢某人可是毫不知情的。按照常理來說，應該是吳亮問錢先生，有沒有李劼的消息。因為吳亮與我不過朋友而已，錢先生與我卻是師生關係。那年的事情是發生在我和錢先生所在的校園裏，不是發生在吳亮所在的作協機關裏。就算我是嵇康，錢先生是阮籍，也應該是他人問阮籍，有沒有嵇康的消息，而不是阮籍問他人，嵇康如何了。

我在海外還經常想起的老先生，是施蟄存。不用說，施先生倒是非常喜歡西方現代派。想當年，他就是以現代派作家的形象在上海成名，並且蜚聲海內外。

那年，我從那個地方重獲自由回到學校之後不久，去看望施先生。施先生拍拍我的手背對我說，你去過的地方，賈植芳也去過。你知道嗎，邵洵美就是死在那裏面的。我聽了不由黯然神傷。邵洵美是個比錢谷融還錢谷融的文人，一個十分精緻的新月詩人，幾乎就是十九世紀西方浪漫主義小說中的人物。我後來到了美國，才得知邵洵美當年還有過一個美國女人與他同居。那個女人後來一走了之，根本不在乎邵洵美正因為跟她同居過，而被加諸彌天大罪。我想，在錢先生的精神譜系中，邵洵美絕對是一個非常重要的文學前輩。可是從來沒有人提起過此人的結局。他竟然死在那個我去過的地方。

我每次去看望施先生，施先生都很高興。有一次，他對我說，你現在啊，然後舉起手，朝嘴巴上一封，示意我不要再說話了。我點點頭。過了會，他又對我說，那時不斷有人來找我，要我簽名。我回答他們，天下興亡，匹夫無責。

在 90 年代，我常常去施蟄存那裏閒坐，聆聽施先生的許多妙語妙論。比如，他說錢鍾書是個刻薄鬼。施先生對《圍城》的評說，只有一句話，叫做，洋才子說刻薄話。施先生還舉了個例子，說是當年王辛笛請他和錢鍾書兩個吃飯，飯後各送了他們一本王辛笛的詩集《手掌集》，封面上畫有一雙手掌。兩人告別出門後，錢鍾書私

下裏指著詩集對施存蟄說，王辛笛的這一隻手在寫詩，那一隻手在幹什麼？錢鍾書的意思是，王辛笛的另一隻手同時在賺錢，因為王辛笛當時在銀行裏供職，在文人圈是算是個小開式的人物。施蟄存為此對錢鍾書的刻薄非常不以為然，說錢剛剛吃了人家的飯，拿了人家的書，一個轉身就挖苦人家。

施先生是個心直口快之人，從來不掩飾他對同輩文人的看法。有一次，施先生對我說起沈從文，他十分不滿沈從文對西方現代派文學的不以為然。他憤憤地說，那個沈從文，從來不看現代派作品。他那樣怎麼能寫出大作品來呢？我理解施先生在說什麼。雖然我對沈從文的走向自然，也有著相當的理解。以沈從文的創作潛力，是完全可能成為中國的哈代的。可是由於環境和他本人的意志，沈從文最終沒有像哈代那樣，成為一種意味深長的文學標記。用胡河清的說法，哈代是西方古典文學和現代文學的一個交界點，或者說分界線。在哈代的身後，可以看到整個西方的古典文學風景，而在哈代的前面，則是一道道奇異的西方現代文學景觀。然而，似乎同樣是出於對現代文明的警惕，沈從文卻始終停留在被稱之為鄉土文學的文學景點上，沒能從外在的自然，進入內心的自然。

不知是由於喜歡現代派，還是喜歡莊子的緣故，施先生身上有一種不以歷經滄桑為意的開朗。施先生面對苦難時，有一種莊子式的坦然。那個不知是蝶是莊的莊子，在本性上似乎也是個流浪漢。由此可見，施先生當年的提倡讀莊子，骨子裏絕不比魯迅膚淺。

許多年之後，當我此刻在寫作這個備忘錄時，我同樣的想念施先生和錢先生。在一個正常的自由環境裏，他們都可以按照自己的方式活得悠然自在，發揮各自的才學識。他們意味著兩種不同的文學，卻有著相同的尊嚴和相通的信念。施先生活到將近一百歲才離世。他曾對我說過，他要跟當年害得他吃盡苦頭的權勢者比一比，誰活得更長。他贏了。

2008 年，錢先生做了九十大壽的慶祝。雖說只是閒住，但也不易，畢竟是要付代價的。至少不能自由自在地思考，不能自由自在地說話，不時得看看別人的臉色，看看周圍人的動靜。一個有性情的人，最難受的莫過於小心翼翼地活著。但從錢先生跟《新京報》記者的談話來看，他似乎活得有滋有味：「我這個人一生隨波逐流，不太計較名利，有口飯吃就行了──但是，飯沒得吃就不行。」唉，不知道阮籍有沒有說過這樣的話。

錢先生一向自稱淡泊。但那樣的淡泊，和施先生的淡泊，迥異其趣。施先生的淡泊是不問俗務，埋頭學問，一生著述頗豐，又不以為意。錢先生的淡泊是垂簾聽政，勤於開會，懶於筆耕。九十年間，似乎只寫過三篇文章。文學是人學，《雷雨》人物談，和二十幾歲時寫的那篇詩學論文。許多序文，除了給我那個評論集子寫的那篇，他親自動手，其他就不知道了。毋庸置疑，這三篇文章頗見才力，可能是中文系的許多教授博導一輩子都寫不出來的。但假如可以將此稱作淡泊，那麼莊子就會顯得很不淡泊了。

不過，想想邵洵美死在陰暗的牢房裏，錢先生的閒住，也不失為一種幸運。這可能也是一種命運吧，就像我的命運是流浪一樣。相對於閒住，流浪，確實不大牢靠，經常要受到錢先生所恐懼的吃飯問題困擾。

然而，即便文學隨著流浪者上路，也依然是人學。我當年是從文學回到人學的日子裏起步的，如今走得再遠，也很樂意回到有關人學的回憶裏，寫下如許文字，以作備忘。

2003 年 9 月 6 日，完稿於紐約
附注，14 年前的這一天，我被送去了那個地方
再注：2008 年 9 月，作了些許修改

第二章　86 年新時期十年文學研討會

壹、電梯門口相遇劉曉波

86 年好像是個到處在總結的年頭。有不少地方召開「新時期十年文學」的研討會。我參加了其中規模最大的二個，一個是由《上海文學》和遼寧文聯的《當代作家評論》在瀋陽和大連召開的，一個則是在北京由中國社科院文學研究所及其所刊《文學評論》召開的。我記得那次給我寄會議通知的是《文學評論》的一位編輯，李兆忠。李兆忠是當年華師大本科畢業的校友，因為編發過我發表在《文學評論》上的文章，彼此相識，然後又成了朋友。接到會議通知時，我對這個會議是很茫然的。我全然不知當時的北京文藝界理論界、思想界和政治界正在發生什麼事情，也不知道當時的文學研究所及其《文學評論》在扮演著什麼樣的角色，更不知道其所長和主編劉再復作為黨內改革派在文學界的代表人物，與保守派如何地角力。我其時一面全身心地關注和評論 85 年出現的那些新潮小說，一面一氣寫完了我的第一部論著《文學是人學新論》。

我那時經常跟吳亮和程德培見面，商談不斷冒出的新人新作。程德培整天忙著流覽各種期刊，一會兒發現一篇新作，一會兒又發現一個新人。我和吳亮則跟在程德培的發現後面，就那些新人新作指點江山。我跟吳亮雖然在為人處事和思考寫作上的風格完全不同，但在自由散漫上，卻氣味相投。彼此都是活在自己世界裏的傢伙，根本不管外面比如北京發生了什麼事情。我有時還難免校園裏的俗氣，會很認真地把自己的文章交給《文學評論》發表。吳亮和程德培似乎除了《上海文學》之外，對其他刊物都不太在

意，他們可能連《文學評論》是什麼地方主辦的都不怎麼關心。我們當時不約而同地把文學評論能否跟時新的小說對話，不管小說先鋒到什麼程度也始終保持在批評上的同步和透徹，看作是最為重要的。至於理論上的突破之類，彼此都不太有興趣。就算我已經寫過雙向同構那樣的理論文章，我也沒把理論建樹當回事。再加上我的導師錢先生，也是個自由散漫的人。他從來不會提醒我，諸如北京正在發生什麼事情之類，一如他從來不過問我喜歡寫些什麼。因此，在我和吳亮還有程德培的心目中，北京的這個十年文學討論會，未必比上《上海文學》和《當代作家評論》已在瀋陽開過的那個同樣主題的討論會更有趣。程德培那次不知什麼原因，都沒有去北京出席會議。而我和吳亮雖然出席了會議，卻也因為種種原因，具體記不起來了，一開始並沒有把這個會議很當回事，在會上有些吊兒郎當。記得第一天是劉再復作主題報告，我不知在忙些什麼，根本就沒有聽。連會上紛紛傳說的錢鍾書出席會議這麼重要的事情，我都是後來聽說的。說來好笑，劉再復那天作了什麼報告，我是直到十多年後，彼此在再復的美國家中隨意聊天時，才聽再復告訴我的。

記得是剛到會的那天，我正稀裏糊塗地站在電梯門口、不知該幹什麼的時候，突然有個人拍了拍我的肩膀問道：你、你、你就是李、李、李劼吧。我回頭一看，是個跟我差不多年紀的青年人，跟我一樣戴付眼鏡，說話比我還要結巴。正在我不知如何稱呼人家的當口，對方自我介紹說，我叫劉曉波。嗨，他說自己名字的時候倒一點都不結巴。我當時就對他有了好感。不僅因為他比我更結巴，而且他介紹自己的時候很簡單，沒有任何其他拖泥帶水的成分，比如是哪個學校的、是什麼樣的研究生等等。我趕緊說，噢，我知道你。我確實知道他。是正在北大中文系讀研究生的馬相武告訴我的，他要我注意一下有個叫劉曉波的人，在《文學評論》上發表了文章，

觀點跟我非常相近。我沒想到一到會上就碰上了，一時間有些欣喜。但他接下去的話，就讓我有些不知所云了。

「這次咱們跟他們好好整一下。」我不明白他說的是什麼意思。我只猜到那個「整」字可能是東北土話，含有折騰的意思。但我不明白那個「他們」是誰。一直到第二天傍晚的時候，我才知道劉曉波準備跟誰整一下。不過，劉曉波也許以為我知道北京發生的林林總總，也許以為我也跟他一樣，是有備而來的，準備在會上大幹一場。他肯定不知道我不僅毫不知情，而且根本沒有他那樣的心思。就算他說的是向劉再復發難，我也根本沒有看過劉再復的文章。有關劉再復，我只聽我導師錢先生說過一次，說是劉再復所謂性格組合論所說的那些意思，在他錢先生早年有關「文學是人學」的文章裏，早就說清楚了。既然如此，我當然沒有必要再多費心了。但劉曉波顯然不知道我的這些毫無來由的來由。要不，他不會那麼不容置疑的認定，我會跟他一起跟「他們」瞎整。

劉曉波對我的這種誤解，在第二天下午的小組討論會過後，更加堅信不移。因為在小組會上，我跟劉再復當面爭論起來，在有關人道主義的理解上。會後碰到劉曉波，他興奮地對我說，聽說你已經跟劉再復幹起來了，好，好。他一面說著好，一面目光裏有些黯然，彷彿沒能搶在我前面打響第一槍似的。

高潮好像是從第三天的大會發言開始的。先是我說了一通有關人道主義想法，那是對小組會上與劉再復的當面爭論所作的進一步補充和發揮。我說完後，是劉曉波發言。劉曉波一上去就把整個現、當代文學狠狠地臭了一通，除了魯迅，幾乎沒有一個是像樣的。我有關人道主義的說法，已經夠激烈了，因為劉再復的主題報告就是關於人道主義，而我說了與此完全不同的看法，雖然我當時根本沒有聽過也沒有看過劉再復的報告。不過，劉曉波的激烈顯然不是在意思上，而是在語氣上，彷彿一桌人在認認真真地打牌，突然來了

個草莽人物，將牌桌一把掀翻在地。相比之下，我不過是說這牌不能這樣打法罷了。

我和劉曉波先後發過言之後，會場上的氣氛變得緊張起來。好像誰也沒有想到，會出現如此不同的聲音並且如此的不買劉再復的帳。一些年青人說，這個會有開頭了。另一些比較穩重的人，則對此表示憂慮起來。但不管怎麼說，會議的氣氛相當活躍了。人們不管抱著什麼想法，懷有什麼意見，全都激動不已的，彷彿不是來開會的，而是來看戲的。

就在這樣的氣氛下，晚上的南北青年評論家對話會將這一切推向了高潮。我一到會上，劉曉波就過來拉我說，李劼，別坐在後面，坐到前面去，跟他們瞎整。我沒有聽他的，依然坐在最後一排。這不是我薄劉小波的面子，而是我不喜歡過於搶他人的風頭。在座有許多青年評論家，我憑什麼讓所有的目光都集中到自己身上來。那年頭青年評論家和青年作家像雨後春筍一般湧現，誰都覺得自己是個人物，彷彿早期共產黨鬧革命那樣。至於我發表了與眾不同的意見，並不是因為我要與眾不同，而是我本來就是那麼想的。

對話會開始後，劉曉波就搶過話筒，滔滔不絕，講了很長時間。具體內容我記不得了。我只記得主持會議的羅強烈，《中國青年報》的記者，也是個青年評論家，被劉曉波如此長時間占著話筒弄得很不高興，當場對他說，你不能這樣，讓別人也發表意見嘛。

折騰了好一會，劉曉波終於讓出了話筒。當時忘了是誰接著發言的，但顯然沒有什麼激動人心的內容，否則會場裏不會有人提議說，讓李劼發言，讓李劼發言。雖然劉曉波占話筒讓主持人不悅，但前來開會的人，卻個個都想看好戲。這是中國人湊熱鬧的天性，文人們也同樣如此，不管是青年的還是年老的，全都有這樣的心理。加上那天劉再復本人也在場，弄得眾人更來勁了。

當羅強烈將話筒塞到我手裏的時候，我一時間不知說些什麼。因為我那天並沒有準備發言。在會議之前，先後有二個人找我聊天，一個是李陀，還有一個是我第一部論著《文學是人學新論》的組稿人和責任編輯，即文學研究所新學科研究室的主任，程麻，原名程廣林。

程麻在他編我那本書的時候，向我提出，假如我願意去他主持的新學科研究室，他將非常高興。這次在會上，我跟他是第二次見面。他當時特意前來將這個會議前前後後的背景告訴我。他說，陳湧他們同時也在開會，跟劉再復唱對台戲。陳湧他們說劉再復的人道主義就是當年的資產階級人性論，具有嚴重的自由化傾向。大意如此。

我聽程麻這麼一說，方才恍然大悟，劉再復在小組會上一再對我說彼此最終是一致的，原來是這個意思。在小組討論會上，我一再地強調不同意劉再復對人道主義的解釋，劉再復卻反覆地對我說，李劼，我們總的來說，還是一致的。不，我馬上回答，我們不一致。不管我如何固執己見，劉再復依然堅持說，彼此是一致的。原來，是這麼回事。

程麻接著還告訴我說，劉再復對我的個人印象非常好。他說，再復說李劼這個人非常率真。其實，我對劉再復的印象也非常好，感覺相當的溫文爾雅。程麻顯然看出我對再復也頗有好感。他問我願意不願意跟再復談談，他可以幫我安排一下。我當即表示願意。

我跟程麻談完之後，剛想出門，就碰上李陀前來。李陀當時好像是北京作家協會的副主席，是個在文壇上非常活躍的人物，已經號稱陀爺。忘了在哪裏跟他初次相見了，但彼此都很有好感。他那副北方少數民族型的英俊模樣裏，總是透出一股很仗義的豪氣。跟他交往很容易產生的一種感覺是，倘若找女人各有所好的話，那麼交朋友就得交李陀這樣的哥們。

　　李陀進來時，端著一個盤子，裏面裝著幾瓶冰鎮汽水。他笑呵呵地到我房裏一坐，跟我天南海北地聊了一陣。在談到我的畢業分配去向時，李陀力主我上北京。他說，你是典型的北方人脾氣，在上海那樣的地方是肯定要吃虧的。他的語氣非常誠懇，弄得我一下子把他認作了哥們。如此一個來回之後，他以同樣誠懇的語氣向我解釋說，劉再復召開這個會議很不容易，因為保守派也同時在另外一個地方開會，彼此唱著對台戲。

　　說實在的，直到今天，回想起那個場面，我還依然十分感動，覺得李陀是個可以肝膽相照的朋友。雖然我後來我發現，李陀有時也會在什麼場合說什麼話。在私底下對人誠懇得彷彿天底下只有他這麼一個真心相待的朋友，但一旦換了個場合，他又有可能會變成另外一個人。比如，剛剛跟我推心置腹地談過話，轉眼間，在對話會上就公開挑剔我的發言，那語氣彷彿跟我根本不認識一樣。當然，也可能有「吾雖然愛交朋友、但吾更愛堅持真理」的意思在裏頭。後來，在另外一個場合，有個漢學家在場，好像是德國的，叫馬什麼的。當時，漢學家在中國的吃香程度，簡直一個個都具有美國總統那樣的級別。一個漢學家周圍，不知圍繞著多少顆中國作家之星，舊星，新星，男星，女星，反正漢學家周圍總是星光燦爛。我記不得我當時隨口說了句什麼，那個馬什麼的漢學家馬上注意到了，問李陀說，這位是……李陀立即回答說，他叫李劼，可是個……也許是李陀的語氣裏帶了點感嘆號，那個漢學家迫不及待地問道，是個核心人物？李陀楞了一下，使勁找詞兒，找了一會兒，總算找到一個詞回答說，他是個急先鋒式的人物。李陀說這話時的語氣已經飛快地轉了個彎兒，聽上去像是在談論《水滸傳》裏的霹靂火秦明一般，潛台詞是，這小子沒什麼大不了的，不過是脾氣急躁一些罷了。李陀說完此話，臉色才恢復了原先的正常，彷彿避過了一個急流險灘。於是，那個漢學家鬆了口氣，轉過臉去跟其他什麼人聊了起來。

但不管怎麼說，李陀那天到我房間裏聊的那些話，又確實給我印象很深，覺得自己在會上太魯莽了，給改革開明的劉再復造成了很大的難堪。

正是這樣的原因，我那天和李陀一起到了會場之後，死活不肯答應劉曉波坐到前面去，我不準備再說什麼話了，只想聽聽別人說些什麼。我骨子裏並不是一個喜歡跟人吵架的人。在走進會場的那一刻，我決定停止再對劉再復作批評。用我後來在對話會上的話來說，不願踩人道主義一腳。

貳、不願踩人道主義一腳

這可能是我那天晚上在對話會上的發言主題。雖然我事先沒有準備發言，但一站到眾人面前，喜歡演講的本能卻使我滔滔不絕起來。

我當時大致上說了兩個意思。一個意思是，我在會議上發表的不同意見，乃是一種童心所致。我說，就好比一個孩子看見一個光亮光亮的大光頭，會忍不住上去摸一下。我一碰上有趣的話題，就會童心大發。此前的批判謝晉電影模式，就是如此。我說，我一不小心，就摸了下謝晉的大光頭。

以此暗示和比喻了我跟劉再復之間的爭論之後，我接著說，我雖然對劉再復在人道主義上的古典立場有所保留，但是，在一個人道主義者面對許多非人道的人們時，我不願意踩人道主義一腳。

我那次發言，後來在會上被傳說一時。其中，有人把我說的摸了謝晉的大光頭，誤傳成摸了謝冕的大光頭。弄得我特意跑到謝冕那裏，告訴他說，那是誤傳。不料，謝冕是個比我更孩子氣的老頑童，一見我就眉開眼笑，一迭聲地說，李劼，沒關係的，沒關係的，就是摸一下謝冕的大光頭也沒關係的。謝冕說得我很開心。那次會

議結束後，我回到學校沒多久，就收到了謝冕的來信，告訴我他要招博士生的消息，讓我給他推薦人選。

我那天的發言，贏得了一片掌聲。彷彿大家聽了都很高興。唯獨劉曉波，對此很不高興。散會時，他衝到我面前，鐵青著臉，說我出賣了他。假如劉曉波說他不同意我的發言，這可以理解。但他說出賣他，卻讓我感覺十分誇張。我跟他之間沒有任何契約，更不沒有任何組織關係，出賣他什麼了？當初說要跟他們瞎整，也是他的初衷，我並沒有這種準備。沒等我作出反應，站在我旁邊的程麻惱火了，狠狠地回答他說，你說李劼出賣你什麼了？你懂什麼了？你文化大革命經歷過麼？你嚐過被掛牌子批鬥的滋味麼？如此等等。

我本來以為劉曉波聽了，會跟程麻當場吵起來。不料，他一聲不吭地走了。這讓我感覺非常奇怪。劉曉波在會場裏那麼不顧一切地盡情叛逆，然後衝著我的時候，又是那麼的理直氣壯。可是不知為何，程麻一開口，他趕緊掛出免戰牌，走開去了。

但即便如此，我也不想再跟劉再復見面了。我覺得不舒服，攪在這麼一團爭吵裏面。我告訴程麻說，我取消跟劉再復的見面。程麻表示理解。後來，程麻轉交給我一本劉再復讓他送我的書，上海文藝出版社出版的《性格組合論》，上面有劉再復的簽名。我只是把此書當作劉再復的禮物，拿回家後，放在書櫃裏，一直忘了看。

從理論上說，我對劉再復的理論以及他的理論背景，即李澤厚美學，是非常不以為然的。在這一點上，確實與劉曉波相近。但我的不以為然，可能跟我天性不喜歡黑格爾哲學有關。李澤厚的那一套東西，大致上是黑格爾的底子，再加上受了黑格爾影響的馬克思理論。黑格爾叫做絕對精神的，在馬克思叫做客觀規律。在唯物論和唯心論之間，我喜歡唯心論。這倒與我導師錢先生完全相同。錢先生不止一次地向我表示過，他討厭唯物論，說唯物論很粗俗。在

朱光潛和李澤厚之間，錢先生堅定不移地傾向於朱光潛，從而對李澤厚有關朱光潛美學的批判不以為然。

不過，我在小組會上與劉再復爭論時，卻並沒有想得這麼多。我當時只是覺得劉再復的談論人道主義，聽上去不夠真誠，好像在標榜什麼，並不是從骨子裏的認同。同樣的人道主義立場，錢先生是骨子裏的，不管在生存方式上如何與俗世妥協，在危急關頭如何怯懦，但那樣的立場是不會改變的。但劉再復談論人道主義，讓我覺得有表演的成分在內，雖然他的模樣看上去很真誠，他的語氣聽上去很誠懇。

我對劉再復的另外一個不以為然，在於整個會議的設計。先是由劉再復作報告，然後分組討論，這完全是政黨國家的政治會議模式，並且具有一種新的國家意識形態的派頭和氣勢。在這一點上，我確實與劉曉波是一致的，不喜歡這種前來聽報告的與會方式。也是因為這樣的報告和聽報告方式，致使我不僅不聽不看劉再復的發言，而且對劉再復的其他文章也抱有下意識的冷淡，一如我對所有的政治學習都置若罔聞。有關劉再復的書文，我是過了很多年、由於劉再復發的邀請而到了美國之後，跟劉再復本人有了相當密切的私人交往，才零零星星地讀了一些。

但我當時被劉再復的謙虛姿態給感動了。劉再復不僅不以我的批評為意，而且在私下裏一再表示，他對我印象很好。記得王曉明也對我說過這樣的話，說他在電梯裏碰到劉再復，劉再復對他說，李劼非常真誠。如此等等。我相信這是確實的。

劉再復本人則在後來以他的欣然接受與我對話，向我表明了他對我的這種好印象。大概是二年以後吧，我記得是1988年的年底，因受程德培委託去北京搞對話，我去劉再復在勁松的住所拜訪了他。當時，程德培剛剛創辦《文學角》，需要有一些比較有份量的文章。我在北京找了一大批文學界的風雲人物，其中當然就有劉再復。

再復一接到我的電話，一點不像其他當紅的名人那麼擺譜，而是非常熱情地安排了彼此的見面。

那是個冬天的夜晚。我進了再復的家門。真讓人難以置信，如此一個風雲人物，並且還有官位在身，竟然住在一個很擁擠的小屋裏。但由於忙著搞對話，我也沒有細想。那晚與再復足足談了兩個多小時，把帶去的錄音帶全部錄完還不夠。最後臨別的情景讓我特別難忘。

說實在的，我在新時期十年文學討論會上，對劉再復並沒有留下如何親切的印象，不管他如何謙虛，畢竟是整個會議的中心人物。我一直到了後來的私訪，才對再復的親切隨和，有了切身的感受。不說他那麼認真地與我對話，到了臨別的時候，他又十分認真地穿上大衣，戴上帽子，還戴好了棉手套，一直把我送到車站上。

他送得我非常感動。不管怎麼說，他畢竟比我年長十幾歲，倒過來讓我如此送他還差不多。如今回想起他依依不捨地送我，又好像冥冥之中有一種什麼緣份似的。說來奇妙，就此一別，彼此再也沒有通過任何音訊。直到許多年以後，再復在美國的科羅拉多大學召開金庸和二十世紀中國文學討論會時，彼此才重新相逢。那時，再復在他做生意的弟弟和朋友的資助之下，舉辦了那個討論會。後來聽再復告訴我說，在籌畫會議期間，再復詢問我的北大朋友陳平原，邀請哪些國內的學子出來與會？平原提到了我。再復一聽，一拍手說，哎呀，我怎麼就把李劼給忘了呢。對呀，對呀，一定要把李劼請出來。可是邀請我出來，比邀請其他人要困難得多。再復為此又是給我所在的學校黨委寫信，又是給教育部寫信，費了很多周折，最後才邀請成功。我由此開始了一個新的人生歷程。當然，這是後話了。

我在那個會上，得罪了一個劉曉波，卻與劉再復結了個緣。此外，還跟另外二個朋友無形之中結了緣。一個是唐曉渡，一個是胡永年。後來得知，我跟劉再復在小組會上爭論時，他們二個都在場。

唐曉渡對劉曉波一直持不以為然立場，後來還專門寫過文章。胡永年後來在安徽主編《百家》雜誌的時候，特意來信約稿，並且不論什麼稿子，文學的文化的都可以。由於胡永年的盛情相約，我寫了那本《論毛澤東現象》的書稿，其中的篇章，一章一章地在《百家》為我開設的專欄上連載。其中那篇〈論毛澤東現象〉在 90 年代初遭到相當嚴厲的批判。上海的《文論報》、《解放日報》、北京的《光明日報》全都整版發表同一篇批判文章，那文章的作者是個出名的棍子，好像叫亦木什麼的。當然，這也是後話了。

　　不管怎麼說，我懵懵懂懂地去與會的那個新時期十年研討會，後來使我和劉曉波同時成了文學界的公眾人物，時稱「南李北劉」之類。不管我在個性上與劉曉波如何不同，但在許多理論觀點和思想傾向上，也確實相當接近。

　　不過。劉曉波有一個讓我當時感覺不舒服的特點，隨便給我扣帽子。我後來針對劉曉波對我的不滿，特意再次作了大會發言，公開表明我的立場。我那天在大會上宣佈，面對人道主義和非人道主義的交戰，我寧可封存自己與劉再復不相同的人道主義立場，以此表示對人道主義的認同和支持。不用說，我這個姿態是故意做給劉曉波看的。我不喜歡他那麼說我。

　　劉曉波果然不高興了，他當著別人的面，給我扣帽子，指責我說，你再這麼說下去，差不多要把《延安文藝座談會上的講話》給搬出來了。他說得我很生氣，就像平白無故地被人硬按上了殺人放火和強姦婦女的罪名一樣。我直直地瞪著他，由於過於生氣，一時間竟找不出一句狠話回敬他。旁邊的人見我氣得不行，趕緊把我和劉曉波勸開了。

　　事後想想，劉曉波這麼說可能是要達到那樣一種效果，李劼與他相比，是多麼的軟弱無能，而他又是如何英勇無畏。數年之後，彼此再度相見，劉曉波又在別人面前如此這般，指責我默默無聞待在大學裏，沒有挺身而出，沒有跟當局短兵相接、刺刀見紅。我當

時回敬了他一番話，他聽了很不受用，但過後又把我的話寫進他的文章，變成了他的看法。雖然他沒有說明，那番話是他引用了我的感歎，但我發現，他心底裏其實是完全同意我所說的。

我對他說的那番話的大意是，不要光顧了讓所有的聚光燈照到自己身上，而讓許多默默無聞地作了奉獻的小人物們被無聲無息地冷落在黑暗裏。我當時非常尖銳地問他，當年死了那麼多人，為什麼沒有一個是領袖？沒有一個是精英？

現在想來，在曉波和我之間的那些個分歧，相比於彼此共同堅守的文化立場，顯得很不重要。我們一面不斷地爭論著，一面不停地做著同樣的事情。不管怎麼說，自90年代以來，劉曉波始終毫不妥協地站在持不同政見的最前列。在中國，想要承擔自由知識份子使命，不得不選擇獨孤，不管是求敗，還是求成。那樣的使命有時候是伯夷叔齊式的，有時候則是陳蕃李膺式的。在沒有盡頭的黑暗裏，總要有人站出去，總要有人站在最前列。那年，我和劉曉波不約而同地站出去。後來，他站在最前列，我流亡到最遠方。但在彼此的不同努力中，一直有著共同的訴求，有著相近的品質，承擔著一模一樣的命運。

這麼多年過去之後，回想與劉曉波的磕磕碰碰，越來越覺得微不足道。要不是我不得不信守不因為朋友而有所迴避的承諾，我根本不願意再提及這些個往事。因為在專制的高壓面前，曉波也罷，我也罷，都為自由付出了並且還在繼續付著生存的代價，彼此誰也沒有因此而退卻。一個不讓出國，一個不許回國；於是，一個困守，一個流亡，殊途同歸，彼此誰也沒有辜負當年那個「南李北劉」的名聲。在大事情上，彼此又總是不約而同地做出相同的選擇，寫出相近的文章，不約而同地表達互相呼應的觀點。

中國的專制文化，使每個人都成為專制的帶菌者。曉波和我，都不例外。在剛剛開始的時候，彼此都難免幼稚可笑。我從曉波身

上看到的那些問題，施存蟄先生也同樣在我身上發現過的。有一次，施先生讀了我在80年代寫的一些文學評論文章，對我說，你們這代人的文字，怎麼都帶有這種大批判味道呀。我聽了，頓時眼睛一亮，看到了自己身上與劉曉波同樣的問題。

可以這麼說，我和曉波都是在對專制的不懈批判中，同時在自己的思維方式和語言方式上，對自己進行專制病菌的掃毒。對專制的終極批判，不在於反抗，而在於自省。一個能夠自省的專制帶菌者，才能成為徹底的反抗專制者。相反，反抗而不自省，最終會變成自己最初的反抗對象。中國歷史上無數扮演英雄豪傑的反抗者，全都走過相同的悲劇道路。從對專制的反抗開始，到成為新一輪的專制者結束。讓我感到欣喜的是，當我一步步地從專制的陰影底下走出來時，看到曉波也在漸漸地變得明亮起來。曉波的困守是孤獨的，一如我的流亡。在兩個同樣的孤獨者之間，最終發現的應該是相知和相應。永不退卻，當是彼此的共勉。

參、劉再復的人道主義和懺悔意識

就私下交往來說，劉再復似乎是更容易親近的朋友。至少在當時，我就是如此感受的。但我不喜歡劉再復在理論上和思想上的許多說法和想法。在那天的對話會上，我說完之後，劉再復也發了言。他提到了巴金的懺悔，說巴老很了不起，能夠跟全國人民共懺悔。我當場忍不住反詰，巴金有什麼資格讓全國人民與他共懺悔？巴金的懺悔是巴金的事情，其他人的懺悔是其他人的事情。我弄不懂為什麼樣樣事情都要全國人民一起來做。在我看來，懺悔是相當個人化的事情，不是一種公眾活動，是不能號召的。但劉再復就是喜歡做號召一類的事情，說號召一類的話。人道主義是號召，要大家一

起懺悔也像是號召。我後來跟再復交往頗深，幾乎是無話不談，但我從來沒有聽見他作過任何懺悔。

我記得就是在我反詰劉再復之後，李陀在一旁插話調侃我的。李陀的發言，毫無內容，聽上去像是打群架時的相幫。但這在人際關係上的效用是不可低估的。直到許多年以後，劉再復談起李陀，不管在思想觀點上如何大相庭徑，卻依然認作是朋友。

對中國同胞的這套人際術，我實在是又茫然又害怕。假如這套人際術如同太陽一般明亮，那麼我卻被刺照得無法睜開眼睛；假如這套東西是黑暗的，那麼我永遠只能在黑暗中跌跌撞撞。但劉再復不同，他顯然很懂得這些名堂經。

不過，雖然劉再復一再以李澤厚作為其思想資源，包括後來與李澤厚所作的那個著名的對話，但彼此之間還是有點區別的。劉再復多多少少有些唯心傾向，在歷史主義和人道主義之間，劉再復更傾向於人道主義，因此也更傾向於作家應該走向內心、應該具有懺悔意識。

無論是對劉再復的人道主義還是他所津津樂道的懺悔意識，我都是相當保留的。因為我很難相信一個從來不懺悔的人，真的具有什麼懺悔意識。劉再復的強調懺悔意識好像是一種號召，號召大家懺悔，就如同當年有人號召大家鬥私批修一樣。至於他本人懺不懺悔，似乎是不在這號召裏面的。

至於劉再復所說的人道主義，經過這麼些年的交往，我想他也應該明白我當年在那個小組討論會上為何一再回答他，不，我們不一致的原因。且不說劉再復在人際交往過程中其人道主義背後的那種施恩實質，就算是他所說的就是雨果式的人道主義，與我對人道主義的理解，也是很不相同的。

大凡讀過雨果《悲慘世界》的讀者，一定不會忘記這麼一個場景：在一個黑漆漆的夜晚，可憐的小珂賽特提起一個沉重的水桶。

在她搖搖晃晃地站起身之際，突然，一雙有力的大手把那桶水接了過去。於是，在珂賽特身旁，讀者看到了小說中那位衣著樸素，卻光芒四射的主人公，冉‧阿讓。

這是一個非常具有象徵意味的場景連同隱喻性極強的細節。冉‧阿讓對小珂賽特的拯救場面，令人聯想起米開朗基羅在西斯廷教堂天頂上的那幅《創世紀》，聯想起上帝在畫面上伸向亞當之手。在此，憐憫以拯救的形式，展示出人道主義的經典意蘊。冉‧阿讓與其說是雨果筆下人道主義的一個象徵，不如說是上帝派向悲慘世界的一個化身。雨果的經典名言由此隨著冉‧阿讓的出現，在讀者心中轟然響起：比大海更廣闊的是天空，比天空更廣闊的是人的心胸。

這不是上帝又能是其他任何什麼人？天底下誰能具備如此浩翰的心胸？雨果之所以是個偉大的人道主義者，是因為他同時是一個偉大的浪漫主義者。雨果的偉大，在我看來是毋庸置疑的。至於那個朝著雨果出言不遜的尤奈斯庫，不過是個小流氓罷了。儘管這個小流氓因他那幾個無賴兮兮的劇本，躋身於法蘭西學院的院士行列，由此證明了該學院的慧眼獨具，但依然是個小流氓。二十世紀西方出了許多這類無賴式的天才，不啻是尤奈斯庫，還有此前的 D‧H‧勞倫斯，還有繪畫上的杜尚，安迪‧沃霍等等。這些無賴作家和藝術家，在其文化價值及其價值的實現方式上，與西方的左派知識份子異曲同工。將一個貴婦人剝光了扔到一個守林人的胯下肆意作踐，在蒙娜利莎嘴上加上撇鬍子，把瑪利蓮‧夢露的臉蛋做成可口可樂式的招貼畫，還有就是朝維克多‧雨果臉上吐痰，諸如此類。總而言之，我是流氓我怕誰，全然一付草根革命和美學暴動的地痞無賴嘴臉，美其名曰，西方現代派。

但是，雨果的偉大是一回事，雨果式的人道主義又是一回事。因為自從陀思妥也夫斯基把小說放到地下室和監獄裏寫起，自從卡夫卡揭示出人的處境遠不啻是小珂賽特那樣的可憐無助，而已經與

一隻甲殼蟲相去無幾，人道主義的內涵，一下子從上帝般的悲憫轉為卡夫卡一再強調的謙卑。也正是這樣的謙卑，二戰以後的戲劇舞台上會出現《等待果陀》那樣的流浪漢，會出現卡繆筆下的「局外人」。順便說一句，對於這樣的謙卑，周作人是從古希臘戲劇《特洛伊婦女》中得以領略的。這也即是我為什麼一再感歎，讀懂魯迅的人不多，而讀懂周作人的人更少的原因所在。

我在那個小組討論會上與劉再復的論爭，同時也確實是對整個古典人道主義的質疑。我質疑的全部基點在於，文學早已喪失了冉·阿讓式的上帝立場。因為文學的主體，借用劉再復的說法，其真實位置已經不在冉·阿讓手中，而在珂賽特腳下，甚至在於卡夫卡《變形記》的主人公早上一覺醒來的那一刻。文學的人道主義，必須以此為補充，才由其古典的神性，落實為現代的人性。也即是說，當作家想到憐憫的時候，必須同時想到謙卑，其憐憫才是真實的，可信的。否則，那樣的憐憫很可能會變成一種表演，也可能變成任何一場暴動的藉口，從而使人道主義滑入那種為人生的現實主義和解放全人類的狂熱煽動。因為，不管怎麼說，像雨果那樣的胸懷或者像托爾斯泰那樣的自慚形穢，在作家當中畢竟是極為鮮見的。我不知道再復有沒有明白我的意思。假設他依然不明白，當他看到我這段文字時，也一定會明白，我說的人道主義與他當年講的人道主義之間的區別。

我從再復對梭羅的熱愛，對佩索阿的著迷上，相信他已經明白。再復對我談到梭羅和索佩阿時，我幾乎難以相信，這還是當年在會上作人道主義報告的劉再復。然而，聽再復談過之後，我發現，劉再復畢竟還是劉再復。因為明白是一回事，省悟卻又是一回事。再復一面承認文學沒有義務擔當什麼責任，一面卻還在強調魯迅在個人主義和人道主義上的此起彼伏。再復似乎很難徹底放棄文學的兼濟天下責任，一如他很難不把懺悔意識作為一種對國人的號召，以此扮演一下精神領袖什麼的。

　　事實上，無論是強調文學的責任感，還是號召國人懺悔，都是一種十分可疑的行為。在歷史上，文學的責任感從來沒有把文學真正推向人道主義，而向來是把文學最終推向語言暴力。把文學作為一種兼濟責任，或者把寫作置於聽將令之下，這不是魯迅的偉大，恰恰是魯迅在文學觀上的一個盲點。按說，魯迅的人道主義文學觀，與周作人在〈人的文學〉一文中的闡釋是全然一致的。但魯迅最終沒能將那樣的立場堅持到底，這是魯迅的悲劇，而不是魯迅的驕傲。由此聯想到，當年劉曉波在會上的發言。他聲稱整個中國文學是倒退的，中國現代文學史上除了魯迅，就找不出一個像樣的。大意如此。雖然我理解他為了把話說得明白，不惜危言聳聽。但我依然認為，劉曉波可能很懂政治，但他不懂文學。

　　相比之下，劉再復對於文學也是相當茫然的。但說劉再復懂政治，似乎又過於抬舉了他。劉再復深諳的是人與人之間的交往，也就是人際關係。這可能與他的人生歷程有關，畢竟是從班長，團支書，團委書記那麼一路過來的人。

　　據再復本人告訴我說，1993 年在瑞典召開的國際學術討論期間，李澤厚曾當眾批評劉再復的懺悔意識和超越意識，並且認為劉再復把陀思妥也夫斯基捧得過高。殊不知，對陀思妥也夫斯基的推崇，恰好是劉再復最引以為自豪的。再復告訴我說，在他的心目中，陀思妥也夫斯基的名字，意味著靈魂的深度，意味著精神的自救。在這一點上，劉再復對陀氏似乎真的有些心得。他說，要說解放全人類，是很容易的，那個年代裏人人都這麼說。但是倘若要落實到解放一個人和自我解放，卻很艱難。這可能是劉再復的真心話，也是劉再復切身的體會。因為要把自己從長年累月的積習中解放出來，真的是比什麼都艱難。

　　當然，劉再復此話還含有對解放全人類的懷疑。我很認同這樣的懷疑。黑格爾當年辛辛苦苦地建造的哲學體系，最後經由馬克思

和由馬克思命名的那場革命，歸結為一句碩大無比的空話，解放全人類。從絕對理性和絕對精神，到解放全人類，理性由至高無上的絕對性和不容置疑性，變成一堆史無前例的荒唐和史無前例的醜陋。假如革命乃是一種行為藝術的話，那麼這種行為藝術最後被訴諸了十分認真並且人人都當真的荒誕派戲劇。行文至此，我不得不提一下，相比於中國人，法國人的淺薄。法國的文學精英只是發現了荒誕派戲劇，他們不知道在中國，人人都是荒誕劇的劇中人。而中國人的幽默又在於，他們上演荒誕劇時，自己從來不笑的。再以福柯和德里達還有當年的薩特為例，他們對話語中心的挑戰也罷，對理性批判的承繼也罷，對存在主義的理解也罷，沒有一個比得上毛澤東。在他們能夠想得到的地方，毛澤東全部一一做過了。偌大一個國家，就好比毛澤東的思想實驗室。不要說那些法國思想家，就是整個西方左派知識份子，跟毛澤東的胡天胡地相比，實在是黃土和高山，小巫見大巫。在薩特親眼目睹毛澤東在天安門城樓上的接見紅衛兵之後，他應該覺得自己在巴黎街頭的激情煽動是如何的可笑。

比起我導師錢谷融先生，劉再復顯然不是個特別敏銳的人。不過，劉再復的人道主義立場倒不僅僅是他讀書讀出來的，也有他個人的人生體味在其中。再復一再對我說過，他對許多事情都是從本能上作出反應的。他本能地認為，不能屠殺無辜的生命。他本能地認為不可以面對恐怖份子的慘無人道鼓掌叫好。即便是他的漂流，也是他出自本能的人生選擇。要不是他的這種本能，他完全可以選擇另外一種人生。要不是本能，他完全可以選擇權勢，而不是選擇良心。以他當年已經獲得的地位，要在上層混個一官半職，不說唾手可得，也是舉手之勞。

不過，再復在談及他的本能時，總是迴避害怕的本能，從而把自己的流亡說成是與當時發生的事變及其歷史環境的不相宜。其實，害怕是人的天性。人生來就害怕死亡，在火面前害怕被燃燒，

在水面前害怕被淹死。這沒有什麼可回避的。再復誠實起來很誠實，尤其是在他畏懼的人和事面前，戰戰兢兢地，誠實得像隻小兔子一樣。但再復也有另一面。

肆、劉再復本人的性格組合

從劉再復講的人道主義立場來說，劉再復應該是個冉‧阿讓式的人物，但劉再復絕對沒有像冉‧阿讓那樣擔當人間苦難的勇氣。在強橫面前，劉再復是個弱者；而在弱者面前，劉再復又很想做個恩人。劉再復的人道主義，骨子裏是施恩式的人道主義。這是跟雨果式的人道主義很不相同的地方。

在毛澤東上演的荒誕劇裏，錢谷融是以阮籍式的智慧，保全了自己，成為一個倖存者。相比之下，劉再復卻以他本能式的忠厚老實，獲得了青睞，一步步地走向權力話語的中心。當然，忠厚老實的另外一面，必然是忍辱負重。至於忍辱負重本身是否也是一種智慧，或者說，一種中國式的狡猾，那就只有天知地知了。也許最老實乃是最狡猾的另一種說法，但這只有讓再復自己說才成立。

劉再復是文化大革命在中國最頂尖的知識份子集結之地、中國社會科學院（前身叫做中國科學院社會科學部）種種慘像的一個十分重要的目擊者。那些一聲聲的慘叫和一個個的冤魂，在他終生難忘。他對我說過許多故事，其中最讓我唏噓不已的是那位在古典文學的學問上不下於錢鍾書的一級研究員孫楷第老先生。孫老先生嗜書如命，藏書精美。在他被趕到幹校去勞動時，懾於工軍宣隊的威逼，不得不以便宜得驚人的價格，將自己十分心愛的全部藏書賣給了琉璃廠和造紙廠。文革結束後，孫老先生一回到文學所，第一件事情就是提出要找回他的書籍。作為當年幫助孫老先生找書的當事人，劉

再復對我說，他為此四處奔波，求上面批准，求各方幫忙，那琉璃廠他更是不知跑了多少趟。可是，他對我說，上哪兒找去呀？誰還記得那檔子事情呀？就這樣，失落了藏書的孫老先生像個活死人似的苟延殘喘到生命的最後一刻。老人臨死之前，特意讓家人把劉再復叫到床前，向劉再復巍巍顫顫地張開手掌，掌心裏寫著一個字：書。

當然，文革的種種暴行，在每一個人心中激起的反應是很不相同的。但在劉再復心中，至少是激起了他的人道主義情懷，他的不避諱貧賤。他私下裏最喜歡對人說的一句話乃是，我是個農家子。他說他小時候家境貧寒，下田種地，上山砍柴，什麼活都幹過。也許是這樣的人生經歷，他會對同樣是砍柴出身的禪宗六祖慧能，特別認同和崇敬。然而，這句聽上去頗為自謙的話，同時也有一種莫里哀筆下的喜劇性，有時會讓人想起那個自稱很卑微的人來。因為劉再復骨子裏是個一點都不肯謙虛的人。

假如劉再復說他非常熱愛文學，我是絕對相信的。劉再復少時有幸就讀於陳嘉庚的女婿李光前先生創辦的全福建最大的華僑中學，說他有幸，是因為該校擁有一個藏書相當豐厚的圖書館。劉再復的啟蒙教育，便是在那個圖書館裏面完成的。他在那個圖書館裏通讀了莎士比亞的所有戲劇，通讀了傅雷翻譯的巴爾扎克和羅曼‧羅蘭的小說。我想，劉再復對人文精神的嚮往，可能受莎翁戲劇的影響；一如他後來從文學主體論逐步走向個體，走向個體的內心真實，與《約翰‧克利斯朵夫》那種激情個性的導引有關。但再復對於文學也罷，藝術也罷，始終只是喜歡、欣賞，彷彿一個在門口興致勃勃地徘徊不已的遊客，很難跨入門內做一個不顧一切、獨立不羈的文學中人。

有一年去他家裏作客，我特意送給他一疊 CD，其中有一張孟德爾松的《仲夏夜之夢》。與他一起品賞孟德爾松此曲的情景，給我印象很深。說實在的，再復對音樂和繪畫等藝術，不是十分敏感的。但他聽《仲夏夜之夢》卻聽得非常投入。因為他熟讀過莎士比亞的

全部戲劇，對《仲夏夜之夢》裏的每一個細節都了然於胸。我能感覺到他隨著孟德爾松的旋律在莎翁舞台上漫遊的快樂。再說，門氏旋律的優美，天下獨步，再復因此被感染得如癡如醉。但再復的另一面是，過後就忘了。我那次回來後，劉再復可能再也沒有聽過那些音樂，至少他從來沒有提起過。再復在本性上似乎跟藝術相隔一堵牆，而不啻是相隔一層紙。

也許是這樣的原因，劉再復的抒情散文，寫得再優美，也經不起推敲。因為他只是在表達他的熱愛，從來不會也不敢走進他所愛的一切之中。比如，他會很崇敬冉·阿讓，但要他做一下冉·阿讓，他肯定逃之夭夭。他一再對我說他如何激賞三島由紀夫，並且在我開始撰寫文學備忘錄的時候，還曾非常不高興地指責過我寫得不夠三島由紀夫。後來我把文學備忘錄真的寫得相當三島由紀夫時，他轉而變得十分害怕，憂心忡忡地說我把人全部得罪光了。為此，他非常認真地去出席了被我嚴厲批評的一位教授的退休派對，以此向對方也同時向我表示，他是個不忘舊情的朋友。他如此的不三島由紀夫，有點讓我失望。我有時甚至會懷疑，會不會發生這樣的情景，被我批評的所有文人通通聚集到再復家裏開派對，然後再復在他們對我的非議面前裝聾作啞。

不過，再復確實喜歡交朋友，尤其是有地位或者有身價的朋友；假如沒有那些身外之物，能有點才華也行。因此，再復在國內海外的朋友眾多，從周揚、胡繩，到聶甘弩，從學術泰斗錢鍾書到著名音樂家施光南，還有身價百倍的大畫家范曾，還有武俠小說家金庸等等。從某種意義上說，再復不僅善於交友，而且還像是個朋友收藏家，很懂得什麼朋友放在什麼位置上，懂得什麼朋友執以什麼樣的禮節，什麼朋友應該交到什麼份上，什麼朋友應該始終仰視，什麼朋友可以居高臨下。什麼朋友必須恭維不已，什麼朋友可以趁人不注意時悄悄地欺負一下。

據他本人告訴我說，自從出國以後，他與之交流最多的，是兩位跟他一樣漂泊在外的朋友，一個是高行健，一個是在下。

有關他跟高行健的交往，得由當事人自己來講說。我在此只是略略提一下，劉再復之所以能夠超出同輩的文學同行，與他跟高行健的交往頗有關係。他說，高行健的作品和文學主張，給了他很多啟發。他不僅喜歡高行健的小說戲劇，並且十分認同高行健沒有主義的文學主張。當他說到放逐主義回歸內心的真實一語時，語氣堅定到了心馳神往的地步。

我本人跟高行健沒有任何交往，我也不知道再復有沒有跟他提及。不過，再復知道我對高行健小說和戲劇的不同看法。有一次，再復特地寄我高行健的《靈山》和《一個人的聖經》。我收到後，當天夜裏一氣看完，第二天就給他寫了一篇評論和一封長信。再復對此一再表示驚歎，並且讀得擊節不已。但讀過之後，他照樣沉浸在對高行健的熱烈歌頌裏。其中既有命運、心靈等等精神上的相通，但也不排除諾貝爾獎的心理效應。假如我得了如此頂級的世俗榮譽，再復也會同樣熱烈的。

我到美國不久，國內剛好出版了我那五卷本的思想文化文集。我一拿到，立即送了再復一套。再復讀我那些勞什子讀得比我當初寫得還要認真。他不僅十分仔細地夾了許多簽條，還在字裏行間時不時地寫上一些讀感。後來，當我聽到他如數家珍似地跟我談論海德格爾和斯賓格勒等等時，我知道他將我在書中論說的那些大師的著作一一讀過了。我還知道，他正在動腦筋如何將我的一些想法變成他的觀點。

我在身外之物上，全然是個一無所有之人。我能夠讓再復樂此不疲地深而交之，除了上蒼所賜的那點天賦，無非就是精神上的不貧。再復是個有精神嚮往的人，但他同時又把我的一無所有和我的富可敵國區分得極其清楚。

　　面對我的思考、我的那片精神天地，再復謙恭得如同一個虔誠的學生。事實上，我自從失去了課堂之後，也只剩下再復這麼一個聽眾。再復十分享受聽我滔滔不絕，聽得入神時，常常會完全忘記他過去扮演過的社會角色。每每提問，都不會忘記說上一聲「向你請教」。不過，聽完之後，再復總是能夠很快地回到他在 86 年新時期十年文學研討會主席台上作報告的角色裏，從而有意無意地把我扔回下面的聽眾席上。

　　這樣的反差，有時讓我暗暗吃驚。因為聽我滔滔不絕的劉再復和 86 年會上的那個劉再復，是截然不同的二個人，我至今很難相信這二個人竟然是同一個人。聽我滔滔不絕的劉再復，非常嚮往精神上的崇高、非常嚮往慧能、陀斯妥也夫斯基、甚至三島由紀夫等等，有時還會把我和他的境遇與當年俄國流亡思想家和文學家們相提並論。但 86 年那個會上的劉再復，卻是個官位在身、熱衷名聲的劉再復。那個劉再復在文化思想上的形象，體現在他與李澤厚的對話裏。那個劉再復在文學上的熱情，體現在他對諾獎得主高行健的沒完沒了的津津樂道裏。那個劉再復跟我在一起時，讓我覺得 86 年的那個會彷彿一直沒有開完，並且還要無休無止地開下去，不管我聽不聽他的報告。那個劉再復會把我的一些思想觀點，以他不倫不類的文字寫在他的文章裏，並且以他難以擺脫的庸俗方式，向港台大學裏的聽眾們高談闊論。有時甚至鸚鵡學舌到了連語氣都像我跟他講說時的模樣。即便如此，他照樣可以咬定牙關，隻字不提是從誰那裏聽來的，從而面不改色地告訴聽眾，那些思想都是他本人如何了不起的發現。記得我最後給他的絕交信裏，曾經告訴過他，我的思想是和我的表述方式聯結在一起的，不能想像可以用他人的方式來表達我的思想。但再復還是遏止不住那種以他的方式來表述我的思想的欲望，一而再、再而三地到處宣講刪除了李劼的名字和李劼的表述方式的「李劼」觀點。那個劉再復完全活在精神領袖的幻覺裏。

他告訴我、他在香港是知識界的精神領袖時的得意神情，我至今歷歷在目。我只是不知道，他的這種幻覺是從 86 年的那次十年文學討論會上開始產生的，還是到了海外與李澤厚一起發表了《告別革命》之後才有的。我有時忍不住地十分同情他，被精神領袖的幻覺折磨，不是件快樂的事情。但一看到他為了扮演精神領袖而把我告訴他的一些想法，不倫不類卻又煞有介事地到處演講，又會覺得他太欺負我的無權無勢，太欺負我的不得不選擇流浪。

這樣的反差，導致了再復與我之間十分奇特的朋友關係。聽我滔滔不絕的劉再復，是私底下的，不公開的，只有天知地知、他知我知。別人知道的只是，是劉再復把我邀請到美國，是劉再復以訪問學者的名義把我留在了美國，是劉再復在處處關照我，是劉再復給我的歷史小說寫了序言，是劉再復在我活不下去的時候給我寄過錢接濟過我。再復在別人面前稱我是個有見解的人，或者一個勤奮而有才華的人，或者寫了不少東西的人。再復很少對人提及我的實際處境，就像他不會告訴別人他像聽課一樣地聽我講說我的許多思考。別人不會知道他和我之間的真相，也不會知道我的真正處境，是在紐約這個城市裏沒完沒了地流浪。再復一面在序言中誇獎我的流浪，一面還悄悄地以比我更悲慘的人和事鼓勵我繼續流浪。

再復彷彿喜歡我處在這樣的流浪狀態裏，以便 86 年的那個會議能夠繼續開下去。當他從那個看不見的主席台上走下來，吩咐我替他起草什麼文章、或者構思什麼講座、乃至設計一部學術論著的基本框架時，語氣相當的從容鎮定，彷彿在處理辦公室裏的一些日常事務。在那樣的狀態裏，我只能處在祕書的位置上。先是由我提出構想，然後由他作出取捨；我再根據他的取捨，提出具體的寫法或者講法；最後成文後，有時還得由我潤色一下。我猜想他當年給周揚起草報告時，可能就是這麼運作的。但我相信周揚的官腔，肯定打得沒有劉再復那麼溫柔、那麼漂亮、那麼體貼入微卻又那麼不容

置疑。假如我真的是再復的祕書，一定會為這樣一位溫柔體貼的上級領導做事而感到幸福和自豪的。再復在為官時的母性特色，可能天下無雙。再復沒能在朝中做官，與其說是再復的不幸，不如說是朝廷的損失。

我對再復說得比較多的一個話題，除了中國文化的源流和蛻變，便是《紅樓夢》與《三國演義》、《水滸傳》的比較。再復聽我講解這兩類小說之間的區別時，從心底裏讚歎我的看法。然而，事實上，不管再復如何喜歡《紅樓夢》，他跟《紅樓夢》總是相隔一層紙。再復骨子裏依然是《三國演義》中人，不管他嘴上或者在文章裏如何同意我對《三國演義》的批判。假如再復在《紅樓夢》裏也能找到他的角色，那麼肯定不是賈寶玉，而是賈政；再復在《水滸》裏的角色，則應該是宋江。

我在流浪了這麼些年之後，驀然回首，發現自己不知怎麼的被罩在一張無形的蜘蛛網裏。不僅是我周圍的人，甚至包括我自己，都參與了這張網的編織。這可能是再復非凡的人際關係本事。再復可以不動聲色地把一個人籠罩在他的恩情之中，而他是否給過這個人真正的、實質性的、足以解決其生存境遇的幫助，則是另外一回事。再復彷彿生怕一個人吃飽了會突然逃走一樣，總是讓他所幫助的人處在半饑半飽的狀態裏。再復可以使一個人的流浪狀態沒有絲毫改變，卻被恩情的大網罩得嚴嚴實實。我有時感覺自己身處一片波濤洶湧的大海裏，而再復則悠悠地站在海岸上看著我掙扎。再復可以不時地扔給我一點麵包，但絕對不會讓我上岸。不知為何，再復比我過去所面對的專制當局更害怕我有朝一日回到大學的講台上，尤其是不希望看到我站到美國大學的講台上。因此，再復的施恩是有界限的，絕對不會讓施恩對象跳出不需要施恩的境地裏。

當我說出這種感受時，已經身處一種無法擺脫的生存困境裏。想當初，我曾經十分相信過這位看上去絕對是溫柔敦厚的朋友。而

他也確實給過我許多的承諾。從在美國的大學教中文，到香港台灣尋找教職，最後給我找的竟然是廣州中山大學。我非常驚訝他的這種努力。且不說中山大學能否接受我，即便是願意接納，我當初又何必離開華東師大跑到美國來呢？兜了一個偌大的圈子，我最後發現，再復是在悄悄地把我送回中國。我猜想，助我入美國大學執教，再復可能沒這個能力；而幫我在香港台灣的大學找到一個教職，即便有可能，再復也不太情願。因為我要是在那裏的大學裏一講，再復還怎麼能夠宣講他的種種發現呢？再復還怎麼能夠繼續扮演他所十分熱衷的精神領袖角色呢？在對我的幫助上，再復是矛盾的，也是為難的。他一方面希望我永遠流浪，一方面又希望我永遠有求於他，永遠相信他會幫我搞掂我的生存需求。再復希望他在我面前，是個永遠的恩主，同時又希望我永遠的求他施恩。他沒想到我會最後給他寫那封道別信，雖然他曾下意識地提及，當年嵇康如何給山濤寫過絕交信什麼的。

再復這種施恩式的人道主義從某種意義上說，又是十分軟弱的，不僅在對別人施恩時軟弱，在領受皇恩時也很軟弱。一方面，他十分關注自己的施恩效果，對方稍不留神，就會被他懷疑有忘恩負義之嫌。因此，再復對自己身邊的人，哪怕是親人，都會具有一種賈政式的威嚴。另一方面，他又會對來自朝廷的皇恩感激涕零。上面什麼人物說過他一句好話，他會矢志不忘；即便是何新那樣的人物，來美國不知幹什麼時隨口把他和李澤厚誇了幾句，他也會激動不已。這時候的再復，絕對是個宋江。

從再復的這種性格，可以想見其文章，尤其是其散文。我曾經很委婉地說過再復的文章不是魏晉式的，而是唐宋八大家那樣的，暗示其文意總也脫不去一股官氣。我認為我的這個說法是公允的。須知，唐宋八大家的境界也不算很低了。不說其他，僅范仲淹那兩句話，就儒雅得很。居廟堂之高，則憂其民；處江湖之遠，則憂其

君。我忘了有沒有對再復說過，假如換了我，會把這兩句話改成：懷浪者心態，居廟堂之高；以王者氣度，處江湖之遠。不知再復以為然否。

不管怎麼說，當年爭論的三個人，劉再復也罷，劉曉波也罷，我也罷，最後都找到了自己的位置。而我當年之所以選擇擔當，也在無意中表明了，個人可以擔當什麼責任之類，但文學卻絕對不能如此擔當。一旦我選擇了文學，堅決拒絕擔當任何責任；假如命運還要我去擔當，那麼我也不會把文學給捎帶上，而是先把文學放下再考慮擔當。

在文學的閱讀上，再復也是個十分矛盾的人物。比如，他一方面告訴我，魯迅當年說的文學實績，乃是最為重要的。文學不在於論爭，而在於作品。但他同時又對一些實驗性很強的作品不是很熟悉。在提出主體論之後，再復當年還寫過〈論八十年代文學批評的文體革命〉之類的文章。我至今沒有讀過此文，不知道再復究竟以哪些文學批評的文本作例。但我猜想不會是我和吳亮他們的文章。因為那個時候，劉再復所做的一切，我和吳亮他們不太清楚；而我和吳亮他們在做些什麼，再復好像也不太清楚。再復是直到我給他寫了有關高行健小說的評論和長信之後，才突然發現，原來我比他更在燈火闌珊處。我當年不僅非常認真地評論了蜂湧而至的新銳小說，而且還由此對小說的敘事方式和小說語言作了相當的研究。無論是在對新銳小說的評論上還是在小說語言學和敘事學的研究上，我當時都已經走到了相當孤獨的地步。這雖然對我後來的長篇小說寫作不無裨益，但真正明白我那些研究文章之個中三昧的人卻非常之少。有人因此嘲笑我竟然就《百年孤寂》的第一句話，「很久以後，當布恩第亞上校回想起……」，寫了一萬多字的長文。

又有人認為，怎麼可以把一部翻譯小說的開頭，當作小說敘事和小說語言的事例來講說？他們不知道這句話對當時的新潮作家產

生過多麼重大的影響，更不知道這句話在小說敘事方式上具有什麼樣的意義和意味。這些都以後再說罷，不扯遠了。

我在這裏要說的只是，有關實驗小說文本的研讀，尤其對先鋒詩歌文本的研讀，再復都沒有太重視。以致我對他提起諸如韓東、于堅之類的名字，他覺得非常陌生。再復對小說的閱讀，可能只到尋根那一類小說為止，即阿城、韓少功和莫言他們的小說。再復當然也讀過馬原、余華、蘇童他們的小說，並且對殘雪作了很高的評價。但再復最推崇的是《厚土》一類的小說。

再復與我的不同之處，還在於對自己的寫作所持的心態。再復很少對自己的作品有不滿意的時候。再復為人謙和，但這並不能說明他骨子裏不固執。我對自己的文章和作品沒再復那麼看重，就像隨身衣物一般，扔得滿地都是。但再復對自己哪怕是很久以前的一篇習作，都會相當仔細地揮去灰塵，收拾收拾，安置妥當。

再復對別人的評價非常在意。很看重自己在他人眼中的形象，自己在社會上的地位。雖然他可以十分謙虛地面對所有高高在上的人，他也會同情或者施恩式地幫助低低在下的人們，但他骨子裏不太接受別人的批評。至於他跟人交往的成功，則在於對人始終保持警惕，不管交往到什麼程度。

再復最為矛盾的是，他從心底裏看不起平庸，看重天才式的人物，但他本人卻既不是天才，又不敢與平庸決裂。劉再復的平庸是相當驚人的。記得有一年他叫我去科羅拉多小住。本來我想跟他搞一個對話錄，把那些年私底下跟他談的許多思想作了一個整理。但他卻請求我替他構想一部中國文學史。說實話，跟再復在一起，從來不吝嗇讓他分享我的許多想法。因為我不在乎他很刻意追求的思想家角色。那次，我不僅替他作了完整的構想，而且還幫他起草了開頭部分。在我構想的時候，他非常認真地記下了我所講的第一句話，而且還不斷地琢磨其中的意思，不停地問我這句話是不是這個

意思，那句話是不是那個意思。要說努力，他算是非常努力的了。可是，他就是怎麼也寫不出來。假如我沒弄錯的話，那部文學史至今停留在我給他起草的那個部分上。

至於再復給我歷史小說寫的那個序言，讀者們自然是見仁見智。其中最有意味的，是錢谷融先生的反應。錢先生讀到發表在香港《明報》上的那篇序文之後，給該刊寫了一封信。此信後來被該刊丟失了，但錢先生讓人轉告了其中的意思。錢先生說，他是向劉再復表示感謝，感謝他關照流浪在外的李劼。雖然誰也沒有看到那封信，但錢先生這樣的意思，卻是另有一番深意。他那十分客氣的感謝，同時也委婉地提醒了劉再復：不管怎麼說，李劼總歸是我的學生。這或許是錢先生寫此信的真正原因。按說，我在外面如何如何吃苦，錢先生是不會如何在意的。不管怎麼說，這都是我自找的。錢先生之所以如此認真，是因為他多多少少從那篇序中讀出了，劉再復情不自禁地流露出來的師長語氣。

這可能也是劉再復在性格組合上的複雜性。他一方面可以極其謙虛地向人請教各種問題，並且謙虛到足以讓人向他傾心相交，傾囊相授。但另一方面，他又會向公眾下意識地流露出他曾經擁有過並且讓他始終無法忘懷的官位身份，至少在語氣上。這在我是可以不以為意的，但這在我的導師卻相當敏感。再復的這種複雜性，在我需要花這麼些年的時間弄明白，但這在錢先生卻一眼就看清楚了。

唉，是人，總是難免其複雜性，尤其是中國人。

2003 年 9 月 14 日寫於紐約

2004 年 9 月 8 日改定

第三章　研究生時代恰遇各路英雄風雲際會

壹、桂林會議和新青年研究學會

記得是在 1984 年的秋冬之際，我和同期的研究生跟著錢先生去桂林參加了一次全國性的文學討論會。說實在的，那次會上討論些什麼，我根本就沒關心，以致現在無論如何想不起來會議的具體內容。我只記得會議是廣西師範大學中文系主辦的，那裏有個叫做林煥平的教授，在文學理論觀念上相當保守，是個屬於日丹諾夫體系裏的老古董。我之所以記得這個名字，是因為與會的研究生們，在私底下都在把林教授當做笑話講。但據說那人並不壞。那時候的左派人物，主要特徵是思想僵化，在為人上可能並沒有後來的左派那麼世故和油滑。

由於會議是在秀麗之極的桂林山水間召開的，所以大家都遊山玩水得很開心。就連錢先生都玩得像個大孩子一樣，還一不小心掉進了灕江裏，引起一場虛驚，把主辦人的臉都嚇白了。

我雖然也很喜歡桂林山水，但當時我更熱衷於的，卻是召集到會的一些研究生在私下裏開小會。那感覺很像早期共產黨人一樣，聚在一起舉行「祕密會議」，會議的主題竟然就是成立新青年研究學會。

我不得不承認的是，我的這些胡思亂想，主要是少時讀了太多的早期共產黨人革命故事所致。我在下意識裏模仿那些革命家，一心想在思想文化上做番大事業。我最初的想法是辦一個類似於《新青年》那樣的刊物，發表一些新銳的思想文化文章，當然也包括文學在內。

我這想法首先得到了北大畢業後分配到清華中文系任教的馬相武的支持。不知是受了北大的薰陶，還是馬相武本人也喜歡那類事

情，他一聽我說要搞個新青年那樣的刊物，十分來勁，立即給我出了一連串的點子。說實話，我喜歡天馬行空地胡亂構想，卻不懂如何具體操作。而馬相武卻恰好很有操作能力，他不厭其煩地告訴我第一步該怎樣做，第二步又該如何準備。他告訴我說，要辦一個刊物，必須得有一個相應的機構，比如什麼研究學會之類的。我聽了馬上就說，那當然了，不妨就成立一個新青年研究學會吧。他說，對，就是這個意思。於是，彼此就認真商量起來，製定了一個初步的計畫。

那時候的研究生似乎還比較單純，我指的是，大家都一門心思追求思想文化上的建樹，暫時還沒有其他念頭；比如下海做生意啦，去官場混個一官半職啦，諸如此類。因此，我把想法向大家一說，當即就有十多個人響應。我記得後來整個研究學會的理事名單上，總共有十二個成員。其中包括從福建來的陳曉明和譚華孚，從安徽來的胡曉明，還有廣西師大的蔣述卓，蘭州大學的謝電波，我的師弟董朝斌。加上我和馬相武。其他還有哪些人，我記不太清楚了。對了，好像還有一個廣州中山大學的什麼人，姓賈，叫什麼就想不起來了。馬相武曾經叫我讓那個人當副主編，以此鼓勵他為學會和刊物做點事情。

學會成立後，我自然是學會的會長兼刊物的主編。我之所以記得廣州中山大學的那個姓賈的什麼人，是因為我當時和馬相武說過，如果能從北京到上海再到廣州，形成一個全國性的聯繫網路，那麼這個學會和刊物就會非常可觀了。想到能夠像當年的陳獨秀那樣辦成一個《新青年》式的全國性思想文化刊物，我確實十分嚮往，甚至嚮往得有些心醉神迷。我當時哪裏知道，這種事情其實是多麼的犯忌。而且幸虧此事後來沒有做成，要是真的做成了，還不知道會鬧出什麼後果來。想想看吧，正好也是十二個，正是搞笑得可以。

直到現在，我都不知道是後來出了什麼事情。也許是被人家無意之中注意上的，也許是內部有人去告密領賞。須知，儘管此事沒

有任何政治性質，但讓利慾薰心的人編造一番拿去立功，換個一官半職還是有可能的。不管是什麼原因吧，反正這個流產的學會和連八字都沒一撇的刊物，後來成了祕密追查的一個重要對象。許多年之後，我在北京碰到陳曉明，他還耿耿於懷地提起此事。他告訴我說，你知道麼，你在桂林搞的那個《新青年》，讓我和譚華孚遭受了不少調查。尤其是譚華孚，被調查得夠嗆，一直不被重用。

我聽了哭笑不得。因為我從來沒有因此被調查，也許被調查了也不知道。由於我出身工人家庭，父母都是共產黨員，雖然是普通的黨員，但在名義上畢竟屬於主人階級，再加上他們老實巴交的，是除了幹活什麼都不懂的生產黨人，歷次政治運動從來不沾邊。正是那樣的平安無事，使我對這種事情稀裏糊塗，根本不知就裏，更不知輕重。我記得後來在那個地方，他們倒是問起過的。我當時不以為然地回答說，這種事情你們也當真？他們聽了不吭聲了。

我當時想對他們說，當年在軍閥統治底下，都可以辦《新青年》之類的刊物。說起來還是跟革命先輩學來的呢。假如不想讓人繼承革命先輩的遺志，幹嗎要拿那麼多的革命故事來教育我們下一代呢？一個研究學會，一本思想文化刊物，又有什麼可怕的？但我沒有說。既然人家不吭聲了，我也沒必要嘮叨。他們其實是明白的。

事實上，光是一個資金問題，就可以使此事永遠停留在籌備之中，一直籌備到大家全都忘記為止。倒是有關方面，把它記錄在案了。想想很好笑。

此事我一直沒告訴過錢先生。要是錢先生知道我如此胡鬧，一定會嚴厲制止的。老頭當時只知道玩得開心，哪裏曉得他的學生糊裏糊塗的，差點闖了大禍。

雖然學會和刊物最後流產了，但也因此認識了一些朋友。其中給我印像比較深的，除了馬相武之外，得數陳曉明。

　　第一眼看到陳曉明，就是一個西裝革履的形象，感覺非常西化。他當時整天把斯賓格勒掛在嘴上，我起先還沒聽清楚，以為他說的是法斯賓德。因為福建人說話通常比較含混，比如把方法論說成謊話論。但他說到他當時所在的福建師大那個孫紹振如何如何能說會道，我卻是聽明白了。當時，孫紹振和北大的謝冕，還有不知哪裏的詩人徐敬亞，在朦朧詩的討論中名聲大噪，被稱之為「三崛起」。我讀過孫紹振的詩論文章，挺有才氣的。

　　當然，陳曉明給我的印像更有才氣。後來為刊物第一期籌稿，我特意請他寄文章給我。我讀了非常喜歡，專門向《上海文學》的周介人作了推薦。可是周介人看了卻不以為然，無論我怎麼對他說，他就是不肯發表陳曉明的文章。我記得陳曉明文章裏談到小說的深層結構什麼的。他還經常用的一個詞，便是從斯賓格勒那裏拿來的「第三進向」。我後來也用過這個詞，在我談論從倫勃朗到畢卡索的繪畫時，感覺不錯。陳曉明當時顯然已經讀了不少書，行文之間的遣詞造句頗有特色。我當時非常看好他，並且對周介人沒發他的文章，至今耿耿於懷。

　　我後來還特意把陳曉明介紹給吳亮。我記得那天帶他到吳亮和程德培在作協的辦公室裏聊天，吳亮把腳一直翹到桌沿上，腳底衝著陳曉明，讓我看了十分不快。我後來為此說過吳亮，指責他不該把腳底衝著人家。吳亮笑嘻嘻地道歉說，他不是故意的，叫我轉告陳曉明不要在意。

　　記得陳曉明那次到上海來看我，行程很匆忙。他也給我介紹了一個朋友，叫做徐守涥，是個在文化大革命時由於政治原因坐過牢的女人。那女人跟《走向未來書》的一個編委有交往，後來那個編委在90年代莫名其妙地死了。那女人對聚會特別有興趣。當她聽說我要搞一個文學沙龍時，馬上響應說，她可以提供聚會場所。我後來真的搞了一個先鋒文學沙龍，後來被誤傳成「西風」沙龍。上海話先鋒和西風，是一樣的發音。此事以後再細說。

　　好像是到上海來過之後，陳曉明來信告訴我說，他上北京讀博士生了，在中國社科院文學研究所。他讀博士期間，結識了一些朋友。他告訴我說，他跟靳大成，陳燕谷是哥們。然後還有些比較誇張的話。但不管他怎麼說，我覺得他是可以自信也是應該自信的。

　　當時，他很想勸我搞搞哲學什麼的，我卻建議他讀讀當時的新潮小說。後來他聽從了我的建議，不僅讀了那些小說，還讀了我在《鍾山》上論新潮小說的那篇文章，由此轉向了新潮小說的評論，寫了大量的評論文章，出了一本專著，叫做《無邊的挑戰》。可惜我沒有讀過此書，但我想以他的理論素養，不會寫得比別人差。

　　陳曉明可能是 90 年代繼我在 80 年代的一系列長篇大論之後，為數不多的幾個對新潮小說繼續進行思潮性研究的評論家。90 年代對新潮小說的評論，我本人看重兩個人，一個是胡河清，一個是陳曉明。陳曉明雖然由於種種可以理解的原因，在《無邊的挑戰》一書中無法提及他當初是因為聽從了我的建議而轉向新潮小說評論的，也無法提及我發在《鍾山》上那篇三萬字長文，〈論中國當代新潮小說〉，但他在課堂上跟學生講課時，卻毫不諱言我那篇文章的開創性意義和對他的影響。我說他毫不諱言，是指他的方式跟我很不相同，他完全可以不提我的文章。我說他毫不諱言，更是指他不像北京和上海的許多同輩同行，對我此文始終諱莫如深。我記得此文發表之後，李陀倒是專門給我寫過一信，既大力讚揚又表示不能同意我對馬原的評價。但李陀後來也像是忘了一樣，從來不對任何人提及此事。李陀也罷，陳曉明也罷，還有其他許多同代評論家也罷，大家其實都知道，我那篇長文，是 80 年代唯一的一篇對整個新潮小說在文學思潮層面上展開的歷史性論說。那篇文章中，凝結了我幾年的新潮小說評論和研究，本來完全可以寫成一部專著，由於當時我突然轉入了文化批判，才應《鍾山》雜誌的稿約，一筆揮就了結掉了。

由於後來突然發生的歷史事變,對新潮小說的評論和研究一度中斷。幸虧有了胡河清和陳曉明等人的有關文章,80 年代的文學思潮,才得以在 90 年代被人繼續言說。坦率說,相比之下,張頤武似乎更擅長短平快的評論,沒有陳曉明那樣的縱橫捭闔能力。但張頤武畢竟也在新潮小說的評論上,獨樹一幟。比起那些跟小說對話只能從巴金說到王安憶為止的評論家,張頤武再不濟,也比他們強得多。

雖然我認為他在 90 年代對新潮小說評論上的實績,與胡河清並駕齊驅,但我對陳曉明所熱衷的後現代理論卻有所保留。我在上海的一個什麼會上與他相遇過,我當時好像說了些什麼,他被我說得不住地咕噥文化殺手。他也許不知道,在當時的會場上,我最看重的恰好就是他。其他那些裝腔作勢的學人,沒有一個比得上他的才氣,也沒有一個在對後現代理論的理解上比他更到位。比起我後來對那些人的質疑,我在會上批評他的那些話當屬輕描淡寫一類。我在會上說了個寓言,叫做〈強盜與書生〉。我在寓言裏調侃了一下後現代理論,但這並不意味著我故意要讓陳曉明本人難堪。遇上強盜的書生,遠不啻是持後現代理論學者。幾乎所有的書生,都碰上過強盜。只是拒寫強盜頌的書生,太少了。

在我的印象中,陳曉明的文章在哲學上的根底相當紮實,而且行文不喜咬文嚼字,更不亂玩概念遊戲。假如他有什麼欠缺的話,就是生命底氣不足。他說話有時左顧右盼,不敢把話說到底。他跟我說過,他喜歡徹底之類的字眼,但由於眾所周知的生存限制,他即便想要徹底也很難徹底。須知,徹底有時候要付出極大的代價。他有一次很坦率地告訴我說,很多事情沒辦法,有家有室的人,總得要養家糊口。其實這人人都明白的,只是有些聰明人對此諱莫如深。他如此誠實地道出,我倒是覺得很可愛。假如他也像有些人那樣,找一個什麼口號,掩蓋自己在生存上的種種圖謀,那就完全是另外一種感覺了。

也許是出於生存需要，他跟王朔一起做過文化公司之類的事情。那當然是 90 年代的事情了。他因此到上海來組過稿。記得在他代表公司給上海評論界朋友擺的宴席上，他一口一個朔爺，叫得十分搞笑。那天赴宴的，包括我在內，對王朔小說和王朔本人，全都印象不壞。不過，他和王朔的合作最後並沒有取得什麼成果。雖然他們是想在體制外做點事情，但由於搞的是文化公司，做起來難度不會小。據說，彼此合作了數月便不了了之。

後來陳曉明在自己的領域裏繼續寫了許多文章和論著，但由於我轉向了長篇小說創作，很少再讀理論評論，所以彼此就很少通音訊了。

如今想起桂林會議，彷彿是上輩子的事情了。我記得陳曉明當時還是個舞會王子。他跳舞跳得相當不錯，風度翩翩，可以讓人想起 30 年代諸如邵洵美之類的洋派才子。也許他應該到上海不該去北京，不過，上海也不像是他那樣的才子可以施展才華的地方，除非倒退半個多世紀。至於他的文章後來有沒有在《上海文學》上發表過，我不得而知。假如一直沒有的話，那也不是他的不是，而是《上海文學》缺乏見識。

桂林會議期間，看似人材濟濟，似乎每個研究生都可能成為一大家；其實最後能夠有所作為的，實在為數寥寥。

馬相武後來讀了謝冕的研究生。就是他替謝冕傳話，寫信叫我研究生畢業後去北大任教。許多年之後，他博士畢業去了人民大學中文系任教。彼時重新見面，已經有了陌生感。

胡曉明和蔣述卓一起考取了王元化的博士生，他們來華師大讀書時，跟我交往不太多。後來蔣述卓畢業後去了廣州的一個什麼大學，據說當官了。胡曉明好像在大學裏教書，應該是教授了吧。我記得他曾研究過一陣子陳寅恪，不知現在是否還在繼續研究。他好像有志於做學問。董朝斌畢業後去了上海師大。其他人，就不太知道了。

那年在桂林幸虧後來沒能成事,要真辦成了刊物,最後也是風流雲散。想想即便是當年「五四」新青年諸君,後來也都分道揚鑣。

現在回想起來,當時那麼一番衝動,倒也算是對 80 年代在本質上是回歸「五四」新文化運動的一種感應。只是今非昔比,過去能做的事,如今未必也能做。這可能就叫做時代不同了的意思吧。不過,這在當時也算是一種風氣,只是成功者卻寥寥無幾。北京是有做成的,比如《走向未來叢書》那夥人。

當然了,那件往事雖然早已付諸東流,但桂林的山水依然讓人難忘。許多年以後,在美國碰到過另一個出席桂林會議的中國學人。他出席的當然是另一個桂林會議。據說,當時有八位哲學系研究生,以他領頭,在會上公開挑戰著名的馬列經典《唯物主義與經驗批判主義》。詳情只能留給那些當事人回憶了。

由此聯想到的是,忘了是此前還是此後不久,有位年輕的學人,寫了篇〈唯心主義是不結果實的花朵麼?〉,在一家刊物上公開發表。該文是對列寧在同一本書裏那個著名論斷的大膽質疑。

這二件事情雖然似乎跟我參加的桂林會議毫不相干,但在總體的時代氛圍上,卻是十分相應的。許多年以後,我在北京跟那位作者相遇,他叫單少傑,不年輕了,比我還年長。他在中國人民大學執教。我當時請他陪著去什麼飯店跟一個澳大利亞籍的漢學家會面,從而讓他看到了那個漢學家的無賴相。那人仗著自己長著一張白種人的臉,不知是被北京一些崇洋媚外的中國學人給寵壞了,還是他本來就是那副樣子的,竟然把腳底翹得比吳亮還要高。在本國不過爾爾,到了中國卻變成寶貨,據說這類故事還不少。不過,放到以後再說吧。

接著要說的,是我在讀研究生期間提出雙向同構命題的經過。

貳、殷國明的鬥蟋蟀和雙向同構的緣起

在 1985 年的文學大轉折到來之前，高等學府裏的人文學子，大都對哲學有著相當普遍的興趣和熱情。而且十分有趣的是，大家的哲學底子，幾乎大同小異，都是從學習馬列著作起步的。彼此聚到一起談起來，共同語言特別多。好像除了馬克思，就是黑格爾和康德。這也是為什麼在 80 年代初期的文科高校裏，李澤厚那本《批判哲學的批判》特別風靡的原因。接踵而止的美學熱，也因為李澤厚《美的歷程》的問世，以及人們對朱光潛美學的懷念而時興起來。不過，人們並沒有因為對朱光潛美學的重新評價而過分為難李澤厚，因為李澤厚的美學在大量湧入的西方現代美學思潮下很快就褪色了。大家都忙著看新書，無暇顧及淘舊貨。及至後來劉曉波挑戰李澤厚，在年輕學子當中，不僅沒有人感到驚訝，而且還有不少人後悔不迭，如此一個便宜，自己怎麼就沒撿在頭裏呢？

與李澤厚從康德的二律背反裏引出了歷史主義和人道主義的二律背反相似，我也是在跟人討論康德的二律背反時，想到雙向同構的。而且，我記得這本來是兩個詞，一個是雙向，一個是同構。這兩個詞也不是我先說出來的，我是聽別人一會兒說雙向一會說同構的時候，突然產生一個靈感，何不叫做雙向同構呢？我當時想到這雙向同構的念頭時，腦子裏出現了一個橢圓形的幾何圖像。這個圖像動起來的時候，有點像宇宙中漩渦狀的星雲團。

我記得當時是在跟哲學系的一個研究生爭論康德的二律背反，說著說著，突然看見了那個圖像，並且馬上就找到了表述那個圖像的邏輯公式，就像有人找出表述相對論的什麼數學公式似的。

那個研究生顯然對康德相當熟悉，一再地說什麼什麼的如何可能，把康德的二律背反不知道背誦了多少遍。我後來對他說，我知

道了，你不需要沒完沒了地重複給我聽。我現在要告訴你的，是我的一個邏輯公式，叫做雙向同構。他說，我從來沒聽說過有這麼個邏輯公式。我告訴他說，那麼你現在聽說了。於是，我就把那個邏輯公式講了一遍。

那個公式當時說來很簡單，現在回憶起來卻有點複雜，好像是這樣的：

A 是非 B 而是 A，B 是非 A 而是 B。
A 是非 A 而是 B，B 是非 B 而是 A。

在 A 和 B 之間，你可以說，彼此是二律背反關係，也可以說，是雙向同構關係。或者說，二律背反是指世界的存在狀態。而雙向同構則是指人類的作為方式。在存在面前，可以無所作為，從而無為而無不為。這樣的話，存在就是二律背反的。假如面對存在，想要有所作為，那麼其作為就不能是單向的一味鬥爭的，而是雙向的互相協商的。大意如此。

我這個邏輯公式是很有科學主義色彩的。這跟我讀大學時看了不少現代物理學方面的普及讀物有關。我特別著迷愛因斯坦的相對論，曾呆呆地看著閔可夫斯基的四維時空座標玩味不已。我感覺那個四維時空座標非常具有哲學意味，就跟中國古代的易經八卦一樣。我的這個邏輯公式，似乎也還沒有充分表達出我腦子裏的圖像。因為那個圖像應該是一個旋轉著的多維座標，不是平面的，二維的，而是高維的全息的。正因如此，我把雙向同構稱之為一種思維方式。我試圖從中找到一種多維或者說高維的思維方式，而不是對立統一的平面思維，不是二維的單向思維。

我的雙向同構邏輯公式在研究生寢室傳開後，同寢室的師兄弟夏志厚十分激動地問我，照你這麼說，是不是就意味著沒有絕對的邏輯前提了？我說，本來就沒有絕對的邏輯前提，那都是黑格爾的

胡編亂造。我的意思是，邏輯本來就是一種人為的努力，怎麼可能像上帝一樣絕對呢？

　　我於是對他說了一大通絕對和相對，前提和結果，還有矛盾律，量變質變律，否定之否定律。有關這三個定律，我早在十八歲的時候，就專門思考過，當時還為此寫了一篇哲學論文。在我想到雙向同構之後，重新把那篇哲學論文找出來，在原有的基礎上，寫了一篇有關雙向同構邏輯的哲學論文，大概有一萬幾千字。

　　這篇論文後來失蹤了。此事說來話長，也算是個重要插曲。當時，正當上海的各家報紙在報導我提出的雙向同構時，有個叫做李歐梵的台灣籍美國教授在上海訪問。我記得是在上海作協的一個討論會上，碰到此人的。李歐梵聽說報紙所報導的此事之後，對我的雙向同構非常有興趣。在後來的一次電話裏，他問我，你是不是否定了唯物主義的反映論？我說，可能還沒這麼簡單。於是，他問我，可不可以給他看看我的那篇哲學論文。他說，假如他看不懂的話，可以帶回去給美國專家看看。他當時住在靜安賓館。我答應了，還專門把論文的原稿，送到了他所住的賓館裏。我記得當時彼此還聊了一會。

　　然而，從此以後，我的論文便杳無音訊了。我那時的寫作，還沒有像現在這麼可以在電腦上飛快成行，而是一個字一個字地寫在稿紙上的。當時，李歐梵剛剛在大陸文學界和文化界出現，十分吃香。而且，此君那時說話還沒有像後來那麼的不著邊際，所以贏得了許多人的信任，包括我在內。直到許多年以後，我聽施蟄存先生告訴我說，那個李歐梵，到我這裏來又是錄音，又是錄相，折騰了好幾個星期，最後回去寫了本書，全是我的話。我聽了才知道自己可能也同樣上當了。我猜施蟄存先生講的，可能就是李歐梵寫關於3、40年代上海文學界的那本書。我忘了書名，在朋友家翻過一翻，浮光掠影，口氣輕飄，感覺還沒有王安憶寫的關於上海的書來得生

動和逼真。施先生那麼重要的回憶，讓李歐梵作了那樣的講說，實在可惜了。當然，此乃後話，先不扯遠。

那時，好在我同時把自己的基本構想，還寫成了一篇幾百字的短文，叫做〈論雙向同構〉。此文發表在那年的上海社會科學報上，應該是 1985 年吧。

雙向同構的構想雖然有意思，但現在想來，在表達上可能過於抽象，讓一般人讀起來很費勁。雖然對哲學的興趣是許多學子都有的，但要讀明白那麼抽象的邏輯公式並不是一件輕鬆的事情。再加上我當時使用的語言，沒有和流行的西方話語完全接軌，在一波接一波的西方話語浪潮下，自然不會受人注意。我相信李歐梵肯定看不明白裏面的意思，就算他拿給美國的哲學教授看，也不一定能看懂。而且，以李歐梵的浮躁心氣，他會認為那裏面講的全是廢話。有些術語諸如哈貝瑪斯的公民社會或者民間社會，李歐梵不懂也必須得弄懂，否則怎麼在美國學院裏混飯吃呢？至於我的雙向同構，就像老子的《道德經》一樣，他懂不懂都不會妨礙其教授地位。我希望李歐梵讀到我的這篇文章之後，能夠送還我的論文。雖然是許多年前寫的，但也在我也是敝帚自珍。

當時比較能夠明白雙向同構涵義的，除了夏志厚，我想還有殷國明。我記得當初把我帶到各個研究生寢室到處討論哲學美學文學的，就是殷國明。

殷國明是上一屆的研究生，我進校時，他剛好在讀最後一年。順便提一下，我進校之前，也是殷國明介紹我跟錢先生認識的。只是那天他帶我去錢先生家時，錢先生剛好不在家，所以我只好給錢先生寫信。那信是由殷國明轉交的。殷國明還曾寫信告訴我說，錢先生非常欣賞你在信中的觀點。果然，我不久就收到了錢先生那封對我表示激賞的來信。

我進校的時候，殷國明只知道錢先生非常欣賞我，但不知道我為什麼讓錢先生那麼欣賞。後來彼此談過數次，他又讀了我的一些

文章之後，才十分認真地對我說。你知道麼？你有一般人所沒有的能力。通常說來，能夠十分感性地談論小說的人，不一定能夠極其理性地論說思潮和理論；對文學很有感覺的人，又通常很難面對十分抽象的哲學命題。你這傢伙恰好同時具有這兩種好像合不到一起的能力，既可以抽象到玄而又玄的地步，又能夠感覺出十分具象的微妙之處；既可以宏觀到大而無當的程度，又能夠微觀到十分細緻的地方，比如對一篇小說，甚至一個人物，一句台詞，加以深入的體味。

　　大意如此。這是我有生以來，第一次聽人如此評說我。我被他說得似信非信，又有點飄飄然的，感覺像是把九陰真經和九陽真經一古腦兒練了似的。當然，我也不能在此得了便宜還賣乖。因為事實上，殷國明的評說還是很有道理的。

　　許多年之後，我到了美國，在紐約百老匯的一個戲劇公司做劇本時，一個美國人，即公司的製作人也是主要負責人，也曾對我說過相類似的話。當時，我和某個劇本的作者，導演和演員一起做讀劇排演（TABLE READIGN）。聽完台詞之後，大家進入劇本討論。我聽他們說了老半天，全都不得要領。於是我忍不住說了一番話，指出該劇本沒有深度結構，缺乏隱喻意味，並且舉出了他們非常熟悉的《魯賓遜漂流記》和戈爾丁的《蠅王》為例。結果，他們全都明白了，一片熱烈的鼓掌，對我稱讚不已。他們沒想到一個不聲不響的中國人，解決了他們討論了老半天都講不清楚的問題。他們開始可能以為我是個打掃清潔衛生的，傻乎乎地坐在邊上旁聽呢。但美國人有個特點，他們不會嫉妒勝過他們的人，相反還非常的尊重。

　　事後，主持討論的製作人約翰對我說道，你有一種別人沒有的能力。就好比大家都要到對面的山上去，全都在忙著尋找道路。而你卻輕輕地一抬腿，就跨過去了，根本就不需要什麼道路。

這大概就是殷國明說的意思了。就像《倚天屠龍記》裏的張無忌，竟然從三個內功極深的和尚打出的繩套裏躍了過去，還在上面打了個結。真是又開心，又好玩。

殷國明對我說了那番話之後，就十分起勁地帶著我到處論學。從這個寢室竄到那個寢室，那感覺有點像小時候擁來擁去的鬥蟋蟀。殷國明臉上的神情，彷彿捉到了一隻好蟋蟀，到處跟人鬥個不休。而且他每到一處，都要跟人介紹，這是我師弟。他明明比我還小兩歲，卻仗著讀在頭裏，喜歡稱我是他師弟。我當然也只好認了。並且為了不讓他失望，還不得不極其認真地跟人家爭論每一個論題，有時一直鬧到彼此面紅耳赤還不肯善罷干休。現在回想起來，真是太好笑了。不過，話要說回來，那個雙向同構，也就是在這麼一派吵吵嚷嚷的爭論中，突然發現的。

按理說，要說合作，我應該跟殷國明合作才是，不知怎麼的，被王曉明突然插了一腳。好在殷國明並不計較這些，再說，他當時正忙著寫畢業論文，聯繫畢業後的去向什麼的。每每晚上帶著我跟人家爭論過了，他第二天就不知上哪兒忙乎去了。聽說他當時還在爭取入黨什麼的。聽上去很搞笑。但他專門做這類搞笑的事情。

殷國明是個有點孩子氣的人，儘管他後來一再裝得老於世故。他喜歡說他在新疆時的插隊故事，腰裏別著一把小刀什麼的。他長得其貌不揚，錢先生甚至開玩笑說，要是先看到殷國明的照片，肯定不會招他做弟子的。他身上很有一股江湖氣息，可我猜想他不至於會嚮往什麼綠林生涯。我倒是想起《書劍恩仇錄》的紅花會裏有個古怪的矮子，為人特別的義氣。我想殷國明應該跟那人很相像。

可是殷國明後來也太過搞笑了。大概是 1995 年左右吧，在胡河清棄世之後，錢先生特意把已經是教授的殷國明，從廣州暨南大學調回身邊，讓他幫著替老先生排憂解難，諸如解決我的職稱問題之類。他一回來馬上被批准為博士導師。由於是錢先生讓系裏花了很

大力氣調回來的，並且任命於危難之際，系裏上上下下的人對他都很客氣。於是，他說話不免有些誇張起來。他大言不慚地對我說，你太不懂國情和行情，如今要做成什麼事，必須依靠某某局的同志們。他說，他把我在海外一家民間刊物上發表的一篇學術文章，轉發給他要依靠的同志們學習去了，那口氣聽上去好像是批發了什麼中央文件。哪裏知道，人家學習了一通之後，不知聞出了什麼異端邪說的味道，就不再讓那家刊物入關了。此事弄得我非常惱火。我倒是沒什麼，反正虱多不癢，主要是苦了那家刊物。人家本來很學術的，好端端的被歸入了非學術的一類。後來在我離開華東師大之後，聽說他又出了什麼搞笑事情。平心而論，他其實並非是個心懷惡意之人，主要是喜歡瞎玩一氣。他也許以為他在玩貓捉老鼠，殊不知玩到後來，到底誰是貓誰是老鼠，他都不知道。

殷國明並非是個平庸之輩。他腦子很靈，也有才華，對文學思潮的反應很敏銳。認真起來，寫出來的文章很不錯的。即便不認真的時候，也能寫出一本本胡亂賺錢的書。但他不知怎麼的，染上了頑劣之氣。有時頑劣也是一種童趣，但要看在什麼情形之下。有一次我和以前的朋友一起到他那裏聚餐。我買了所有的菜餚，那人忙著洗菜做飯。他在一旁坐享其成不算，還要信口編派上海人如何如何小氣。我告訴他說，你眼前這兩個上海人又是替你買菜又是給你做飯，你覺得他們很小氣麼？他想了想哈哈一笑，承認他光圖嘴上痛快，竟然說忘了。

殷國明骨子裏是個性情中人，對錢先生確實忠心耿耿，真的就像紅花會裏的那個矮個兒。我忘了叫什麼，但看過《書劍恩仇錄》的人，應該都知道。反正，那就是殷國明的本相。至於他那些搞笑的事情，看在上帝份上，原諒他算了。他並沒有玩世的能力，只學會了不恭。上海跟新疆根本不是一回事，腰裏別把小刀之類，在上海是玩不轉的，根本搞不定。

不管怎麼說，殷國明當年把我當作一隻蟋蟀帶來帶去跟人鬥個不休的情形，我是永遠不會忘記的。因為正是那麼一番唇槍舌戰，使我得以把少時所學的哲學全部清理了一遍，還理出了一個好玩的哲學命題。

參、跟王曉明的兩次合作

比起殷國明，王曉明正好是另一個極端。有一次錢先生請所有的學生吃飯，席間，有人聽說我會拆人的姓名，硬纏著我把大家的姓名講說一遍。所謂拆姓名不過是種遊戲，從姓名中感覺出命運的資訊。我於是把大家的姓名通通拆了一遍，包括錢先生在內。我說許子東是許子在東方，不要朝西方亂跑。許子東聽了連連點頭說，很對，很對。我說王曉明的曉明是早晨明亮的意思，但王字通枉，弄不好就成了枉曉明。王曉明聽了趕緊說，那就是白白明亮了。豈止如此。我當時忘了說，曉字還通小，還有一層小聰明的意思。

王曉明不是個沒有能力的人。殷國明弄得一團糟的事情，王曉明可以做得很地道。王曉明跑到新疆去，可能搞不定，但在上海卻是如魚得水。王曉明的問題在於，小事清楚，大事糊塗。說句不著邊際的笑話，周揚當年做了魯迅的手腳，後來還能找到毛澤東做靠山。可你王曉明砍了李劼的旗，誰能替你作主？

我不喜歡魯迅式的一個也不寬恕，我傾向於周作人在給魯迅信中的態度，能夠原諒的，儘量原諒。但前提是，必須把話通通說清楚，做錯了的，理當道個歉。

王曉明其實並不是個大奸大惡之人，他只是在大事情上分不清東南西北。那次在從南京回上海的火車上，除了商談如何重建人文精神，我還問過他，對某個人物什麼印象。因為我沒見過那人，他

見過。他回答我說，那人讀了許多書，說話的口氣，跟你很相像，中氣十足，聽上去很有底氣。我當時沒有細想。現在一想，他弄錯了。那人跟我根本不是一回事，整個一個假大空。讀了許多書，內心深處照樣空空如也的人，多得很。尤其是有油滑習氣的人，越油滑，內心越空虛。

80 年代中後期，北京有一大批已經成名或者正在成名的年輕學子，他們在翻譯介紹西方思想文化論著上，出了不少力氣。然而，知識有時候確實可以變成財富，不僅是精神的，還可以帶來物質上的身外之物，諸如名氣地位之類。尤其是在一個權力中心之地，在一個除了權力什麼都不當回事的權力崇拜城市裏，手中一旦有了話語權力，哪怕是一點點話語權力，也會被腐蝕得不成樣子。我不懷疑那些學子起初的思想文化熱情，但到了後來，他們漸漸地有了名聲和地位之後，說話就誇張起來了，模樣就牛逼起來了。什麼談學論道幾十個小時，談得彼此眼睛發綠啦；什麼海德格爾姓了什麼中國姓啦，什麼天底下找不到對手啦，如此等等。就好比一個窮光蛋，突然一下子暴富，馬上不知天有多高，地有多厚。於是，文化的建設變質為文化的玩票。這些學子迅速地人到中年，長高了，也發胖了，一個個成了油頭粉面的文化票友。他們如同舊時代的白相人一樣，拿著一本本西方的文化論著，如同當年那些白相人拎著一隻隻精緻的鳥籠，招搖過市，互相吹捧。這股 80 年代的文化玩票，或者說，文化泡沫，到了 90 年代便順理成章地氾濫成新左派思潮。或者說，90 年代新左派思潮的歷史根源之一，恰好就是來自 80 年代北京城裏的這幫文化票友。

王曉明分不清這其中的區別，把那人跟我混為一談。王曉明不明白一個十分嚴峻的道理，專制的權力還不是最可怕的，專制的心理才是最難弄的。那些當年的文化介紹人淪落為文化玩票者，與其說是專制的權力所致，不如說是專制的心理造成的。皇城根下的人，比皇城中心的人還容易感覺老子天下第一。真的身處權力中心，日

子並不好過，如履薄冰，戰戰兢兢。通常是活在權力周邊受到權力影響的人，特別容易誇張，產生種種權力幻覺。但王曉明恰好相信別人的幻覺，將靠在別人的幻覺上誤以為腳踏實地。

當然，王曉明後來的投靠那種話語權力，根本原因還是在於他精神上的嚴重缺鈣，從而在思想的撞擊中毫無磁性，如同一片鐵屑，被人家輕輕一吸便吸了過去。

平心而論，王曉明並不是個一點沒有良心的人。胡河清死的時候，他十分傷心地痛哭過。在我的職稱問題上，他也始終沒有違背良心說話。記得那年他也曾站到學生隊伍裏，抗議過。他只是活得十分緊張，對周圍的世界充滿莫名其妙的恐懼。他曾私下裏說過，他對誰都不相信。

他來找我合作雙向同構時，確實是受了許子東的傷害。許子東開了一個很壞的頭，同門相殘不說，還給後來中文系的年輕學子在生存方式上做出了壞榜樣。王曉明痛感於此，曾經為其他同輩學友在評定職稱時伸張過正義。不啻是後來為我，就在當時，他也為夏中義說過話，甚至奔走呼號。

他曾對我說，不能看到其他人倒楣，我們就不吭聲。那樣的事情，早晚也會落到我們自己的頭上。正是他當時的這種正義感，使我對他產生了相當的好感。合作的事情就此一拍即合。而且，無論在當時還是事至如今，我都認為，王曉明並不是沒有人文精神上的追求的。只是那樣的追求，到了一定的程度，可能沉重得讓他難以承受罷了。我那篇有關人文精神討論的文章在網上公佈後，被人們再三談論。王曉明始終不吭一聲，反倒讓我有些於心不忍起來。畢竟師兄弟一場。我至今記得那年他對我在評職稱上被人坑害一事上，是如何的不平。他非常氣憤地對我說，這是整個華東師大中文系的恥辱。我還記得 90 年代我重新走上講台後，他特意讓他的研究生到我的課堂上聽課。

　　王曉明對他的研究生，是相當負責任的。他知道每個研究生的長短特點，曾經跟我私下談論過，這個應該如何發展，那個應該如何安排。他很看重的學生毛尖，頗有才華，為人單純。那時，經常到我宿舍裏聊天。有一陣子聊到無話不談。毛尖說到其師王曉明，一再說，是個很厚道的人。聽著毛尖的嘖嘖稱讚，我突然想到過，假如我在王曉明的位置上，未必能夠做得比王曉明更妥帖。王曉明除了在思想文化上有時大事糊塗，其他方面，並沒什麼大不了的不是。有人把他與我小說《麗娃河》裏的張超形象劃等號，那是完全錯位的。張超是個學術流氓，王曉明骨子裏還是個文化君子。事實上，在人文精神討論當中從聲名上獲益最大的，並不是王曉明。就算沒有那場討論發生，王曉明也不缺應有的名聲。

　　比起王曉明的大事糊塗，許子東是個根本不關心大事的人。他只要在小事上獲得滿足，其他什麼都無所謂的。他的聰明可以用他自己的話來說明。比如，他說，早上起來要放明亮歡快的音樂，新的一天開始了，讓空氣充滿新鮮感。晚上睡覺則要放暗淡輕柔的音樂，好比嗡嗡的搖籃曲，催人安然入睡。又如，他認為，在馬路上騎自行車時，遠遠的看見綠燈，不用趕著過去，因為等你趕到那裏，正好翻作紅燈了。相反，遠遠的看見紅燈，你可以非常從容地騎過去，等你到了那裏，正好翻作綠燈讓你通過。

　　聽過許子東如此一番論說，你完全可以猜出，他的《郁達夫新論》裏面大概寫些什麼。在考入華東師大做錢先生的學生之前，他本來是學化工的。他可能自己都沒想到，華東師大恰好是他的綠燈。他從此一路春風，暢通無阻。一會出現在美國，一會出現在香港，並且一面在資本主義社會混著，同時還不放過享受社會主義的醫療條件。他由此活得十分具體，不假，不大，也不空。細細巧巧，白白嫩嫩。假如他突然出現在京劇舞台上唱上幾句花旦，我一點都不會大驚小怪。但不管怎麼說，他也是當年著名的上海青年評論家之

一。這不是上海太不濟，而是許子東實在太聰明了，他總是能夠把人生的自行車騎到翻作綠燈的地方。

許子東的評論文章，思想是膚淺的，但文筆是漂亮的，感覺也是細膩的。假如海派是指這種細細巧巧的風格，那麼許子東倒是個典型的海派文人。其文章的做工，比較精緻，就像一件件放在玻璃櫥窗裏的手工藝品。至於他的加入雙向同構討論和合作，本來就是十分搞笑的事情，實在沒什麼可說的。

當時另一個合作者夏志厚，正好是個相反的例子，樸實到讓人感覺枯燥的地步。夏志厚內心豐富，但拙於表達，遇事謙讓到讓人不好意思。他長於理論思維，對文學理論有興趣。關於我的雙向同構，他問得最多的是，你的邏輯起點到底在哪裏？我於是就反問他，邏輯為什麼要有起點呢？因為在我那個橢圓形的圖像裏，根本沒有什麼起點和終點。我記得我跟他說起過閔可夫斯基的四維時空座標。但我當時還沒意識到，那個座標其實是旋轉的。我後來直到寫作論《紅樓夢》的那本論著時，才發現了歷史文化的全息性。所謂全息，其實就是一個高維座標的旋轉狀態。易經八卦為什麼神奇無窮，就因為它是對高維座標在旋轉狀態中的一種描述。但夏志厚可能搞不清楚那些玄而又玄的神祕事情。跟當時的許多學子一樣，夏志厚受黑格爾哲學影響很深。我以前也讀過黑格爾，但不知為什麼，本能的不喜歡。夏志厚十分關心的邏輯起點，實際上就是黑格爾的絕對理性。後來海德格爾之所以採取追問的方式，好像也是一種擺脫邏輯起點的努力。

那次合作的經過，我已在舊事一文裏說了。讀者欲知詳情，請自己去參閱一下。我是不喜歡重複的，一如我講課從來不願重複講過的內容。

後來那次重寫文學史的合作，除了王曉明的張羅之外，還有陳思和的參與。說到陳思和，我得指出當年上海人的生活方式。王曉

明也罷,陳思和也罷,他們兩個與我有一個很大的區別,就是都沒有下過鄉。陳思和在考進復旦大學之前,青春年華是在上海的街道工廠裏度過的。上海的街道工廠和上海的小弄堂居家,乃是影響上海人性格和氣質的兩個重要因素。在我的同齡上海人當中,許多人當年都為自己能夠逃脫下鄉的命運而慶幸不已。是的,下鄉的經歷,跟勞改並沒有什麼兩樣,沒有人不想逃脫。我回想起自己在農場裏的經歷,簡直就是一場地獄裏的惡夢。那些從農場上調回城的知青,離開農場時,其欣喜若狂,一如刑滿釋放。

陳思和王曉明沒有經歷過那樣的大起大落,從人生上說是幸運,但從精神上說,可能就少了許多底氣。我在刺骨的西北風裏挖過河泥挑過擔,我在烈日下澆製過混凝土,水泥地被曬得像鐵板燒一樣;我在滾燙滾燙的稻田裏插過秧,腰疼得直都直不起來。我親眼看見如花似玉的女知青,蓬頭垢面地在泥地裏打滾;晚上可能還要被連長支書叫去陪著睡覺,聽憑他們發洩獸慾。我為了爭取個人的生存權益,跟當權者鬧過罷工;我當時抱著自殺的念頭,跟他們對峙著不肯退後一步。我還忍受過精神上荒漠般的饑渴,四周找不到一個能夠說說文學或者談談哲學的朋友。從十八歲到二十四歲,整整五年半的青春年歲,竟然沒有任何感情生活。哪怕是周圍美女如雲,她們也只能屬於那些有權有勢的大老粗。她們當中大多數人寧可拿自己的身體去換得上調回城的機會,也不願隨隨便便跟人談什麼戀愛。在農場裏苦度歲月的知青們,最關心的就是如何早日上調回城,好像囚徒最關心哪天刑滿釋放。這是真正的地獄,一點不含糊。然而,正是這樣的折磨,從反面把自由牢牢地種植在了我的內心深處。有人讀了我的文章,說其中的自由獨立精神氣質深入骨髓。沒錯,那是因為我被迫在地獄裏做過奴隸的緣故。

相比之下,陳思和沒有經歷過如此慘痛的人生。街道工廠的氣氛是平和的,充滿著阿姨媽媽的溫馨,雖然可能相當忙碌。我記得史鐵

生寫過街道工廠的小說，〈午餐半小時〉，非常有人情味。而且我相信，上海的街道工廠跟北京的一樣，人情味十足。當然了，史鐵生經歷過插隊，感覺不一樣。恢復高考之後，從街道工廠裏考出來許多優秀人物，陳思和也是其中之一。我提及街道工廠沒有任何貶意。

從街道工廠考入復旦大學之後，我感覺陳思和是以街道工廠的思維和街道工廠的方式，做起了文學的學問。那樣的方式與其說是文學的，不如說是生存的，並且訴諸非常小心非常謹慎的生存方式。我猜想他內心裏一定會贊成茅盾文學為人生的文學主張，從而以此作為他自己的做學問準則。不管他嘴上怎麼說，文章裏怎麼寫，他的學問，是絕對不會危及到個人生存的。試想，假如有一天他被告知，他不能再待在復旦大學了，必須自己到社會上去謀生，不管是回街道工廠，還是去擺地攤，都得自己謀生，他怎麼辦？從街道工廠進入復旦大學，這對陳思和來說，已經是人生的大圓滿。他不會再有任何他求。我想，這可能也是他借助人文精神反對商業文明的一個原因。因為在商業文明社會裏，是絕對沒有那種阿姨媽媽式的溫馨和圓圓滿滿的安全感的。

不過，就其心理方式而言，與其說陳思和從街道工廠走進了復旦大學，不如說是他把復旦大學的學問，塞進了街道工廠的小作坊裏，小心仔細地經營著。偶爾接到一件大活，諸如重寫文學史，或者重建人文精神，那簡直是天降的外快。陳思和跟這些話題骨子裏根本不相干。他談論精神性的話題，其口氣和語調，跟上海小弄堂裏的家庭婦女論說第二次世界大戰那樣的歷史事件，大同小異。我沒見過他在電視螢幕上談論重建人文精神的情景，但我猜想，他的表情是阢隉不安的，就像上海某個家庭婦女被突然叫去，對著眾人談說對美國總統選舉的看法一樣。

這麼一個學人的最好品質，也可說是最高境界，就是安份，守己。凡是讀過陳思和所編的文學史，人們都可以獲得到安份守己的

印象。一旦他既不安份又不守己，那麼事情就會變得滑稽起來。平心而論，陳思和並不是個喜歡惹事生非的學人，他的做學問也基本上是安份守己的。重寫文學史和重建人文精神二次合作上的失當，主要責任不在他。他很有理由申辯，我不過是隨著別人的意思做罷了，華東師大的內情，我怎麼知道？我想他可能是兩害相遇趨其輕，兩利相較取其重。與其得罪一個作協副主席的兒子，不如得罪一個無權無勢的傢伙；與其發表那篇文章排名第二，不如不發表以此維護一下復旦大學的尊嚴。在街道工廠和小弄堂裏生活慣了的人們，對諸如牌號，身份，地位之類，是非常當回事的。他當初提出署名次序，並不一定全然是為了自己的名聲，可能也考慮到自己所在大學的牌號不能降低。

當然了，無論是街道工廠還是小弄堂生活氛圍，雖然安份守己是美德，但也不是沒有生存競爭的殘酷。為了很小一點空間，比如放一隻煤油爐子的地方，人們可能會爭得不可開交。那裏的人們，也有欺負弱小的壞毛病。假如生存利益需要，他們也會毫不猶豫地作踐一個無權無勢的人。要不，我怎麼會把安份守己作為其最高道德操守呢？

按說，我跟陳思和之間，一個像是在荒天野地裏長大的，一個則是在擁擠狹小的弄堂裏長大的，怎麼也碰不到一起產生什麼糾紛。沒有王曉明的過分認真，彼此真的不會有任何不快。而且，我記得第一次見到陳思和時，那是在一次在杭州召開的討論會上，他對我十分友好。他甚至還沒頭沒腦地衝著我說，李劼你很不錯，華東師大是你李劼的天下。我當時不明白他幹嗎把華東師大說成是我的天下。因為此話顯然很誇張。後來我問了其他人，經他人指點，我才恍然大悟。陳思和其實是意指，許子東並不是華東師大最出色的。

他的不喜歡許子東，可能跟他的務實風格有關。須知，上海街道工廠裏做出來的活兒，是很經得起檢驗的，幾乎件件結實耐用。

哪怕是火柴盒子，香煙殼子，都做得有模有樣，一點不含糊。上海人幹活很少偷工減料。我在網上瞥過一眼他編的文學史，材料做得很仔細。比如當年浙江文藝出版社出的青年評論家文集，連出版的前後順序都排列都清清楚楚。基於如此務實的個性，他可能會覺得許子東的文章太過花哨，名不副實。

說實在的，假如要我推薦一部我所寫的這段歷史的參考史料，我倒願意向大家介紹陳思和編的文學史。雖然他可能把我的幾篇重要史論和有關我的言論，通通摒除在外。但這沒關係的，讀過我的，再讀他的，正好相映成趣。

最後提一下，陳思和的恩師是賈植芳教授，陳思和的成名著作是《巴金論稿》。陳思和的學術背景和思想資源，主要來自這二位從歷史陰影裏走出來的文學老人。陳思和雖然沒有和他們一起受過難，但在他們翻過身來當家作主的時候，正好飲水思源了一下。從這兩口深井裏打出來的泉水，足以讓陳思和這樣的學人喝上整整一生了。反過來說，也說明了陳思和是個矢志不移的人。陳思和待人一如既往，知恩圖報。他對賈植芳先生有如父親，一如他始終保持婚姻穩定，不僅糟糠之妻不下堂，而且從來不越雷池半步。不過，要評估陳思和的學術成就，最好是從 80 年代朝後看，一直看到文化大革命，那樣會比較好看。假如反過來從 80 年代向前看，即便是看到 1989 年，那麼也得另當別論。好在資料是沒有時間性的，只要能在資料上做足做好，怎麼看都可以。其他就不必苛求了。

肆、畢業論文選了老舍的小說作論

從 1984 年到 1987 年的三年研究生時期，恰逢中國文學和中國文化發生天翻地覆的變化。我當時被各種刊物的稿約追得氣喘吁

吁，忙得連畢業論文都扔在腦後，直到快要畢業的時候，才突然想起，我也得準備一下才是。

寫什麼呢？現代文學史上的人物，看得上眼的也沒有幾個。我本來想寫魯迅，不料跟錢先生一說，老頭搖搖手，告訴我說，不要太把畢業論文當回事。有份量的想法和文章放到別處寫去。畢業論文只求通過就行了。

於是，我就選了老舍。說實話，那時根本沒有心思關注現代文學史上的那些作家，因為無論就小說語言還是就敘事方式而言，1985年以後的中國白話小說，都要有意思得多。但後來我還是從老舍的小說裏，發現了在精神氣質上被人忽略的一面。我指的是，他在《貓城記》中的悲劇意識和對歷史的蒼涼感懷。

就小說藝術而言，《貓城記》並不是老舍最精彩的小說，比起他的《駱駝祥子》和《月牙兒》，《貓城記》顯得相當粗疏。但這部小說卻表達了老舍在其他小說裏很少流露的絕望和悲涼。尤其是小說結尾，兩個被關在籠子裏的貓人仍然在繼續互相內鬥的細節，意味深長。老舍由此體現出來的對國民性的透視力度，足以讓人想起魯迅的目光和筆觸。

我想，老舍後來的自殺，跟他的這種絕望感和悲劇感很有關係。按說，跟他相近的巴金和曹禺，吃的苦頭並不比他小，內心深處也並不比他不憤憤不平。但他們兩個都沒有絕望感。巴金後來的說要懺悔和提倡說真話，曹禺私下裏對高行健戲劇的讚賞和支持，分別表明他們兩個內心深處並沒有真的接受改造，真的服膺改造。但他們誰也沒有像老舍那樣，最後一了百了。這裏的區別在於，他們兩人再苦再屈辱，依然覺得人生還有路可走。而老舍早在《貓城記》裏，就已經看到了末日。

一個看到末日景象的人，也許也會逢場作戲一下。比如寫寫《紅大院》,《龍鬚溝》之類，就像巴金寫《團圓》，曹禺寫《王昭君》,《膽

劍篇》。但當文化大革命那樣的情景出現時，老舍一下子被驚醒了。我說他驚醒了，不是說他意識到了什麼歷史祕密，而是意指文革的種種暴虐，使他想起了《貓城記》裏的末日景象。那樣的末日景象就像寺廟裏的鐘聲一樣，對於一個有根基的人來說，無疑就像一種冥冥之中的召喚。老舍的自盡，其實是隨著他所看到的一片末日景象，把自己斷然還給了造物主。這就像當有人被告知，現在是你最後的時刻，你不僅沒有明天，連下一刻都沒有了；於是，那人只能回答說，那就把我拿去吧。

人們可以說，老舍的末日感是一種幻覺，但卡夫卡寫《變形記》裏的變形，不也像是一種幻覺麼？

真實和幻覺，乃是存在的兩種不同狀態。當人們自稱自己活在真實生活中的時候，他們很可能活在一種幻覺裏。相反，人們通常以為的幻覺，很可能是人生的真實面目，很可能是歷史的絕對真相。從這個意義上說，老舍跟魯迅一樣，是個看到了歷史真相的現代漢語作家。雖然比起魯迅，他可能看得不夠清晰，但他畢竟看到了。

我想，我在畢業論文裏，主要寫了這個意思。可能在當時的表達上沒有現在這麼清晰明快。

論文得到了評審委員會的高度評價。如我在第一章裏所說的那樣，論文的概要和兩個主要評委王元化先生和賈植芳先生的評贊，一起發表在《文學報》上。其中，王元化先生的評語，讓我印象較深。王先生顯然看出了我的意思，在我有關老舍的悲劇意識和歷史蒼涼感懷的論述段落旁邊，特意寫了諸如「深刻」，「重要」之類的批語。

不過，答辯會上，王先生有事沒有出席。到場的是賈植芳先生和上海戲劇學院的陳恭敏先生。陳先生當時好像還兼著院長。二位先生幾乎沒有什麼提問，說的全都是讚揚話。現在想來，錢先生安排這次答辯，是很費心思的。他特意把上海的最高學術權威請到場。

我那時還糊裏糊塗的，不知道這其中的奧妙。但系主任顯然明白這樣的規格意味著什麼，所以他特別重視，親自到場不算，還請報社記者當場採訪。

我對學院裏的這套規格確實不太明白，從不留心。這可能也跟有錢先生護著，不用我操心有關。最有意思的是，錢先生知道我這篇論文並不是我最出色的發揮。說實話，我寫這篇畢業論文，從看資料到成文，總共只花了兩個星期，寫了兩萬多字。但錢先生特意給了我這樣的規格。如此良苦用心，我當時竟然渾然不知，直到現在想起，才明白是怎麼回事。

相比之下，我旁聽過的一些畢業論文答辯，很少有如此順利的，更不用說如此招搖了。我記得殷國明那一屆畢業時，跟殷國明同屆的陳惠芬，答辯得十分艱苦。陳惠芬的論文以丁玲為題。碰上評委王西彥，亦即王曉明的父親，剛好對丁玲從為人到創作都特別有看法，毫不留情地提了一連串的問題。陳惠芬被問得十分緊張。好在後來總算通過了。

我對陳惠芬除了聽說她曾和我在同一個農場裏下過鄉，無多瞭解，夏志厚讀本科時跟她同年級。夏志厚說，陳惠芬很能寫文章的。聽上去好像是又紅又專一類。她寫的丁玲，在那次桂林會議期間，我還偶然見到過。丁玲當時正好也在桂林，但沒有參加會議。也許去了會上，我不知道。我是在一個旅遊景點看見她的。白髮蒼蒼，嘴角依然有股倔勁兒。老太太年輕時，一定很生動。像不像《莎菲女士日記》裏的女主人公很難說，但肯定不難看。陳惠芬的選擇丁玲作論題，也是很有意思的事情。這麼想想吧，陳惠芬要是活在丁玲年代，會是個什麼光景？或者倒過來說，丁玲要是像陳惠芬那樣上山下鄉，是不是也能成為營教導員？搞不清楚。但她們好像是很相通的。至少都是很有追求的人。丁玲當年在湖南讀中學時，曾經追求過婦女解放。陳惠芬後來也曾研究和講說過女權主義。

當陳惠芬在被王西彥責問時，我一度同情過她。只是想到她本來是管教導員，同情心才減少了一些。這可能也是我的偏見，其實未必有那麼嚴重。

我聽見誰是農場裏的教導員，連長，支部書記之類的，腦子就會發脹。反過來，支部書記一類的人，見了我，也總是躲得遠遠的。記得那時系裏的輔導員經常找研究生談話，爭取研究生入黨。有天晚上，夏志厚突然說，錢先生鼓勵他去入黨。然後夏志厚說，光他一個去入黨有些怪怪的，要入大家一起入。他問我有什麼想法。我回答說，咱們當中，有個把人去入一入就行了，我就不摻和了。夏志厚被我說得嘿嘿一笑，從此以後，就再也沒有提起入黨的事情。後來是我們這一屆當中年紀最小的一個師弟，去入了一下。

當時，可能正值胡耀邦指示，要在知識份子當中發展黨員，所以學校裏十分積極。輔導員幾乎找遍了所有的研究生談話，卻從來沒找到我的頭上。輔導員不僅遠遠地躲著我，好像還生怕我會要求入黨似的。在輔導員眼裏，我這樣的人要求入黨，就像華國鋒那樣的人提出退黨一樣，會讓人哭笑不得的。我想，早期共產黨也許會喜歡我這樣的人，因為傻乎乎的，很有希望去擔當一下拋頭顱灑熱血的光榮。可是坐了江山的執政黨，不會對我這樣的人有興趣。

夏志厚後來一直沒有入黨，雖然他的父親是黨的高級幹部。殷國明爭取過入黨，但沒能入成。拿金日成和金正日這兩個名字打比方，殷國明始終處在正日階段，一直沒能日成。陳惠芬不用說了，早在農場裏就已經是老黨員。王曉明是黨員。陳思和也是黨員。因為我聽周介人說過，他說，他搞不懂那些激烈反對共產黨的青年評論家，都是共產黨員。他說，既然要反對，當初幹嗎入黨呢？既然入了黨，又那麼反對幹什麼呢？我問他，你在說誰呀？周介人說，還有誰，不就是王曉明、陳思和兩個麼？我想了想，他們其實並沒有激烈反對過共產黨。周介人可能是自己沒能入成，心裏有些嫉妒

吧。我聽說，周介人的入黨，一直遭到巴金或者巴金家屬的反對，所以至死都沒能入成。但他說的陳、王二位，確實是黨員。

說來有趣，後來中文系的先鋒詩人和先鋒作家，宋琳和格非，也都是金日成，並且還是入成後留校的。更有趣的是，後來跟著我鬧事兒的，除了學生之外，凡是教師或者輔導員，全都是金日成，連一個金正日都沒有。我不懂他們幹嗎入成了還鬧？難道還想入一次麼？

研究生時期，搞笑的事情很多。但我一直不明白的是，錢先生為什麼鼓勵夏志厚去入黨？他覺得夏志厚太像共產黨員呢，還是他覺得黨需要夏志厚這樣的研究生？也許胡耀邦明白錢先生的意思。要不然，胡耀邦怎麼會想到在大學新一代的學生和研究生裏面發展黨員的呢？

胡耀邦很有意思。錢先生也很有意思。夏志厚更有意思。他竟然就因為我說了那麼一句話，放棄了入黨機會。我想，他只要一開口，馬上就會批准的。輔導員盯他盯得特別緊，彷彿他不入黨，發展新黨員的任務就完不成了一樣。那個機會像一張紙片一樣，從夏志厚的指縫間落到地上，然後馬上被年紀最小的師弟給撿走了。

唉，有人是入黨不容易，有人是黨想要卻要不到。感覺就像談戀愛一樣。反正我隨手寫在這裏，讀者愛怎麼琢磨就怎麼琢磨吧。

2003 年 9 月 22 日寫於紐約

第四章　成也介人，敗也介人

壹、周介人的銅牆鐵壁

記得是在 1984 年的年底，錢先生交給我一封信，叫我拿著那封信去《上海文學》找周介人。那封信沒有封口，錢先生說，這是封介紹信，你可以看一下的。

我看了一下，信是寫給《上海文學》主編周介人的。很短的幾句話，大意是介紹我跟他見面，然後是對我幾句簡單的評贊。我那時候天真得像個孩子一樣，什麼事情都不懂。拿了這封信，我就興沖沖地去了《上海文學》編輯部，也就是上海作家協會的那個院子，巨鹿路 675 號。

當時老先生對我的關照，主要是由兩個人體現出來的。一個是系主任齊森華，關照了我在中文系裏的種種事情。還有一個就是周介人，關照了我在當時文壇上的林林總總。錢先生顯然非常重視把我介紹給周介人，否則的話，他只消打個電話，甚至在什麼場合碰上周介人隨口提一句，都是可以的。但他特意鄭重其事地寫了封信。顯然，周介人也明白這意思，所以看了那信，對我非常熱情。

現在回想起來，老先生如此待我，可說是相當破例的。他座下弟子眾多，不會隨隨便便地把其中哪一個推薦出去。在中國社會裏，師生之間的關係，並不比政治上的上下級關係輕鬆。《壇經》裏的五祖弘忍給六祖慧能私授衣缽，其情形比移交一個江山還要緊張。老師之於學生，平日裏也只能一碗水端平。但錢先生可能覺得很有必要把我放到文壇上去闖蕩一番，所以將我鄭重其事地介紹給了周介人。

我當時並沒有領會此中的深意，還以為老先生是為了讓我能在《上海文學》發表什麼文章。其時，我雖然已經在《新文學論叢》和《當代作家評論》上發表了長篇大論，但確實還沒有在眾人矚目的重量級刊物上，比如《上海文學》的評論版，或者《文學評論》上面，發表過文章。然而現在回想起來，老先生此舉是大有深意在其中的。

在1984年左右，作為《上海文學》的主持者，周介人周圍正在聚集起一大批青年評論家，從而成了後來所謂的上海青年評論群體的核心人物。周介人周圍這些人，一一說來可是張很長的名單。擇要而言，大概有這麼些人物，吳亮，程德培，蔡翔，許子東，王曉明，陳思和，毛時安。還有當時在讀研究生的殷國明，南帆，他們兩個畢業後，一個去了廣州，一個回了福建。有時夏中義和宋耀良也會出現在這群人當中，但他們更多的時候是待在學校裏。後來朱大可也加入進來。其他還有些什麼人，我暫時想不起來了。其他且不說，光從這張名單中就可以發現，華東師大中文系以及從華東師大中文系畢業的，占了一半以上。

我去的時候，許子東已經以一個熟客的模樣出現在那裏了。我也見到了陳思和，但王曉明還沒有像他們那樣經常出入於《上海文學》編輯部。王曉明是在發表了〈所羅門的瓶子〉一文之後才跟《上海文學》熱絡起來的。但他好像有個情結，對這個刊物始終熱情不起來。王曉明跟後來上海社科院和作協合辦的《上海文論》關係特別好。周介人雖然基於人際關係的考慮，不僅發過王曉明的文章，還給王曉明頒過獎，但骨子裏一直對王曉明有看法，私底下跟我就說過好幾次。

不知是因為許子東的捷足先登，還是王曉明跟周介人始終不投契，王曉明即便後來發了文章得了獎，也很少出現在《上海文學》編輯部。我不知詳情，但當時肯定有過一番曲折。我記得王曉明的

父親也因此公開發話。有一次在作協西廳的一個什麼會上，王西彥突然發言說，要注意傾聽年輕人的聲音。我當時心裏十分激動，覺得王西彥也開始為年輕人說話了。可是接下去，他把話鋒一轉說，比如，我經常聽我家的曉明，給我說許多新鮮想法，那些想法非常有意思。如此等等。

　　王西彥的發言聽上去很隨意，彷彿在拉家常一般，但一旦傳到周介人的耳朵裏，就不止只是一個父親在為兒子說話，而是一個作協副主席對一個年輕人沒有受到應有重視的批評。《上海文學》不管辦得如何出色，在外面影響如何重大，畢竟是在上海作協的領導之下。更何況像王西彥那樣老資格的作家，樹大根深，老兄弟們不少，周介人如何擋得住？

　　我對這些事情從來都不太留意，更沒有心思琢磨。之所以記得王西彥的這番話，是因為我當時覺得非常突兀。我想，假如換了錢先生，不管他再器重什麼人或者再想著力推介什麼人，也不會這麼說。錢先生很少公開為我說話，除了替我評論集寫序之外。他後來在華東師大的公開為我力爭，乃是在我倒了大楣，受到了非常不公平的待遇之後，才不得不說的。

　　在王西彥的那次發言之後，周介人開始注意起王曉明了，又是發文章，又是發獎的。有趣的是，在1986年10月北京的十年文學討論會上，周介人曾指著正在台上發言的王曉明對我說，這個人說話陰陽怪氣的。可是開完會回到上海，周介人旋即在11月的《上海文學》發獎儀式上給王曉明〈所羅門的瓶子〉一文笑容滿面地頒了獎。周介人是在這個世界上活得最為矛盾的那種人。他剛才還在對一個人表示不屑，轉眼馬上就朝著人家笑容可掬。他剛才還在對一個人表示由衷讚賞，轉眼馬上冷若冰霜彷彿從來不認識一樣。

　　1994年的年底，我去上海作協辭退作協會員時，順便去看望了一下周介人。我對周介人說了一番話。我說，老周啊，我跟你跟《上

海文學》交往已經整整十年了。這十年來，你把內心的認同留給了我，把所有的獎發給了那些想要得獎的人。周介人一聽，不由叫了起來，哎呀，李劼呀，你說得真對。我是把那些獎都給了想要得獎的人，儘管我心裏常常贊同你的文章。

但我接下去對他說的話，他卻不以為然了。我當時在他桌前的椅子上，盤起雙腿一坐，看著他說，老周啊，我看你氣色不太好，臉色很暗，臉上有一股黑氣。我建議你每天早上起來，對著太陽做做深呼吸。

周介人一聽，又叫了起來，啊唷，李劼呀，你怎麼從一個孩子一下子就跳到李叔同了，這中間一點過渡都沒有。哎呀，這可是從來沒見過的事情。一般從一個不懂事的孩子到李叔同，要經過很多很多階段的。可你怎麼一下子就跳過去了？

我在周介人的眼睛裏，始終是個長不大的孩子。他有時聽到別人說我什麼什麼，他馬上就說，哎呀，李劼麼，小孩子一個，大人事體一點不懂的。

就因為我在他眼裏是個小孩子，所以他從來把放到別人頭上可能會很計較的事情讓給我。反正我不懂，就算懂，也不會計較。一般人，在《上海文學》發了那麼些重要的文章，而《上海文學》每屆發獎全都輪不到的話，會向周介人發難的。我記得周介人自己就跟我說過，某先鋒作家，因為沒有得到《上海文學》之獎，給周介人打電話說，你可以不給我發獎，我也知道你有難處，但你能不能把我應該得的那筆獎金給我？周介人當時告訴我此事的時候，氣得聲音直發抖，說，李劼，你看看，竟然有這種人，有這種人！你當時還向我推薦他！你實在是太天真了！

天真，可能是我給周介人的主要印象。周介人因為我的天真，而不在意我說什麼出格的話。也因為我的天真，周介人不把我的話當回事。更因為我的天真，在周介人的人際關係天秤上，始終是最

沒有份量的。周介人說我是個小孩，有很多層意思，其中就有可以不當回事的意思在內。

然而，周介人不把我當回事不要緊，但我對他說的有關他身體狀況的話，他是不能不當回事的。所謂童言無忌，孩子嘴裏出真話。再說，既然已經看出我從一個孩子跳躍到了李叔同，那他怎麼就連李叔同的話都聽不進呢？

真是太可憐了。由於全身心地活在緊張的人際關係之中，他除了留意大人物的發言和發話，從來不把我的話當回事，最後竟然把我最貼心的話當作了耳邊風。試想，他假如聽進了我的話，真的每天起來練練功，做做操什麼的，他的病很可能就那麼自然而然地練掉了。

我寫到這裏百感交集。我對周介人是非常有感情的。我一直把他作為一個兄長般的人尊敬。我記得 1988 年在山西開《黃河》筆會時，由於我跟他同住一室，談過很多在我看來是很知心的話。我後來還因此曾經被德培嘲笑過。我告訴德培說，我跟周介人在筆會上住一室，談得很好的，可是回來後，他好像就忘了似的。德培笑我說，同住一室談心算什麼呀？你這個人頭腦太簡單了。德培說著還轉身對吳亮說，你看李劼這個人好白相麼？居然把開會住一室談心當樁事體！

程德培跟周介人在某些地方好像是相通的。90 年代，我雖然被邊緣化了，但我分別給周介人的《上海文學》和程德培的《海上文壇》推薦過人，他們全都接受了。周介人接受了我的朋友奚愉康，程德培接受了我的一個師妹。我其實跟那師妹沒什麼交往。但人家特意找上門來，我不知如何說不。那人說，她非常想去《海上文壇》。她通過什麼人的推薦，去找了程德培。不料，程德培告訴她說，他只相信李劼的話。於是她轉而找上我。我是個心腸非常軟，並且十分好說話的人，而且從來不記前嫌。我曾經對她寫的一篇有關華師大中文系青年教師和研究生的報導十分反感，全然一副官方口氣，據說是受了校方什麼負責人的指示寫的。但我事過之後就忘了。我

當時聽她這麼一說，馬上就給程德培打了電話。程德培問我，她有沒有什麼特殊的人際背景。我想也不想地回答說，沒有。後來我才知道事實並非如此。但既然已經推薦了，我也沒什麼可反悔的。

我給周介人推薦的奚愉康，與其說是周介人給了我面子，不如說奚愉康後來幫了周介人的大忙，幫他重新清理整頓了《上海文學》。奚愉康雖然有八面玲瓏的周旋本事，但為人卻十分義氣。在周介人最後的日子裏，最常去看望他的，就是奚愉康。當時奚愉康已經離開《上海文學》，有了自己的生意。

我想，程德培也罷，周介人也罷，他們都知道我是個複雜的人際關係當中的局外人，所以他們相信我的話。尤其是周介人，既然把我當作一個小孩子，當然聽得進我的話了。小孩子嘴裏出真話嘛。我其實給許多在校的研究生和青年教師寫過各種各樣的推薦信。雖然不是個什麼人物，但也特別的熱心。難怪會被人當作小孩子。成年人是不會那麼隨便消費自己的關係和名聲的。不過，我當時也知道周介人在編輯部被人弄得很狼狽，希望奚愉康去能有助於他。奚愉康倒也不負眾望。所謂眾望指的是，當時有不少朋友希望看到周介人能夠擺脫那樣的處境。

要是讓奚愉康說起周介人，他也會有一番感慨。他曾告訴我說，你不知道，老周這個人，簡直是個工作狂。每天早上，他總是第一個上班。一天到晚沒有停的時候。手臂上永遠戴著袖套。每一篇稿子，他都要親自過目，十分仔細，從來不馬虎的。而且，奚愉康也認為，周介人看作品看作家是相當有眼光的。

周介人確實有眼光，雖然其感覺並不十分敏銳。不過，他挑剔起來，也讓人吃不消。他仗著有不少作家和評論家是《上海文學》周圍的朋友，對他們的作品特別挑剔。人家拿了最好的作品和文章給他，他還要從雞蛋裏挑骨頭。這不僅在陳村深有體會，就是在我，也頗有領教。

　　我從 1984 年跟他交往，到 1987 年在《上海文學》上發表第一篇文章，整整隔了三年。這三年裏不知給他送過多少篇文章。他有時覺得太尖銳，有時覺得裏面哪句話會讓什麼人不高興，有時覺得還可以寫得更好點。諸如此類。他有一次引用李子雲的話評說我的文章。他說，李子雲讀了你的文章說，這個李劫，在行文之中，不知什麼時候會突然伸出一隻胳膊來的。他覺得李子雲評說得很形象，很精彩。但我後來想想，這不很像達利的繪畫麼？假如我的文章能寫得像達利的繪畫那樣充滿奇思異想，又有什麼不好呢？當然，無論是周介人和李子雲，可能都沒怎麼看過達利的繪畫，他們即便看了，也不會喜歡的。在我的記憶中，他所退的稿子，在別的刊物通常都是求之不得，拿去一字不動地馬上就發表。不過，當時李子雲是《上海文學》的主管，她的話，周介人哪怕不同意，也得當回事。

　　李子雲藝術感覺是相當不錯的，要不然也看不出我文章裏的達利意象。後來《上海文學》發表的許多新潮小說，都是經她首肯之後才出籠的。她周圍當時有一大批說客，包括李陀，韓少功，鄭萬隆等等。由於《上海文學》發了阿城的〈棋王〉，一時間好評如潮，李子雲也被弄得躊躇滿志起來，結果就一發而不可收了。

　　我在《上海文學》上發表的第一篇文章，題為〈論文學形式的本體論意味〉，副題為「文學語言學初探」。此文一點不誇張地說，是當時評論界整個新潮小說評論的一個轉捩點。即從新潮小說的精神內涵，轉向了小說形式本身的研究。或者說，從對寫什麼的關注，轉向了有關怎麼寫的探討。而第一節的小標題，就是「寫什麼和怎麼寫」。

　　周介人在發表這篇文章的時候，簡直是讚不絕口，認為在當時所有的評論文章裏，唯有這篇文章，才進入了實質性的研究云云。但這一屆的評獎，恰恰就把這篇文章擱到了一邊。後來，我有一次跟吳亮說起周介人看人看事如何如何明白的時候，吳亮突然蹦出一句，不過，老周有時做起膩心事情來，也是非常膩心的。我頓時就卡住了。因為

吳亮說出了我對周介人的另一種感受，這種感受恰好就是膩心，也即是噁心的意思。說來奇怪，這種感覺在我讀《晚年周恩來》時，曾經再度出現。周介人在人事上的作為，不知為何，跟周恩來十分相像。

我相信吳亮和程德培對周介人在行事為人上的感受，遠比我深切。我也知道他們之間有一種剪不斷理還亂的複雜關係，既是非常友情的，又是相當隔閡的。

周介人活得非常吃力，可以說，骨子裏是個非常可憐的人。由於他出身地主家庭，好像是松江的什麼地主，也許是青浦吧，從小到大，一直活在提心吊膽的緊張和恐懼之中。那樣的心理，是我這種出身工人家庭的人所難以體味的。在毛澤東時代，出身在什麼家庭，幾乎決定人一生的命運。在工人家庭長大，雖然貧苦點，事實上在毛時代也沒有什麼富人，但不必膽戰心驚。

我相信從毛時代過來的人們，出身富貴的，沒有一個為自己的家庭感到驕傲，就像猶太人在希特勒治下一樣。相反，他們為自己的出身感到非常的自卑，總覺得在人面前抬不起頭來。也許是為了贖罪，也許是為了表明有改造自己的決心，這些人通常以更加激進的言行，來表示他們的效忠。我想，周介人在文化大革命時擔任批鬥巴金小組的組長，跟這樣的心理是非常有關係的。他哪裏知道，三十年河東，三十年河西。等到文革一過，巴金那樣的人物再度成為國寶時，他正好又多了一重罪孽，並且因此永遠也抬不起頭來。

我記得在新時期十年文學討論會上，就是在那晚的南北青年評論家對話會上，我曾就劉再復說巴老要跟全國人民共懺悔的發言，提出不同看法。我認為，巴老的懺悔是巴金自己的事情，跟其他人無關。至於全體人民如何懺悔，那是另外一個話題。大意如此。我不知道這個發言後來被上海作協的那份內刊《寫作參考》給看中、並且轉載出來了。周介人知道後，嚇得臉色煞白。他那天像一個家長訓斥一個不聽話的孩子那樣對我說，你差點闖了大禍，差點闖了

大禍呀！要不是我趕緊衝到那裏，把你那段話給刪去的話，那還了得！他當時說話的表情，簡直像是天要塌下來、地要陷下去一般。其實事情並沒有他感覺的那麼可怕。我的發言不是針對巴金，而是反駁劉再復的看法。再說，即便是批評一下巴金，也沒什麼了不得的。巴金本人早已不問世事，對外界的一切渾然不覺。我跟巴金女兒李小林及其主編的《收穫》雜誌，相處得很友好。他們當初開始發表先鋒小說時，還找我幫他們組過稿。那樣一次發言根本不影響彼此間的交往。《收穫》後來還發表過我的一個短篇小說，好像還發了我寫錢先生的一篇什麼文章，包括我跟錢先生的合影。

我記得《收穫》的編輯程永新，當著我的面，對周介人說，老周啊，李劼你是管不了的吧？周介人馬上回答說，管不了，管不了。我哪能管得了李劼。李劼是個小孩子，啥人都管不了的。

我對程永新最早的印象，就來自那次問話。這小子看上去面如桃花，問出話來一點不客氣。後來他曾到我在華師大的那間陋室裏打過一次麻將，感覺蠻大氣的，不怎麼在乎輸贏。再後來就是我在那個地方的時候，偶爾看到外面發進來的報紙上有他一段文字。說是跟一個女棋手下棋。裏面有如此描寫，「纖纖素手，拈起一子。」我讀了忍俊不禁。

從程永新的問話裏，可以看出，《收穫》可能確實對周介人很保留。但嚇成那個樣子，也有點讓人看不懂。也可能是我這樣的人難以體會他那樣的處境和心境。

周介人對我這樣的孩子般人物，心腸很硬得出。彼此間這麼談得來，事涉利益，從來不含糊。而且當我把話說出來的時候，他索性痛痛快快地承認。假如巴金的家屬跟他講同樣的話，他會如此乾脆麼？生活在陰影底下的人，很容易成為其他人的陰影。就像一個經常被人欺負的人，欺負起別人來，也同樣的不留情。這情形是不是很像周恩來？

　　但我依然同情他。他其實是個非常柔弱的人，唱起歌來就像個小姑娘一樣。而他最喜歡唱的滬劇唱段，恰好也是小姑娘唱的。好像是《羅漢錢》裏面，給人作媒的燕燕所唱。也許是另一個女人唱燕燕之類。反正是相當的女聲女氣。由於我自己也是本地上海人，喜歡聽滬劇，所以聽了沒覺得特別不對勁。但要是讓哪個不喜歡滬劇的人聽了，也許會感覺怪怪的。以周介人的人文素養，其在音樂上的趣味不應該僅止於滬劇。我不知道他對交響樂之類有什麼感覺，從來沒聽他談起過。可能他很少有時間聽音樂，他生命當中至少有百分之八十的精力和時間，花在了如何處理人際關係和如何提防看不見的突如其來的傷害上。

　　他最頂禮膜拜的，乃是作協主席茹志鵑。曾有人打過一個比方，說周介人好比是作協主席的家奴。此話十分刻薄，但也差不多是這樣的。那樣的體制，本來就意味著人身的依附。還有一個讓他非常害怕的，則是《上海文學》原來的主編，李子雲。據說李子雲做過夏衍的秘書，在北京的上層文學圈子很兜得轉，被稱為通天人物。再加上《收穫》的主編，巴金的女兒李小林。那也是一個讓周介人怕得什麼似的人物。唉，周介人當年所出任的巴金批鬥小組組長，並沒有因文革的結束而結束，可能至死都還在無形中掛著呢。

　　上述三者，基於不同的原因，或者因為有權，或者因為有勢，或者因為舊債，構成了一個鐵三角，成為周介人心目中的銅牆鐵壁，永遠也打不破。有關其中的種種細節，我並不十分清楚，有待於將來的知情者細說，或者戲說也行。

　　比如，唉呀，從前有個周介人……就像周介人自己唱道，從前有個小姑娘。陳村曾說，要把周介人唱的從前有個小姑娘作為寫周介人故事的題目。這聽上去倒是確實很相像。

　　我後來是在美國聽到周介人死訊的。雖然我走之前已經知道他住了醫院，但來也匆匆，去也匆匆的，沒有前去探望他。那年對他

說早上起來練功，可能是彼此的最後一面了。我後來倒是寫過他一篇文章的，題目就叫「罪過罪過周介人」。罪過一語，在上海話中的意思是可憐，不是意指有什麼罪孽。我寫完之後，給他打了個電話，告訴他說，老周，我寫了一篇關於你的文章，「罪過罪過周介人」。他一聽，趕緊說道，是呀，是呀，我是老老罪過格呀。

這就是我跟他之間的最後一次交談。他寫的字，相當遒勁和大氣，可是命卻那麼的薄，而且還把李叔同的話當作耳邊風。周介人的感覺是相當奇特的。因為我後來在美國，有人無意當中看到我的前世，恰好就是李叔同。這同時也說明了，周介人是誰也救不了的。李劫救不了，李叔同也救不了。李劫和李叔同加在一起也救不了。我好像對他說過，你活的世界，我不太懂；而我的世界，你也不知道。是的。我所做的事，是他連想都不敢想的。而他的生活在我眼裏，跟地獄沒什麼兩樣。但不管怎麼說，周介人是地獄的受害者，而不是地獄的製造者。他假如也曾給別人製造過什麼地獄的話，那樣的地獄也是不堪一擊的。跟過他的人，後來都紛紛離開了他。包括對他最為忠心耿耿的奚愉康。期間，各人有各人的原因，但共同的原因可能就是，誰也不想生活在他生活的地獄裏。

唉，從前有個周介人，一個罪過極了的人……

貳、站在新潮文學的海灘上

明白了周介人的銅牆鐵壁，那麼周介人為80年代的中國文學新潮所做的一切以及為什麼會那麼做，做到了什麼程度上，還有什麼本來是可以做得更好的卻沒有那麼做，如此等等一系列的事情，也就可以一目了然了。

就精神氣質而言，周介人絕對是個對高貴有感覺的人。他雖然活在十分為難的境地裏，但他非常明白什麼人是什麼人。可以說，他所接觸的所有人，在他心中都被列在一道十分清楚的光譜裏。有的人他表面上非常尊敬，心裏卻另當別論。有的人他來往無多，心裏卻深懷敬意。我想，錢先生屬於他內心深處懷有敬意的老先生。有一次不知說起什麼事情，說到錢先生，他脫口而出，錢先生是頂頂明白的明白人。

周介人對高貴的感覺不僅在於知道高低深淺，還在於他生性不喜骯裏骯髒的文字或人品。他骨子裏是個非常要乾淨並且本身也很乾淨的人。但這樣一個人碰到無賴就會束手無策，唯有碰上他認為不乾淨的文章，才可以表示一下拒絕。我記得他對我說起過朱大可的文章。他說，喔唷，朱大可寫來寫去，就是兩個字，射精。他當時是用帶本地腔的上海話說的，射字的發音聽上去像濁字，所以我印象特別深。

當然，朱大可也有朱大可的才氣。這以後再細說。

與他在那個鐵三角裏苟活很不相同的是，周介人對來自北京的聲音，很有獨立性。當劉再復在北京提出主體論鬧得沸沸揚揚的時候，周介人並不表現出一副緊跟的樣子。他好像私底下說過，劉再復主體論講的意思嘛，錢谷融先生當年在〈論「文學是人學」〉裏頭，全部講過了呀。還有就是對李陀經常以北京中央領導姿態向上海傳達什麼精神之類，周介人也始終保持自己的清醒。儘管李陀有許多看法是很有道理的。

周介人對錢先生，對王元化先生等等上海的老先生們，非常尊重，但他對北京的一些文學豪門不太當回事。不僅是劉再復，還有王蒙等其他權高望重者，他至多只是敬而遠之。由此也可以想見，他當然不會把李陀太當回事。但事實上，卻恰好是李陀的推動，在北京和上海同時發起了 1985 年的新潮文學變革，時人稱之為一場悄悄的革命。

李陀在當時的文壇上扮演的是一個說客，類似於張儀、蘇秦之流。而他的主要遊說對象，則是《上海文學》的主編李子雲，以及周介人和上海的一些青年評論家。李陀可能是最早看出上海評論力量對後來整個文學發展將會發生什麼影響和起到什麼作用的人。

我去《上海文學》之前，可能是在我去桂林開會的同時，反正是 1984 年的年底左右，周介人領著吳亮、程德培、許子東、南帆等一批上海的青年評論家以及上海作家陳村和曹冠龍，到杭州與李陀、黃子平、魯樞元等評論家相聚，開了一個很重要的會議。當時出席會議的外省作家，大都成了次年文學尋根運動中的中流砥柱。其中有阿城、韓少功、李慶西、李杭育，其他我記不得了。我後來是聽周介人他們說的。具體可以讓吳亮等人細說。我看見韓少功曾經專門撰文談論過那次會議。那次會議對 1985 年以後的小說確實起了很重要的推動作用。

不管周介人對李陀的信服程度如何，但他在那次會上肯定是受到啟發的。否則，他不會次年在《上海文學》上發表那麼多的新潮小說。然而即便如此，據說，馬原那篇〈岡底斯的誘惑〉本來卻是《上海文學》的退稿，退了之後由年輕編輯重新去要回來的。還有孫甘露那篇〈訪問夢境〉，也是幾經周折才出籠。

我拿著錢先生的信去《上海文學》找周介人，正值整個中國文學處在一個大變革的前夜。記得小時候看的蘇聯影片《列寧在十月》中有一句台詞，叫做資本主義的最後一夜是寒冷的。套用一下的話，那麼中國五四以後那種所謂為人生的現實主義文學，在 1984 年也走到了其最後一夜，不過，是熱鬧的。

從 1970 年代末到 1984 年的中國新時期文學，歷經所謂的傷痕文學，反思文學，知青文學和改革文學，也敲鑼打鼓的鬧了一陣子。其呈現的景觀五花八門，其中花拳繡腿一類的特別多。當然，也由

此湧現出一大批令人矚目的作家。諸如傷痕文學裏走出的劉心武，反思文學裏走出的一大批當年被打成右派作家，諸如王蒙、陸文夫、張賢亮、鄧友梅、叢維熙等等；知青文學就更多了，其中比較引人注目的是梁曉聲、張承志。上海的王安憶和陳村開始也都寫過知青小說，因為他們都下過鄉。廣州的知青作家當中，比較出名的有孔捷生。我印象裏，韓少功也寫過知青小說。當然，知青小說寫得最有境界的，當推阿城的〈棋王〉。從某種意義上說，阿城〈棋王〉一出，梁曉聲轟動一時的〈這是一片神奇的土地〉、〈今夜有暴風雪〉，或者張承志的〈黑駿馬〉、〈北方的河〉，諸如此類的激情知青小說一下子變得陳腐，因而顯得可笑起來。阿城發表在 1984 年的《上海文學》上那篇〈棋王〉，可能是 1985 年以後的文學開始之前，最為重要的一個文學事件。

在我看來，知青小說是區分 1984 年之前的現實主義小說和 1985 年之後的自由主義小說這兩類完全不同的文學思潮的一個重要分界地帶。而其標記便是上述阿城的知青小說與梁曉聲、張承志的知青小說的區別。

無論是在梁曉聲的小說還是在張承志的小說裏，讀者都可以感覺到一股滾燙滾燙的紅衛兵激情。這種紅衛兵激情，又跟張賢亮小說裏那種濃得化不開的老右派扮演被母親責打的小可憐角色，沆瀣一氣。這兩類小說在這種激情和這種角色的掩護之下，理直氣壯地朝著受盡折磨的知青和歷經苦難的右派胡言亂語。正如張賢亮在小說中一面自慰一面自虐，梁曉聲和張承志在小說中向世人再度高舉紅衛兵的戰旗連同小將們當年手中的皮帶，並且將兩者同時在空中揮得呼呼作響。

於是，阿城開口了。阿城的〈棋王〉以中國傳統文化中幾乎被人遺忘的文化定力，默默地朝依然戴著紅衛兵袖章的張承志和梁曉聲削出一劍。這是一柄木劍，沒有殺氣，卻點在對方的死穴上。

阿城的〈棋王〉沒有任何誇張的言語，沒有任何故作的姿態，其效果卻如同一道清澈的瀑布，飛流直下，一洗鉛華。比起猶太人對納粹時代那種不屈不撓的追捕和審判，阿城顯示的是中國式的智慧和中國式的峻冷。可能也是這樣的奧祕，阿城不提「尋根」，而是主張「文化小說」。不管是什麼主張，重要的是，他在 1984 年發表的〈棋王〉，成了 1985 年以後的小說自由主義時代的一個先聲。

當然，從另一個方面說，從阿城的〈棋王〉裏，人們也可以發現，文化大革命以後的所謂新時期文學，缺少了些什麼。當時人們也許怎麼也想不出到底缺少了什麼，就連阿城本人，也未必意識到。但事到如今，人們應該想起來，那時候的文學，缺少的是審判。或者說，緊跟在傷痕文學和反思文學後面的，理當是審判文學。猶太人的追捕納粹分子，在中國竟然沒有相應的歷史回應。一個紅衛兵的命名者，可以在〈糊塗亂抹〉那樣的小說裏，肆意地發洩對改革開放年代的不滿和敵意，從而朝國人繼續揮舞精神皮鞭。然後，此人又可以迅速地躲進回教族群裏，發出陰暗的不無恐怖主義色彩的復仇叫囂，在回漢之間挑唆民族仇恨。作為中國的衝鋒隊，紅衛兵的陰魂始終不散。因為歷史沒有向這批衝鋒隊作出應有的審判。比起當年的審判四人幫，對中國衝鋒隊的審判，無論在社會效應上還是在心理狀態上，都要重要得多，有意義得多。但這一審判卻至今缺席。

由於審判的缺席，阿城的〈棋王〉在客觀效應上，不得不成了一副國民心理的鎮靜劑和麻醉劑。冷靜，卻沒有清醒。

相比之下，詩歌領域裏的歷史審視顯然要鮮明得多。我指的是，1986 年《中國》雜誌發表的韓東的詩歌，〈有關大雁塔〉。韓東此詩是對楊煉一組文化組詩中的〈大雁塔〉作出的文化立場意義上和審美精神意義上的直接回應。雖然在楊煉的詩歌裏，過去那種粗鄙的激情被抽象為比較精緻比較文雅的文化反思式的審美觀照，但敏銳的韓東一眼看出其背後的英雄主義情結，以及那種情結背後的歷史陰

影。韓東以極其反諷的語調，以十分平白的詩歌話語方式，一針見血
地揭示出那種大而無當的英雄主義激情底下的粗鄙本相。就那樣的
本相而言，其最早的祖先，並不是屈原的《離騷》，甚至都不是項羽
那種充滿貴族氣的感歎，而是劉邦〈大風歌〉裏那種「威加海內兮
歸故鄉，安得猛士兮守四方」之類的小人得志和陳勝、吳廣之類的
帝王將相，寧有種乎？比起阿城的莊子派頭，韓東的出手顯然要凌
厲得多。只是楊煉並非是張承志那樣的衝鋒隊員，也沒有那樣的衝
鋒隊情結。在楊煉的詩歌氛圍裏彌漫著的，是一種皇城意緒，一種中
心話語情結。這種意緒，這種情結後來被那個稀裏糊塗地自殺的詩人
海子，以生命為賭注，發展到極端。就此而言，韓東的詩歌對於那
樣的話語誇張和精神吸毒來說，無疑是一針很有效的清醒劑。換句
話說，海子當年不再在北京苦度時日，而是轉到南京與韓東〈他們〉
為伍，也許就不會那麼傻不拉幾地自殺了。當然，歷史不能假設。

　　與海子的自殺同樣可惜的是，在小說領域，人們沒有能夠看到
韓東式的質疑，致使後來的尋根文學在精神氣質上充滿又想振臂一
呼又想悄悄妥協，又要做婊子又要立牌坊的尷尬心態和由此而生的
油滑氣息，最後以賈平凹的《廢都》，劃上了一個歷史性的句號。從
某種意義上說，賈平凹的《廢都》廢掉了整個一代尋根文學。該小
說似乎在嘟噥，不用尋了，根部早已廢掉了，有什麼好尋的。

　　在當時的小說家當中，對張承志式的誇張作出最有力質疑的，
可能是王安憶的一句調侃。她把張承志的小說，比著在胸膛上貼胸
毛以充男子漢的行為。雖然這聲質疑不過是一個都市女人的小聲嘀
咕，但也不失為一種本能的反感和拒絕。不管怎麼說，北方的河再
牛逼哄哄，在上海這個城市裏卻是絕對流不通的。

　　毋庸置疑，中國的 80 年代文學步入一個全新的地帶時，不是昂
首闊步的，而是搖搖晃晃的，跌跌撞撞的。在這個新的地帶裏，精
神層面上的內涵，由尋根文學在文化上或者成熟或者不成熟的思考

濫竽充數了一下；美學上的變革，由馬原、格非、孫甘露那樣的作家填補了空白。在這兩者之間的中間地帶上，便是史鐵生、余華、蘇童，包括上海王安憶和陳村等作家在內的許多新銳作家的自由主義創作。至於在生活方式層面上具有未來指向的憧憬，模仿，實習等等，則由近水樓台先得月的那群北京大院子弟，諸如劉索拉、王朔等主兒，先走了一步。那種非常具有皇城特色和 40 年代末之後的歷史變遷意味的北京大院文化，和現代都市生活的古怪組合，可能是中國 80 年代文化的一大奇觀。相比之下，最會生活，也最懂生活的上海人，在其小說世界裏，卻像是一群不會生活不懂生活的傻瓜一樣。除了陳村對生活有些思考之外，其他就是伯伯、阿姨、叔叔、姆媽之類，聽上去就像是上海小弄堂的芸芸眾生所說出來的弄堂物語。

以上所有這些，雖然周介人主動或被動地做了許多事情，開過許多會議，發過許多作品，組織過許多評論，但他骨子裏是與之有距離的。周介人的審美趣味，既不在於尋根小說，也不在於馬原、格非式的實驗小說。他對史鐵生、余華、蘇童他們的小說可能認同一些，但他最為醉心的，除了王安憶的上海小弄堂物語，便是他自己後來在《上海文學》上推出的池莉、方方那樣的女作家。就連那些作家的名字，聽上去都跟他所愛唱的滬劇《羅漢錢》裏的人物十分接近，諸如燕燕、小章之類。到了 90 年代，據說唐穎也一度成為周介人十分推崇的女作家，並且冠之以新市民小說的名號。我讀過唐穎的《麗人公寓》，感覺寫得乾乾淨淨。而周介人恰好是個喜歡乾淨的人。周介人是絕對不會欣賞《上海寶貝》的。

不管王安憶本人如何看待周介人對她小說的評論，但我認為，周介人是王安憶小說的知音。周介人太懂王安憶小說了，以致他稱呼王安憶時的腔調都非常有韻味。他叫出來的一聲安憶，跟其他任何人叫出來的，都是不一樣的。用上海話來形容，他叫得很糯。也即是說，周介人那聲安憶是糯米做的，而不是粳米做的。

假如把王安憶的創作比作做花籃，每過一個時期，花籃的式樣就會變上一變；那麼周介人是王安憶歷年所做的種種花籃的最熱心最到位的鑑評家。周介人知道每一隻花籃的來龍去脈，並且能夠品味出別人難以品味的神韻。很可惜的是，周介人由於太過忙於各種事務，沒能寫出一篇經典性的文章，全面論說一下王安憶小說。假如周介人寫過的話，那麼其他人最好不要寫了。我相信沒有一個人能夠寫過周介人。後來聽說在哈佛做教授的李歐梵也對王安憶的小說有濃厚興趣，好像也湊了好幾湊熱鬧。那可能就比較搞笑了。李歐梵離王安憶小說有多遠，人們可以丈量一下從李歐梵的老家河南到上海之間的距離。從李歐梵寫上海的那本書裏，可以看出李歐梵就像還沒離開過河南似的，對於上海這個城市，兩眼一抹黑。而不知道上海，怎麼讀得懂王安憶上海風味很濃而上海精神卻很淡的小說呢？

風味是市民的風味，精神是商業文明的精神和自由獨立的精神。上海同時具有這兩種似乎截然不同卻又互相依存的精神風貌。王安憶對上海的精神是隔膜的，但她對其中一部分市民的風味卻是相當熟悉的。當然，她之所以能寫出市民風味，又跟她當年下過鄉，離開過上海相當有關係。距離經常能夠產生靈感。一個終身住在上海從來沒有離開過上海的人，對上海的觀照再清楚也是朦朧的。在這一點上，王安憶比張愛玲更有優勢，至於小說寫得是否比張愛玲更好，那就大家見仁見智了。順便提一句，張愛玲離開上海之後，竟然一點寫不出上海了。這是一個很有意思的謎語，值得有關專家好好猜一猜。相反的是，王安憶在 1984 年到過美國之後，回來一下子就寫出了與她過去和後來的創作全都風格迥異的《小鮑莊》，並且從此以後，再也沒寫過第二篇相類的小說。這也是件非常有趣的事情。我想，也許周介人可以說清楚是怎麼回事，可惜他永遠也不會開口了。真是莫大的遺憾。

　　周介人平時確實常常把人際關係放在第一位，萬事臨頭，關係當先。然而，他的推崇王安憶，卻並不因為王安憶是作協主席茹志鵑的女兒。我想，這是將來的人們很容易誤解周介人的地方。周介人和王安憶的小說確實很相通。反過來說，王安憶在對人對事的看法上，也跟周介人很相通。

　　舉個例子。我在 90 年代賦閒的日子裏，曾經請王安憶到學校給中文系的學生講過一次講座。講座結束的時候，學生開始提問。有個學生向王安憶提問說，你怎麼看我們的李劼老師。我當時就坐在下面。王安憶遠遠地朝我看了一眼，回答說，你們李劼老師是個很有童心的人。我猜她本來是想說很孩子氣的人，可能考慮到我的面子，改說了很有童心。但不管她如何表達，我明白，在對我的看法上，她和周介人是不謀而合的。

　　還有一次，那也是 90 年代的事情，我在程德培的《海上文壇》編輯部裏坐著，王安憶正好有事進來。見了我，她笑吟吟地對我說，哎唷，李劼，你現在是成了英雄了。一旁的陳村馬上打岔說，人家是英雄，你是美女，正好美女愛英雄。王安憶馬上臉一紅，說了聲，十三，就走開了。王安憶當時說我是英雄的口氣，聽上去好像我撿了什麼便宜貨似的。她那一聲哎唷，然後什麼什麼，與其說是同類人物之間心照不宣的一個禮節性招呼，不如說是來自另一個世界的熱烈問候。這聲問候由於彼此在精神上的陌生感，再熱烈也難以默契。正如我跟周介人是生活在兩個完全不同的世界裏一樣，王安憶無疑生活在周介人所隸屬的世界裏，當然了，她比周介人活得像樣得多。

　　王安憶不需要像周介人活得那麼緊張，雖然她也有她的不安。她是一個把小說世界和現實生活分得很清楚的人。她一方面俯瞰著伯伯姆媽之類的芸芸眾生，一方面又十分警惕著不讓別人闖入她的生活打攪她的寧靜。她對編織小說世界的專注，與她對芸芸眾生在骨子裏的冷漠，是一塊硬幣的兩個方面。你可以說，由於她專注於

寫作，所以無暇他顧；也可以說，因為她娥眉冷對眾生苦，才得以專心編得花籃好。她對自由的理解可能是，既可以安安靜靜地活著，又可以消消停停地寫著。假如她的小說筆觸涉及到現代世界裏的白領階層，感覺可能會變得遲鈍的。白領麗人的變數太多了，王安憶吃不消的。

這就要說到唐穎的小說。在王安憶感覺遲鈍之處，恰好是唐穎小說開始寫得有感覺的地方。從這個意義上說，周介人後來對唐穎小說的熱情，倒也不失為一種開放心態。也即是說，他既對王安憶的市民風味有感覺，又能認同唐穎筆下由白領麗人所體現的精神取向。

唐穎由於其丈夫張獻的原因，經常喜歡到張獻的世界裏走動走動。哪怕她有時弄不懂那世界是怎麼回事，她也樂此不疲。這可能跟她當年從華東師大中文系那種自由氛圍裏出來有關。當然，從那裏畢業出來的，也並非個個如此。她的小說雖然被周介人認同，但她喜歡去的世界卻未必是周介人有興趣的。遠遠地觀望一下是可能的，但要周介人也走進去看看，他沒准會嚇得跳起來。哎唷，這個地方都是些啥格人啦？既嘸沒小韋，又嘸沒燕燕，一點不好白相。

至於周介人十分熱衷的池莉、方方，我實在不知從何說起。也許我自己也得量一量從上海到武漢的距離，然後才可能弄明白。但我願意讀讀她們的小說。

1987年我曾搞過一個先鋒沙龍，這裏面的每一個小說作者，馬原、格非、孫甘露等等，都在周介人的《上海文學》上發表過小說，包括我本人在內。但其中沒有一個會認同周介人的審美趣味。假如說，在新潮小說的浪潮裏，這些人幾乎個個跳下去暢遊了一通，那麼周介人卻始終穿著長袖衣褲衣冠楚楚地站在海灘上，連游泳褲都不肯穿一穿。

看著別人游泳，然後找個給大家看管衣物的藉口，死賴在沙灘上不願下水，這就是周介人在80年代中後期面對新潮小說的基本姿態。

但他畢竟給大家看管過衣物，給大家發表過文章，組織過討論和評論。對於一個從歷史很深很深的陰影底下走出來的人，對於一個依然活在歷史的陰影之下，活在人際關係的銅牆鐵壁之中的人，這已經相當不錯了，還能要求他什麼呢？

也許人們很想問一聲，周介人讀不讀詩歌？那麼回答是讓人非常失望的。他從來讀不懂北島、舒婷們之後的詩歌。在這方面，周介人跟劉再復倒是非常相像的。

但周介人對評論有一定的評判眼光。相比於他在小說詩歌上的眼光，他在評論文章上的鑒賞力，可能更為出色。雖然他有他的口味，雖然他把我的許多文章都看作是隨便伸在外面的胳膊，雖然他死活不肯發表陳曉明的文章，但我還是得說，他懂評論。

參、成也介人，敗也介人

周介人的懂評論，可以舉他對南帆文章的評介為例。有一次不知怎麼的說到南帆，（當時南帆已經畢業，回了福州，可能已經當上或者即將當上那裏的文學研究所所長了吧，）周介人說，張帆的文章呀（南帆原名叫張帆），兜來兜去，兜了老半天，也不知道在講些什麼。他過了會又補充說，張帆是個有本事把一句廢話說得頭頭是道的人。

南帆在華東師大讀研究生的時候，我曾跟他聊過一次，感覺很有才氣。他還一本正經地對我說，他很少跟人聊到如此深透的地步。周介人為什麼會對南帆的文章有那樣的看法？我起先不太明白，後來我明白了。南帆寫文章很少面對作品，而是喜歡從概念到概念，做概念遊戲。那情形就像玩碰碰車一樣，駕駛著一個概念，在場子裏跟其他許多概念碰來碰去的，碰完一個小時，文章正好結束。

　　說實在的，南帆的概念遊戲還僅僅是玩玩而已，並沒有其他圖謀。比起 90 年代一些學術新貴在概念遊戲掩護之下的奪取話語權力，南帆還真可算是個老實人。南帆的問題在於，他的感覺對作品缺乏穿透力，所以導致一旦做起文章來，只好退到概念上，力圖從概念本身的發掘中，找到一條闡釋道路。

　　我的印象中，南帆絕對是一個安份守己的學人。他很少表達自己的立場，通常以多數人的立場為自己的立場，有時也會朝著權勢方向默默地作出自己的傾斜。假如中文系的大多數研究生都在嘲笑殷國明，他也會跟著嘲笑殷國明。假如會議上的許多人都不以某人為然，他也會調侃某人幾句，以示他站在多數人一邊。他也許只有在被扔進荒山野地裏時，才會作出自己的獨立思考，並且我相信他有這樣的能力。但他偏偏安然無恙地生活在一個小城市裏，不太可能走出那個不無溫馨的地方。好在他生性不喜驚世駭俗，在精神上寧可站在立正稍息的行列裏。不管是向左看齊，還是向右看齊，他都可以做得十分到家。

　　這恰好是我所做不到的。因為按照周介人引用李子雲的說法，我總是會突然伸出一隻胳膊，使整個隊列變得亂七八糟。我平生最恨的事情之一，就是文革時代那種沒完沒了的軍訓做隊列操練。後來讀到愛因斯坦對普魯士士兵操練隊列的厭惡，我一下子對那位科學家肅然起敬，並且引為知己。有時候科學家的文學感覺似乎遠遠超過文學家。不知南帆以為然否？但我希望南帆能看到這段文字。

　　其實，周介人對南帆無論是人還是文，都是蠻喜歡的。尤其是起先的時候，恨不得把南帆行文的循規蹈矩作為大家的榜樣。再說，南帆是個無論在什麼地方出現，都不會讓人討厭的人。我記得周介人對殷國明也頗有好感，一見到就眉開眼笑。在我的印象裏，殷國明在《上海文學》上發表的文章很多，後來他去了廣州，其文章還不斷在《上海文學》上露面。

　　周介人對陳思和並沒有什麼特別的負面印象，周介人最不喜歡的可能就是王曉明。這是王曉明自己都心知肚明的。我印象最深的就是那次新時期十年會上。我剛剛發過言，說代表一批青年評論家，對劉再復的人道主義表示支持。王曉明上去發言時馬上就說，他不知道他是不是被李劼代表在內。於是周介人就對我說了他覺得王曉明說話陰陽怪氣。至於對王曉明的評論文章，周介人也有過非議，說是評來評去都是以前的作家。周介人指的是 85 年新潮小說起來之前的作家，諸如張賢亮等等。王曉明在當時確實很少談論先鋒小說和先鋒作家。然而，不知道周介人有沒有讀過王曉明論魯迅的那本專著。我個人認為，那是王曉明寫得最出色的一本書。假如周介人讀了，相信他也會稱讚一下的。

　　周介人對王曉明那次發言的不以為然，可能還跟他對劉再復觀點的保留有關。他覺得王曉明沒有在會上說出比較有份量的意見來。周介人雖然對我後來支持劉再復是讚賞的，但從觀點上，他並不完全認同劉再復，他只是嘴上不說出來罷了。

　　我記得會後移到另一個旅館裏等候坐火車回家時，有人跟他談論過會上的事情。那人說，看來還是我們上海的青年評論家有氣度，既有自己的觀點，又能理解別人。他聽了不無得意地笑了笑，說，是呀。然後拍拍我說，李劼不錯的。他說我不錯，我感覺並不是指我理解別人，而是在會上說出了自己的不同意見。很有意思的是，整個會議期間，他就沒跟我說過一句，批評劉再復要注意分寸之類的話。我去開會的時候並不知情，但他是肯定知道就裏的。我猜想周介人可能不在乎挑戰一下對他生存產生不了影響的大人物。

　　當然，從另一方面說，我是個率性而為的人，沒有人能夠左右我的立場和言行。這點周介人很清楚。除了他認為闖大禍的事情，他一般不會隨便指手劃腳。他只是在發稿上把關把得特別牢，毫不含糊。

　　周介人對蔡翔可能要求多一點，因為是自己部下的緣故。蔡翔好象並不太計較，有時說起，他常常嘿嘿一笑。

毫不誇張的說，周介人對我和吳亮、程德培三個人對新潮小說所作的評論，心裏是相當滿意的，雖然嘴上總是說這裏長了，那裏短了。那時候，蔡翔由於做編輯，寫作時間不太多。許子東正在動腦筋如何跟著李歐梵私奔去美國念書，也沒什麼心思關注新潮小說不新潮小說。王曉明、陳思和在跟我合作過後，在作協和社科院新辦的《上海文論》上開了個重寫文學史的專欄，整天忙著四處組稿，經營那塊陣地。至於小說新潮到什麼地步，他們似乎都不太關心。細心的研究者可以查一查，他們二位在 80 年代發表過多少有關當時的一些新潮小說的作家作品評論。

人們還可以做一個研究，在 1985 年以後的上海文學評論作品中，假如拿掉我和吳亮程德培三個人的文章，然後看一看，上海評論家當中有關新潮小說的評論，還剩下多少？

當然，王曉明的《二十世紀文學史論》，已經如此做了。在他所選的作者當中，我和吳亮程德培全部被他消滅得乾乾淨淨。有關當時新潮小說的評論，加上他自己的總共選了三篇，其中一篇是朱偉寫的，他是當年《人民文學》的編輯。一篇是個在 80 年代從來沒聽說過的作者，叫做樂鋼，聽說是海外某校東亞系的什麼人。還有就是他自己的評論王安憶文章。此書的目錄，我將在後面的章節裏附出。

幸虧周介人過世了，要是活著的話，看到王曉明的這本史論，一定會有番話說的。當然了，周介人當年所犯的最大一個失誤，恰好也就是沒有及時地總結 80 年代的新潮小說評論。假設我們三個人作為他率領的什麼團隊為周介人爭過光的話，那麼到頭來，他連一句讚揚的話都沒有說過。事實上，周介人手中雖然當時有個《上海文學》，但是假如沒有我們三人鋪天蓋地的新潮小說評論，他的底氣和威望，顯然要遜色許多。不管怎麼說，我們三人也可算是他在外面說話的重要資本。從這個意義上說，周介人確實太不負責任了。

難怪吳亮會說出膩心這個詞。當然，假如站在周介人的立場上，設身處地想一想，周介人也不可能為我們三人公開說話。因為說了我們三人的好話，可能會得罪所有的其他人。就像我後來在《論中國當代新潮小說》裏盛讚了馬原和史鐵生，結果其他新潮作家全對我耿耿於懷。周介人不僅不會如此總結他人，就連他自己都不會總結。他內心有太多太多的真實想法，但除了私下裏說說，絕對不會公諸於眾，更不可能寫成文字。我記得在太原開會時，彼此同住一室，談了許多話。可惜，我當時都沒太留意，現在回想起來非常困難。當時他對我說的，大都是對周圍人群的各種看法，諸如誰是怎麼回事，誰這樣，誰那樣。正是因為聽他說了許多平時絕對不會隨便說的話，我才會產生他把我視為知己的感覺。程德培的笑話我，也許有他的道理。但我還是很看重周介人對我的這份信任。而且，他說的那些話，我全都忘得乾乾淨淨。由此，也足以說明，他找對了傾訴對象。

事實上，我們三人當中，除了德培有時跟他鬧得比較厲害之外，我和吳亮基本上還是相當忍讓的。我從來沒說過他一句話。直到1994年，過了整整十年，我才對他說了那番話。可是他沒有一點點歉意。也許有的，但他不願流露出來。他一直把我當作一個孩子。

有時，我覺得周介人很缺少人情味，雖然他唱《羅漢錢》時那麼的動情。他很少誇獎一個他在人際關係利益上沒有必要誇獎的人，比如像我這樣的無足輕重之人。除了在那次會上他說過不錯之外，他還對我說過一次讚揚話，他說，李劼好，李劼從一開始叫我老周，一直叫到現在，從來不改口。

我當時聽了覺得很開心。後來才知道，原來他並不是為了誇我，而是為了說別人不尊重他。

由於他當時沒有繼續說下去，誰在他的稱呼上有所改口，所以我一直不知道他的話到底是什麼意思。直到後來讀到陳村的回憶文章，〈我的母刊〉，我才恍然大悟，原來如此。現在特地摘要如下：

我們去開張煒《古船》的討論會，去的時候一路春風，喝啤酒撕烤雞。在濟南回滬的火車上，吳亮忽然發難了，說：周老師，我以後不叫你周老師了，像陳村一樣叫你老周，好嗎？一旁的程德培嚇得不敢附和。他笑笑說：好的呀，叫我老周好了，蠻好的！過了一會，我看見他眼角流下眼淚。我也被嚇住了，一時誰也不說話，只聽得火車仍在「匡湯匡湯」地前進。

讀到這裏，我又有點同情起周介人來了。我現在搞不清楚，究竟是因為不被吳亮、程德培叫周老師，所以周介人索性對我們所做的新潮小說評論不置一詞？還是吳亮、程德培碰到了後來連我都感覺到的不快，才決定不叫他周老師？這些細節，只好留給吳、程二位以後回憶了。

其實，雖然程德培跟周介人有過不快，具體我並不清楚，但周介人跟吳亮還是相當要好的。我不止一次聽德培說，周介人跟大頭鬼（德培叫吳亮大頭鬼）之間，像父子一樣的。他們兩個鬧不愉快，別人最好不要插在當中。因為他們第二天就可能和好如初了。德培說，周介人和吳亮經常剛剛吵完架，當天晚上就會通上一、二個小時的電話，弄得比以前還要相好。

據說，周介人的兒子長得跟吳亮很相像，所以周介人在下意識裏，對吳亮也有一種見其人如見其子的感覺。也許吳亮說出那番話來，也有點恃寵的意思在內。要不，程德培為什麼就嚇得不敢附和呢？

不過，不管怎麼說，他們三個之間的事情，還是讓他們自己說去。我能說的，只是自己的感受罷了。

我記得，大概是在 1988 年，在王曉明陳思和兩人主持專欄的那個《上海文論》上，發表了一篇評論上海青年評論家的長篇大論，題為〈草叢裏的漫步〉。該文是當時復旦大學一個研究生所寫的。我不知作者究竟是什麼人，也不知這篇文章是寫著玩兒的，還是有什麼特殊原因在裏面。但可以肯定的是，此文乃是一次真正的橫掃，

甚至是任意的作踐。此文把上海的青年評論家比作草叢，然後在上面亂踏一氣。而且非常有意味的是，只有兩個青年評論家除外，就是王曉明、陳思和。文章一開頭就把他們兩個撇在一邊，聲稱這兩個人是真正的學者，然後對其他人開始狠狠的踐踏。我相信假如這位作者如今回過頭去看看自己當年所寫的文章，也許會十分後悔。我相信假如他是一個有良心有良知的人文學人，也許會為自己當年的無知而感到慚愧。

我記憶中，我是在《上海文學》編輯部得知這篇文章的。當時，周介人非但沒有對此表示憤怒，而且還哈哈大笑。也許我的記憶有差錯，但他肯定沒有對此文表示反感，至少沒有在我面前表示反感。

1985 年以後的上海文學評論狀況，尤其是我和吳亮、程德培三人所寫的新潮文學評論，周介人是最最知情的知情者。他完全知道誰的小說因為誰的評論而如日中天，他完全知道一些有許多讀者表示看不懂的小說，是因為誰的評論而使看不懂的吵鬧聲小了下去的。他不會不知道，我後來把對新潮小說的時評式評論，推進到了小說形式的研究尤其是小說敘事和小說語言的研究上，使對新潮小說的評論上升到小說美學的高度。他不會不知道，我後來在《鍾山》上發表了那篇三萬字的長文，第一次從文學思潮的宏觀角度，對當時的新潮小說進行了整體上的論說。退一步說，就算我沒有如許文章，僅僅是一個在他眼裏微不足道的小孩子，眼看著別人對這麼個小孩子一般天真的人如此踐踏，他覺得好笑麼？

當然了，所有這些，都是我現在回憶起當年的情景時想到的。也許我確實是太天真太可笑了，我當時竟然就沒有對周介人當場說出這番話來！

周介人雖然在評論文章的鑑賞上很有眼光，知道誰的文章是怎麼回事，但對我後來寫的小說敘事和小說語言方面的文章，可能不太在行，他好像連羅伯－格里耶的小說都沒好好讀過。但這並不妨

礙他說句公道話。就算王曉明那位身居作協副主席之位的父親，對他有什麼壓力，他也不至於怕到連為李劼說一句公道話都說不出口吧？就算當時的作協主席也覺得我不是個聽話的人，他也不至於到看著別人踐踏一個天真的人，踐踏一個除了向專制表示過異議從來沒有踐踏過其他人的人，感到快意吧？

周介人對我們三人的新潮小說評論有意無意的漠視，造成的後果便是，這段歷史如今成了空白，然後有人可以編出歪曲的文學史論。

周介人真是個周介人，說得好聽點，叫做一介書生。說得難聽點，就是一個可憐的小民。我相信名字裏面帶有命運資訊，假如周介人把自己的名字改成周巨人，可能命運就會大不一樣，至少為人處世會大氣一點。

當然，我這麼說，並非意味著為自己對他那份始終不變的信任而後悔。他活得太可憐了。處境的可憐，通常會使人喪失憐憫和慈悲。慈悲是非常重要的生命品質，甚至可說是人之為人的基本指標。周介人這一世假如沒有修出慈悲，那麼下一世也還得繼續修下去的。

我感到十分欣慰的是，當年我沒有因為他對我的不公，而跟他有所計較。雖然我感到非常遺憾，沒能把他從那股病氣裏拖出來。這可能也是命中註定吧。

真正是成也介人，敗也介人。其實最後成的，是介人；最後敗的，也是介人。別人被成被敗都不重要。別人有別人的活法，別人有別人的命運。

假如周介人下一世重新來到人間，依然叫做周什麼人的話，最好叫做周巨人，不要再叫周介人了。老周啊，你聽見麼？

2003 年 9 月 25 日寫於紐約

第五章　上海 1980 年代文學文化風景

壹、文化精神和歷史流變

在進入對上海 80 年代文學文化風景的描述之前，我不得不先把其文化景觀和歷史流變作一個大致的速寫。這不是我多此一舉，而是因為看了李歐梵的《上海摩登》和王安憶的《尋找上海》之後，作為一個祖祖輩輩的上海人，覺得有必要為養育我的城市說幾句話。

比起李歐梵的《上海摩登》，王安憶的《尋找上海》顯然更有上海味，但她寫出的僅僅是上海的一部分市民風味。我認為王安憶的《尋找上海》雖然尋得很努力，但她對這個城市的精神氣質和文化底蘊，依然相當陌生。相對於一個城市的精神氣質和文化底蘊，風味和風貌不過是其地表而不是其地質。

俗話說，畫人畫虎難畫骨。要細緻入微地寫出這樣的精神氣質和文化底蘊，非得有一厚本煌煌巨著不可。我當然不可能在進入我的話題之前，花上好些年的時間先寫出那麼一部巨著。作為一種折衷，我找到一個十分簡易而又可行的辦法，給大家講個故事。

這個故事是我從好朋友張獻那裏聽來的。張獻是上海一個出類拔萃的劇作家，我曾把他比作中國的貝克特。彼此在紐約相聚，商量著做一個英文劇本的時候，張獻給我講了這麼一個故事。他說，這個故事不是虛構的，而是真人真事。

這個故事講的是一張老唱片。那張唱片是一首非常著名的美國電影插曲，叫做《月亮河》（「Moon River」）。我相信無論是中國人還是美國人，幾乎人人都知道這首歌甚至都會唱這首歌，至少可以

哼這首歌。但很少有人知道這首歌帶給上海的一個驚心動魄的故事。假如想知道上海是怎麼回事？上海人是什麼樣的一種人？聽過這個故事，基本上就有個雖然朦朧但卻相當準確的印象了。

有個上海的小開，在 1949 年以後，和他的後媽，亦即他父親的小老婆，在他父親留下的那幢花園洋房裏相依為命。由於 49 年之前的那些文化娛樂活動幾乎都被取消了，剩下的只有坐在家喝喝咖啡，聽聽音樂。小開最喜歡聽的一張唱片，就是《月亮河》。這首歌雖然在當時的美國大地上，幾乎都讓人給聽膩了。但在中國，在上海這個城市裏，這首歌跟外面從廣播裏，從各式各樣的高音喇叭裏傳來的革命歌曲，卻越來越不協調，致使這個小開越聽越小心，最後，只好關上門窗，拉起窗簾，躲在房間裏偷偷地聽。

小開當然是不生活在世外桃源裏，他有他的許多朋友。那些朋友雖然也不得不接受外面的革命歌曲，但他們心底裏嚮往的卻是《月亮河》這樣的美國電影插曲。他們經常悄悄地聚在一起，偷偷地傾聽《月亮河》。

日復一日，年復一年，他們一直聽到文化大革命開始。那場革命是在抄家剪頭髮剪褲腳管之類的所謂掃四舊當中開場的。不用說，這張《月亮河》的唱片被列入四舊也就是要被掃除的範圍。由於當時有許多人到小開的洋房裏聽過此歌，這張唱片自然就無法保密。於是，對這張唱片的查抄以及小開他們為保護這張唱片的努力，同時開始了。

紅衛兵和造反隊一次又一次地上門抄家，而他們想抄的，就是這張唱片。但他們每次都空手而歸。其中的種種情景，足以讓人想起納粹時代的搜捕猶太人以及猶太人的東躲西藏。小開和他的後媽，為了藏匿這張唱片，不知吃了多少苦頭。最後，抄家者把小開的後媽，一個美麗風雅的姨太太，一個可以讓人想起張愛玲小說裏人物的女子，帶去審問拷打，逼著她說出唱片的下落。

　　那幫傢伙將小開的後媽整整折磨了三天三夜，期間使用了什麼樣的手段，至今無人知曉。結果是，他們還是一無所獲，而那個女人被放回來之後，什麼話都沒說就跳樓自殺了。她跳下去的時候不巧碰上電線，頭顱被一下子切斷；鮮血飛濺，人頭落地……

　　文化大革命結束之後，這場對《月亮河》的搜查也就隨之結束了。於是，那張唱片又出現在人們面前。許多人重新聚到一起，傾聽《月亮河》的旋律。遺憾的只是，那張唱片的紋路已經磨損得相當模糊了，聽眾只能湊到唱機跟前，才能隱隱約約地聽見那幽幽的歌聲。

　　假如人們說，上海這個城市到底是怎麼回事？這個城市的歷史流變是什麼樣的？這個城市裏的上海人又是怎麼樣的？那麼，他們聽過這個故事，就應該明白了。這樣的故事，在文化大革命中的上海，不僅不是絕無僅有的個案，而且有著相當驚人的普遍性。過去上海的花園洋房文化，在 1949 年只是迅速地被推到了歷史的後台，及至 1966 年的文化大革命，才陷入滅頂之災。然而，也就是在這場毀滅性的災難中，當年弱不經風的上海少奶奶以她們的方式，寫出了一齣齣相當於古希臘《特洛伊婦女》那樣的悲劇。

　　上海這個城市的精神氣質，上海人對現代文明的執著，對自由不可遏止的嚮往和忠誠，幾乎全都凝結在這個故事裏了。這樣的精神氣質和文化底蘊，人們不僅不可能在李歐梵的《上海摩登》裏看到，也不可能在王安憶的《尋找上海》裏看到。李歐梵對上海的陌生，是需要經過非常艱苦的努力才能彌補的。而王安憶的父母親，其母親即後來作家協會主席茹志鵑，跟王曉明的父輩一樣，都是 1949 年以後，隨著大軍進城的外鄉人。他們雖然是他們父輩的那場革命的受益者，雖然住進了原來上海貴族們的住宅，雖然他們的父輩在整個革命隊伍中屬於有文化的一群，但他們對上海的這種精神和這種底蘊是相當隔膜的。不要說他們的父輩，即便就是他們這一代，面對現代文明，面對商業文明，面對市場經濟，也有著本能的厭惡

和抵觸。他們居住在上海，但骨子裏卻不是上海人。上海人從來不反對商業文明。不管是住在花園洋房裏的，還是住在小弄堂裏的，或者住在工人新村裏的，各個階層的上海人對商業文明都有一種天然的親近感，就像香港人廣東人歷來熱愛做生意一樣。然而，王安憶也罷，王曉明也罷，由於他們都是上海這個城市淪陷之後的受益者，都是跟上海原來的現代都市文明格格不入的專制體制的受益者，他們天然的對商業文明有一種警惕和恐懼。他們心裏十分明白，他們離不開體制，離不開作家協會。作家協會是他們的命根子。王曉明所說的那種所謂人文精神，骨子裏是對其依附的體制那種與生俱來的留戀，甚至是對他父親那一輩左翼文學的記憶和回應。王曉明的投向新左派，絕對不是偶然的失足。正如真正的上海人把這個城市當作他們的家園一樣，王安憶、王曉明把與這個城市格格不入的那種體制作為他們生存的維繫和心理的支撐。寫到這裏，我順便澄清一下，王曉明他們在 1993 年的《上海文學》談論的人文精神，不僅跟我說的不是一回事，而且根本就是兩個話題。王曉明他們是感慨人文精神的喪失，而我說的是重建人文精神。感慨人文精神的喪失，那是許多人都感慨過的，包括我，包括上海作家陳村，還有其他許多人。但關鍵是在於重建和如何重建。感慨是一回事，重建是一回事。感慨是容易的，重建才是艱難的，要求重建者身體力行的，弄不好會付出生存代價的。我的感慨人文精神喪失，早在 1988 年左右就開始了。我把整個文化現狀比作冰海沉船，由此寫過談論災難意識和悲劇意識的文章。也正因如此，我會在新潮小說評論和文學思潮論述寫得好好的時候，突然轉向文化批判。這以後再細說。

我曾經說過，上海是紐約的某種翻版。這並不是說，上海的樓房跟紐約有多麼相似和相近，而是說，上海這個城市對自由的渴望，與紐約非常相通。相比之下，紐約以一尊自由女神像體現出來的意味，在上海則由一張老唱片極其哀婉動人地講述了出來。

　　按說，李歐梵找施蟄存打聽上海這個城市和上海人，是找對人的。但他沒有聽懂。

　　在上海的文化景觀中，花園洋房是非常關鍵的一景。花園洋房跟北京大院，尤其是 1949 年以後建造的那些兵營式的軍隊大院，截然不同。花園洋房裏以喝咖啡，聽音樂，也許是西洋音樂，也許是中國傳統戲曲為特色。而北京大院裏則以喝二鍋頭，聽京韻大鼓之類為特色，並且少不了所謂的革命歌曲。能夠聽聽京劇，或者昆曲，就算是相當高雅的了。雖然在音樂學院那樣的大院裏，交響樂滿世界轟響。但很難想像蕭邦的《夜曲》，在北京大院裏迴盪的感覺。相反，諸如張藝謀電影《紅高粱》裏喝酒歌那樣的吼叫，跟那樣的大院十分般配。在上海人記憶中不堪回首的文化大革命，在姜文的電影裏卻叫做《陽光燦爛的日子》。對比一下《月亮河》的故事和《陽光燦爛的日子》，上海和北京的區別，上海人文心態和北京人文心態的差異，一目了然。

　　當然，上海這個城市不全是花園洋房組成的，大量的住宅是石庫門房子，以及形形色色的小弄堂，就像北京的四合院一樣。1949年以後，上海的文化又多了一景，工人新村興起了。

　　上海的工人就像香港廣東的生意人一樣，是整個城市非常重要的人文景觀。我本人就來自工人家庭，而且父母幾乎是文盲。人們很難想像，一個來自工人家庭的人，會對文化和文學如此的迷戀，會天然鍾情於蕭邦的《夜曲》，會因為選擇文學而寧可流浪。我的第一位前妻，一個出身於紅色知識份子家庭的女子，其父母全都畢業於舊上海最洋派的聖・約翰大學，曾經十分驚訝地再三問我說，你身上的貴族氣是從哪兒來的？當她不無驕傲地指著她堂伯茅盾的照片對我說這個人是誰的時候，我不假思索地告訴她，別的不敢說，我此生在文學上的成就遠不是茅盾可以相提並論的。她聽了連連點著頭回答說，我相信，我相信。

　　我也相信。我相信類似我這樣的例子不啻一個。我還相信，這樣的事例，可能也只有在上海才會發生。我記得在中學時代，到一個紡織工廠的車間裏去勞動，見過一群渾身油膩的機修工人，居然在談論交響音樂。其中一個非常自得地說，他喜歡聽小提琴。他說，鋼琴如同樂器裏的皇帝，小提琴就像其中的皇后。這個比方，在我印象極深。

　　比起花園洋房的精緻高雅，新村文化當然要粗糙多了。但新村文化具有非常強大的生命力，同時又具有石庫門文化和小弄堂文化裏的那種溫情脈脈。我在紐約碰到同樣從新村文化裏奮鬥出來的女高音歌唱家黃英，雖然在人文教養上不太精緻，但她對歌詞的領會和對唱腔的把握，卻總能夠恰到好處。人們很難想像，這樣一個從工人新村裏走出來的女子，能在巴黎上演普契尼的《蝴蝶夫人》，其海報貼遍巴黎的街頭巷尾。我不僅聽過她的唱片，聽過她在舞台上的演唱，還聽過她在朋友聚會上的演唱。對她在聲樂藝術上的成就，我不敢隨便置評。我只能憑藉自己的印象說，她唱的幾首中國民歌，風韻十足，形神並茂，其美麗，其飄逸，一如曹植的《洛神賦》。

　　當然了，新村文化還有一個重要的歷史性貢獻，就是和花園洋房文化，和石庫門小弄堂文化一起，在後來商業文明在上海這個城市裏復活之後，為這個城市提供了大量的現代白領。我曾說過，上海是個白領產地。全世界的白領當中，上海白領是最出色的。曾經有人跟我說起過對上海人的印象。說是上海人幹活，你給他 100 元的工資，他不會給你幹到 101 元，但也不會給你幹到 99 元，而就是給你幹 100 元，不多不少，正正好好。沒錯，這就是上海人，這就是上海的白領，也同樣是上海的藍領。

　　我對上海的記憶，經常與一些日常生活的細節相關聯。比如在某個飯店吃到一次炒蟮絲，從此以後再也沒有在其他地方吃到過。又如小時候八分錢就可以買到的鮮肉包子或者豆沙包子，長大

後再也沒有吃到過。這個城市裏有許多非常出色的廚師，糕餅師傅，西裝裁縫，等等相當專業的能工巧匠。他們的活兒，讓我想起英國作家高爾斯華綏小說《品質》中那個把鞋子做到了如同藝術作品一樣的鞋匠。他們一生兢兢業業地從事某個行當，以致他們的活兒超出了動腦筋的層次，上升為傾其心血而為之。就像當年西方的傳教士跑到中國的窮鄉僻壤傳播上帝的福音，這些師傅們用他們的手藝如同虔誠的教徒侍奉上帝一樣地侍奉著他們的顧客。他們的存在，使這個城市日常的市民生活，有了一種宗教般的人文情懷。我甚至覺得他們的活兒做得比這個城市出現過或者正在出現的那些詩人的詩作都更富有詩意。這個城市有沒有詩人其實是無所謂的，但這個城市要是沒有了具有如此一種品質的師傅，那麼就會黯然失色。

當然，革命也給上海帶來許多左派的印記，不僅有三十年代的左派，有後來一代又一代的左派，還有如今偽人文精神那樣的左派。當年的左派只是上海城市景觀當中的很小的可能是微不足道的一角，其時有諸如右翼文化和文學，還有鴛鴦蝴蝶派等等的存在，並且有著更多的市場。但如今的左派，卻由於話語權力的集中，導致除了帶有市民氣的市民話語，幾乎很難有其他聲音與之相峙。不過，所幸的是，上海人從來不以左派為驕傲。上海人引以為驕傲的，總是人情味十足的生活方式，而不是革命者矯揉造作虛偽之極的生活方式。這也是為什麼那個故事裏的紅衛兵和造反派拼命搜查那張老唱片的祕密所在。他們雖然表面上裝扮成革命派，但骨子裏嚮往的卻是上海人全都嚮往的文化藝術和生活情趣。他們企圖像佔有舊上海的一個美麗女人那樣地去佔有那張老唱片《月亮河》。他們通常在佔有不成的時候，會斷然毀壞他們得不到的東西。

我的朋友周樺，是延安時代革命作家哈華的兒子，他後來背叛了他父親的信念，做了生意，如今正在寫他的回憶錄。他的父輩當

年進城之後，就住進了上海的花園洋房。他告訴我說，在文化大革命當中，最慘的是那些花園洋房裏的美麗女人。她們受到的折磨簡直讓人難以想像，其中當然少不了性虐待。而那些折磨她們的傢伙，以前都是些連跟她們說句話都非常難得的二流子。革命對於到手不了的美麗，從來是毫不留情的。

但革命並沒有征服這個城市。這個城市的生命力是非常頑強的，因為這種生命力是建立在這個城市的市民對自由的那種與生俱來的渴望裏，建立在他們行事做人的行為規則裏。就像那個小開的後媽，那個美麗的姨太太，不管其模樣有多麼的弱不經風，她那種至死也不肯交出那張老唱片的頑強，足以讓人想起陳寅恪筆下的柳如是或者《紅樓夢》裏的林黛玉。我不知道李歐梵那樣的哈佛大學教授是否能夠明白這樣的頑強，但我相信諸如哈貝瑪斯那樣的左派學者對此可能會是茫然的。因為這是諸如民間社會或者公民社會那樣的詞語所無法解釋的。至於面對如此一種上海風格的「特洛伊婦女」，人們假如硬要搬用西方左派知識份子話語進行理解和闡釋，那麼不說可笑和可惡，至少是蒼白和虛偽的。

一方面是革命對這個城市的一次又一次的摧殘，一方面是這個城市天然具有的自由精神對該城市在精神氣質上的不斷修復，在文化底蘊上的不斷滋養。這就是上海這個城市歷史流變的祕密所在。從 60 年代的上海青年話劇團，小提琴協奏曲《梁山伯與祝英台》，到文化大革命期間的上海京劇團和革命交響樂，到諸如《紅旗頌》之類的革命音樂，不管表面上多麼革命，骨子裏都多多少少地透露出某種微妙的文化資訊。就好比舊上海的姨太太，哪怕是帶上了袖套，拉起了糞車，卻依然風韻猶在。記得小時候看的電影連環畫，我想那些影片應該是當年青年話劇團演員所演的，裏面的女主角之漂亮，氣質之高雅，出演貴婦人根本不用化妝。由於革命，上海這個城市不知浪費掉了多少藝術天才和作踐掉了多少優美女子。但這

個城市卻照樣風韻猶在。上海銀幕上當年的阮玲玉蝴蝶周旋後來的
上官雲珠秦怡等等女明星形象，成為上海人心目中永恆的費雯麗和
英格麗‧褒曼。

　　革命對上海這個城市的摧毀和上海對革命的消解，就好比中國
歷史上一次又一次的諸如蒙古女真等等北方遊牧民族對中原的佔領
和反過來被漢族文化所同化一樣，是一種非常有趣的歷史文化現
象。這種現象之饒有意味，舉出江青和毛澤東的例子也可見一斑。
在上海生活過一段時間的女影星江青，不管在政治上思想上如何忠
於如何追隨毛澤東，不管毛澤東如何強調能否吃辣是衡量是否革命
的標記，她在生活方式上卻絕對不接受甚至絲毫不沾染毛澤東紅燒
肉加尖辣椒那樣的革命泥腥氣。及至文化革命，江青還照樣設計出
布拉吉，當作禮服穿在身上。上海當年的都市文化，對江青的影響
刻骨銘心。即便是在組織策劃革命樣板戲，她也有意無意地摻進了
許多上海那種西化韻味十足的氣質。尤其是當年所謂的革命交響樂
《沙家浜》，與其說是革命對交響樂的征服，不如說是交響樂對革命
的潛移默化的消解和同化。

　　由於上海這個城市這種幾乎是與生俱來的，在當年曾國藩、李
鴻章創建時就被深深地種植了的精神氣質和文化底蘊，文化大革命
結束後，上海成為一個最快在文學和文化上醒過來的城市。僅以話
劇創作為例，其恢復之快便可見一斑。北京為鄧小平造勢的「四五」
天安門事件還沒有平反，宗福先就寫出了《於無聲處》。沙葉新最早
的作品並不是像後來那種大而無當的什麼馬克思披頭士之類，而是
上海人看了忍不住會心微笑的戀情小品《約會》，以及體現上海人智
慧的那種諷刺劇《假如我是真的》。那時候，上海的舞台熱鬧非凡。
就我所記得的，就有諸如《天才與瘋子》，《屋外有熱流》，《紅房間
白房間》，《魔方》，等等。當時，大學裏也是寫話劇演話劇蔚然成風。
我記得復旦大學一度領風氣之先，其中文系的幾個學生推出過一台

《炮兵司令的兒子》,後來其歷史系的一個學生又寫過一出《秦王李世民》。我還記得我在上海師大讀本科的時候,中文系的學生也相當熱衷於話劇寫作和演出。那時,我本人也寫過不少劇本,其中有一個獨幕劇,還在學校裏演出過。

當然,在戲劇方面,張獻的劇本一上演,其他所有的劇作全都偃旗息鼓了。有關張獻的劇作,我將在後面專章論說。

在進入上海文學景觀之前,我想提一提豐子愷先生。這是個十分頑強的文學老人,在文化大革命當中,倍受摧殘,卻依然筆耕不輟,寫詩作畫。沒有相當的定力,一般人做不到如此的從容。豐子愷先生不僅悄悄地譯出了日本文學的三個「物語」,即《落窪物語》、《竹取物語》、《伊勢物語》,還創作了《緣緣堂續筆》。同樣的頑強,在一般的市民,可能體現在不交出老唱片那樣的不畏強暴上。而在豐子愷則體現在默默無語的寫作和作畫裏。老先生歷經滄桑,內心卻越來越透明,其透明可以他所說的一句話來加以佐證:「天上的神明與星辰,人間的藝術與兒童。」

我還想特意提及一位不僅許多非上海的學者作家所不知道的,而且也是大部分上海文化人和文人所沒有聽說過的作家,叫做木心。這是個名副其實的老上海,可說是十分鮮見的倖存者。我指的是,當年從上海花園洋房裏長大的人,幾乎全都被消滅了,就算沒有被消滅,在精神上也被改造了。唯獨這個木心卻奇蹟般的倖存下來,奇蹟般地以 1949 年以前的感覺寫作,或者說,以比張愛玲還要貴族的筆調寫作。其小說在文化上的意蘊和在審美上的風格,與施蟄存或邵洵美他們相比,絕不遜色。木心小說裏展現的,是典型的上海風格的都市心緒和都市風味,並且主要體現在人的內心和人的情趣的展示上。木心的小說,可說是獨一無二的碩果僅存的當年上海花園洋房文化,並且是其中最為優雅最為精緻的部分。此君如今蟄居紐約,與外界極少來往。我本人至今都沒有見過,只是在朋友

家裏看到過他的照片，讀過他在台灣出版的小說和詩歌。據說，今年紐約的亞洲協會為他舉辦過文學作品和繪畫展覽。非常遺憾的是，我沒能抽出時間去一睹為快。好在上海作家陳村，也知道此君，曾經向人推薦過他寫老上海的散文。我希望他的作品能在上海的刊物上多多發表，讓上海人看到地道的上海味作品。

我不敢過度讚揚木心的作品，因為此君極為自戀，怕說重了影響他的情緒。但我得指出在他的小說裏，充滿著上海人的那種自由精神，並且散發著相當憂鬱又相當典雅的貴族氣息。有許多上海作家寫的上海，通常流於形似。木心小說裏的上海，卻十分鮮見地得了個神似。傳神比寫形當然要難得多，但這在木心，恰好得心應手。至於木心的小說語言，由於他本來就是個詩人，精緻優雅得無以復加。我建議真心想瞭解上海研究上海領會上海的學者，不妨從閱讀木心的小說開始。否則，光踩著作家協會的紅地毯，將永遠不會知道上海的精神上海的底蘊到底在哪裏。

貳、都市裏的人生景觀和文學寫作

我在前章裏提到的梁曉聲和張承志那類知青小說，其最早的版本並不是出在北京，而是來自上海，我指的是文化大革命當中那本蜚聲一時的《農場的春天》。那是本農場知青短篇小說集，其中的每一個篇什都是出自農場知青之手，並且據說還是辦了個什麼學習班眾人一起討論後寫成的。該小說集非常有意思的地方在於，把所有的生活情趣，也就是當時人說的小資情調，通通上升到大而無當的理想主義高度。現在的上海人甚至所有的中國人，也許都不會把這種牛逼哄哄到了不近情理地步的小說當回事。但是，要是讓哪一個西方左派知識份子讀了，比如說像喬姆斯基那樣的神經病教授讀

了，一定會感動得熱淚盈眶，然後告訴世人說，你們看，我說天堂不在美國而在中國那樣的國家，在文化大革命那樣的時代吧，你們竟然不相信！

毋庸置疑，把地獄寫成天堂，是需要有很大的勇氣才行的事情。沒有點氛圍，沒有一定的歷史環境，這類小說製造的境界是很想像的。可能也正是怕作者寫不了，當時的組織者才把他們召集到一起。須知，集體可以製造氣氛，製造幻覺。就好比面對行刑隊，集體被殺和一個人單獨被殺，感覺完全不一樣。大家全都在槍聲中紛紛倒下，感覺好像在排演一部什麼電影。但假如被單獨推到牆根底下，恐懼感馬上就會產生，並且強烈得難以忍受。同樣道理，假如叫這裏面的所有作者單獨寫作農場故事，他們即便再浪漫，也不會浪漫到把地獄胡亂編造成天堂。但有個大家聚在一起的機會，就好比共同作案一樣，除了比賽誰比誰更牛逼，不再會有什麼顧忌。

當然了，《農場的春天》還意味著一種歷史的陰影及其相應的心理情結。這種陰影不會隨著某種歷史事變而消失。因為它不是三十年河東，三十年河西式的風水輪流轉。這種情結也不會隨著時間的流逝而消失。這些作者，不管後來如何轉行轉業轉什麼，心底裏都不會徹底忘懷他們當年寫作時的那種激動和他們所寫的歲月。他們製造的幻覺，首先被迷惑的不是讀者，而是他們自己。須知，比起在泥漿裏打滾，在烈日下暴曬，在西北風裏挑擔挖河泥，窗明几淨的寫作，畢竟有一種奇妙的優越感。歷史的任何一頁都可以被翻過去，但優越感卻是很難遺忘的。有人告訴我說，紐約的一些大陸人聚會唱樣板戲，竟然唱得痛哭流涕。《農場的春天》的作者們，假如有機會和當年農場裏諸如營教導員連長支書之類的知青聚到一起回首往事，也可能回首到那種地步。觸動心理情結跟挑起性慾是非常相像的，並且也會有高潮。

比如，張承志會忘記他想到紅衛兵這一命名時的激動和亢奮麼？

　　假如明白了這樣的歷史前提，這樣的歷史陰影，這樣的優越感及其心理情結，那麼接下去我要談論的那篇知青小說，也就有了一個清晰的語境。那篇小說叫做〈我曾經在這裏生活〉，作者是後來成了上海標記性作家的陳村。

　　光從小說的命名上，人們也可以感覺出兩種全然不一樣的味道，一個是什麼什麼的春天，一個是曾經在什麼什麼地方生活。前者是興高彩烈，不無驕傲和自豪的；而後者是感傷的，不堪回首的。

　　說來慚愧，陳村是我很後來才發現的一個上海作家。雖然他成名比包括我在內的所有同代上海評論家都要早得多，但由於一個十分奇怪的原因，我竟然從來回避談論他的小說。

　　〈我曾經在這裏生活〉是一篇風格相當樸實但在敘事上卻極為成熟的短制。這與其說是一個知青插隊故事，不如說是兩個男人和一個女人的感情糾葛。歷史背景被推在後台的景深處，前台上一幕幕上演的全都是日常人生。通篇沒有絲毫誇張的敘述和描寫，就連女主人公的死亡都用淡筆寫出，彷彿那女子在人生旅途上走著走著，一不小心突然跌了一跤，然後再也沒有爬起來。小說沒有讓人感受是在寫天堂還是在寫地獄，但主人公一句：「我發誓，永遠不再踏上這塊土地！」卻道出了作者內心深處的全部感受。這一聲發誓和小說的結束，「墳前，煙仍在飄著。」將無可訴說的憤懣和無以挽回的悲傷表達得相當強烈，卻又十分含蓄。

　　小說 1980 年在《上海文學》上發表後，受到了當時剛剛復出的諸如王元化那樣的文學前輩稱讚。只是《上海文學》在發表此作時，刪去了主人公的那句發誓，並且將小說原來餘煙嬝嬝般的結尾改成了「我向前走去」。

　　且慢說這篇小說至於知青小說創作的如何意味深長，在我看來，這篇小說發表後引出的一個小插曲，也許比小說本身更加值得玩味。這裏引用一下作者本人的回憶。

〈我曾經在這裏生活〉發表後曾得到王元化等人的好評。《上海文學》約請了余秋雨為此寫評論。這事情本來好好的,被我弄壞了。我和上海的老先生們坐船去重慶,路上問起我們的青年作家怎麼沒人寫評論。我說有人寫了,是一個叫余秋雨的人。我那時根本不知道余秋雨是誰。老頭們一聽就憤慨了,說他是石一歌的,我們的青年作家怎麼可以讓這樣的人來評。回上海後,余的文章校樣也出來了,周介人還是通知他撤稿。

後來有一天,我在作協開會,外面有人找。那是我第一次和余秋雨談話。他問了我知道的情況,我如實說了。他只說知道了。無言而去。

關於我的評論還是出來了,換成周惟波寫的。

我一向很看重作家的成名之時的創作,比如〈組織部新來的年輕人〉,我認為是王蒙寫得最原汁原味的王蒙小說。同樣,上海兩個最有影響的作家,王安憶的〈雨,沙沙沙〉和陳村的這篇小說,也一樣的意味深長。我曾經說過,小說的第一句敘事,通常蘊含著該小說的全部敘事資訊。一個作家最早的成名作或者成名時的寫作,同樣蘊含著以後所有創作的基本資訊。不管怎麼改變,萬變不離其宗。俗話說,從三歲看到老,看作家的創作也是一樣的。

王安憶〈雨,沙沙沙〉裏那種對人生的充滿好奇和欲做還休式的小心翼翼,幾乎成為解讀她後來所有小說的一把鑰匙。而陳村在〈我曾經在這裏生活〉中的敘事,則是陳村小說的基本風貌。

陳村的敘事風格不是滔滔不絕無邊無際的,而是相當節制,並且在關鍵地方不願多費口舌。這種節制同時也給小說帶來一種硬梆梆的感覺,作者總是做出一副很無情的樣子,不管內心深處如何熾熱。由此,整個敘事語言就像一根根乾枯的枝椏,在寒風裏瑟瑟作響。

插隊生活雖然給陳村造成不堪回首的創傷，就像大多數有過同樣經歷的人一樣，但陳村對荒天野地的大自然卻有著濃厚的興趣和真誠的嚮往。他當初曾經和上海的另一個作家曹冠龍，到外面亂走一氣，頗有一種企圖在上海在城市之外，尋找男人的感覺，或者人生的哲理的意思。那樣的行走，最後是在〈走通大渡河〉裏面給總結了。這篇小說出來後，毛時安曾經十分激動地在一個什麼會上說，陳村寫了一部好小說。雖然毛時安說話有時比較誇張，但他對〈走通大渡河〉的好評，倒是有眼光的。

小說有很多種寫法，有純粹坐著的寫作，比如卡夫卡，博爾赫斯。有躺著的寫作，比如普魯斯特的《追憶似水年華》。還有就是邊走邊寫。這在西方比較典型的有法國作家紀德，一生中大部分時間都在旅行，然後寫蘇聯寫非洲等等。還有就是美國作家海明威，充滿西部牛仔式的旺盛精力，滿世界闖蕩，連寫作時都是站著的，整個一個好動症患者。

陳村在骨子裏也是個好動的人。據我所知，中國當代作家當中，以腳下的道路作為寫作的動因，並且寫出像樣作品來的，陳村大概是最早的，然後有高行健《靈山》和馬健的《紅塵》。

陳村最後走出來的感覺，在我看來是小說裏的這麼個細節，頭朝下躺在懸崖峭壁的斜坡上面，看著湍急的大渡河。作者由此作了番死亡邊緣的人生思考，寫了一大段生命感慨式的哲理性文字。

陳村的小說在進入描寫的時候，惜墨如金。一旦議論起來，就開始滔滔不絕了。這與其說是陳村喜歡議論，不如說是陳村在小說中總是太認真。借用一句流行歌曲的唱詞，你總是心太軟。是的，陳村是個心軟的人，所以一寫小說就變得，你總是太認真。

由於陳村寫小說不隨意，所以行文很少行雲流水。他把小說寫得像山一樣的沉重。俗話說，山無水不秀。假如小說裏有愛情故事，陳村的小說就會好看起來。柔情如水，一有了水，山就活了，變得

秀色可餐。比如他寫的青春小說，諸如〈少男少女，一共七個〉之類，山因有水而靈氣十足。但假如陳村的小說裏沒有愛情在流動，那麼讀起來就不無苦澀，諸如〈李莊談心公司〉，〈一天〉或者〈給兒子〉那樣的小說。

陳村寫小說顯然不太考慮大眾口味。因為大眾不喜歡思考，大眾喜歡開心。這是王朔為什麼成功，陳村為什麼沒有像王朔那樣不停地產生轟動效應的根本原因。陳村的小說寫得太認真了，成也認真，敗也認真。一般說來，在現實生活當中交往，人們總是喜歡認真點的，不太願意跟油滑之徒交朋友。可是讀小說，人們總想讀得輕鬆一點。即便是陀思妥也夫的小說，如今的讀者也已寥寥。

寫到這裏，我覺得有必要對自己當年熱衷的新潮小說評論，也作點反省。至少是我自己的評論，總是太嚴肅，非常認真，一點不肯含糊。我不知道這樣的評論有沒有影響作家，但願沒有，否則會讓我不安的。

寫小說太用腦子可能不是件討巧的事情。尤其是思索，要命的思索。整整一代中國男人的通病，就在於思索，還被稱之為思考的一代。這一代跟女人在一起，大都玩不起來。這一代人裏面，花花公子型的可能是最少的。妻妾成群當然就更渺茫了。男人過多的思考，不僅使男人不好玩，也使男人寫的小說不好玩。

相比之下，王安憶占了優勢。王安憶寫小說沒頭沒腦，反而耐讀得很。當時，我印象中的王安憶好像是個不喜思考的作家。有思考的時間，她也許情願搜集一下世界各地的硬幣。不過，聽說她現在非常喜歡思考了。有人說，女人善變，殊不知女作家更加善變。

王安憶小說之所以那麼有影響，跟她的創作在相當程度上總是跟文學主潮的流向不斷變化有關係。她不斷地變換著小說的寫法，致使其小說一出來就會受到喜歡從潮流上談論小說的評論家們的關

注。在這群評論家當中，我不得不承認，我也是其中一個。在我所寫過的王安憶小說評論當中，主要都是其小說跟文學主潮的流向有關的，比如《小鮑莊》，還有轟動一時的「三戀」。

在我印象中，王安憶是個非常勤奮的作家。她不僅寫作勤奮，學習也勤奮。每次開會，她總是帶著筆記本，低著頭，不停地記著。她常常記得我很不安。這並不是指我在意她會不會記下我的胡言亂語，而是指我是個大大咧咧的人，在會上總是口無遮攔，要是說錯了什麼，豈不誤人作家？

好在王安憶自有她的靈氣，任何一次理論上的探討，任何一種文學思潮上的動向，在她都會產生奇妙的感應，從而寫出煥然一新的作品。人們將來研究王安憶小說，這樣的變化，是必須注意的。從她的第一個短篇小說，到她後來《長恨歌》那樣的長篇小說，期間不知變了多少次。這在一般的作家，似乎並不多見。風格的如此的多變，並非是所有作家都能做到的。

與王安憶的變化莫測相反，上海的另外一個作家，曹冠龍，可謂始終如一。曹冠龍的小說，有一股倔勁。我記得他在一篇題為〈火〉的小說裏，寫到一個死囚的眼睛，被挖出來裝到了一個活人眼睛裏。然後有關那雙死不瞑目之眼睛的描寫，給人印象極深。

曹冠龍小說在我的印象裏，有一種美國電影《第一滴血》史特龍飾演的那個藍波的氣質，備受折磨，歷經艱辛，然後一吐為快。其強勁的陽剛之氣，好像還跟身體的鍛練有關。他的小說，能讓人同時感覺到發達的肌肉和不屈的意志。比如他的小說《門》裏面的情景，主人公在南市區十分擁擠的老房子穿行著，通過黑暗狹窄的樓梯，掀起像《地道戰》裏那種翻板式的地板，也即是門，走進黑咕隆冬的小閣樓。讀來很像那個藍波舉著火把在山洞裏亡命奔突的情景。艱難的生存處境，不屈的掙扎，如此噴薄的陽剛之氣，在後來的上海作家所寫的小說裏，還真是難得一見。

相比之下，趙麗宏的作品正好相反。趙麗宏的作品跟他的姓名一樣，很容易被讀者跟女士混到一起。趙麗宏的作品，也許會讓人想起梅蘭芳那樣的名旦。這可能也體現了上海男人的一種特色。上海男人在家庭中經常會成為女角，買菜做飯，洗衣洗碗，甚至還會涮馬桶，總之是什麼都幹。這在北方男人尤其是東北大老爺們是絕對不可想像的。在我看來，這種女裏女氣，並不是上海男人的恥辱，而是上海男人的驕傲。這至少是體現了上海都市文明的非男權主義。從這個角度看趙麗宏的作品，可能就會有一種新的視角。假如要說趙麗宏的作品有何缺憾，我反倒是覺得在女性化上沒有徹底。

上海是個有著工人創作傳統的城市，出過許多工人作家。而且，以前的作家協會還有意識地培養過許多工人作家。記得小時候讀胡萬春的〈過年〉，讀得十分感動，以至每當過年的時候，很想體會一下那樣的孤寒。

這樣的工人文學到了八十年代，也有一番熱鬧景象。上海市工人文化宮有一個專門培養工人戲劇創作的「小戲創作訓練班」，後來發展成市宮的話劇隊，其中出了宗福先那樣的劇作家。當時還有一個《工人創作》雜誌，其中一些編輯後來成了上海的知名作家，比如沈善增，仇學寶，顧紹文等等。另有一位作家趙長天，入主作家協會之後，委託已經出了名的工人作家沈善增辦了好幾期「青年創作班」。從「青創班」裏湧現出了許多很不錯的作家，諸如張旻、阮海彪、金宇澄等等。我記得孫甘露也參加過「青創班」。有關孫甘露的小說，我將在後面的談論先鋒文學章節裏論說。

趙長天的小說寫得相當樸實，把普通人的善良和無奈描述得感人至深。他本人在我印象中，也相當樸實。他經常瞪著一雙善良的眼睛，目光直直地看著你，弄得你非常不安。我記得程德培指著趙長天說過，我是最怕你的，不是因為你太精明，而是因為你太善良，

弄得人家總是不好意思對你說不。當時，趙長天是作家協會的什麼書記，主持日常工作什麼的，還辦了創作班。

阮海彪的小說，可說是用生命本身寫成的。他身患血友病，在與病魔的搏鬥中，體會人生的真諦。他的小說《死是容易的》寫得非常感人。死確實很容易，人的性命是十分脆弱的。在死亡面前，人是無法狂妄的。阮海彪小說《死是容易的》發表的時候，正值作家們和評論家們在文學上全都沉浸在雄心勃勃的感覺裏，因此，突然把眾人推到死亡面前，倒是頗有一種自然而然的鎮靜效應。至於人們到底能夠領略多少，全在各自的悟性了。

與《死是容易的》的那種震撼相比，沈善增的小說以不震撼見長，他的代表作以《正常人》命名。正常的意思就是普通，就是不震撼，就是不駭世驚俗。

我是在 1985 年初的杭州會議上認識沈善增的，然後就成了朋友。在那次會上，評論家們誰也沒有把沈善增當回事情，大家談論最多的，不是剛剛出來的尋根小說，就是王安憶。唯有我，覺得沈善增很有意思。我還專門跟他一起遊玩了西湖。後來讀了他的小說，尤其是他最得意的那部自傳小說《正常人》。

要說沈善增小說的文化背景，可謂是典型的小弄堂文化。其小說充滿小弄堂裏的市民氣，甚至可以聞到大餅油條豆腐漿的味道。雖然他後搬入了新村住宅，但小說裏的那種市民氣息依舊。

上海小說所呈現的文化景觀，乃是各種生活景象的一副色彩斑駁的拼貼。前面提到的木心小說，僅僅是其中之一。木心小說裏幾乎就沒有市民氣息，而市民氣恰好是上海之所以成為上海的一個重要性征。這恰好是沈善增小說所擅長的。沈善增小說寫得再嚴肅，其中的市民氣息也十分濃厚，並且天然生動，不需要尋找，就已經在那裏了。假如要把沈善增小說放到《西遊記》的四個人物當中作比方，那麼既不是唐僧，也不是孫悟空，更不是沙悟淨，恰好就是

豬悟能。他的小說讓人讀了，常常會忍俊不禁，但又確實很可愛。須知，豬悟能最後也是修成了果位的。沈善增的小說跟他的人一樣，胖乎乎的，有一種獨特的菩薩相。

不知是小說寫作的修為，還是本來就有那樣的根基，沈善增的寫作寫到後來，出現了奇妙的變化，不知不覺地見出了佛性。這可是當年張愛玲的寫作也沒能抵達的境界。

佛性首先是種平常心。張愛玲小說也罷，上海的許多小說也罷，哪怕市民氣再足，平常心卻是十分鮮見的。也許上海市民本來已經平常了，所以上海的作家就不想再要平常心了。至於木心那樣的老葉客，自戀得昏天黑地，估計這輩子可能不會有平常心了。

也許是對平常心的體悟，沈善增將他最得意的那部自傳小說命名為《正常人》。所謂正常人有許多層意思，既可說是平常人，又可說是有平常心之人。從平常人到有平常心之人，這裏面有很大的區別，甚至意味著漫長的人生歷程。首先，平常人假如沒有一顆不平常的心，很可能甘願平常，一生庸庸碌碌，無所作為。其次，假如平常人有了不平常的心，甚至有所成就的話，又可能沒有平常心，或者說喪失了平常心，變得自戀自愛起來。所以一個平常人在有了不平常之心以後，又得生出平常心來。這道理可能就是禪宗所謂的，見山是山，見山不是山，見山又是山。

沈善增修到了哪一層境界，我不敢姑妄猜之，但從沈善增的小說裏，可以看出，他在十分努力地朝前走。沈善增後來轉入了佛經研究，同時以他的氣場，救死扶傷，積了不少功德。

沈善增在 1980 年代除了寫作，還受作家協會委託，做過「青創班」的教頭。我當時給他推薦了我在安亭師範教書時的一個朋友張旻，加入他的「青創班」。張旻是七七級上海師大中文系畢業生，其時依然在安亭師範學校執教。他後來也寫了不少小說，我曾給他寫過評論，還給他的一個長篇寫了序。

　　當年在安亭師範時，我跟張旻交談很多。彼此都喜歡卡夫卡和卡繆那樣的作家。也許是基於那樣的認同，張旻在文學的功名心上，相當淡泊。因為他明白卡繆《薛西弗斯》一書中所說的意思，把石頭推上山去，石頭最終還會從山上滾下來。人生既然如此，那麼推得快點，推得慢點，又有什麼要緊了？

　　由此，張旻的小說寫得相當從容，並且以愛情為主要話題。由於他不住在市區，離上海有一種距離，所以他筆下的上海景觀，不是嘈嘈雜雜的，而是清清淡淡的。我記得有個上海作家傅星，寫過一篇小說，叫做〈嘈嘈雜雜的日子〉。這篇小說我至今沒看過，但對小說的命名，卻印象極為深刻。真可謂一語道破。僅此一句，便把上海的市民生活形容得維妙維肖。當然，張旻寫的不是嘈嘈雜雜的生活，而是不無詩意的校園故事。其景觀真實可信，人物生動，情感不管曲折的還是不曲折的，讀來都十分真切。我記得，我以「田野，憐憫，淡泊和放風」形容過他的小說。有人還在網上開了一個玩笑，把我給他寫的那篇評論裏的評論對象，由張旻改為李劼，結果弄得十分搞笑。

　　其實，與其說我喜歡他的小說風格，不如說我更喜歡他的處世心態。不止是淡泊，更在於對自由的忠誠。他曾經對我說過，幸福是相當主觀的，你認為幸福，就幸福了。這句話對於許多上海人來說，可能要走過很長一段人生道路，才能領略。因為上海市民很少把幸福的標準定在自己的內心深處，而通常是定在他人的看法上，甚至是隔壁鄰居的眼光裏。就此而言，張旻不住在市區，還真是一種幸運。從其文化背景上說，張旻也當屬於新村文化那一類的。不以他人眼光為轉移，在新村文化氛圍裏似乎比在小弄堂石庫門文化氛圍裏更可能做到。從他人的眼光裏解放出來，乃是自由的一個重要標記，尤其是在上海這個城市裏。

　　一方面是不要被他人的眼光所束縛，一方面又不要編織他人的眼光。真正的自由具有這雙重的涵義。

這樣的例子在整個世界歷史上，也不少。比如納粹時期的一些知識份子，哲學家海德格爾、歷史學家斯賓格勒、物理學家海森堡格、著名指揮家福特文格勒等等。最近有一部美國電影《站在哪一邊》（「Taking Side」），專門描述了德國指揮家福特文格勒在二戰之後接受美軍審查的那段歷史。影片的立場顯然十分清楚，對於一個藝術家，在戰爭期間，應該不應該有他自己的藝術家立場？我記得物理學家海森堡格的夫人也專門寫過一本書，為自己的丈夫在納粹時期的言行作辯。

在一個瘋狂的年代，一個除了站在權力頂峰的那個皇帝，沒有人可以用自己頭腦思考的年代，要說什麼思想犯罪，幾乎人人都是罪犯。要說到懺悔，那更是大家都有份的事情。據說，巴金當年都被迫喊出過打倒自己太太的口號，更何況其他人？專制的一個最大特點，就是從來不講寬容。也正因如此，我對魯迅當年說的一個也不寬恕，極其不以為然。

沒錯，上海確實有左派傳統。文化大革命當中，那個左派雜誌《學習與批判》幾乎人人皆知。然而，今天回過頭去看看這本雜誌，人們可以發現，那是一個跟革命樣板戲很相像的文化景觀。裏面有個究竟是誰征服誰的祕密。我少時讀過裏面一些評論《紅樓夢》的文章，文筆頗類於50年代蔣和森寫的《紅樓夢》人物論。那樣的文章，從表面上看是在用階級鬥爭的觀念糟蹋古典文化，但細細品味一下，卻可以發現其骨子裏卻是借酒澆愁式的乘機享受一把。這道理跟文化大革命當中，那些造反派頭頭，乘機把資本家的姨太太抓來睡覺十分相似，在一陣陣強姦的快感中，將自己的靈魂交給了被強姦的對象。可能正是察覺出了這種誰征服誰的祕密，希特勒在納粹時期，明令日爾曼德國人不得跟猶太女人睡覺，即便強姦也不行。

文化的力量，遠不是一些政客能夠想像的。要不，為什麼滿族人佔領了中國之後，最後反過來成了漢族文化的俘虜呢？用

暴力可以佔有江山，但永遠也不可能征服國家。因為國家的要義不在於可以像女人一樣被人搶來搶去的政權或曰江山，而恰恰在於文化。《學習與批判》當年的編者和撰稿者們也罷，被稱之為石一歌的寫作組也罷，在文化面前，他們不是佔有者，而是臣服者。余秋雨後來的寫作，生動地證明了不是他佔有文化，而是他服膺了文化。《文化苦旅》苦在哪裏？就是苦在文化的不可戰勝和不可侵佔上。一旦強姦在不可征服的文化面前變得毫無意義，那麼剩下的只有熱愛。有過強姦未遂的經歷，一旦愛起來，可能更加如癡如醉。當然，我這麼說，並不意指余秋雨當年有強姦文化之嫌。那時候的人在文化上大都處於白癡狀態，哪有那麼高的智商？

不管余秋雨的文章寫到什麼份上，但他對文化的熱愛，不是虛假的。因為這虛假不了。同樣道理，他對陳村那篇人性味十足的小說那麼喜歡，也不是虛假的。在他的這種真誠面前，正好是過去的受害者體現人情味的時候，可是，他們沒有那麼做。從某種意義上說，不是余秋雨失去了評論一篇小說的機會，而是拒絕者喪失了一次顯示人性人情力量的機會。1980 年，正好是人性開始復甦的年頭，老人們對余秋雨的拒絕，實在令人唏噓。至於《上海文學》就更讓人感歎了，一面在討論文學是不是階級鬥爭的工具，一面卻依然在用階級鬥爭的眼光看待歷史看待從歷史陰影下掙扎出來的余秋雨。

當然，余秋雨也有余秋雨的毛病。他在北歐旅行之後，寫過一本什麼什麼之行的書，就被旅居北歐的中國學者仔細論證過，寫得相當離譜。可能成為名人之後，大都以為什麼都能寫，行文就會造次起來。至於他在其他書文中的問題，已經有人指出，在此不再贅言。余秋雨最大的毛病，與張藝謀異曲同工。身上的奴性一旦發作起來，會寫出不顧一切地向官家獻媚的文字。

其實，在上海的文壇上，余秋雨的遭遇不是個別的，其他相類的例子，還有戴厚英。這個寫出《人啊，人》的作者，至死都沒能得到老人們的原諒。這與其說是戴厚英的不是，不如說是老人們的遺憾。

還在讀大學的時候，我讀了《人啊，人》之後，就給作者寫過一封信，談了我的看法和感想。沒想到戴厚英還認真回了我的信，並且邀請我去談談。我當時不過是個還沒畢業的大學生。我記得她當時是住在作協大院靠牆的二層小樓上。我去跟她談了一個多小時，談到最後，彼此出現了分歧。她說，不管怎麼說，她是黨培養起來的。然後說自己本來是個普通的小姑娘，就因為黨的培養，才成為大學生，成為知識份子云云。我當時被她說懵了，本來是來找作家聊天的，結果碰上了支部書記一類的人物。最讓我受不了的是，她言談之間一點不虛假，這讓我更加覺得可怕。

很多年以後，我又在一個派對上見過她。當時在場的還有白樺等人。她那時候完全不同了，那樣的語言一句都沒有了。從那個年代走過來的人，其實都知道，即便連出口的言語，變換起來都很不容易。

我還記得，就因為讀了她的《人啊，人》，我開始寫起了評論。我的第一篇評論文章也是我的大學畢業論文，就是以那部小說裏的女主人公為話題的。不料，寄到當時的《新文學論叢》，編輯楊桂欣來信說，文章準備發表，但是得把《人啊，人》換掉，換成另外的小說另外的人物形象。我的第一篇評論文章，是楊桂欣發表的。可是他同時也給了我一個十分不快的回憶。後來我知道，楊桂欣本人是專門研究丁玲的，而丁玲又是屬於左派的。真弄不懂左派之間，為什麼還要互相排斥。這真可謂人啊人了。

也許有人十分羨慕我現在的寫作位置，不受任何人際關係的打攪。沒錯，假如依然活在那樣的人群中，可能一句話也說不出來。感謝上帝！

參、上海女性筆下的眾生相和作為芸芸眾生的上海女作家

　　上海的女人雖然與上海的白領一樣，是這個城市非常顯著的人文景觀，但上海不像是個滋生女權主義的地方。上海的一些自稱是女權主義的知識女性，通常不僅沒有抓住愛情或者沒有被愛情抓住，還深受那些美麗又俗氣的女性豐富愛情生活的刺激。她們也許會組成什麼女權主義俱樂部，但走進去一看，她們沒有一個在談論女權主義話題，而是每個人都在跟其他女人高談闊論的當口，悄悄地期待著白馬王子的出現；然後，把她領去開結婚證書。

　　所謂的女權主義，其祕密或者說其特徵，用上海話來說，是一個字，粥。女性天生是種粥物，美其名曰，小鳥依人。一旦她們無人奉陪或者有人陪著卻還心有不甘的話，那麼一粥就會得粥得沸沸揚揚，粥向整個社會。假如哪個女人被人評說，格只女人粥是粥得來。對了，這就是潛在的女權主義者。

　　西蒙・波娃和佛吉尼亞・伍爾芙，哪一個更是女權主義者？當然是伍爾芙。波娃的女權主義傾向是十分可疑的，尤其是她當年美國情人的情書被披露出來之後，她在《第二性》裏的基本立論，就像某種烏托邦理論一樣，霎時間灰飛煙滅。相反，伍爾芙的那種粥，卻讓男人永遠望而生畏，敬而遠之。任何一個男人，碰到伍爾芙最終都會束手無策。可見，女權主義與革命或者暴動甚至搶銀行之類的事情一樣，不在於如何講說，而在於如何行動。與其有時間去寫一本女權主義的巨著，不如纏定一個或者幾個男人，把他們粥得死去活來。

　　就此而言，上海女人是天生的非女權主義者。她們不會粥男人，她們要粥，也是粥自己。上海女人的這一特點，使她們永遠受男人歡迎，永遠被男人寵愛。換句話說，她們永遠以自己的方式，讓男人拜倒在她們的腳下。無論來自哪裏的男人，美國的，日本的，歐

洲的，還有香港的，台灣的，包括上海本地的，見了上海女人沒有不彎腰的。哪怕明知道對方是在玩你哄你，也被玩被哄得心甘情願。一些在這方面比較徹底的男人，甚至會以男人生來就是被女人玩弄的，借用陳村的比喻，就好比「婦女用品」一樣，作為對上海女人臣服的一個相當動聽的藉口。

上海女人的這種非女權主義特徵，對於從外地來上海的奮鬥者，無疑相當陌生。轟動一時的小說《上海寶貝》，由於出自一個從外地到上海讀書的前女大學生之手，所以寫得不倫不類。憑心而論，上海女人無論是良家婦女還是煙花女子，被真正寫成功，還真是十分鮮見。上海的男人很少有寫女人的本事，而上海的女人，又很難寫出維妙維肖的自畫像，她們不肯坦率地「出賣」自己。所以，在我看來，上海女人作為小說中的文學形象，始終是個空白。這當然本來就不是件容易的事情，並且可遇而不可求。要是沒有納博科夫的《洛麗塔》，可能美國平民小姑娘形象至今闕如。

把這樣一個前提說清楚了，接下去談論八十年代的上海女作家就會容易一些。我希望本著的掃描，能夠給人一個朦朧而清晰的印象。至於學術上的研究，我當然留給學院裏的教授和研究生們，讓大家都有點事情做做，有口飯吃吃。

我以信手拈來的方式，先從唐穎的小說講起。由於張獻的原因，與唐穎倒沒少見面聚會。我最難忘的是那年那時的那個深夜，她跟張獻一起在愚園路上攔住我，然後看著我揮別遠去而失聲慟哭的情景。

唐穎的小說跟她的人一樣，總是精力充沛，並且也跟她的注意保養一樣，總是盡可能的寫得精緻和光滑。唐穎通常在她傻乎乎的時候，能夠寫出一種明麗的感覺和值得玩味的人物。比如她的《麗人公寓》。唐穎的寫作狀態跟她打牌很像。我記得一夥人聚在一起打牌的時候，唐穎總是在稀裏糊塗的狀態裏打出好牌來的。假如她看著手中的牌苦思冥想，然後再自作聰明地出牌，打出的肯定是張臭牌。

也許因為如此，每當她看著手中的牌作苦思狀的時候，張獻馬上就會說她，不用多想，我知道你在想什麼，這張牌打出去是不是合算？還有幾張好牌捏在手裏？對法？曉得格呀。這情形現在想來，都是歷歷在目。朋友相聚，最好玩的時刻便是無拘無束做遊戲的光景。

唐穎小說的另一個特色就是她的人生夢想。在為夢想奮鬥的時候，唐穎通常相當現實，用一種學術性很強的說法，叫做具有操作性。但一旦夢想成真，唐穎就會不知不覺地與世俗世界同流合污了。這樣的人生方式與她的小說世界乃至寫作風格，全都相得益彰。她的作品總是彌漫著一種做夢的恍惚，彷彿人生在大學時代被作了某種停格，致使永遠做不完的夢，紛至遝來。那些夢的主題，又經常跟託福考試或者中外婚姻相關聯。假如唐穎像許多同齡人一樣早就考出國去了，也許就不會有小說家的唐穎了。反過來說，真的拿了美國綠卡的唐穎，或者說，夢想成真了的唐穎，還有沒有小說家的素質，這就很難說了。

唐穎小說雖然被周介人作了什麼新寫實新市民之類莫名其妙的歸類，但小說真正顯示出來的，卻是一種白領們的人生取向，或者白領麗人的精神風貌。也許唐穎從來沒有做過白領，她對成為一個白領麗人特別嚮往。尤其能夠在紐約的華爾街上班，讓唐穎心馳神往。假如要唐穎在做個華爾街的白領麗人和做個以寫作為生的自由職業者之間作出選擇，唐穎也許會毫不猶豫地選擇前者。初識唐穎及其小說，會有種混沌的感覺，但稍許熟悉一些之後，會發現其人其作的境界是停留在聰明上面的。那樣的聰明讓人覺得唐穎做個小說家真是可惜了，經商也許更能發揮她的優勢。文學要的是混沌，而商業文明需要的卻是聰明。

在文字上有些混沌感的上海女作家，應該是須蘭。須蘭未必做得了白領麗人，但須蘭的文字卻頗有一種自強不息的勁頭，並且帶有因為想像過度而產生的誇張。

以《月黑風高》為例，可以對須蘭的小說有個大概的印象。這裏引出小說的開頭和緊跟在開頭後面的那段文字。

> 那個夏季的天空充滿了無數的飛鳥。
>
> 女孩奔月看見自己的影子在灼熱的陽光下也成了驚弓之鳥，天空純淨沉重如透明的湖水，這一種湖水自天外傾瀉而下，充滿了某種明媚的記憶，令人想起一些涉水而過的經歷。湖水慢慢地傾瀉而下，壓迫感漸漸充滿了奔月的胸間。在這樣一個明媚的夏天感到壓迫實在是有一點奇怪，但是奔月想，我快悶死了。

這段文字在語感上跟格非的《褐色鳥群》如出一轍，而且接下去講說的故事則又像是格非《大年》一類小說的翻版。我並不是意指模仿，而是對一個女作家具有這樣的語感和講說這樣的故事，感到有些突然。尤其是一個上海女作家。我感覺須蘭跟這個城市是毫無關係的，至少在她的這種故事和這種敘事裏，看不出任何跟上海有關的文化背景。相反，倒是有點江蘇農村裏的粗獷氣息，就像格非的小說一樣。而且非常有趣的是，其文字竟然比格非小說要粗糙得多，不像出自女性手筆似的。

這部小說的第一句話，倒也是個典型的全息例證。

> 那個夏季的天空充滿了無數的飛鳥。
>
> 夏季，熾熱的，熱烈的，不是溫情脈脈的；天空，飛鳥，幻想的，而不是腳踏實地的；充滿，無數，大量的，鋪開蓋地的，其中的人物一定不會少。

整個敘事甚至連同故事，都明明白白地展示在讀者面前了。這是個以想像或者回憶為主的浪漫故事，故事裏人物眾多，而且都有點不著邊際似的，不像是在地上行走的，而像是在天空中飛翔的。

　　讀下去一看，果然，歷史、家族、村莊、戰爭，跟格非的《大年》，《敵人》所講說的，大同小異。只是整個敘事沒有格非那麼精緻，整個故事也沒有格非那麼設置得如同迷宮一樣。當然，其刻意的程度和營造的曲折，也沒有格非那麼故作高深到讓人毛骨悚然的地步。

　　須蘭顯然不在乎細膩的刻畫之類，對話十分簡短，如同農婦粗壯的胳膊。有時會突然插入一段第二人稱敘述，弄得人家不知道在跟誰說話。再加上女主人公以奔月為名，身著紅色的衣服，色彩熱烈得如同夏日的陽光；整個小說根本不是在寫一個什麼故事，而是在抒發作者意識深處的某種奇思異想。

　　我聽說張藝謀曾經對須蘭的小說有興趣，以前沒讀過其小說，不知為什麼。如今讀了之後，發現這一點都不奇怪。彼此在對誇張的嗜好上，是完全一致的。張藝謀是個不誇張的電影絕對不肯拍的導演，須蘭似乎也有種不誇張的小說絕對不會寫的勁頭。上海的女作家當中有這麼一股子勁，倒也不失為一種很好的平衡。尤其是人們談到其他上海女作家的時候，發現她們太不須蘭了。

　　比如陳丹燕的文字，全然是小姑娘的絮絮叨叨，對一切都充滿新奇，所見所聞都像是從來沒見過似的，什麼都好玩。也許是由於這樣的新奇感，陳丹燕寫過許多採訪文字。

　　讀了陳丹燕的採訪，我的感覺是，假如我是她的採訪對象，我會被她單純的目光，天真的提問弄得害怕起來的。因為你弄不清這是真是假。假如是真的，你會被她弄得很不好意思，不管你說得多麼誠懇，都像是對人家小姑娘的欺騙。至於假如不是真的，那就更慘了。你怎麼受得了在相信一切的目光後面，隱藏著冷靜的旁觀和審視？這麼說也許更清楚，不管陳丹燕的採訪是為哪家報紙或者雜誌做的，總讓人感覺好像是來自《紅小兵報》，假如真有這張報紙，或者依然還有這張報紙的話。

至於陳丹燕的愛情小說，也有這種小姑娘色彩。這裏不妨摘錄一段她的小說《女友間》的片段。

> 燈果然是好看，從磨砂玻璃裏出來的光，柔軟得看不清手背上的皺紋，小敏仰到沙發裏，人好像就軟掉了。因為她從來都沒有雙手佈置一個家，她從不知道自己的心裏原來有這樣的激情，然後，你的心裏不能想什麼，只聽得耳朵嗡嗡地響著，一個人就陷到了深處。

什麼感覺？當然是小姑娘了。這樣的愛情小說，如同一種進入情話前的準備。只見女主人把燈光調好，咖啡倒好，沙發鋪好，然後就結束了。因為這是一個小姑娘，對後面發生的事情理當是茫然的。

不管怎麼說，我還是比較喜歡陳丹燕的文字，純粹從個人喜好角度。她的文字總是水靈靈的，充滿青春氣息。以這樣的文字，寫起童話來不需要任何轉換。不過，我聽說她一口氣寫了三部有關上海女人的書，即《上海的風花雪月》、《上海的金枝玉葉》、《上海的紅顏軼事》，不由替她擔心起來。她真的知道上海女人麼？這可是連張愛玲都未必做到家的活兒。寫這類小說，是起碼要做許多準備工作的。比如，以前穿過的列寧裝是否收藏起來並且下定決心永遠不再穿了？還有許多當年的革命痕跡都得一一揩洗乾淨，不止是在家俱意義上，而且得在內心深處。然後，再進入有關風花雪月金枝玉葉紅顏軼事的構思。這裏面的轉換，可不是幾年功夫就能完成的。帶著這樣的疑慮，對她的那些小說暫且存疑，以便對她水靈靈的文字繼續保持一個好印象。

相比之下，我最害怕的是閱讀王小鷹的文字，整個一個被扔在水門汀地上的感覺，而且還是在有氣無力的冬日下。

上海女作家當中，對生活的感覺遲暮到如此程度的，似乎不多見。正如從《月黑風高》的開頭可以看出須蘭的小說風貌一樣，從

《今夕是何年》這一小說的命名中，可以感覺到作者的生命狀態；彷彿一個昏睡多時的老太太，彌留之際突然醒過來，有氣無力問出一句，今天，幾月幾號了？

這部小說唯一的一處還能讓人感覺生命在繼續的地方，就是女主人公在機場上迎接一個男人，誤以為在那個男人身上可以找到寄託什麼的那一刻。可是一旦那個男人把自己的太太拉到她跟前，那一刻的激動立即就如同一滴水似的滴入泥土，轉眼間便消失得乾乾淨淨。

水門汀一樣的語言和水門汀一樣的感覺。在上海這個都市裏生活到了這一步，實在是讓人望而生畏。女人需要男人的愛，就像花草樹木需要陽光和水分。哪怕是在遙遠的遠方，有一個可望而不可及的愛人，有一段已經過去卻不曾消失的愛情，一個女人也會因此而活得生氣勃勃。從另外一個角度來說，心如死灰也是一種人生的境界，因為那顆心至少燃燒過。可怕的就是水門汀。因為水門汀是不會燃燒的，看上去很安全，實際上一點生趣都沒有。

後來偶爾看到這位女作家的創作談，裏面提到，她突然悟出來，養育孩子是偉大的藝術創造。假如那樣的話，也行。總不能完全活憋脫。

生命是一種無名的內涵，雖然難以言說，但一見諸文字，立即就能讓人感覺到。比如讀周佩紅的小說散文之類，你就能感覺到，這是個在不停地品味著生活滋味的女作家，而且冷暖自知。

周佩紅的文字很有內容，我是說，有一種她所獨到的含蓄。她回憶起往事來，似乎不太計較，實際上卻刻骨銘心。周佩紅的遣詞造句，色調是偏暗的，有點像倫勃朗的繪畫，雖然沒有那樣的深邃和力度，但也已經相當生氣勃勃。她的文字從不歡天喜地，總是沉沉著著地朝前走。

後來我讀到她的創作談，果然如此。她說，故事在將出口未出口之間。說故事的人也是這樣，故事出口了，意思卻在心底。

　　含蓄通常是將太多的內涵訴諸淡淡的敘說。假如反過來，將太少的意思，作了沒完沒了的鋪墊，那麼整個小說就會變得相當滑稽起來。別以為沒有人會這麼寫小說，上海可是個無奇不有的城市。我偶爾翻到另一個上海女作家潘向黎的小說《他鄉夜雨》，就是這麼個例子。

　　我十分佩服這位女作家有本事把敘事當作兜風，無軌電車開了老半天，不知開到了什麼地方。彷彿有一個非常非常深的隱痛，有一壇不知存放了多少年的老酒，藏在一個不知有多麼複雜的地窖裏。最後拿出來一看，原來是這麼回事：

　　　從來沒有想過會和有妻子的男人有什麼瓜葛，

　　　從來沒有想過還會情不自禁，可是就那麼發生了。

　　嚇得煞人一樣。已經情不自禁了，還要從來沒想過。不過是跟一個有婦之夫睡了幾覺，也許只睡了一覺，竟然就成了什麼了不起的大事。這種事情變成隱痛，只有一個解釋，就是覺得吃虧，並且還把責任全部推到對方身上，從而越想越覺得吃虧。本來是一次小小的冒險，一次散散心似的偷情，一種類似於把婚紗在身上披一披照照鏡子般的體驗，最後因為變成了吃虧，才欲說還休地變成了漫無邊際的敘說。不要說一般的聽眾，就算是愛上了這個敘事者的男人，聽著聽著也會站起來一走了之的。

　　應該說，上海女人盤算起來是很厲害的。但在這種事情上如此盤算，借用上海話來說，也太狗屁倒灶了一點。這種故事放在一個大氣點的作家手裏，可以寫得非常浪漫和精彩。就算是讓瓊瑤來寫，也會自有一番動人處。更不用說去翻翻渡邊淳一或者村上春樹的小說，偷情可以偷到雙雙自殺的程度，戀愛可以愛到被死亡喚醒愛欲的地步。上海女人也罷，上海女作家也罷，假如在盤算上下功夫，那麼不僅一點長進都沒有，而且還遲早會退化成一塊水門汀。

當然了，要說盤算，《他鄉夜雨》比起《長恨歌》，真正叫做小巫見大巫。我本來以為王安憶對女人是有自己感覺的作家，比如在《雨，沙沙沙》裏的迷朦和憧憬，確實細緻而清晰。但讀了《長恨歌》我才明白，她根本不懂女人，或者說，對女人根本沒有感覺；並且，尤其是不懂上海女人，尤其是對上海女人沒有感覺。

《長恨歌》的開頭，從第一句寫到女主人公出場，整整花了一大章，還四部曲，弄堂，流言，閨閣，鴿子，最後才是女人。且不說敘說的口氣多麼鄉氣十足，感覺敘事者刻意以一個外鄉人的身份講說上海這個城市；即便是其瑣碎，其沒完沒了的絮絮叨叨和不著邊際地亂開無軌電車，也足以令人生厭。敘事者拿著一把大掃帚，從弄堂掃到閨閣，從閨閣掃到天空，最後什麼都沒有掃出來。假如要比賽指著天空說廢話的本事，我覺得《長恨歌》有希望奪冠。

不管怎麼說吧，反正小說的開頭，已經透露出了基本的故事資訊，細而空，瑣碎加上大而無當。無邊無際的細節，如同紛紛揚揚的雪花，鋪天蓋地撲向讀者，把讀者弄得一頭霧水，不知小說到底想說什麼。

當然，作者顯然是知道讀者在期待著什麼的，否則沒有如此大膽，敢說這麼多的廢話。作者知道讀者在等著女主角出場，就好比坐在戲院裏的觀眾，舞台上再拖延，乾冰打得再多，再迷霧重重，也會耐心等待著那個花旦的出場和亮相。畢竟寫的是個上海女人。各式中文讀者對其他故事也許興趣不一，但對上海女人的故事，卻永遠興味盎然。

終於出場了，叫做王琦瑤。不過出來的不是一個活生生的，而是一大堆，叫做王琦瑤們，彷彿一攤粘答答的漿糊。至於那個王琦瑤的當選「上海小姐」，似乎也不能讓讀者十分信服。估計作者對這類行當相當陌生，只是為了讓小說吸引人而濫竽充數，為此還不惜工本地作了如此冗長的鋪墊。用一句上海話來形容如此吊足胃口的敘事，叫做，真棘手。

不過，棘手的還在後面呢。從第二章開始，作者以更加細膩，更加精緻方式，進行一種無軌電車式的寫作，一場浩浩蕩蕩的敘事兜風。凡是關鍵的地方，總是被敘事者迴避得十分徹底。比如，還沒見女主人公好好戀愛，更不用說好好作愛了，突然就生孩子了。至於孩子的父親，據說是個共產國際的什麼混血兒，面目模糊到了弄不清楚是方是圓。既然如此細膩，為何連這麼重要的一個人物，都沒寫清楚呢？男人和女人通常在床上才是面目最清楚的時候，但偏偏如此細膩的一部小說，如此不厭其煩的絮絮叨叨，就是沒有床上的情意綿綿，然後一下子就生出了孩子。然而再一下子長到了十五歲，從 1961 年，到 1976 年。真正叫做詳略得當。

想想看吧，從這孩子出生的 1961 年到長到十五歲的 1976 年，中國處在一種什麼樣的歷史境地裏，期間發生了什麼樣的事情，細心的作者居然極其粗心地一筆略過了。除了一句，程先生是 1966 年夏天最早一批自殺者中的一人，以及一段氣氛渲染，其他什麼都沒有，就連此人是如何自殺的都沒有細說。最後一章，叫做禍起蕭牆，本來以為什麼事情開始了，想不到是故事已經結束了。那個女主人公被一個竊賊在一次行竊中被掐死。一個女人長長的一生，最後在一個小偷手裏莫名其妙地結束。

禍起蕭牆，災禍的製造者是個小偷，而不是個……比如強盜。且不論災難是來自小偷還是來自強盜，至少那饑饉遍野，血流成河的十五年被小說輕描淡寫地略過了。假如可以把小偷的作案看作一種隱喻，那麼歸根結底是禍起蕭牆，也就是說，這個城市裏的亂七八糟，都是被這個城市裏的人自己搞壞的，而不是受到了某種外來力量的入侵和破壞。

其實把那些枝枝蔓蔓的部分通通去掉，整個故事的基本線索是相當清楚的。一個舊上海號稱「上海小姐」的女人，做了下別人的「金絲雀」，然後被「解放」了。然後又戀愛了，生孩子了。至於這

個女人在大饑荒的年代裏是如何度過的，在文化大革命當中又是如何度過的，全都一片空白。最後在改革開放的年代裏，突然被小偷殺死了。可憐的女人沒有死於饑荒，也沒有死過文革，卻死在改革開放的 1980 年代。

小說如此一番講說，就算是無心，讓人讀了也很難不作意味深長的聯想。作者為什麼要這麼寫？這算什麼意思？尤其是對比那個《月亮河》的故事，小說對歷史的這種解讀，究竟意味著什麼？假如把《月亮河》故事裏的那個女主人公移到王安憶的《長恨歌》裏，那麼我們還能看到什麼？顯然什麼也看不到了。其實這兩個故事裏的女主人公，在舊上海的經歷是十分相似的。就算《長恨歌》裏的那一個要幸運一些，但難道會幸運到在文化大革命當中一點苦頭都不吃麼？在橫掃一切的時代，就連給資本家當過管家的都難逃一劫，給人家當過小老婆的難道會太平到一點故事都沒有麼？王安憶可以說，她對那種故事沒有興趣。假如她那麼說的話，必然意味著別人也可以問她一句，那麼你對什麼樣的故事有興趣？為什麼？

當然，我這麼說，並非意指作者故意作了如此這番的精心安排。從《長恨歌》裏，人們看不到作者對歷史有什麼明確的看法。人們可以說這是作者的聰明，也可以說這是作者的愚昧。不管怎麼說吧，小說如此編造一個女人的一生連同跟這個女人相關的歷史，至少表明了作者在下意識裏對芸芸眾生的那種冷漠。假如作者稍許關切一下芸芸眾生，她就不會想不到這個女人在人人挨餓的年代裏會是什麼光景，不會想不到這個女人在人人自危的年代裏會受到什麼樣的折磨。

小說的聰明在於把這關鍵的部分，以一個小孩子的年齡一筆帶過。但小說的漏洞恰好也在於，為什麼偏偏略過了這致命的十五年？這就好比在古希臘那場著名的戰爭裏，前面一個場景是希臘軍隊準備進攻特洛伊城，然後下面一個場景就是特洛伊城不見了；在原來

的舊址上，長出了一大片鮮花，然後孩子們高高興興地在鮮花叢中捉蝴蝶玩兒。最後，一個老太婆搖搖晃晃地向大家走過來，一交跌倒在地上，告訴孩子們說，她被一個小偷給殺死了。

小說如何編造，這是作者的自由，誰也無法干涉。但讀了小說之後，讀者會如何作想，則是讀者的自由。至少我是對整個小說從根本上懷疑的，懷疑其真實性，懷疑其敘事的誠實度和誠信度。我不明白這《長恨歌》到底恨什麼，假如按照錢穆先生對恨的解釋是「憾」，那麼又是憾什麼？恨那個小偷麼？還是導致程先生自殺的什麼人？白居易的《長恨歌》恨得十分明確，相比之下，王安憶的《長恨歌》恨些什麼大概只有作者自己知道了。

當然了，我猜測有些人是不願意如此懷疑的。我還猜測上海有個女作家，讀了《長恨歌》，可能也會像我這麼懷疑。我在 80 年代的時候，由於種種原因，從來沒有注意過這個女作家。直到我最近讀了她的一篇文章，叫做〈調色拉和搞漿糊〉，才使我對她刮目相看。我指的是，當年以小說《藍屋》聞名於上海的程乃珊。

由於當時的上海評論界，都一致公認毛時安是研究程乃珊的專家，所以我像其他人一樣，碰到程乃珊的小說，總是讓給毛時安作評。從《藍屋》的那種市民味和世俗氣裏，我一時沒有感覺出什麼特別的意味。而且，我對一些工商業者時過境遷之後挺身而出，證明當年的改造如何有必要，一直相當反感。這些原因導致我沒有注意程乃珊為何那麼沒完沒了地嘮叨以前的上海如何如何。我當時感覺程乃珊的嘮叨跟王安憶是一樣的，是一種不停地在上海尋找上海的矯揉造作。可是，讀到程乃珊如下一番話，我不由擊節，程乃珊長進了，或者說，我以前錯看她了。

程乃珊在那篇文章裏說，海派是調色拉，不是搞漿糊。她還說，上海是調色拉調出來的，不是搞漿糊搞出來的。

一言中的！

　　我把程乃珊此言告訴我在紐約的一個上海朋友時，他馬上斷言，程乃珊這句話勝過她的所有小說。此話雖然誇張了一些，但也是一言中的。

　　程乃珊還有些話，說得也相當精彩。比如，上海的標記，不是花花綠綠的女人，而是這座城市的白領。雖然我認為上海的小市民也是重要標記，就像弄堂口的大餅油條豆腐漿一樣，但我覺得程乃珊能夠說出這樣的話，至少表明了她是個真正的上海人，沒有絲毫外鄉氣味。

　　且不論上海的標記是小市民還是白領，我覺得重要的是，程乃珊確實知道上海。難怪她沒完沒了地訴說不休，難怪她為此不惜找出一些老照片，來證明她說的上海才是真正的上海。程乃珊本來不需要如此沒完沒了，我想這可能是因為，許多人在尋找上海時找出了許多不是上海的上海，才導致了程乃珊的如此堅韌不拔，非要說個明白。不管別人有沒有明白程乃珊的這種努力，至少我是明白了。

　　我明白程乃珊是真正知道上海，懂得上海的。上海在王安憶是需要尋找的，但在程乃珊卻是根本不用尋找的，上海就在她的記憶裏，或者說，在她出生的那一刻，上海已經刻在了她的心底裏。程乃珊不愧與《月亮河》裏的女主人公住過一樣的房子有著相同的家史，不愧被其祖蔭如此這般地庇佑過。她也許沒有《月亮河》的女主人公那麼剛強，但她具有與之相同的執著。程乃珊十分執著於對自己家族的記憶，並且，其記憶可以一直追溯到上海開埠的時候，可以追溯到最早的上海人是什麼模樣。相比之下，王安憶對上海的尋找，最多只能找到所謂舊上海和新上海的那個分界點上。因為王安憶與上海的關係，就是由那個分界點決定的。假如沒有那個分界點，王安憶跟上海的距離可能會很遙遠。

　　我沒有讀過程乃珊許多有關上海的書，但我相信不管她寫到什麼份上，都會超過李歐梵，超過王安憶。因為她確實知道上海，不必經過研究才發現上海。因為她是真正的上海人，像我一樣，祖祖

輩輩在上海居住，天然有著悠長悠長的不可磨滅的歷史記憶，天然認同上海的精神。順便說一句，正是基於這樣的認同，我寫了集個人家族上海和中國歷史為一體的長篇小說《上海往事》。相信讀者將來讀了我的《上海往事》之後，會有比較的。

從程乃珊有關上海的這些看法上，再回過頭去讀她的《藍屋》，我想可能會有新的感受。依然是那樣的世俗氣和市民味，感覺卻會不一樣，因為上海本來就是這麼市民這麼世俗的。而且，假如程乃珊以今天的眼光回首她的《藍屋》，也會有新的感慨，當初沒必要那麼起勁地證明人家是正確的，沒必要急著要跟自己家族過去的生活方式決裂。

當然，要寫出一個神韻十足的上海和上海人尤其是上海女人，可能還需要一點幽幽的清淡。這種清淡我在比較知名的上海女作家的作品當中，很少見到。倒是在一個不太出名的上海女子筆下，我讀到過。她叫劉雪璣，至今為止只出過一本散文集。我曾經為之作序，將她的散文寫作比之為「沉入水底的恬靜」。其文章好比一片片嫩綠的茶尖，安安靜靜地沉在清澈的杯底。

我想，正宗的上海風味小說，應該是程乃珊對上海那種與生俱來的心領神會。那樣的領會雖然時有局限，但畢竟有著與生俱來的風致。假如能加上劉雪璣式的清淡，那麼上海女子那種風韻便出來了。假如能加上木心先生的那種典雅，那麼上海城市的風骨就出來了。如此等等。這就像雞尾酒一樣，可以自由調製。或者用程乃珊的說法，調色拉，而不是搗漿糊。當然了，這種調製的前提是，對上海有著樸素而深切的領略。

從總體上看，上海女作家在文學上沒有作出令人驚歎的貢獻。以上引用的那些小說有的是 1980 年代的，有的可能是 1990 年代的，但大致上就是這麼回事了。要上海女作家寫出不朽之作，可能相當困難。因為她們沒有一個能夠有佛吉尼亞·伍爾芙那樣的本事，粥得昏天黑地，不知道哪一天會突然把自己沉到河底裏去。她們也沒

有法國作家瑪格麗特・杜拉那種刻骨銘心的浪漫。她們再稀裏糊塗，對生活也不會茫然的。上海的女人是精彩的，但要上海的女人寫出精彩的小說，卻有點苛刻了。如今能夠弄清楚的，也許只有一件事情，就是在王安憶和程乃珊之間，程乃珊是真正的上海女人，程乃珊知道上海。不管人們如此評說這兩位女作家，但要說到上海和上海人，說到誰是正宗的上海女人，我相信的是程乃珊。

在 1980 年代的上海，除了女作家是一個景觀之外，上海的女記者也是一片很有意思的風景。我在這裏提一下，希望將來研究上海八十年代的學者，在把目光投向上海女作家的時候，不要忽略上海的女記者。她們給上海這個城市輸入的活力，不下於在公司上班的白領麗人們。

肆、1980 年代上海的文化復甦和繁榮

1980 年的上海文化界，是相當活躍的。就大學系統而言，當然數我所在的華東師大中文系最為突出。復旦大學的哲學系，曾經有過非常出色的人傑。我指的是當年桂林會議上的八君子。其中那位領風騷的，後來做了不少事情，一直做到去國流落他鄉。

不過復旦大學又一直有個幕僚傳統。文化大革命時有王知常，朱永嘉。後來則有王滬寧。據說還有一些後備的，因為沒被挑選上而鬱鬱不得志什麼的。對此，很難作出絕對價值意義上的評判。評定一個知識份子，不在於他選擇了什麼，而在於他做了什麼。歷史的創造是個合力過程，各種力量各種人物，都需要。

打個不太準確的比方，復旦大學有點像北京的清華，出來的畢業生走仕途經濟的比較多，而華東師大則像北大，當然我指中文系，自由主義傾向更重些。

忘了是哪一年，大概 1985 年左右吧，北大中文系畢業的那位政治新星，李向南式的人物，來到上海擔任了宣傳部長。於是，上海市委宣傳部崛起了一群少壯派。他們勁頭十足，雄心勃勃。主要負責人，背景大都是幹部子弟。他們一出手就是大動作，網羅了上海文化界各個領域的新秀，組成一個課題組。我當時也被羅網其中，負責文學史方面的編寫。

這個課題組討論的雖然是文化，但政治色彩相當濃厚。彼此聚會，經常是在飯桌上談論各種話題。我記得有一次談著談著，負責課題組的人突然提到說，趙紫陽希望能夠看到討論聯邦制的文章。這些少壯派們當時搞了一刊物，叫做《上海理論》。那人的意思是，假如有誰能寫討論聯邦制的文章，馬上拿到《上海理論》發表。我當時聽說，這些少壯派的志向是很大的，他們希望《上海理論》將來能夠取代北京《紅旗》雜誌的地位。

寫聯邦制文章提出之後，飯桌上沉默了很長一陣時間。然後，不知是誰指著我，希望我能寫那樣的文章。我記不得是誰提出的。我當時笑笑，說我寫不了。我當時的興趣正在轉向文化批判，但沒思考過聯邦制的問題。我事後好像問過朱學勤，他搖搖頭，好像也沒有興趣。我跟朱學勤就是在課題組裏認識的，他當時還沒有在 1990 年代人文精神討論中出名。

有關這一課題，我後來在 1990 年代倒還真的做了，但跟課題組毫無關係，那時候課題組早已解散了。我是在《論中國晚近歷史》一著裏，論述了歷史上的聯邦制運動的興起和消長，那時叫做聯省自治。當時的青年毛澤東，也加入過那樣的討論，並且提出過湖南自治的政治主張。非常有意思。我後來還把我有關聯邦制的思考寫進了一部小說裏。但那是若干年以後的事情了。

近兩年，我在網上看到過一些有關的研究文章，其中劉軍寧的幾篇給我印象較深。相比之下，我可能是談論這個話題最早的人。我那部論著完成於 1994 年，出版於 1998 年。這以後再談。

　　我是個對政治沒有興趣的人，雖然當時被他們找上了，但我總是刻意地保持距離，並不經常到宣傳部走動。其中一些主要人物，後來都銷聲匿跡了。那年的事變，全軍覆沒。他們當中有的出國，有的做起了生意。改革，確實不容易。我記得當時的市委宣傳部還做過一些開明的事情，比如 1983 年的上演薩特《骯髒的手》，導演是胡偉民。不過，此事應該不是後來的少壯派搞的，而是早年的哪任宣傳部長所為。

　　1980 年代的上海市委宣傳部，先後出任部長的，除了一個叫做陳沂的，其他好像都比較開明。當然包括王元化先生。那樣的開明，導致下面的許多報社，也隨之活躍起來。我印象中，《文匯報》最為突出。我的許多文章，都是在《文匯報》上發表的。包括那篇〈謝晉時代應該結束〉。該報甚至還發過我論述文學思潮的大文章。當時的文學部主任是胖乎乎的徐啟華，北大中文系畢業的，後來移居美國。等我赴美之後，聽說他過世了，令人扼腕。《文匯報》跟我很有緣份，就在我出國之前，該報還把我找去，說是要成立一個評獎委員會，讓我當評委什麼的。相比之下，《解放日報》跟我比較生分。那年批判我的〈論毛澤東現象〉時，《解放日報》整版的全文轉載發在《文學報》上的那篇批判文章。在1980 年代，我在《解放日報》上很少發表文章，印象中幾乎沒有發表過。

　　還有一張比較活躍的報紙，就是《青年報》。當時唐穎就在該報當編輯。這張報紙的主編副主編，年輕而有活力，並且頭腦靈敏之極。我在該報發表過許多文章，包括後來談論文化危機的一系列文章。我在那些文章裏大談災難意識和悲劇意識，把文化現狀比作冰海沉船。他們居然全都發表了。可見那時百家爭鳴的風氣和思想開放的程度。對人文精神的憂慮，我最早就是在那些文章裏表達出來的，雖然我還沒有明確使用人文精神一詞。

我記得，《青年報》還發表過對我的一個採訪，很長。是從華東師大畢業去該報當記者的袁幼鳴做的。其中提到生存權益問題，對學校管理部門作了猛烈的抨擊。言詞相當尖銳。該報全文照發。

當時的文學雜誌，《收穫》顯然是非常醒目的。此刊的執行主編李小林，亦即巴金的女兒，做事頗有雷厲風行的派頭。在發表新潮小說上，雖然起步沒《上海文學》早，但後來的勢頭卻遠遠超過《上海文學》。可惜的是該刊沒有評論欄目，假如有的話，我很可能會從《上海文學》的評論版上轉到《收穫》那裏去的。我感覺《收穫》的氣氛讓我更投契。

我跟李小林沒有深入交談過，每次去《收穫》編輯部，都是為了稿子什麼的，全然公事公辦式的交往，並且說完就走。我是個不善交際的人，一點不懂應酬。後來我周圍的一個先鋒作家，跟他們交往起來就顯得十分嫻熟和老練，彼此間弄得非常熱絡。人家做過團委書記，跟人交際畢竟有一套。

我對李小林的印象，其實是我後來賦閒期間，去他們編輯部借錄影帶看時，突然產生的。她當時借給我一盤美國電影《死亡詩社》的錄影帶，然後非常激動地說，這部片子老靈格，很少看到這麼好的電影。

我拿回去一看，果然靈格。那是美國影星羅賓·威廉姆斯演的有關美國私立學校裏的故事，充滿對自由的追求，對人生詩意盎然的嚮往。在我後來重新講課時，我在所講的電影課上，索性把此片作為教學片放給學生看。

我回頭想了想李小林的話，發現她不愧為巴金的女兒。我不瞭解巴金一家，但我從李小林對此片的激賞中，感覺到一種精神上的共鳴。我不知道別人對巴金是如何研究的。我的一個朋友曾經對我說過，許多研究者並不真正懂得巴金，巴金其實不是一個無政府主義者，而是一個信仰無政府主義的自由主義者。我非常同意。我認

為巴金骨子裏是個自由主義者，其無政府主義的信仰，只是表面現象。巴金當年所謂的無政府主義，意思可能就是不想受人管束。

巴金的名聲，有時會掩蓋掉一些有意思的細節。人們光是注意到巴金如何如何成了國寶，很少注意到他骨子裏的精神取向和人文氣質，包括其女兒李小林。但我想，《收穫》的編輯傾向，也足以說明其自由主義的立場了。而且饒有意味的是，這個刊物從來沒有歧視過余秋雨，發表了余秋雨的許多文章。雖然這跟私交有關，因為李小林跟余秋雨是大學同班同學，但也是不容易的。在利害關係當中，私交算得了什麼？相比之下，《上海文學》對余秋雨的態度就完全不一樣。即便是我，跟周介人也算得上是有私交的了，可他從來不把我當回事情。

有關《收穫》，我是一直放在心上的。我寫作歷史小說之後，首先想到寄的刊物就是《收穫》。我給李小林打了越洋電話，把小說寄給了《收穫》。寄不寄在我，發不發在彼。我不在乎。我的心意到了就行。我對自己的歷史小說是自信的。我願意與之分享創作的快樂，至於《收穫》如何作想，那是《收穫》的事情。我前後寄了兩部，其中一部在我寫作此著時，已經出版了。另一部也出版在即。（後來三部歷史小說全都出版了）

1980 年代的上海，可以回憶的事情很多。那時候好像整天忙得不可開交，連思考的時間都沒有。還有件事情讓我印象頗深的是，我曾被邀請到公安系統去做過一次演講，講的就是〈論毛澤東現象〉。此文後來發表在 1989 年第三期的《百家》雜誌上。當時講的時候，剛剛寫完，是 1989 年的年初。那次演講是我的大學同班同學給聯繫的，他在公安系統做事。我講完後，回到學校裏一想，哎呀，我怎麼對員警講毛澤東現象呢？這豈不是太搞笑了？我趕緊給那位同學寫了一封信，問他，演講的反應如何，有沒有給你們惹事？不料，他回信說，大家反應非常好。領導上的意思是，能不能再講一次，小範圍的，在處局級幹部當中講。

這是真的。當時的改革開放，確實已經相當深入人心。哪裏想到後來會出那麼一個事變呢？

在 1980 年代，整個上海，乃至整個中國，都結束了萬馬齊瘖的局面，一派欣欣向榮氣象。有能力的，有本事的，大都有機會成就一番事業。那時候的人，就怕自己思想不解放，就怕自己說話太老派，讓別人笑話。年輕人一個個全都躊躇滿志，唯恐自己不趨趄。說到不趨趄，我後來倒還真的見過沒有趨趄的人。那是另外一個故事，寫在這裏做個備忘。

我曾經在 90 年代的一次討論會上，親眼目睹過有個因為 80 年代沒有撈上成名機會的年輕學人的一副猴急相。無論在會上會下，此君動輒尋釁，尋找跟人吵架的機會。初次見面，便衝著我嚷嚷：李劼，你的書，寫一本，我批一本。

我起先一楞，自從我的《論毛澤東現象》在 1991 年被官家批判以後，還沒聽說要被寫一本批一本。繼而一想，又暗暗竊喜。那年頭被人批判可是功成名就的天賜良機。不怕被批判，就怕不批判。多少人因為批判而爆得大名。我導師當年的名聲就是因為批判而得來的。一時間，我很有些被繼續批判的期待。遺憾的只是，此君不過在嘴上說說而已，並沒有真想成全我的意思。

後來得知，此君乃王曉明做人文精神討論時，從復旦哲學系覓得的一個合作者。由於在名聲上後進了一些，覺得十分屈才。他在私下裏告訴與會者，到德國去進修兩年之後，對海德格爾頗有心得。他說，北京有人聲稱海德格爾在中國姓甘，讓他聽了很不買帳，衝到北京跟那個海德格爾·甘談了很長很長時間的海德格爾。於是，海德格爾·甘宣佈，海德格爾在中國，有時也姓張。

不過，滿嘴海德格爾的跟人吵架，情形卻十分古怪。想當年，文化大革命的時候，有許多上海小赤佬，穿著自以為時尚的線衫線褲和「懂經鞋」，手裏提著三角鐵，哐當哐當的，到處找人打架。但

真要打將起來，沒有一個敢玩命、敢壯烈犧牲的。不過，那時的上海小赤佬們，可能不會想到，後來的上海文化灘上，找人吵架的不再提三角鐵了，而是改提了海德格爾。

海德格爾‧張除了擅長德語翻譯，也做過英語翻譯。只是不小心把美國文學批評家哈樂德‧布羅姆（Harold Bloom）的《影響的焦慮》（「The Anxiety of Inference」），翻作了《影響的渴望》。雖然原作通篇談的都是影響的焦慮，只消稍許翻翻此書，就絕對不會把焦慮一詞誤譯成渴望的。海德格爾‧張實在性急了一些。由此可見，他在會上的急迫，倒也並非僅僅是一時的衝動。

當然，人在出名前後或者成名之際，都難免衝動。我也算是個過來之人。只是經過那年的風雨，對名聲已經不再那麼當回事罷了。我當時的心境，跟海德格爾‧張的雄赳赳氣昂昂，剛好相反。對爭論啦，一舉成名啦，什麼什麼啦，全都感到心灰意冷。在會上發言時，我講了一個〈強盜和書生〉的寓言，暗示了一下自己以及其他所有具有相同經歷人們的遭遇。

人有時確實需要勇猛，但勇猛又得看場合。不知當年需要大家勇猛一下時，海德格爾‧張是否拿出了勇猛。但他在大家勇猛過後，再那麼勇猛，多少顯得有些喜劇性。這就好比人家剛剛舉行過葬禮，他就找上門去尋釁：有沒有想跟我吵架的？這明擺了自討沒趣。要是人家反問一句：剛才刀光血影的，你在哪裏呀？他該怎麼回答？

我後來也跟海德格爾‧張聊過一聊。不知怎麼提到了余秋雨。我對他說，余秋雨在人們迴避我的情形下，在報上撰文談論我剛剛出版的論《紅樓夢》一著。他馬上告訴我說，那是人家想堵你的嘴。我當時聽了有些反應不過來。後來一想，不對呀，余秋雨堵我的嘴幹什麼？余秋雨又沒有把我有關重建人文精神的構想拿去派了什麼用場？當時真正想堵我嘴的，應該是把重建人文精神口號連同成名機會奉送給海德格爾‧張的什麼人吧。

復旦大學哲學系出來的傑出人材，我是碰到過一些的。不說在80年代的聲名赫赫之人，就是從復旦轉到華師大的李光程博士，也沒有像海德格爾‧張那麼誇張。說起來，李光程當年還是桂林會議的八君子之一。後來李光程去了英國。那是一個非常有情趣的人，說話雖然自信，但行事相當從容，打起麻將來，怎麼輸都不會著急的。

海德格爾‧張後來在《讀書》上發表過一些反對霸權的文章，其情緒比哈貝馬斯還要激烈。可能是他覺得不再孤掌難鳴了。那種虛張聲勢的愛國主義和民族主義，是完全可以獲得憤青們喝采的。從這個意義上說，海德格爾‧張是相當合群的，比為他所不屑的余秋雨還合群。

國門打開的二十多年來，在國外鍍過金的學子，算來也不少了。雖然1980年代開始的出國留學，是中國近現代歷史上規模最大的，但留學生的人文素質，卻並不是有史以來最出色的。要說比較的話，不要說比起容閎他們那一代最早的留學生，不要說比起當年的陳寅恪，不要說比起後來的錢鍾書，就連1950年代那些歸國的學子，他們也是遠遠比不上的。

理工科的留學生情況，我不太瞭解，但文科的留學生，情況很不樂觀。尤其是留美的文科生，本來大都是外語系出身的，除了外語什麼都不懂，而讀的又是美國大學裏流行的左派讀物，左派課本，受的更是左派影響。在美國校園裏，政治傾向都只能傾向民主黨，不能傾向共和黨，更遑論其他。如此古怪的人文嫁接，把中國的文科留學生弄得不倫不類。自由的精神，獨立的思想，學到後來全都丟得乾乾淨淨，一個個仗著美國或者西方的學院背景，古裏古怪地變成了惡狠狠的民族主義者。他們為了生存，根本不需要存在。他們為了謀生，什麼話都講得出來。他們為了功名，根本不在乎為人得有底線。

　　在這麼一片烏煙瘴氣跟前，我突然想起一個朋友。此君由於立志此生不著書立說，不出名揚萬，我無法提及他的姓名。但我從他那裏，獲得的教益，勝過數年讀書。他是個具有慧能般修為的高人，並且有著慧能沒有的學識。那年，我寫完《論中國晚近歷史》時，不無興奮地告訴他說，我完成了一件很重要的工作。他聽了淡淡一笑，說，這事情太小了，不算什麼。我說，那你認為做到什麼份上才算回事呢？他於是對我說了一番話。

　　在我此後的寫作生涯中，我無論完成了哪個作品，或者哪部論著，只要一想起他的話，我就不會像以前那樣激動。

　　其實，有些意思，他早就告訴過我。可我總是一再的忘記。他曾對我說過，易經那樣的卦象，是前一個人類文明留下來的。這地球上已經走過了好幾輪文明，就像樹的年輪一樣。我想他的意思可能是，我們所身處的這個文明，最後也會消逝的。

　　我還跟他討論過，在這宇宙當中，類似於我們地球這樣的文明，一定不在少數。並且有許多文明可能比我們這樣的人類文明更高級。如此等等。

　　想想這些，無論是從時間的角度，還是從空間的角度，我們所做的一切，再了不得也只能說一句，算得了什麼。

　　我猜想卡夫卡可能也知道這樣的奧祕。所以他一再強調謙卑，所以他會吩咐朋友，在他死後，將他所有的手稿，付之一炬。

2003 年 10 月 1 日寫於紐約

第六章　上海的自由主義文學批評

壹、昔日「獅駝山」

　　我在去國之前，曾經寫過一些回憶性的文字，其中有一篇關於我和吳亮、程德培當年一起寫文學評論的文章，叫做〈昔日獅駝山——程德培，吳亮和我〉。我翻出來看了看，覺得依然有意思，可以作為我這段回憶的開場白。在此全文引出，先讓讀者開開心，然後再細說。

昔日獅駝山

　　那是一段美好的回憶，我是說當年與程德培，吳亮在 80 年代文學批評界招搖過市的日子。有趣的是，這段日子回想起來，不知怎的，竟然與《西遊記》的獅駝山聯在一起。青獅，白象，大鵬金翅，這三個魔頭彷彿就是我們仨的某種寫照。程德培的滿腹策論尖酸犀利一如那隻大鵬鳥，吳亮的慢條斯理怡然自得很像那隻象鼻頭，我自然就是剩下的那頭呆獅。我們除了抓唐僧以外其他什麼事都好像幹過了。

　　說起來，我倒並非是最早與他倆認識的。在我之前有不少高校出身的或者已在高校混飯的青年評論家已經結識他倆了。我不過是這些人中間最後一個被介紹給他倆的。當年的《上海文學》編輯部真可說是風雲際會，結集了無數個準備成名正在成名已經成名的年輕人，而我這個遲到者則成了這兩個沒有大學學歷的被人稱之為自學成材的評論家的哥們。這與其說是我從來不跟學歷而只跟人交往

的緣故，不如說是我跟他倆特別投緣，可說是一見如故。我一見他倆就覺得很開心，直想笑。那年頭好像特別嚴肅，青年人彼此相見很少發笑的，一個比一個正襟危坐，開會發言就像武林中人的江湖過招，不是唇槍舌劍，就是團團作揖，嘴巴對著同行，耳朵還不肯錯過每一個小道消息。說是人在江湖，身不由己，其實內心裏瞄準的全都是廟堂裏的一把把交椅。唯有跟德培吳亮在一起時，我才覺得輕鬆，可以放聲大笑，或者順便說說粗話，說完不用擔心旁邊有受過高等教育的嚴謹目光在鄙視你。真是這樣。倘若要說我與德培吳亮有什麼最為一致的地方，那麼就是彼此都害怕跟正人君子打交道。在正人君子面前，我們有著共同的自卑感。

那時候我們在一起搞文學，有點像過去上海人說的那種「軋姘頭」。一會跟這個作家「軋」一下，一會兒跟那個作家「軋」一下。而且都喜歡挑年輕的。相比之下，德培是最勤奮的。他通常是最先發現新人新作，然後向我們通報，說是這個不錯，那個有點意思。於是大家一起上去狂轟亂炸一番，吳亮朝他們噴上一通才氣，我給他們作上一通結論，或者看看結構挪挪位置。我們從來不曾像後來的那些小赤佬那麼老三老四的指點江山，激揚鉛字，所以不管我們怎麼談論作家，結果都和所談論的對象們成了朋友。作家即便是給我們說了什麼，也從來不因此耿耿於懷，因為他們明白，這不過是調調情罷了。這跟九十年代的某些批評不一樣，彷彿是真理在手，正義在胸，不消滅文學誓不甘休。據說這種腔調的文學批評是最有規範的，顯示了什麼學術高度的，並且準備隨時隨地跟國際接軌的，從而是純粹的知識份子的。這樣的知識份子，我在一次會上忍不住說道：假如他們是知識份子，那麼我不是；只有在他們不是知識份子的時候，我才是。我們那時真的從來沒有想過自己是什麼知識份子，更沒有想到可以用知識份子一詞去嚇唬人。文化到了 90 年代會變得那麼威嚴宛如鋼槍在手一般，是我們那時所不可想像的。我們

那時不過是對文學有那麼點愛心，想說點什麼就說點什麼，想寫點什麼就寫點什麼，說對了拍拍手，說錯了哈哈一笑，誰也不想成為誰的導師，誰也不想成為別人的中心。

　　過去說革命是暴動，這對不對我不知道。但我知道文學肯定不是暴動。文學是一種很柔情的東西，柔情如水。文學是水，宛如賈寶玉說的女兒一般。因為是水，文學就不可能有什麼中心可言。一個小小的池溏會有中心，但一派汪洋大海呢？中心在哪裏？水是最沒有中心的。水流來流去，轉眼即逝。你可以戲水，也可以到中流擊水，但你不能霸佔水，在水裏面劃分什麼勢力範圍，建立什麼中心。因為只要抱有一點愛心，人人都可以進入文學。很簡單。我們那時就這麼簡單。都有一顆簡單的心。有是明亮，有時不明亮。吳亮的意思就是不明亮，吳亮者，無亮也。所以程德培管吳亮叫大頭鬼。鬼的形狀是任意的，但不明亮卻是肯定的。吳亮說話寫文章總有點含含糊糊，說了一大通之後總要跟上一個「但是……」但是……你不能因此認定吳亮不勇敢。程德培對吳亮的勇敢有過專門的研究。他說：大街上打架打得血肉橫飛時，吳亮總是躲在屋裏的；等到人家打完了，吳亮會衝出去對著遠去的背影高聲叫罵一番，然後勝利收兵，因為誰也沒聽見。程德培說完大家一起大笑，吳亮也跟著一起笑，一面朝著德培指指點點著說：德培這傢伙，嘴巴忒糗。意思是嘴巴特別尖刻，不饒人。這倒也是事實。德培總是把在諸如研討會之類的場合的演講讓給我，說無論開什麼會，只要有個李劼，主持人儘管放心好了，不會冷場的。但在私底下，我卻只有聽德培滔滔不絕的份了。他對周圍的人天生具有驚人的觀察力，不僅細膩而且透底。最要命的是，他從來不把觀察結果深藏在心裏，一有發現就向所有的人通報。說見一個打趣一個有些誇張，但說每見一個都會說個八九不離十卻是不過份的。在飯桌上或者酒吧裏聽程德說三道四，乃是我平生的一大快事，可以從頭笑

到尾。其開心一如有時在報刊上不小心讀到吳亮的文章，即便是謬論也漂亮。有人聽了德培的話不高興，有人看了吳亮的文章皺眉頭。相比之下，我最糟糕，有人看到我的名字就光火。

記得吳亮曾對我說過，他之所以淡然處世，是因為他父親的性格在歷史上有過教訓。他說他父親的性格跟我相似。他還說他父親也參加過學生運動，為此坐過日本人的牢房。我見過他父親，一個矮矮的老頭，臉方方正正的，特別有稜角。吳亮卻圓頭圓腦的，彷彿生來就以他父親為前車之鑒。說實話，我不僅覺得吳亮可愛，而且還有點羨慕他。我骨子裏也不喜歡跟人家吵架，但我不善於像吳亮那樣走不通時繞著走。我還有個毛病就是把通常人們是在私底下說的話放到文章裏公諸於眾，就像德培把應該深藏在心裏的話放到台面上。這都是不成熟的表現。也正是這樣的不成熟，不管我們寫了多少文章，最後總成不了學者。因為據說當今學者都是一些很成熟的人，有組織，有規範，不像當年諸如章太炎那樣的天真爛漫了，也不像後來的陳寅恪那麼迂腐那麼固執己見。學者有了庖丁的品性，在世人中解來解去遊刃有餘。一晃多年過去，我們回首往事，發現肉和骨頭全都分了家。吳亮變成了一個畫評家，德培夾著皮包一面做生意，一面請吃飯。我是最沒出息的，既做不了畫評家，也成不了生意人，只好跟著德培來到黃河路上吃象鼻蚌。我們很自卑地坐在飯桌前，一面填塞腸胃，一面小心翼翼地東張西望，生怕被很精神的人瞧見說我們一點不精神。都什麼年代了，還在為食慾所苦。

也許我食慾特別好的緣故，被人請客總有點不自在。最可怕的是，程德培在飯桌上也是個評論家。他通常吃得很少，但說得很多。以前開會什麼的，他總是吃上幾下就草草了事，然後開始觀察和評說誰吃相如何，誰吃了多少，誰吃得乾淨，誰吃得邋遢……全然一副學者口吻。不過，在他請客的場合，吃得如何不予評說，完全聽天

由命；但喝得如何卻很有講究，你不舉起酒杯跟他乾上幾杯，他是不肯放過你的。但他又不喜歡小姐上前跟他乾杯。德培聲稱，他請客一般不准帶太太，只有吳亮和李劼是例外。因此，有一次我忘了帶老婆赴宴，還被德培埋怨了一陣。那天東北《作家》的宗仁發也在場。記得當年宗仁發初次與德培、吳亮見面時，開始還有些拘謹。後來德培說，李劼跟我們吹噓過你了，還命令我們要如何如何接待你。宗仁發聽了，很憨厚地笑了。宗仁發的這個笑容我記得很清晰。

宗仁發是個講義氣的傢伙。記得我在那個地方的時候，許多人都非常自覺地回避談論我的。可是宗仁發照樣在《作家》雜誌上發表了我和德培、吳亮三個人的合影照。我當時接到從外面傳進來的雜誌時，感慨萬分，從而發現一個常識，患難時才見到真朋友。不過，我後來得知，當時堅持要發出這張照片的，其實是我的好朋友，東北作家洪峰。（注：此段發表時被刪，特意在此補上）。

那張照片還是在當時德培吳亮他們所謂的辦公室裏照的。三個人都照得很認真。德培還堅持要我坐在中間，弄得吳亮後來嘀咕了好一陣子，說是要開始學會獨處什麼的。當周介人、陳村和我們一起合影時，吳亮真的坐到一邊，以示孤獨。周介人私下對我說，他經常在他們兩個中間做調解工作；而後來吳亮又對我說，他有一陣子裏時常在我和德培之間斡旋。這讓德培說起來又有一種版本：大頭鬼又跟老周不開心了，不過旁人千萬不要上當，更不要從中如何如何，因為說不定第二天他們倆就會通上一、二個小時的電話。這句話給我印象很深，而且後來也在我跟德培身上應驗了。有一次為了《文學角》的事情，我因為受了委屈，到德培辦公室裏站了十幾分鐘不說一句話，無論德培說什麼就是不吭聲。德培在杭州的一個朋友為此寫了篇罵娘的文章登在《文學角》上，殊不知，半年多以後，一切都煙消雲散了。德培會在過年的時候打個電話來說：李劼，過年了，寄上三百元，聊補無米之炊。我會給德培打電話說：德培，有個研究

生不錯，到你手下混口飯吃挺合適。比起文壇上的世故來，我們三人都簡單的。也因為我們的簡單，後來全都被逐出了文壇。

在我印象中，我們三個還有朱大可那樣的無規無矩之徒的被擠向一邊，是跟一本叫做《上海文論》雜誌的面世有關。那上面不知為什麼發了一篇看上去好像是開玩笑的文章，作者聲稱此文乃是一次〈草叢裏的漫步〉。我們三個全被編在草堆裏，同時被編入的還有朱大可等一些個青年人。吳亮假裝從事繪畫評論，不亮不亮，文學上不亮，繪畫界好像也沒亮，還煞有介事地拉我去做翻譯，在美國收藏家和中國美術家之間亂翻一氣，弄得中美雙方誰也不知道對方是什麼意思。好在那時候還不作興說不，致使兩國之間達成了一筆小小的交易。為了表示感激，美國人請我吃了一頓自助餐，說這就是西方文化；中國人送給我一台英文打字機，鼓勵我繼續學英語。我以前一直不喜歡那首叫做「小草」的詩歌，直到自己被編入草堆後才發現那首詩原來如此意味深長。吳亮喝了酒說要把謬論寫得漂亮，我喝了酒該說些什麼瘋話呢？總不致於把漂亮姑娘看作是謬論吧。

其實，德培做生意倒的確是出於無奈。因為這不是他的擅長。他長於辦刊，可以將一本雜誌或一張報紙經營得很出色。這就像吳亮長於說話語一樣，已經說出了一個「吳亮話語」。吳亮是可愛的，但話語卻有點嚇人，儘管真聽聽吳亮說些什麼也不見得毛骨悚然。把吳亮的文章說成是什麼話語很可能是出於書商的包裝。商人是最聰明的。我一直記得施蟄存老先生這句話，所以對商人沒有敵意，並且還在文章裏公開同情夏洛克。

作為評論家，我們三個都已很識相地退到一邊再也不評再也不論了，好比獅駝山上的那三個牛鬼蛇神，最後全被如來佛一把收回。我那偶爾寫寫朋友的文字，居然讓德培見了擊節不已；他不知道吳亮才精彩呢，已經做了好幾回文化明星了。人們看了吳亮的玉照都說不像個評論家而像個藝術家。還是打個呼機給德培吧，我建議呼機

上留吳亮的名字，吳亮堅持要留我的名字，否則德培不回電。德培看到我的名字，打電話給吳亮說：明天到黃河路吃飯，慶祝香港回歸。酒桌上我們頻頻舉杯，互祝對方身體健康。活著比什麼都好。真是這樣。不想死的人彼此見面除了喝酒不再談文學。文學談多了會死人的。真的。我一點不騙你。你不信去問問吳亮、程德培。當然，他們也許會騙你，說文學還是美好的，世界歸根結底——是你們的。

1997 年 7 月 1 日寫於華東師大校園小屋。

第二年 5 月，我就離開了待了十幾年的校園，開始了在異國他鄉的漂流生涯。

貳、活著，是多麼的美好！

從某種意義上說，〈昔日獅駝山〉是我後來寫作小說《麗娃河》的先聲。我在那時感覺到一種沉重的壓抑，那樣的壓抑不止是來自學校當局對我的種種為難和不公，更來自於一些同行取得了話語權力之後、日益顯示出來的那種咄咄逼人的氣勢。他們談論人文精神頗有真理在手的氣勢，像是得理不饒人，又像是拿到了自天而降的尚方寶劍。於是王朔之類的作家，就成了批判對象。即便是王蒙出來為之辯護也無濟於事。一時間，與其說是人文精神大獲全勝，不如說是談論人文精神的那幾個人因此躍上了思想文化舞台。當時，有篇文章公然宣稱，從復旦到華東師大，形成了陳思和－王曉明的什麼中心。我當時讀了之後，有點不太相信是王曉明和陳思和的作為。他們二個以前一直都是行事謹慎小心之人，十分害怕說出這類大話。我很想對此有所表示，卻又不知從何說起。倘若我當面詢問

曉明，說不定會得到這樣的回答：是麼，真有此事，我怎麼一點都不知道？於是我只好保持沉默。

在寫完上述那篇回憶之後，我去了昆明。我在昆明開始了《麗娃河》的寫作。那部小說的寫作，確實有些壓抑感和因此而產生的憤憤不平。但是，有人假如將小說中的人物一一對號入座，卻又是絕對荒唐的。小說從來都寫可能發生的故事，而不是已經發生的事實。無論是王曉明還是其他人的人格和形象，都沒有小說中的某些人物那麼不堪。就算王曉明在人文精神討論上有點私心，也只是一時間的不知所措而已。不管他如今怎麼想，我現在已經原諒他了。因為當時我是個敏感人物，王曉明要想把事情做大，除了把我撇到一邊，實在是別無選擇。再說，在把有關重建人文精神的想法訴諸永遠的沉默和公之於眾之間，王曉明選擇公之於眾也沒錯，雖然選擇了他的方式。王曉明做出這個選擇時，心中也確實是惴惴不安的。他知道我的脾氣。記得那天文藝理論討論會上，我走進去後，他趕緊朝我笑著給我讓座。我從他的眼神裏看出，他在懇求我不要因此當眾發作。我當時心中一軟，發言時胡亂說了些不著邊際的話題。

王曉明當時的眼神，讓我想起了錢先生對我說的一番話。老先生說，曉明私下裏對他說過，李劼為大家做出了擔當，李劼的坐牢，是為大家坐的。王曉明能有這番體察，也不枉了師兄弟一場。從性格上說，我是個天生的浪子，不是在學院裏出格，就是在江湖上流浪。王曉明能夠做到的事情，我可能就做不到。在評定職稱一事上面，王曉明私下裏對我說過，讓一些不學無術的人來評審你能不能當教授，實在是十分屈辱的感受。他的意思當然是，假如你李劼想要跟我一樣當教授，就得忍受那樣的屈辱。毋庸置疑，他同時也以此表達了他忍受屈辱之後的憤恨。我從王曉明的憤恨中得知，他之所以獲得了教授、博導之類的學術地位，是因為他忍受了我所不能忍受的種種屈辱，從而由「媳婦熬成了婆婆」。這樣的悲哀，絕對

不是王曉明造成的。王曉明本身也是這種現實的受害者。面對這樣的現實，胡河清選擇了自殺，我選擇了出走，王曉明選擇了忍受，不排除他那小媳婦式的忍受到後來做了婆婆之後會變成某種享受。但是，不管怎麼說，他應該也像我和胡河清一樣，不會喜歡那樣的現實。

然而，那樣的現實，即便在我出走之後，也沒有結束。那樣的現實，還不僅在於體制，在於當局，在於做穩了婆婆的學人們，也同樣在於「天真無邪」的學生。那樣的現實，即便從我那篇舊事文章在網路上公開之後所遭受的氣勢洶洶的攻擊裏，都可以知其端倪。

一個號稱「我相信世上有好人」的人讀了我的文章宣稱：

> 我幸好還有一點記憶，還知道文章的作者是何等樣人。

什麼記憶呢？作者，也即是我了，又是何等樣人呢？此人回憶說：

> 從我本科入學那天起，就聽說他在課堂上開罵了，上天入地，嬉笑怒罵，一個都不放過，聽得人心驚，轉而清醒、痛快，如醍醐灌頂。後來聽得有點膩，不大在意了，但仍覺天才率性可喜。有一次文科樓的電梯壞了，只能走樓梯，聽說他從門房罵起，把學校、社會、國家、歷史融會貫通罵了個遍，天才的脾氣是大了點。十多年後，白雲蒼狗，可歎他還在罵，除了寫點黑幕小說就是罵幾個似乎欠了他的人，而且罵也罵得氣短，無非是爭個雞毛當冷箭，不復從前罵天罵地睥睨一切的雄風與華彩，這使人感覺荒謬，和徹骨的悲哀。

因此，此人對我的文章作出了如下批語：

> 尊重沉默的，同情脆弱的，鄙夷跳樑的。

從此人的言談中，可以看出是我當年教過的一個學生。幸虧我身在美國，也幸虧中國還沒鬧到再度掀起文化大革命的地步。否則，文化大革命當中學生揪鬥老師那一幕的重演，不是沒有可能的。

再來看另外一個號稱「笑掉大牙」的冷嘲熱諷。先是：

> 李劼孤身在外，寂寞幽怨久了，使點小性撒撒嬌撒撒氣都不為過。對方不理會不計較，看來是不願從無聊中討意氣，自然也屬常情。

然後是：

> 老實說，我最討厭整天守在網上的攻擊手，特別是酷愛挑戰名人的那號人。

從這兩個人的言談來看，前一個是熟知內情的，後一個顯然是不知情的。那個知情者不僅對我在課堂上校園內的言行都好像十分瞭解，而且知道沉默是應該尊重的，而我則變成了一個因為跳樑而理當被鄙夷的。至於此人憑空捏造我曾經因為電梯而罵遍國家罵遍歷史，顯然是為了把我搞臭，從形象上徹底打倒，其手法跟文化大革命中紅衛兵或者造反派使用的，竟然一模一樣。真不知此人從哪裏得到如此張狂的口氣如此不顧一切的勇氣。我在去國之前，曾經因為學生和學生家長把我的講課告到學校告到教育部，教育部以為出了什麼大事，專門派了工作組下來調查，最後導致我再度被迫停課。此人是不是當年那個告狀的學生，我不清楚。但這個學生對我的敵意，卻是極其鮮明而強烈的。當年上海人稱「木棍子」的極左人物亦木，發表整版批判我的文章，在文中還稱我一聲「青年評論家」。可是這個我曾經教過的學生，竟然一口一個「天才」地嘲笑我。我弄不懂這種敵意來自何處，但這就是現實。

遙想當年，就是因為看到學生在廣場上絕食，才毅然投入進去，把自己的學院前途給斷送掉的。幸虧其他學生對我的講課也同樣沒有忘記。我在這裏引出在同一個網上貼的學生回憶，以作比較。這個學生以 CHAMPAGNE 為網名，寫道：

> 91 年進師大中文系的時候，李劼剛被「解凍」，重新上講台。他是對我們具有「啟蒙意義」的老師，幾個月間，十幾年的教育造成的僵硬狹隘的思維方式和觀念受到了巨大衝擊，自由，愛，人本，這些新鮮的字眼令十八、九歲的年輕人有醍醐灌頂之感。他講課頗具鼓動性，一個學期下來，班上大部分同學呈先鋒姿態。他講課也不準備講稿，大二時，講《紅樓夢》和「王國維之死的文化芬芳」（典型的李劼式標題），都是一上講台直講到下課。很少板書，喜歡在講台與課桌間的空地上邊來回踱步邊滔滔不絕。其實他的口才並不是特別好，有時講話略有結巴，但思維特別敏捷，所謂思如泉湧吧，所以也言如泉湧了。下課後他就搜集幾個同學的筆記，回去整理。李老師是熱情率真的人，課後經常有同學去他那間在 9 舍的簡陋寢室談天。他也有些神祕主義的傾向，我記得他還給我看過手相。呵呵。

> 他從來都是個有爭議的人物，甚至在學生中間。他的女朋友經常在女學生中產生，也成為受人攻擊的因素。其實我感覺他對愛與性都是赤子之心的自然觀念，只是當時當時周圍環境中扭曲的人比較多，他就成了異類。

差不多同時的另一位學生，劉喜錄，如此回憶我當年的講課：

> 我眼中的李劼是一個多麼單純、可愛的大孩子啊。現在想想我心裏還充滿了歡樂和顫慄。聽他講課，我興奮得幾乎要手舞足蹈也。那是 1993 年 8 月 16 日上午，教室的門開了，李

劫穿著汗衫和短褲橫著就進來了。目光沉鬱而又痛苦。短髮，根根直立。開宗明義講：

「我是不喜歡上這種課的，完全是為了賺錢。現在大學裏都不講文化了，你們還來學什麼呢？你們當中有多少自費來的請舉手？哦，很不容易。我完全是為了自費生來講課的。」

只這一句話，我就把李劫引為知己了。他問的問題完全是我的問題。所以我的手舉得最高。我無須隱瞞，我是一個自費生，我是一個舉債來上學的學生。

那是李劫生命中最困苦的時期也是我生命中最困苦的時期。李劫因為六·四被關進看守所兩年，又在學校圖書館裏蹲了兩年，剛剛爭取到講課的權利。我呢？現實生活的困苦我從沒有放在眼裏，精神上沒有出路才迫使我借了3000元錢到華東師大攻讀文藝學碩士課程。3000元在當時等於我兩年的工資。在一直舉債過日子的我家無疑是雪上加霜。望著雅坤默默流淚的樣子，我的心裏更難受。我稱我去上海是為了「浮出海面」。長期沉浸在物欲橫流、渾渾噩噩的海水裏是會憋死的。為了省錢，我來去上海都坐硬座。二天二夜，下車時腿都腫了，一按一個坑。在學校每天的飯錢嚴格限制在5元錢以內。因為長時間營養不良，上課時常常眼前出現一片模糊，看任何東西都是重影，時間總要持續半個多小時吧。還好，總會自己慢慢恢復的。於是我不動聲色，憑著直覺在本子上記下全班最詳細的課堂筆記。

為什麼呀，為了尋找繼續活下去的理由啊。
然而活下去還需要理由麼？誰還為精神上能不能活下去尋找理由呢？
誰信呢？
為什麼要有人信呢？

我認為，不在於說服世界相信自己，而在於自己說服自己。我對生活的看法非常簡單。只要能吃飽能穿暖就行。我一直想不通的問題就是，人為什麼要吃得更好呢？為什麼要穿得更好呢？為什麼要住得更好呢？這樣更……更……更……的有止境麼？什麼時候才是個頭呢？

我是這樣看的。李劼也是這樣看的。所以一拍即合。
下午還是他的課。他來了，還是說了些「不識相的話」。

「本來下午我不想來的。這個課跟我沒關係的。王曉明堅持讓我來講一講。王曉明想讓想聽我的課的人如願以償。第二，我的課是不賣錢的。如果按質論價，也不是他們的價錢所能買來的。我是在進行文化救亡。我是一個不識相的人。西方的生意是等價交換。我們這兒還是用權力來交換的。我本人的課不賣錢。我知道許多人是自費來的。你們的學費是我一年的工資。我來了。我上午講的課已經夠消化的啦。下午我想以對話的形式展開討論，消化一下。」

於是開始對話。當然主要是我和他的對話。下課後，新疆的李勇和江蘇的黎化對我說，我們跟他的對話很浮淺，只有你和他的對話是本質的，本真的。我說我倆個性一致。

李劼講完課後他在黑板上留下了他住的地址：2 舍 320 號。於是在以後的日子裏，那裏就是我常常光顧的地方了。我見證了「歷史前進了 3 平方米」的陋室，他的簡陋的兩屜桌，他的臥式彩電，他的小航太冰箱，他的英語錄音帶，他的手稿〈關於歷史哲學和文化批判的二十世紀風景〉。然後他的下鄉、上學、讀研留校，他的《論毛澤東現象》等等蜂擁而至，這些留著以後有機會再說了。

我與王曉明的區別，可能就在於，我成了異類，而他不願成為
異類。當然，在我成了異類之後，他順便把我從歷史文獻中清除
出去，就做得有點出格了。其性質就好比當年許子東在評職稱時
投了他王曉明的反對票一樣。為此，我不得不在此將這本書的目
錄援引如下：

王曉明編《二十世紀文學史論》目錄：

論「二十世紀中國文學」　　黃子平　陳平原　錢理群
附：矛盾與困惑中的寫作　　　　　　　　　　錢理群

天演 ＝ 進化？ ＝ 進步？——重讀《天演論》　林基成
被壓抑的現代性——晚清小說的重新評價　　　王德威
小說的書面化傾向與敘述模式的轉變　　　　　陳平原
民元前魯迅的翻譯活動——兼論晚清的意譯風潮　王宏志
覺醒與逃避——論民初言情小說　　　　　　　袁　進
蝶魂花影惜分飛　　　　　　　　　　　　　　唐小兵
望星空　　　　　　　　　　　　　　　　　　劉　納

中國現代歷史中的「五四」啟蒙運動　　　　　汪　暉
國民性理論質疑　　　　　　　　　　　　　　劉　禾
一份雜誌和一個「社團」——重評五四文學傳統　王曉明

魯迅小說的精神特徵與「反抗絕望」的人生哲學　汪　暉
論魯迅的散文　　　　　　　　　　錢理群、王得後
「死火」重溫　　　　　　　　　　　　　　　汪　暉

批判與抒情——論郭沫若早期詩作中的自我問題　鄒　羽
現代中國的「魏晉風度」與「六朝散文」　　　陳平原

中國現代主義文學論　　　　　　　　　　　　　王富仁

漫談中國現代文學中的「頹廢」　　　　　　　　李歐梵

「乳房」的都市與革命烏托邦狂想　　　　　　　陳建華

命運三重奏：《家》與「家」與「家中人」　　　黃子平

「鄉下人」的文體與「土紳士」的理想　　　　　王曉明

荒謬的喜劇？──《駱駝祥子》的顛覆性　　　　王德威

文本、批評與民族國家文學　　　　　　　　　　劉　禾

曹禺戲劇生命的創造與流程　　　　　　　　　　錢理群

新感覺派和二三十年代好萊塢電影　　　　　　　李　今

老中國土地上的新興神話

　──海派小說都市主題研究　　　　　　　　　吳福輝

（注：新增篇目以加黑字體標明）

「流亡者文學」的心理指歸　　　　　　　　　　錢理群

病的隱喻與文學生產

　──丁玲的《在醫院中》及其他

　　　　　　　　　　　　　　　　　　　　　　黃子平

蔣純祖論　　　　　　　　　　　　　　　　　　趙　園

中國文學「現代性」與張愛玲　　　　　　　　　孟　悅

穆旦與現代的「我」　　　　　　　　　　　　　梁秉鈞

關於50－70年代的中國文學　　　　　　　　　洪子誠

當代文學觀念中的戰爭文化心理　　　　　　　　陳思和

一九五九年冬天的趙樹理　　　　　　　　　　　陳徒手

《千萬不要忘記》的歷史意義　　　　　　　　　唐小兵

《白毛女》演變的啟示　　　　　　　　　　　　孟　悅

《遊園驚夢》的寫作技巧和引申含義　　　　　　歐陽子

　　且不說其他，至少是當年「獅駝山」上的三個人，我和吳亮、程德培，被如同做外科手術一樣地摘除得乾乾淨淨。當年名聞遐爾的劉再復等人，也通通不見了。看到曉明如此乾脆，我只能說，活著，是美好的。

　　活著確實是美好的，因為活著，所以還可以說話，還可以寫作。哪怕沒地方發表，但只要說出來了，寫出來了，真相也就站立在那兒了。

　　活著，真的是美好的。因為我和其他當事人都活著，我們可以對喪失了真相的文獻說，死人尚且不可欺負，更何況活人乎？

參、陽光燦爛的日子

也許人人都有陽光燦爛的日子。有的人把文化大革命年代看作是陽光燦爛的日子，而我則感覺 80 年代的那些歲月才是陽光燦爛的日子，尤其是我跟吳亮、程德培一起搞文學評論的時候。

我第一次見到吳亮的時候，是在《上海文學》編輯部。那時候吳亮不僅已經成名，好像還成了明星般的人物。他進來的時候，引起一陣小小的騷動。眾人都朝他湧過去，滿房間響起吳亮吳亮的叫聲。這弄得我在一旁很不服氣，心裏嘀咕著，這個胖胖的傢伙憑什麼讓這些人如此捧著？不就是腦袋比別人大點麼？

後來周介人把我介紹給他的時候，他一面跟我握手，一面調侃說，又是華東師大的，我怎麼老碰上華東師大的。我當時聽了很不高興，他竟然把我跟其他所有華東師大的什麼人相提並論，那豈不是太亂七八糟了麼？我相信他碰到過許多華東師大的人，但我可是他第一次碰上的。如此等等。我那時候確實很孩子氣。

我忘了跟程德培第一次相見時的情形。這可能跟德培不是個引人注目的人有關，至少沒有吳亮那樣的明星效應。

我還忘了我是在什麼情形之下，第一次跟德培、吳亮單獨在一起的。我只記得德培當時說了這番話，李劼，我們兩個就跟你最談得來。以後你經常到我們這裏來玩。我們要成立一個理論研究室。就我跟吳亮兩個，再加上周介人做我們的主任。假如你喜歡，你加入進來也行。我們三個以後一起做點事情。

德培說得我挺高興的，除了傻笑，沒什麼可說了。我覺得跟他們非常投契，也許是跟工人背景有關。他們兩個都當過工人，我出自工人家庭，對工人可說是太熟悉太熟悉了。我熟悉工人的粗魯，大嗓門，說粗話，光膀子；也熟悉工人的人情味，同情心，江湖義氣式的路見不平。雖然我天生跟工人氛圍不太協調，就像我父親一

直耿耿於懷的那樣，說我投錯胎了，根本不該生在工人家庭，應該
投胎到教授家庭才合適等等，但他不知道我其實對工人氣氛感覺很
親切，至少不討厭。相比之下，我反而覺得教授圈子讓我不舒服。
假如按比例來算的話，在教授當中有創造力的人，不算太多。就拿
五四以來的文學教授來說，我看得上的，實在數不出幾個來。最近
紐約的一個華人協會，舉辦徐志摩討論會，我去小坐了片刻。會上
幾個人聲情並茂地朗誦徐志摩有關康橋的散文，那散文當然很漂亮
很優雅，很教授。可是憑心而論，生命力非常微弱，感覺是上氣不
接下氣。毛澤東的文章不管怎麼說，氣勢上滔滔不絕。難怪一個活
了三十歲多點，一個活了八十多歲。文果如其人。

假如要我一直處在工人氛圍裏，我當然受不了。可我一旦離開
那樣的氛圍，又很懷念那種粗粗糙糙的人情味。我想，我跟德培、
吳亮的投契，跟那樣的懷念很有關係。我不像有些在學院裏混的同
齡人，因為學歷學位而對他們兩個懷有偏見。我是聽到過有人在私
底下以不屑的口氣談論他們兩個，說他們是按照過去作協培養工人
作家傳統被培養的工人評論家。

從作協當時的考慮來說，有可能因襲過去的傳統。當時《上海
文學》還在市工人文化宮也搞過類似的培訓班。但問題是，他們兩
個本身的思維方式，理論視野，行文風格，文學趣味，跟當年的工
人寫作毫不相干。不僅如此，他們後來甚至跟周介人的趣味都大相
庭徑。須知，周介人可是復旦大學的畢業生，毫無工人背景，毫無
新村文化薰染，結果在他們兩個面前卻變得越來越因循守舊。文學
創造首先需要是天賦，是直覺能力，是一眼見底的穿透能力，這些
條件他們兩個全都具備。相反，有些在學院裏讀了許多書的，作研
究尚可，但要對文學作品直接發言卻相當困難。不要說其他平庸的
了，就拿相當有才氣的南帆來講，談論起新潮小說來，也常常捉襟見
肘。尤其是後來成了新左派理論發言人的汪暉，就沒見他在 80 年代

寫過像樣的新潮作家作品評論。除了拿魯迅作話題說些老生常談，汪暉對於文學相當隔膜。我並不是因為他成了新左派，故意貶低他，假如他不成新左派，我也這麼看。汪暉的崛起，也是一種標誌，標記著整個時代的沒有活力，缺乏精神創造力。在一個平庸的時代，通常是駕駛著概念在思想遊樂場裏開碰碰車的人們，成為時代的寵兒。這不僅在中國是這樣，就是在西方，在美國，全都一樣。由於大師的缺席，雕蟲小技橫行天下。好在美國是個自由國家，一些左派教授，哪怕像喬姆斯基那樣除了語言學之外，其他方面的言論幾乎就是個神經病，也照能夠在大學執教。這在中國是不可想像的。

我跟吳亮、德培剛開始交往的時候，還沒跟他們怎麼深談。我的文章也還沒有在《上海文學》上發表。他們可能是在作品討論會上聽我的發言時，對我有印象的。我記得有一次討論王安憶的《小鮑莊》，我和在華師大中文系本科畢業留校任教的青年教師宋耀良，一起參加了。會後，德培當著我的面，跟吳亮議論說，那個宋耀良，不知道在講些什麼，聽上去像是腦子壞脫格一樣。吳亮和我都笑了起來。吳亮說，宋耀良腦子老早壞脫了，你現在還剛剛曉得啊？

於是，我們三個都笑了起來。笑完後，德培說，還是李劼有勁。李劼隨便怎麼講，聽上去都有勁。

接下去，他們就跟我商量寫文章，評論一下《小鮑莊》。我記得我們三個人都寫了有關《小鮑莊》的評論。

當然了，他們如此議論宋耀良，並不是真的指宋耀良腦子出問題。宋耀良腦子好著呢，比王曉明還好。王曉明還是講師的時候，宋耀良已經是副教授了。等王曉明當了副教授，宋耀良突然又成了教授了。腦子靈得不得了。我想他們說他腦子壞脫，是指他無法跟《小鮑莊》那樣的作品對話。其實，當時無法跟新潮小說對話的，又豈止是宋耀良一個？而且，《小鮑莊》還不算如何難讀懂的。其他小說，比如莫言的《透明的紅蘿蔔》，馬原的《岡底斯的誘惑》，劉

索拉的《你別無選擇》和《藍天綠海》，更不用說孫甘露的《訪問夢境》和格非的《褐色鳥群》，都是讓當時許多青年評論家頭痛的，或者說淘汰了許多所謂的評論家。

我記得上述這番話是在他們的理論研究室裏一起談論的。那個辦公室是在作協主樓後面的一幢小樓房裏，不是老式洋房，而是後來新蓋的樓房。他們辦公室隔壁是作協的資料室，裏面有好多雜誌。資料室裏有個老頭，叫做魏紹昌，人稱老魏，腰背佝僂得非常厲害。那老魏雖然不太多話，但感覺飽經滄桑。聽說是汪道涵的朋友。他們辦公室起先相當嚴肅，彼此相聚，動不動就討論文學。談論這個作家，評說那篇作品。由於那時還沒什麼像樣的長篇小說，談得最多的無非是些奇出怪樣的中篇小說。那時的作家出名十分容易，寫上幾萬字的中篇小說，在刊物上一發表，然後被我們這些人一評論，就成了明星。這些作家到了 90 年代，大都成了人物，招搖得不得了。不過，我想，他們在我們面前，永遠不敢擺譜。因為他們的作品有多少斤兩，都是當年由我們給掂量出來的。

在我記憶中，他們的理論室後來起了些小變化，變得特別青春，充滿生活氣息。那是因為來了個復旦大學的畢業生，一個怎麼看都像是個中學生的小姑娘。於是，吳亮就有些心不在焉了。據說，期間出了不少故事。但我只是聽說，沒功夫注意。因為我當時自己也生活得昏天黑地。再說，那些故事都是屬於野史範圍的，不能進入我寫的這部正史。

正史是我們確實創造了當年的文學史。那些如今自以為是的新潮作家，當年沒有我們那麼賣力地給他們作評，誰知道他們到底新潮在什麼地方。北京文學界雖然有發現新潮作家的本事，尤其是李陀，特別積極，但他們很少有評論新潮作家作品的能力。包括北大的那些朋友們，比如黃子平、陳平原、錢理群，也一樣的裝傻或者真傻。他們談論起二十世紀文學來，滔滔不絕，把個制高點占得牢牢的。可是

二十世紀文學真的走到他們面前了，他們卻裝作沒看見了。說起來，黃子平還是 1984 年底杭州會議上的要角之一呢。但這些他們現在全忘了，看著王編文學史論，一個個裝聾作啞，王顧左右而言他。

北京文化圈裏的新老腕兒，通常都是口氣比力氣大，牛皮哄哄。我曾經說過，皇城文化的特色在於大嘴巴。因為其文化本身是口腔文化，貪吃，貪說，並且一說就是大話。在皇城裏的人們，不說大話好像不算住在皇城裏，枉為皇城子民。就像在上海，不穿名牌不算上海人。這也是我為什麼說，如今成了腕兒的那些作家，還真得感謝咱們這些做實事的傢伙的原因。

先拿莫言說起吧。德培是最早注意到莫言的。當時，莫言的《紅高粱》還沒發表，德培不知怎麼的就事先知道了。德培告訴我們說，要注意一下那個莫言，聽說他把抗日戰爭重新寫過了。德培還說，那個莫言感覺非常奇特，小時候窮得出奇，居然還會有那樣的感覺寫出那樣的小說來。德培甚至把莫言的姓名都一塊評論了，說是莫言莫言，就是不要說話的意思。德培說，那個莫言，平時沉默寡言，是個不喜歡說話的鄉下孩子。德培當時好像已經見過莫言了，對莫言特別瞭解。

但德培從來不談馬原小說。不知是不喜歡，還是覺得有隔閡。我當時特別喜歡馬原的小說。我聽說北京的李陀也很喜歡，還跟馬原在《當代作家評論》上有過一番談話。但我看了，不得要領。李陀的直感是好的，但他說不出什麼名堂。

我當時用雙向同構的思維方式，評論過馬原《岡底斯的誘惑》。那篇文章好像發表在天津的《文學自由談》上。後來吳亮也寫過評論馬原小說的文章，談論馬原小說的敘事圈套之類。

我現在對我那篇文章不太滿意了。因為我讀了博爾赫斯小說，羅伯·格里耶小說，還有略薩的小說之後，覺得馬原的敘事方式，並沒有什麼特別的形而上含義在內，也沒有非常驚人的敘事創新。

雖然馬原很會講故事。當然，博爾赫斯和羅伯·格里耶都是反對講故事的。敘事和講故事還是有些區別的。小說可以不講故事，但必須敘事。即便是羅伯·格里耶，也不得不敘事。羅伯·格里耶的小說實驗，只能當做實驗看。他的成功在於電影。這以後再說。

我記得德培對杭州的李杭育小說也非常有興趣，寫了不少評論文章。德培和吳亮跟杭州的李慶西、李杭育兄弟，關係相當好。後來浙江文藝出版社出版青年評論家文集，可能就是他們一起策劃的。那套文集囊括了幾乎所有時新的青年評論家，但裏面沒有宋耀良。

我當時還非常喜歡劉索拉的青春小說，專門寫了一篇評論。後來去北京，《人民文學》的編輯朱偉特意叫我去見見劉索拉，說是人家對我的評論特別讚賞。朱偉沒說錯。劉索拉一見我，都嚷嚷說，哎呀，李劼，你的評論比我小說寫得還要棒。我當時傻乎乎的，不知道怎麼回答她。要是換到現在，我會告訴劉索拉，那是我恰好讀過《麥田守望者》和《第二十二條軍規》的緣故。

說實在的，當時的小說，幾乎沒有不受西方現代小說影響的。相比之下，劉索拉還算是坦誠的。在後來的談話中，她承認說，她確實看過《麥田守望者》和《二十二條軍規》。但馬原永遠不承認他最受影響的是哪些西方現代作家。馬原喜歡說，他在哪篇小說裏超過了福克納，他在哪篇小說裏幹倒了海明威。

跟馬原很要好的洪峰，雖然在敘事上沒有馬原那麼圓潤，但有一股純情氣息。我喜歡這種氣息，讓人想到春天，少女，飄飄的衣裙，紛飛的柳絮。這是馬原的小說所沒有的。馬原的小說，總是讓人感覺要出事了，要打架了，要打獵了，要天葬了，要怎麼怎麼了，反正被他唬得一楞一楞的。結果卻什麼都沒發生。

當時，殘雪出現的時候，也一度成為我們的話題。但我忘了後來是誰寫了評論的。我沒寫過，雖然我覺得殘雪的小說相當有意思，並且我至今認為，殘雪是當代中國首屈一指的女作家。我之所以當

時有寫評論，可能跟我同時覺得殘雪在小說裏故意弄得髒兮兮有關。我是個有潔癖的人，看見小說裏形象也罷，意象也罷，有些亂七八糟，馬上就生厭。但我又不喜歡過於唯美主義的文字，覺得那樣太虛假。孫甘露的小說，我在論述小說語言時一再拿來作例，但就是不願寫專評。

我對蘇童的小說不是特別喜歡，雖然他有他的才華。程德培好像蠻喜歡蘇童小說的，為此寫過一些評論。我是覺得余華小說更有力度和內勁，所以更加推崇余華。但余華的長篇小說寫得毫無章法。他的《許三觀賣血記》比起高曉聲的陳奐生系列小說，不知差到哪裏去了。可是 90 年代的文壇，竟然把那個莫名其妙的賣血記捧得天高，不知是哪個環節出了毛病。可能是張藝謀拍過余華的《活著》吧，於是余華的所有小說通通一起活著了。但《活著》確實是余華的力作，可能是他寫得最出色的長篇。

蘇童小說的成功，可能跟蘇州男孩的那股嗲勁有關。蘇童喜歡在小說裏裝天真，其實一點不天真，腦子靈著呢，絕對不差於宋耀良。有一次跟《鍾山》、《雨花》的編輯們一起吃飯，不知誰說起了胡耀邦，說起了北京的政治形勢，蘇童馬上了叫起來，不要談政治，一談政治我的頭就痛。那模樣特別嗲。就是在那一刻，我突然發現蘇童小說的成功祕密。嗲。

相比之下，王朔小說很坦率。我當時讀了《一半是火焰，一半是海水》之後，就跟分配到上海電影製片廠文學部的華東師大畢業生說，把王朔那篇小說拍成電影，保證成功。可是那女孩子跟文學部的頭說了之後，被一口否定。我由此發現了上海電影製片廠的愚蠢，所以後來會跟朱大可一起，在一次研討會上，公開把他們狠狠嘲諷一通，弄出了批判謝晉電影模式的故事。我當時在會上毫不客氣地說，上影是個農民電影製片廠，一股泥土氣，草腥氣，還搖頭晃腦的自以為是。當年那些女明星創下的票房，全被他們給搞丟了。

　　當然了，王朔小說寫到後來，也有些油滑起來，譜也擺大了。再寫到後來，就沒有了。弄不清是王朔糟蹋了他所居住的那個城市，還是那個城市最終埋沒了他。

　　我承認自己非常挑剔。

　　相比之下，吳亮的胃口比我好多了。他面對作品不太挑食。我是看什麼作品，都會看出不順眼的地方。吳亮卻對著無論什麼作品，都有本事說出其好處來。我想吳亮的受歡迎可能跟他這個本事也有關係。吳亮即便說到人家小說的短處，後面總要跟上一句「但是……」。私下裏同樣不喜歡的小說，被我一說，作家可能會暗暗記恨；但被吳亮一說，人家全都眉開眼笑。所以程德培說，大頭鬼是個滑頭貨。

　　不過，被吳亮說好話，還真是很受用。當時吳亮和德培主持《文匯讀書週報》的那個「文壇掠影」專欄時，吳亮還特意評論過我的一個短篇小說，〈李曉明和三號同學〉，那幾句好話說得真是到位，讓我開心了好一陣子。人性確實是軟弱的，誰都想聽好話。我也不例外。

　　不過，我喜歡吳亮的好胃口。尤其是在飯桌上。有個吳亮，我放鬆許多。大家都一樣好吃，感覺特別開心。但我不喜歡程德培在飯桌上依然是個評論家。他不僅評論誰吃得多，誰吃得少，連人家的吃相都要評論進去的。我記得有一次王安憶被他說得十分尷尬。王安憶那天胃口很好，吃得相當來勁。結果，程德培馬上評論說，安憶很能吃。然後還叫大家看王安憶跟前堆作小山似的骨頭之類。那情景十分搞笑。我本來差點噴飯，但看到王安憶臉紅了，我趕緊使勁憋住。對於被程德培如此殘酷評說的吃者，我是非常同情的。因為我也很能吃。

　　有一次東北的宗仁發來上海，在綠楊村請大家一起吃飯。我光顧自己吃，根本不管照應別人。程德培又發表評論了。他說，李劼，你今天是主人的身份，怎麼一點不懂照應大家？我說，我怎麼是主人身

份了？他說，宗仁發是通過你跟我們聯繫的，我們是因為你而來吃飯的，你當然是主人了。我只好傻笑。我是真的不懂這種場面上的事情。我平生最害怕的，就是在飯桌上跟人說應酬之類的話，更害怕勸酒，勸吃。好在我們這些人，從來不搞猜拳之類。要是聽見什麼五奎手，六六順，我的腦子馬上發脹。後來我發現，東北作家洪峰，也是屬於這一類的。在飯桌上除了埋頭吃飯，一聲不吭。

我也一樣，在飯桌上除了吃飽之後發表演說，其他什麼都不會。至於洪峰，連演講都不會，非常的木訥。

那次宗仁發來上海，組了許多稿子。我印象中他剛剛在《作家》走馬上任。《作家》雜誌的老主編王成剛，非常看重他的能力。王成剛是個相當出色的主編，我們三個對他都印象特別好。要是王成剛做《上海文學》的主編，可能另有一番景象。此君有眼力，有心胸，小事不在意，大事不糊塗，把《作家》雜誌辦得有聲有色，使之聞名海內。文學月刊當中，當時影響比較重大的，除了《上海文學》、《人民文學》，也就是他們吉林的《作家》雜誌了。

我當時把宗仁發介紹給德培、吳亮的時候，還擔心過他們會不會不把人家當回事。後來見德培對宗仁發說，你不用拘謹，李劼已經命令我們好好接待你了，一點商量餘地都沒有的，我才放心了。由於德培在我們三個當中年紀最大，凡事都由他說了算數。再說，他也確實比我們懂得人情世故，懂得待人接物。我跟吳亮多少都有點孩子氣。所以任何事情，只要他認可了，就定下了，也就妥當了。

程德培雖然認為我在飯桌上不會應酬，但一到開會住房間的時候，他卻願意跟我作伴。他害怕吳亮。吳亮的打鼾是出了名的，幾乎人見人怕。吳亮也因此被弄得很狼狽，經常找不到住伴。記得在瀋陽開十年文學討論會那會，吳亮晚上跑到我和德培住的房間裏來，說他一個人住一間，十分孤獨。德培聽了馬上對我說，李劼，別理他，什麼孤獨不孤獨，無非是找藉口來跟我們瞎鬧。叫他回

自己房間裏去。吳亮很委屈地對德培說，我又沒來煩你，我不過是跟李劼說說話。

程德培是個非常喜歡評頭論足的傢伙。他就連我穿的短褲都要評說一番。那晚上，他見我穿著一條很肥大但又很薄很飄飄然的短褲，大笑不已，一迭聲地說，李劼好白相，好白相，穿一條介能好白相的短褲。然後又問我，是自己買的，還是老婆買的。我那時還沒有離婚，第一位前妻把我當作孩子一般，照顧得比較周到。有人評論說，我的婚姻戀愛要是倒過來，我的第一位妻子排在最後，一切都順當了。但命運偏偏反過來，所以弄得我整個人生都脫了節，就像火車出軌一樣，車廂和車頭完全分離了。此刻想起程德培的笑聲，一時間覺得不無淒涼。

不管程德培多麼喜歡評頭論足，但他確實生來就有一種非常銳利的眼光，無論在辨察力和趣味上，都跟所謂的學院派全然不同，尤其跟陳腐的學院氣更是格格不入。可是他做研究和寫評論的方式，卻又相當嚴謹，或者說，是相當學院式的。

在我們三個人當中，得數德培最認真。他不僅仔細閱讀每一本雜誌和每一篇作品，還做了不知多少張卡片，並且分門別類的，有條不紊。

我當時寫過一篇評論程德培的文學評論的文章，但手頭找不到這篇文章，也忘了是發表在哪裏的。我只記得德培當時讀了之後，說我看得很準。

我和吳亮相對要隨意和散漫一些。吳亮天生是個非常靈敏的思想者，腦子非常快。他可以十分輕鬆地把許多看上去不相干的事情，迅速地聯到一起，從中發現許多有趣的意味。他後來研究現代城市，可能也跟他的這種天賦有關。城市的特點就是速度和關聯。聽說他畫過畫，但我從來沒見過。後來，在 1990 年之後，吳亮曾經給我介紹過許多畫家朋友，還帶我去看過許多先鋒繪畫作品。可

是，我不知為何，最終沒有像他那樣轉入畫評。我只給畫家朋友寫過畫評。

有關我的思維方式和吳亮的思維方式的異同，我曾經跟吳亮有過一次對話。我先說我自己，是一個很笨拙地打井的人，哪怕井底打不出水，也會傻乎乎地一直打下去的，期間很難變換和拐彎。我話還沒說完，吳亮馬上明白了，笑著接上來形容他自己說，而我卻遍地亂挖一氣，把地上弄得全都是一個個洞洞眼。吳亮說完，彼此全都哈哈大笑。

假如換一種比方，我好比笨重的坦克，亂駛一氣。而吳亮就像靈活的輕機槍，打出去的子彈全都上了麻醉藥。或者說，我像一艘航空母艦，尾大不掉。而吳亮如同一葉魚雷快艇，發出去的全是一顆顆糖衣炮彈。

跟我一樣，吳亮寫作也很快。程德培相對要慢一些，寫起文章來就像木匠做細活，慢吞吞的，磨研很久才磨成一篇。但他磨研出來的，確實很細緻。我開玩笑說，我做的是粗活，德培做的是細活。

有關我寫作為什麼那麼快，程德培也專門研究過。他說，李劼說話的語言跟他文章裏的語言，非常接近。李劼在會上演講過後，會後可以原封不動地寫成文章，語言上不用做什麼轉換。他感慨說，許多人的口語和行文，是完全不相干的，所以寫起來不會很快。

我後來想了想，覺得他說得很精闢。我的演講和寫作方式，在口語和書面語之間可以隨意跳來跳去的，不需要任何轉換。

也是這樣的原因，我講課不用備課，一上講台就可以開講。講完之後，只要把學生的筆記收幾本看看，幫助自己回憶一下講了些什麼，然後就可以寫成論著了。

程德培的發言和文章，永遠是分開的。吳亮好像也是分開的。吳亮說話的時候，是一個腔調，文章裏又是一番景象。拿著吳亮的文章，尤其是後來關於現代城市研究的，絕對不可能當講稿用的。但我的文章，哪怕是再一本正經的學術論文，也可以用來做講稿。

這些都是各人的方式，無法說哪個好，哪個差。戲法人人會變，各有巧妙不同。周介人寫文章，跟他說話的距離可能是最大的，但條理卻同樣的清晰。這個人天生一副清晰的頭腦，只是活得太清楚。活得太清楚的意思是，活得不清醒。通常是活得糊塗的人，才有可能活得清醒。

程德培在周介人面前，從來不開玩笑，也不說趣話，好像嚴肅慣了似的。相反，程德培一看見毛時安，沒有興致也要說上幾句笑話。毛時安表面上看上去喜歡搞笑，其實骨子裏倒是個誠實人，具有遵守規則的上海人品質。大家說他是程乃珊專家，他一點不動氣。毛時安為人很隨和。不過，許多年之後，我在諸如看觀摩電影之類的場合碰見他，他竟然管我叫吉吉。他叫得我毛骨悚然，不知是他出了問題，還是我出了問題。後來我才知道，他不久要當文化局長了。可能突然成為局長，生理上也會起些變化的。說話聲音變甜了，嗓門柔和了，笑容可掬了，如此等等了。但我依然認為毛時安是個守規則之人。有這樣的人當局長，總比讓一些亂七八糟的人占著位置要好。

其實，當年一起搞評論的人當中，不乏有做其他事情能力的人。就是德培本人，他在辦刊物上的能力，也絕對不比他寫評論文章差。而他後來果然辦起了刊物，那個刊物叫做《文學角》，一共出了十五期。

肆、《文學角》第三期之後燈光轉暗

在我記憶中，程德培和吳亮在理論室的那段時光，我跟他們在一起是最開心的。後來他們各自有了新的事情做了，吳亮去了《上海文論》做了副主編，程德培創辦了那個《文學角》。自此以後，

彼此之間的來往就像舞台燈光那樣，一度漸漸轉暗，然後是第一幕終了。

那時候，應該是 88 年底和 89 年初吧，出了兩件事情。我記不清哪一件在前，哪一件在後。一件是《上海文論》上突然發表了署名王彬彬的文章，叫作〈草叢裏的漫步〉。還有一件是《文學角》第三期上，全都是我組的對話，並且還有我寫的文章。這還不算，該刊還登了我和那些對話者的照片。結果，就弄出了不愉快的事情。

先說那篇文章。雖然吳亮當時是《上海文論》的副主編，但他不管具體事情。那篇文章他也感覺很突然，當時是誰發的？為什麼發表那樣一篇文章？其內幕至今是個謎。時過境遷，我對作者本身已經釋然，只是覺得那個姓名似曾相識。記得文化大革命當中，有個紅衛兵叫宋彬彬，在天安門城樓上被毛澤東接見時，聽見偉大領袖說了句，要武嘛。結果，那個彬彬就改成了宋要武。至於文化大革命以後宋要武有沒有改回宋彬彬，那就不得而知了。但我相信，王彬彬肯定不會改成王要武的。僅此一端，也讓人放心了許多。

1988 年前後的格局是，老一代的大都被作為靶子批判過了，比如謝晉、李澤厚。等到我們的下一代登場時，剩下的靶子，可能只有我們這些在文壇上張牙舞爪的傢伙了。記得當時我和黃子平倒是說起過的。他說到當時第三代詩人有一種殺父情結時，我糾正說，是殺兄。彼此大笑。我們談到的是，在當時詩歌界裏，已經開始流行「PASS 北島」的口號。可能是這個緣故，文學評論界有人準備拿我們這些人開刀了。事實上，我們當時也確實對新潮作家指手劃腳了很長時間，只是沒有想到，會讓後來者那麼憤憤不平。《紅燈記》裏說，紅燈是要代代相傳的。前提當然是老一代得赴刑場，然後讓下一代接上來。我們雖然不想赴刑場，但也沒有死死抓住「紅燈」不放手的意思，下一代的文學青年急什麼呢？

至於文章發表在《上海文論》上，又讓人很難不猜想這裏面是不是有名堂。為什麼兩位對新潮小說從來沒有發過言的，成了正宗的學者。而我們這幾個辛辛苦苦為新潮作家們作墊背的，卻被人家扔了磚頭，吐了唾沫？更讓我疑惑的是，若干年以後，我要發表一篇說清楚事實真相的文章，千難萬難，哪裏都不肯發表，最後只好貼到網上去。而當時那麼一篇專門罵人的文章，卻輕而易舉地出籠，並且在上海的文壇上成為轟動一時的新聞。奇怪。不過，都暫且存疑吧。

那時候的氣氛，相當的燥動不安。好像有什麼事情要發生，又像什麼事情都沒有。當程德培告訴我，他成了《文學角》執行主編時，我很為他高興了一陣，也為自己高興了一陣。因為總算有個地方可以隨便發表文章，而不用被人再三審來審去了。因此，當程德培要我去北京組稿時，我一口答應了。程德培吩咐說，最好跟他們一個個搞對話，那樣讓人讀起來既輕鬆，又愉快；老讓人讀正兒八經的理論文章，讀者會膩的。我滿口答應，好的，好的。

其實，我去北京的時候，心裏並沒有底。我不知道他們當中哪些人願意跟我對話。當時的人，都挺忙的，好像全都有一番事業在做。史鐵生我是有把握的，因為他整天待在家裏。唐曉渡也沒有問題，再忙也得讓他抽空說幾句話。可是像謝冕、黃子平、李陀，尤其是劉再復，我就不好說了。程德培曾特意吩咐說，能夠搞到劉再復的文字最好，哪怕是一篇文章也行。他想要劉再復的文章做頭條。

我沒想到結果會滿載而歸。具體細節，我擬另章專述。總之，我在北京忙了將近兩三個星期之後，帶回了一連串的對話。其中有劉再復、謝冕、黃子平、李陀、史鐵生、洪峰、唐曉渡，還有喬良，其他記不得了。總之，能找到的全找了。當時北京有許多文學圈子，比如社科院文學所、北大、作家協會、《詩刊》、部隊作家，

又稱軍旅作家，等等。我把各個圈子裏那些頂兒尖兒的腕兒們，通通囊括了。

　　許多年以後，我在美國跟再復談起往事。他說，當時他完全知道上海那個刊物叫我去跟他對話的意思，他是特意表示支持的。再復知道他的名字在當時挺有號召力，也知道他不能讓人家隨便使用他的名聲。他告訴我說，當時《文學評論》的一個青年編輯，在外面開會時，擅自以他的名義，捧了一個影星什麼的。後來上面有人打電話問他，怎麼在那樣的會上亂說話。他說，我沒去過那個會呀。後來查出來是有個編輯人冒用了他的名義，再復大為光火，馬上把那個編輯叫到辦公室，叫他立即滾蛋。後來是編輯部主任王信等人，一再懇求，他才平了怒氣。再復還十分在意後來許多聲明之類的事情，一些人沒經過他的同意，就自說自話地把他的名字寫了上去。他說，弄得人連不簽名的自由都沒有了。總之，他非常注意自己的影響，從不隨便跟人家寫文章或者搞對話。

　　至於其他人，雖然說起來都是朋友，但同時也都是大忙人，讓他們抽出幾個小時，沒完沒了地談論文學，並不是件好受的事情。再說，我向來只知道發言，寫作，從來沒做過記者之類的角色。雖說人家都答應對了話，但畢竟是求人家的事情。我素來不喜求人，哪想會一下子求了那麼多的人。要是以後萬一有什麼不快，被人說一句，你當初求我對話的時候忘記啦，還真有些難堪。據說，李陀對此就有些耿耿於懷。我在美國碰見他時，聽他口口聲聲罵美帝國主義，把個美國說得一塌糊塗，連那麼漂亮的高速公路都要算到當初美國政府的所謂錯誤頭上，並且還認定，那根本不應該存在。我越聽越不對勁，可是礙著以前的情面，不好發作。結果，他卻很不高興我的沉默，私下裏對人說，李劼是個忘恩負義的人，以前那麼談得來，如今見了面像是不認識一樣。其實不是我不認識他，而是

我當時弄不懂眼前的李陀，還是不是當年那個鼓吹新潮小說鼓吹悄悄革命的李陀。這當然是後話了。

回到《文學角》上來。記得那是個冬天，快要過年的時候，對，上海當時正在流行A肝，我還特意從北京買了許多板藍根回來，我興沖沖地把所有的錄音磁帶交給了程德培。我當時一副大功告成的快樂相，根本就沒想到諸如跟德培談談報酬或者其他什麼的，全然沉浸在為朋友做了件得意事的幸福之中。德培顯然也很高興，但他的笑容裏面有些笑不出的意思。我不知道是怎麼回事。由於太高興，我把那些微妙的感覺全部忽略了。就連德培對我沒頭沒腦的說了句，這下會讓你太出名的，我也沒有意。

但後來我才知道，德培那句話是有含義的。《文學角》第三期，是德培為了把刊物的名聲打出去的重頭戲，動用了上海所有的傳媒，作了鋪天蓋地的報導。但所有的報導裏面，全都把我的名字刪掉了。我當時幾乎翻遍了所有的有關報導，卻找不到一處出現我的名字。那些報導列出了所有的對話者，從劉再復到喬良到洪峰，對了，還有天津那個叫做趙玫的女作家。總之，一個都沒有拉下，唯獨漏掉了我一個。

那是1989年之前的事情，我的名字還沒有後來那樣的敏感度。我翻遍那些報導之後，幾乎呆了。這件事情，我到現在都沒弄明白，究竟是怎麼回事。從德培後來一再主動與我言歸於好的努力上來看，他對我並無成見，可能有什麼難言的苦衷。

在此，我有必要提及一個人際背景。我想可能也是這樣的背景，使周介人在《上海文學》的評獎中，從來把我擱到一邊。那是在若干年之後，我的一個朋友私下裏告訴我的。他告訴我說，你知道麼，作協主席茹志鵑簡直恨透了你。我問他為什麼，他說他也不知道。

我更不知道。我不知道什麼時候，在什麼事情上，得罪了那個老太太。我曾經給一位朋友在夜大學讀書的妹妹，代寫過一篇畢業

論文，題為〈哪裏去了，「百合花」中的藝術個性？〉。此文評論茹志鵑在新時期的小說創作不如當年那麼清新動人，可是從來沒有發表過。連原稿都至今下落不明。我想茹志鵑並不知道此事。就算知道了，不至於對我那麼有敵意。茹志鵑在上海文學界一直是以開明著稱的。在她就任作協黨組書記期間，調入了許多年輕人。諸如做書記的趙長天、宗福先，理論室的吳亮、程德培，後來還有專業作家陳村、程乃珊等等。按說她不會對我什麼敵意。但我朋友也沒必要造謠生事。我實在想不出什麼原因，只好亂猜。我猜想除了茹志鵑對我有敵意的緣故，很難解釋周介人和程德培那麼害怕我「出名」。周介人對我不僅故意不發獎，而且日益淡出，後來變成了能夠不來往儘量不來往。至於程德培的苦衷，我想也可能也跟茹志鵑的臉色有關。德培沒有理由害怕我如日中天的。

當然，從我個性上說，跟高校的體制也罷，跟作協的體制也罷，確實是天然格格不入的。也許這樣的個性難免在一些公開場合流露出來，比如，一不小心說了讓人家聽了不受用的話啦，或者一不留神踩了人家的尾巴啦。這都是可能的。以我這麼大大咧咧的性格，稀裏糊塗的不知什麼時候就會得罪什麼人。但我實在是不知道到底得罪在哪裏。當然，就是知道了也沒有什麼意思了。

我當時沒有像現在想得這麼明白。我不管三七二十一，給德培看了下臉色。我那天專程去了趟《文學角》編輯部。當時第三期剛剛出來，大家都在興高彩烈地寄發刊物。我進去後，德培像沒事一樣地招呼我，我不理。然後他上前跟我說話，我也不理。從頭到尾，我在編輯部整整呆了十來分鐘，一句話也不說。無論德培如何引我說話，我就是不開口。最後，我拿了幾本雜誌，一言不發地離開了。

我那天騎車回家的心情是非常悲傷的。我感到一種深深的孤獨。那樣的孤獨，即便沒有德培這事，其實也已經在心底裏萌生了。

當時的情形是，對新潮小說的評論，已經使那些小說完全站住了腳跟，由此湧現了一大批新潮作家。這些1985年之後登上文壇的新潮作家之幸運，對比一下同時期的新潮詩人，便可見一斑。那時候，新潮小說既有人大力推薦，又有人一篇一篇地發表評論文章，大肆鼓吹。而1985年前後崛起的所謂第三代詩人，真可謂門前冷落車馬稀。他們要發表一首詩歌都非常困難，更不用說，找人寫篇評論鼓吹一下了。當時，在詩歌界最有評論實力的唐曉渡，雖然做了許多為他人作嫁的事情，可是還沒能像我像吳亮、程德培那樣，花費大量的時間，寫出大量的文章。我在1988年的全國詩歌討論會上碰到那些第三代詩人，情況簡直慘不忍睹。他們不僅在艱難地堅持辦民間刊物，而且還有為此賣血的故事。後來，新潮作家踩上紅地毯，與此相反，新潮詩人卻大都只能在體制外謀求生存。如此分野，雖然其中有許多因素，但有沒有得到及時而有力的評論，無疑也是一個非常重要的原因。

從另一方面來說，我自己的評論也寫到了一個越來越覺得高處不勝寒的地步。一方面，我從新潮小說在形式上的突破，進入到小說語言和敘事方式的研究上；另一方面，我又把新潮小說放到整個文學流變的視野裏，作了思潮意義上的論說。這兩方面的寫作，當時是幾乎就沒有其他人可以交流的。程德培一門心思地辦起了刊物，吳亮轉到了城市文化的研究裏，一談就是城市景觀，對小說的興趣越來越淡漠。再加上那些成了名的新潮作家，說話的口氣越來越不對勁，讓人覺得除了痛罵一頓，不想再說任何好話了。而且，他們成名之後，眼睛盯著的已經不是評論，而是張藝謀給他們拉開的銀幕。

我記得張藝謀的《紅高粱》在上海首演時，專門開過一個討論會。本來會議的主持人是梅朵。會議開到後來，有人高喊，讓李劼主持。結果我真的傻乎乎地主持了。當時在場的有許多都是我1987年搞的先鋒沙龍裏的朋友們。比如張獻、孫甘露，還有其他什麼人，

我一下子想不起來了。我們為張藝謀著力鼓吹了一陣子。張獻還不無浪漫地說，這部電影的上演，乃是一個盛大的節日。不料，人家根本就沒當回事。人家的眼睛盯著的，是國際上的什麼大獎。

會後，我還陪著格非，去跟張藝謀談什麼合作。聽說張藝謀對《迷舟》有興趣，格非激動得不知所以，打籃球時彈跳力之好，令人目瞪口呆。

總之，先鋒文學正在變得不先鋒，新潮文學正在變得不新潮。弄到後來，舊面孔一張張翻出來，骨子裏還是那麼回事。

我當時很想轉向詩歌評論，為此讓詩人們寄了許多詩歌。有在刊物上發表的，有油印的，有手抄的，還有好多手稿，滿滿一旅行袋。

我感覺我是站在一條十字路口，一面是紅光滿面的先鋒作家，一面是面黃饑瘦的先鋒詩人；一面是體制，一面是民間；但兩方面的文學，卻都想贏得讀者，都想贏得觀眾，或者說，都想發出自己的聲音。所有的人們，作家也罷，詩人也罷，除了想發出自己的聲音，根本不管其他人。就像擠公共汽車一樣，在人人往上擠的時候，有誰會想到被擠到一邊去的可憐蟲？

我的朋友悄悄地告訴我，你能躍上文壇，實在是非常的幸運。你知道麼，在中國要進入文壇，是多麼的不易。沒有點背景，沒有點門路，哪能輕而易舉地站到文壇上大聲說話？再加上你如此的自由主義，不知有多少人容不得你。

此話反過來說，那些躍上文壇的人，哪能不珍惜自己到手的機會？倘若要問，為什麼那些新潮作家後來都寫不出好小說來了，那麼先問問他們生存在什麼樣的文化氛圍裏。我將在後面的那一章裏，詳細談論這個話題。

反正，當時的情形亂哄哄的，真的像是在沉船上一樣。大家紛紛朝什麼地方擠過去擠過去，但誰也不知道那地方是不是真正的出路所在。

就在那個時候，我開始發現熱鬧的文壇後面冰冷的真相，開始發現熱氣騰騰的文化後面潛伏著的危機。我情不自禁地寫了一系列灰心喪氣的文章，提出了聳人聽聞的冰海沉船說，民族危機說，悲劇意識說。

陽光燦爛的日子，就那麼結束了。

《文學角》那件事情，弄得我非常傷心，雖然時過境遷，我此刻想起來，依然心痛不已。德培顯然也意識到事情過頭，努力與我言歸於好。我最後原諒了他。人總難免無奈的時候，難免碰上不得不做違心事的時候。

不過，程德培雖然那麼小心翼翼，但最終還是在劫難逃。先是《文學角》倒閉，然後重新辦了《海上文壇》。按說這還算順當的，一個倒下了，另一個站起來，頗有前赴後繼的意思。可是不知怎麼的，突然，他就遇到了麻煩事情。那事情攪得他天翻地覆。有一陣子甚至傳出謠言，程德培離吃官司不遠了。

體制實在不好玩哪。

在德培倒楣的日子裏，我曾去看望過他，也曾向北京一些有門路的朋友談過德培的處境，其中還曾有朋友表示願意幫忙什麼的。為此，我也帶著那朋友去見過德培。在黃河路吃飯時，德培不無感動地說，李劼，我知道你帶朋友來，是為了幫助我。是的，我是很想幫助他。不管怎麼說，德培辦刊物的能力是無與倫比的，就像我演說寫作的能力一樣。就拿他當時叫我去北京組稿來說，那絕對是個非常有創造性的想法。因為要是派一般記者去，非但不一定能組到那些人物的稿子，就算組到了，也不可能像我那樣跟他們一個個對話。許多年以後，人們才意識到對話的魅力，紛紛找搭檔搞對話，弄到後來，不是找不到對話者，而是幾乎找不出還沒有對過話的人來了。由此可見，程德培當年在對話這一文體上是如何的具有先見之明。

　　我不知道德培後來碰到什麼樣的麻煩，也不知道其中的曲曲折折，但我堅決站在德培一邊。我把德培看作是體制的受害者，不管別人怎麼議論他。德培後來走出了體制，在什麼公司裏做起了他得心應手的經理一職。有人就此認為德培落難了，而我卻為他感到十分驕傲。上海人不融入商業文明，還想投靠哪個文明？施蟄存明明白白地告訴過我，如今出路只有兩條，要麼出國，要麼做生意。我選擇了出國，德培選擇了做生意，雖然都是被迫的，但恰好就是施老先生指出過的。

　　吳亮後來也漸漸地走到了體制的邊緣，做起了畫評家兼經紀人。那年一起在美國開會時，吳亮知道我準備留下來之後，對我說，你可能適合在這裏生活，不適合國內的環境。因為你不會搞漿糊。我跟你不一樣，我會跟人家搞漿糊，所以我在那樣的環境裏混著沒有問題。

　　寫到這裏，我有些傷感。不管怎麼說，我依然十分懷念那些個陽光燦爛的日子，依然懷念跟程德培吳亮一起寫評論的日子。「五四」以降，這樣一種給同代的新潮作家如此認真地寫作同步評論的故事，並且還真寫出了一個全新的文學時代的故事，似乎並不多見，也許根本就沒有過。

　　這是自由的寫作。開始是自由的，後來是自由的，最後的淡出，也是自由的，雖然淡出的原因跟自由無關，跟體制有關。我不知道將來還會不會有這麼三個人，如此認真地給同時代的文學作評；將來的評論家們還會不會能夠像我們一樣，寫出那麼及時那麼明亮那麼切中肯綮那麼令人鼓舞的評論。作家通常是走在時代前面的人，評論能夠同步前行的，非常鮮見。當年托爾斯泰和陀斯妥也夫斯基的小說，並沒有得到同時代的別林斯基、車爾尼雪夫斯基、杜勃留波夫的深入闡發，而是由後來的俄國流亡思想家在精神上給闡釋清楚的。相比之下，我自信，我們的評論不下

於當年的別車杜，只是沒能看見作家當中出現陀斯妥也夫斯和托
爾斯泰罷了。

我最為感慨的是，當我自己寫出一部又一部的長篇小說時，已
經沒有我們那樣的評論家像我當年為新潮小說仗義直言那樣地為我
的小說仗義直言了。

過去了，那陽光燦爛的日子。雖然太陽照常升起，但畢竟是不
一樣的。

2003 年 10 月 3 日寫於紐約

第七章　先鋒文學的如何先鋒和如何喪失先鋒

壹、幸福的一代

記不得是在去年的復活節還是耶誕節的派對上，我遇到一個哥倫比亞裔的美國畫家。那人曾經到過蘇聯留學，知道蘇聯和美國的異同。他最後選擇定居在美國，並且已經住了二十五年了。他在飯桌上講了他一生當中十分難忘的經歷，跟古巴的卡斯楚共進晚餐。他說，當時最有趣的是，同一張桌子上，剛巧坐著兩個大作家，一個是卡斯楚的鐵哥們，加西亞‧馬爾克斯。另一個則是讓中國先鋒作家們十分傾心的神祕主義作家，博爾赫斯。那個畫家說，他幸虧在蘇聯待過很長一段時間，知道所謂的共產主義是怎麼回事。要不，聽了馬爾克斯和博爾赫斯在席間的胡言亂語，會真的以為在這個世界上，美國是最邪惡的國家，而蘇聯和古巴才是真正的人間天堂。那個畫家說，簡直難以想像，那兩個作家竟然那麼的無知，而且那麼的討好卡斯楚，似乎除了想方設法地說出讓卡斯楚聽了哈哈大笑的話來，幾乎就沒有其他念頭了。

這兩個拉美作家與卡斯楚互相取悅的情景，讓我想起了當年薩特和毛澤東一起站在天安門城樓上目睹接見紅衛兵的場面。80年代的中國尋根作家們，一個個力圖從過去的思想教條陰影下擺脫出來的時候，他們可能沒有想到，給了他們的創作以巨大鼓舞和榜樣示範的馬爾克斯，恰好是那種思想教條的虔誠信徒。這真是個奇妙的錯位和古怪的嫁接。

要解讀80年代的中國尋根小說，馬爾克斯的影響，是絕對不能忽略的。那部《百年孤寂》不僅影響了尋根作家的整個創作，而且給所有的先鋒作家帶來了一句「許多年以後……」的敘事方式。尋

根文學所認這個國際老鄉馬爾克斯，就連名字聽上去都跟馬克思非常相近。事實上人家也確實是馬克思主義的忠實信徒，從來不諱言自己的政治立場。

至於一些在形式上從事敘事實驗的先鋒作家，幾乎人人都以自己讀過博爾赫斯作為驕傲的資本，或者說，寫作的底氣。那些先鋒作家最引以為自豪的乃是，可以非常自信地問別人一聲，博爾赫斯你讀懂了沒有？

我並不認為這兩位拉美作家因為跟卡斯楚一起進餐，一起哈哈大笑，其作品就變得一錢不值了。我也不認為，我因此而改變了對他們小說的感受和看法。我想說的只是，為什麼西方人評論二十世紀文學的時候，總是把諸如卡夫卡、陀斯妥也夫斯基，或者喬伊絲、普魯斯特，甚至托爾斯泰或者納博科夫那樣的名字，放在前十名之內，從來沒見過他們會把馬爾克斯、博爾赫斯，或者中國 80 年代的先鋒作家們奉若神明的羅伯·格里耶等等，作為名列前茅的文學經典。難道說，那是一種偏見麼？

我還想說的是，80 年代的中國先鋒作家，究竟拋棄了什麼，選擇了什麼？為什麼會作出那樣的選擇？是偶然的巧合，還是必然的結果？尤其是當他們一個個笑容滿面地踩上紅地毯的時候，腳底下究竟踩碎了什麼？這些難道不值得人們認真地思考一下麼？

最早進入中國的二十世紀現代派文學，不是後來風靡的馬爾克斯和博爾赫斯，而是卡夫卡和卡繆等人。當時我還在大學讀書的時候，就開始流行一本《西方現代派研究》的書，作者是陳琨，當時是北大西語系的教師，如今定居在美國。此書從某種意義上說，乃是一本關於西方現代派的普及讀物，只是其介紹的側重點，在於卡夫卡和二戰以後的一些西方現代文學流派，諸如戈爾丁的《蠅王》，英國的憤怒青年，法國的荒誕派戲劇，美國的黑色幽默，等等。但絕對沒有後來的馬爾克斯，博爾赫斯，也沒有法國新小說派諸君。

我忘了有沒有陀思妥也夫斯基，可能有。但不管怎麼說吧，這可能是最早的有關西方現代派文學的介紹了，其中還順便介紹了現代派文學的哲學背景和文化背景，提到過狄德羅《拉摩的侄子》。我在安亭師範學校的時候，跟後來成了著名作家的張旻無數遍地談論過這本書。他也是在大學念書時讀的。

然後是 80 年代初，高行健發表《現代小說技巧初探》，在北京文學界所引起的轟動。雖然此書在其他地方，也有一定影響，並且引發了一場現代主義還是現實主義的論辯；但其主要的影響在北京，並且集中在王蒙那樣的作家身上。我聽劉再復對我一再說起過，王蒙讀了高行健此書，盛讚道，妙極了。王蒙當時的意識流寫作，顯然受到高行健此書的影響。我沒有核實過再復所講的事情，但中國小說走向現代派，應該說是高行健此書和王蒙在意識流寫作上的實驗，起了開風氣之先的作用。說實話，高行健的那個初探，我至今沒有讀過。也許我當時讀了，也會受到啟發。但就我後來對現代小說的研究評論和創作實踐而言，我從高行健的小說中，並沒有感覺到他在現代小說技巧的運用上達到如何爐火純青的地步。他的兩部長篇小說，沒有一部具有經典意味。《靈山》作為寫作實驗是成立的，但作為小說藝術是不及格的。《一個人的聖經》只是一部平平常常的自傳，也許對那一個人有意義，但對所有的讀者來說，沒有任何聖經意味。談論寫作理論和寫作實踐本身，這兩件事情相去甚遠。能說的未必是能寫的，能寫的也未必是能說的。相形之下，高行健在戲劇上的實驗，更具有探索性。尤其是後來的戲劇創作，有的寫得很像西方現代戲劇家的實驗作品，有的則因為摻入了中國傳統戲劇的寫意因素，而不無獨創性。

有關文革後現代小說創作上的實驗，平心而論，王蒙是第一個吃螃蟹的人。但是王蒙的意識流小說，就其文學成就而言，卻只能說是一種實驗。須知，要把意識流小說寫到出類拔萃的程度，王蒙所要翻

過的名山、所要涉過的大川，實在太多了；從佛吉尼亞‧伍爾芙，到
詹姆斯‧喬伊絲；或者從普魯斯特的《追憶似水年華》，到威廉‧福
克納的《喧嘩與騷動》，其中每一座大山都足以讓王蒙望而卻步。我
並不是小看王蒙的寫作能力，而是指其在淡泊以明志，寧靜以致遠
的功夫上，似乎還有段路要走。路迢迢兮修遠，蒙將上下兮求索。

但王蒙確實是個聰明人，至少比與他同代同名的劉賓雁，頭腦要
靈活得多，心胸也開闊得多。劉賓雁是個布爾什維克冬烘，而王蒙卻
是個明智人物。正是那樣的明智，使他敢於領風氣之先。也正是那樣
的明智，使他主持的《人民文學》推出了許多新潮小說，雖然其中不
少是由於他人的推動。還正是那樣的明智，使他的意識流小說充滿一
股少共布爾什維克的青春氣息，大有一種老夫聊發少年狂的勁頭。就
以其小說的命名來說，都相當的少年意氣，諸如《春之聲》、《海的
夢》、《風箏飄帶》等等。聽上去就像約翰‧斯特勞斯的圓舞曲。

相比之下，高行健在 80 年代寫的幾個實驗戲劇，蒼老不堪。感
受是生活的，思考是哲學的，手法是模仿的。假如沒有當時的一次
次爭議，可能不會產生那麼大的影響。後來張獻出手的實驗戲劇，
無疑要顯得老到得多，可惜就是因為沒有北京那樣一哄而上的爭
議，結果弄得灰頭土臉，至今默默無聞不說，絕大多數劇本還依然
鎖在抽屜裏。比起張獻，高行健簡直是太幸運了。畢竟身在皇城，
地處天子腳下，什麼事情都佔先。被人批判也首當其衝。從某種意
義上說，那時候的被批判並不意味著毛澤東時代的滅頂之災。相反
還是一種榮幸，或者一種出人頭地的人生機會，戴著一半用玫瑰一
半用黑紗做成的桂冠。在毛澤東後的極權語境之下，因為批判而功
成名就的事情越弄越多，弄到後來幾近搞笑，最搞笑的也許就是後
來那齣《上海寶貝》成為出牆紅杏的鬧劇。

但不管怎麼說，王蒙的意識流小說和高行健在戲劇上的實驗，
畢竟開了一個關注現代派文學的風氣，將中國當代文學從死氣沉沉

的為人生的文學，寫真實的文學，干預生活的文學，什麼什麼的文學當中，解救了出來，從而標出了令人耳目一新的文學時尚。

如果人們回過頭去看看王蒙的意識流小說，尤其是高行健的實驗戲劇，可以發現其中並不是除了文學實驗就沒有其他意味深長的內容的。形式上的出新，同時意味著精神上的叛逆。這種叛逆在高行健的《絕對信號》裏還僅僅在人生的層面上，到了他的《車站》，則有了形而上的指向。尤其是《車站》所模仿的，乃是荒誕派戲劇的首席代表作《等待果陀》，其隱藏在整個戲劇背後的潛台詞，更加值得玩味。

那樣的潛台詞後來到了張獻的戲劇裏，直接變成了舞台上一句句銳利的獨白或者對白，以嘻笑怒罵的方式，嘩啦啦地大把大把撒向觀眾。聽得懂也罷，聽不懂也罷，管不得那麼多了。

按說，張獻戲劇的上演地，上海，應該是個舉足重輕的文學城市了。但由於權力話語和話語權力日深月久的慣性和由此造成的陰影，上海這樣的城市幾乎成了北京之外所有文化城鄉的一個部分。再說，在時間上也沒趕上話劇的熱潮，大眾從戲院轉向電視螢幕，知識份子也紛紛告別了劇場。整個戲劇的上演和反應，竟然如同在某個小鎮上做了場魯迅當年觀看的社戲一樣。一曲終了，人散座空，連一下噴嚏都聽不見。

許多年以後，我在美國跟劉再復談起高行健的某個戲劇。我告訴再復說，假如把作者的名字隱掉，我讀完此劇的劇本以後，會認為是張獻寫的。劉再復非常吃驚，一再問我，你說的那個張獻是誰？也是寫戲劇的？能寫到跟高行健一樣？

我告訴再復說，張獻當年的實驗戲劇，遠在高行健之上。高行健的戲劇，是在出國以後，越寫越得心應手起來的。比如《山海經傳》以後的幾部大戲，《週末四重奏》、《八月雪》、《夜遊神》，一部比一部出色。

　　然後我隨手翻了下趙毅衡寫的《高行健與中國實驗戲劇》，不由大吃一驚，書中列舉了許多實驗戲劇，竟然找不到張獻的名字。在張獻那齣戲劇《屋裏的貓頭鷹》的名下，赫然寫著的是牟森。

　　我當時問再復，趙毅衡是怎麼寫成這部論著的？再復笑笑。我告訴再復說，我認識趙毅衡，說起來，他對我也算是相當尊重的。但我不得不說，趙君跟文學實在太生疏了。雖然在整個漢學界裏，趙毅衡還不算是最陌路的。

　　那些海外東亞系的黃皮膚漢學家，有不少是因為謀生，走錯了房間。他們大都是外語系出身的成績平平或者不平的轉業者，理當學門科學技術方面的手藝，走進生物實驗室或者化學實驗室乃至高能物理實驗室，結果卻糊裏糊塗地走進了文學圈，如同《沙家濱》裏的日本鬼子闖進了蘆葦蕩，兩眼一抹黑。但因為占著東亞系的什麼位置，他們不懂也必須得裝懂，否則怎麼個活法？他們因此憑藉著會說兩種或者幾種語言，闖入中國當代文學胡亂掃蕩一通，就像拷濱一樣，抓到什麼就是什麼。

　　有人抓起了一條余華，有人捉到了一隻莫言，有人撲上去按住一頭王蒙，然後回到東亞系辦公室裏或者自己的小書齋裏，細細地炙烤一番。最後，按照人家的學術規範，做成一道道學術西餐。美輪美奐。學位有了，頭銜有了，身價有了，地位也有了，麵包牛奶通通搞定。

　　這場拷濱拷到最後，捕魚撈蝦變成了魚等著被捕，蝦期待被抓。再拷到後來，魚蝦們索性反過來追逐那些漁翁漁婆，漁父漁母。東亞系的教授們只消在河邊上一坐，魚蝦們自動跳進網裏，甚至跳入懷裏。須知，幾千年的歷史，九百六十萬平方公里的土地，西方漢學家中文再好也讀不過來。於是，找個中國女人，作伴也罷，結婚也罷，無疑是進入中國文化或者中國文學最快的捷徑。或者說，方便法門。比起男人的粗糙，女人當然更加文化。女兒是水，雖然已經混濁不堪，但畢竟還是水。西方漢學家對女人的尊重，絕對不下於對他們對

文化和文學的熱愛。只是他們有關中國文化和文學的論著，不能太當回事。無論是費正清的中國歷史著述，還是夏志清的中國現代文學史，都是說過時就過時的學術積木，搭得再精緻也長久不了。從某種意義上說，西方漢學家有沒有一個中國女人做太太哪怕做情人也行，乃是衡量其漢學水平是否可信的一個重要標誌。因為中國文化是一種典型的生命文化，假如西方漢學家只跟中國的書籍打交道，而不跟中國的女人睡覺，他們怎麼可能懂得中國文化呢？我是提倡甚至鼓勵西方漢學家找中國女人戀愛結婚的，這對他們有幫助，也對中國女人有幫助。凡是跟西方漢學家建立了家庭的中國女人，一般都生活得比較幸福。西方夫婿對她們的尊重，乃是她們在中國男人那裏難得碰上的。我相信西方漢學家將來會做出非常輝煌的成就，只是到目前為止，西方漢學家的學術成就主要在於他們非常認真非常出色的翻譯上。如同中國學者對西方文化最精彩的理解是創造性誤解一樣，西方漢學家眼下對中國文化和中國文學最大的貢獻，就是創造性誤譯。能夠被輪到創造性誤譯，可能是中國作家或者詩人的最大福氣，就像一個普通的中國女人，被西方漢學家愛上做了太太一樣。

在這場文化交流當中，最為尷尬的無疑是台籍漢學家。他們與其說東西方兩種文化交流過程中的產物，不如說是當年國共內戰的遺留問題。由於大陸的閉關鎖國，他們在海外反而占盡了先機。同樣因為大陸的閉關鎖國，他們對大陸發生的一切卻又茫然無知。西方漢學家不管閱讀漢語如何費勁，但他們面對中國文化和文學有著與生俱來的人文立場。然而台籍漢學家由於歷史的偶然性和在場的臨時性，既沒有牢固的人文立場，又沒有對中國文化和中國歷史進程一目了然的了然於胸。他們的盲目是相當驚人的，可能連高曉聲和高大泉這兩名字的不同意味，都區分不出來。好在他們又可以利用西方高等學府在中國文人和中國學子心目中的神聖性，利用這些可憐蟲對人家莫名其妙的偶像崇拜，在同胞面前扮演西方學者，轉

身又面向西方扮演文化掮客。比起西方漢學家的認真和嚴肅，這些從海峽對岸冒出來的袞袞諸公在這場中國文學譯介當中，因為生存需要而來的混水摸魚海底撈蝦，給整個當代中國文學造成了極其古怪的相當負面的影響。要不是因為國內的文人墨客特別嚮往在國際上的名聲和地位，他們不可能有太大的市場。但由於國內的文人學子同樣有著生存的需要，大家互相湊到一起，一拍即合。而且，彼此都是生存所繫，相煎當然不急不忙。

就在這麼一片混亂當中，整個中國現代派寫作，悄悄地變質成了一場生存競賽。既然是生存競賽，當然就不再需要卡什麼的，陀什麼的，托什麼的。因為畢竟馬什麼的之類，中國人更加熟悉。

許多年以後，馬克思想起他面對的這場混亂的中國現代派文學，不由十分感激馬爾克斯的《百年孤寂》。因為孤寂一旦跟百年連到一起，孤寂的個體性和主體性就可以隨便置換了。也就是說，個人可以沒有孤寂了，所以也不用再寫什麼孤寂了。百年是個什麼概念？百年是跟百年昏睡連一起的概念。不是有支歌唱道「昏睡百年，國人皆已醒」麼？醒過來幹什麼？賺錢，買房，娶妻，生子，傳宗接代，爭取世世代代富下去。從這個意義上說，馬爾克斯的《百年孤寂》確實救了馬克思，使馬克思有關衣食住行優先的唯物主義理論，再度成為人們尤其是新潮作家們的思想指南和行為準則。

1985 年以後的中國新潮小說作家，既不是思考的一代，也不是迷惘的一代，更不是垮掉的一代。他們是幸福的一代。他們用文學換取了生存需要的一切需求，諸如票子，房子，車子，娘子，兒子，外加如日中天的名聲。然後文學不見了，新潮也泛黃了。整個新潮小說寫作成了舊時代科舉考試式的敲門磚。這與其說是一次悄悄的文學革命，不如說是一場明目張膽的生存競爭。許多新潮作家由此改變了他們農民出身的境遇，在小鎮上掙扎的困頓。他們發現，原來風水真的是輪流轉的，並且轉得飛快，根本用不著等夠三十年就

輪上了。他們由此興高彩烈地脫下了土氣的布大褂，喜氣洋洋地換上了時興的洋西裝，順便在領口上掛個蝴蝶結。

於是，一個常識性的真理，擺在了所有的人面前，不管大家看得見還是看不見。事情就那麼明擺著。農民確實不需要造反，也可以進城。農民的孩子確實不需要像趙樹理那樣寫作，也可以成為享譽海內外的著名作家。當年陳奐生上城，比起這樣的變化，算得了什麼？所以我說《許三觀賣血記》賣得十分虛假。許三觀還需要賣血麼？他只要賣賣他寫的新潮小說，不就一切都有了麼？當年的陳奐生雖然可笑，但卻十分樸實。而那個許三觀卻在驚人的可憐底下，隱藏著一張驚人的滑頭面孔。或者說，在可憐的許三觀形象後面，讀者最後讀出來的，卻是幸福的余華。雖然余華在《活著》中，十分逼真是展示過，中國人是如何活著的。

這可能是 80 年代的新潮小說，在文化意義上所取得的全部歷史進步。新潮小說就是這樣新潮起來的，也將這樣繼續新潮下去。

貳、尋根到底在尋什麼？

我曾經被邀請參加過猶太人的一個節日聚會。我忘了是個什麼樣的節日，猶太人的節日，名堂繁多，很難弄清楚。我只記得在那個聚會上，大家傳遞著一本猶太人的歷史書，輪流誦讀一個一個的片斷。讀完後，我不無感慨地對他們說，我非常驚訝你們如此珍惜自己的歷史。我說，我們中國人在任何節日裏，從來沒有像你們這樣認真地誦讀自己的過去。我沒有對他們說，也許歷史太悠久的民族，就不把歷史當回事了。就像人口太多的國家，不會太把人當回事一樣。

由此反觀當年的尋根文學。無論是出於對歷史的尊重，還是對文化的尊重，尋根文學的初衷，無疑是嚴肅的。尤其是在馬爾克斯那種

大而無當的、神祕兮兮的家族歷史演變的感召之下，對於一個具有數千年歷史，無數種地域文化的民族來說，尋根之類的寫作，似乎有著天然的優勢。因此，剛剛出台的時候，尋根文學也著實先聲奪人了一番，一下子就推出好幾個系列。諸如賈平凹的商州系列，李杭育的葛川江系列，還有一個鄭萬隆的什麼系列。率先提出尋根的韓少功當然也不甘落後，以一篇〈爸爸爸〉在尋根小說中獨佔鰲頭。加上阿城當年提倡的「文化小說」之類，一時間相當有聲有色。

一晃將近二十年過去，也算是彈指一揮間吧。尋根作家的下落究竟如何呢？或者說，他們到底尋到了什麼？

也許是一個巧合，他們不約而同地成了各地的作家協會主席。韓少功做過海南省作家協會主席。賈平凹是西安市作家協會主席。李杭育是杭州市作家協會主席。還有鄭萬隆，可能也是什麼地方的作家協會主席或者副主席吧。

除了在外流浪的阿城，當年的尋根作家，最後全都不約而同地尋到了，作家協會主席。

由於身在異國他鄉，對各地作家協會主席的行蹤不甚了了。但偶爾也風聞一些趣聞軼事，聽上去像是人各有志的意思。我聽說韓少功辭了作協主席和一個雜誌的主編回湖南賦閒。他在海南先後辦過兩個雜誌，也算是酬了一下早年的壯志。後來似乎看破了什麼，開始傾向退隱，翻譯了一本葡萄牙作家佩索阿的散文集。佩索阿的作品確實是上乘之作，閒雲野鶴到不食人間煙火的地步。

我還聽說，賈平凹在奇門遁甲一類的術數上，造詣突飛猛進。給人算命看相，基本上可以把人家看得一楞一楞。人家的隱私一旦被盡行抖露一番，再不相信也不得不信。這聽上去倒也不失為一種生命的修為，至少是聊勝於無。

然後就是在網上看到的一些新聞，說是李杭育為了泊車，跟一個富婆口角，一怒之下將對方打翻在地。由此鬧出一場官司，尋根

作家最後敗在富婆手下，聽說被判了刑。我印象中的杭育，雖然有漁佬兒之相，但一直是在聽西洋音樂的，還寫有許多樂評，不知怎麼就栽了如此一個跟斗。

我同時又聽到一些有關阿城的傳聞，聽上去相當飄逸。說是阿城漂泊在外，獨立謀生。給人遛狗，為人加油，還兼帶檢修汽車。阿城當年沒有說尋根，他只是聲稱，要寫文化小說。他的〈棋王〉、〈樹王〉、〈孩子王〉，雖然都帶著個王字，但其實全都普通到了不能再普通的地步，一如他們所身處的環境是亂得不能再亂。當年讀阿城的《遍地風流》，覺得有些裝腔作勢。既然是老莊式的仙風道骨，又有什麼必要虛張聲勢。如今看看阿城的生活方式和生存方式，卻發現原來人如其文。假如讓他和余華相對坐在一起，同時說出一句，活著。我相信阿城說出的活著，無論是在底氣上還是在聲音的明亮度上，都是余華所望塵莫及的。

我不知道這是不是文化小說的說法，比尋根小說的提法，更加有內涵的緣故。但我發現阿城還真是悟得了什麼。不僅小說沒有白寫，當年的插隊也沒有白插。他學會了獨立謀生，在國外如此，回到國內也如此，活得相當健康。只是，在國內打工是可以的，像古人一樣浪跡江湖就不易了。如今連和尚都被收編了，出家都找不到一個清靜的寺廟，一旦浪跡起來弄不好會與盲流為伍，然後不知哪天給公安捉住，有成為孫志剛第二的危險。

假如明白了阿城的漂流，那麼高行健的《靈山》，也就可以迎刃而解了。《靈山》就小說本身而言，就像高行健的實驗戲劇一樣，不過是一次實驗。其實驗性既不比王蒙的意識流小說低，也不比其高。小說當然可以用反小說的方式來寫，就像羅伯·格里耶那樣，但畢竟只是一場實驗。小說自有小說的章法，寫得再實驗，也不能離開其基本的要素。羅伯·格里耶的小說實驗，我認為是失敗的。幸虧他以他的小說理論做了幾個電影，挽回了他在小說上的失敗。因為他的小說理論恰好成為其電影實驗的成功前提。

　　不管高行健的《靈山》作為一次小說實驗成敗如何，但他卻找到了尋根小說找了將近二十年還沒有找到的祕密。祕密不在於這是什麼江，那是什麼州，而在於生命本身。或者在於兩腿之間，按照我過去的說法；或者在於內心深處，按照我現在的說法。生命的兩個基本座標在於，一者是身體的，慾望的，當然是在兩腿之間了；還有一者便是心靈的，精神的，古人的說法是在丹田處，今人統稱為內心深處。

　　文化尋根，尋到最後，都將歸於對生命本身的尋找。因為文化的最初動因和最後歸結，都在於生命，而不在於書籍，也不在於高山河流，原始森林。正是在這個意義上，我在前面的章節裏說，賈平凹的《廢都》給尋根文學劃了一個句號。當然，這個句號是劃在身體的慾望的座標上的。

　　從這個意義上說，高行健的《靈山》，劃出的是另一個句號，這個句號是劃在心靈的精神的座標上的。《靈山》劃的句號和《廢都》劃的句號有所不同，《廢都》的句號是名副其實的句號，句號後面沒有了。就像跟在性交後面出現的，通常是死亡的意象。每次性的高潮之後，都是死一般的沉寂。然而，《靈山》的句號卻是一種新的歷程的開端，而不僅僅是結束。

　　我在此特意摘錄幾段我在讀了《靈山》之後寫給劉再復的看法，以便讀者明白我的意思。順便說一句，我當時在電話裏讀給再復聽，他聽了在電話另一頭大叫起來，說是有人讀了幾年都沒讀明白，你讀了一個晚上就全部清楚了。我並不是想借此表明我的了不得，而是想說，再復的參照有問題，大概都是出自香港或者台灣的什麼漢學家。須知，比起孫甘露的《訪問夢境》和格非的《褐色鳥群》在小說文體上的實驗和敘事上的冒險，《靈山》作為一種實驗文體，並不算是走得很遠的。以下是我隨手寫的一些片斷。

高行健的《靈山》，假如從結尾那段面對青蛙的上帝感寫起，可
能會是另外一番境界。作者跋山涉水，走了很長很長的路之後，
突然有所領悟，但小說卻結束了。向秀的〈思舊賦〉只寫了個
開頭，是因為向秀想得十分明白，不需要再說什麼了。高行健
的《靈山》則是寫著寫著，才突然明白過來的。

《靈山》的形式很隨意，一會兒是抒情詩方式，並且特意用第
二人稱；一會兒是采風式的實錄方式，作者和被採訪者，全都
清清楚楚；一會兒是遊記寫法，雖然作者的心境並不是遊山玩
水；一會兒又突然插入一段對話體的畫評，有關鄭板橋的難得
糊塗，說得隨意而精彩。最後則是獨自面對上帝。

這種不同的形式，很像跟女人做愛的不同姿勢。作者似乎有操
小說的快感。所謂的面對上帝，好比是做愛之後的放鬆和寧靜。
嚴格說來，這樣的方式僅僅是實驗。就小說寫作而言，這種實
驗可能有失嚴肅。在形式的隨意性背後，通常是作者在情緒上
的宣洩需要。好比一個在課堂上講課的老師，由於心境不好，
一味的自說自話。寫詩可以只面對自己，但既然是寫小說，必
須面對讀者，也即是說，對讀者負責。

如果說作者在尋找什麼的話，那麼是在尋找本真的生命，原始
的靈魂，獨立不羈的個人，深邃神秘的精神空間，如此等等。
小說力圖穿越幾十年的人生重壓，連同意識形態的壓迫，穿越
幾千年的謊言，擺脫所有的枷鎖和各種鐐銬。有關歷史的那段
排比句，是整個行文中最為精彩的段落之一。但這不是小說，
而是思想。

《靈山》虛構了靈山，就好比《等待果陀》需要果陀一樣。最
後作者也許發現，靈山就在自己的腳下。這是一個自我解放的
過程。尋找，是為了解放自己。

走向原始的山林，是為了走向靈魂的深處。

相信有個靈山，是因為對沒有靈山的世界已經徹底失望和絕望。男主人公不是個玩世不恭的人，但又不得不玩世不恭。因為一認真就只好自殺，或者發瘋，還有就是坐牢。尋找靈山，也是對認真的逃避。想活下去，只好不認真。逃離認真，逃離自殺，逃離發瘋，逃離坐牢。這可能會讓一些認真的人受不了。但自由本來就意味著免於恐懼。幹嗎要認真，幹嗎要自殺，幹嗎要發瘋，幹嗎要坐牢呢？憑什麼？所以就去尋找靈山。

《靈山》最終是關於權利的訴求，雖然時時流露精神的指向。主人公與其說是嚮往什麼的，不如說是腳踏實地的。逃跑，不是一種夢遊，必須十分清醒，十分警覺。《靈山》是警覺的，就像在越獄一樣。

《靈山》是一個越獄囚徒的自白。

假如我把尋根最後歸結為越獄，那麼成了作協主席的尋根作家們正好相反，他們劃地為牢。在他們有所得的地方，高行健恰好有所棄。一得，一棄，尋根到底在尋什麼，一目了然。當然，高行健的放棄，後來成為另一種意義上的所得：得了一個文學獎，就像中了一個六合彩。但這只跟高行健的名聲和人生有關，跟文學本身並沒有多大關係。文學從來不因為得獎不得獎而變得高低不平。對於經得起時間推敲的文學經典來說，無論什麼獎都是沒有意義的。反之，一部平常的作品，也不會因為得獎而由低下變得出類拔萃。

還另有一類小說，雖然沒有標榜尋根，倒也有一種尋根的色彩。我指的是木心寫的《上海賦》，讀者可以從中尋出舊上海的真相來。還有程乃珊對上海的種種追溯和回憶，也是有著尋根意味的文學寫作。在某種意義上，王安憶的《長恨歌》，也有這樣的努力傾向，只是相比之下，畢竟底氣不足。木心和程乃珊雖然各自境界有高低，但都是正宗的上海人。王安憶不是。王安憶是住在上海的外鄉人。

無論從精神氣質上，還是從生活底蘊上說，王安憶都是跟上海格格不入的。但王安憶又確實有王安憶的感覺。《長恨歌》是王安憶感覺下的上海和上海人連同上海女人。真是又瑣碎，又生動。

從去年以來，我一口氣寫了三部歷史小說，雖然不想標榜尋根，也不想被歸入阿城所說的「文化小說」，但跟這兩者都有些關係。畢竟都是歷史的和文化的。我在小說裏什麼都沒有尋找，因為我想找的，已經找到了。我找到了被埋沒的歷史，找到了被歷史忽略的生命，找到了歷史在生命深處的那種活力。借助那樣的活力，我寫了三部史詩，《吳越春秋》、《商周春秋》、《漢魏春秋——漢末黨錮之謎》。

寫完這三部史詩，我發現，精神是沒有地域可言的，雖然文化可能會有地域上的差異。當作家能夠轉向自己的內心深處，根不用尋找就已經在那裏了。寫完這三部史詩，我得回過頭去向當年所有的尋根者，表示一下我的感謝。不管怎麼說，他們的努力，在我也是一種啟發。我是在肯定他們的同時，發現了他們背後的陰影。但我依然肯定他們的努力。就文學的歷史流程而言，尋根者們當年的寫作，已經成了一塊界碑。他們可以因此而驕傲，也可以因此而慚愧。

參、1987 年的先鋒沙龍

在進入這個話題之前，我想提及一種不僅在中國歷史上，在西方歷史上也一樣存在的人物。這種人物具有驚人的創造性，但沒有相應的創造能力。他們通常站在領袖和偉人的身後，出謀劃策，指點迷津。他們有時也站在領袖和偉人的跟前，告訴他們前面的路徑和路標。他們眼裏只有天才，沒有群眾。他們一生都在尋找天才和偉人，並且心甘情願地充當鞍前馬後。領袖常常要做出親民的姿態，

但這種人物從來不對群眾說哈囉。所謂群眾在他們眼裏從來就是庸眾，烏合之眾，是草芥，是腳底的泥土。他們是庸眾和庸人的剋星，他們是小市民的天敵。他們不需要習得，天生就是克爾凱廓爾，只是他們沒有能力寫出像克爾凱廓爾那樣的論著。他們有的是野心，他們缺的是能力；他們是陰謀家，卻做不了野心家。他們可以策劃出野心勃勃的陰謀，卻沒有能力如同野心家將那樣的陰謀訴諸行動。他們長於策劃密室，他們短於鼓動大眾於眾目睽睽之下。他們永遠也不可能站到舞台燈光底下，不可能站到廣場的高台上，朝著成千上萬的群眾發表精彩的演說。他們永遠不可能被人像崇拜領袖一樣地崇拜，相反，很可能被大眾如同憎惡魔鬼一樣地憎惡。然而，人們盡可以鄙視他們，唾罵他們，朝他們臉上吐痰，向他們身上扔磚頭，但我想提醒人們的是，歷史創造的祕密有時卻恰好就在他們身上。

這樣的人物在《聖經》裏面是蛇，在莎士比亞的戲劇世界裏，是《奧賽羅》裏的伊阿古，在歌德的《浮士德》裏面是梅菲斯特。在中國歷史上曾經叫做張良、劉伯溫，後來退化為牛金星、宋獻策之流。

當我寫到1987年的那個先鋒沙龍時，我首先想到的是吳洪森。我一想到吳洪森，腦子裏出現的就是那樣的人物。不管吳洪森是生對了地方，還是生錯了時代。他就是那樣一種叫做吳洪森的人。雖然此人其貌不揚，但絕對有著不凡的心胸。

有朋友對我說過這麼一個有趣的故事。他說，王安憶曾經非常生氣地告訴他，吳洪森有一次造訪王安憶時的無禮。當時王安憶剛剛起床，在臥室裏整理床鋪。吳洪森倚在房門上，看著她理床。突然，吳洪森對王安憶說，呵，安憶，你知道我這麼看著你整理床鋪，心裏在想什麼嗎？聽完這個故事，我忍不住大笑起來。我雖然沒有親眼目睹，但那樣的唐突方式，絕對是吳洪森才有的特色。我在校園裏就曾親眼目睹過好幾次，他拿女學生開諸如此類的玩笑。其中

有一次是在燈光暗暗的屋子裏看錄相還是什麼的，有個女學生要坐到她男朋友的身邊去，吳洪森開她玩笑說，不要坐在旁邊，應該坐到他（指她男朋友）腿上。奇怪的是，在曾經非常拘謹非常壓抑的校園裏，吳洪森的這種玩笑方式還相當有影響力，不要說其他同學不無感染，就連我也曾被影響過，在公開場合說起了粗話。

記得是在1988年，上海哪個出版社主辦的王安憶和殘雪兩位女作家的作品討論會上，我在會議的發言中曾經這麼說過，當今的女作家要寫好小說，得紮紮實實地睡上幾個男人。那是我讀了王安憶的「三戀」之後的感想，只是沒有直接了當地寫在評論文章裏。或者說，我把一句在評論文章裏漏掉的話，在會上以吳洪森的口氣，痛痛快快地講了出來。當時，殘雪和王安憶都在座。我相信殘雪不會在意，但王安憶是否在意，就很難說了。但我說的絕對是真話，我相信，吳洪森說的，也是真話。而王安憶是害怕真話的，無論作為一個女人還是作為一個作家，她都害怕真話。我將在後面用她《長恨歌》裏的文字詳細證明這一點。當然，我不會像吳洪森那樣在私下裏對王安憶這麼說。我只在理論上關心作家的寫作，沒有餘興在實踐中關心一個女人。

但吳洪森也確實是個梅菲斯特式的人物，相對浮士德；或者說是個伊阿古式的人物，相對奧賽羅。吳洪森專門獵取的，不是海倫娜或者苔絲德蒙娜，而就是浮士德一類的書生，或者奧賽羅一類的傻冒男人。

1986年，他對別人、也對我本人說，李劼你不住在校園裏，實在是一大損失，對你李劼，對校園，都是損失。結果，我就毅然住到了校園裏。我一住到校園裏，馬上開始戀愛。而一戀愛又馬上走出婚姻。快得連我自己都沒有想到。浮士德的冒險生涯是從走出書齋開始的，而我的流浪生涯則是從住進校園起步的。住進校園，乃是梅菲斯特扔給我的第一個誘惑。因為80年代的大學校園，不管怎

麼說都是整個時代的心臟，或者說，克里姆林宮。說得好聽點叫做歷史的火車頭，說得難聽點則是隨時引發動盪的火藥桶。我住進校園之後沒幾年，校園就引爆出一場歷史大事變，然後被人弄出校園，然後又被放回校園，最後去國。歷時十二年。

有關校園故事以及校園引爆之前的那張麻將桌，我將另章專述。現在再說梅菲斯特的第二個誘惑，或者伊阿古的又一條「詭計」。

那是在 1987 年的年初，大概是農曆新年的年初二吧，吳洪森專門請我到他家去吃飯。我去了之後發現，在場的除了我一個客人，就是他一個主人。他告訴我說，他把老婆孩子通通趕到丈母娘家過年去了。我聽了感覺他像是特意安排了一場密談。由於我當時正在初戀的幸福和離婚的痛苦兩種極端的交織當中，本來還以為他是要跟我討論一下我的私事，沒想到，他絕口不提已經發生的事情，而只對沒有發生的事情有興趣。他說，你現在的先鋒評論已經獨點鼇頭，在當今中國找不出第二個人。你接下去要做的事情，就是公開成為整個先鋒文學的領袖人物。我當時還沒有反應過來，懵懵懂懂地問他，你指的是什麼？他胸有成竹地回答說，要搞一個先鋒文學的沙龍，把在上海的所有先鋒作家先鋒詩人還有其他先鋒藝術家，假如有那些藝術家的話，通通收攏到你身邊。然後打出旗號，提出主張。

這聽上去有點像什麼政治運動。我天生不喜政治運動，而且知道自己一旦捲入肯定弄得一團糟，最後不可收拾。我一時間有些猶豫不定。於是，我發現吳洪森的眼睛裏出現了一絲鄙夷的目光。那是他在談到庸眾或者一些平庸傢伙的時候，通常出現的鄙夷。可能是目光給了我很大的刺激，我想了想之後，便一口答應了。

我當時答應得那麼快，還有一個原因，就是陳曉明來上海時介紹我認識的那個姓徐的女人，對沙龍一類的事情，特別起勁，幾次表示可以提供場地。我把這個細節告訴了吳洪森。他說，那你還猶豫什麼？這可是貴人相助，天賜良機。如此等等。

　　我寫到這裏真想笑出來。吳洪森經常把一些聽上去像兒戲一樣的事情，說得十分嚴肅，而把一些嚴肅到弄不好會死人的事情，卻說得像兒戲一樣輕鬆。

　　幾下一撮合，電話一通知，沙龍很快就搞起來了。徐守湷給我們提供的場所，是在陝西南路的一座公寓房子裏。當時到場的人當中，除了我和吳洪森，還有女主人徐守湷之外，有已經成名的馬原，當時他正好住在上海。有尚未出名的格非，有正在出名的宋琳和孫甘露，有寫了無數作品卻只能放在抽屜裏的張獻，還有 80 年代初就在詩歌寫作上睥睨北島、顧城的那群上海師大詩人當中的一個，王寅，還有他的同屆同學後來嫁給他結為夫婦的女詩人陸憶敏，還有一個在上海電影製片做紀錄片的女導演，我忘了她的姓名。十多個人，濟濟一堂的，還挺有氣氛。

　　我記得大家坐在一起，只是隨意地閒聊，沒有談論什麼重大話題。為此，吳洪森非常著急，一再催我，李劼，你應該說點什麼。

　　我看看他，不解地問道，我應該說點什麼？大家這樣隨意聊著，不挺好麼？

　　怎麼這樣的隨便聊天？應該說出點東西來，做出點事情來。我沒吭聲，但心裏卻拿定主意，什麼都不說，什麼都不做。

　　我當時雖然沒有十分明確，但我知道，只要我領個頭，提個建議，弄出一個什麼文學流派來，乃是舉手之勞的事情。比如，提出一個什麼主張，起草一個先鋒文學的什麼宣言，成立一個先鋒文學的民間組織，在座諸君，回應的可能性是很大的。因為在座的人當中，除了我和馬原在外面開始有些名聲之外，大都還處在很壓抑的默默無聞的狀態裏。他們雖然人人自以為是，但出名卻是彼此心照不宣的共識。假如聯名做個宣言，在哪個報刊上發表一下，由此開闢一條道路，展示一種前景，可以說，沒有人不願意的。

但我就是不開口。我雖然好勝心強，喜歡做領風氣之先的事情，但我非常討厭被人組織，也同樣討厭組織別人。我曾經一再說過，我的方式是一個人面對整個世界。我不喜歡拉幫結派，不喜歡做任何帶有團夥色彩的事情。我後來的捲入學生運動，實在不是我的初衷，而是迫於良心和良知。再說，我已經有過桂林會議期間的那次經歷，對組織什麼事情，很是心灰意冷。我發現不管是作家和詩人，或者劇作家藝術家，什麼家，骨子裏都很自戀，不把別人當回事。他們希望被人服務，而不想服務他人。跟這些人交朋友可以，但要一起做事，實在是又無聊又無趣。

但我現在回過頭想想，我確實很不經意地丟失了一個在文壇上振臂一呼的機會。比起桂林會議時，我當時已經有了一定的名聲和號召力，在上海創立一個先鋒文學的流派，實在是輕而易舉。要人有人，要文有文，想要發文章發宣言發聲明，絕對是小菜一碟的事情。當時的報刊特別注意的，就是我這類人的動向。傳媒都喜歡惹事生非，沒事也在找事，更不要說我提供點事情給他們做做了。當時的條件真可說是天時地利人和，什麼都不缺。既可獲得市委宣傳部的那幫少壯派支持，又有上海及其全國各地的報刊雜誌相呼應，加上我當時經由北京的新時期十年文學會，不僅打出了名聲，還結識了劉再復、謝冕、李陀等等一大批北京文學界的要人。至於在座的那些小哥們小姐們，也都不是尋常之輩，在小說詩歌戲劇乃至評論上，一個是一個，個個都可以成為屈指可數的人物。吳洪森確實沒有看錯，也沒有指錯道路。比起王曉明他們在重寫文學史上玩的小把戲，吳洪森的眼光無疑要深遠得多，氣派也無疑要宏大得多。

錯的是我的個性和我的思維方式。我只知道政治可以這麼搞，我不喜歡文學也照此辦理。然而在中國，文學恰恰都是這麼搞的。從當年的創造社、太陽社，到後來的左聯，更後來的文聯、作協，都是這麼過來的。想要在文壇上獲得所謂的成功，就得如此，甚至

唯有如此。搞文學和文學寫作本身,完全是兩碼事情。在文學界的縱橫天下,和在創作上的取得成就,是兩個完全不同的概念。文學是要用生命本身的體驗去漚心瀝血地創作的,但文壇卻要用吳洪森說的那種方式,去爭奪、去佔領,就像打江山一樣。假如說,文學的創作需要的是慈悲、是愛、是謙卑、是憐憫,那麼文壇的操作需要的卻是氣魄、野心、征服的決心和橫衝直撞的蠻勁。文學是寫出來的,文壇是操出來的。操和寫,是兩個完全不同的動作。寫是溫柔的,孤獨的,無可奈何的。而操卻是猛烈的,群體的,拉幫結派的,目標明確的。寫是賈寶玉的動作、李商隱的動作、李後主的動作、也是曹雪芹的動作;而操則是西門慶的動作、是劉邦的動作、是曹操的動作、是朱元璋的動作、是李自成、洪秀全、孫中山的動作。讀者也罷,大眾也罷,就跟女人一樣,偶爾喜歡賈寶玉,大都喜歡西門慶。所謂的公眾,就是期待被愛或者期待被操的女人。中國的民眾主要期待的是被操。國人從來不把李商隱、李後主、曹雪芹當回事情,但他們一說起劉邦、朱元璋,一說起李自成、孫中山,其激動,其亢奮,就像在性交一樣。國人看不上文學,國人通常關心的是,誰是當今的文壇霸主。在國人眼裏,賈寶玉是個傻瓜,而西門慶卻讓男人們暗暗羨慕,成為中國男人的光輝榜樣,從而將經久不衰地學習下去。

我當時以不開口不做事的方式選擇了文學,沒有選擇文壇。從某種意義上說,那實在是我人生的一個重大轉折。因為我一直到現在,依然只是在文學狀態裏,跟文壇毫無關係。也是因為跟文壇的毫無關係,我才能寫出這樣一部備忘錄來。事情都是有利有弊的,有正面也有反面。我不後悔當初的選擇,但我也不責怪吳洪森的出謀劃策。吳洪森可能非常恨我當時錯失良機,大有范增感歎項羽的豎子不可與謀。但假如我是可以與謀的話,那麼我就不是李劼,而是毛澤東了。

那樣的聚會,總共只舉行了兩次。先是由於我的拒絕提出主張和綱領之類,眾人的興味開始變得索然。然後是因為被有關方面注意

上，沙龍活動被迫中止。我記得是在第二次活動以後，我接到其中一個朋友的電話，告訴我說，沙龍中的人被有關方面找去談話了。

由於沙龍的活動是隨意的，互相的關係是散漫的，我都記不起來大家談了些什麼要緊話。可能也沒講出什麼重要的話來。我只記得在聚會上，馬原有些春風得意，私下裏悄悄地向我表示，先鋒詩歌他只認韓東。馬原說他不喜歡王寅，無論是其詩還是其人都不喜歡。他說王寅的模樣很小家子氣，像個剛剛踏上社會的城市少年。

我當時對王寅的印象，是覺得他有些緊張。那樣的緊張可能跟生存狀態有關。不管詩歌寫得如何，但生活在灰色的小市民氛圍裏面，跟他們在詩歌裏所呈示的意像完全不是一回事情。王寅也罷，陸憶敏也罷，那些在大學校園寫詩歌時心高氣傲的青春男女，大學畢業以後，一律被無情地扔進灰暗的市民生活。他們不甘於此，但也無可奈何，不敢公然反抗，比如選擇嬉皮士式的放浪生活，或者像後來的棉棉、衛慧那樣放蕩一把。因此，王寅和陸憶敏顯然很注意別人看他們的眼光，擔心別人會不會把他們在生活中的窘迫，跟他們在詩歌中的瀟灑作比較。

相比之下，宋琳和格非要放鬆得多。由於畢業後他們都十分榮幸地留校了，雖然其中的艱辛他們自己心知肚明，但畢竟可以繼續待在校園裏，享受著校園文化的種種殊遇。格非不是個能言善辯之徒，通常悶頭聽著什麼，想著什麼，其模樣跟張藝謀十分相像。再加上當時他還沒有出名，即便說話也沒有後來那麼響亮。

宋琳永遠地微笑著，永遠地說著模稜兩可的言詞，聽上去十分懇切，仔細一琢磨不知所云。但他自己卻認為，他該說的全都說了。

在這方面，孫甘露和宋琳有些相像，從來沒有明確的主張，也不說激烈的言辭。臉色溫和而撲朔迷離，弄不清是在給男士們出難題，還是在請女人猜謎。我記得他第一次到我家造訪問，我那時還沒離婚，住在女方的家裏。突然，一個小孩子進來，衝著孫甘露叫

阿姨。小孩叫得在場所有的人都十分尷尬，叫得我終生難忘，因為孫甘露看上去確實像阿姨。

張獻出現在這樣的場合，要麼沉默，要麼滔滔不絕。一旦開腔，便不可收拾。不是吐出驚人之語，就是動作生動得讓人捧腹。

陸憶敏比較安靜，沉默，寡言，雖然內心未必如此。她當時的話不多，我只記得一句，當有人說到我文章太溫情的時候，她插話說，哪裏，他的文章很厲害的。

吳洪森整個一個對項羽失望透頂的范增再世，一會兒催我發話，一會兒唉聲歎氣。他沒想到我那麼沒用，竟然一點動作都沒有。好在我沒給他玉塊之類，否則他會當場把那勞什子摔得粉碎的。

其實，吳洪森當時倒是有個知音的。我指的是那個女主人徐守滄。她比吳洪森還要焦燥不安，不停地問我，李劼，你怎麼不說點什麼呀？而我總是反問她，你要我說什麼？於是輪到她反問我，你想說什麼，我怎麼知道呀？從她的語氣裏，我感覺她的意思是，我可不是白白給你提供場地的，我是指望你做出點事來的。她曾告訴過我，在文化大革命當中，她被關過監獄，所犯的案子接近復旦大學的胡守鈞小集團那一類。我在她的住處還見過胡守鈞集團的二號人物，綽號叫做管家婆的邱勵歐，一個文文靜靜的中年女子，戴著眼鏡，舉止斯文，看上去像個女教師，根本不像當年被人描繪的那種上竄下跳的女政治活動家。當時該女子正在準備出國，好像是去英國。

也許是由於這個緣故，我對徐守滄特別警惕。我不想被她拉進哪個政治漩渦裏。尤其是聽她誇口說，她跟北京的什麼通天人物有聯繫，不由讓我更加警惕，不願聽從她的任何勸告。

從另一方面來說，吳洪森也是在玩火。因為我要是做了任何事情，比如說，弄出個什麼先鋒流派，那麼很可能不止我自己，就連在場的其他人，都得跟著倒楣。因為後來這個根本算不上什麼事情的沙龍，什麼事情都沒做呢，就被立案偵查了。讓我氣憤的是，整

個案子全部被人推到我的一個朋友身上。我那位朋友從頭到底，不僅沒有參加過這個沙龍，就連我搞過這檔子事情都一無所知。若干年以後，我得知他不僅為此揹了黑鍋，而且還被逼得放棄了在上海市區的工作，不得不到遠離市區遠離他居住的交通大學的一個郊區學校，找了份很不起眼的職業。

1990年左右，那場事變結束，我從那個地方被放出來之後，有朋友塞給我一份上海市委什麼部發的內參，裏面列舉了我的罪狀，其中一條，就是在1987年組織過一個「西風沙龍」。直到那時，我才恍然大悟，原來是這麼回事。不過，顯然是吃那行飯的人不懂我們這一行，他們把先鋒沙龍誤認作了西風沙龍。因為先鋒和西風，在上海話裏面是一樣的發音。再加上凡是自由化之類的事情，一般都跟西方有關，所以他們牽強附會地將此說成了西風沙龍。

我至今不知道，是誰做了手腳，是誰把此事上升到被立案的高度，轉手賣給了有關方面。假如是徐守淙故意陷害，好像也沒有那樣的必要。此事至今是個謎。但按照常理推測，告密者很可能就是坐在沙龍裏的某一位。

我後來知道沙龍結果變成了這麼一個案子，反倒有些後悔當初沒有做點什麼，哪怕是發個宣言，也不枉擔了虛名。當然，假如由此引出的衝突，一步步朝上升級，那麼我的角色再文學也只能變成政治的了。雖然歷史不能假設，但要是我真的那麼做了，我的人生肯定全然改觀。須知，捷克的哈威爾他們當年搞的憲章運動，就跟先鋒藝術和官方的衝突有關。

由此也可以看出，吳洪森確實不簡單。可惜他找的是李劼，而不是個毛澤東式的人物，或者說，哈威爾式的人物。李劼不想做領袖，過去不做，現在不做，將來也永遠不做。生性獨孤，求敗。

吳洪森對我的拒絕成為毛澤東式的人物，顯然是耿耿於懷的。這與其說他恨鐵不成鋼，不如說我沒有倒在他的獵槍下。伊阿古成

功地獵獲了奧賽羅，是打中了男人的嫉妒心和對女人的佔有慾。假如我稍許有點政治野心的話，那麼我也會成為吳洪森的獵物。

　　不知吳洪森是否至今對此耿耿於懷。但從他在網上對我的憤恨中得知，他對我的上述這段文字確實十分在意。他也許會不無委屈地告訴我說，當年我在東躲西藏的時候，他曾四處打電話告訴眾朋友，在被通輯的名單上，我被列為首犯。雖然在我身陷囹圄的日子裏，有人說他曾散佈過我如何失節的謠言，但及至我逃過一劫重見天日與朋友們重新相聚時，他也確實曾在我朋友家門口等候。記得到了美國之後，有一天我剛從華盛頓 DC 回到紐約，就接到曾慧燕的電話，說吳洪森想跟我見一面。我還記得，在我去國之前，好像還曾跟吳洪森通過一個電話，具體內容記不清楚了。總之，吳洪森在我記憶裏並非是一個負面形象。他的老練，他的天性好動，還有他的謹慎，我全都記得很清楚。有時，他也會義氣一把。記得 86 年學潮中被開除的一個中文系學生，就曾被他收留在研究生寢室裏。假如他對我的這段文字難以釋懷，那我也沒有辦法。因為我在前言裏說過，我不會因為彼此曾是朋友的緣故，而對讀者有所隱瞞。

肆、馬原的故事能力和格非的敘事語感

　　馬原不是一個生性孤獨的人。他喜歡經常有朋友一起聊天，一起做事，一起旅行。經常會聽到馬原參加什麼攝製組，馬原到什麼地方拍電影去了。我一點不會奇怪。這就是馬原，不甘寂寞的馬原。他有過做電影明星的嚮往，不知如今是否依然執著此念。

　　馬原也不能沒有女人，雖然他從來不認真閱讀女人。他跟女人在一起，跟上廁所的需要很相近。曾有個女人向我非常憤怒地控訴

過馬原把她當做妓女看待。那個女人還是我介紹她去認識馬原的。從此以後，我再也沒有把任何女性介紹給馬原。馬原對那上海女子的所作所為，在把女子當作妓女的同時，無形之中也是對我的無禮。假如那個女子只能被看作妓女，那馬原把我當成了什麼？更何況，人家不僅是名牌大學畢業的高材生，還是一個十分出色的女記者和女編輯。就教養而言，馬原只有跟人家學習的份。

假如不瞭解馬原的這種個性，人們不會明白為什麼他的小說裏沒有一點人情味，甚至可以說，毫無人性可言。韓東關於馬原有過十分精彩的描述。他說馬原跟人說話的時候，眼睛直直地看著人家。人家會誤以為馬原非常溫柔。但只消仔細觀察一下馬原的眼睛，就會發現那兩顆眼珠子冷漠到了像是人工安裝的一樣。

馬原的成名，跟三個姓李的人有關。第一個是南京的李潮，韓東的哥哥，一個天真爛漫到讓人匪夷所思的可愛人兒。李潮是中國文壇上第一個發現馬原的作家。他認識馬原的時候，馬原還沒跟第一個妻子離婚。當馬原突然把後來成為他第二個妻子的女人帶到李潮面前的時候，李潮有點接受不了，當場提及馬原的原配。馬原的回答是打了李潮一記耳光。

第二個是李陀。據許多人告訴我，包括馬原本人也對我說過，當年馬原登上文壇的時候，李陀在北京領著馬原，把當時的文壇名流逐個逐個地認識遍了。李陀對馬原的推崇，文學界人人皆知。但不知馬原跟他發生了什麼糾紛，以致李陀恨馬原恨到了把馬原在東北的小哥們洪峰也一起恨了進去。李陀讀了我在《鍾山》上的〈論中國當代新潮小說〉之後，特意寫信給我，對我盛讚的兩個作家，他只同意史鐵生確實不錯，堅決不同意我對馬原的好評。

第三個就是在下，李劼。雖然李潮和李陀私下裏對馬原推崇備至，李陀還特意跟馬原做過對話。但最早給馬原的小說正兒八經地寫過比較專業的評論文章的，卻是在下。記得馬原讀了評論跑到上

海來找我的情形，言談之間，讓我非常感動。他告訴我說，他來上海，別人都不看，就來看望我一個。我猜想他當年跑到南京找李潮，很可能也說了同樣的話。

說起來，我可能是三個李當中，跟馬原相處得最和平的了。但我也有許多地方受不了馬原。跟馬原談論任何小說都沒事，但絕對不能跟馬原談論馬原的小說。馬原的談論方式是，先把你肯定了的小說，撥到一邊。然後跟你討論你認為有爭議的，一直討論到你傾向於肯定為止。然後繼續跟你討論剩下你認為不怎麼樣的，一直討論到你認為怎麼樣為止。等到討論完畢，你發現這與其說是在跟馬原談論小說，不如說被馬原給欺負了一場。

馬原從來不跟你談論，一般人認為他受過影響的那些外國作家，比如，羅伯‧格里耶、博爾赫斯、略薩等等。他會非常認真地告訴你說，假如要他列出三個最好的作品，他認為紀德的《窄門》，是其中的一部。然後他會非常興奮地跟你談論海明威。他不是在表示對海明威的認同和欽佩，而是在表明他已經超過了海明威。但要是你問他，海明威最後用雙筒獵槍結束了自己的生命，你會不會也一樣……他馬上會把頭轉到一邊，表示這種話題不值一談。

馬原最認真的神情，往往出現在他做遊戲的時候。比如做拼字遊戲，每人出一個名詞，一個動詞，一個形容詞，然後拼成一句話。他對遊戲的專注，讓人不得不想起他的小說，想起他的小說寫作。做遊戲和寫小說，在馬原是一回事情。馬原不會寫小說寫得昏天黑地，痛苦不堪，但會像做遊戲一樣的專注。

馬原對人表示信任的方式，不是贈書或者送給人家已經發表的文章，而是直接把手稿交給人家保存。我至今保存著馬原的一些手稿，只是不在身邊。

但不要以為馬原的信任意味著尊重。馬原可以一面信任一個朋友，一面很不當回事情地談論人家。他在跟喬良的一個對話裏聲稱，

評論寫得最好的，絕對不是評論家而是作家，或者詩人，比如艾略特。然後又在另一篇文章裏說道，即便刻薄如李劼云云。我後來託人捎話給馬原，讓馬原以後找艾略特寫評論去。馬原聽到後，特意寫信向我解釋，他不是那個意思。我收到馬原那封信的時候，正值處在東躲西藏的日子裏，可謂朝不保夕。那時候，人人談論的話題是流血、被捕、逃亡。唯有這個馬原，非常認真地給我談論他不是那個意思，彷彿天下太平到了除了那些雞毛蒜皮的爭執，沒什麼其他事情可談的地步。

後來再度見面時，我向馬原表示佩服。馬原說，政治是小事，朋友之間的友誼才是大事。

這就是馬原。那個叫做馬原的漢人。如同一個朋友所說，馬原在西藏寫這句話，顯得理所當然。可是離開西藏回到內地，此話無疑是句廢話。

但馬原恰好是個有本事把廢話編成故事的作家，並且編得十分精彩。讀馬原的小說就像在做智力遊戲，不需要任何心靈意義和情感方面的體驗。假如他在小說一開始告訴你，他寫的是天葬。我向你保證，你根本看不到有關天葬的任何情景。因為他寫到後來，根本就不知道兜到哪兒去了。目的由此被消解，過程成了敘事的主要對象。去哪裏是不重要的，怎麼去才是小說想要告訴你的。從這個意義上，小說的敘事方式，正好跟我的雙向同構思維邏輯不謀而合，前提或者目的，不重要。全部的意義在於過程之中。這可能也是我當初為什麼會從雙向同構思維邏輯的角度談論馬原小說的原因。

馬原的講故事能力，至今在中國作家當中相當鮮見。他的小說，在西藏時寫的篇什最出色。離開西藏後似乎少了什麼精氣之類，他的小說寫作每況愈下。他寫到長篇小說《上下都很平坦》的時候，終於捉襟見肘。馬原雖然很會講故事，但他寫不好長篇小說。我對他長篇小說的評價，一直沒法照顧朋友情面。在我看來，長篇小說

的寫作，除了會講故事，還得有情感和精神上的充沛底氣。羅曼・羅蘭不是個很會講故事的作家，他就是憑著那股激情，居然就寫出了《約翰・克里斯朵夫》。托爾斯泰的講故事的那種激情未必及得上馬原，但托爾斯泰的精神歷程，卻讓馬原望洋興嘆。所以托翁有了《戰爭與和平》、《安娜・卡列尼娜》和《復活》。馬原也許不以這三部小說為然，但其中任何一部，馬原都寫不了。

　　我希望馬原本人看到我這番話，然後跟我賭一下氣，寫出一部像像樣樣的長篇小說來。但即便如此，我的態度依然悲觀。

　　馬原是我在那批註重形式變革的中國新潮作家當中，最為看重的兩個作家之一，另一個是格非。

　　說老實話，格非當年在麻將桌上把〈褐色鳥群〉交給我，請我推薦給《鍾山》雜誌的時候，我根本就沒細看。我都沒有發現他在裏面寫有李劼，並且還杜撰了李劼的兒子李樸。《鍾山》的編輯當時還特意問我，你有把握這是篇好小說麼？我大大咧咧地回答他們，發表好了，有什麼異議，我負責解釋。

　　於是他們果然發表了，並且果然要我解釋，要我組織一次座談會，在下一期的《鍾山》上全文發表。如此一個來回，格非小說就在中國當代文壇上赫然登場了。

　　其實我在這之前，看過格非的另一篇小說，可能格非本人如今已經不願意提及。那小說發在《中國》上，不僅不起眼，而且幾乎沒人注意。但我看過，對小說的文字根底有一定的印象。這也是我為什麼敢那麼托大的原因之一。當時打麻將打得昏天黑地，哪有功夫細細琢磨格非小說裏的機關所在。他把李劼的名字編織在裏面，後來還是別人告訴我的。

　　有一次，馬原很認真地對我說，李劼，格非對你非常尊重，格非親口對我說，沒有李劼，就沒有我格非。我不知道格非是否真的如此對馬原說過，即便說過，也是因為格非感覺馬原喜歡這種江湖

腔調。格非對我確實一直很尊重,但是否真的會那麼表達,很難說。對小說家言總歸不能太相信,尤其是馬原那樣善於講故事的小說家言。

但是,這不等於說,我後悔推薦了格非。格非確實值得推薦。我當時不僅向《鍾山》推薦了他的小說,還在他去北京的時候,一氣寫了三封信,把他介紹給了三個在文壇上舉足重輕的朋友,一個是李陀,一個是史鐵生,還有一個是《人民文學》當時的主力編輯朱偉。

格非的小說,在敘事語感上,絕對是出類拔萃的。在這方面唯一可以讓格非小說失色的,應該是克洛德·西蒙《弗蘭德公路》的中文譯本。我想,那部小說即便不是格非的聖經,至少也是他最為鍾愛的經典之一。格非在小說裏迷宮般的故事編織,我不覺得有什麼驚人之處,尤其是有過博爾赫斯那種神經兮兮的幻想之後,小說寫得再像謎語,也不會打動我這樣的讀者了。格非小說的精彩,在於那種非常具有質感的敘事語言,意像十分清晰,連浮動的空氣都可以感覺到。如此精緻的語言,唯有在羅伯·格里耶的電影,諸如《去年在馬里昂巴德》、《慾念浮動》等等裏面,我才讀到過。

比起馬原,格非還有一個本事就是,能寫長篇小說,雖然寫不太長。格非的幾個長篇,在敘事上都相當成功。《敵人》把他中篇小說《迷舟》裏的故事意象,作了進一步的營造和編織,而其中的過渡便是《大年》那樣的故事。相比之下,我當然更喜歡《慾望的旗幟》。

讀過格非的小說,都可以感到,此人心機極深,深到讓人毛骨聳然的地步。如果說吳洪森有時還有某種天才兮兮的梅菲斯特秉賦,格非小說中的那個敘述者,則全然是一個伊阿古再世。其中唯一的例外,是他後來寫的長篇小說,《慾望的旗幟》。

與格非的其他長篇小說不同,《慾望的旗幟》時不時地飄出一股股曾經彌漫在《褐色鳥群》裏的芬芳。這就要說到格非小說兩個基

本的文化歷史背景，一個是不無詭異的鄉村，或者說鄉野，充滿兇殺和暴力，還有詭譎的陰謀。另一個是不無詩意的校園，充滿愛情和慾望，連同虛偽的面具。格非在前一類小說裏，是個冷酷的鄉下孩子，或者說，農家伊阿古，眼睛裏充滿警惕和仇恨。格非在後一類小說裏，則像個校園裏的拉斯蒂涅，既慶幸自己的成功，並且因之沾沾自喜；又嫉恨高高在上的學院貴族，不時地朝他們扔出一個個煤球，紮紮實實打在對方的背脊上。也許是這樣的秉性，格非與吳洪森相當投契，至少在表面上看來是這樣。

假如說馬原的小說僅僅是無情的話，那麼格非的小說在於冷酷。這種冷酷讓人想起的不是瓦格納那種貴族氣十足的高高在上，君臨芸芸眾生，而是肉食動物在充滿生存競爭環境裏的伺機出擊。如同行走在叢林裏的一頭野獸，格非隨時隨地會作出十分敏捷的反應。為了逃生，格非會毫不留情地殺死對手。但在可以退讓從而得以保全的前提之下，格非也會退後一步，給自己留條後路。這是格非小說跟馬原小說非常不同的地方，雖然兩者看上去同樣的無情，質地卻全然不同。一者是遊戲，所以沒有兒女情長；一者是生存競爭，所以沒有慈悲和憐憫。

格非的小說雖然把生活中的真實性儘量隱去，但有些細節還是下意識地洩露出他的某些心理情結。好像是在《敵人》裏吧，主人公在所屬的軍隊向前衝鋒之際，突然蹲了下來，以解大便的方式，成功地做了逃兵。這個細節讓我想起那年半夜裏出去遊行，可能會面臨殺身之禍之際，格非突然不見了。我後來問起他，你那天夜裏到哪裏去了，他回答說他走到半路回家睡覺了。也許是他對我的追問有些耿耿於懷，結果就在小說裏寫成了蹲下拉大便。當然，這樣的細節，也只有我明白。別人讀了還會覺得很有趣，甚至可能會將此比之於海明威《永別了，武器》當中的什麼細節呢。只有明白其中奧妙的讀者，才不會將這兩類細節混為一談。

但不管怎麼說，格非的小說確實另有一工。就個人趣味而言，我最喜歡的依然是格非的早期作品，《褐色鳥群》。這部小說，我是在去國之前才認真閱讀的。為了讓讀者對我的評說格非有個感性印象，我在這裏摘出其中的兩個片斷。

「水邊」這一帶，正像我在那本書裏記述的一樣，天天晴空萬里，光線的能見度很好。我坐在寓所的視窗，能夠清晰地看見遠處水底各種顏色的鵝卵石，以及白如積雪的茅穗上甲殼狀或蛾狀微生物爬行的姿勢。但是我無法分辨季節的變化。我每天都能從寓所屋頂的黑瓦上發現一層白霜。這些霜在中午溫暖的太陽光漸漸增強了它的熱度時，才化成水從屋簷滴落。這個地帶從未下過一場雨。另外，在漆黑如鴉的深夜我還能觀察到一些奇異的天象，諸如流星作勻速四周運動，月亮成為不規則的櫻桃形等等。我想如果不是我的記憶出現了梗阻，那一定是時間出了毛病。幸好，每天都有一些褐色的候鳥從水邊的上空飛過，我能夠根據這些褐色的鳥飛動的方向（往南或往北），隱約猜測時序的嬗遞。就像我記憶中某個醫生曾聲稱「血是受傷的符號「一樣，我以為，候鳥則是季節的符號。

好哇，格非——

棋陡然坐直了身體，一字一頓地說：李樸你也不認識我你也不認識你難道連李劼也不認識嘛？

我猛然一驚，我的如灰燼一般的記憶之繩像是被一種奇怪的膠粘接起來，我滿腹焦慮地回憶從前，就像在注視著雪白的牆壁尋找兩眼的盲點。我隱約記起來了，我和棋說的那個李劼相識那是很久以前的事了，大概是一九八七年……

不過，你是怎麼知道我的名字。

　　雖然故事是朦朧的，但意象卻是相當清晰的。文字優美，但不是詩歌，而是敘事，是小說。格非的筆觸相當堅實，再細緻的地方，都不會軟不拉遢。許多新潮作家，尤其是有著詩人背景的，一寫小說，語言就會優美得像詩歌一樣。所謂像詩歌一樣，是指過多的隱喻，使小說語言變得飄忽不定。就小說而言，夢幻可以隱藏在後面，絕對不能隨隨便便跑到敘事前面來。但這恰好是一些新潮作家，比如孫甘露小說的特色。我將在下面一節細說。

　　格非小說《褐色鳥群》的上述兩個片斷，前面那個是我在推薦的時候掃過一眼的，後面那段卻是我很久以後才細讀的。我並不是在此故意炫耀自己的評論鑒賞能力，而是意指格非的小說，在語言上的這種質感和精緻，一目了然。所以我掃了一眼就給《鍾山》寫了推薦信，然後繼續打麻將。

　　假如有人問我，格非小說缺少些什麼？那麼我的回答很簡單，兩個字，靈魂。格非的小說裏看不到靈魂的掙扎。格非小說基本上是後天習得的，而不是先天具有的。他的天賦在於對文字的極端敏感。只是小說的語言，包括精湛的技法，都可以通過學習而獲得，但像陀思妥也夫斯基小說裏那種靈魂的掙扎，卻絕對不是通過學習可以抵達的。當然，這是另外一個話題，我將在後面的章節裏細說。

　　我在這裏順便提一下，美國著名評論家哈樂德・布魯姆在他的論著《天才們》中論及博爾赫斯時，似乎是很不經意地提到了伊阿古，並且說，博爾赫斯所論說的莎士比亞世界裏的伊阿古，開創了歐洲的虛無主義。這是個很有趣的形而上學話題。但這並不意味著80年代模仿博爾赫斯的中國先鋒作家也同樣有趣。因為伊阿古在中國的化身們，是在虛無主義掩護之下的現實主義者。他們的現實性在於，為了攫取生存利益，絕對的不擇手段。即使是文學寫作，最後也成了謀生的手段。從某種意義上說，80年代中國先鋒文學的美學意味和形而上意味，就是這樣喪失的。

伍、三個上海作家的三種語言方式和三張城市面孔

　　先鋒沙龍裏的另一個先鋒作家，孫甘露，來自另外一種文化背景和話語環境。不是東北，而是上海；不是鄉野，而是城市。由於孫甘露的小說跟上海和城市緊密相聯，甚至水乳難分，我在談論的時候，不得不引出其他兩個同類相比較。這樣，就有了三個上海作家的三種語言方式和三張城市面孔。聽上去很有趣吧？但讀讀下面三段文字，將會更加有趣。第一段來自王安憶的《長恨歌》，第二段來自木心老葉客的《上海賦》，第三段則出自孫甘露的成名作《訪問夢境》。

　　這是王安憶《長恨歌》的開篇一大段文字。

> 站一個制高點看上海，上海的弄堂是壯觀的景象。它是這城市背景一樣的東西。街道和樓房凸現在它之上，是一些點和線，而它則是中國畫中稱為皴法的那類筆觸，是將空白填滿的。當天黑下來，燈亮起來的時分，這些點和線都是有光的，在那光後面，大片大片的暗，便是上海的弄堂了。那暗看上去幾乎是波濤洶湧，幾乎要將那幾點幾線的光推著走似的。它是有體積的，而點和線卻是浮在面上的，是為劃分這個體積而存在的，是文章裏標點一類的東西，斷行斷句的。那暗是像深淵一樣，扔一座山下去，也悄無聲息地沉了底。那暗裏還像是藏著許多礁石，一不小心就會翻了船的。上海的幾點幾線的光，全是叫那暗拖住的，一拖便是幾十年。這東方巴黎的璀璨，是以那暗作底鋪陳開。一鋪便是幾十年。如今，什麼都好像舊了似的，一點一點露出了真跡。晨曦一點一點亮起，燈光一點一點熄滅：先是有薄薄的霧，光是平直的光，構出輪廓，細工筆似的。最先跳出來的是老式弄堂房頂的老虎天窗，它們在晨霧裏有一種精緻乖巧的模樣，那木框窗扇是

細雕細作的；那屋披上的瓦是細工細排的；窗台上花盆裏的月季花也是細心細養的。然後曬台也出來了，有隔夜的衣衫，滯著不動的，像畫上的衣衫；曬台矮牆上的水泥脫落了，露出鏽紅色的磚，也像是畫上的，一筆一劃都清晰的。再接著，山牆上的裂紋也現出了，還有點點綠苔，有觸手的涼意似的。第一縷陽光是在山牆上的，這是很美的圖畫，幾乎是絢爛的，又有些荒涼；是新鮮的，又是有年頭的。這時候，弄底的水泥地還在晨霧裏頭，後弄要比前弄的霧更重一些。新式里弄的鐵欄杆的陽台上也有了陽光，在落地的長窗上折出了反光。這是比較銳利的一筆，帶有揭開帷幕，劃開夜與畫的意思。霧終被陽光驅散了，什麼都加重了顏色，綠苔原來是黑的，窗框的木頭也是發黑的，陽台的黑鐵欄杆卻是生了黃鏽，山牆的裂縫裏倒長出綠色的草，飛在天空裏的白鴿成了灰鴿。

好，現在是木心《上海賦》中的「弄堂風光」篇中的兩個選段。

上海的弄堂來了，發酵的人世間，骯髒，囂騷，望之黝黑而蠕動，森然無盡頭，這裏那裏的小便池，斑駁的牆上貼滿性病特效藥的廣告，垃圾箱滿了，垃圾倒在兩旁，陰溝泛著穢泡，群蠅亂飛，窪處積水映見弄頂的狹長青天，又是晾出無數的內衣外衫，一樓一群密密層層，弄堂把風逼緊了，吹得它們獵獵價響，參差而緊挨的牆面盡可能地開窗，大小高低是洞就是窗，豔色的布簾被風吸出來又刮進去，收音機十足嘹亮，「一馬離了西涼啊界唉……青嗯的山唉，綠的水噢噢……」另一隻收音機認為「桃噢花江是美唉人窩，桃噢花啊千哀萬唉萬朵喔喔喔，比不上美唉人嗯嗯嗯多」，老嫗們端然坐定在竹椅上，好像與竹椅生來就是一體，剝蠶豆，以蔥油炒之，折紙錠錫箔，祖宗忌辰焚化之，西娘家桃花缸（此

六字費解）收音機都是這樣的，小孩的運動場賭場戰場也就在於此，腳下是坎坷濕漉的一條地，頭上是支離破碎的一縷天，小鬼們鬧得天翻地覆也就有限，而且棚簷下的鳥籠裏的畫眉、八哥婉轉地叫，黃包車拉進來了，不讓路不行，拉車的滿口好話，坐在車上的木然泰然，根本與己無關，車子顛顛頓頓過去，弄堂的那邊也在讓路了，這邊的老嫗小孩各歸原位，都記得剛才是占著什麼地盤的。民國初年造起來的弄堂倒並非如此，那是江南的普通家宅，石庫門、天井、客堂、廂房，灶間在後，臥室上樓，再則假三層，勉強加上去，甚而再勉勉強強構作四層，還添個平頂。不知何年何月何家發難，前門不走走後門，似乎是一項文明進步，外省人按路名門牌找對了，滿頭大汗地再三叩關，裏面毫無反應，走動在附近的人視若無睹，碰巧看那個長者經過，向你撅撅嘴，意思是繞到後面去，上海人特別善於「簡練」，對方當然也要善於領會才好，這一撅嘴是連著頭的微轉，足夠示明方位了，但外地來客哪有這份慧能，仍處於四顧茫然中，長者卻已嚙著牙籤悠悠踱去，落難者再奮起敲門，帶著哭音地叫：「三阿姨喲」、「大伯伯啊」，近處的閒人中之某個嫌煩了，戟手指點，索性引導到後門口，入目的是條黑暗的小甬道，一邊是極窄極陡的木樓梯，一邊是油煙襲人的廚房，身影幢幢，水聲淰淰，燒的燒、洗的洗、切的切，因為是幾家合用的呀，從早到晚從黃昏到賣夜，上海弄堂的廚房裏蠢蠢然施施然活動不止……為什麼死要面子的上海人甘願封閉前門而不惜暴露「生活」的「後台」呢，那是人口爆炸的趨勢所使然，天井上空搭了頂棚，客堂裏攔道板壁，都成了起居室，不然就召租，一間即是一戶人家，進出概走後門，後弄堂相應興旺起來，稍有異事，傾弄聚觀，如沸如撼半天半天不能平息，夾忙中金嗓

子開腔了：「糞車是我們的報曉噢雞，多少的聲音都被它喚囂起，前門叫賣唉菜喙，後門叫賣唉米……」上海市民們聽了認為中肯，日日所聞所見的尋常事，虧她清清爽爽唱出來。大都會的「文明」只在西區，花園洋房，高尚公寓，法國夜總會，林中別墅，俱樂部，精緻豪奢直追歐美第一流，而南、北、東三區及中區的部分，大多數人家沒有煤氣，沒有冰箱，沒有浴缸抽水馬桶，每當天色微明，糞車隆隆而來，車身塗滿柏油，狀如巨大的黑棺材，有一張公差型的闊臉的執役者揚聲高喊「咦喙——」，因為天天如此，這個特別的吆喝除了召喚及時倒糞，不致作其他想，於是各層樓中的張師母李太太趙阿姨王家姆媽歐陽小姐朱老先生，個個一手把住樓梯的扶欄，一手拎著沉重的便桶，四樓、三樓、二樓地下來，這種驚險的事全年三百六十五次都能逢凶化吉。

上海的弄堂，條數距（巨？）萬，縱的橫的斜的曲的，如入迷魂陣，每屆盛夏，溽暑蒸騰，大半個都市籠在昏赤的炎霧中，傍晚日光西射，建築物構成陰帶，屋裏的人都螃蟹出洞那樣地坐臥在弄堂裏，精明者悄然占了風口，一般就株守在自家門前，屋裏高溫如水爐烤箱，凳子燙得坐不上，蠟燭融彎而折倒，熱煞了熱煞了，藤椅、竹榻、帆布床、小板凳，擺得弄堂難於通行，路人卻又川流不息，納涼的芸芸眾生時而西瓜、時而涼粉、時而大麥茶綠豆湯、蓮子百合紅棗湯，暗中又有一層比富炫闊的心態，真富真闊早就廬山莫干山避暑了，然而上海人始終在比下有餘中忘了比上不足，老太婆，每有衣履端正者，輕搖羽扇，曼聲叫孫女兒把銀耳羹拿出來，要加冰糖，當心倒翻，老頭子，上穿一百二十支麻紗的細潔汗衫，下系水灰直羅長褲，烏亮的皮拖鞋十年也不走樣，骨

牌凳為桌，一兩碟小菜，啜他的法國三星白蘭地，消暑祛痰，環顧悠然，本來是上海人話最多，按說如此滿滿一弄堂男女老少總該喧擾不堪了，然而連續熱下來，汗流得頭昏眼花，沒有力氣嚕蘇，只想橫倒躺成平的，天光漸漸暗落，黃種人的皮膚這時愈發顯得黃，瘦的肥的，再瘦再肥的，都忘我而又唯我地裡裸在路燈下，大都會的市聲遠近不分地洪洪雷輥，從前的上海的夏天呀，臭蟲多，家家難免，也就不怕丟臉，臥具坐具搬到弄堂裏來用滾水澆，席子卷攏而拍之舂之，臭蟲落地，連忙用鞋底擦殺，已經入夜了，霓虹燈把市空映得火災似的，探照燈巨大的光束忽東忽西，忽交叉忽分開，廣播電台自得其樂地反諷：「那南風吹來嗯清涼……那夜鶯啼聲淒咦愴……月下有花一咦般的夢噙……」蒲扇劈拍驅蚊，完全國貨的蚊煙像死爛的白蛇盤曲在地上，救火車狂吼著過了一輛，又一輛，夜深露重，還是不進屋，熱呀，進去了又逃出來，江海關的大鍾長鳴，明天一早要上班，從前的上海的夏令三伏，半數市民幾百萬，這樣睡在弄堂裏，路燈黃黃的光照著黃黃的肉，直到天明，又是一個不饒人的大熱日子。

俗話說，不怕不識貨，只怕貨比貨。假如沒有木心對上海小弄堂這種力透紙背的寫照，那麼王安憶的上海小弄堂物語，可能會成為經典，至少在李歐梵那類教授的心目中。從某種意義上說，木心的出現，讓王安憶尷尬之極。名牌有正牌和冒牌之分，上海人也有真上海、假上海之別。一個假模假樣地把上海弄堂稱之為「壯觀的景象」，一個直截了當地命名為「發酵的人世間」。僅此一句，高下立判。在木心面前，王安憶關於上海的文字，不僅顯得誇張、輕浮，而且十分虛假，充滿一個外鄉人的胡亂嘮叨。至於其中的詩意，假如可以稱作詩意的話，讓人聯想起的則是國人久違了的楊朔散文或者秦牧散文。至於文字根底，無論從上海口語的提煉上說，還是從

古典文學的修養上說，木心都足以成為王安憶的老師。假如木心願意收學生的話。

木心對上海小弄堂的寫照，不要說王安憶的文字望塵莫及，就是當年被魯迅和胡風交口讚譽的蕭紅《生死場》，也達不到那樣的生動和那樣的深邃無比。木心的文字有血有肉不說，還有一個靈魂徜徉在整個場景的景深處。木心文字的這種風骨和這種功力，乃是王安憶難以抵達的修為。王安憶的文字假如退到當年〈雨，沙沙沙〉的話，可能還有一份清純，可以站立在木心老葉客面前。但進到《長恨歌》，女人經常會有的毛病，比如嘮叨，或者比嘮叨還要讓人受不了的自說自話，便一覽無遺了。按照《長恨歌》呈現的圖景，王安憶誤以為上海的歷史是從文化大革命前後開始的。她以為她只消告訴讀者，文化大革命之前的上海是怎麼樣的，文化大革命之後的上海是怎麼樣的，一切都搞定了。至於所謂的舊上海，隨便一筆帶過也就帶過了。好像那時候的上海人都是飄浮在空中度過的。謝天謝地，幸虧有個木心，把個發酵的人世間寫得如此維妙維肖，從而把上海連同上海人從王安憶的嘮叨中救了出來。

寫到這裏，我不得不提及我過去經常講的一句話，王安憶的小說，最有意思的還是早年的那篇〈雨，沙沙沙〉。許多人以為，我那麼說是故意貶低王安憶，殊不知，我恰好是在提醒王安憶，不要忘記最初的那份清純。有關生命的修為，老子經常喜歡說的，乃是返回去，返回到嬰兒狀態去，亦即回歸到赤子之心去。許多研究老子的人，尤其是所謂的學者都聽不懂老子在說什麼。同樣道理，我一再說〈雨，沙沙沙〉的重要，一般人也聽不懂我在說什麼，王安憶可能也不以為然。但現在讀了木心的文字，王安憶應該想一想，如何返回去。生命不在於一味的張揚自己，恰恰在於不停地返回去，再返回去。一個很簡單的事實就是，為什麼〈雨，沙沙沙〉裏沒有楊朔、秦牧味道，而寫到《長恨歌》就會出現那樣的味道呢？可能

是因為王安憶的小說寫作被人吹捧過度捧昏了頭，忘記了小女子心本清純，性本善良。

現在應該明白，我為什麼會在前文沉痛指出，某些台灣籍漢學家的那種混水摸魚、海底撈蝦，給整個當代中國文學造成了極其古怪的相當負面的影響。當然，中國作家們和中國學者的崇洋媚外，也給人家造成了話語市場。相煎總是雙方的，僅有一方還煎不起來呢。

假如在木心面前，王安憶有關上海的寫作成了一個教訓，那麼孫甘露的寫作又如何呢？請看《訪問夢境》的幾個片斷。

> 如果，誰在此刻推開我的門，就能看到我的窗戶打開著。我趴在窗前。此刻，我為晚霞勾勒的剪影是不能用幽默的態度對待的。我的背影不能告訴你我的目光此刻正神祕地閱讀遠方的景物。誰也不能走近我靜止的軀體，不能走近暮色中飛翔的思緒。因為，我不允許打攪死者的沉思。
> 我行走著，猶如我的想像行走著。我前方的街道以一種透視的方式向深處延伸。我開始進入一部打開的書。它的扉頁上標明了幾處必讀的段落和可以略去的部分。它們街燈般地閃亮在昏暗的視野裏，不指示方向，但大致勾畫了前景。它的迷人之處為眾多的建築以掩飾的方式所加強，一如神話為森林以迷宮似的路徑傳向年代久遠的未來。它的每一頁都是一種新建築。對這種新建築的扼要解釋，在我讀來全是對某個顯而易見的傳說的暗示。在頁與頁之間，或者說在這兩種建築之間，我讀到了一條深不可測的河流，讀到了它污穢的色彩，讀到了它兩岸明麗的傳說以及論述河流與堤岸關係的許許多多的著作和文獻。我的眼睛隨著書頁的翻動漸漸地濕潤。一個聲音在地平線上出現，它以囈語般的語調宣稱：最

終，我將為語詞所溶化。我的肉體將化作一個光輝的字眼，進入我所閱讀的所有書籍中的某一本，完成它那啟示錄的敘述。

但是在這之前，我必須以一種平凡的方式，閱讀我夢一般的內心。以此守候我奇異的甦醒。

修剪時節。鴿羽般潔白的書頁，為我棕色的手指所翻動之際，我聽不見任何音響，戰爭在遠方。

豐收神站在夜色的台階上迎接我。她的呼吸化著一件我穿的衣服，在星月隱約的夜色下，護衛著我也束縛著我。

在我假想的相遇中，她曾經以異族神話的方式坐在一株千年古樹的枝椏上，在我處子的仰視中飄飄欲仙，她以傳說和現實編織目光的眼睛放射著迷惘的聖女的貞潔。

你是怎麼找到這片橙子林的？我們居住的這一帶家家門前都有一大片橙子林，幾乎很難分辨，你是怎麼找到的？

我看到了梯子。那架靠在門前的白色梯子。就是你告訴我的那架由一位閃閃血統的老人在他雙目失明之前，用他裱書手藝製成的白色梯子。這架白色梯子是你們家的標誌。

我突然意識到，我在橙子林中四處轉悠，原來是為了尋找這架白色的梯子。它以寓言的方式豎立在幾乎透明的蔚藍的天空下。

毋庸置疑，這最後一段最為出色，也是整個小說的畫龍點睛之處。白色的梯子，寓言的方式，透明的蔚藍天空。這樣的空靈也可說是達到了某種極端。整個 80 年代的中國當代新潮小說，能夠抵達如此空靈境界的，實在找不出第二個例子。這樣的空靈不僅讓其他小說失色，也讓這篇小說本身的有些片斷顯得有些蒼白。比如有關那個豐收神的意像，無論是她的坐姿，還是她的呼吸，還是她的貞潔，相比之下，都顯得含混不清。當然，讀著這樣的小說，又令人

無法不想起卡爾維諾的《隱形城市》。孫甘露筆下的城市景觀，與其說是上海這個城市的折射，不如說是卡爾維諾小說的一個影子。

至於《訪問夢境》的語言，看上去相當隨意，但真正控制起來，非常困難。這是一種名符其實的語言冒險，在詩歌和小說之間走鋼絲。木心的語言幾近化境，但孫甘露的寫作卻不得不小心翼翼。萬一寫成了詩歌，語言再華美再漂亮，也已宣告失敗。而要擺脫變成詩歌的窘迫，必須時時遵循敘事的規則。情緒的流露更不用說宣洩，在此顯然是非常危險的事情。

孫甘露後來以相仿的筆法，寫過一些小說，但《訪問夢境》卻是最為成功的。無論就其實驗性，還是就其抵達的意境上看，都呈示了敘事的別一種可能性。這要換了其他作家，很可能寫成一篇散文詩。

當然了，不管實驗如何成功，畢竟是另外一種自說自話，作者一開始便引用了卡塔菲羅斯的話表明，整個小說乃是一場語言的旅行。因為，到了結束的地方，沒有了形象的回憶，只剩下了語言。

有關這種自說自話的閱讀，我在這裏引用網上看到的一段話為證。一位將自己命名為指尖微涼的作者，如此寫道：

> 每當心灰意冷——是指對文學有了厭倦之情。當這種壞情緒洶湧襲來又無法遣懷時，一定逼著自己走向書架，抽出孫甘露小說集《訪問夢境》。
>
> 因為——
>
> 起碼還有這麼漂亮的小說，可以分享。

就從這兩段話裏，我讀出的已經不是指尖的微涼，而是悲涼之霧，遍被華林了。我不想說孫甘露的小說有什麼心理療效，但情緒不好的時候，也確實是個可以解脫的去處。打個不準確的比方，如

同清涼的藥膏，在無可奈何之日，拿出來塗一點在心上，感覺會好多了。這位作者當然不是不知道這種解脫的暫時性，因為他非常確切地把孫甘露的小說稱之為語言的盛宴和狂歡。既然如此，語言背後的淒涼和無奈也就只好眼開眼閉了。

假如我把孫甘露的這種語言放浪，歸結為美軍 B52 飛機在越南的轟炸所致，也許所有的讀者聽了都會跳起來，你在說什麼？！

是的，轟炸，既是具體的，又是象徵的。

我說是具體的，是指孫甘露以前一個非常重要的朋友，周樺，親口過告訴我有關孫甘露和 B52 的轟炸。孫甘露當然沒有去過越南，但他父親去過，作為中國人民解放軍對越南抗擊美帝國主義的有力支援。他父親是那場支援當中的倖存者，但即便如此，也已經對美軍 B52 轟炸機的轟炸終生難忘了。不要說他本人是如何感受的，就是周樺在跟我轉述的時候，聽上去都讓人心驚膽戰。周樺一遍又一遍地對我說著，李劼，你知道那是什麼樣的情景麼？不說別的，光是炸彈坑，就有幾個足球場那麼大呀！

當然，周樺也沒去過越南。周樺顯然是聽孫甘露轉述的，而孫甘露又是聽他父親講說的。

周樺接下去對孫甘露的描述，就更加接近對其小說的闡釋了。周樺說，每次一群人出去尋事，孫甘露總是走在最後一個，隨時隨地準備開溜。

B52 的轟炸，不僅嚇懵了做人家援軍的父親，也嚇懵了後來成了作家的兒子。而且最要命的是，那樣的恐怖還是不可以在外面隨便亂說的。要不是周樺仗著自己老子是延安時代的革命作家，哪敢隨便洩露那樣的祕密？

孫甘露的文字，乃是孫甘露整個生命整個人生的防空洞。用小說的敘述來說，則是，最終，我將為語詞所溶化。外面的世界是震耳欲聾的轟炸，沒完沒了的轟炸。裏面的世界是，孫甘露溶化在他

的語言防空洞裏，畫出最純潔最美妙的圖畫。用小說本身的描述來
說，乃是：

> 修剪時節。鴿羽般潔白的書頁，為我棕色的手指所翻動之際，
> 我聽不見任何音響，戰爭在遠方。

這很像某個電影畫面。對於一個被轟炸所震聾的倖存者來說，
戰爭的轟鳴自然變得非常遙遠。換句話來說，置身於安全的防空洞
內，戰爭宛如屋外的綿綿細雨。

很難說，這構成了孫甘露的全部人生寄託，但至少是一種活法。
假如轟炸和戰爭成為一種隱喻的話，那麼相應的就是人生防空洞的
語言性質。書本和語言，因為虛構顯得極為高雅，對於一個躲避者
來說，又具有心理上的絕對安全感。也正是跟外在世界的這種絕對
心理距離，書頁變得鴿羽般的潔白。

毋庸置疑，城市在孫甘露的眼睛裏是子虛烏有的。因為在那樣
的轟炸面前，任何東西都是可以在一瞬間就灰飛煙滅的。要說明這
樣的虛無，我推薦讀者看一部電影，叫做《迷牆》，也有譯成《達達
主義之牆》的。那部影片中的男主人公，蜷縮在一個牆角的情景，
可以看作是孫甘露生命狀態的某種寫照，也是解讀其小說的一個基
本參照。

因此，讀者別指望會在孫甘露的小說裏真的會看到那個叫做上海
的城市。假如出現的話，那也已經面目全非。一如上述所引的段落：

> 我前方的街道以一種透視的方式向深處延伸。我開始進入一
> 部打開的書。它的扉頁上標明了幾處必讀的段落和可以略去
> 的部分。它們街燈般地閃亮在昏暗的視野裏，不指示方向，
> 但大致勾畫了前景。它的迷人之處為眾多的建築以掩飾的方
> 式所加強，一如神話為森林以迷宮似的路徑傳向年代久遠的

未來。它的每一頁都是一種新建築。對這種新建築的扼要解釋，在我讀來全是對某個顯而易見的傳說的暗示。在頁與頁之間，或者說在這兩種建築之間，我讀到了一條深不可測的河流，讀到了它污穢的色彩，讀到了它兩岸明麗的傳說以及論述河流與堤岸關係的許許多多的著作和文獻。

誰能肯定說，那條污穢的河流是蘇州河？誰能肯定說，那眾多的建築構成的是叫做上海的那個城市？

讀者看到的只有著作和文獻。這聽上去很像圖書館長博爾赫斯所寫的小說，尤其像卡爾維諾的小說。並且還讓人聯想到英格瑪‧伯格曼的電影《野草莓》裏的某些畫面，那也是一種夢境。《野草莓》是另一種對夢境的訪問，其中的城市圖像，與孫甘露筆下的描寫，具有驚人的相似和相近。遺憾的只是，孫甘露的小說還沒能抵達如同卡爾維諾小說和伯格曼電影所天然具備的形而上意味。其中原因有許多，比如，無論是卡爾維諾還是伯格曼都絕對不會跟卡斯楚進餐進到互相愉悅的程度，但這在孫甘露就很難說了。假如讓孫甘露跟卡斯楚式的人物進餐，他不會覺得有趣，但他也不會認為無趣。你可以說，這是一種機會主義方式，也可以說，這是別一種的與世無爭。

不過，把孫甘露的小說定位在卡爾維諾和博爾赫斯陰影之下，可能比較準確。然後可以做這樣的假設，假如孫甘露移居義大利，可能直接師法卡爾維諾；而假如把孫甘露扔在古巴或者南美的哪個國家，那麼他可能會跟卡斯楚共進晚餐。卡爾維諾的小說是可以模仿的，但卡爾維諾絕對不會像博爾赫斯那樣天才成白癡的模樣，卻是無論如何也模仿不了的。事實上，孫甘露的小說，是以博爾赫斯的方式對卡爾維諾進行了模仿，並且又沒能具備博爾赫斯那樣超然到白癡地步的糊塗。能夠超然到白癡，怎麼說也是一種境界。

我所引用的轟炸，對孫甘露來說，不止是人生的某種體味，而且還是一種形而上的心理情結。外部世界的任何壓力，對孫甘露來說都像轟炸一樣沉重，都像轟炸一樣恐怖。推而廣之，又豈止是孫甘露活在被轟炸的陰影底下，在上海這個城市裏，在這整個世界上，誰又不是活在被騷擾被轟炸的情形之下？轟炸作為一種隱喻，首先意味著的就是安全感的喪失。而喪失安全感，絕對不是孫甘露一個人的困頓。這可能是孫甘露小說能夠被閱讀的一個重要前提。任何受到不堪忍受的騷擾的人，都會躲進孫甘露的小說裏暫避一時，至少喘口氣吧，就像那個叫做指尖微涼的網友那樣。

從某種意義上說，孫甘露的小說，也反過來以語言構成的轟炸，回答了整個世界對於個體生命，對於孫甘露的轟炸。當然，比起B52的轟炸，比起日常生活當中沒完沒了的被騷擾被轟炸，孫甘露的語言轟炸，至多只是一場語言的盛宴，或者說語言的狂歡。假如人們明白了這樣的意思，那麼孫甘露的小說可能被讀者如何消費也就清楚了。

在一個喪失了靈魂的世界裏，孫甘露的小說很可能被人當作一種非常高級的心理洗滌劑，並且散發著淡淡的書卷氣十足的清香。

勞累了一天的人們，從外面的世界回到自己的小窩，先到浴室裏把臭皮囊洗乾淨。然後，坐在沙發上讀一下孫甘露的小說，那些諸如不安，焦灼，煩惱，甚至絕望之類的心理塵垢，自然就去掉了許多。最後聽著輕柔的音樂，安然入眠。女士看著男士閱讀孫甘露的小說，看出了男士的教養。男人看著女人閱讀孫甘露的小說，看出了女人的優雅。彼此帶著這樣的感覺上床，減去了許多不必要的粗魯。如此等等。

我想，孫甘露小說的城市面孔可能是這樣體現出來的。

先不說這是孫甘露小說的幸還是不幸，需要指出的是，不要以為這樣的小說到處可以見到，哪個地方都會出產。這樣的小說只可能出現在上海這樣的城市裏，不可能在其他地方看到，至少在目前

是這樣。孫甘露小說雖然拒絕進入上海這個城市的城市景觀，但小說本身卻絕對是這個城市的特產。至少在中國這塊土地上，只有上海這樣的城市，才會產生這樣的小說。從北京那樣的城市裏，要麼傳出「卑鄙是卑鄙者的通行證，高尚是高尚者的墓誌銘」那樣的決絕，要麼傳出王朔式的哈哈大笑，笑得十分爽朗，以致笑出一個個陽光燦爛的日子。那是另外一種虛構。

在孫甘露的城市面孔跟前，王安憶顯得不無世俗。在木心的城市面孔跟前，孫甘露成了一個不斷夢囈的城市少年。最後，在王安憶的城市面孔跟前，孫甘露搖搖頭，表示君子有所不為。這在木心則是不聲不響地遠走他鄉，帶著他的城市，帶著對上海那種刻骨銘心的記憶。這就是我想說的，上海的三個作家使用的三種不同的語言方式，由此提供的三張不同的城市面孔。

2003 年 10 月 7 日寫於紐約

第八章　他們的生活和寫作使先鋒成為可能

　　在我看來，80 年代最重要的文學成就和最有意味的文學現象，既不在於尋根文學之中，也不在於所謂的新潮文學，或者說，不在於各種成為文學思潮意義上的文學寫作，而在於在一些年輕的詩人，作家和劇作家還有一些藝術家，他們以一種流浪的方式，一種不依賴體制而生存的方式，選擇了自由的寫作，寫作先鋒的文學。或者反過來說，他們的生活和寫作方式，使自由成為可能，使先鋒成為可能。這在藝術上比較著名的是北京的圓明圓藝術村，那裏聚集著許多各式各樣的自由而先鋒的藝術家。而在文學上，最初始見於北京的《今天》詩派，到了 80 年代尤其是 85 年以後，散見於各個大城市和全國各地的城鎮鄉村。限於篇幅，本著只能選擇一些作者本人認識的先鋒人物。他們由於不同的原因，或者被驅逐出校園，或者自動離開體制，獨立思考，獨立寫作，成為真正意義上的先鋒詩人和先鋒劇作家。

　　這批先鋒人物通常是被主流文學界所忽略不計的，而他們也不屑於與之為伍。他們當中有相當一部分人，經常處在被員警追蹤的生存境遇裏。尤其是其中一些詩人，其生存和掙扎的故事驚心動魄，催人淚下。比如以北島等人為代表的《今天》派詩人及其圍繞在《今天》雜誌周圍的一些同仁，比如從少年時代就開始坐牢從而在牢房裏度過了大半輩子的囚徒詩人黃翔，比如 1989 年事變當中因挺身而出奔走呼號而銀鐺入獄的那一大批四川詩人，還有上海的一些流浪詩人。即便是後來獲得了一份溫馨和安寧的劇作家張獻，當年也因為入獄而被逐出了校園。生存的困苦，無妄的牢獄之災，經常伴隨著這些因為選擇自由而流浪的倖存者，使之成了名副其實

的先鋒人物。他們用生命而不是借助各種翻譯書籍，雖然他們無一例外地受到翻譯作品的影響，寫出了 80 年代中國當代文學最為激動人心的篇章。在學院裏在體制內難以確立的精神氣質，比如獨立人格，自由思想，由於這些流浪者們堅持不懈的艱苦努力，再度播入中國歷史文化的土壤，並且頑強地生根發芽。在我看來，80 年代的中國當代文學，首先應該提及的是這些不屈的人物。且不論他們的文學成就如何，僅以他們的努力而言，就已經值得人們永遠記住他們。

壹、北島及其《今天》詩派

不乏有人談論北島，北島的詩歌已經有幾十種譯本。至於《今天》雜誌的傳奇，也是已經有人作了專題講說的。我只能從我所認識的北島說起，說到我對《今天》的印象為止。

我與北島相識很晚，晚得讓我和北島全都驚詫不已。二十七年前，我在讀大學的時候，就曾經非常認真地抄寫過北島的詩歌，當然還有舒婷等人，那群被稱作朦朧詩人的作品。其中，我最為認同的是北島。他寫遇羅克的那行詩句，一直在我心頭縈繞不去：星星般的彈孔中，流出了血紅的黎明。

北島的詩歌本身，其實就是從彈孔中流出的黎明。其中，凝結著郭路生的悲愴，遇羅克的英勇。雖然北島曾經聲稱：在沒有英雄的年代，我只想做一個人。

我最早的詩歌評論，評說的就是北島、舒婷、顧城的詩歌。其中，以北島居首。這並不僅僅因為在 80 年代以來的中國當代詩人之中，北島的影響力至今首屈一指，而更是由於我不知為何，特別共鳴北島的詩歌。

在我熱衷於 85 年以後的先鋒小說之後，北島不知不覺地淡出了我的視線。當我流亡到美國之後，聽到有關北島的傳聞，幾乎全都是負面的。那些傳聞讓我感覺到，北島已經不是當年詩歌中的北島了。我為此在備忘錄的初稿中，對北島寫過一些相當憤怒的文字。

從第一次讀到北島的詩歌，到在紐約與北島相遇，整整隔了二十七年。有趣的是，與北島相遇之後，我發現又回到了當初對北島詩歌的印象。依然是「卑鄙是卑鄙者的通行證，高尚是高尚者的墓誌銘」。彷彿一張對比鮮明的黑白照片，佇立著一個不屈的身影。與詩作中的激昂不太相同的是，北島說話時的沉著。聽上去不像個詩人，而像個無數次詩歌運動的組織者。

這真是個奇妙的反差，在詩歌中激情澎湃的北島，在現實生活中恰好相反，冷靜理性，宛如學者。雖然北島連大學本科的學歷都沒有，但他卻在歐美許多大學裏先後教了如許年的文學課。他的一本隨筆，《時間的玫瑰》，如同一部正兒八經的學術論著。從詩作的分析到詩人的故事，從詩人的個性到詩歌運動的發生，連同其歷史背景和年代標記，歷歷在目。思路清晰，條理分明。甚至連那些詩歌在翻譯成中文過程中的一些失誤，都被一一指出。這本書說是隨筆，其實又是評論，還是有條不紊的敘事，敘述成一部由九個詩人生涯組成的小說。不僅生動，結構也十分精緻，經常可以看到蒙太奇跳躍，從異國詩人的傳奇突然剪切到北島自己的親歷故事。最後一篇敘述狄蘭‧湯瑪斯的，竟然採用了倒敘手法，從詩人之死寫到其童年記憶。

以前，在北島的愛情詩歌裏，曾經讀到過他特有的細膩。這樣的細緻，也同樣見諸北島的散文和隨筆，見諸北島對他人的閱讀和理解。在我此前認識的詩人當中，好像只有韓東具備如此品性。詩人大都以自戀為其特徵，有的甚至自戀到了彷彿不自戀就不是詩人的地步。北島是很少的例外之一。

　　閱讀隨筆《時間的玫瑰》和閱讀北島的詩歌，是兩種完全不同的感受。詩歌裏的北島裏是個充滿自由精神、陽剛之氣十足的北方男子，好像隨時準備赴湯蹈火。而隨筆裏的北島，卻像一個事無巨細全都樂於躬親的南方女子，一個優雅、細緻地從事園藝勞作的園丁，悉心栽種和照料著那片叫做詩人的花草樹木。他在後記中提到，其中所有篇什，或者說一草一木，其第一個讀者，都是他的妻子，甘琦。

　　我所見到的甘琦，是個以盡可能女性的風格，在言行之間掩飾其男性豪邁的北方女子。按照某種陰陽互補的原理，我相信，北島之於甘琦的吸引，與其說是北方氣派的詩歌，不如說是南方格調的隨筆。以此想像甘琦之於《時間的玫瑰》的閱讀，是一幅相當奇妙的圖景。我猜想書中有些細節，可能摻有甘琦的內助。我後來問過北島是否如此，他作了肯定的回答。

　　無論作為二十世紀西方詩歌閱讀的入門，還是作為二十世紀西方詩人的研究，《時間的玫瑰》都提供了一個富有獨創性的文本。文學評論最忌諱的是學究氣。尤其論說詩歌，沒有洞微燭幽的功力，成千上萬的文字，頃刻間成為一堆廢紙。能夠讓人津津有味地讀下去，不是件容易的事情。尤其是我這般挑剔的讀者。我之所以被吸引，是因為隨著作者走進了那些詩歌，走進了那些詩人各各相異卻又息息相通的精神世界。不知為什麼，閱讀《時間的玫瑰》，讓我時時產生寫作小說的衝動。雖然此書寫得相當冷靜。甚至，過於冷靜了。尤其是比之於俄國流亡思想家之於俄國文學的激情，那種《曠野呼告》式的深邃蒼茫，北島的描述，線條清晰而纖細，色彩微暗而清淡。倘若那些俄國流亡者展示的是原始森林，那麼北島的浪子情懷所構築的，則是一個優雅的美麗花園。

　　北島彷彿一個天生的流亡者，自從 1989 年發起釋放政治犯的那個簽名信之後，便開始流亡，至今已經歷時將近二十年，足跡遍佈

世界各個角落。可是當他坐下來與人談話的時候，卻絲毫沒有行色匆匆的急迫。由此，可以想像他當年是如何相當從容地寫下一行行充滿叛逆精神的詩句的。從容的叛逆和焦灼不安的叛逆之間，有一個微妙的區別。基於不認同專制的叛逆是從容的，比如林昭，比如遇羅克。由嫉妒而生的叛逆是焦灼不安的，比如孫中山，比如毛澤東。國家者，我們的國家；天下者，我們的天下。言下之意很清楚：帝王將相，寧有種乎？

從某種意義上說，北島早年的詩歌，是林昭的續篇。雖然北島當年寫詩的時候，並不知道林昭的故事。但林昭在黑暗中劃亮的一根火柴，在北島的詩歌裏變成了一把通明的火炬。北島的這幾行詩句，就像是獻給林昭的頌詞：在黑暗中劃亮火柴，舉在我們的心之間。你咬著蒼白的嘴唇：是的，昨天……（《北島詩選》）

昨天的林昭如同遇羅克一般地倒在星星般的彈孔中，帶著普羅米修士盜火之後的微笑。那樣的微笑由北島作了承繼：從微笑的紅玫瑰上，我採下了冬天的歌謠。（北島《北島詩選——微笑·雪花·星星》）北島不僅採下了歌謠，而且還作出了那個燴炙人口的回答：

> 卑鄙是卑鄙者的通行證，
> 高尚是高尚者的墓誌銘，
> 看吧，在那鍍金的天空中，
> 飄滿了死者彎曲的倒影。
> ……
> 我不相信天是藍的，
> 我不相信雷的回聲，
> 我不相信夢是假的，
> 我不相信死無報應。
> ……

如果海洋註定要決堤，

就讓所有的苦水都注入我心中，

如果陸地註定要上升，

就讓人類重新選擇生存的峰頂。

——《北島詩選——回答》

倘若說，林昭是中國專制歷史上的自由女神，那麼北島的詩歌則是自由女神舉起的那把永恆的火炬。自由，乃是北島詩歌的靈魂，也北島與生俱來的個性。我對北島及其詩作的內心認同，就在於此。心靈因為自由而息息相通。彼此第一次見面，就投契得毋需贅言。彼此沒有同是天涯流落的感覺，只有因為共同的自由脾性而致的投契和相通。

百聞不如一見。與北島的會面，使很久以來一直在我耳邊流傳著的種種傳聞，煙消雲散。彼此談了很久，談了很多。一次不夠，再一次，又一次。耳邊時時迴響著他的《結局或開始——獻給遇羅克》。這首詩其實也同樣獻給林昭以及和林昭一起倒下的《星火》文學社那些英勇無畏的盜火者。

我，站在這裏

代替另一個被殺害的人

為了每當太陽升起

讓沉重的影子象道路

穿過整個國土

悲哀的霧

覆蓋著補丁般錯落的屋頂

在房子與房子之間

煙囪噴吐著灰燼般的人群

溫暖從明亮的樹梢吹散
逗留在貧困的煙頭上
一隻只疲倦的手中
升起低沉的烏雲

以太陽的名義
黑暗公開地掠奪
沉默依然是東方的故事
人民在古老的壁畫上
默默地永生
默默地死去

呵，我的土地
你為什麼不再歌唱
難道連黃河縴夫的繩索
也象崩斷的琴弦
不再發出鳴響
難道時間這面晦暗的鏡子
也永遠背對著你
只留下星星和浮雲

我尋找著你
在一次次夢中
一個個多霧的夜裏或早晨
我尋找春天和蘋果樹
蜜蜂牽動的一縷縷微風

我尋找海岸的潮汐
浪峰上的陽光變成的鷗群

　　我尋找砌在牆裏的傳說
　　你和我被遺忘的姓名

　　如果鮮血會使你肥沃
　　明天的枝頭上
　　成熟的果實
　　會留下我的顏色

……

　　在我聽到的有關北島的傳聞中，其中不少跟諾貝爾文學獎有關。我當時覺得，北島不必那麼在意這個獎。我如今更覺得，北島根本不必在意這個獎。因為諾貝爾文學獎從來就喜歡把桂冠戴在某個陌生人頭上。比如以戴在賽珍珠頭替代戴在伍爾芙頭上。北島之於中國當代文學的影響，對於在專制黑暗中走投無路的人們的鼓舞，對於普天之下所有嚮往自由的讀者的意義，並不因為諾獎的有無而改變。諾貝爾文學獎只是十幾個學者教授的文學愛好，跟真正的文學沒有太大的關係。就像林昭，並沒有得過什麼諾貝爾和平獎，但林昭跟任何一個榮獲該獎的偉大人物相比，都毫不遜色。當文學走到莎士比亞和曹雪芹那樣的山巔，無論什麼獎都會顯得微不足道。

　　自由的黎明，因為是從星星般的彈孔中流出的，所以站在黎明中的北島，完全可以為此感到自豪和驕傲。專制的黑暗沒有將北島給淹沒，艱辛的流亡也沒有使北島日漸消沉，諾獎的有無當然更不會給北島增色，或者，減色。

　　北島說起在流亡中倒下的顧城，語氣十分沉重。一再對我說，事情沒有你想像的那麼簡單。他說，也許有位朋友關於顧城之死的評說，比較準確：一條小河嚮往著大海，可是真的流到大海，卻又想退縮了。悲劇於是發生。

　　從某種意義上說，《今天》詩人的心路歷程，就是從叛逆到流亡。比起當年的《星火》諸君，《今天》詩人顯然要幸運得多。這不僅在於，《星火》諸君劃亮的不過是一根微暗的火柴，《今天》詩人點亮的乃是一炬火把；還在於當年的存在以生存的終結為代價，而《今天》的存在卻並非沒有求生的希望。其中，除了倒下的，消沉的，或者高升或者消聲匿跡的，還有繼續掙扎的，還有像北島這樣頑強地存活下來，並且頑強地把《今天》一期一期地出到如今。這是一種罕見的生生不息。當我聽北島說，《今天》依然還在辦的時候，不由唏噓了一聲，簡直是個奇蹟。

　　今日的詩人所要面對的，不僅是專制的黑暗，還有商業文明的冷漠。大洋的一邊是唯物主義的盛宴，大洋的另一邊是科技文明的瘋狂。詩歌，自由，心靈，存在，完全成了被邊緣化的陌生世界。就詩意的存在而言，大洋兩岸的世界全在發瘋。而對那個發瘋的世界來說，依然在寫詩依然要存在的人們，才是真正的瘋子。當今的世界，不在於有沒有瘋子，而在於究竟誰是瘋子。

　　當然，人們不會理解什麼叫做瘋狂，什麼叫做自由。一如人們閱讀北島的詩歌，總是懷念早年的激情，難以進入他後期的美學追求。事實上，假如詩歌不止是時代的號角，而更是語言的藝術，那麼北島的後期詩歌更為走向詩歌本身。雖然北島早年的詩歌是令人懷念的，但這並不能因此構成北島詩歌人寫作的一道高牆。當詩人越來越走進自己的內心深處，那麼詩歌所出示的審美景觀，就會自然而然地發生由時代而詩人、由歷史而詩歌的變換。這裏例舉其中的一首，對應早年〈回答〉那樣的激昂。

　　　給父親

　　　在二月寒冷的早晨
　　　橡樹終有悲哀的尺寸

父親，在你照片前
八面風保持圓桌的平靜

我從童年的方向
看到的永遠是你的背影
沿著通向君主的道路
你放牧烏雲和羊群

雄辯的風帶來洪水
胡同的邏輯深入人心
你召喚我成為兒子
我追隨你成為父親

掌中奔流的命運
帶動日月星辰運轉
在男性的孤燈下
萬物陰影成雙

時針兄弟的鬥爭構成
銳角，合二為一
病雷滾進夜的醫院
砸響了你的門

黎明如丑角登場
火焰為你更換床單
鐘錶停止之處
時間的飛鏢呼嘯而過

快追上那輛死亡馬車吧
一條春天竊賊的小路

查訪群山的財富
河流環繞歌的憂傷

標語隱藏在牆上
這世界並沒多少改變：
女人轉身融入夜晚
從早晨走出男人

同樣是那個生他養他的城市，同樣是那個棄他離他的國度，同樣是親近而遙遠的親人，北島的晚期詩歌，呈現了與早年很不相同的意像。時代成了景深，而內在的感受被置於了詩行的前台。倘若有人將此稱為知識份子寫作，那麼我寧可以零度寫作命名之。行文至此，我想起了北島的另一首詩，〈零度以上的風景〉：是筆在絕望中開花／是花反抗著必然的旅程／是愛的光線醒來／照亮零度以上的風景。

但我也同樣注意到，北島在這首詩歌裏流露出來的傾向：你召喚我成為兒子，我追隨你成為父親。這句詩的潛台詞，豐富而微妙。須知，北島的父親乃是一位共產黨人。北島的這聲自白，雖然並非是對專制的認同，卻是對與共產黨有關的信仰的一個下意識回歸。毋須諱言，北島在長年的流亡生涯裏，建立了他的左派信仰。那樣的信仰跟共產黨的革命和專制，並不是一回事。那樣的信仰有點像青年馬克思的自由主義熱情。雖然共產主義作為一個運動已經結束，但那樣的左派自由主義熱情，卻在西方至今猶存。西方有不少在人格上無可非議的左派知識份子，他們出自善良和平等的理念，出自由此生髮的正義感，堅決不認同資本主義和財富巨頭。這和中國有些新左派以冠冕堂皇的左派理念掩飾他們卑下的生存動機、攝取他們的生存利益，是完全不同的。北島的左派信仰和左派理念，接近西方知識份子的品性。雖然我在理念上並不

269

認同北島，但從我認識他之後，就將他視作一個可以信任的朋友。友情是大於理念的。即便是不同的信仰，都可以互相容忍，更何況彼此之間，多少有些惺惺相惜。

貳、詩歌和皮鞭的對話，黃翔和秋瀟雨蘭傳奇

我剛剛認識黃翔夫婦的時候，他們正處在生存的焦灼和人際關係的險惡中，幾乎天天看到黃翔在咆哮，一會嚷嚷被蒙了，一會又叫喊被騙了。他叫得我心緒不寧，對他說，你就不能不跟那些狗娘養的同胞打交道麼？

他不吭聲了。因為他只能跟那些狗娘養的同胞打交道。雖然他非常厭惡這個惡俗世界，但他無從用英語表達。

最後是一個笑起來燦爛得宛如小姑娘似的美國老太太，裘蒂，把他們夫婦接到新澤西的小別墅裏，總算讓咆哮的黃翔安靜了下來。

在未搬離紐約之前，有一次，我約了他們夫婦到紐約東村的一個詩歌朗誦會上，讓黃翔對著一大群美國詩人，作家和藝術家，用中文大聲朗誦了一首詩〈獨唱〉。我當時就像個文學青年一樣地站在他旁邊，給他做翻譯。黃翔這下總算找到了感覺，開心得手舞足蹈。那個主持朗誦會的美國少女，光著亮晶晶的腦袋，跟黃翔熱烈地擁抱。那個邀請我們去的專欄女作家，也因為黃翔的朗誦和我的翻譯而激動不已，在我臉上使勁親了一下，親得黃翔誤以為她在跟我談情說愛。

後來那位專欄作家，特意把我們介紹給一個台灣籍的什麼教授。一碰到同胞，那個教授馬上跟我們來了一副狗娘養的表情，生怕避之唯恐不及。當我在那個美國作家的催促之下，有些不太情願地把自己那套五卷本的思想文化文集拿出來給台灣籍教授看時，我

發現那傢伙的臉都變白了。因為人家辛辛苦苦總共才出過一本書，是寫福建難民偷渡故事的。

不過，頂好玩的還是黃翔，只見他呆呆地看著我，又驚又喜地對我說，你原來是這麼回事啊！在這之前，他一直認為我是個文學青年。

黃翔除了自己的詩歌，其他什麼都不懂，什麼都不關心。與黃翔談話，就算一開始的話題不是黃翔，但談到第三句，肯定變成了黃翔。黃翔是個十分徹底地活在自己世界裏的人。

黃翔除了對自己的評價不會改變，對他人的看法是很容易受人影響的。有一陣子，黃翔老跟我說，你來美國太吃虧了。你看你的師兄弟王曉明，如今在國內地位又高，影響也大得很。說到最後，總是如此作結：李劼呀，你趕快回去吧。

我起先不明白他怎麼突然談論起這個話題，而且言詞間又俗不可耐。後來我聽他告訴我說，前不久哥大東亞系一個叫做王德威的人，安排他和從上海來訪的陳思和見了一次面，吃了一頓飯。於是就有了王曉明和我的這種對照。黃翔一直如此對照到余杰到他在裴蒂的家中作客，才改變了看法。黃翔對我說，余杰告訴他，王曉明、陳思和他們是二流的，李劼才是一流的。從此以後，黃翔逢人便說，李劼是一流的，王曉明、陳思和是二流的。

黃翔的懵裏懵懂，經常造成對人一陣一陣的褒貶。他告訴我說，鄭義親口對他說，他黃翔應該得諾貝爾文學獎。然後，他十分激動地下結論說，鄭義最好。他得出這個結論的理由是，鄭義說了實話。一般人，他評論說，是不肯實話實說的。

黃翔經常會把一些微不足道的事情當真起來。我後來很委婉地對他說過，諾貝爾獎是不能證明文學境界高低的。我好像還對他說過，最偉大的文學家，根本不需要諾貝爾獎。相反，諾貝爾獎需要獲得他們的證明。

是的。諾貝爾獎本身，有時與其說意味著獎勵，不如說意味著被獎勵。有位朋友認為，在一個埋頭創作的人面前，在一個以生命本身來寫作的人面前，任何獎都是沒有意義的。但這在我看來，所謂的意義其實是雙向的。對於有些作家來說，諾貝爾獎意味著對他們成就的肯定。但對於陀思妥也夫斯基和托爾斯泰那樣的作家來說，假如他們獲獎，不是諾貝爾獎賜給他們榮譽，而是他們賜給諾貝爾獎信譽。很遺憾的事實又恰好在於，整個二十世紀的諾貝爾文學獎，始終沒有從最偉大的作家那裏獲得這樣的信譽。許多二十世紀公認的一流作家，都在諾貝爾文學獎的席位上一一缺席。這是一份很長的名單，其中包括陀思妥也夫斯基和托爾斯泰，還有卡夫卡、伍爾芙，還有喬伊絲、易卜生……

黃翔現在的妻子，在他們所有的書中，都被稱作秋瀟雨蘭的張玲，跟黃翔在一起有點像個小母親。然後，她把我也當作另一個大孩子，一本正經地對我說，李劼，你跟黃翔是一模一樣的人，你們兩個都非常單純。那口氣像是在叫一個她看得順眼的孩子，經常跟她家的那個孩子一起玩兒。我聽了，裝作很成熟地點著頭，讓她感覺我比黃翔要懂事。雖然黃翔比我整整年長一輪還不止，而張玲卻比我要年少一輪不到點。

在他們兩個搬去裘蒂家之前，他們幾乎天天叫我去他們家吃晚飯。張玲燉的豬腳，讓我印象特別深。她一面朝我碗裏盛豬腳湯，一面告訴我說，這湯很養人的。

那時，我跟他們在一起，經常談論的是如何在紐約生存下來，比如去讀什麼書，去做什麼事，去找什麼工作，從來不提各自的當年事。他們不清楚我的來歷，我也不過問他們的過去。我以前隱隱約約聽唐曉渡說過他們的故事，但我一直到現在寫作這部備忘錄的時候，才認真看了他們的自傳和黃翔的詩歌。因為當時我發現彼此並不知道各自的過去是怎麼回事，已經相處得很好了。嘮叨什麼過

去如何如何，簡直是多此一舉。再說，我心理上有一種刻意的回避。因為我知道他們的故事梗概，不願意把自己扔進一種驚心動魄的狀態裏，一如我不想讀《古拉格群島》，不想讀許多有關納粹集中營裏的故事。我不想打破好不容易得到的一份安寧。

因此，無論他們怎麼力邀我去出席一個出版黃翔詩集的新聞發佈會，我都沒有去參加。我僅僅是憑著跟他們交往的感覺，給他們寫了一段文字。然後託黃翔帶到會上，讓人代讀一下。

即便在開始動筆寫這份備忘錄時，我都沒想到一定要把黃翔他們寫上。只是寫到這第八章，才突然發現，怎麼能漏掉他們兩個呢？

於是我打電話叫張玲給我電郵他們的資料。他們兩個都不知道我在寫什麼，一聽我要讀他們的故事，想也不想地嘩啦嘩啦地給我寄了一大堆，把我的電子郵箱都給撐破了。

在這之前，我曾特意跟我的一個朋友商量過。我說，我準備把黃翔寫進去。那位朋友當場表示反對。理由是，黃翔故事是動人的，但在美學上會有價值麼？

朋友的意見是有道理的。但黃翔和張玲的故事也確實給中國當代文學提供了一個非常慘痛的背景。至於黃翔後來的有些作為，是否有背叛自己的嫌疑，只能另當別論了。按照他自己的描述，他本來過的是野獸般的生活。

> 我是一隻被追捕的野獸
> 我是一隻剛捕獲的野獸
> 我是被野獸踐踏的野獸
> 我是踐踏野獸的野獸

就詩歌語言而言，這實在是太簡單了。但使用如此強烈的方式，也確實把生存的境遇不無生動地展示了出來。這裏黃翔的一段自述，可以作為這首詩歌的注釋。

有一次，小學生黃翔好奇地在一口井裏撈一條死魚，忽然被農會主席逮住，罵他投毒，不顧他的求告和哀哭，竟被捆綁起來遊街示眾！這可憐的孩子，不過才九歲。

我常挨餓；我被迫露宿在火車站的水門汀地上或大街上商店的大窗子上，除了偶爾找到點臨時工作，或者厚著臉皮去找「熟人」混頓飯吃，我卻怎麼也學不會騙人和摸包。我在生活中漂泊，在漫長的饑餓線上掙扎——這樣的日子伴隨著我的珍貴青春歲月。

產生又一次「出逃」的心靈衝動。丟棄工作夜晚獨自爬上西去的火車盲目出走。飄泊柴達木的青海湖和大柴旦。數月後工廠保衛幹事張光志尋找藉口帶著手槍和手銬追蹤而至。被誣為：「懷著刻骨的階級仇恨」、「試圖偷越國境叛國投敵」的「畏罪潛逃的現行反革命分子」。昏厥。投入監獄。因毫無事實依據無法判刑勞改，被押回來送勞動教養。監禁先後幾乎長達四年之久。

流浪、饑餓。飄流長城內外、大江南北。背上背著越積越厚越來越沉的無形的「社會檔案」。口袋裏揣著無處落戶的戶口。身上「釘」滿歧視的眼光，處處被人驅逐。在人群和大街小巷頻頻「出逃」於無處可逃。

我揭開小小的棺蓋，見他（黃翔的兒子）七孔流血地躺在木板上：眼睛流血！鼻孔流血！嘴巴流血！耳朵流血！嘴裏還插著根管子，是沒有拔出的輸氧管；肛門裏也插著根管子，是抽肚子裏的氣的。我不忍看這種慘狀，我哭了，嚎啕大哭了。

第一個兒子出生不久，因病住院，醫院多次下達病危通知書，不准前去照看探望。後不顧阻撓衝至醫院，兒子已送停屍房。揭開小小棺蓋，早已七孔流血死去。嚎啕大哭。幾乎被工廠和醫院「革委會」扭送公安局。是夜親自背屍上山，用手挖

墳掩埋。星空下即興構思並寫成未收入詩集的《生命之歌》，對生與死發出永恆的疑問。次日夜半二時，因悲憤衝動，提刀衝至專案組組長張麻子家，猛烈敲門，麻子打開朝向馬路的窗戶，大喊救命，遂被扭送精神病院，從此被人視為精神失常的「瘋子」。

1966年至1968年文革初期，當中國當時的天才詩人開始放聲歌唱，……歌唱「金光燦爛」的「毛主席像章」和紅衛兵「洗白的軍裝」時，黃翔寫的是《預言》,《野獸》,《白骨》，他沒有謳歌，卻聽憑自己先知先覺式的洞見和直覺，為「史的浩歎」，為「因抗爭而錚錚繡響過的白骨」而放聲哭泣。

1969年，文革「勝利」，……黃翔則在這一時期下寫作了《火炬之歌》,《我看見一場戰爭》，他已經向「帝王的帝王」，向「刺刀和士兵」在「詩行裏巡邏」的「罪惡的戰爭」提出了絕對招致殺頭之罪的挑戰，並從此而一發不可收拾，進入了創作的黃金時代。

他們（那些文革當中曾結他實施所謂「群眾專政」的打手們）因此抓住黃翔……將他懸樑毒打。牙齒被打掉了，手骨打斷了，手掌被割開了，胸口肌肉崩裂了，腳下的血管打斷了，僅僅因為他的詩的夢想和尋求。

千萬支火炬的隊伍流動著／像倒翻的熔爐／像燃燒的海／乎火光照亮了一個龐然大物／那是主宰的主宰／帝王的帝王／那一座偶像權力的象徵／一切災難的結果和原因／

——《火神交響詩》

我和我的同伴們、朋友們被黑壓壓的騷動的人群所包圍。狂熱的人群自覺地手挽手地圍成圓圈，把處於瘋狂中的我圍在中間，要求我朗誦我的詩。人們開始靜靜地聽著，似乎還不解其意；而當朗誦進入高潮的時候，群情沸騰了，我的嗓子

也嘶啞了。淚花在我和許多聽眾眼裏閃光，包圍著我的聽眾的心和我的心在胸腔裏猛烈地衝撞……

我喊道：「新式偶像該不該砸爛？」

群眾齊聲回答：「應該！」

「精神長城該不該拆除？」

群眾繼繼響應說：「應該！」

人們開始抄寫和傳抄我的詩。甚至在夜裏，在我張貼《火神交響詩》的地方，還停放著許多自行車，還有一片交叉的手電筒光在那兒晃動，人們仍然還在那兒看著和抄著……

我被一陣「查戶口」的敲門聲驚醒。六、七個大漢子闖進我的家，把我從床上拖了下來。於是，我被未經正式逮捕傳走了。我的家遭到了搜查。我在市公安局被審訊通宵，天亮的時候，一部小吉普把我送到一個叫「豺狗灣」收容審查站，我同我的思想、我的詩一起被「收容」了。與我一起被抓的有其他的人，我被單獨監禁。

……

我記得一位友人給我看過一個猶太女孩子當年在納粹集中營裏寫的詩和畫的畫，我看得唏噓不已，什麼話也說不出來。

黃翔的詩歌是被折磨出來的，被踐踏出來的，被毒打出來的。無論遭到如何殘酷的虐待和凌辱，無論多少次面對皮鞭和監禁，詩人始終以詩歌作答。專制皮鞭的每一下抽打，打出來的卻是除了詩歌，還是詩歌。這是詩歌和皮鞭的對話。

這樣的歌唱且不說其內容，僅從詩歌的篇名上，就可以想見是一種什麼樣的聲音和什麼樣的詩作。

〈群狼〉、〈陽光的節奏〉、〈黃色的顫慄〉、〈和聲的壁飾〉、〈空間奏鳴曲〉、〈不可辨認的時間〉、〈遭遇〉、〈世紀末的不安〉、〈「弱」

的肖象變奏〉、〈復仇〉、〈生之床〉、〈熱病〉、〈活屍〉、〈虛驚〉、〈就
診〉、〈慌〉、〈背〉、〈情緒的哲學〉、〈棄嬰〉、〈秒針「喀嚓」一聲〉、
〈面影〉、〈暴露〉、〈隱匿的眼睛〉、〈無形的孩於〉、〈臉上的鈴聲〉、
〈一張鈔票〉、〈聖水〉、〈出逃的腦袋〉、〈每個人的「坑」〉、〈謊〉、
〈驚魂〉、〈夜的口腔〉、〈死胎〉、〈東方〉、〈人獸〉、〈黑太陽〉、〈喻〉、
〈死亡的鄰居〉、〈吻之憶〉、〈死亡的瀑布〉、〈遺象〉、〈一瞬〉、〈斜
坡〉、〈暮戀〉、〈室內音樂〉、〈外景〉、〈雪嬰〉、〈無題〉、〈夏夜〉、〈午
夜的太陽〉、〈棲居〉、〈睡姿〉、〈人跡〉、〈蒼茫時刻〉、〈大雨滂沱〉、
〈故里〉、〈夢墓〉、〈和聲〉、〈草原〉、〈河〉。

　　這裏隨便引出一段：

　　　　我孑然的身子
　　　　彳亍在萬里長城上
　　　　饑餓侮辱著我的尊嚴
　　　　我向我的民族伸出了手——

　　　　巴掌打在我的臉上
　　　　指印烙在我的心上
　　　　我捶著這悠久歷史的脊骨
　　　　為昨天流淚
　　　　為今天嚎哭。

　　許多研究黃翔的人們，可能都會為張玲、亦即秋瀟雨蘭的出現
感到奇怪。這幾乎就是只有在神話裏才讀到過的少女，或者說，這
根本就是個神話人物。而且，得在非常古老的神話裏，才可能讀到
這樣的女子。假如有人懷疑冥冥之中是否有神明，那麼秋瀟雨蘭的
傳奇故事就足以釋疑。但要是讓我來解釋的話，我想，一定是皮鞭
下的歌唱，引來了神話般的少女。

巴掌打在我的臉上／指印烙在我的心上，可是詩人不為自己哭泣，而是為昨天流淚／為今天嚎哭。

上帝被感動了。於是，秋瀟雨蘭向詩人走來，一襲白衣，潔白如雪。她以自己的冰清玉潔，對照出骯髒的黑暗和黑暗的殘暴。她告訴詩人說：

你就是我在想像中一直期待著的那個人。

詩人驚呆了。

我驚愕。我不敢接受這個純真少女的純真的愛。
我驚愕。我不敢相信在這個追逐名利的世界上會有這種純潔的精神之愛。

詩人發現：

她愛我的不同於別的「詩人」的詩。
愛創造這些與別人截然不同的詩的這個人。
愛我為所有的人不寬容而寬容所有的人。
她甚至愛我的逆境。

面對學校開除她的威脅，秋瀟雨蘭寫下了如此一份「檢查」：

我愛黃翔，我的愛是一種深沉的思想和純真的感情的結晶，它是純潔的，它滲透著超凡脫俗的精神。我決不允許任何人玷辱它。

在黃翔因為追求寫作自由而再度鋃鐺入獄之後，秋瀟雨蘭如此在衣物上繡字明志：

丈夫／你放心吧／我等著你／整個屬於你／——永遠／忠貞不渝、堅韌不拔。

銘心刻骨／思念你／你的少女妻──／秋瀟雨蘭、冰清玉潔，情深義長。

這是發生在 83 年代的事情。那年，國家在一片嚴打之中，不知有多少人被抓，被判，甚至沒經任何審判程序就拉出去槍斃。黃翔和張玲的「婚外戀」，無疑於「頂風作案」。那年在上海，一個工人與女工爭執，不小心扯開了對方的衣衫，被判處死刑，立即執行。當時，張玲只要後退一步，黃翔就會被立即槍斃。

有關張玲的傳奇故事，北明女士如此評說和記述道。

一個少女愛上一個拖家帶口的中年男人，這事有，但應當是絕無僅有。一個出身共產黨家庭的大學中文系班級的共青團幹部跟定一個檔案記錄上漆黑一團的社會異己分子，這事有，但也屬於絕無僅有一類。退一步，就算兩個「絕無僅有」已然屬實，人們也還是很難相信這小女孩居然就是不聽父母的勸告，無視黃翔妻子的反對堅持一條道走到黑。再退一步，即便這一切都出人意料地不合世俗的邏輯，誰又能相信，在最後時刻，當身陷一群公安大蓋兒帽的包圍，面對一個國家專制機器的威脅時，這女孩仍然不改初衷？

這一次專制機器要利用世俗的價值觀念和傳統輿論，把黃翔這個打不倒的政治異己分子，釘上刑事犯罪、誘騙強暴少女的恥辱柱，讓他死得無可非議。

但是，貴陽市公安局把張玲扣押了三天三夜，動用大量警力，不分晝夜的分班作業，變換著嘴臉，極盡勸說、開導、威脅、利誘、欺騙、恐嚇之能事，也沒能使張玲在那個擬定的對黃翔的控告書上簽下一筆一劃。

不簽字也就罷了，張玲還義正辭嚴地警告公安局：她要上北京去控告他們對黃翔的政治陷害。

公安局的周密計畫破產。半夜深更一點鐘，他們終於放了這個女孩並警告說，她必須嚴守這次行動的秘密。要是讓黃翔知道了，一切後果由她負責。

可是他們又一次，不僅低估了張玲對黃翔的一往情深，而且小視了這個少女面對強暴的勇氣：張玲前腳出公安局大門，後腳就拐到了黃翔的家：張玲要拯救他的英雄。

黃翔這一次入獄前，張玲還是一名五好大學生，優秀團員和團幹部。但就在黃翔出獄的那一天，張玲變成了一個無業遊民。她由於拒絕與公安、校方、社會合作消滅黃翔，而被校方在大會上宣佈制裁：1，勒令退學，2，開除團籍。她旋即被父母監護著，回到遠離貴陽的鄭州。

張玲 84 年的最後一天被迫離開貴陽，85 年的第四天，就背著父母，提著兩包書，隻身悄然南下，返回到黃翔身邊。

除了眾多男性都無法與之相比的她的堅強勇敢，還有眾多女性無法相比的她的柔韌和耐力。當後來黃翔因為堅持不懈的詩歌創作活動和自由文化傳播活動而第五次，第六次入獄時，張玲不僅要養活自己，她還要照料黃翔的孩子。可是她不再是從前頭頂光環的年輕大學生，逆境和黃翔一起到來，貧窮、歧視、孤獨、詆毀，以至於厄運，災難，影子一樣追隨著她。她不是在生活，她是在用她博大的愛擁抱苦難的黃翔，熔化無休止的苦難。

有關這場苦戀的歷經磨難的結局，詩人自己如此回憶道：

1990 年，四十九歲。當年十月三日刑滿獲釋。裏裏外外換上秋瀟雨蘭送至獄內的白衣、白褲、白襪、白鞋，一身潔白無暇走出監獄的大染缸。秋瀟雨蘭手持鮮花站立在監獄大鐵門外。她背後一群同她一起來接我的年輕詩人和朋友們。大家象迎接英雄似地，把我送上紮有大紅綢花的麵包車，回到闊別三年的家。

我想讀者一定已經讀得淚流滿面了。為了使大家能夠繼續讀下去，我不得不把張玲從神話中拉出來，拉到熙熙攘攘的大街上，拉進行色匆匆趕著上班的人流裏。於是，人們看到了一個和藹可親的貴州女子。

你要是在路上遇見張玲，除了她一臉的慈善面相，根本看不出她具有如此非凡的品格，看不出她身上帶有任何神話色彩。有時候，她說出來的傻話，讓人聽了會忍俊不禁。最好玩的是，她曾一本正經地把我叫到她打工的學校裏，告訴我說，她發現了一個迅速擺脫貧困的絕好機會，就是做傳銷。我聽了哭笑不得。因為我早在出國之前，就領教過傳銷是種什麼的花樣經。

我裝作不知道，把她當作一個傻乎乎的喜歡扮做小母親的貴州女子，那樣既親切，又放鬆。

但因為要寫這個傳奇，我又不得不讀。我一讀就讀得昏天黑地。賈寶玉看著女孩子在地上畫薔字，都會看得癡癡呆呆。這秋瀟雨蘭的故事，哪裏是一個薔字了得？

我想，我現在突然明白了，當年身為文學研究所所長的劉再復為什麼不顧一切地一再為黃翔呼籲；甚至為了黃翔的被捕，曾經懇求過一個位至人君的朋友。

寫到這裏，我又想到了那個瘋瘋顛顛地跟卡斯楚一起開懷大笑的加西亞‧馬爾克斯。雖然這傢伙的《百年孤寂》成了毋庸置疑的文學經典，不管他的政治立場是什麼，但他那部小說開頭的那個經

典句子，許多年以後布恩迪亞上校面對行刑隊的時候……，比起黃翔的故事，卻顯得有些裝模作樣了。因為黃翔是在許多年以前就真真切切地面對過死亡，譜寫過驚心動魄的詩章，朝著遠比卡斯楚不可一世的極權者大聲說不！

假如文學和生活可以分開的話，馬爾克斯的小說無疑是真實的，不管他寫得有多麼的魔幻。但問題是，假如文學和生活是不能分的呢？那麼，《百年孤寂》還有多少真實性呢？還有多少孤獨可言呢？那一百年的孤獨，比起黃翔和秋瀟雨蘭一天的相聚，哪一個的份量更重呢？

再聯想起 80 年代中國先鋒作家的瘋狂學習馬爾克斯，就像當年的全國上下學習雷鋒一樣，我又為那個年代的中國先鋒文學感到莫名的悲哀。因為幾乎沒有一個中國先鋒作家，朝發生在他們眼皮底下諸如黃翔和秋瀟雨蘭那樣的真實故事看過一眼，哪怕是不經意地瞥上一瞥。

在裘蒂把黃翔張玲夫婦接去居住的時候，我對他們夫婦說，現在好了，這是上帝的安排，你們就好好去過你們的安靜日子吧。他們去了之後，生活果然平靜多了。並且一點不寂寞。他們不僅有美國朋友自動跑來，義務翻譯他們的作品；他們在同胞當中也找到了知音，周圍有了一批文學愛好者。他們生活得很愉快。黃翔不再為誰是中國民主運動之父那樣的問題煩心，也不再被沒完沒了的論爭所打攪。他需要操心的也許是，門前的草地剪了沒有，或者室內衛生打掃沒有，院裏樹枝修剪沒有。當然，相比之下，張玲更加辛苦一些，既要在學校裏忙碌，又要承擔種種家務，還要給黃翔繼續做秘書和助手。因為黃翔至今沒有學會英語，沒有學會電腦，也沒有學會開車。在美國生活的三個基本指標，他一個都不曾達標。

但黃翔的可愛在於，他對這些照樣懵懂。他十分誠懇地對我說過，李劼，這是一種模式，丈夫寫作，妻子打工，你也去找一

個吧。黃翔天真到了以為這世界上遍地都是張玲，隨便一找就可以找到一個秋瀟雨蘭。且不說中國大地上能出產多少這樣的女子，即便是美國這樣一個自由的國家，也未必有過這樣的傳奇故事。我曾經問過一個美國詩人，是他們介紹我認識的一個朋友，我問他，在他所見所聞的美國女孩子當中，有沒有像張玲這樣的？他想了老半天，搖了搖頭。

神話般的奇蹟，跟色彩繽紛的夢想相關聯。我對他們夫婦不時流露出的人生夢想，夢想能夠生活得更加好一點，是非常理解的。他們如此夢想不是因為什麼虛榮心，而是要以此向過去所有歧視過他們作踐過他們侮辱過他們的人們證明，他們不僅活著，而且活得有模有樣。我擔心的只是，生活一旦改觀了，黃翔會不會生出一些世俗心，從而，說出一些誇張的話來，做出一些不得體的事情。

上帝保佑。

參、張獻的戲劇實驗和總得有人要吃虧

在 90 年代的一次會議上，眾朋友晚上聚在一起隨意聊天。在我胡侃一通之後，其中有個朋友問我，那你覺得在上海諸君當中，誰跟你在精神上最接近？我指指坐在我斜對面的張獻。於是，那朋友馬上轉身問張獻，是這樣麼？

張獻回答說，李劼說的許多話，我也都是那麼想的，雖然有時我並不說。不過，我跟李劼有些不同。比如說，我並不熱衷婚姻，但也能做個好丈夫。我並不熱衷生兒育女，但也能做個好父親。在旁人看來，我把這些都做得很像樣的。

張獻說得我楞了一下。因為我跟張獻正好相反，我是很想有家有室的，可我至今孤家寡人一個。我也很羨慕人家兒女成群，可是

兩度婚姻，竹籃打水。這真可謂在外面看著在裏面的幸福，在裏面的卻看著在外面的瀟灑。

後來在另外一個場合，我聽張獻夫婦的共同好友，張獻大學同班同學賀子壯，當著張獻太太唐穎的面如此談論張獻。

當年在學校裏讀書的時候，其他同學上課不認真，通常被老師所記恨。而張獻通常會得到老師的表揚，雖然在所有同學當中，他其實最不想聽那種乏味之極的講課。張獻上課通常坐在第一排，台板底下放著一本書。上課的時候，張獻其實是在看台板裏的書，但他會裝出一副十分認真的聽課模樣，不時地朝老師點頭，微笑，彷彿對老師課上所講的一切都心領神會。

但恰恰就是這麼一個小心翼翼的人，成為班上唯一被開除的學生。罪名是洩露國家機密。事實卻不過是給兩個經常到學校裏跟大家一起玩兒的外國留學生朋友看了下文革中的漫畫，批判資產階級法權的文章和批判四人幫的文章。將這樣的雞毛蒜皮事情羅織成罪名，在今天看來是不可思議甚至不可想像的。但張獻當年竟然就因此被捕，坐了幾個月的牢，最後被判緩刑當庭釋放。回到學校，學校旋即把他趕出校門，趕回昆明。要不是後來唐穎毅然決然地跟張獻結為夫婦，張獻很可能就與他父母當年從上海支援三線去雲南從醫一樣，再也回不了上海了。從這個意義上說，唐穎做了件通常只有雲貴川一帶的女子，比如秋瀟雨蘭，才敢做出來的勇敢事情，用婚姻把張獻救回上海。一般上海女子大都精於盤算，尤其在婚姻上，絕對不肯委屈自己。唐穎如此果敢，乃其中之異類；其如此深愛和豪俠，在上海女子當中，相當鮮見。這真可謂是秋瀟雨蘭傳奇的上海版。正是因為彼此有過如此一番經歷，他們希望中國永遠開放下去。沒有開放的環境，自由的靈魂無以生存，連飄在空中的可能性都很渺茫。他們後來有了個兒子，他們將兒子命名為 OPEN，亦即開放。

　　當年就讀過戲文系的張獻，在戲劇學院的同學當中一直享有很高的聲譽。我聽說，《天才與瘋子》一劇的作者趙耀民曾聲稱，自己不過是地才，而張獻則是天才。

　　我這裏碰巧在網上看到另一個不知名的朋友，估計也是張獻當年的同學，寫下的一些有關張獻的評說，特此摘錄如下：

> 他的老師們在講台是按照主流觀念正費力地闡述著西歐戲劇史，張獻拒絕接受這些「教育」，在台板下讀著斯特林堡、尤奈斯庫……作為上海戲劇學院戲文系的學生，張獻大步地跨過了他的同學，也跨過了一個曾將愚昧作為帽徽的時代。
>
> 沿著這條邏輯鏈，我們接著目睹的便是它的一個個環節：1986 年的《屋裏的貓頭鷹》；1989 年的《時裝街》；1993 年的《美國來的妻子》。當然，它還應該包括至今仍靜靜地躺在他抽屜中的也許更具顛覆性和審美價值的戲劇作品《閣歌》、《忌日》，實驗性電影《第六指》、《桑樹是的木屐》、《表演者謀殺表演者》。
>
> 張氏建立自己的話語體系和話語烏托邦，任何被庸俗的人們所擁戴的東西都是他的敵人而不是其他，他是一個真正的為何精英主義者。
>
> 劇作家張獻頗似我熱愛的另一個劇作家，雄辯、睿智、才華過人的哈威爾。

　　張獻不啻在戲劇創作上是個天才，即便在平時的談話當中，也具有非凡的表演能力。聽張獻闡釋演講一些在民間流傳的政治笑話，乃是一大樂趣。他可以模仿各種政治人物的腔調和口氣，甚至表情，把笑話講得維妙維肖。張獻在如此這般演示的時候，唐穎通常是在場所有聽眾當中笑得最響亮的。而且，唐穎對此屢聽不厭，聽完後會一再地催促張獻，不是還有一個麼？把那個也講一講。唐

穎如此起勁，致使我一度猜測唐穎當年是否聽了張獻的這些演講，才決定嫁了他或者說娶了他的。

須知，唐穎張獻的婚後生活，相當困苦。他們剛回上海時，只有唐穎一人在報社打工，維持生計。住房是臨時的，有一處沒一處的；飯食是粗淡的，有一頓沒一頓的。我那時去看望他們，今天還在音樂學院的哪個小宿舍裏見到，明天就可能搬到《青年報》社的哪個小房間裏了。要是他們當時想到把自己的那段生活用攝影機做一做，然後命名為「流浪上海」什麼的，我想，絕對不會比吳文光的《流浪北京》遜色。

當然，有時唐穎也會發發牢騷。唐穎埋怨張獻時就像數落一個小孩子。有一次她對我說，哎喲，李劼，你不知道，張獻走路從來不看腳底下的。哪怕是穿了雙剛買的新鞋，路過泥塘，看也不看就踩過去了。

我聽了，以一個成人跟另一個成人對話的成熟姿勢，裝作很理解地點著頭，其實心裏暗暗好笑。因為我也是一樣的。

我有時候有點怕唐穎。我害怕唐穎害怕我彷彿會把張獻帶壞似的。我有一陣子情感生活很不穩定，而唐穎又恰好最見不得我身旁女朋友的面孔不一樣。我害怕唐穎會突然問我，哎呀，李劼你怎麼又換了一個了？上次那個哪裏去了？有一次大夥兒從筆會上坐車回來，有個女子坐在我旁邊，瞌睡時把腦袋靠在我肩膀上。唐穎看了非常不入眼，大聲對我說，李劼，徐梅在家裏等著你呢。徐梅是我當時的女朋友，後來跟我分手了。唐穎不知道，人家也許真有那意思，結果卻被嚇跑了。

真是棒打……什麼來著？我忘了。

張獻對這一切渾然不覺。張獻關心的是，劇本能不能上演。我聽唐穎說，張獻有一次突然非常痛苦地感歎，怎麼就沒有一個人可以談談戲劇的！

　　我很理解。因為我有一陣子寫評論也寫到無人可說的地步。不過，我那時候對戲劇還沒有什麼興趣，雖然在大學裏寫過幾個劇本。我是到紐約之後，在一家戲劇公司做劇本時，才對戲劇有了真正的熱情，一口氣讀了尤金・奧尼爾的所有代表作，還讀了一部美國戲劇史。其實美國哪有什麼戲劇史，不就那幾個劇作家麼。我讀完後隨手就在電腦上用英文寫了個劇本，並且自信足以載入美國戲劇史。

　　我曾經把我所寫的那個英文劇本翻譯給張獻聽。我當時對他說，你可能會感覺跟你的戲劇很相近。張獻聽完說，確實非常相近。

　　所以張獻不必感歎的。張獻的每一齣戲，甚至每一句台詞，我都聽得非常明白。記得《屋裏的貓頭鷹》演出時，我坐在前排，看得手舞足蹈。後來我發現旁邊有個跟我和張獻年齡相仿的人，一直在看著我。我看戲，那人看我。戲演完之後，張獻給我介紹說，他叫谷亦安，是這齣戲的導演。谷亦安好像不是來看戲的，而是來看我的。他想知道我的反應。我想，他一定非常滿意。

　　這是我所看到的在舞台演出上最為成功的張獻戲劇。

　　另外兩齣，一齣是《時裝街》，也是 80 年代上演的。當時演完之後，有個現場討論會，他們叫我發言。我上去就說，張獻的戲能夠上演，乃是盼望已久的事情。我信口開河說了一通之後，有個女人，據說也是個導演，對我非常憤怒，說是李劫做老師做慣了，跟我們講話就像在上課一樣。我是個反應比較遲鈍的人，當時沒搭理那女人。現在想來，我應該回答她說，你能聽到我的講課，實在是一大幸運。如今有人想聽我講課都聽不到呢。

　　還有一齣是 90 年代上演的《樓上的瑪金》，由一批名牌演員演出，其中一個叫王志文。那演員確實很會演戲。但最精彩的台詞卻是由女主角講出來的，說是，當年撿煤渣的錢，被你們拿了去買白襯衫藍褲子！典型的張獻台詞。

那齣戲上演時，被迫刪去了許多鋒利的對白。即便如此，也已經成為當時上海的一件轟動事，被上面嚴令不許宣傳。

張獻的戲劇很少被傳媒報導，更談不上什麼炒作。好像文學上的炒作都是北京的專利一樣。上海的先鋒文學很難獲得後來去了北京的莫言余華等等新潮作家那樣的影響。北京可以做的事情，上海絕對做不了也做不成。

更為糟糕的是，張獻的戲劇在上海這個城市裏，也被人們作了類似於閱讀孫甘露小說那樣的消費。人們把去小劇場看張獻戲劇演出，看作是一種文化教養上的品味和欣賞口味上的檔次，就像穿了哪件名牌襯衫和哪雙名牌皮鞋一樣。上海是個非常講究名牌的城市。衡量一個上海的文化精英，除了一身名牌之外，除了是否經常去波特曼看演出，或者上大歌劇院看歌劇之外，更加精英的指標在於，讀不讀孫甘露的小說，看不看張獻的戲劇。去波特曼和上歌劇院，只能算是穿了波羅之類的大眾名牌。唯有能夠讀懂孫甘露小說和能夠看懂張獻戲劇，才算是穿了伊佐德之類的貴族名牌。

這可能是上海跟北京的不同。北京也許會把王朔當回事，把姜文電影、張藝謀電影當回事。但在上海，大眾和精英兩種品牌，分得清清楚楚。假如有人問你，你在讀什麼小說，回答，王朔小說。人家不會說你沒文化，但會給你一個意味深長的微笑。意思是明白了，你是怎麼一回事。但你也不要急於回答，在讀孫甘露小說。因為人家很可能會跟著問一句，我也讀過，能不能聽你談談。這意思就是要跟你侃一侃名牌，看看你是不是真的懂行。這可是無法含糊的事情。因為即便是許子東教授那樣的評論家，別看他穿得山青水綠地上鳳凰衛視開講，真要他談談孫甘露小說或者張獻戲劇，卻未必能談出什麼名堂，更不用說一般的文學青年了。不過，由此也恰好證明了，上海的名牌從來不會魚龍混雜，是什麼，就是什麼。

　　張獻的戲劇嚴格來講，是一種內心獨白的擴大化，並且以思考做前導。張獻思考到哪裏，就把戲寫到哪裏。張獻戲劇舞台上的所有台詞，幾乎都是張獻的自言自語。比如《屋裏的貓頭鷹》演到最後，女主角身子前傾，彎著腰，張開雙臂，嘶啞著嗓子喊出，我要飛，要飛。我眼睛裏出現的與其說是那個可憐的女人，不如說就是張獻本人。

　　要飛，是張獻的心聲。

　　張獻對土地沒有什麼眷戀，他天性就是個嚮往天空的理想主義者。但他看破人生的方式，恰好就是跟土地妥協。既然是那麼回事，那就活著也是活著。或者用《屋裏的貓頭鷹》中的一句台詞來說，閒著也是閒著。該練功時就練功，該做操時就做操。總歸有人要吃虧。

　　張獻不怕吃虧，這是他的另一個天性。

　　當《樓上的瑪金》中的女主角怒斥道，讓你們拿了撿煤渣的錢，去買白襯衫藍褲子；別人也許聽不出來，可在我聽來，真真切切就是張獻本人的控訴。

　　我曾在散文〈同齡人張獻〉中如此寫道：

> 　　在劇作中的張獻是桀驁不馴的，但在劇作外的張獻卻是忍聲吞氣的。張獻的堅忍和張獻的激昂是張獻性格的兩個相反相成的側面，好比濟公的那張臉，一邊是哭，一邊是笑。

　　我見過張獻的笑，卻沒見過張獻的哭。據說，在胡河清的追悼會上，張獻哭了。張獻曾對我說過，他有一次在書店裏碰到胡河清，胡河清一再地對他說，要讓年輕一代知道，要讓年輕一代知道。

　　從某種意義上說，張獻的戲就是為了要讓年輕一代知道，過去發生了什麼，現在發生了什麼，將來可能會發生什麼。張獻哪裏會料到，年輕一代感興趣的會是上海寶貝和北京娃娃。在中國最大的城市裏一下子湧現出了那麼多的寶貝和娃娃，誰也想不到，誰也擋不住。不是說好了計劃生育的麼？

　　美國出版社也擋不住，出了《上海寶貝》，趕緊又買下《北京娃娃》的版權。那還是非常知識份子的藍登書屋。

　　木心老葉客曾經十分幽默地說，不時瞥見中國的畫家作家，提著大大小小的竹籃，到歐洲打水去了。

　　不知道他有沒有看見，歐洲和美國的許多出版社，拎著大大小小的網兜，到上海和北京撈寶貝和裝娃娃去了。

　　胡河清的遺言也罷，張獻的戲劇也罷，最後都成了空谷足音。

　　我在這裏代張獻寫一句台詞，這不是陰謀，這是合謀！

　　從某種意義上說，張獻不僅對這個世界無能為力，對芸芸眾生愛莫能助，而且也確實沒有能力，不想有能力。那年張獻到紐約來，我力勸他在紐約做一齣戲。可是他情願把大量的時間放在圖書館，放在博物館，甚至整天整天地呆坐在地鐵車廂裏，隨著地鐵在紐約滿世界亂跑一氣，也不願意登上紐約的舞台。不知是因為怯場，還是害怕沒有觀眾。要不是我硬逼著他一起去洛克菲勒的亞洲文化中心，他可能連訪問學者的機會都會喪失。他說，紐約的每一條街道，都可以讓人想起哪一部電影。他又說，紐約的地鐵，簡直是奇蹟。他對紐約熱愛到了什麼都不想做的地步。

　　由此可見，張獻是個哈姆雷特式的人物，寧可沒完沒了地思想，也不肯拿出勇氣投入行動。

　　我也思考。但我有唐・吉訶德的傻勁，哪怕面對風車，打一仗也就打一仗了。

　　在這一點上，唐穎倒是跟我很接近。唐穎敢於行動，是否善於行動我不敢說。她曾說對我說過，你知道麼，李劼，張獻的戲劇能夠演出，全是我去跑出來的。

　　我相信。張獻寫作是勤奮的，但要張獻拿著作品去找刊物發表，找出版社出版，他寧可繼續寫作。這倒是跟我相像的。我只有在紐約找工作的時候，四處奔波。這麼想想，張獻是相當幸運的，有個唐穎鞍前馬後。

　　我跟張獻的認識，也是唐穎努力的結果。我那時還在讀研究生，已經畢業留校的王聖思有一次對我說，她的同學唐穎在找我。我很奇怪王聖思的同學找我幹什麼？後來我才明白，王聖思的同學唐穎，是要把張獻帶到我這裏來。

　　張獻見了我，滔滔不絕地說個沒完沒了。我被他的熱情所打動，並且感覺對方想法多多，如同一口深井。後來別人告訴我說，張獻第一次見了我們學校的一個什麼詩人，也曾那麼滔滔不絕。我不由疑惑起來。後來轉念一想，張獻可能思考得太久太久，逮著誰就是誰，先滔滔不絕了再說。張獻後來告訴我說，他曾經坐在雲南的山谷裏，看著頭上的星空，獨自苦思冥想。於是我想到了自己當年在農場裏，也曾有過一樣的經歷，除了獨自瘋狂地思考，找不到一個人訴說。我要是寫戲劇，也可能把自己想說的話分給劇中的一個個角色，讓他們成為我的代言人。

　　記得那天來了一大幫人，除了張獻，還有他當年的許多同學，其中讓我印象頗深的是賀子壯。當時除了張獻，其他人幾乎沒怎麼說話。賀子壯是我後來才慢慢瞭解的。賀子壯是個頭腦十分清爽的人。清爽和清楚，不是一回事。有的人頭腦清楚，但並不清爽。比起清楚，清爽是不帶雜質的。

　　賀子壯後來去北京讀了電影學院的研究生。在校期間，他曾把我和張獻請去，參加一個電影討論會。他希望我們能夠在會上給他的同學和老師一點刺激。我好像確實說了些刺激的話，比如把神聖的旗幟，與尿布混為一談。反正能聽懂的人，不說也明白；聽不懂的人，說了也白說。管他呢。

　　賀子壯顯然是聽懂了，所以他不介意我隨便逃會。我不想聽那些自作聰明的導演和後備導演不停地說些懵頭懵腦的話。有那時間，我還不如去讀王朔小說。王朔看上去傻頭傻腦，智商卻一點都不低。

　　張獻在會上一直正襟危坐著，從頭坐到底，從來不缺席。難怪賀子壯說他，放本書在台板底下，然後朝著老師不停地點頭和微笑。

　　但假如張獻也跟我一樣，動不動就逃會，那賀子壯豈不太尷尬了？請來的客人，只顧自己發言，不聽別人發言。這也太過份了。

　　所以，總得有人要吃虧。

　　後來張獻夫婦來美國時，劉齊和李黎請我們一起去野餐。張獻圍著炭爐，不停地忙忙碌碌，把個劉齊感動得，一個勁地誇獎張獻，這可真是個好人，絕對是個好人。這時候的劉齊，跟當年在戲劇學院講台上的老師絕對是一夥的。

　　但問題是，總得有人在炭爐跟前忙忙碌碌。

　　也即是說，總得有人要吃虧。

　　我想，現在讀者應該明白《屋裏的貓頭鷹》中的這句台詞，到底是什麼意思了吧？由此也可以想見，西方新批評的所謂文本研究，到文本為止，是多麼的托大。沒有讀懂張獻，怎麼可能讀懂張獻的劇本？

　　再引一段木心老葉客的話：

　　木心說：在演戲時，他在乎台下是什麼人，值不值得為這些人演，他才演，因此始終難成為演員。

　　又謂：無論由誰看，都願上台演，他也不作此等看客。

　　又謂：無論由誰演，都願在台下看，他也不會對此等看客演出。

　　木心又謂：即使找到他願意看的演員，卻找不到與他同看的人，觀眾席空著，演員不登台，他又成不了看客。

　　木心的意思是，他要麼做伯牙，要麼做鍾子期。

　　張獻不這樣。張獻不怕吃虧。只要有舞台，不管誰在看，先演了再說。但要張獻不管什麼戲都看，那恐怕不太容易。

　　張獻雖然在戲劇裏情不自禁地自言自語，但他絕對不是個自戀的人。他敏感而不感傷。自戀者特別害怕吃虧。張獻不怕對牛彈琴。這跟我一樣。萬一底下坐著的千百人甚至數萬人當中，正好有一個聽懂了呢？這麼一來，那些聽不懂的，不就成了陪聽者或陪看者了麼？

　　木心無疑是聰明絕頂的，但他的自戀妨礙了他把聰明昇華為智慧。智慧是跟傻裏傻氣聯在一起的。不怕吃虧不是一種聰明，而是一種智慧，一種傻裏傻氣的智慧。從這個意義上說，張獻又是個具有唐·吉訶德品性的人。

　　我喜歡唐·吉訶德。我從來不怕吃虧，甚至不怕別人給我虧吃。誰想作弄我，儘管作弄好了。誰想把風車放到我面前，放下就是了。因為最終捲進風車裏的，不會是我，而是放風車的人。

　　木心是聰明的。但木心也太嗦了一點。有什麼啦，該演戲就演戲，該看戲就看戲。天塌下來，自有上帝頂著。對牛彈琴確實不是牛的錯。但真的彈了，也不一定就是彈琴人的錯。沒準牛還真的聽懂了呢？

　　印度禪師奧修講過，假如經常懷有愛心地跟一棵樹在一起，你早晚會感受到那棵樹對你同樣的愛。

　　樹尚且如此，更何況牛？樹尚且如此，更何況人？

　　因此，張獻最讓我認同的，還不是他的思考和他的理想主義氣質，而是他的不怕吃虧。正因如此，他會不停地寫作，不考慮作品的發表可能，或者說，成活率。哪怕抽屜裏塞滿了，他也會照樣繼續寫下去。也正因如此，他會在幾乎沒有可能生存的生存空間裏，默默地存活著。偶爾有朋友告訴我說，李劼，你知道嗎，張獻現在亂寫一氣了，舞台上不知道在演些什麼。開始我會楞一楞，但隨後我就明白了，那是張獻的點頭和微笑。

　　張獻會不停地朝講台上的老師點頭和微笑，儘管對方講些什麼，他一句也不認同。有時候，明白不是以拒絕來表示的，而是以寬容來體現的。明白成為拒絕，還不算最最明白。最最明白的人，

索性就表示寬容了。當然，在寬容和妥協之間，還是有個區分。寬容畢竟太難太難，而妥協卻是十分容易的。至少讓人喘口氣吧。而喘口氣，有時恰好就是妥協。

還是在〈同齡人張獻〉裏，我曾這麼寫道。

> 張獻學會了抽煙，而且抽得有模有樣。大家看見張獻抽煙，都很高興，互相心照不宣地交換著會意的目光，一致認為，現在可以了，終於成了咱們的人了。

我後來特意問張獻借了那盤錄有《屋裏的貓頭鷹》的錄影帶，給我的學生放過，也給我自己放過。我好幾次看到最後，看到那個女主角說要飛的時候，忍不住地要落淚。誰不想飛？又有誰能夠飛？

哈姆雷特最後還是一劍出手，同歸於盡，玉石俱焚。

那麼張獻呢？也會一劍出手？也會玉石俱焚？

我寧可看見他不停地朝著講台上的人點頭和微笑。

閒著也是閒著。該練功了，該做操了。

由一個個演員扮演成的張獻，在舞台上走動著，咕噥著，舞蹈著，勸說著。張獻有本事把所有的性愛變成按摩動作和舞蹈動作，變成夢幻兮兮的囈語，變成瘋瘋顛顛的癡笑。閒著也是閒著。搗漿糊誰不會搗，這不需要任何智慧的。基本動作不就是兩個麼？一個叫做扳開，一個叫做併攏。過去叫做，稍息和立正。扳開，舞台上一起稍息。併攏，舞台上一起立正。

我看張獻的戲劇已經看到了可以不動腦筋地隨便寫一出的地步，並且可能寫得比張獻還張獻。舞台上在扳開的時候，大家一湧而入；舞台上在併攏的時候，大家一哄而散。紅色列車不就是這麼進站出站的麼？讓開，讓開，又來了一班時代列車。讓開，讓開，讓患了梅毒的列寧同志先走。怎麼樣？很熱鬧吧？舞台上沒有一個得空的，全都忙得不亦樂乎。有的在準備網兜，有的在準備竹籃子。

　　我坐在舞台下頻頻點頭，又頻頻微笑。我的台板底下一本書也沒有。

　　我在想張獻 1983 年寫的一個電影劇本，叫做《表演者謀殺表演者》。這個劇本一直放在張獻的抽屜裏，直到今天依然在他抽屜裏。我記得就在差不多的年頭，有部電影叫做《小街》，曾經轟動一時。假如《小街》的導演讀到張獻的《表演者謀殺表演者》，也許人們看到的就不會是《小街》了。因為《小街》畢竟太小，僅僅成全了男女主角。就電影本身而言，實在太小兒科了一些。但中國電影的悲劇，也恰好在於，不是把小兒科電影當回事，就是把張藝謀式的新農民電影當回事。我不敢說張獻的這部電影達到什麼樣的高度，但我敢說，假如能夠拍成的話，那麼中國就有了一部跟義大利《美麗生活》（Life Is Beautiful）相媲美的先鋒電影。人家那部影片是對納粹時代的歷史反思，而張獻的這個劇本則是對文化大革命的反思。同樣的幽默，相映成趣。假如能夠找到像樣的演員，那麼中國電影走向世界，就會提前好多年。那可是 1983 年啊，張藝謀和陳凱歌才剛剛在學拍電影呢。

　　從某種意義上說，張藝謀、陳凱歌的成功，確實是一種僥倖，那樣的僥倖當中，包括張獻電影劇本的被埋沒。電影的先鋒傳統，一直是在上海的，怎麼突然跑到莫名其妙的地方去了呢？那些年頭的上海電影製片廠在幹什麼？這個城市的淪落，於此也可見一斑。

　　當然，也許以後還可以做一下，但畢竟不一樣了。電影通常是相當趨時的藝術，什麼年代的電影，一看即知。這是電影及不上小說的地方。《紅樓夢》，《唐‧吉訶德》，永遠不會過時。但電影很難有這樣的耐久力。

　　在張獻的戲劇當中，有不少寫得很像電影劇本。對於改編成影片，確實非常方便，但就劇本而言，卻有個時間問題。比如《樓上的瑪金》，不管寫得如何精彩，若干年之後，會自然褪色。但《屋裏

的貓頭鷹》不會。我寫到這裏，突然想起尤金・奧尼爾的《長夜漫漫》（Long Day's Journey Into The Night）。該劇寫於 30 年代，作者關照家人，等他死後才上演。25 年之後首先在歐洲上演，然後轉回百老匯，成為美國戲劇史上的首席經典。

對歷史或者對文化的思考，哪怕再深刻，表達得再生動，都比不上對內心的開掘。因為生命的內心衝突是永遠不會過時的，但對某段歷史的思考，就像對時弊的針貶一樣，總是具有跟新聞相近的效應和價值。《屋裏的貓頭鷹》把兩性衝突推到舞台中心，由此展開內心深處的混亂和自身的失控和迷失，就突破了這樣的局限性。現在反思當年的法國荒誕派戲劇，會發現一個十分有趣的現象。先鋒的戲劇形式，骨子裏體現出來的卻是最為保守的黑格爾美學，即，美是理念的顯現。幾乎整個西方荒誕派戲劇，都以理念的顯現作為基本的戲劇架構方式。這種方式幾乎影響了整個二十世紀西方現代戲劇，不管是荒誕的還是不荒誕的。當然，也同樣影響了中國 80 年代的先鋒戲劇，包括張獻的戲劇在內。在這樣一個基本架構之下，剩下的好像唯有思考是否深刻做工是否地道之類的問題。我想張獻一定也注意到了這樣的架構，至少在《屋裏的貓頭鷹》裏，他以內心的激情，化解了思考呈現的理性方式。我當時聽導演谷亦安介紹說，出演該劇的男人演員們，由於在舞台上的投入，致使他們自己的夫妻生活都被沖淡了。

衡量張獻戲劇的成功與否，激情是一個相當重要的指標。我不擔心張獻戲劇在思考和形式上的力度，我只關心他的激情是否能夠痛痛快快地抒發。《屋裏的貓頭鷹》是充滿激情的，《表演者謀殺表演者》也是充滿激情的。相比之下，張獻 80 年代的戲劇，激情比較充沛。他 90 年代的戲劇，戲的成份越來越重。這個戲字，包括遊戲，做戲，調侃，冷漠，敷衍，做工上的考究，精益求精，粗亦求粗，等等。他的戲劇本來是這個城市的突圍者，後來漸漸地反過來被這

個城市所包圍了。我寫到這裏，突然跳出一個詞來，叫做鐵壁合圍。舞台上是一種虛構，城市也在進行著另一種虛構，兩者究竟誰虛構了誰，誰包圍了誰，那是誰也無法預料的。

在我寫作此著的時候，唐穎正準備赴美。我希望他們夫婦能夠由此獲得一個機會，不被他們居住的城市所吞噬。當突圍者被包圍的時候，最好的方式就是起飛。

張獻寫於1983年的另一個電影劇本《浮雲》的被埋沒，則是另外一種意義上的文化損失。《表演者謀殺表演者》是以相當先鋒的電影形式，寫了一個非常現實的故事，而《浮雲》卻以十分寫實的方式寫了一個先鋒藝術家所受到的傷害。這個劇本的寫實性之強，即便讓謝晉那樣的導演來執導都會大獲成功。相比之下，在同一時期備受爭議的白樺所寫的電影《苦戀》，無論在思考的力度和歷史景深的深度上，都膚淺得如同電影學院文學系的課堂作業。這種影片的遭受爭議，只有一個解釋，那就是所謂的傷痕，所謂的反思，乃是一種權力。當時風行的電影主題，諸如右派遭難，老幹部受委屈，知識青年上山下鄉，之所以能夠沒完沒了地被搬上銀幕，乃是因為正好有個權力話語交替的空檔。或者說，那樣的反思僅僅反思到跟權力話語交替有關的歷史背景為止。至於《浮雲》所表達的諸如藝術和社會，自由和極權，個人和群體，以及發生在70年代末80年代初的言論自由和極權話語的衝突，等等相當具有啟蒙意味的寓意，與中國電影銀幕之間的距離，比地球到月球還遙遠。可憐的中國電影觀眾，當時只能躺在《牧馬人》和《天雲山傳奇》還有什麼《肖爾布拉克》或者《人到中年》之間，享受一下品嚐苦難的自由。這就好比排隊買菜一樣，排了老半天，才剛剛輪到號稱人到中年的那一代，跑上銀幕上向人們展出他們的人生，他們的經歷，他們的病歷卡，他們的避孕套，他們的性壓抑。等到張獻的戲劇開始在舞台上演出時，中國電影的影幕上已經被《黃土地》和《紅高粱》給

佔領。所謂的第五代導演迫不及待地戴上農民的面具，從褲襠裏掏出傢伙，朝著觀眾撒尿，背著觀眾性交。他們在先鋒電影的偽裝下，比賽誰比誰更土，誰比誰更粗魯。最後陳凱歌輸給張藝謀，因為陳凱歌是偽農民，而張藝謀是真農民。至於張獻式的電影追求，無論在美學上還是在文化寓意上，再一次被輪空。或者說，排隊剛剛要排到的時候，被一夥紮著羊角頭巾的傢伙給擠到了一邊去。羊肉泡饃不費吹灰之力就戰勝了上海小籠包。至於當時的上海電影製片廠，則依然還在使勁地蒸著農村改革的窩窩頭。

張獻當時這兩個電影劇本的被埋沒，不止是對他個人創作生涯的致命打擊，同時也是整個中國電影文化甚至整個歷史文化的無可彌補的損失。這種損失只消聯繫到 80 年代末的那場事變，便可一目了然。當時的學生，整個的思維方式，幾乎就是《紅高粱》式的。「妹妹你大膽地往前走哇，往前走，莫回頭……」到底往哪裏走？往高粱地裏走麼？他們從來沒有想過。即便直到今天，人們都還沒有想過，高粱地裏的性交方式，怎麼能夠解決現代商業文明進程中的歷史課題？最後的結果只能是表演者謀殺表演者！最後的結果只能是讓自由變成一片無可奈何的浮雲，永遠在空中飄浮和徘徊！歷史有時無法補課，失去的就永遠失去了。

張獻的這兩個電影劇本，如今的價值也許僅在於，假如人們回顧當年的中國電影，再也不能說，不是沒有創作自由，而是給了你們自由，你們也拿不出像樣的作品。這與其說是張獻的遺憾，不如說是整個歷史的遺憾。在這個民族最最需要啟蒙的時候，他們卻被一場高粱地裏的性交給弄懵了。

當然，反過來說，張藝謀的媚俗也媚得極其到位，空前成功。他彷彿看穿了改革開放的祕密，無非在於慾望的開放，在於性交場合乃至性交姿勢的改變。他於是從日本電影《鬼婆》裏，偷學了幾招，把中國觀眾弄得服服貼貼。甚至把上海最先鋒的人物都給騙了，

以致張獻會傻乎乎地把《紅高粱》的上演，看作是個盛大的節日。我本人當時雖然有一種本能的反感，反感銀幕上那種撒尿的姿勢和喝酒的腔調，反感那種聚嘯山林式的豪放，但在當時，也沒有看出背後的歷史隱患。但歷史是不能假設的，也不可重複。張獻的劇本當年沒能被製作，最好的時機也就永遠錯過了。即便今天被搬上銀幕，跟當年產生的意味，也不可同日而語。文學藝術固然是永恆的，但文藝思潮卻是太有時間性了。試想，假如約瑟夫·海勒今日寫出《第二十二條軍規》出版的話，很可能會在美國弄出一場官司。或者假設當年的金斯堡格換到今天，朝著 9·11 廢墟嚎叫的話，那麼圍上去的就不會是成千上萬的崇拜者，而可能是一群搶做患者生意的精神分析醫師。

從創作的文化背景上說，張獻無疑是非常正宗的歐洲二十世紀先鋒戲劇和先鋒電影的傳人。但問題在於，上海當時整個的電影製作和電影行業，陷在一片極權傳統的沼澤地裏。《浮雲》所抨擊的極權人物，恰好就是上海電影界大大小小的統治者。無論從理念上還是藝術形式上或者電影美學上說，彼此都是格格不入的。而且，這種格格不入說到底，確實是個美學問題。在如今意識形態相對減弱的情形之下，張獻的這兩部電影，依然難以被上海電影行業所坦然接受。衡量一個劇作家究竟是不是先鋒的話，他的被接受與否可能也是一種標誌。因為真正的先鋒文學和先鋒藝術，在中國的命運也許只能像一片浮雲那樣，久久地飄在空中，無法變成一場甘霖降落。

張獻的選擇是相當困難的，即便他作出妥協，也難以樂觀。事實上，他已經在《應召》那樣的戲劇中作了些妥協，但這部戲可能至今未能上演吧。對於這樣的戲劇追求和戲劇現實，還有什麼話可說？嚴酷的現實，將吹毛求疵的可能性都消滅得乾乾淨淨。即便是想挑剔一下張獻的戲劇或者電影，都由於其大部分作品在舞台上和在銀幕上的長期缺席而無從挑剔。

這可能是那句台詞，總得有人要吃虧的另一層寓意吧。假如說，性格即命運，作品又何嘗不是命運的告示？

說到命運，我倒是很喜歡具有命運意味的甚至被命運所籠罩的戲劇美學，比如像古希臘的戲劇，《俄狄浦斯王》那樣的。就我個人喜好而言，我希望能夠看到張獻的戲劇裏，帶有一些命運的色彩。那樣的話，美就不再僅僅是理念的顯現了。這是我對張獻戲劇的一個祝福。不管前面的道路如何坎坷，先祝福了再說吧。

肆、黃河詩會上的武林聚會和野草般的四川詩人

中國的學術會議通常是官氣重得讓人反胃，美國的學術會議濃得化不開的是其學究氣。比如，也許會有個學者一本正經地拿出幾根頭髮，然後宣讀一篇論文，聲稱據考證，這幾根頭髮是曹雪芹的頭髮。然後，另一個學者會非常斯文地走上去，擺出一大堆材料，證明那不是曹雪芹的頭髮。於是，前面那個會以更加斯文的方式，微笑著繼續證明他沒搞錯。最後，兩位學者緊緊握手，互相表示五體投地。不管人家的會議有多少意思，但那樣的文質彬彬，卻在中國的學術會議上相當少見。

我在 1988 年參加過一次《詩刊》召開的全國詩歌討論會，感覺就像是金庸小說裏的武林盛會。借用阿城〈棋王〉裏的一句話，叫做亂得不能再亂。我想即便就《詩刊》而言，那樣的會議也難得碰上。一批第三代詩人，尤其是來自四川的那批先鋒詩人，把個會議楞是攪成了一鍋粥。但不得不承認，那鍋粥也真是熱氣騰騰，充滿來自四川盆地的那種活力。

這幫傢伙一進來，就把人嚇了一跳。有的只見頭髮和鬍子，號稱廖鬍子；有的一臉的雄心壯志，彷彿是出席南湖會議的一大代

表，人說，此人便是周倫佑，《非非》詩派的領袖人物。有兩個好像剛剛在什麼地方作了案之後跑到會場上來的，目光閃爍之極。後來知道，一個叫做何小竹，一個叫做荀明軍。以前讀歐陽江河的詩歌，總以為那是個跟楊煉相似的學者型人物，不料人家指著一個很像日本電影《追捕》裏面那個受害者橫路竟二的人，告訴我說，那人就是歐陽江河。然後我到處找那頭腰間掛著詩篇的豪豬，結果被告知，李亞偉來不了。至於那個《冷風景》的作者，據說在一家夜總會做起了老闆，聽上去像是黑社會的什麼人物。還有個加大拿的小夥子，屁顛屁顛地跟在這群人後面，弄不清是個追隨者還是個研究者。

這幫傢伙進來之後，讓人有一種要出事的感覺。

好在唐曉渡知道他們，告訴我說，沒事。唐曉渡叫我去開這個會，是為了讓我瞭解一下第三代詩人。他還特意關照，你想說什麼話，儘管說就是，不用顧忌。

從其他地方來的第三代詩人，相對來說，文靜許多。韓東目光峻冷地坐在會場裏。車前子拄著拐杖，一臉的朝氣蓬勃。老木不聲不響的，不知道在幹什麼。有人甚至當面問他，昨天晚上去哪兒了？是不是找到什麼好玩的地方，一個人獨吞了？

會上來的許多詩人，據說都是在詩歌界聲名赫赫的，無奈我如今能夠想起來的，只有兩個九葉詩人唐湜、鄭敏。唐湜在會上說話很低調，但在私下裏說話卻讓人印象很深。他聽說我是從上海來的，對我說，他在上海的老朋友，同屬九葉詩人的王辛笛，是個糊塗人，糊塗到了竟然把十幾萬美元莫名其妙地捐給國家。他接下去的話沒有說出來，但我是明白的。就好比有人正在悄悄地把國庫給偷盜一空，然後以各種名義進行坐地分贓，王辛笛卻傻乎乎地跑去，向人家雙手奉上自己家裏僅有的一點積蓄。有關這個捐款，我後來問過我的同事王聖思。她告訴我說，她們做兒女的也不太理解做父親的

那種行為。她說，我們家裏已經窮得一塌糊塗了，他還要把最後的那點積蓄給捐出去。

不管怎麼說吧，反正我當時聽了唐湜的話，不由感覺到，那個叫做橫路竟二的神經病人，其實並不像歐陽江河，而有點像王辛笛。因為捐款的感覺，有時跟寫詩是非常接近的。弄得不好，就會混淆起來。

鄭敏是個充滿熱情的詩太，即詩歌老太太。她在會上的舉止，不像是在參加中國詩會，更不像是跟一幫看上去有點像打家劫舍之徒的詩人在一起開會，而像是坐在美國哪個大學的會議室裏。而且，她一開口就是德里達。她說德里達的時候，使用的是英文的發音，而不是中文的譯音，所以舌頭捲得特別厲害。她說她曾經在一個會上跟德里達當面談過話。那表情很像當年的勞動模範，在講說跟偉大領袖握手的情景。我後來聽說，德里達到中國訪問，會場被主持人嚴密把持，鄭敏老太太因為被斷然拒之門外，當場悲憤之極，厲聲控訴云云。這是完全可以想見的。就好比當年的某個勞動模範，要到北京的紀念堂裏去看一眼長眠不醒的老人家，卻被人擋在門外，其呼天搶地的情景一定會非常生動。

我在會上好像跟鄭敏有過幾句辯論。會後也談了談，話不投機。而且，她由於心中裝著德里達，對任何人的話，都覺得不入耳。好在她從美國學會了一種表達不以為然的方式，不跟人使勁爭論，免了彼此許多口舌。老太太以或者沉默或者微笑的方式，意味深長地讓人感覺到她根本不屑於把你當作對手。那樣的沉默和微笑，我是後來到了美國以後，才知道的。我碰到一個畫廊的女老闆，號稱耶魯大學藝術系得了博士學位的美國女人。她把一幫中國藝術家請到她家裏開派對。我也混跡其中。後來談起中國文化時，我以為她對中國文化非常有興趣，想不到她告訴我說，她喜歡世界各國各地的各種各樣文化。我頓時就明白了，中國文化不過是她許多個鳥籠子裏許多種鳥當中的一個品種。那個美國畫廊女老闆說話時，也經常

以那樣的沉默和微笑來表示一些她不便表示的意思。所謂教養，大概就是那意思。

鄭敏詩太當然不會想到，後來會被新左派的後生們那麼羞辱一場。在那樣的羞辱面前，沉默和微笑全都失效了。而且，鄭敏詩太也不會感覺到，她對德里達的熱情裏面，帶有多少精神上的暮氣。同樣的九葉詩人唐湜，從來不提什麼德里達。唐湜的言詞間，充滿著一種朝氣，讓人感覺親切。同樣的兩個九葉詩人，那些桀驁不馴的第三代詩人，提起唐湜個個讚不絕口，而說到鄭敏馬上使勁搖頭。

80年代中國老老少少的學者都爭相用西方學者的著作或者名字來武裝自己，就好比文化大革命當中，所有的紅衛兵造反派通通引用一個人的語錄，表示自己的真理在手正義在胸。文化大革命當中的許多武鬥，都跟搶奪語錄的解釋權和壟斷語錄的引用權有關。這種思維方式，到了80年代，便是搶奪對某個西方學者的解釋權和壟斷解釋的話語權力。當然，比起讓海德格爾姓甘或者姓張，鄭敏詩太畢竟有著九葉詩人的精神根底，不會說出那種下三濫的話來。其實，鄭敏詩太本人的詩歌寫作，詩歌鑒賞能力，並不低到哪裏去。要是她不說德里達怎麼怎麼說，而是說她自己怎麼怎麼想，可能會令人肅然起敬。真是太可惜了。

比起鄭敏詩太的這種將他人奉若神明，四川那幫詩人卻是一個比一個自我中心。除了何小竹和荀明軍兩個，彷彿剛剛作完案似的，需要保持低調和沉默，其他幾個沒有一個肯說句謙虛話的。這樣的氣氛，最後被我稀裏糊塗的一番話給打破了。我是個很容易被人感動的人。我當時聽說，四川詩人當中，有人賣血辦刊物。於是，我就在會上說了出來，並且口氣裏帶著一種敬意。

這下好了，四川詩人們馬上改變了慷慨激昂的腔調，一個個苦著臉，爭相扮演起了受苦受難者。其中最為搶眼的是，周倫佑說到自己如何辦《非非》民間詩刊時，竟然說得泣不成聲，掩面而出。

　　我當時被嚇了一跳。後來有人悄悄地告訴我說，沒事，那小子一跑出會議室，保證大笑不已。

　　但不管那小子笑也好，哭也好，會上的許多老詩人確實被感動了。不少人當場捐款給四川詩人辦詩歌刊物。好像還是唐湜帶的頭。至於詳情，可能要讓其他當事人來回憶了。

　　後來，我在私下裏問周倫佑，問他跑出會場笑了沒有。那小子嘻嘻一笑，然後馬上嚴肅地告訴我，辦刊物不容易的。我不由被他的嚴肅給逗笑了。我說，你小子真是個大流氓。他馬上問道，你真的這麼認為？我說，是的。他馬上拿出一本筆記本，遞到我跟前說，你寫下來。於是，我也就真的寫了下來，周倫佑是個大流氓。並且簽字畫押的，還寫明了日期。他非常高興。此刻的周倫佑，臉上的表情不像是個一大黨代會的代表，而像個赤衛隊的隊長，並且是主持工作的隊副，相當務實。

　　我不知道四川的袍哥，是不是這副模樣的。但假如是的話，好像比上海的青紅幫要可愛得多了。也許吃辣椒的人，都是這一類的。敢想敢幹，並且該說大話時就說大話，該務實時就務實。難怪中國不是落在湖南人手裏，就是被四川人玩弄於股掌。

　　在這方面，歐陽江河顯然比不上周倫佑那樣敢想敢做。歐陽江河喜歡說一些壯麗的言辭，使用色彩強烈的形容詞。比如花兒盛開，在他的言語當中，會說成花開得非常囂張。他的代表作《懸棺》，雖然在路數上承艾略特《荒原》而來，但其意像似乎比荒原還要刺激，彷彿天空中飄浮著無數個骷髏一般。

　　廖亦武在會上說話不多，並且一說就說得鄭敏詩太差點哭出來。假如廖武亦是一首粗獷的詩歌，那麼鄭敏詩太非常受不了詩歌竟然變成了這副模樣。廖亦武的詩歌不是歐陽江河式的誇張，而是直接了當的冒犯和褻瀆。他先是把自己命名為一個奇出怪樣的《雜種》，然後嚇人倒怪地叫喊著，石破天驚的肉柱子要如何如何地捅進

來了。但丁式的激情，在廖亦武的詩歌裏，通通被訴諸碼頭工人的粗話。事實上，他只是個汽車司機。他駕駛著以最直接最魯莽的語言外殼做成的所謂先鋒詩歌，在詩壇上亂開一氣。這種勁頭讓那個加拿大小夥子戴邁河見了，佩服得五體投地。戴邁河像個中國古代的書僮一樣地整天跟在廖亦武後面，彷彿中國詩人最後只剩下一個廖亦武，他的研究只要跟定廖亦武，什麼都解決了。

那次詩會最有意思的情景，是大家一起坐在船上，在運河的浪濤裏，說說笑笑地向揚州進發。船上印象頗深的是，聽《詩刊》的編輯鄒靜之講《金瓶梅》一類的言情小說，描寫性事如何有特點。言談之間，充滿諸如隔岸取火、後庭花、銀托子等等的術語。我以為靜之會從事言情或者言性小說研究，結果卻去寫了電視連續劇。當然，那已是 90 年代的後話了。

我在 90 年代碰到廖亦武的時候，已經不是廖鬍子了，不僅臉上剃得精光大吉，連腦袋也亮得耀眼。不過，那麼一赤裸，倒是把他一副羅漢相給顯露了出來。

在四川詩人當中，我跟廖亦武投緣一些。但我不喜歡他老在詩歌和文章裏說粗話。那些粗話嚇唬嚇唬鄭敏詩太還行，哄哄戴邁河那樣的加拿大小夥子也可以，要是能讓德里達那種自作聰明的學者讀讀也許會有些啟發，可他偏偏硬生生地給我寄了一大摞。我看完後，給他寫了一篇評論，寫得有些敷衍了事。那篇詩評在 1988 年的《人民文學》上發表之後，有人特意捎話給我，說是劉心武讀了我的評論，十分喜歡。捎話人的意思是，劉心武喜歡的是我的詩評，而不是我所評論的詩歌。

那年跟廖亦武在北京再度相遇時，彼此都是一副曾經滄海難為水的模樣，誰也不提那篇詩歌評論。我不提是覺得寫得有些草率，廖亦武不提可能是覺得彼此已經非常相通，不用多廢話了。他在飯桌上十分豪爽地把兩個介於漂亮和不漂亮之間的女記者，安排在我

的兩邊，笑嘻嘻地鼓勵我左摟右抱。他哪裏知道，人家都是來胡亂
混頓飯吃的，吃完之後就忙著學開車去了。那時候北京已經流行女
人學開車，男人買車買房，並且流行了好一陣子。那些女人顯然是
在場面上混得相當有段位的，開始一直不說自己的男人，直到宴席
終了，才漫不經心地吐出一句，明天要去機場接先生回家，不知駕
車技術是否過關。

廖亦武再牛皮哄哄，也不過是個卡車司機，可能從來沒開過那
種女人開的奧迪寶馬或者賓士之類。

廖亦武製造這種喜劇場面，顯然是對古代文人相聚的某種模
仿。那時的文人，一般都是貴族，彼此間經常把女人當作禮物送
給朋友，作為友好的表示。廖亦武不知就裏地想學一把。他哪裏
知道如今時代不同了，男女都一樣，一樣的不把文人墨客當回事
情。更何況，廖亦武比我還窮愁潦倒，有人請客吃飯已經相當不
錯了，竟然還胡亂慷他人之慨，把不知誰的女人朝我塞過來，弄
得我不無尷尬，也弄得女人最後露出滿臉鄙夷的神情。後來有個
聰明人講了個故事，以此教育了廖亦武，也教育了女人。那人說，
他跟一個腰纏萬貫的友人在京城一家豪華餐廳用餐，友人見了一
個雍容華麗的少婦，跟他打賭說，十分鐘之內，把那個少婦搞定。
那人當然不信。於是，富豪就站起身來，跑到那個少婦身邊，說
了三句話，朝少婦跟著放了一張什麼紙條，那女人果然站起來跟
著富豪走了。事後，那人問富豪朋友，跟那女人說了什麼。那傢
伙回答說，開始給那女人開了一千元的價格。那女人說，你要調
戲良家婦女，也得看準了人才下手呀。那傢伙臉不變色心不跳地
回答說，一萬美金。那女人猶豫了一下，然後冷笑一聲，我是有
家有室有丈夫的人。那傢伙第三句話是一面寫一面說的，將一張
十萬美金的支票放到那個女人面前。女人二話不說，站起來就跟
著他走了。

　　廖亦武聽了雖然沒有吭聲，但此後再也沒有做過這類傻事。接下去的節目是，一個書法家晚上請大家相聚，飯餘茶後，我有幸領教了廖亦武的洞簫和嘯叫。書法家先請前來助興的一位中央民族樂團的女笛手吹笛。那女子吹得直讓人想起哪本書裏看到的唐朝教坊。那教坊裏走出許多美麗的藝伎，前去一處處幽幽雅雅的地方獻藝。一曲終了，鼓掌過後，就有人慫恿廖亦武也來一曲。結果，這傢伙不吹還好，一吹就吹得大家一句話也說不出來。那哪裏是簫聲，完全是淒厲的嗚咽。幾千年的無盡悲傷，被這個光著腦袋的傢伙，一氣吹了出來。而且，他還一不做，二不休，索性又鬼叫了一陣，他管那種鬼哭狼嚎叫做「嘯」。我一聽，眼前就出現了陰森森的亂石枯墳，懸崖峭壁。而這些恰好都是廖亦武詩歌的基本意像。

　　後來那個書法家，以十分神祕的書法，給廖亦武寫了「了二悟一」，這四個字中有三個與廖亦武的姓名相諧音。我不知是什麼意思，但廖亦武肯定知道。那個書法家好像是開了天眼的奇人。他一見我，就說我在笑。其實當時我困得直打瞌睡。我開始沒有明白他為什麼說我在笑，後來一想，我明白了。他看見的，是我的元神。

　　一般人都以為我是個憤憤不平的人，整天要跟人爭個明白的人，其實我是個喜歡開心的人。我一見笑哈哈的彌勒佛，就特別對勁。凡是能說笑話的人，我幾乎都會胡亂引為知己。也許是這個緣故，我對王朔小說一直討厭不起來。不料，這個祕密被那個書法家一眼看出來了。他隨後說廖亦武，也說得非常奇妙，可惜我忘了。

　　那個書法家給唐曉渡題的字是，「曉渡他人，搪塞自己」。簡直絕了。然後給我的題字是，「結納山人，入聖無理」。「結」字暗喻我的「劫」，「理」字影射我的「李」。那書法家還給我寫了一幅字，叫做「雄鷹振翅，怒蟻欲擊」。此君寫完之後，還意猶未盡，又對在場眾人說我和廖亦武兩個，不同尋常什麼的。我不知道他看出了什麼

命相，被他說得一會兒自信，一會兒悚然。這可能就是我跟廖亦武之間的什麼緣份吧，至少有一種共同的命運在作怪。

我此前曾經暗暗奇怪，那麼多的詩人當中，從一旅行袋的詩歌裏，我偏偏選了廖亦武的詩歌，寫了那篇詩評。為此，其他詩人朋友可能有些不高興。其實我也不知道是怎麼回事。按說，四川詩人當中，我覺得最合我性情的是那個腰間掛著詩篇的豪豬李亞偉。他的那首〈中文系〉，我認為是 80 年代先鋒詩歌的絕唱之一。可我卻稀裏糊塗地走進了廖亦武的《死城》。廖亦武的詩歌，就從題目上看，也可以看出是艾略特《荒原》那樣的立意。但廖亦武卻將此寫得不像歐陽江河那麼尋章摘句地硬充斯文，而是破罐子破摔，摔得擲地有聲。我忘了我在那篇詩評裏是否也是這麼說的。可能不是。但至少我現在就是這麼認為的。

在 1985 年崛起的先鋒詩人群體當中，我認為最有活力的就是那批四川詩人。哪怕是看上去始終在不斷作案的何小竹和苟明軍，寫出來的詩歌也另有一工。尤其是何小竹，把個漢語詩歌寫得不再是庭院深深深幾許，而是鬼氣森森森幾許了。李商隱當年的〈巴山夜雨〉，要是讓何小竹來寫，肯定寫成〈巴山夜鬼〉。還有那個做了夜總會老闆的楊黎，當年寫的〈冷風景〉，也是一首難得的好詩。

更不用說，那個四川女詩人翟永明，把女人的感覺寫得如此生動和新鮮，既深沉，又豪放。明明躁動得不行，還號稱什麼《靜安莊》。真有你的，翟永明。俗話說，雲煙川妹。四川女子，天下一絕。要是不出個把像樣的女詩人，還真對不起這雲煙川妹四個字呢。按說，翟永明的詩歌，是可以專章論說的，可惜我跟她只見過一面，感覺雖然投契，畢竟瞭解無多。再說，手頭也沒有她的詩作，只能憑著過去讀過的印象，這麼胡亂說幾句，但願她本人讀了，原諒則個。

在去國之前，我最想了的心願之一，就是去一次四川。在北京遇到翟永明時，她熱情相邀不算，還答應屆時駕著車把我載到深山

裏去。我想，要是車壞了，也許就只好聽廖亦武對著叢山峻嶺使勁吹簫，或者鬼哭狼嚎。然後再回到成都學著吃麻辣火鍋，或者到西昌去察看一下，周倫佑是不是真的在賣血辦刊。

不管怎麼說，那年出事，廖亦武、周倫佑、李亞偉他們倒是一個都沒逃脫。他們是真的犯案了。就以他們的那個案子來說，當年詩會上的捐款，沒有白白對他們表示了一番敬意和心意。就詩人而言，80年代的這批四川詩人無疑是最有詩意的一群。無論是他們的生活方式，還是他們的語言方式，都是詩歌的方式。他們的人生和他們的詩作，如同陽光下隨意生長著的一片片花草。即便其中有些是罌粟花，也可以一把把抓起來，然後裝在花籃裏，唱上一句「鮮花送模範」。

廖亦武後來寫了本《底層採訪錄》，我讀了幾個片斷，感覺有點陀斯妥也夫斯基的氣息。當然了，裏面滿是廖氏管簫的嗚咽，和廖亦武式的鬼哭狼嚎。那些故事大都是由他所採訪的人一個接一個地敘說的，讀來感覺滾燙滾燙的，相當灼人。

以廖亦武、李亞偉、周倫佑、楊黎、何小竹、荀明軍等等為代表的這批四川詩人，他們以雜亂無章的詩歌方式和同樣雜亂無章的生存方式，給同時代的先鋒詩人尤其是先鋒作家，立了一道冷峻的風景。在這道風景的參照之下，蘇童小說的發嗲本相暴露無遺，余華的小說也不得不露出了一副幸福的面孔。而莫言的《紅高粱》和後來的《檀香刑》則在暴力和恐怖之中，隱隱地透出一種農民的狡猾和不動聲色的嫵媚。莫言最好的小說，是《豐乳肥臀》的前半部。而在那部分裏面呈示出的，恰好就是這批四川詩人式的雜亂。這樣的雜亂裏面有一種頑強的生命力，或者說跟自由相關聯的活力。但一旦這樣的雜亂裏悄悄地摻進了對民眾的恐嚇，對廟堂的擠眉弄眼，那麼寫得再江湖，也已經有了一種李蓮英式的媚態了。

　　就此而言，整個 80 年代的中國文學，應該感謝這批四川先鋒詩人豎立起的這道文學風景。這些傢伙也許從來不會跟你講良心良知，他們即便做了這類事情，也不會正兒八經地訴諸任何學術語言。因此，對於任何話語中心來說，他們永遠是邊緣的存在。我希望歐陽江河在談論知識份子寫作的時候，不要忘記他的這些四川老鄉。

伍、韓東、于堅和《他們》的他們意味

　　四川有許多民間的詩歌刊物，諸如《非非》，《巴蜀詩群》，《莽漢》，等等一大批。相比之下，南京卻似乎只有一個文學民刊，叫作《他們》。這個刊物前後出了十期，加入其中的共有三批年輕的作家和詩人。第一批創立者是韓東、于堅、丁當、蘇童、小海、小君等等；第二批加入的有于小葦、任輝等人，第三批又發展了海力洪、劉立桿、朱文、吳晨駿等人。其中的核心人物，是韓東。

　　我跟韓東的認識，也是在 1988 年的那次詩會上。非常有趣的是，韓東那次跟我私下裏談得最多的，既不是詩歌，也不是詩人，更不是那次會上討論的什麼話題，而是，馬原。

　　你簡直不能想像，馬原一開始就把一切都設計好了。

　　韓東如此繪聲繪色地向我描述，馬原當年在西安時如何向朋友透露其雄心壯志，準備一舉拿下諾貝爾文學獎。我聽了，感覺馬原很像一個體操運動員。我那時候雖然已經跟馬原相當熟悉了，可是有關對馬原的感性認識，竟然還是從韓東的描述當中得到的。我由此也發現了韓東的小說才能。我當時還奇怪他怎麼只寫詩歌，不寫小說。後來，他果然寫起了小說，其中有一篇〈和馬農一起旅行〉，其人物原型活脫脫就是他向我描述過的馬原。

　　韓東、李潮兄弟倆，跟馬原的友情確實非同一般。雖然我對馬原打了李潮一記耳光，比李潮本人還對馬原耿耿於懷，但要韓東說起來，就是一句話，他們兩個之間的恩恩怨怨，永遠也講不清楚的。至於李潮就更可愛了。有一年在深圳碰到李潮，彼此說起馬原，李潮脫口而出，我對馬原又恨又愛。李潮說得讓人聽上去像是馬原的哪個前妻一樣。

　　李潮絕絕對對大孩子一個。不僅我覺得對勁，就連我的朋友，比如周樺夫婦，見了李潮，都會眉開眼笑。我在寫〈韓東其人其事其詩其文〉中提及李潮，情不自禁地流露出對李潮的喜歡。說他們兄弟兩個，李潮像春天，韓東像秋天。結果，李潮一個勁地要我談談韓兒的小說，他管弟弟韓東叫韓兒。而韓東卻覺得十分委屈，抱怨說，李劫，你對我並不瞭解。他的意思是，他為人並非像秋天一樣。

　　這下可要輪到我跟韓東的「恩恩怨怨」了。韓東不像李潮那麼孩子氣十足，跟李潮在一起，他總是更像哥哥，李潮卻像個不懂事的弟弟一樣。韓東說起李潮的口氣真的就是哥哥說弟弟的口氣，一如李潮說起韓東，就像提及自己的兄長。有關韓東的詩歌，唐曉渡有一句精彩絕倫的評論，當你在讀韓東詩歌的時候，會感覺到那詩歌後面還有一雙眼睛在讀你。曉渡說得我不敢再寫韓東詩評了，因為我寫不到曉渡這句話的份上。

　　但這確實並不意味著韓東是個冷峻的傢伙，他對友誼的那種赤誠，那種坦率，是跟李潮不相上下的。我可能在那篇文章裏沒有把這一點寫清楚，所以讓韓東誤解為我把他比作秋天就是意指他沒有李潮式的熱忱了。事實上，我跟他們兄弟倆當中的任何一個在一起，都同樣可以處在不動腦筋的狀態裏。記得 90 年代的時候，我有一次特意領著一個書商，跑到南京找韓東，告訴他，我找到願意為《他們》的弟兄們出書的書商了。韓東一口氣替我介紹了許多寫作的朋友，但偏偏沒有介紹他自己。後來其中一個傢伙做得不太地道，我

告訴了韓東，韓東當場就在電話裏痛斥那傢伙。他當時在另一個房間裏打電話，但我聽得清清楚楚。他告訴對方，李劼這次來幫大家出書，是非常理想主義的，你別給我丟人現眼！

韓東跟李潮一樣，非常義氣，而且他們的那種義氣，充滿人情味，沒有絲毫江湖色彩。記得 80 年代我去南京時，韓東和我一起在街上走著，突然要給我買一件紅色的套衫。他說，李劼，你穿紅色非常合適。我當時有點不好意思，假如是個女人這麼建議，我會骨頭很輕。但我沒法把這類事情跟男人之間的友情聯在一起，所以我硬是拒絕了。還有一次，也是在大街上走著，韓東突然建議我，應該去配一副隱形眼鏡。他說，你要是換了副隱形眼鏡，整個世界都會感覺不一樣的。我再度拒絕。因為我非常害怕天天朝眼睛裏塞東西，這會讓我很難受的。

韓東的這兩個建議，我雖然沒有採納，但我後來確實買了許多紅色的衣衫，並且穿了之後，女孩子都說好看。至於換一副隱形眼鏡，整個世界都會感覺不一樣，此話我一直沒有忘記。因為世界的改變通常不是因為世界在改變，而是處在這世界中的人自身在改變。

韓東是我認識的詩人當中十分鮮見的，天然具有哲學頭腦的奇特人物。他的哲學不是從書本裏和課堂上習得的，而是一種生命內在智慧的本然體現。他大學讀的是哲學系，後來畢業後一度教的好像也是哲學課，但他的思維方式從來不受課本上那套哲學的影響。不僅如此，我也無法把他的哲學智慧跟哪個哲學流派作聯繫。我只能說，這種智慧非常接近明末那種注重自由和性靈的思考方式。

韓東最討厭的可能就是大而無當，言辭誇張。從某種意義上說，韓東是歐陽江河的「天敵」。韓東的思維通常跟非常具體的日常細節相關聯，從來不作從概念到概念的演繹遊戲。正因如此，韓東可能是最早選擇體制外生存方式的先鋒詩人之一，辭掉在一個學院裏教

書的職業，成為一個自由職業者。韓東跨出這一步，輕而易舉，不像其他人那麼艱辛，那麼左思右想，甚至被迫抽身。

假如要我說韓東的主要特點，也許在於他的一致性上。他是個怎麼想就怎麼說，怎麼說就怎麼做的人。他對日常生活品質的關注，和他在詩歌理論上提出的口語詩或者口語寫作，認為詩歌到語言為止，等等一系列的想法，是完全一致的。與此相應的，他的詩歌風格，也跟弗羅斯特詩歌相近。他的詩歌語言，平實到透明。也許是那樣的透明，讓曉渡感覺出後面還有一雙眼睛。

也許這麼說更加清楚，韓東不會被任何語言的迷霧所障。他天生具有一種能力，一下子透過語言，看到語言背後的事物。這可能是我最為認同他的地方。雖然整個的《他們》詩人和作家，大都不喜在語言上矯揉造作，但韓東在這方面是最徹底的。韓東是《他們》的靈魂人物。這不僅是意指他的詩歌和小說創作，也不僅是意指他的詩歌理論的文學主張，同時也是意指他從事文學活動的能力，諸如組織能力和對其他人的號召力。

韓東不是一個刻意要成為他人領袖的人物，他的那種凝聚力，跟他的哲學智慧一樣，也是與生俱來的。而且，他的凝聚力也不是表現在通常所見的那種一哄而起、又一哄而散的爆發性上，而是體現在經久不息的耐力上。就好比在一個運動場上長跑，別人可能是因為比賽的原因，而他卻完全是因為他每天早上都要這麼跑一跑的緣故。他哪怕跑在比賽的人群裏，也不會跟那些人群相關。有些本來在比賽中的人們，後來因為他的存在，也把長跑改成了自己所需要的鍛練。他的凝聚力就是這麼形成的。所以他可以把《他們》民刊辦得那麼經久不息，雖然只出了十期，但在時間上卻延續了整整十一年，從 1985 年到 1996 年，最後在有關部門壓力下才被迫終止。

韓東的存在，影響了一批跟他同輩的詩人作家，也影響了許多晚輩的文學青年。有一次魯羊以詼諧的口吻，說韓東是他們的

地下作協書記。那個比喻雖然不恰當，而且韓東本人也不會認同，但畢竟說出了一個意思，即韓東在事實上對其他人所產生的影響。在這方面，蜚聲文壇的蘇童，跟韓東相比，恰好是一個在天，一個在地。按照蘇童所隸屬的那個文壇，蘇童在天，韓東在地；而按照那個文壇以外的眼光來看，正好倒過來。有一次韓東接受日本的哪個雜誌或者作家的採訪，被問到他跟蘇童的區別，他的回答是，假如他和蘇童一起填表格，那麼在中國作家協會的會員，理事，等等一大堆頭銜的欄目下，蘇童都是打勾的，而他韓東只能是空白。大意如此。

韓東在這方面的徹底性，一方面使他周圍總是聚集著或多或少的詩人作家，文學青年，另一方面也使他一直處在文壇的邊緣，或者文壇之外。即便在南京，他也同樣是個邊緣人物。假如他想在某個刊物上做點自己想做的事情，那麼那個刊物一般說來不會是在南京的。當然，也不會是在上海，或者北京那樣的大城市裏。就此而言，韓東的民間位置，跟四川那批詩人非常相近。不同的只是，韓東注重日常生活本身，很少幾乎從不參與任何國家大事意義上的活動。

我把韓東的存在，看作一種非常有意味的文學現象。假如可以把文學的先鋒性與創作和生存方式上的自由度相聯接的話，那麼韓東跟四川詩人一樣，在這兩者上同樣具有不可動搖的堅定立場和創作成就。然而，比起四川詩人在表達先鋒和自由上的強度，韓東顯示出的是深度。先鋒和自由，有時表現在街頭，但更多的時候，乃是體現在日常的生活當中。體現在日常生活中的先鋒和自由，如同浩瀚的大海；相比之下，街頭的先鋒和自由的呼號，只是海中一個小小的島嶼。街頭的先鋒，多少帶有表演的色彩，但日常的先鋒，可以日常到無色，無味，無聲，無息。我這麼說，並不是意指韓東已經把日常的先鋒體現到了那樣的境界，而是說，韓東所意味著的先鋒，最高的境界就是無色，無味，無聲，和無息的。

　　說到韓東的這種先鋒意識，我不由想到南京這個城市的文化，或者說，整個江蘇的文化傳統。不知為什麼，我總覺得以南京為中心的江南江北文化，帶著明末那種性靈文化的氣息。相當富有人情味。就是在以前那種革命電影裏，諸如《九九豔陽天》之類的電影插曲，都具有民歌《茉莉花》那樣的韻味。更不用說南京江蘇一帶的文人，以及後來的新文人畫派裏的人文氣息。50年代所謂反右那陣子，南京江蘇的文人圈也是受到重創的文化群體之一。當時那個《探索者》的文案，一大批文人涉案，包括韓東的父親方之在內。在70年代末和80年代初，那些當年的落難者重返文壇之後，寫出了許多相當不錯的作品，諸如陸文夫的《美食家》，高曉聲的《陳奐生上城》等陳奐生故事系列，方之的《內奸》等等。他們的後代當中，也出了一些詩人作家，諸如韓東李潮兄弟，葉聖陶的孫子葉兆言，等等。

　　南京的文化人或者文人，讓我感到十分親切。他們似乎都天然具有追求日常生活品質的傾向。他們喜歡一種明末情調，一種才子佳人式的浪漫。也許我可以把這種情調和浪漫，稱之為秦淮河文化。南京的秦淮河文化，是非常典型的中國南方文化。這種文化沒有絲毫北京文化那股霸氣，也不像上海文化那麼市民氣，而是充滿一種幽幽怨怨的文人氣。這種文化注重個人的修養，品味，無論是談情說愛，還是吟詩作文，有品無品，是被相當看重的。琴棋書畫的傳統，在這種文化裏也是一個相當重要的標記。不管生活進化到如何現代的程度，秦淮河文化總也不會忘懷昔日的情調昔日的優雅。說韓東像地下作協書記的那個魯羊，彈古琴是他一大愛好，並且還喜歡跟人談論自己的彈琴愛好。

　　《鍾山》雜誌的副主編范小天，也是個相當看重格調和品味的文人。同樣兩個面如桃花的文人，《鍾山》的范小天與《收穫》的程永新相比，范小天身上所多的是充滿秦淮韻味的文人氣，而程永新再溫文爾雅，總也脫不淨上海那個城市所獨有的市民氣。我雖然是

上海人，但我對秦淮風月培育出來的秦河文化的喜愛，遠遠超過對上海市民文化的鍾情。不管那樣的市民文化是木心老葉客筆下的，還是程乃珊筆下的，甚至是王安憶筆下的。

南京的文人，值得說說的很多。包括文學評論同行王乾和費振鍾，還有《雨花》編輯部的文人們。有個叫黃什麼初的朋友，我非常抱歉忘了他的名字，也是個非常有性情的文人。我認識他的時候，他在作家協會做事。他平時也喜歡寫小說，我還給《收穫》雜誌推薦過他的小說。

有關南京的秦淮文化，如同秦淮風月那樣，是個永恆的話題，並且會被文人們一代一代地演下去，一代一代地講下去。我因為與韓東交往比較多的緣故，所以著重說了韓東。

我說韓東時，也很矛盾。一方面，我希望韓東能夠抵達佩索阿那樣的寫作境界，不希望看到他過多地捲在文學的活動裏，因為寫作畢竟是一種孤獨；但另一方面，我又希望能夠經常聽到韓東所發出的聲音。比如像他有一次配合朱文所做那個被命名為《斷裂》的民意調查那樣的。雖然那個調查做得過於有聲有色，無形當中已經響亮到了誇張的地步。我相信，這種誇張主要跟朱文的性格有關，但至少韓東也是非常認同的。

我記得有一次跟韓東、朱文在一起喝茶，是 90 年代的一個晚上。他跟他們談起長篇小說的寫法。我說，長篇小說很像交響樂。朱文馬上說，這是很政治的說法。我說至少在結構上，跟交響樂非常接近。朱文又說，這還是政治。韓東當時沒怎麼說話，但他並不反對朱文的意見。現在想來，朱文這麼說，就像他做那個調查一樣，是一種誇張。這種誇張是否由於朱文本人不喜寫作長篇小說，所以導致他乾脆把長篇小說扔進是政治的說法裏，我不得而知。但我覺得與其說長篇小說是政治，還不如說，朱文做的那個《斷裂》調查才是真正的玩了一把政治。

　　不知道後來是不是受了朱文的影響，韓東後來也變得有些誇張起來。這種誇張是否進入到他的小說和詩歌的寫作裏，我還不清楚，但至少是出現在了他的一些對話，談話和訪談之類的表述裏。我在美國的朋友，曾經問過我，應該請些什麼樣的作家詩人出來開開會，我極力推薦了韓東、于堅及其《他們》一族。不料，我那朋友看了他們的一席談話，對我說，李劼呀，你的那些朋友說話怎麼這麼可怕？好像又在搞農民起義似的。那個談話其實就是朱文所做的調查。朱文的調查雖然查出了別人的真相，但也同時露出了自己的底兒。卷在這場調查裏的韓東，跟我以前認識的韓東好像不太一樣了。雖然我十分認同他和朱文的初衷。

　　我還感到遺憾的是，于堅後來也捲入了這場談話，並且也談得有些誇張。其實，這是沒必要的。自信通常不是以對他人的嘲笑，而是以對他人的寬容來體現的。雖然有時不得不嘻笑怒罵一下，但骨子裏堅持的原則，卻應該是寬容。寬容是我寫作本著的基本立場。這種寬容不僅體現在對我所不認同的人和事的客觀上，也體現在我對朋友的不避其短上。簡而言之，我以一種徹底的個人立場表達我想說的一切，絕不認同任何幫派性的圈子，或者加了們的朋友。

　　自由的個人，湊到一起，說著說著，很容易說出一種幫派意識，尤其是彼此依靠的感覺。只要一有彼此依靠一下的感覺，幫派馬上就在心理上成立了。

　　作為《他們》的另一個核心人物，于堅，在詩歌理論上和生存方式上，跟韓東非常接近。尤其是他的詩歌主張，對口語的注重，完全是韓東最為堅定的盟友。不過，就詩歌創作而言，于堅的詩歌跟韓東卻是很不相同的。

　　于堅的詩歌，形式感比韓東要強得多。韓東的詩歌是絕對不可能在舞台上演出的，但于堅的詩歌恰恰具有這樣的形式功能。于堅寫作詩歌也同樣使用相當日常的口語，但其中通常含有一種戲劇因素，或

者說，故事成份。比如《有關一隻烏鴉的命名》，這首長詩聽上去與
其是一首詩歌，不如說是一個寓言，或者乾脆說，是一個故事。

韓東的詩歌當中絕對沒有故事，最多會有一些零星的事件，或
者事件的片斷，有時是細節，有時是對事件頗具解構意味的片斷性
的場景。但在于堅的詩歌裏，幾乎少不了事件，有時甚至就是一連
串事件組成的一部戲劇，或者一個故事。一個具有歷史性的門牌號
碼，一群生趣盎然的人，或者一個饒有意味的細節，通常在于堅的
詩歌裏，具有十分重要的位置。就此而言，說于堅是個以詩歌方式
寫作戲劇和小說的劇作家和小說家，似乎也可以成立。事實上，于
堅的詩作還真的一再出現在舞台上，並且他本人都直接成為其中的
主要演員。比如《彼岸》，或者《零檔案》。

比起韓東，于堅是個具有表演能力的人物。假如兩個人一起上
台演說，于堅絕對比韓東更具有煽動性。韓東對日常生活的注重是
一種天性，或者說，他本來就是這麼一個人物。但于堅的強調日常
生活，卻帶有表述某種理論的立場。雖然就日常生活本身而言，于
堅生活得要比韓東日常得多，把父親和丈夫這兩個角色同時扮演得
十分到家。

走進于堅的家裏，你不會感覺像個詩人，而更像個學者，井井
有條，紋絲不亂。只是從牆壁上所掛的牛角，壁毯，竹筒之類的東
西上，讓人想起某個酋長的帳蓬。

于堅的形象還真像個印第安酋長。他要是出演這類角色，是絕
對不需要化妝的。但不要以為這是個粗獷的傢伙，唐曉渡一針見血
地指出，于堅粗獷的外表裏面，是一顆敏感到極點的細膩之心。我
的補充是，這表裏兩者，其實正好是于堅詩歌的兩種品性，一種是
架構性的，一種是洞微燭幽的。與韓東的詩歌怎麼都寫不長相反，
于堅一寫就是長詩。因為他的天生具有一種架構能力。假如他要寫
小說，相信也能相當自如地駕馭一部長篇小說的寫作。而他的敏感，

則形成了他在文學品味上的一種貴族傾向，以及他在為人處世上的一種貴族氣質。

與韓東以一種非常平實的方式凝聚了許多志同道合的文學同仁不一樣，于堅在昆明的先鋒文學圈裏，是一個直截了當的領袖人物。這可能跟他的酋長脾性有關。他周圍的朋友，對他有一種追隨式的尊重。雖然他的有些朋友本身也是相當有見地的。我記得在他那裏碰到過一個北師大畢業的朋友，說起當年的大學生活。那朋友說，在大學讀書時，校方不許男生留長髮，強迫留長髮的男生剪髮。然而，那場剪髮運動僅僅剪到頭髮披肩的男生為止，個別長髮及腰的男生，卻逍遙於管束之外。就憑這樣的見解，都可以讓人感覺到，于堅身邊的朋友，不是等閒之輩。

于堅擇友可能也是比較挑剔的。我在紐約碰到過一對夫婦，男的是畫家，女的在電視台做編導。他們告訴我說，李劼，我們很高興在紐約碰上你，你去昆明時，我們反而見不到你，于堅在昆明不讓別人去見你。我起先沒在意，還以為于堅有些小霸道。可是後來跟他們一談話，我就明白了。于堅確實很瞭解我，或者說，很瞭解他自己。

昆明是個跟南京很相近的城市。我說相近，不是指氣候地理，而是指這個城市有著自己的獨立性，有著自己的歷史淵源。在中國的許多城市裏，市民都不把自己的城市當回事，眼睛朝著北京瞅個不休。但在昆明和南京，無論是韓東還是于堅，都為自己所居住的城市感到驕傲。韓東很少去北京，而不時去北京的于堅，則對北京有一種格格不入的不予認同。為此，他還跟他原來一起在昆明從事文學活動的老朋友吳文光，有過一場爭執。吳文光完全適應了北京的生活，但于堅卻激烈地認為，北京作為一個城市，如何的讓他感覺不舒服。對城市的感覺，有時也跟人的文化選擇有關。比如歐陽江河，就比較喜歡選擇在北京生活。

　　基於與韓東相同的原因，于堅對歐陽江河的知識份子寫作一說，堅決不予認同。他不止一次地公開批評知識份子寫作的說法。我本來不曾明白，他們兩個為什麼如此激烈地不認同知識份子寫作。我本來還以為，這可能僅僅跟彼此的詩歌主張不相同有關。但我現在意識到，韓東也罷，于堅也罷，他們可能都敏感到了知識份子寫作一說背後的那種話語中心意識和話語權力意識。後來我發現在王曉明選編的《二十世紀文學史論》目錄當中，有關第三代詩人的理論文字，恰好只有歐陽江河一篇談論知識份子寫作的文章赫然在目。這就不是偶然的巧合了。

　　為了知識份子寫作的話題，于堅在北京跟唐曉渡有過一場激烈的爭論。我不同意于堅對唐曉渡的有些指責，包括過於強烈的遣詞，因為我認為一個詩歌評論家理當有其自己的偏好。但是，我理解于堅在談話中對知識份子寫作一說的反感。

　　在整個《他們》文學群體當中，韓東和于堅都是核心的創立者，並且是就一些重大的詩歌理論問題和文化取向問題公開發言的主要代表人物。他們既有自己的創作，又有自己的文化立場和文學主張。雖然韓東完全生活在體制之外，于堅似乎還跟體制有些關聯，但他們的生活方式和寫作方式，同樣都不是文壇的作協的，而是文學的自由的。他們十分自覺地選擇自己的生活和寫作方式。這樣的自覺，對於將來的中國文學，有著十分重大的意義。也許正是出於這樣的自覺，他們當年將自己的刊物命名為《他們》。他們確實是他們。他們開闢了一條他們的道路，從而把他們自己從那個「我們」當中解放了出來。從這樣的命名當中，人們可以看出他們的語言根底，可以看出他們對語言在能指功能和所指涵義上的哲學意識，是多麼的清晰。有關他們的詩歌和小說成就，那當然只能見仁見智。但他們的這種選擇和取向，毋庸置疑地在整個 80 年代的中國當代文學當中，成為一個鮮明的界標，既標畫出了未來的文學趨向，也標畫出了未來的文學狀態。

當然，對於未來的文學來說，假如要從他們的命名再朝前跨進一步的話，那麼他們就得去掉一個「們」字，變成一個「他」字。從「我們」當中解放出來的時候，「他們」的命名是意味深長的，並且是一個不得不為之的歷史過渡。但他們可能自己也意識到，「他們」的命名還不是最徹底的。因為文學最為本真的狀態，絕對是不帶「們」字的。

我將這意思寫在這裏，希望韓東和于堅以及其他朋友們，都能讀到。

陸、上海80年代的先鋒景觀和先鋒詩人

在整個80年代的先鋒文學當中，上海當然是一個相當重要的景觀。除了我前面幾章中提及的先鋒評論，張獻和先鋒戲劇，孫甘露和格非的先鋒小說之外，先鋒詩歌無疑佔有十分重要的一席。

上海的先鋒詩歌，大致上都發軔於80年代初的大學校園。除了個別的作者，比如名躁一時的王小龍，由於家庭背景的關係，較早地接觸到西方現代派文學，所以也較早地寫現代詩歌。但這樣的寫作，並不經久。最近有個朋友告訴我說，當年的先鋒詩人王小龍，如今主要的樂趣和激情都傾注在麻將桌上了。其實這樣的例子並非絕無僅有，上海一些因高幹或高知家庭背景而較早寫先鋒詩歌或者先鋒小說的人物，如今基本上跟文學沒有很大關係了。我後面要說到的陳海藍，也差不多屬於這一類型。

當然，上海的先鋒詩歌，主要的問題還不在於這些世家子弟的淡出，而在於這個城市日深月久積下的市民習性，成為詩人在先鋒詩歌寫作上的巨大障礙。有關這種市民習性，我先引兩個木心《上海賦》裏的片斷，作為展開這一話題的引子。

上海人能一眼看出你的西裝是哪條路上出品的，甚至斷定是
哪家店做的。傭僕替你掛大衣上裝時，習慣性地一瞥商標牌
子，凡高等洋服店，都用絲線手繡出閣下的中英文姓名，縫
貼在內襟左胸袋上沿。

我在前面章節裏也談到過這種習性，姑且稱之為，品牌習性。
上海市民對身外之物的看重，首先就是體現在對衣著品牌的講究，
或者說勢利眼上。這種勢利可以擴大到生活的各個方面，比如居家，
居住在哪個區，甚至哪條馬路上，都是相當敏感的標誌。上海人叫
做上隻角，下隻角。

隨著這種品牌習性而來的，就是看人的勢利眼了。有關這種勢利
眼，木心的《上海賦》以浴室裏的侍者為例，作了相當生動的揭示：

侍者分二代，成年的是正職，少年的是學徒，做的事一樣是接
籌、領位、掛衣、送茶、遞毛巾……那正職而年齡趨老的幾個，
可謂閱人多矣，穩重而油滑，鑒貌辨色，洞若觀火，誰有錢誰
有勢，他十分清楚。奉承阿諛有錢勢的浴客，對他並無實際好
處，然而他要奉承、要阿諛，似乎是一種宿癮，湊趣，幫腔，
顯得綽綽有餘。那個不得志，那個敗落了，他也明白得很。
你若與之兜搭，他的回話和笑容寡淡如水，忽然他代你感歎
「現在的世界做人難呀，嘸沒鈔票是啥也不用談」。聽上去是
同情，正好揭了你的底牌。何苦呢。再不得志，再敗落，也比
送茶水遞毛巾的要強三分哪。然而他鄙視你，他用的是有錢
有勢的眼光看你的。這又是一種癮頭，要在你的身上過過癮。

寥寥數語，勢利嘴臉，昭然若揭。鑒貌辨色，穩重而油滑，並
且確實是一種癮，就像吸毒抽鴉片一樣。上海人的這種勢利之癮，
至今不見有絲毫改變，並且還越來越重。遠不說，就拿我在寫第五
章時，隨口提及自己的工人家庭出身以及新村文化的背景。一個上

海來紐約的學者朋友知道了馬上提醒說，你要小心成為別人攻擊你
的把柄。話音剛落，立地見效。此文在網上被人貼出之後，馬上有
人如此跟貼：

> 真誠的武斷。符合上海新村的背景。

> 文章是好，痛快淋漓。就是有句話搞笑：你身上的貴族氣是
> 哪來的？

比起木心筆下的那聲感歎，現在的世界做人難呀，嘸沒鈔票是
啥也不用談，這兩個跟貼的口氣，不僅一模一樣，而且同樣的維妙
維肖。沒有高聲叫罵，也不如何慷慨激昂，而是站在一種占盡便宜
的旁觀者位置上，冷笑一聲，或者微笑一下，享受一把旁觀者的優
越。典型的侍者腔調，或者說，跑堂口吻。但千萬不要以為，這樣
的腔調和這樣的口吻，僅僅是侍者或者跑堂才有的。這是幾乎所有
上海市民一種標誌性的習性。我相信以上兩個跟貼，出自上海那種
半吊子學者文人的手筆。

就像上海人管欺負女人叫做吃豆腐一樣，這種趁機占把小便宜
的言語，叫做撈油水。這類話，但凡是上海人，一聽就明白。我在
這裏引出，並不表明我如何計較。因為我跟我朋友說過，我的備忘
錄，有的人看了會出身汗，有的人看了會跳將起來，有的人看了會
拍手叫好；也有的人看了，則誤以為是撈油水的機會。他們不知道
這種口孽造在那裏，咎由自取的是他們自己。我是個連風車都不放
在心上的人，哪裏在意這一類的隨地吐痰？在此引出，意在說明這
種市民習氣如何的深入骨髓。當然也深深地刻在上海先鋒詩人的集
體無意識裏。跟上海的先鋒詩人談詩論道，不可太大意，弄不好就
會被人當作巴子，占你一把便宜。他們打量同行的眼光，跟澡堂裏
的侍者或者飯店裏的跑堂，是沒有什麼兩樣的。

當年朦朧詩的代表人物顧城到上海師大講學，曾經遭到過該校那批上海先鋒詩人扔給他的這種眼光和相應的冷嘲熱諷。我雖然不在現場，但聽不知多少校友，給我無數遍地描繪過當時的情景。至於我親自經歷過的，則是另一個相同的場面。有個北京中央樂團的大提琴演奏者，在上海師大的禮堂裏講過一個音樂講座，結果藝術系的那些上海學生，給了人家極大的難堪。

這種現象當然也可能發生在其他城市，但在上海這個城市發生，就具有這個城市的勢利特色。很多外省外地人，對上海人的討厭，很可能跟上海小市民的這種勢利心和勢利眼有關。帶著這樣的心眼在上海的城市裏生活當然亦無不可，各人有各人的活法。但誰能想像，懷有這種心眼的詩人，能夠寫出一流的詩歌？

我在大學讀書時，曾經碰到過一個上海女詩人。當時她還沒出名，寫的詩歌僅在校園裏張貼。我是在圖書館裏遇見她的。我並不知道她寫詩，更沒讀過她的詩歌。我只是覺得眼順，就像木心老葉客所說的那樣：

> 早年，偶見諾伐利斯的畫像：心中一閃：此卿頗有意趣。之後，我沒有閱讀諾伐利斯的作品的機會。近幾年時常在別人的文章中邂逅諾伐利斯的片言隻語，果然可念可誦──諾伐利斯的臉相，薄命、短壽，也難說是俊秀，不知怎地一見就明白有我說不明白的某種因緣在。

當時她坐在我同一張桌子的對面看書，我抬頭看了她一眼，心中一閃：此卿頗有意趣。在她離開的時候，我特意上去跟她說話。其時，我的人生經歷單純到還沒有跟任何女生私下裏說過話。我好像是這麼開頭的，傻乎乎地問她，我見你剛才在看有關《紅樓夢》的論著。然後彼此交談了片言隻語。她聽說我喜歡寫作，並且寫了一些習作之後，既不跟我談《紅樓夢》，也不跟我談文學寫作，而是

莫名其妙地問我，某某你認識麼？我不由楞了一楞，不明白她為何在兩個人的談話之間，突然引入第三個不相干的人。我說，我不認識。我後來才知道那人是她的同學，是讀書期間最早進入康平路陳海藍那個文學圈的女才子。她之所以那麼問我，顯然是想知道一下我的底細，跟那個文學圈有無關係。因此，假如可以把她的問題翻譯成一句上海話，那就是，儂格文學創作勒拉（你的文學創作位於）上隻角還是下隻角？

全部的交談，我只得知了她的姓名。不久，便在校園壁欄裏裏看到了她的詩作。那時候我還不會把詩作和詩人的市民習性分開，所以看得激動不已。

許多年以後，我成了李劫，或者說，創了牌子。彼此再度相遇，她不用問也已經知道我是怎麼回事了。只是時過境遷，一切都成了過去式。

應該說，這位女詩人身上的市民氣還不算是濃得化不開的。再說，她的詩歌也果然可念可誦，其感覺之細膩，意像之透明，遣詞造句之典雅，跟我當初在圖書館那一瞥之際的感覺，完全吻合。但就是中間隔了那重市民習性，彼此的交流無從談起。她後來到我在讀研究生時的寢室裏聊過一次，我還記得她對翟永明的詩歌，頗有微詞。這倒是可以理解的，彼此的詩風和感覺全然不同。但多年之後，我在北京遇見翟永明，卻沒有絲毫交流上的困難。一群人言談說笑，無拘無束，彷彿多年不見的老朋友。人與人之間，就是這樣的相通和相隔。遠在天邊的人，心心相印；而在同一個城市住著，在同一個校園裏讀書，卻老死不相往來。

上海的許多先鋒詩人，寫著先鋒詩歌，過著市民日子。灰色的市民生活，漸漸地磨去了他們的詩鋒和詩感。我在 90 年代曾偶爾見到過那位女詩人寫的歌詞，有關西藏的，可以說樸實，也可以說平淡無奇。面對高原的陽光，詩人的眼睛好像有些睜不開來，詩句顯

得恍恍惚惚。也許這麼說殘酷了些，有時女詩人要有番作為，可能得有番李清照式的經歷。上海這個城市既可以孕育出文化精英，先鋒文學，也可以輕而易舉地摧毀之。即便是張獻，都被這個城市折磨得奄奄一息，那些先鋒詩人的命運更是可想而知。

上海師大的這批詩人當中，開始大都模仿美國的自白派詩人。有的乾脆以「羅伯特‧卡巴」，命名自己的詩篇。這倒並不是偶然的巧合，因為自白派詩人本身大都是些在尋找感覺的人物，至於有沒有找到感覺，那就是天數了。其中最為優秀的女詩人，西維亞‧普拉斯，三次自殺，最後成功。聽上去有點像弗吉尼亞‧伍爾芙，但在詩歌上的成就，按照美國大評論家哈樂德‧布魯姆的說法，僅止於對她的真誠懷有敬意。

我記得我在他們的詩歌裏讀到過類似於「黨衛軍雨衣反穿」那樣的詩句，以示一種人生的瀟灑。這種感覺除了對黨衛軍身上的雨衣，有一種看上去很挺刮的羨慕，實在沒有其他深意。上海人對衣物的看重，於此也可見一斑。

假如我說這批詩人最後被上海這個城市給埋葬了，也許過於尖刻，但他們確實沒有走出這個城市所給他們劃出的生存界域。而且，更遺憾的是，他們沒有像韓東、于堅那樣為自己找出一種屬於自己的生活方式和寫作方式，不依附更不指望任何體制上的庇護。至於四川詩人那種野草野花甚至雜草叢生式的生活方式和寫作方式，更是他們連想都不敢想的事情。

當然，上海先鋒詩人當中，也有選擇了流浪的詩人，比如孟浪、鬱鬱，還有後來的陳東東。

孟浪在生存方式上，可說是跟四川詩人最為接近的，並且最後也流落他鄉。可惜的是，我至今沒有讀到他的詩作，所以無從說起。我只記得 90 年代他到我寢室裏來過一次，感覺像是在組織一次武裝起義似的，充滿行動之前的躁動不安。然而，等到在紐約跟他相見

時，他已經是獨立作家筆會的一個重要成員了。他不像一些聲名在外的人，走到哪裏哪裏亮，而是默默無聞地做了許多事務性的工作，都為他人作嫁式的努力。他自己雖然也寫作，但寫得並不多。

陳東東可能是當年上海師大那批先鋒詩人當中，在生存方式和寫作方式上走得最遠的一個。他跟上海這個城市的關係，可謂漸行漸遠。但他的詩作，我卻一直沒有讀到過，也沒法作評。我在國內時，曾經收到過一大摞油印的詩歌民刊，《海上》，還有其他什麼，記不得了。但我當時一直忙著其他事情，沒能來得及細讀。我其實一直想為上海的先鋒詩人寫一個詩評。不管怎麼說，他們的追求是值得一談的。可我不知為何，老是與他們的詩歌，失之交臂。也許是我對那種市民習性的本能抵觸所致吧，其實，他們的詩歌，還是值得一讀的。

很有意思的是，我有個朋友，孫孟晉，後來也開始寫詩，並且寫得很有感覺，頗有氣魄，充滿一種搖滾氣息。讀他的詩歌，發現字裏行間倒是沒有絲毫雕琢，就是覺得挨了一通轟炸。飛機過來了，過來了，炸彈落下了，落下了。孟晉過來了，過來了，詩句爆炸了，爆炸了。就是這感覺。我每次聽他讀詩，或者讀他的詩作，都被他弄得頭暈眼花，腦子裏充滿嗡嗡的響聲。讀完孫孟晉的詩歌，感覺世界大戰快要爆發了。他的詩歌，一點不讓人安寧和休息，完全是那部《達達主義迷牆》電影裏的沒完沒了。但其中的那種貴族氣息，卻絕對是瓦格納式的。相比之下，黨衛軍雨衣反穿之類的詩句，自然就顯得非常小兒科了。人家可是直截了當的轟炸。

孫孟晉的詩歌寫作狀態，沒有任何圈子可言，完全是獨來獨往，自說自話。就跟他的搖滾音樂評論一樣，不說幾句孟晉語錄出來，誓不甘休。在上海這個城市裏，孫孟晉的詩歌，絕對是個異數，正如他的人一樣，是上海人當中的異類。上海人身上通常有的市民習性，在他身上是看不到的。他有睥睨這個城市的氣度，甚至有睥睨一切的勇氣。他天生一副藝術家的脾性，充滿孩子氣，說話大聲大

氣，時常會有褻瀆神聖的快感。他容易為他人所不容，也容易不容其他人。在上海有這樣一個詩人，實在是這個城市的幸運。至於這個城市將如何待他，那就只有他自己最清楚了。我相信這個城市不會善待他的。我因此經常替他擔心。但他也這麼搖搖滾滾地走過來了，也許他有我所不知道的自我保護能力吧。

我還碰到過其他一些上海的城市詩人，諸如劉曼流、冰釋之，但彼此交往不多，對他們的詩作，我也無從說起。

我很想提一下的是，上海80年代初的一個先鋒文學圈子，也即是孫甘露開始文學寫作時的那群文友。其中的核心人物是陳海藍，主要人物則是周樺和孫甘露。由於我跟陳海藍的交往是在90年代的事情，所以許多事情只能訴諸倒敘了。

我是先認識周樺，才由周樺介紹認識了陳海藍的。我在沈善增家裏最初遇見周樺時，他是沈善增的鄰居。那天，沈善增請上海的一夥評論家吃飯，其中自然包括吳亮和程德培。我在吃了一半時，有事先離開了。周樺夫婦留給我的印象是，見過市面，貴族氣遠甚於市民氣。後來我得知，他們當時剛剛參加長江漂流回來不久。

我那天離開的時候，周樺正在打開一瓶叫做雷司令的青島產的洋酒。那手勢，那作派，看上去儼然一個世家子弟。

他後來告訴我說，他那天之所以那麼起勁，主要是因為跟我的結識。他說，在場所有人當中，他最認同的就是我。他當時在《文學報》當編輯，讀到我一篇評論蘇叔陽《故土》的文章，說我像個獵人一樣，把蘇叔陽追趕得無處可逃。

我後來那篇〈批判的傳統與傳統的批判〉，則是他親手編發的。他平時在報社很少上班，但他那天卻以少有的認真，編發了我那篇文章。

我跟他就這麼成了朋友。然後不多久，1989年的事變就爆發了。這以後的故事留待將來細說。反正這之後，他就把我帶到陳海藍家裏。我跟陳海藍也是一見就覺得面熟，彼此很快做了朋友。其實在

這之前，不止是周樺，就連孫甘露也跟我說起過陳海藍，說這是個天才型的人物，從來沒碰過鋼琴，學了幾下之後，就彈出了蕭邦的《夜曲》。我後來聽過陳海藍彈琴，確實奇妙。陳海藍也沒經過正規的繪畫訓練，在我跟他交往的那些日子裏，竟然一口氣畫出了數十幅奇出怪樣的作品，後來和他姐姐一起在北京開了個畫展。

然後就是他的文章，語言根底相當好，語感犀利，遣詞精緻。他後來寫了一部武俠小說，《舞葉驚花》，在我去國之前出版的。小說的文字很有詩意，營造的機關也可謂算盡，有沒有誤了卿卿的性命我不知道，但一般人讀進去，沒有深湛的內功，會迷失方向，甚至迷失本性。我感覺他寫小說好像是在下圍棋，其中的殺氣很重。至於在敘事上，則言簡言意賅到了很過份的地步。按他原來的構想，後面還有好幾部，可是，我想至今都還沒見諸文字吧。

我記得韓東跟我講過，南京有個叫做顧小虎的，也是個世家子弟，乃是南京城中的一景。當年蘇童在出道之前，在顧小虎面前像個小學生一樣。陳海藍似乎也是這一類的人物，在文學上並不如何用功，但也成為一景。那位在校園裏相遇的詩人，當年問起我認識什麼人之類，無非是意指，我跟陳海藍的文學圈子有無關係。

就文字而言，陳海藍、周樺和孫甘露，幾乎不相上下。其中，陳海藍的文字更加老辣，周樺的文字則充滿熱情，有一種類似於少年維特式的青春氣息。孫甘露的文字很飄逸，夢幻兮兮的，詞章相當華美。有趣的是，他們三個都沒有讀過大學，雖然他們跟大學中文系的學子交往良多，周樺連老婆貝貝都是從當年復旦中文系學生中找的。貝貝是個很好玩的人，我曾在〈寶寶貝貝〉一文中有所描述。

但我不清楚孫甘露後來為什麼跟他們分開了。此中有些事情，我雖聽說過，但因為不是當事人，所以也不便多講。我只能大概的說，最初《訪問夢境》的構思和寫作跟陳海藍很有關係。至於細節，只有讓當事人自己回憶了。

不管怎麼說，陳海藍他們這個 80 年代初文學圈子，對後來上海的一些先鋒詩人，多多少少產生過一些影響。要不，別人當初不會那麼認真地問我，是否跟他們相識。這個圈子後來由於種種原因，散夥了。其在 80 年代結出的果實，便是孫甘露從《訪問夢境》起步的實驗小說。假如把文學的先鋒性和寫作的自由度比作一個城堡，那麼我說的那批上海先鋒詩人總也走不進去，而陳海藍他們又總是走不出來。這個圈子在文化上的嫁接，是以上層紅色子弟的優先條件，聯接了與上海花園洋房背景相關的西方文化。政治的動盪，給他們在心理上帶來的是對父輩事業的反叛。不管這種反叛是以跟父親的不斷爭執體現的，比如周樺，還是在對父親的懷念和崇拜中同步進行的，比如陳海藍，但他們最後的文化選擇，卻絕對不再以延安的方式為基準，而是以舊上海的西化氛圍為指歸。他們的父輩曾是上海這個城市的佔領者，但他們自己卻不知不覺地選擇了對這個城市的皈依。由於社會地位上的優越，他們還沒有來得及沾染上我在前面所說的市民習氣。因此，他們寫出的作品，還沒有小市民氣十足的膚淺和自誇自得，而是竭力追求一種他們所欽慕的貴族氣派和貴族精神。在上海這個城市裏，不管怎麼說，這樣的追求也算是難能可貴的了。遺憾的是，他們並不是勤奮的寫作者。

文學確實非常殘酷，沒有磨難，不讓人過關。不管有多好的天份，也不管有多優越的家庭條件，心靈沒有砥礪，作品只能在地上匍匐，無以飛龍在天。

我在陳海藍那裏，倒是碰到過那個當年從上海師大畢業的女才子。她給我看過她寫的一部長篇小說，文字上的根底相當不錯，感覺所致，頗有穿透力，就是在敘事結構上還欠功力。她以前也寫過許多詩歌。據說，當年許多人都看好她的文學前景，但願她日後能夠不負眾望。

　　上海的先鋒文學似乎有個怪圈。有創作熱情的，被市民習性折磨得苦；而沒有市民習性的，卻又缺乏持續不斷的創作激情。每每聽到陳海藍當著我的面對人說，他已經是個廢人時，我總是無言以對。我雖然並不全然以才取人，但對他的才華，我確實特別看重。他的靈感有時簡直讓人不可思議，竟然能夠看出冥冥之中的奧妙。沒有他的奇思異想，我可能永遠不會知道胡河清跳樓的真相所在。當然，這留待以後再說。我在此想說的只是一句詛咒，作孽者終將遭天譴！

　　市民習性一旦跟中國傳統文化當中的那股陰柔之氣相混合，上海的文化也罷，上海的文學也罷，將永無出頭之日。

2003 年 10 月 14 日寫於紐約

第九章　北京文人墨客的皇權意識和中心話語情結

壹、海子的血案和顧城的殺婦

如果說上海的先鋒詩人是被市民習性給束縛住的話，那麼北京先鋒詩人的問題是出在這個城市的皇城傳統上。北京的先鋒詩人，只要在詩歌話語上一誇張，並且誇張一成功，一見效，馬上就會產生皇權在手皇袍加身的幻覺，從而下意識裏感覺自己變成了皇上。

記得是 90 年代初，上海的一些先鋒詩人（不是我前面談論的那一批）通過我的朋友奚愉康，邀請我和宋琳去長興島，與從北京來的那位《今天》元老詩人芒克會面。在場的除了我和奚愉康還有奚愉康的一個攝影家朋友，其他全是詩人。有個號稱老門的小矮個，不知是詩人還是畫家，像保鏢一樣跟著芒克。一夥人在飯店裏坐定，開始胡侃起來。不知是誰，突然舉起酒杯，帶頭說道，芒克是我們的領袖，我們要高舉芒克的旗幟，跟著芒克前進。於是，詩人們一個個起身表示，要高舉芒克的旗幟，跟著芒克前進。連宋琳也作了如此表示。我當時整個懵了，弄不清這算是跟詩人聚會，還是上了什麼梁山泊。我於是站了起來，冷冷地走到一邊。

這時，飯桌上的眼光全都朝我轉了過來。一陣沉默之後，芒克開始發話說，有些知識份子，總要擺些架子，不願意同心同德。芒克話音剛落，門保鏢立即呼應，開始猛烈批判知識份子的清高。這麼亂哄哄的鬧了一陣子，最後我忘了是怎麼了結的。好像是奚愉康站起來打了圓場。

後來，一夥人回到上海市區新客站，坐在附近的一個小飯店裏又侃了起來。芒克以君臨天下的口氣，大談詩歌的至高無上。我

聽了之後，告訴芒克，在所有的藝術當中，詩歌不是最高形式。他問道，那你認為什麼是最高的？我回答他說，音樂。於是，彼此就爭論起來。這時，幾乎所有的詩人，通通站到芒克一邊，硬說詩歌是至高無上的藝術。就連曾經跟我討論過這個問題，並且當時也完全同意音樂高於詩歌的宋琳，也跟著一起表示不同意我的看法。這場爭論後來是芒克找了個什麼台階，大家才平靜了下來。但不管芒克如何想平息我的反感，我對此情此景此人之厭惡，已經無可挽回。

在這之前，我剛剛論說過芒克及其詩歌。我在 1989 年初寫的一篇論說 80 年代先鋒詩歌思潮的長文裏，對《今天》詩派的核心人物芒克，作了不下於北島的評價。可惜的是，那稿子還沒寫完，就在那年被抄走了，至今下落不明。要是我早知道芒克會在我面前上演了如此一出南面稱孤式的領袖戲，那篇文章也就不會那麼寫了。

我後來非常憤慨地說了一句，沒想到這個芒克竟然比李陀還李陀，如同金庸《天龍八部》裏的那個慕容復。

這種稱孤情結乃是一種心理上的傳染病，精神抵抗力差的詩人，一不小心就得病。歐陽江河那種知識份子寫作一說，還算是得了小病，雖然在潛意識裏不乏話語中心話語權力的妄想，但還不至於不可救藥。最慘的是海子，被那種皇權為裏文化為表的大而無當的狂想送上了鐵軌。我一直認為，海子的死是一種謀殺。就像當年的殷夫被同夥借他人之手所謀殺一樣，海子是被他的詩歌所謀殺的。

從意像上看，海子的詩跟殷夫非常接近。同樣的充滿激情，同樣的大而無當。只是殷夫在詩歌裏扮演的是以解救天下芸芸眾生為己任的紅色俠客，而海子則在詩歌裏借助誇張之極的意象扮演了一個詩歌王子。

按說，五四新詩的大而無當，殷夫並非是始作俑者。郭沫若的詩歌，在吹牛皮和自我誇張上遠比殷夫沒有節制。但郭沫若再胡言

亂語，頭腦是非常清楚的。他知道自己是在表演，他知道自己的表演不是為了把自己真的奉獻出去，而是通過表演為自己撈進點什麼。因此，郭沫若絕對不會傻到像殷夫那樣真的把小命也一起演進去。郭沫若當年一寫完聲討蔣介石的所謂檄文，馬上溜之大吉。在這方面，寫作檄文的郭沫若也罷，寫作《從牯嶺到東京》的茅盾也罷，一個比一個精明。他們再革命，也絕對不會把自己的小命給革掉。但可憐的殷夫哪裏懂得這種在詩歌裏是一回事、或者說、小說裏是一回事、而在現實生活當中又是另一回事的奧祕。殷夫於是傻乎乎地成了烈士。

　　同樣的故事也發生在北京那些牛皮哄哄的先鋒詩人身上。芒克雖然不需要像郭沫若那樣鬧革命，但他也跟郭沫若一樣善於混江湖。他在扮演詩歌皇帝的同時，也明白這不過是鬧著玩兒的。在京城裏混了這麼些年，皇帝好做不好做，這種道理芒克不明白豈不是白活了？因此，他鬧得再認真，也知道不過是逢場作戲。假如日後說起長興島那一幕，他可以非常瀟灑地說一聲，那哪能當回事，逢場作戲罷了。

　　但海子哪裏知道這其中的奧妙？從外省農村跑到北京念書，進的又是北京大學。那所大學雖然有科學和民主的傳統，但在那裏面念書的學子，一個個都感覺自己比陳獨秀還陳獨秀，比胡適還胡適。沒有一個肯說謙虛話，沒有一個願意低調行事的。北京的皇城氣氛，加上因在北大讀書而來在所難免的自我誇張，然後再是北京詩歌界喜愛誇張的先鋒詩風。那樣的詩歌風氣，在意象營造上力求誇張，無限放大，彷彿是一場大而無當的比賽。你說你寫的是《諾日朗》，我則在天空掛上一個「懸棺」，海子不甘落後地在詩行裏一筆一劃地畫出了「太陽和土地」。所謂黨衛軍雨衣反穿，在上海的詩人筆下，不過是說著玩兒的事情，可是有些北京詩人卻真的反穿了黨衛軍的雨衣，戴上了紅衛兵的袖章。

　　然而現實生活跟詩人的誇張正好相反。銀幕上放的是《陽光燦爛的日子》，此片在懷舊的名義下，從文化大革命的日子裏寫出了陽光燦爛的感覺。皇城裏富起來的人們卻在胡天胡地地吃喝嫖賭，使知識在財富面前黯然失色，使詩歌更是變得一文不值。北大的學生因此一個個焦灼不安，內心深處有太多太多的能量需要釋放，卻一時上找不出突破口。一方面是整個社會打量大學生的眼光越來越暗淡，另一方面則是大學生們在一場未完成的啟蒙交響樂裏，有關自我抒發和自我實現的主題卻剛剛開始，還沒來得及展開。

　　這樣的焦灼，這樣的張力，通通集中到海子身上，最後以斷然自殺引爆成因為寫詩而臥軌的血案。

　　假設1989年的風潮早一點爆發，海子可能就不需要用自殺來證明自己的王子地位了。因為歷史會給他提供更合適的自我證明機會。但他太性急了一點，或者說，內心裏的王子衝動太憋不住了一點。就此而言，海子實在是太可憐了。他要是能夠再忍耐幾個月，那麼無限風光就會降臨到他頭上。他可以拿著話筒嘶啞著嗓子做一把領袖人物，可以找個女孩子在廣場上舉行婚禮，可以綁著布條絕食到底。甚至澆上汽油演一場自焚。但我估計沒有必要了。死是絕望的產物，生活一旦有了希望，頭腦自然就會變得清楚起來，甚至清楚得比當年的郭沫若還清楚。郭沫若不過是溜之大吉罷了，可是80年代的學生領袖後來居上，竟然學會了在開溜之前把別人送到槍口底下的江湖招術。反正不管怎麼說吧，海子不死，那麼他的很多問題，生活上的心理上的個人地位的不明確上的，都是可以一步步解決的，包括戀愛的失敗在內。以海子的詩才，在廣場上找個女孩子太容易了。多少平日裏默默無聞的學生，多少從來沒有被女同學注意的男生，在廣場上解決了在校園裏要花費很大精力才能解決的情感問題，性壓抑的苦悶等等。

　　可是海子等不及了。他急急忙忙地沖出去，把腦袋過早地放到了鐵軌上。

　　他等不及的原因當然有很多，但其中最主要的一個，是他寫了太多太多大而無當的詩歌，並且反過來把所有那些大而無當的意象當作補藥吞了下去。我把這稱做意象吸毒，或者說意象中毒。而在這樣的意象中毒背後作祟的，則是皇權意識，皇權崇拜。這類意識和這類崇拜，有時表現為對某個個人，比如對毛澤東的崇拜。有時表現為對某種自然形象，比如太陽，土地，或者其他什麼大物事的頂禮膜拜。有時也會體現在對諾貝爾獎的渴望上，因為得到那樣的大獎，就如同被加冕為皇帝一樣。反正形式多樣，對象不一，但祕密只有一個，要成為高高在上的人物，要成為大眾歡呼的人物，要成為君臨天下的人物。正如德國人永遠不會忘記那場火炬遊行，中國民眾又何嘗忘記過廣場上由成千上萬的人群組成的紅色海洋？毛澤東在天安門城樓上揮手的那個瞬間，可能將永遠停格在有抱負有理想的青年人的內心深處。

　　這具體到海子則是，他誤以為，用詩歌得不到的東西，可以用自殺，用死亡來得到。用詩歌證明不了的自我，可以用自殺，用死亡來證明。可憐的海子。要是有個精神分折醫生給他治療一下，也許有救。但中國人其時連如何保護牙齒都還沒有學會，哪裏懂得尋找精神分析醫生看看自己有沒有出問題呀？

　　從案例上說，海子確實是自殺的。但從整個自殺的原因上說，海子卻是被那個誇張的城市，那所誇張的學校，那些誇張的詩歌，給謀殺的。我寫到這裏，發現有必要表揚一下我在前面章節裏批評的上海先鋒詩人。他們的市民生活方式雖然世俗，但絕對不會因為那樣的誇張而產生那樣的心理問題。小市民再世俗再勢利，也永遠是正常的，或者說，健康的。

　　假如明白了海子的死因，那麼有關顧城的神話，也可以迎刃而破了。

　　我忘了是唐曉渡還是其他哪位朋友，曾經給我講過顧城的一個生活細節。顧城在新西蘭時，養了許多雞。但那裏不允許亂養雞，

人家通知他自行處理。於是，顧城只好自己殺雞。顧城殺雞的方式是非常簡單的，就像他的詩歌語言一樣簡潔明快。他把雞頭一個個剁下來，扔進一個桶裏。看上去像是在做木匠活。我記得他有一首詩描寫刨木花，寫得相當美麗。我想他的剁雞頭被他寫成詩歌，也會像刨木花一樣動人的。

正在他剁得十分起勁的時候，有個詩人朋友陪著一個德國的漢學家，前來造訪。顧城放下殺雞的活兒，跟漢學家會面。會面完了之後，那位詩人朋友問顧城，你有沒有讓人家看見你扔在桶裏的那些雞頭？顧城回答說，我早放起來了。我哪能讓他們看見這些東西？我在他們面前永遠是天真無邪的純真孩子。

有關這個細節，當然需要當事人進一步證實。我在此引出，是為了說明，當年顧城的那句名言「黑暗給了我一雙黑色的眼睛，我卻用它來尋找光明」，可能需要適當地修改一下。因為黑暗給了顧城的不僅是一雙黑色的眼睛，同時還給了他一顆黑暗的心。

早在聽說顧城找了個女人，像母親一樣地照顧他，而他又像個任性的孩子似的，除了寫詩撒嬌發脾氣，什麼都不懂，我就發現事情不對了。這與其說是個可愛的傳說，不如說是中國男人十分醜陋的積習。從張賢亮的「馬櫻花」，到顧城身邊的謝燁，中國男人鑽在女人懷裏發嗲的傳統就像孩子斷奶一樣，始終沒有真正斷掉過。既然父母寵愛獨生子女會造成小皇帝現象，那麼被女人如此寵愛的顧城難道就不會以皇帝自居麼？既然是皇帝，那麼女人的忤逆，就得遭到大辟的懲罰。我不知道顧城剁雞頭是不是用了同一把斧子，但他提起斧子朝他的婦人剁去的時候，那顆人頭在他眼裏跟雞頭並沒有多大的區別。一個什麼家務事都不會做的沒用透頂的男人，哪兒來的如此冷酷的心腸？只有一個解釋，因為他把自己看作皇帝。皇帝殺死一個人，還不跟踩死一隻螞蟻一樣？只有等到殺死之後，他才發現自己並不是真正的皇帝。因為皇帝殺人毋須自己動手，皇帝

殺完人，也毋須自己面對，馬上就有人進來把屍體拖走。於是，發現自己不是皇帝的那個顧城，被依然是皇帝的顧城，一怒之下，也賜死了結。做了皇帝的顧城，一斧殺了背叛了皇帝的婦人，再一索子吊死了覺得自己不像是皇帝的顧城。皇帝在屠殺中凱旋，顧城的女人和顧城在屠殺中完成了臣民應盡的義務。

從案例上說，這當然是個刑事案件；但從成因上說，這是又一個精神分析病例。被女人寵成皇帝，是不是北京城裏的特例，我不敢斷言。但我想在上海這樣的城市裏，男人再被女人寵愛，也寵不到如此噁心的地步。

我在 1988 年底寫作〈論毛澤東現象〉的時候，僅僅就毛澤東而論毛澤東。我哪裏想到，一個毛澤東倒下了，千萬個毛澤東站了起來。這才是真正的毛澤東現象！

我不否認海子的詩歌具有一定的審美價值，尤其是他寫的一些愛情詩，清澈透明。但他的自殺，卻實在令人悲哀。由此也可以想見，北京那些大而無當的詩歌意像背後，潛伏著多麼可怕的精神病因。

這麼想想，我不由慶幸自己跟芒克是在上海這個城市裏見面，要是在北京跟他那麼爭論，那還了得？北京絕對是個瘋狂的城市，在歷史上既有過爭相搶吃袁崇煥血肉的情景，又有過義和團作亂的案底。一朝一朝的皇帝在皇城裏輪著坐龍庭不知坐了多少年，這個城市沒有毛病也要被坐出毛病來。也許正是那樣的歷史背景，才導致有帝王心態的人物總是喜歡定都北京。北京的詩人和入主北京的革命家一樣，被這個城市的皇權意識困擾得苦。

從另一個方面來說，北京先鋒詩人的這種心理癥結表明了，這個城市在骨子裏根本不具備文學的先鋒性。無論是《今天》詩派及其相應的星星畫展，還是後來的先鋒詩歌及其相應的圓明園藝術村，與其說是這個城市的產物，不如說是文學和藝術的先鋒思潮借

該城一方寶地，作為演出的舞台。雖然中國 80 年代的先鋒詩歌和先鋒小說最先都是在這個城市發軔的，但這個城市真正的先鋒意識，卻是在 90 年代才開始變成一種自覺，我指的是以陳染一類的作家為代表的所謂「私人小說」的創作。但這絕對不是 80 年代的故事，而是 90 年代的文學現象。陳染在 80 年代寫出的作品，我稱之為現代主義童話小說。

80 年代的北京，正處在一場文化嬗變的陣痛之中，這個城市本身的先鋒意識，根本還沒有形成。《今天》詩派從根子上說，與其說是先鋒詩派，不如說是一批最早的極權話語和話語權力的叛逆者，或者說挑戰者。其先驅人物是郭路生，亦即食指。而其更早的先驅人物，則是由一批右派學生組成的《星火》社團，則是當年北大的右派學生林昭那樣的自由女神。假如從這樣的一種文化淵源上著眼，那麼《今天》詩派的淵源就非常清楚了：是一批面對專制的自由鬥士。至於後來的海子等先鋒詩人的先鋒詩歌創作，則是從北京的校園裏，而不是從北京這個城市自身生長出來的一種帶有強烈的校園氣息的詩歌話語。

北京這個城市為中國當代文學提供先鋒性，要到 90 年代的陳染們完成經由大學走入社會然後再由社會轉向個人轉向自身這樣的演變過程，才真正成立。與北京沒有現代商業文明傳統相應，北京沒有現代派文學的先鋒傳統。這是北京與上海的一個根本區別所在。當年北京最早介紹和倡言現代派文學的兩個人物，都沒有得到這個城市給予的承認。上海的先鋒文學，會在上海市民當中成為一種文學的品牌，從而得到這個城市的認可。但寫作《西方現代派研究》的陳琨最後只好遠走他鄉，提倡現代派小說寫作和進行戲劇實驗的高行健，最後入了法國籍，《今天》詩派的靈魂人物北島，更是成了無家可歸的流亡者。這種出走與其說是他們個人的選擇，不如說是他們所居住的城市和他們所面對的專制當局一樣，根本不認同這樣

的異類。即便是陳染們的先鋒寫作，也不可能成為這個城市的標誌，只是作為一種風景罷了。

至於後來冒出的《北京娃娃》，那更是一種喜劇式的先鋒文學，即用女人的身體作為文學的開路先鋒。先把女人給搞笑了，然後再把文學搞笑掉。而這種下半身文學的前提，則是男人的寵愛。這種文學寫得再賣力氣，也不可能具有真正的先鋒性，更不可能成為這個城市的標誌，至多只能成為這個城市墮落的象徵。

這個城市在 80 年代的標誌性作家，是王朔。

貳、王朔小說和大院文化

比起北京一些詩人的瘋狂和荒唐，北京作家裏頭的王朔，反倒顯得正常和可愛。雖然王朔有王朔的不足，但他畢竟在心態上相當健康。

胡河清生前曾經把王朔和劉震雲稱之為「京城兩利嘴」。劉震雲的小說，我沒怎麼讀，不知那張嘴如何個利害法。但王朔的小說，我卻是相當熟悉的。不說在 80 年代讀了他幾乎所有暢銷或不暢銷的小說，即便在那個地方，我也因為讀他《千萬不要把我當人》讀得大笑不已，差點導致同室囚徒朝我拳打腳踢。因為那些殺人犯，搶劫犯，強姦犯，盜竊犯，還有其他什麼犯，把《千萬不要把我當人》奪過去一讀，覺得一點都不好笑。他們個個以為自己是人，只有我認同了「千萬不要把我當人」。於是，他們朝我虎視耽耽，察覺出我跟他們原來不是一種氣味的動物。那情景讓我終生難忘。

王朔確實是張利嘴，不管你喜歡不喜歡。但我的喜歡王朔小說，並不僅僅因為他敢於搞笑和善於搞笑，而且還在於他小說中無處不在的平民意識和時不時地流露出來的民間智慧。

　　王朔的小說，寫得再油滑，視角始終是「小人物」的視角。他可以把一個笑話說得非常誇張，可以讓醜老太婆像個小姑娘一樣地發嗲，可以讓局長之類的人物因為練習氣功而在地上胡亂翻滾，但他骨子裏從來不放大自己。他知道自己的位置，知道自己沒有必要扮演什麼大人物。以王朔的這份定力，我估計就是把他扔進北大那個很容易讓人狂妄的學校，他也不會忘記自己是個平頭百姓。他偶爾會玩一把《王朔全集》，但他心裏很清楚這不過是搞笑，不過是商業操作，不過為了賺點狗娘養的人民幣。

　　我認為王朔的智慧，就是從這樣的定力裏面生髮出來的。王朔不是個在小說裏亂耍小聰明的作家，也從來不會裝腔作勢地嚇唬讀者，更不會展覽什麼酷刑製造恐怖氣氛。王朔的智慧在於，我不跟你吵架，但你得讓我活。這種智慧看上去非常簡單，但骨子裏卻不無大智若愚的修為。聯繫到這種智慧所產生的文化背景，我不得不認為，這在 80 年代 90 年代的中國，可算是最簡單也是最高級的民間智慧了。因為中國民眾尤其是中國大學生們，很少具有這種智慧。普通民眾喜歡梁山好漢式的該出手時就出手，大學生撒起嬌來更是什麼事情都做得出。他們沒有雙向同構式的思維方式，凡事先給人家留個餘地，然後再告訴人家，你活我活大家活，政治術語叫做雙贏。這種方式的高明之處在於，一開始就占了平等的地位。而那種玩命的方式不顧後果的方式通常是把自己放在人家腳底下的方式，根本不是跟對方平起平坐的商談方式。王朔懂得這種雙贏的方式。

　　王朔的這種民間智慧，與莫言的小說相比較，顯得尤其突出。雖然從小說美學上來說，莫言的小說似乎更加具有先鋒意識，但莫言的小說在文化內涵上，通常是不分青紅皂白的。我聽劉再復對我說，他曾聽莫言說過，莫言小時候有過饑餓到連煤塊都塞到嘴裏亂吃一氣的經歷。我聽得毛骨悚然，同時又充滿同情和悲憤。也許是那麼慘痛的經歷，使莫言的小說天然具有與眾不同的質

地。然而，這個可憐的鄉下孩子同時又無法讓自己的小說感覺建立在一種穩定的文化心理上。他的感覺透明起來像根可愛的紅蘿蔔，但混濁起來會覺得義和拳也很好玩。或者說，莫言的感覺一旦為其純真的孩子氣所主導，小說就變得奇光四射；其感覺一旦受了媚俗的誘惑，其小說寫作就會類似於一場高粱地裏的發洩；至於其感覺一旦有了朝天闕式的蠢蠢欲動，其小說就會變成以玩弄酷刑為賞心樂事的撒嬌。

與莫言的這種不穩定相比，王朔顯然要沉穩得多。王朔不會一會兒這樣，一會兒那樣。王朔雖然有時也做做頑主，但他骨子裏從來不會把自己玩慒掉。他既會扮演成頑主在影視界瞎混一把，也會開個公司，認真嘗試一下別人做不了的文化事業。雖然這兩者他後來都玩不下去了，但他在小說裏那種從來不變的清醒依舊。

王朔的這種清醒，甚至連王蒙都難以企及。王蒙在90年代對王朔公開表示認同和讚賞。王蒙為此拒絕崇高。但王蒙的拒絕崇高，不是王朔式的民間智慧，而是中國知識份子特有的一種小聰明，一種面對極權時做出的十分精緻的規避動作。就像在文學圈裏流傳的那樣，王蒙的聰明一如他的小說《活動變人形》那樣的「活動變形人」。因為崇高是無所謂拒絕不拒絕的，有就有，沒有就沒有。就好比沒有高度就無所謂墮落一樣，從來不曾崇高過，哪裏來的拒絕？王蒙在《青春萬歲》裏的少年布爾什維克情結，與其說是崇高，不如說是在極權底下捏出的一個蘭花指。

從這個意義上來說，王蒙骨子裏是個十分搞笑的人物。雖然在關鍵時刻，他也表示過良心和良知，但他從來不放過搞笑的機會。比起王蒙的這種搞笑性格，劉心武顯然要誠實多了。雖然劉心武在日常生活當中經常會有花旦式的弱不經風，但他骨子裏倒並非是沒有自己判斷和自己立場的人。中國傳統戲劇舞台上的許多花旦形象，骨子裏都有點剛直不阿。劉心武的文學人格，接近《霸王別姬》

裏的女主角。這是一種典型的皇城知識份子人格。有哭泣的熱情，沒有行動的能力。

想想那年，有多少北京文化界的遺老遺少，在大學生面前流露出這樣的花旦人格。抱著學生痛哭流涕者有之，老淚縱橫者有之，哭天搶地者有之，捶胸頓足者有之，就是沒有一個毅然站到學生前面去。就是沒有一個斷然告訴學生，你們回去，剩下的讓我們來做。

聯繫到王朔所置身的城市，聯繫到王朔所面對的皇城知識份子，王朔小說的平民意識和民間智慧，確實彌足珍貴。但王朔也有王朔的不足，我指的是他的大院文化背景。

大院文化是北京自 50 年代初開始產生的一種新型的八旗文化。相對於老八旗文化那五式的沒落，新八旗文化霸氣十足。這種文化在 90 年代的代表作是《超限戰》那樣的極端民族主義和國家主義。在 80 年代的代表作則是王朔的一些小說，尤其是《動物兇猛》一類的。這部小說後來被改變為叫做《陽光燦爛的日子》的電影。故事怎麼說，那當然是創作的自由。再說，在任何年代，哪怕是納粹時代，都可能有美好的回憶。把大院在文革中的日子寫得如同伊甸園那樣的田園交響曲，也只能說是各人感受不同罷了。但是電影導演故意通過片名將文化大革命年代命名為陽光燦爛的日子，以此表示他對那個年代和那個年代製造者的敬意，那就頗有一股大院文化的霸氣了。王朔原來《動物兇猛》的小說命名雖然有些大院口氣，但也頗有生存的艱辛感，何苦要改成那麼一個名片，以此挑戰他人的痛苦記憶？

王朔的小說原作並沒有這種挑戰意味。但王朔小說裏時不時的也會流露出一股「我是流氓我怕誰」的勁頭，可能跟耳濡目染大院的那種霸氣和痞氣有關吧。這兩種習氣其實是一回事情，唯我獨尊，老子天下第一。權勢大一些的，自然就以霸氣為主導。權勢小一些的，則以痞氣為手段。或者說，得意時流露的是霸氣，失意地玩的是痞氣。其心理成因，則是所謂的主人翁意識，或者說，佔領者的優越感。

　　大院文化不是那個城市生長的標記，而是那個城市被再度佔有的標記。這種文化是權力話語的一種形式，但通常是隱藏在權力背後的話語，而不是權力本身。假如權力是虎，那麼這種文化則是狐，狐假虎威。不僅王朔的小說受到這種文化的污染，就連劉索拉的小說，也充滿因大院文化而來的自以為是。

　　被大院文化薰染出來的作家學者，很難建立自由的平民心態。雖然王朔是個具有平民意識的作家，但其平民意識並非是自由的產物，而是一種皇城裏皇民的自覺。相對於一些演皇上演多了或者看皇上電影看多了、因而莫名其妙地產生皇上心理或者說皇上自覺的神經病演員和神經病國民，王朔這種皇民的自覺還算比較正常。但王朔要是換個環境，比如說，到紐約這樣的城市生活，學做一個自由的平民，就會覺得非常困難。

　　王朔不是沒有到紐約待過，他在紐約不聲不響地待了將近半年，然後又不聲不響地回去，再也不作任何嘗試，也不予任何置評。他對紐約的感受，幾乎都在這兩個不聲不響上表達出來了。至少，王朔明白了北京和紐約這兩個城市的差異，明白了在北京大院文化薰陶下長大的孩子，跟紐約是多麼的難以投合。因此他知難而退，知難而自知。

　　相對於王朔的這種自知，劉索拉就顯得過於誇張。劉索拉在紐約使出渾身解數，該試的幾乎全部試過了。剃光頭，穿長衫，戴禮帽，變換著各種嗓門亂叫一氣。一會兒扮男，一會兒做女。據有個段子描繪，劉索拉來紐約之前，跟母親道別說，她準備豁出去了。她母親關照她說，除了自殺，其他什麼都可以試試。這個段子的真實性也許需要證實，但劉索拉確實是努力了。最後的結果當然是壯志未酬。在北京的那種玩法，跑到紐約來是根本行不通的。帶著大院文化培養出來的唯我獨尊、自以為天下第一的心態，在紐約演來演去，也只能演成一場場喜劇。劉索拉這種努力，讓王朔看了會忍

不住發笑。不說王朔的平常心操練到什麼程度，即便憑他的智商，也絕對不會像劉索拉如此玩命。

雖然王朔小說帶有大院文化的痕跡，但北京作家的大院腔調，最為典型的卻不是王朔，而是劉恒。別看劉恒動不動以《狗日的糧食》、《伏羲伏羲》之類農民的饑餓和農民的精液唬人，他那種痞子腔調的來源，恰好就是北京大院。大院文化既是一種佔領者文化，或者說主人翁文化，又是一種代表文化，動不動就以農民代言人，或者其他哪方勞苦大眾代言人的面目出現。反正怎麼唬人怎麼來，關鍵在於恫嚇要有效果。與上海的佔領者最後被花園洋房悄悄地征服不同，北京的佔領者通過大院文化，跟千百年來的帝王傳統對上了暗號、接上了頭。假如沒有大院文化的影響，那麼北京作家寫出來的小說，就應該跟老舍相去不遠。

真正的北京平民小說，既不是劉恒式的，也不是王朔式的，劉索拉的當然更不像，而是當年老舍筆下的世界。無論是《駱駝祥子》，還是《茶館》（尤其是第一幕和最後一幕），那種純真的北京味道，那些善良純樸的北京芸芸眾生，那種人世的悲涼，那種活在悲慘世界裏的無奈，讓讀者讀了，讓觀眾看了，無不唏噓感慨。假如可以把老舍的小說作為一個標高的話，那麼80年代的北京作家裏，只有史鐵生接近那樣的高度。

不過，在進入史鐵生小說的論述之前，我得先把80年代北京文學圈裏的周介人式人物，李陀，作一個歷史性的文壇個案分析。

參、邊緣人李陀的中心話語情結

在80年代北京文學圈裏，甚至在整個中國文壇上，找不出一個比李陀更活躍比李陀更知名比李陀更悲劇的人物來。每每說到甚至

想到李陀，總讓人哀其境遇，怒其功利心。說他是文學那五，他卻沒有那五那樣的舊貴背景；說他是文化草莽，他卻的的確確是在北京紅色貴族的圈子裏長大的。說他很有文學的責任感使命感，他有時候像個文學玩票者。說他從來不把文學當回事，他卻對文學熱愛到了一生都沒有離開過文學。說他是個文學青年，他絕對是個文壇領袖，號稱陀爺。但要說他是文學大家，卻還沒有寫出一部經典大作。他有時跟人說話親切隨和，謙虛謹慎；有時突然變得高高在上，向所有他所見到或者沒有見到的人們指手劃腳。

要說李陀在是瞎鬧，那絕對是誤解。李陀的審美眼光，李陀的文化透視力，不要說一般的作家詩人，就是學貫中西的學者教授，可能都望塵莫及。他可以對李歐梵那樣的教授耳提面命，可以給聶華苓那樣的作家上文學課。這並非狂妄，而是他有足夠的資本如此頤指氣使。他的太太劉禾，也算是在美國學院裏有點名氣的人物，有著中國學人十分羨慕的美國大學終身教授的身份。但我相信，劉禾從李陀那裏學到的，遠遠超過李陀從她那裏習得的。李陀這種奇特的秉賦，除了天生的與眾不同，也跟他傳奇般的身世有關。

有位紅色貴族之女寫過一部叫做《山水相依——一個異國家庭的離合悲歡》的回憶錄，其中涉及到李陀的身世。在回憶錄裏，李陀被稱之為我們家的小哥哥。所謂小哥哥，是指她們家那個保姆的孩子。李陀九歲的時候，跟著母親流落在北京城，形象跟《雷鋒》電影裏的小雷鋒一模一樣。但他比小雷鋒幸運的是，他還真的碰上了好人。剛剛進城的那家革命者，出於一種對勞苦民眾的同情，收留了他們母子倆。這本來確實是個非常動人的故事，無論是收留者還是被受留者，都會讓人一掬同情之淚。然而，一種奇妙的反差，卻同時落在了李陀的命運裏。

這種反差的微妙在於，李陀既是傭人的兒子，或者說奴隸的孩子，但從理論上說，又是主人的兒子，即翻身當家作主說法上的主人。相反，收養他們的那家主人，在理論上卻是人民的公僕。用一

句現代漢語的語法邏輯作描述，李陀是作為僕人的主人家的一個作為主人的僕人的孩子。這種邏輯非常簡單，又極其複雜。李陀被這個邏輯纏繞終身，一直沒有搞清楚自己到底是主人還是僕人。從某種意義上說，就像海子是被大而無當的詩歌意像所謀殺的一樣，李陀被這個他永遠也搞不明白的邏輯給困惑至今，如今好像依然活在這個邏輯的困擾裏。

對李陀來說，這個邏輯不僅在他所寄居的主人家裏出現，也同樣在他所就讀的學校裏存在。他讀的是紅色的貴族學校，班上甚至整個學校裏的學生，都是作為僕人的主人的孩子，唯獨他一個，卻是作為主人的僕人的兒子。等到他長大成人，走上社會，他發現他所居住的城市，乃至整個國家，到處存在著這樣的邏輯謎語。而他這個作為主人家的僕人之子和作為僕人家的主人之子，則既是整個謎語的謎面，又是整個謎語的謎底。

活在這個謎語裏的李陀，一生都在尋找自己的確切位置，可是從來沒有找到過。因為這個謎語要說有答案就有答案，要說沒答案就沒答案。關鍵全在於作為謎語本身的李陀，如何選擇自己的生存方式和存在方式。

假如撇開種種眼花繚亂的說法，李陀從一開始就是一個邊緣人。無論從社會地位，還是從在北京這個皇城裏的位置上，或者從整個權力話語和話語權力的架構裏，李陀都是一個邊緣得不能再邊緣的人物。然而，他非常榮幸、也可以說非常不幸地處在了中心得不能再中心的城市裏，中心得不能再中心的生活圈子裏。

少數民族的血緣，不僅給了李陀聰明才智，而且還給了他一副相貌堂堂的儀表。不說讓女人們人見人愛，至少不太會受到女人的冷落。李陀能讓才貌雙全的電影才女導演斷然下嫁。他也能讓主人家的公主，對他好感永存。那位回憶錄作者在書中說起李陀時的聲調，真是甜得不能再甜。一聲小哥哥，叫得就像大觀園裏的哪個小

女孩在呼喚著賈寶玉似的。由此也可以想見，作為謎語的李陀，有著如何不凡的個人魅力。

李陀不僅讓女人對他著迷，也讓男性朋友覺得他非常哥們。李陀待人熱情起來，有著不顧一切的豪情滿懷，從不讓人懷疑他具有兩脅插刀的俠氣。記得那次在新時期十年會上，他力勸我上北京的那番誠懇，那番義氣，把我感動得認定李陀是個好朋友。哪怕他轉眼就在會上批評我如何如何，我也一點不計較。可能也是基於這樣的義氣，李陀推薦起文學新人和小說新作來，同樣的不遺餘力。

按說，李陀假如沉得下心來的話，認真思考，勤奮寫作，不會做不成文學上的大業來的。遠比他窮苦的莫言，都能闖入北京城裏做出一番成就，更何況好歹還是在北京、並且是在北京的上流社會裏長大的李陀。但李陀沒有選擇腳踏實地，而是稀裏糊塗地成了一個文壇人物。他不顧自己作為一個邊緣人的種種尷尬，吃力不討好地但又不屈不撓地向話語中心挺進，扮演執掌話語權力的角色。

從整個所謂的新時期文學、或者說 80 年代的中國文學一開始，李陀就很幸運進入了他的邊緣人的中心角色和中心話語的邊緣人角色。而且，他還同時站在兩個邊緣上，既站在文學的邊緣，又站在電影的邊緣。他一面呼籲現代派寫作，並且還真的寫了兩篇習作〈七奶奶〉和〈自由落體〉；一面煞有介事地談論長鏡頭理論，藉夫人張暖昕在電影界的影響，在電影界呼了一下風，喚了一陣雨。弄得電影界的人不知道他是文學界的何方神聖，文學界的人又被他的電影理論所迷惑，搞不明白〈七奶奶〉和〈自由落體〉中的鏡頭到底有多長。

但李陀的抱負顯然不滿足於在文壇和電影界僅止於如此呼喚，他的才智也不允許他停留在這樣一種文學體操般的水平上。他需要更新的突破，而且歷史也給他提供了這樣的契機。1984 年的年底，他在杭州會議上扮演了一個十分重要的文學活動家角色，把指導性的領袖角色和遊說性的說客角色，同時演得活靈活現。假如他那年

向當時《上海文學》的主編李子雲女士推薦阿城的〈棋王〉時，還多少有一種李陀式的男性魅力在暗中悄然助陣，那麼在杭州會議期間，他的成功完全建立在了眾志成城和眾望所歸之上了。李陀在文壇上的真正地位，就是在那個會上奠定的。而李陀的文壇領袖感覺，也是從那個會上開始悄然滋生的。

那次會議以後的李陀，可謂一帆風順，順到了不需要寫作任何作品，便可在文壇上教導這個、開導那個的地步。他推薦了無數個作家，無數篇作品。假如把他所推薦過的作家和作品列成一張名單和一篇目錄，那麼人們會十分驚訝地發現，這差不多就是整個80年代的新潮小說和新潮作家了。

然而，即便具有如此輝煌的推薦成就，無論是被他所推薦的作家，還是沒有被他推薦過的作家，卻沒有一個在內心裏把他當回事情，雖然有一些依然保留著對他的尊重，但大都已經公開地或者悄悄地棄他而去。他滿心以為憑藉推薦換來的尊重，可以使他的光芒變成永不消逝的電波。殊不知，幾乎全是曇花一現，轉瞬即逝。不要說桀驁不馴的馬原，就是一度言必稱李陀的余華，都忍不住原形畢露。那些文學小子，不是過河拆橋，就是上岸棄船，從而一次又一次地讓李陀嘗盡了從中心被不斷拋回邊緣的滋味。

這當中固然有許多世態炎涼的成份，但李陀所扮演的那種角色本身，讓人難以肅然起敬。就好比走進劇場的觀眾，被一個殷勤的領票員領到自己的座位上之後，眼睛必然看著舞台，不會繼續停留在領票員身上。所謂的指路人通常都是些被人遺忘的角色。也許正是這樣的原因，木心一針見血地描繪上海人的指路方式，通常簡單到了動一動嘴唇、微微轉動一下腦袋的地步。可是李陀卻不僅把人領到人家的家門口，還要指望跟著人家一起走進去作客。那與其說是別人不懂得禮貌，不如說是李陀自己不識相。伯樂，伯樂，只有推薦過後趕緊轉身走開，才能自得其樂。

　　這可能是作為主人家的僕人之子，李陀太需要他人的尊重，太在乎他人的尊重了。但尊重是不可求的，有就有，沒有就沒有。不必在乎。而且，李陀有時也分不清什麼叫做尊重。就以我與他交往為例，他至今都沒有感覺到我對他的尊重。我尊重他並非當面奉承他如何如何，也不是認同他變化多端的觀點，而是始終懷念他當年推進新潮文學所作的努力，從而堅決不認同他對美國文明的過度反應。

　　記得我在《鍾山》上發表了那篇〈論中國當代新潮小說〉之後，李陀專門為此寫信給我，表示認同。除了不認同我對馬原的評價之外。我當時雖然沒有回信，但我一直沒有忘記李陀的支持。因為對這篇文章作出如此反應的，也只有李陀。或者說，李陀是真正看懂此文的同行。這是李陀不同於其他文壇人物之處。他不僅對小說敏感，對文學評論敏感，對文藝理論敏感，而且還對文學思潮和文化動向，也具有他特獨的敏銳。

　　但我至今弄不懂，在美國流亡了一段時期的李陀，怎麼會變得那麼痛恨「美帝國主義」。李陀好像徹底迷失了方向，徹底迷失了自己。在 80 年代已經夠混亂的那個邏輯角色，到了 90 年代變成了更為混亂的一個在中國的美國人和在美國的中國人。李陀因此根本弄不清自己到底是站在美國發言還是在為中國奔走呼號，根本弄不清楚自己是美國學院裏的學生還是中國高校裏的學者。身份完全模糊，角色徹底紊亂。

　　記得我在那年科羅拉多大學的討論會上見到李陀時，跟在北京見到他的時候，簡直判如兩人。在北京的時候，彼此見了面尚能談論文學，我和他還非常認真地作過一次對話，討論語言問題。我給他說了自己正在寫作的《論毛澤東現象》，說了對毛語文化的感受。他當時好像也很贊同我的看法，並且有一陣子經常把毛語掛在嘴上，好像還寫過一些有關的文章。然而，在科羅拉多重新見面時，李陀一臉苦大仇深地痛罵美帝國主義，甚至連美國的公路都招他惹

他似的，被他一頓臭罵。罵完之後，李陀轉身就讓與會的朋友們聆聽他的第二任妻子，在美國大學裏獲得了終身教授的劉禾，介紹她從美國大學的教科書和美國大學的課堂裏習得的知識。

我記得很清楚，那是在學校旅館的一個房間裏，我當時很隨意地趴在床上，皺著眉頭沉著臉，從頭到尾，一言不發。李陀非常注意地察看著我和其他聽眾的反應，希望能夠得到認同，或者說，被劉禾所啟迪。我什麼都沒說。但我在後來的《美國閱讀》一著裏，專門就劉禾所說的德里達寫了一節文字。假如李陀能看到那段文字，那麼他可以認為，那是我對當時劉禾所言的回答。

我從來不以德里達為然。我把解構主義思潮看作是一種機會主義理論。我把德里達在美國校園裏的流行，看作是美國科技文明過於發達，人文精神過於委頓的標記之一。但我並不像李陀那樣痛恨美國。相反，我非常熱愛美國，尤其是美國民眾在 9‧11 災難中表現出的心胸，在維州校園血案之後顯示出來的博愛，不僅讓我刻骨銘心，而且看到了美國在文化上再度復興的希望。

那天，有幾個與會的學人，聽完劉禾的演說，精神狀態不無萎靡，彷彿一群男性的劉姥姥走進了文化的大觀園。但我的不以為然，可能也明顯地寫在臉上，流露在我的神情裏。反正，從此以後，我與李陀漸行漸遠，越來越陌生。許多年以後，在紐約林肯中心再次相遇，已經很難找到對話的可能性了。那次彼此剛好全都看了張藝謀和譚盾的歌劇《秦始皇》。

記得當時劉禾也在。後來聽說，劉禾把張藝謀請到她正執教的哥大東亞系，做了個講座。而我後來則在紐約的《世界日報》副刊和香港的《開放》雜誌上，同時發表了嚴屬批評《秦始皇》的文章。那篇文章在網上廣為流傳，李陀應該知道。劉禾也不會不知道。但他們夫婦倆可能不明白的是，我的寫作位置是相當邊緣的。因為邊緣，所以自由自在，不需要顧忌什麼。

李陀在骨子裏跟我一樣，是個邊緣人。但他喜歡進入話語中心，喜歡正在流行的話語時尚。李陀究竟對德里達有多少瞭解，也許只有李陀自己清楚。就像給海德格爾安了中國姓氏的學人，未必真正懂得海德格爾。因為真正懂得海德格爾的人，是不會給海德格爾安姓氏的。這理當是追隨德里達的人們所幹的嘩眾取寵之事。真正懂得德里達的中國學人，是絕對不會把德里達當回事情的。因為使用漢語玩弄一下語言遊戲，毛澤東無疑比德里達更出色。與其學習德里達的招術，不如重溫毛澤東的語錄。李陀是明明白白地聽過我對毛澤東話語的批判的，而且他十分認同那樣的批判，還經常把對毛語的批評掛在嘴上。這可真是此一時也，彼一時也。出於對李陀的尊重，我不得不在此向李陀指出，德里達玩過的，毛澤東早就玩過了。假如李陀不把我的尊重當回事，我寧可讓他恨我一輩子。不管怎麼說，不能因為想要進入話語中心，就忘記了自己的邊緣人位置。邊緣人的位置，是最自由的位置，也是最有發言權的位置。前提是，得成為一個孤獨的人。

李陀害怕孤獨。這可能是他的致命傷。他好像寧可被永遠纏繞在那個邏輯謎語裏。作為主人家的僕人之子和作為僕人家的主人之子，或者，作為話語中心的邊緣人和作為邊緣人的話語中心人物。聽說他在中國很不容易地辦了個刊物，不知他何以命名。我很想建議他，命名為《邊緣》。

肆、史鐵生等北京知青作家

史鐵生正好跟李陀全然相反，從平民中來，到平民中去，從來沒有扮演過任何跟自己身份完全不相干的角色。史鐵生的本色本相，成為他整個小說的寫作基點，又成為他在小說中那種生命修為

的主要特色。李陀只知道史鐵生人好小說好，不知道史鐵生的小說寫作和生命修為對他來說是一面多麼明亮的鏡子。

在北京土生土長的史鐵生，除了老舍筆下描繪過的那種純樸善良，還有一副天然的濟世心腸。史鐵生的小說不管寫到哪裏，都會讓人想到那首老式《畢業歌》中的歌詞。「同學們，大家起來，擔負起天下的興亡」。只是史鐵生的兼濟意識再熱切，也沒有絲毫救世主感覺。這是最為難能可貴的。

在北京的作家當中，史鐵生可能是最有代表性的社會棟樑型的作家。所謂社會棟樑型不是指他們要扮演什麼角色，而是指他們要為社會，為他們所生存的那個世界，為他們所關切的芸芸眾生，做點什麼。而且，純粹是義務勞動性質，不需要任何回報，只要滿足於自己的良心和良知即可。假如可以把這種品性稱之為宗教情懷，那麼應該是廣義的。他們的兼濟天下，沒有具體的宗教立場。無論他們的人生原則跟傳統的儒家教義有多少吻合，他們也絕對不會聲稱自己是儒生，或者自稱是什麼莫名其妙的新儒家。

這樣的作家，在北京可以舉出一批來。但最有代表性的，我認為是這麼三個，史鐵生、鄭義、李銳。後兩者雖然因為上山下鄉去了山西，並且在山西或者一度在山西辦刊做事，但他們的北京知青來歷，使他們跟史鐵生一樣，都是北京這個城市的文化特產。至於他們最有代表性的作品，則是史鐵生的《命若琴弦》、鄭義的《老井》、李銳的《厚土》。

這三個人的小說，一個共同的特點是，具有強烈的責任感使命感。他們幾乎全都是來自那首畢業歌裏的那句歌詞，並且無一例外地「衣帶漸寬終不悔」。假如說這股勁頭有些不合時宜的話，那麼這三個作家正好就具備這樣的傻氣。他們小說的區別在於，史鐵生注重對人生意義的探尋，鄭義關注整個社會的當下現實，而李銳則將對現實的批判聯接到對歷史的反思上面。

　　在他們三個當中，我跟史鐵生交談最多。坐在輪椅上的史鐵生，思考成了他主要的生活方式和人生樂趣。只要他體力精力允許，他可以沒完沒了地跟人交談，跟人探討。就此而言，他像個學者，但沒有絲毫學院裏的酸腐氣。他喜歡活潑潑的人生，不喜歡在概念裏做無聊的遊戲。我幾乎每一次去北京，都要去看望他一下。他以前住在雍和宮旁邊的一個四合院裏。後來搬到了東面的新村住宅，有了兩室一廳的住房，並且還有了一個與他同樣善良的妻子。

　　無論是走進史鐵生原來住的的四合院，還是他後來住的新村住宅，你都會感覺到走進了真正的北京平民世界。這個世界不是王朔筆下，而像是老舍筆下的，或者說是老舍筆下那個世界的延續和引申。這個世界沒有絲毫的大院氣息，而是充滿著普通人的人情味，樸實得讓人感動不已。尤其是史鐵生的父親，簡直活脫脫一個老舍式的北京人，並且比老舍還本色本相，比老舍還忠厚純樸。王朔式的笑話說得再意味深長，在史鐵生的世界裏也會顯得十分膚淺。在史鐵生的世界裏，即便是英雄過的人物，也平常得讓人覺得像塊木頭一樣。我跟史鐵生剛認識沒多久那會，就在他家裏碰見過當年被稱之為小平頭的人物，好像叫劉迪，1976 年「四‧五」天安門事件中的英雄人物。那人一副學生模樣，但顯然不像是在校的。微微低垂著臉兒，話不多，說話的聲音也不大。那人走了之後，史鐵生告訴我說，劉迪現在的狀態是，一天二兩也可，一頓兩斤也可，就那麼飄飄然地活著。

　　史鐵生說得我非常羨慕和嚮往。因為我在上海也有相類似的朋友，博覽群書，智慧過人，為人熱情親切，處世低調淡泊。我把這樣的人物，看著是整個社會的良心和良知所在，雖然他們永遠不會如此自我標榜。

　　也許是史鐵生與他周圍這類朋友之間的互相交流和互相影響，致使他後來能夠寫出《命若琴弦》那樣的小說。我在 1988 年發表的

〈論中國當代新潮小說〉一文中，對史鐵生的這篇小說作了如此的評價。我說：

> 這是一篇新潮小說最有代表性的作品，是中國當代文學中絕無僅有的傑作。如果說要從當代小說中挑出一篇具有永恆意味的作品的話，我首先挑選的就是這篇小說。這篇小說把人生寫到了至境，也把小說寫到了至境。自這篇小說而後，史鐵生的創作完成了一個巨大的飛躍。

我還寫道：

> 這篇小說的語言明淨得宛如《聖經》裏的敘述一樣，而這樣的語言所敘述的故事，也像《聖經》故事一樣又簡樸又深遠。

我現在依然這麼認為。且不說史鐵生是否經由這篇小說悟道了，至少也是若有所悟。史鐵生以前的小說，諸如《我的遙遠的清平灣》，《插隊的故事》，或者《原罪》，《宿命》，以及後來的《務虛筆記》，都及不上《命若琴弦》那麼透明和那麼清澈見底。透明是一種空氣的感覺，清澈見底，是一種水的感覺。一篇小說能夠同時寫出空氣感和流水感，是相當不容易的。可惜的是，後來被改編成那部叫做什麼《邊走邊唱》的電影，卻慘不忍睹。當然，這不是史鐵生的過失，是電影導演根本就還沒有登上那樣的台階，就急功近利地想拿這樣的小說來玩一把文化和做一次宗教秀。我不知道那個導演這輩子有沒有希望走近《命若琴弦》，我只希望將來能有個像樣點的導演將此重新拍過。我不是小看中國的電影導演，把這樣一篇小說搬上銀幕可能是對他們一個永恆的挑戰。

假如要指出史鐵生的小說有什麼不足的話，那麼從美學上來說，缺乏強烈的反差。善良通常要跟邪惡糾纏在一起，才能顯出善良的力度和深度。否則，善良就有被演繹成一種平面人生的危險。

陀思妥也夫斯基之所以能夠在靈魂上找到突破，就因為他不回避邪惡。他不僅經歷過牢房和死刑，而且在賭場裏翻滾不已。背後是他深愛的妻子在不停地為他流淚，幾近絕望地看著他將變賣了幾乎所有首飾家當的錢一把一把地扔進賭場裏，而他卻依然盯著他眼前那張該死的賭桌。在這樣的反差裏掙扎過後，他才寫出了一生最偉大的不朽之作，《卡拉馬佐夫兄弟》。就此而言，文學是非常殘酷的，或者說，美學是容不得單純的善良的。比如說，弗吉尼爾·伍爾芙是一首淒美絕倫的詩歌，但有哪個男人受得了那麼一個要死要活的女人？文學就像一個高傲的貴婦人，不僅看不起男人的醜陋，而且也不以男人的善良為然。在這個貴婦人的眼裏，善良有時不僅是無用的別名，而且還可能是平庸的另一種方式。當然，要中國文學走到《卡拉馬佐夫兄弟》那種《拉奧孔》式的美學張力上，可能還有很長一段路。但當我在談論中國文學的時候，不得不提出這樣的標高。上海有個女作家見我談到弗吉尼爾·伍爾芙的徹底性時，不由震憾得跳將起來。但我並不希望所有的女作家通通以自殺去抵達文學的深刻，或者體現一下美學上的標高。生活應該是自然的。假如有誰為了獲得拉奧孔式的效果而特意到動物園裏抓幾條大蛇纏在身上，那麼與其說是審美，不如說是神經病發作。也許有些為了出名不顧一切的行為藝術家會孤注一擲，但這是另外一個話題了。

我指出史鐵生小說的不足，並不意味著史鐵生應該以進入殘酷來提高自己的小說在美學上的價值。但我還是想說，史鐵生的善良，有時也會妨礙他的辨別能力。比如他曾經一再向我推薦過一本叫做《拯救與逍遙》的書。我起先一直不知道這是本什麼樣的書，後來我在朋友家裏翻了一翻，不由大吃一驚。天底下竟然有如此虛偽如此下流如此無恥的偽宗教囈語。而且，我被告知，此書竟然在海內外的華人圈裏風行一時，以致作者成了這方面的權威人物。我由此發現，這個世界真的發瘋了。

　　這個大聲標榜拯救，猛烈批判逍遙的作者，不是個偽君子，至少也是個大騙子。因為這個作者從來沒有做過任何跟拯救有關的事情，更不用說指望他拯救過什麼人。在歷史的關鍵時刻，後來成了新左派的一些主要代表人物，當年都曾經有所表示，有所付出，或者說有所拯救吧。可是這個自我感覺為當今中國的頭號拯救者，在那樣的時刻竟然渾身上下乾淨得連一根小指頭都沒有被「污染」。也即是說，需要有拯救者挺身而出承擔什麼時，這個拯救者根本就不在場。在許多知識份子因為擔當而不無付出，或者坐牢，或者流落他鄉，大家被那場災難弄得一句話都說不出來的時候，卻聽到了一聲聲拯救啊、拯救的呼號，從那本叫做《拯救與逍遙》的破書裏綿綿綿不斷地傳出來。

　　我真想問這個傢伙一聲，你拯救什麼了？你拯救過誰了？老實說，即便是一個因為擔當而做出了巨大犧牲的人物，都不敢如此標榜，即便是被釘上十字架的耶穌都不曾也不會如此誇口，這個什麼都不是的自私到了委瑣地步的小人，竟敢說出拯救這兩個字來，還大聲疾呼。

　　而且還不止如此。此人打著拯救的旗號，向中國文化的自由主義傳統大打出手，朝著自莊子以降的中國歷史上幾乎所有的自由文人，拳打腳踢。這可能才是此人寫作此著的真實意圖所在。這種手法叫著挾耶穌以令天下，挾耶穌以踐踏自由。這是搶奪話語權力的另一種玩法，並且是典型的文化恐怖主義。其手法是，先把耶穌給劫持了，然後再假以耶穌的名義，橫掃中國歷史上的自由主義士大夫，同時也以此從思想上和理論上，剝奪中國知識份子選擇自由的權利。此人在抨擊歷史上那些徜徉於山林之間的自由知識份子時，詞句用得之狠，如同一串串火光閃閃的機關槍子彈。經由如此一番肆意的屠殺，此人完成了以裹著耶穌外衣的極權話語來一統天下的光榮任務。據說，如今此人因此在香港活得十分滋潤，應有盡有。換句話說，勝利凱旋了。

　　我不知道史鐵生現在是否發現自己受騙上當，至少他當時是被朦騙了。在面對此人的著述上，薑畢竟還是老的辣，李澤厚倒是一直很清醒。我聽說，李澤厚不止一次地因此對周圍的朋友表示，他有行騙的自由，我們有不受騙的自由。

　　由此可見，無論作為作家，還是作為個人，身處如此一個濁世，僅僅善良顯然是遠遠不夠的。但假如善良再加熱情呢？夠不夠？我不好說。可能會好些，也可能更糟糕，誰知道呢。不過，善良加熱情，倒正好是鄭義的特色，也是鄭義小說的主要特徵。

　　相對於史鐵生《命若琴弦》的空靈高遠，鄭義的《老井》如同燃燒的火炬。鄭義的小說讓人感覺到一種責任在身使命在身的沉重，一點開不得玩笑。那樣的沉重，又讓人想起譚嗣同那樣的慷慨悲歌。雖然這部小說無論在美學上還是在精神氣質上，都是 80 年代的一部重要代表作，但就我個人的喜好而言，我寧可退開一些距離，遠遠地看著《老井》，才能看得清楚一些。離火光太近，不僅覺得過於熾熱，而且覺得有些耀眼。

　　鄭義不僅小說寫得熾熱，他這個人也熱情洋溢得讓人一點辦法都沒有。記得那年，1988 年，我和上海的那批評論家哥們一起被他當時所在的雜誌《黃河》請去開筆會期間，他帶著北明一起造訪我。彼此說著說著，他就把我說動了。他要我寫一篇跟李澤厚商榷的文章，有關中國現代文學史的。他說，他和他的朋友們，在北京跟李澤厚辯論了很長時間，誰也不能說倒誰。他希望我能夠寫一篇足以說倒李澤厚的文章來。我當時一方面是年少氣盛，一方面也正想把有關重寫文學史的想法再次清理一遍。於是就答應了。這就是後來發表在《黃河》雜誌上的那篇〈中國現代文學史（1917-1984）論略〉。其實，我在那篇文章裏只是提了下李澤厚的名字，根本顧不上批判對方。那篇文章寫到後來，我一個勁地說著自己的想法，把李澤厚忘得乾乾淨淨。我寫完寄去，鄭義他們一字不動地發表了。

那次筆會上，給我印象很深的，除了在五台山上出的車禍，就是鄭義推著史鐵生出席會議的情景。鄭義將史鐵生一路推將過來，又背著史鐵生上車下車，進進出出。讓我看了極其感動。我由此想到早先在大學讀書期間，讀過的鄭義一個短篇小說，叫作〈楓〉。我當時讀得熱淚盈眶。我相信我要是置身於小說所寫的自相殘殺當中的話，也會成為同樣的犧牲者。

小說〈楓〉裏面的那種激情那種感受，是當年整整一代人的經歷，當然也成了這代人的情結。《畢業歌》裏所唱的那些歌詞，在那個年代，幾乎全都被作了那樣的表達。鄭義的小說，在某種程度上是把那樣的經歷和那樣的情結，作了一個歷史性的定格。

不知為什麼，當時我看著鄭義背著史鐵生在夕陽下遠遠走來時，我竟然誤以為他們兩個剛剛從屍體遍野的戰場上撤退下來。那個情景我至今記得清清楚楚，包括夕陽的光照和血紅的色彩。那就是楓葉的色彩。

鄭義好像一直活在那篇叫做〈楓〉的小說裏。因此，我覺得鄭義最典型的代表作，不是他後來寫的許多個中篇和幾部長篇，而就是那個短制，〈楓〉。在我的印象當中，有關反思文化大革命的小說，至今還沒見到比〈楓〉寫得更深刻更動人的。

在那次筆會上，鄭義史鐵生當然是引人注目的人物，相反，李銳卻不聲不響，很少說話。我感覺這是個習慣於低調處世的作家。最近聽說他辭去了所有在作家協會的職務，專心致志於寫作。這很像他的為人，也很像他的小說。李銳的小說比較冷靜，彷彿是思考出來的，而不是被什麼靈感激發而成的。《厚土》中的土地感覺相當樸實，生動，語言很有質感，讀來令人難忘。

李銳後來的小說，直接進入了對歷史的反思，並且在小說的結構上，也有了一種敘事的自覺。可是奇怪的是，他後來的小說在章法上越來越趨成熟，但在小說本身的力度上，卻反而不如從前了。

我看到作家邱華棟談論我的長篇小說《愛似米蘭》時，曾經用過一個詞，叫做毛茸茸。李銳的《厚土》，能讓人讀出毛茸茸的感覺，但在他後來的長篇小說裏，這樣的感覺越來越少了。思考固然是寫作的一個因素，但思考在小說裏占得比重越多，小說那種毛茸茸的感覺就越少。思考會使小說變得可怕的流暢。這對小說藝術來說，不是件好事。我自己寫作小說時也深有體會。小說要寫得毛茸茸的，才充滿活力和生氣。在此與李銳共勉。

伍、北京的同行們

在那次筆會上，眾人聽韓石山說了許多民間笑話。諸如「拍拍拍拍白拍拍」之類，讓人捧腹。不過，我覺得在言談之間更有幽默感的，是黃子平。

黃子平長得有點像相聲演員馬季，並且說話也像馬季一樣的風趣。他對我說，如今許多人都「富」起來了，而我們兩個依然如故，在學校裏還是貧下中教。他說的富起來了的「富」字，諧音於「副」字。因為當時上海北京兩地的同事同行，幾乎全都變成了副教授或者副主編。唯有他和我，依然是講師，沒有任何其他頭銜。我後來發現，黃子平這句玩笑話的深意，可能還不止於此。他可能也敏感到了同事同行之間的某種分化。就像當年五四《新青年》諸君後來都各走各的路一樣，80年代起來的年輕一代學人也正在漸漸地分道揚鑣。當然，這樣的分化，是在90年代才日益明朗起來的。

不知是他的性格使然，還是他的父輩有過被打成右派的教訓，子平說話非常謹慎，一般不會表示什麼態度。他當然更加不會像鄭義那樣衝鋒陷陣。但他心底裏始終有一桿秤，並且時常能夠洞若觀火，大事不糊塗。

　　世事洞明的結果，經常導致的是謹慎。但內心深處的正義感，又使他忍不住要說上幾句，或者一句。他說出來的話，聽上去漫不經心，但仔細一品，味道是雋永的。比如他後來說，別人都忘記了，只有劉再復還像個祥林嫂，整天念叨著孩子被狼叼走了。聽上去像是句不經意的玩笑話，意思卻盡在其中，就像一個不起眼的餃子，要咬到嘴裏才知道是什麼樣的滋味。

　　至於他在跟我那篇對話裏談到的後來那代人，一個勁地要殺「兄」，也並非是杞人憂天。以後發生的事情證明了，急於成名的青少年們果然把走在他們前面的人們一起推進了深淵裏。

　　而且，他跟我說我們兩個如何如何，也不是隨便說著玩兒的。他後來受李陀委託在《北京文學》上主持學術對話，第一個就找了我，討論如何重寫文學史。我給他寫的那篇對話，比我在《黃河》上發表的那篇三萬字長文，還要認真。並且，談得更為深入。《黃河》上的那篇長文，主要提出了王國維的意義。但在跟黃子平的對話裏，有關文學史的框架以及為什麼如此構架等等，彼此說得更加有意思。

　　任何一個讀過黃子平、錢理群、陳平原三人有關二十世紀文學史的長篇對話的人，都可以發現，黃子平的想法在原創性上更強一些。他們三人之中，黃子平思想最為活躍，並且思考問題不為任何概念所障，總是一見透底。無論是黃子平的談話還是他的文章，從來沒有概念上的雲遮霧障。也許會過於言簡意賅，但不會讓人摸不著頭腦。這既是思想上的明確，也是學風上的誠實。

　　錢理群是具有鄭義那種熱情的學者。而且，他跟鄭義一樣，也經歷過文化大革命中的種種磨難。無論在為人處世上，還是在著書立說裏，錢理群經常會流露出一種在後來學子身上越來越少見的正義感。錢理群不僅為周作人立傳，而且也給許多人、無論是詩人還是學者、都刻意回避的詩人黃翔寫了長篇評論。錢理群為有爭議的

人作傳，給被冷落的人寫評，讓我對他非常有好感。只是他最近突然把美國等同於當年的法西斯德國，讓我驚詫莫名。

錢理群的《周作人評傳》，我是仔細讀了的。我有一次去北京，專門跟錢理群討論過裏面的一些細節。因為我對有關周作人的評價，非常重視。在我當初那篇重寫文學史的原稿裏，首先重要的就是對周作人那個人道主義文學主張的強調和闡釋。我那次跟錢理群談到最後，他告訴我說，有關周作人的所謂漢奸問題，他本來也有自己的看法。但他寫作此著時，他的導師王瑤還在世，特意關照他不要觸動這個敏感話題。

說到周作人，我想起我跟汪暉有過一次談話，那是在 90 年代初的一個冬天的夜晚。當時，汪暉住在離吳福輝家不遠的地方。我那次在北京時，在吳福輝家住了一個晚上，睡覺之前，我去汪暉住處，跟他談了兩個小時左右。汪暉告訴我說，他當年是從揚州師院考到社科院文學研究所讀博士的。他在揚州師院時的導師，是詞學大師龍渝生的弟子。他上北京的時候，他的導師思念先師，請他代為到龍先生的墳上去致哀。汪暉為此在北京到處尋找龍渝生的後人。最後，他在北京圖書館的退休人員名單上，找到了龍渝生的女兒。

他是在一個非常簡陋的住房裏，見到了龍渝生的女兒及其夫婿，一對老頭老太太。他打聽到了龍渝生的墳地之後，在告辭之前，那個老頭，也即龍渝生的女婿，突然問他說，你們現在這代青年人，怎麼看周作人先生？汪暉對我說，他當時用流行的那套話回答了老人。老人聽了之後，長歎一聲，說，也許將來的人，永遠也不會明白周作人先生了。

也許那位老人問起周作人，有一種對自己的岳丈龍渝生的間接關切在裏面。因為在日本人佔領的時候，龍渝生由於是南京圖書館的館長的緣故，戰後也受過牽連。但老人對於周作人的關切，更多的是想知道後人看待當時的歷史人物，會有一種什麼樣的與以前的宣傳不同的眼光。

汪暉當時跟我敘述這個故事的時候，雖然他沒有回答好老人的問題，但他言辭之間的那種書生氣，還是相當濃厚的。哪裏想到，他後來會成為那麼一個奇怪的人物，把毛澤東和現代化硬生生地聯接到一起，比相聲《關公戰秦瓊》還要搞笑。更加搞笑的是，他竟然因此而獲得了熱烈的掌聲，贏得了空前的名聲，成為一顆耀眼的學術新星。這樣的學術世界不算瘋狂，還有什麼樣的學術世界算瘋狂？

不過，汪暉闊起來之後，倒是沒有忘記老朋友。我看在一些評獎之類的事情上，他經常把錢理群或者其他舊友一起拉上。陳平原有沒有借光，我不清楚。須知，陳平原曾和汪暉一起編過《學人》一刊。

說到陳平原，我想說說我對廣東人性格的體會。我以前不太知道廣東人是什麼樣的性格。後來我在紐約碰到一個廣東朋友，讓我完全明白了廣東式的耿介。我那朋友推薦我買一塊手錶。我定購之後，覺得我要那麼好的手錶沒什麼意思，就去退貨。結果，人家不讓，鬧到最後，被罰了定金。這事讓我那位廣東朋友知道後，一面怪我傻頭傻腦，那麼便宜又那麼漂亮的手錶不要；一面又說我這麼做是違反生意規則的，理當被罰。完了之後，他第二天跑到錶店裏，把我本來定購的那塊手錶買了下來。他已經有了一塊一模一樣的手錶，只是表面的顏色有點不同而已。但他為了向我證明他的推薦是不錯的，同時也不讓我因為退錶而吃虧，買下了那塊手錶，要把我被罰的錢歸還給我。我以前只知道廣東人喜歡做生意，並不知道廣東人其實有這麼一種耿介性格。

我由此回想自己跟陳平原的交往，發現此君也是這麼一個不無耿介的廣東人。可能正是這樣的耿介，使他對武俠小說有興趣，寫過一本武俠小說研究專著。我曾經給他的散文寫過一篇評論，但當時我還沒有意識到他的這種廣東式耿介，所以寫得不夠到位。

　　陳平原是個嗜書如命的學子，手不釋卷。寫作的認真，跟廣東人做生意的踏實，一式一樣。他從不胡思亂想，更不天馬行空。但他每每能夠講出一番有趣的道理。道理人人會講，但講出有趣的道理，卻並非是人人都能做到的。

　　不過，陳平原給我印象最深的是，那年在科羅拉多開會期間，大家一起到賭場去開開眼界，他在賭場裏玩樂時流露出來的性情。正如男人面對女人時，在床上無法掩飾自己；男人面對自己時，在賭場裏是最為直接的。沒有一個人可以在賭場裏裝模作樣。那天，有些一起去的同行，在賭場裏贏了一百來塊美元，就趕緊收斂自己，放棄了遊樂。而陳平原根本不管那老虎機裏掉下多少籌幣，照樣朝裏面繼續有滋有味地扔進去。我記得，他還隨手抓給我一把，說，李劼，來了就玩個痛快。陳平原此刻的瀟灑跟他在文章裏的嚴謹完全判若兩人。我以前只知道他在文章裏的循規蹈距，此刻才見到他還能在賭場裏揮灑自如。

　　難怪，他在籌備那個歷史性的會議時，會提醒劉再復說，別忘了李劼。

　　原來，他也是一個性情中人，不管在學問上有多麼嚴謹。我是非常認同一個人有如此性情的。雖然不一定要玩到陀思妥也夫斯基的程度，但至少不能在一百元美金面前望而卻步。至於我本人在賭場裏的浪漫主義，再復是完全領教了的。這以後可以在別處細說，這裏就略過不談了。

　　北京的那些同行，不管在學術上和觀點上如何，人品都很不錯。即便是不太引人注意的吳福輝，也在圈子裏受到大家的尊重。我記得那次在老吳家吃飯，我吃完後，把自己吐出的骨頭之類，劃進碗裏倒掉。老吳見了呵呵一笑，說，嗨，李劼還有這門前清的習慣。他表揚我的口氣，像是長輩在說一個孩子。他很高興地發現這孩子出乎意料地守規矩和懂禮貌。

　　但我也有讓人尷尬同時也使自己尷尬的時候。比如，我有一次跟王富仁約了到他家裏見面聊天。彼此談著談著，我睏得實在不行，竟然就在聽他非常激動地跟我講說魯迅的當口，眼睛一閉，睡著了。我絕對不是因為話題不對勁的原因，更不是王富仁說得不夠精彩的緣故，而就是生物鐘轉到那個地方，怎麼也支持不住了。我記得同樣的尷尬，也發生在我跟張獻談話的當口，好像跟其他人交談時也發生過。反正，我經常會在走路，談話，甚至在相當熱鬧的場合，突然生物鐘走到要睡覺的地方，就一下子睡著了。這實在讓人非常的尷尬。我希望王富仁能夠看到我的這段話，以此作為我因那次突然睡著而向他作出的解釋。

　　我跟北京的同行之間交往不是很密切，但彼此之間卻毫無芥蒂。讓我對他們感到不解的是，他們對王曉明編的那本《二十世紀文學史論》到底怎麼看？大家為什麼一聲不吭？也許他們都有各自的難處，但也不至於難到連問一聲都不能問呀？我在此特地存疑，等著他們將來解答。

　　他們還有一個讓我不解的是，從來不對新潮小說和先鋒詩歌作出評論。他們寧可鑽進故紙堆裏，也不對同時代的文學發言。我記得聽平原君說起過，他在北京的一個什麼會議上，見到某作家的張狂模樣，十分反感。以陳平原他們的學術功力，要對 85 年以後的新潮小說作些研究和評論，不應該是件困難的事情。他們在 90 年代搞的《學人》刊物，我認為還是有相當的學術價值的。即便是退回到國學裏面，也沒有什麼不好。因為對於國學，尤其是近代學術，確實有重新認知的必要。我當時也對那一段的歷史和學術，作過一番閱讀，寫了《論中國晚近歷史》一著。曾經有人把《學人》的傾向稱之為後國學，以此對照於當時流行的後現代。但後來《學人》的後國學好像也不了了之，其中的汪暉更是轉而扮演起了那麼一個稀奇古怪的角色。這其中的轉換，突然得讓人莫名其妙，不知到底是怎麼回事。這也暫且在此存疑吧。

相比於陳平原他們的穩穩當當，謝冕在我的印象裏，卻始終像個孩子那樣地率性而為，率性而動。我覺得謝冕的心理年齡，比陳平原他們都年輕，比其學生黃子平更年輕。黃子平跟謝冕在一起說話，會讓人感覺他們的師生關係是倒過來的。黃子平的沉穩，甚至沉穩到不無世故的地步，跟其導師謝冕的激情澎湃，澎湃到像個大小孩的程度，形成一個強烈的對照。而且，謝冕一點不在意這個，還特意讓黃子平給他的著作寫序。這可能是 80 年代北京大學中文系的一道最為有趣的風景。不過，這都已經成為過去了。我看，北大中文系不會再有第二個謝冕，還很難出現黃子平那樣的學生。黃子平一直到離開北大中文系，依然還是個貧下中教吧。跟我一模一樣。空手而入，徒手而出，這也該算是一種瀟灑。

陸、唐曉渡和其他朋友的北京狀態

說到唐曉渡，我聯想起的總是諸如喬治·奧維爾，或者捷克的哈威爾一類的人物。在北京的文化圈裏，唐曉渡的學養和人品，很難找出能夠與之媲美的另一個。至於他能否做出類似於奧維爾和哈威爾那樣的成就，則取決於天時地利人和之類的條件和他自身的努力了。但以他的「曉渡他人，搪塞自己」性格，難度不小。要成就一番事業的人，似乎都得張揚自己，搪塞他人。

我是那年，1986 年吧，宗仁發把我請到長春，給我發了個小說一等獎，才認識了宗仁發從北京請來的唐曉渡。宗仁發真是個人物，他居然知道我跟唐曉渡會成為好朋友，特意作了那樣的安排，讓我和曉渡同住一室。第一個晚上，彼此一聊就聊到深夜，大有相見恨晚之意。

我記得他那次談得最多的，就是喬治。奧維爾的《1984》和《動物莊園》。我發現他思路非常清晰，而且還具有極其敏銳的直覺。有

許多擅長理性思維的學人，通常在直覺上比較遲鈍，比如汪暉的直覺能力就相當差。而有些直覺能力較強的人，理性思維又比較紊亂，比如蕭夏林就是個不喜理性分析的直覺主義評論家。但唐曉渡恰好在這兩方面都有相當好的天賦，甚至對神祕的事物，也有一定的感受能力。

見我和唐曉渡談得很投機，宗仁發馬上抓住機會，把我們的談話錄音下來，做了個對話，發表在他當時主持的《關東文學》上面。至於彼此究竟談了些什麼，我現在卻怎麼也想不起來了。那時候實在是談得太多，寫得太多，根本記不起來談過些什麼，寫過些什麼。至於讀過什麼書，更是被忘得乾乾淨淨。

但海德格爾那本《存在與時間》，我卻始終記得清清楚楚。那年，曉渡從北京給我寄《存在與時間》時，在書裏夾了封短信，信裏說，把這本書讀通了，其他書可以不必讀了。我收到這本書之後沒多久，天翻地覆的事情便降臨了。然後我被送到那個地方。在最後的三個月裏，我被允許看書，我於是就將《存在與時間》認認真真地安安靜靜地讀了兩遍。我後來把海德格爾之於存在的追問，比做《山海經》裏的夸父追日。這意思是，海德格爾不是太陽，而是在奔向太陽的追問者。老子才是太陽。也許是這個原因，海德格爾晚年，十分著迷於老子的《道德經》。

至於海德格爾以降，雕蟲小技而已。在這一點上，曉渡的眼力遠比其他同輩學人要高遠和深邃。

我後來因為曉渡的緣故，見到過他在北京的一些朋友，其中有個叫做劉東。此人喜歡誇誇其談，說起話來相當誇張，有點像京劇票友那樣，以比京劇演員更加熱愛京劇的方式，比諸如王國維、陳寅恪那樣的文化人物更加熱愛文化。劉東讓我的感覺像是個文化那五。這可能也是 80 年代中國文化的一大景觀，即雖然沒有過去闊多了的背景，但也照樣玩票，照樣把文化當作鳥籠子那樣拎著四處遊蕩，出現在各種各樣的文化場合。

　　有一次我在《學人》上讀到劉東寫的一篇美學文章，口氣大得驚人，可是實際內容卻空洞得不能再空洞。我當時就從朋友那裏問到了劉東的電話，把他從夢裏叫醒，對他說，你的這篇文章，從內容到語言，全都令人討厭，就連說話的方式都是不對頭的。我氣哼哼地說了一通，才平息了心頭的火氣，掛上了電話。後來唐曉渡告訴我說，劉東被我說得一頭霧水，並且再也睡不著，給曉渡打電話訴苦，說他被我的電話從夢中驚醒。曉渡後來對我說，他當時笑呵呵地告訴劉東說，從夢中被驚醒不挺好麼？

　　不過，我後來想想自己也太唐突了，就算劉東文章寫得太誇張，也沒必要那麼說人家。尤其是我後來聽說了劉東跟他導師李澤厚的故事，對劉東反而生出了同情。那故事是劉東在香港碰到恩師李澤厚，由於彼此間有過摩擦，劉東主動提出和解，請恩師吃飯。不料，李澤厚坐下後，一點不妥協地對劉東說，先把話說在前面，假如彼此說不到一起的話，這頓飯現在取消還來得及。結果，是一旁的劉再復再三打了圓場，才使劉東得以讓恩師吃完了這頓飯。

　　劉東除了誇張和虛榮，好像沒有其他毛病。在 80 年代，甚至直到今天，誇張和虛榮似乎都不算什麼大毛病。

　　唐曉渡的前妻，崔衛平，誇張起來全然一副娥眉不讓鬚眉的勁頭。我在 90 年代曾經寫過一文，讚揚當時的三篇好文章，一篇是北大李零寫的〈漢奸發生學〉，此文我當時推薦給錢谷融看了，錢先生也讚不絕口。一篇是徐友漁談論自由主義的什麼文章，具體我忘了。還有一篇就是崔衛平的〈文藝家和政客〉。此文十分犀利，跟唐曉渡的儒雅完全是兩種風格。但沒想到，崔衛平被我那麼一說，犀利個沒完了。那年，我的第一部長篇小說《麗娃河》出版之後，我從美國打電話通知曉渡，電話是崔衛平接的，說是曉渡已經搬走了。我楞了一楞，然後順口對她說，我的小說出版了，可我沒法送你們，只好請你們自己去買一下。不料，崔衛平在電話裏叫起

來說，李劼，你怎麼如此狂妄，竟然叫我們自己去買你的小說看。假如我處在北京的氣氛裏，聽到這樣的話不會覺得有什麼突兀。但在另一種環境裏，覺得特別錯位，彷彿那電話不小心被接通了精神病院的病房一樣。

但崔衛平的才華，我依然是肯定的。尤其是她寫的一篇評論上海女詩人陸憶敏詩歌的詩評，堪稱佳作。至於她後來表示要教諾貝爾文學獎得主寫作，那就不知從何說起了。老實說，在長篇小說的寫作上，我還沒碰到過一個可以深入交談的中國學人呢。我不知道崔衛平有多大的本事，能夠教人家寫作長篇小說。我也不知道她讀過多少部長篇小說，更不用問，她自己到底寫過幾部長篇小說。

記得她有一次要考考我的演講能力，把我拉到她所執教的北京電影學院去給一班將來要準備走上銀幕的紅男綠女開講座。她告訴我說，你能鎮住這幫學生，你就可以講遍天下。她還告訴我說，那個《拯救與逍遙》的作者，在這裏講了不到二十分鐘，就講不下去了。課堂裏只聽見叭啦叭啦的椅子翻板聲，學生們一個接一個地站起來，當著演講者的面，昂首挺胸地走了出去。

結果，我講了將近兩個小時，學生越來越多。講完之後，他們不停地遞條提問，最後臨走之前，還有學生上來交流。倒是崔衛平自己，聽得坐不住了，以一種女權主義的語氣，向我發出一串串的質問。結果，學生被她跟我之間的爭論給弄懵了。他們搞不懂他們的老師怎麼跟她自己請來的演講者爭起來了。

在北京，搞笑的不止是男性學者。這個城市真是五花八門，精彩紛呈。

但講座完了之後，崔衛平還是承認我講得很成功，她興奮地說，李劼，你真是可以講遍天下。她哪裏知道，我早已深深領教這天下到底是怎麼回事了，正準備逃之夭夭呢。

那次講座的時間，是在 90 年代。

　　唐曉渡生活在如此誇張的一個城市裏，能夠始終保持低調，保持他一貫的儒雅，真是很不容易。這是需要很強的定力，才能做到的事情。我對曉渡的修為相當佩服。我唯一不以為然的，是他抽煙抽得太厲害。

　　那次的東北之行，還碰見的一個有趣人物，就是洪峰。洪峰跟曉渡當然是截然不同的兩類人，但有一點他跟曉渡很相同，就是低調。洪峰不善言辭，非常木訥，但說出來的話卻非常實在。

　　洪峰讓我最感動的，就是後來彼此一起在北京相聚的情景。那時我們都住在戲劇學院的招待所裏。為了能讓我跟史鐵生好好談話，洪峰特意跑到雍和宮旁邊的那個四合院裏，把鐵生載來後，徑直背上樓來。我跟史鐵生談了很長時間，洪峰一聲不吭地聽著，聽得非常認真，不插一句話。

　　洪峰在魯迅文學院時，跟余華住一間宿舍。我有一次去造訪他，路上正好碰上也在該院讀書的一個女詩人，聽說我去看望洪峰，主動給我帶路。見了洪峰，他告訴我說，你怎麼運氣這麼好，這可是咱們學院的院花。後來我才知道，不是我運氣好，而是余華運氣好。

　　跟洪峰談話，能夠長時間談下去的主題，就是女人和愛情。他認為這是生活的主要內容，其他都是不重要的。別看洪峰模樣像個山民一樣，其實內心非常細膩，對女人也有一副賈寶玉心腸。洪峰在創作談裏，公開宣佈，他是為心目中的姑娘而寫作的。所以我會在人物散文裏寫〈少年洪峰〉，不是少年維特。

　　洪峰是個和余華很不相同的新潮作家。而那樣的不同，簡而言之，就是他絕對不會習慣在北京生活。他需要一種真實的感受，他受不了北京的誇張。有一次，李曉樺請我和洪峰，還有和我一起出席北京電影學院討論會的張獻，一起去肯特雞店吃飯。洪峰朝著門口那個笑容可掬的肯特雞老頭塑像瞅了好一會，然後十分迷茫地問我說，這是真的麼？我忍住笑回答他，大概是真的吧。進了門以後，

他又瞅著那些穿著同樣制服戴著同樣帽子的小姐們問我，這也是真的麼？我回答說，這可能是假的了。旁邊的李曉樺聽得呵呵大笑，從此認定洪峰是個好朋友。

北京這個城市，確實很難讓人分出真假。

洪峰在北京那些年，可能覺得不太自在。在文學院完事之後，他趕緊就回東北了。我最後一次跟他見面，他已經從長春搬到了瀋陽。我在他那裏住了幾天，碰到了一些朋友。讓我十分難忘又極為歉疚的是，瀋陽的文學評論家辛曉徵，深更半夜的特意大老遠的趕來，無奈我的生物鐘又到了要睡覺的時候。我沒能跟辛曉徵好好說上話，弄得洪峰對我十分不滿，弄得我自己也對自己十分不滿。須知，辛曉徵是我非常好的朋友。當年辛曉徵在編一個文學內刊時，發了我許多長篇大論，不管如何尖銳，全都一字不刪。我因此一直記得他。最近我聽吳亮說，他在北京碰到辛曉徵，不僅自己買了我的歷史小說《吳越春秋》，還特意送了吳亮一套。我聽了不由十分感慨，是朋友，不在於經常見面的。

李曉樺說過一句很精彩的話，他說，真正的朋友，分別十年，見了面就像昨天剛剛分手似的。

說起來，李曉樺也是在北京大院裏長大的。可是他的作品也罷，他的人也罷，特別有北方式的人情味。他的詩歌很早就獲得了什麼獎，後來他在《收穫》上發表的小說《藍色高地》，也是一部描寫西藏的力作。他最讓我感動的是，他90年代在美國轉了一圈之後，在北京彼此相見時，對我說了這麼一番話。

他說他是帶了攝像機和一個攝影師去美國的。他本來想把美國的種種陰暗面好好地拍上一拍。結果，到了美國一看，發現自己太可笑了。他說，不管怎麼說，人家至少是人的國家。他說「人」這個字的時候，聲音特別沉重。他說他後來拍了許多美國的風光，回國後準備做一部在美國觀光的記錄片。

　　90 年代，李曉樺不再寫作，做起了生意。但他的感覺，卻一點沒有因為轉到生意上而有所退化。僅從上述這番話，就可以看出，他的心態相當正常。在我看來，能夠在一個誇張的城市裏依然保持心態的正常，已經難能可貴了。

　　就正常而言，李潔非也算是一個。李潔非後來也寫過些小說。他的小日子似乎過得不錯，美麗賢慧的妻子，活潑可愛的兒子。平時喜歡下圍棋，也喜歡看足球吧。要不，他不會把我比作文學和文化批評上的馬拉多納。這個比喻很好玩，因為兩者至少在備受爭議上，是相同的。

　　李潔非在 80 年代，寫過許多評論文章，包括對新潮小說的評論。他雖然是個京劇愛好者，或者說票友。但他在文學和文化上卻從來不做票友，而是非常認真地面對之。

　　同樣認真的，還有潘凱雄。潘凱雄原來在《文藝報》時，曾混到了一個部門的負責人份上。在 80 年代，他寫了許多文章，也發了許多文章，包括我的文章。我寫的文章，他一般都想方設法地發表出來，並且儘量不作刪改。說起來，潘凱雄倒也是個耿介之士，所以最終還是被迫離開了《文藝報》。我最後一次見他時，是在一個朋友的作品討論會上。彼此只來得及匆匆說上幾句話。

　　這些在北京的朋友們，80 年代都是風光過的人物。後來隨著時過境遷式的變化，不得不在一個越來越誇張的城市裏，紛紛自謀生路，自找出路。想到文學和文化上的生存困境，對於那些不擇手段搶奪話語權力、從而改變自己生存境遇的同輩學人，倒也心生一絲同情。但我不能像黑格爾那樣說，凡是存在的，都是合理的。黑格爾深刻到最後，變成了一個無賴。所以，深刻也不一定是好事，得有個深到哪裏去的質疑。

　　唐曉渡肯定不會喜歡黑格爾。但唐曉渡整天地曉渡他人，是否就意味著對存在就是合理的一種認同呢？我一直認為曉渡是有實

力寫出驚世之作的。他雖然已經寫了不少，但我依然還在期待著。從某種意義上說，唐曉渡有點像我在上海的朋友張獻。張獻在舞台上向他所置身的城市進發的時候，那個城市也在向他包圍過去。同樣道理，唐曉渡最後也有一個是被所在的城市吞沒，還是他在那個城市裏點亮一支心靈的蠟炬。我堅信，只要蠟炬被點亮，就不會成灰的。

2003 年 10 月 28 日寫於紐約

第十章　千瘡百孔的學府和躁動不安的校園

壹、廢墟般的學校，殘敗不堪的學人

現在把敘述的長鏡頭拉回到學校裏。第一章中的考研讀研是春風得意的，但在這一章返回學校時，感覺卻滿目凋零，一點興致都提不起來。

我在第一章裏所講的那些老先生在文化大革命以後重新整頓了中文系，餘威尚在云云，確實令人振奮。但就整個的學府而言，其影響畢竟還是很有限的。這不是他們的力量不夠，而是他們面對的是被幾十年的政治運動糟蹋得慘不忍睹的學府，積重難返。

我在中文系留校之後，首先發現的就是，這個地方以前從來沒有留過像我這種個性的人。我跟學校的整個體制整個人群是如此的格格不入，簡直像是走錯了房間。這是完全不相干的兩個世界，被莫名其妙聯接在同一個頻道上。

假如說，大學被極權的一次次改造弄得面目全非的話，那麼文科系統首當其衝。當年的毛澤東就曾經說過，一個中文系，一個歷史系，是問題最大的地方。所以，這兩個系的遭受摧殘當然也就最為嚴重。

我面對的同事，大部分是歷次政治運動當中被選拔出來的留校教師，小部分則是文化大革命中殘剩的工農兵學員，更小的部分是77和78級以後的本科生留校的。除了那更小的部分尚可交流之外，跟其他年齡段的同事，在學術上沒有共同語言不說，在人際交往上根本連坐在一起的感覺都找不到。我即便是坐在他們旁邊一聲不吭，他們也會對我充滿敵意。系主任齊森華在90年代，曾經以宋琳

與我相比，說同樣都是遇難者，系裏的同事們對宋琳和對李劼的態度完全不同。他的意思是，宋琳和同事們相處甚歡，而我卻老是格格不入。他的意思是，不是系裏的同事們有過錯，而是李劼有問題。

齊森華的話雖然對我有一種時過境遷式的非議，但也道出了一個祕密。須知，宋琳的留校背景和我的留校背景，正好是截然相反。

從77級到81級，由於後來的研究生還沒有大批畢業，留了一部分本科生補充師資和做學生工作。其中，王聖思和夏中義、宋耀良是屬於師資留校的，而宋琳和劉勇，也就是格非，則是作為學生幹部留校的。他們兩個的留校，絕對不是因為宋琳會寫詩，或者格非會寫小說的緣故。有人曾經開玩笑說，宋琳是隻狐狸，偽裝得十分成功。他們說，宋琳的留校，可能跟他經常做好人好事有關，比如給同學剃頭之類。而劉勇留校是為了讓他當輔導員，然後又做中文系的學生團委書記。他認識我的時候，就是那麼個角色。我當時只知道他是學生輔導員，不知道他正在學著寫小說。

中文系的培養方針，雖然被老先生們強行作了一些校正，但傳統依舊。這個傳統就是，以政治的可靠性作為標準，並且儘量從農村來的學生當中發現培養對象。這不僅因為那些學生的階級覺悟比較可靠，而且他們具有想留在城市發展的迫切要求。極權統治最怕的是被統治者沒有要求，一有要求，就可以像馬一樣地上套子，像狗一樣地拴繩子了。宋琳和劉勇的留校，還真應該感謝幾十年政治運動中形成的這個傳統。至於他們兩個如何混到被人家看中的份上，只有讓他們自己「坦白」了。那裏面的林林總總，我弄不清楚，但他們兩個在人際關係上的功力，卻有目共睹。老實說，不要說我這樣的傻瓜，就是王曉明，也未必是他們的對手。至於這是否也構成了80年代中國先鋒文學的一個特色，容當後敘。

他們兩個尚且如此，其他就根本沒法說了。簡而言之，不要說坐在一起開會，就是平時在電梯裏碰見，都會讓人受不了。這並不

是人家對你不禮貌，而是那種委瑣的表情，鬼頭鬼腦的樣子，不說慘不忍睹，也得說一聲不堪卒讀。長年累月的政治運動，沒完沒了的人際鬥爭，把大學教師弄得在精神上空前的委瑣，一個個都像是從精神病院裏還沒有康復就被匆匆忙忙地放出來似的。更可怕的是，他們還自我感覺良好，可能還會反過來認為我是出了毛病的人。比如齊森華就對此毫不諱言。

我在中文系的感覺，那些同事不是想把我送進監獄，就是想把我送進精神病院。事實上，我當年被弄到那個地方，發現有關我的所有罪狀，全部來自系裏和學校裏的揭發材料。有關部門對我的情況幾乎一無所知。也許是我已經去過那個地方了，他們後來才沒有想方設法把我送進精神病院。但他們卻把一個研究生，送到了精神病院裏。因為那個研究生總說食堂裏的飯菜有毒。要是在美國，一個學生被食堂的伙食弄到這種地步，馬上就會派人調查食堂的伙食情況；可是在中國的大學裏，卻反過來把學生送到精神病院裏。那是發生的 80 年代的事情。我知道此事之後，曾經非常憤怒地責問過，到底是誰出了毛病？我後來將這個細節寫在了小說《麗娃河》裏。

無論是從人性上說，還是從精神狀態上說，中國一所所被政治運動折磨得面目全非的高等學府，才是真正的瘋人院。因為按照那種政治第一標準，沒有瘋掉的學生，是不可能被留校當老師的。在整個留校的師資當中，我是非常例外非常例外的一個異數。我留校的時候，系裏不知有多少教師反對，甚至以各種方式，把狀告到我的導師錢谷融那裏。要不是錢先生拿定主意，非留不可，我是根本不可能像宋琳和劉勇那樣留在華東師大中文系的。

那兩個本科留校的青年教師，有關宋耀良，我已經在前面的章節裏說過了，被上海的青年同行公認是腦子出了毛病的人，但在系裏面，他卻被那些 5、60 年代和工農兵學員留校的教師一致認為，是所有青年教師當中最最出色的一個。

　　另一個夏中義，是個說話娘娘腔得讓人笑又不敢笑，不笑又不行的現代冬烘，一談文學就是別車杜。在我留校以後，夏中義每次見到我，彼此要麼不說話，他一開口就是系主任的口氣，叫做「我們系裏」。我們系裏認為，你的講課如何如何。我們系裏認為，你的一些想法總的來說是可取的，但有些地方比較偏激了一點。我們系裏認為，你的問題，比如住房，職稱，確實都是應該一步一步解決的。他說起話來，咬字吐音非常嚴謹，「我們系裏認為」這六個字，不是一氣呵成的，而是一個一個地從嗓門深處蹦出來的，並且間隔著相等的距離，讓人找不到重音在哪裏。而這恰好是此君言辭和文章的特色。他說了老半天，寫了老半天，你不知道他究竟在說些什麼，寫些什麼。

　　錢先生好幾次跟我談起過他們兩個。他每每問我對他們的看法，我總是一句話也說不出來，只是使勁搖頭。我搖得老頭使勁點頭，以此肯定我的搖頭。然後小聲囑咐說，千萬不要跟他們兩個學。

　　不過，夏中義人雖冬烘一點，害人之心倒是沒有的。他喜歡一種空頭的認真，沒有必要的認真，莫名其妙的認真，或者說，亂端架子的煞有介事。極為諷刺的是，他的這種空頭煞有介事，卻被那些從歷年的政治運動中滾打出來的教師誤以為是個最具有威脅性的人物，硬是死死地卡住他的職稱評定，死也不讓他提升副教授。這真正叫做誤打誤撞。他們根本不知道，夏中義要是升上去，或者當了官的話，不一定會成為他們的敵人，說不定成為他們的敵人的敵人。

　　這種例子在中文系不是沒有發生過。有個叫做王鐵仙的中年人，在系裏做普通教師的時候，老實得一拳頭打不出一個悶屁。要不是憑著他舅舅是瞿秋白，可能早被人一腳踢出中文系了。可是，他一旦做到了主管人事的副校長，回頭整治中文系起來比誰都毫不留情，整天想著要開除這個，要開除那個。不僅要開除不聽話的學

生，還要開除不順眼的老師。有個跟他同樣資歷的教師，就因為出國延長了歸期，差點被他開除。那教師為此找到錢先生那裏，請錢先生出面說項，才使自己沒有被硬性除名。但王鐵仙據此對錢先生非常記恨，認為他多管閒事。我出國後的被學校強行開除，這個瞿秋白的外甥起了決定性的作用。因為我曾經公開說過，此公研究自己的舅舅竟然研究了一輩子，並且就靠對他舅舅的研究，當上了教授和博士導師。

當然，如今反過來想想，王鐵仙至少還有個舅舅可以研究。還有很多沒有舅舅可研究的比他更加平庸的教師，照樣也在中文系混著，照樣也做教授，並且還成為博士導師，帶了許多研究生，以火車頭和車廂倒過來的方式。不是作為火車頭的教授帶動學生，而是讓作為車廂的學生，在學術上倒拖著導師前進。我相信，這絕對不僅是我所在的中文系才有的喜劇。我敢說，在 80 年代，甚至以後，導師駄在學生背上指導學生，乃是中國高校和各種研究所裏的公開祕密，或者說一大景觀。

就中文系的這種學術狀況而言，夏中義的當不上教授，還真是非常不公平的。他至少對別車杜是認真研究了的。而且後來還寫過一些學術論著。不過，與王曉明在思想文化上喜歡見風使舵略有不同的是，夏中義通常在學術觀點上瞎貓亂逮死老鼠。他在論著裏說話說得不到位還在其次，而且還總是把話說反了。比如王國維明明是越到晚年越精彩，他卻說王國維越到晚年越糟糕。更好笑的是他後來寫了本論著，居然把一些互不相干的文化人物供到一起，立上牌位，然後胡亂燒香，再朝著他們胡亂磕頭。其中不該磕的，他也照磕不誤。至於那些該磕的，又恰好是不磕也無所謂的。

但不管怎麼說，他比那些從政治運動中滾出來的教授要強多了，至少比專攻舅舅的那個舅舅的外甥要強吧。但他就是當不成教授，連副的也不行。他又很想當一次系主任，可是說了好幾年的「我

們系裏」，混來混去依然是個系主任助理。據說，後來他悵然離開了華東師大中文系，到其他什麼學校的中文系去了。但願他能活得如意一些。我雖然寫到夏中義時忍不住要跟他開開玩笑，但我其實覺得他很可憐。每每提起他來，我不是想起契訶夫小說裏的小公務員，就是想起魯迅筆下的孔已己。與那個小公務員不同的只是，夏中義會在將軍背過身去的時候，趕緊誇張一把，說上幾句「我們系裏」。但也依然是可憐的。

那些留校的本科生當中，心態最健康的，也就是王聖思了。王聖思的留校，可能跟老先生對他父親的尊重有關。因為都是一樣吃過苦頭的人，彼此總有些同病相憐。而王聖思本人又在學問上非常好學，刻苦認真，並且思想活躍，行事開明。她90年代成為中文系總支書記的時候，斷然一掃舊習，將學生對老師講課的評分，作為年度教學獎的評判標準。結果，讓我這樣的人有機會得獎。在她主政期間，我竟然連續獲得系裏的教學獎。

在80年代，王聖思跟我一樣，是為數寥寥的留校青年教師。在一次討論中文系如何提高教學質量的會議上，她公開提出，要讓系裏的所有教師，到我的課堂裏聽我講課，以此提高自己的學術和教學水平。如此大膽的建議，就連我導師錢谷融都不敢說，王聖思竟然非常認真地說了出來。而且無論是在口氣上，還是在神情上，一點沒有開玩笑的意思。最有趣的是，她的著眼點在於提高系裏的學術和教學水平，一點私心都沒有。也就是說，她並不是認為李劼這個人有什麼了不起，而是真誠地想用這樣的方式來提高中文系科研和教學的水平。我記得剛認識她的時候，夏志厚給她介紹說，這就是李劼。王聖思非常平淡地點點頭，根本就不像一般人裝模做樣地大驚小怪。她平淡得讓夏志厚顯得說話不平淡了。在我周圍的人當中，夏志厚算得上是個說話不誇張的人了，可是王聖思的樸素使夏志厚介紹我的口氣變得有些誇張了。什麼叫做這就是李劼？說聲這

位是李劼，就足夠了，沒有必要用「就是」來強調的。在我跟王聖思的交往當中，她從來沒有對我說過一句哪怕是稍微帶有點誇張的稱讚，連語氣裏的誇張意味都沒有。因此我非常理解她如此提出的動機，百分之一百是在為中文系的學術和教學水平著急，而絕對不是為了抬舉李劼這個人。反過來，假如我因此而感到自得，那麼不是她的不當，而是我的愚蠢。而我在此寫下她的這個建議，也不是為了表明我如何了不得，而是想說明王聖思的心腸和心地是如何的樸素，如何的忘我。假如她稍微有點私心的話，絕對不會說出那麼得罪人的話來。她不是不知道系裏許多教師對我的看不順眼，甚至充滿敵意。說我一句好話都意味著得罪了許多人，更何況提出這樣一個讓所有在場的人聽了、沒有一個敢接腔的話來。再說，她既跟我沒有絲毫沾親帶故的關係，更沒有說我一句好話可以得到任何好處的可能性。她說出這個建議的時候，我跟她的全部交往就是她來看望夏志厚的時候，夏志厚對她說了一句，這就是李劼。從人際關係上說，她沒有任何理由冒這種得罪人的風險。這樣的無私，雖然平淡，但真正細想起來，很少人能夠做到的。比如我推薦格非小說給《鍾山》雜誌的時候，雖然覺得格非小說確實不錯，但也多少帶有推薦麻將桌上一個麻將搭子的意思在內，絕對沒有幫助《鍾山》雜誌辦好刊物的意思。

　　王聖思的建議從另一方面說，也是對開拓性和創造性的鼓勵。她後來在出掌中文系總支書記大權時，經常對人如此解釋她對我的看法。她說，對李劼的文章和講課，有不同意見是正常的。她說她本人也並非全然同意我的許多看法。但她強調說，重要的是應該鼓勵大家在學術上有所開拓和有所創造。記得我那時在對外漢語系用英語開了一門英美文學選讀，被人非議說，前不久還聽李劼在學英語，怎麼可以讓他用英語開課？為此，她特意請對外漢語的系主任一起，到我用英語開的英美文學課上聽課。聽完之後，她和那個系

主任非但沒有取消我的課，還把我的課從選修課改為必修課。這件事情給我印象很深。而且，我也確實在那堂課上下了功夫，把海明威《白象山》，福克納的《獻給愛米麗的一朵玫瑰花》和喬伊絲的《死者》，研究到了連一個動詞所起的作用都揭示了出來。很可惜的是，我沒有把那堂課的講義整理出來，要不，是一本很有意思的小說賞析小著。

但這是在 90 年代王聖思當權的時候。在 80 年代，王聖思的建議再為系裏著想，也沒有被齊森華做主任的中文系所採納。齊森華不敢跨出那一步。而且，他不管對我在表面上有多麼奉承，骨子裏並不真的認為，我的文章和講課是具有開拓性的，可以被眾人所借鑒的。他那一代的教師，無論在思想上在學術上甚至在日常交往中，都無法接受我這種類型的人物。說得極端一些，在神經病和非神經病之間，有個誰也說不清楚到底誰是神經病的問題。假如系裏的那班教師都認為自己是正常的話，那麼他們怎麼可能受得了到我的課堂上聽我的課呢？同樣道理，要我去聽他們的課，也會同樣的受不了。兩種狀態，兩個世界，互相怎麼看，對方都是神經病。我在讀大學的時候，深深領教過這些教師的講課。雖然我本科讀的是上海師大，但師資狀況跟華東師大卻是完全一樣的。

我記得在一堂美學課上，美學老師為了證明美是客觀的唯物論反映論美學，公然對學生如此論證說：

人人認為維納斯很美，可是維納斯在一隻癩哈蟆眼裏算得了什麼？在雄癩哈蟆的眼裏，雌癩哈蟆是最美的；而在雌癩哈蟆的眼裏，雄癩哈蟆是最美的。癩哈蟆永遠也不會認為維納斯是美麗的。

那個美學老師說得非常激動，彷彿成了全世界所有癩哈蟆的最高代表和首席發言人。我在感覺那個美學老師可能要喊出一聲激動人心的口號之前，趕緊逃出課堂。我怕他喊出，全世界癩蝦蟆，聯合起來！

　　大學確實是個瘋子成堆的地方。美國大學裏有美國式的瘋子，中國大學裏有中國式的瘋子，雖然原因不同，但都左得出奇。所以讀大學，尤其是讀文科大學，確實是一次冒險，不說是次歷險記，至少也得火燭小心才是。

　　讀完研究生留校任教的我，真的就像走錯了房間一樣。除了面對學生比較開心，課堂裏總是陽光明媚；一想到要面對同事，我總有些惴惴然。我有時不得不裝出跟他們一樣的表情，做出跟他們一樣的笑容，但還是不行。他們一看就知道是假的。在精神病院裏，誰不是病人，那些病人一眼就能認出來的。同病才能相憐，不同病怎麼可以一起共事？於是，我儘量不跟他們在一起。每週的政治學習，我是絕對不參加的。就是系裏或者教研室的大小會議，也是能逃則逃。我在中文系十幾年裏，最驚人的記錄恐怕就是逃會的記錄。不要說嚴肅的會議，就連春節聯歡，我都能不去就不去。在我記憶中，我只參加過一次系裏的春節聯歡會。我記得王聖思在會上唱了一首外國民歌，「小杜鵑叫咕咕」。那天見我出席聯歡會，錢先生特別高興，高興得有些糊塗，竟然私下裏問我，你怎麼不去唱唱歌？老頭好像特別希望我能跟大家打成一片。我那時靜心做得小有成就，嗓門隨之打開，經常在寢室裏唱帕瓦洛蒂的《今夜無眠》。可我怎麼能面對那些祥林嫂般的同事唱《今夜無眠》呢？

　　我後來看到一部美國電影，叫做《飛越瘋人院》，是那個好萊塢怪星傑克・尼克遜演的。我看完後久久說不出一句話。因為我發現中文系也罷，整個學校也罷，跟那個瘋人院實在是太相像了。也許是這樣的感受，我特別喜歡李亞偉那首叫做〈中文系〉的現代打油詩。

　　不過，中文系的教師再不對勁，比起學校的行政部門，尤其是後勤部門，還真是讓人可憐的成份居多，憤怒卻是談不上的。儘管他們對我也夠辣手的了，讓我當了十幾年的講師，真不知他們從中獲得了什麼樣的快感。但我依然可憐他們。激起我憤怒的，是學校

的行政部門和後勤部門，或者說統稱為學校當局吧。他們讓我住了十幾年的學生宿舍，並且最後那間大一些的寢室，還是我破門而入住上的。為此，被他們扣了好幾個月的工資。

那樣的宿舍，條件之差，如今回頭想想，真是不可思議。沒有廚房，沒有衛生間。不要說洗澡的地方，就是如廁，都得硬生生蹲在兩條水泥槽上，像是在練蹲功。而且公共廁所裏永遠臭不可聞。宿舍裏，夏天沒有空調，我又恰好天性怕熱。離開學校前的最後一個夏天，我硬著頭皮，拿出好不容易掙得的稿費，住在學校招待所度過了赤日炎炎的酷暑。到了冬天，宿舍情況更慘。整個樓裏沒有暖氣，外面是零下多少度，宿舍裏也零下多少度。早上起來，臉盆裏的水都結成了冰。更可惡的是，由於我住的是學生宿舍，所以得像學生一樣被管制。每天晚上，到了十一點鐘，整個宿舍就被拉閘停電，一直停到早上六點鐘，才恢復供電。還有十分噁心的是，因為是男生宿舍，不許女士隨便進入，就連學生母親來訪也不許。為了能讓女性造訪者進門，我不知跟門房吵過多少次，不知跟宿舍管理部門拍過多少次桌子，甚至跟校長跟校黨委書記都吵過架，以至這些傢伙從來不知道我在學術上的成就，只知道我在跟他們吵架上的名聲。一說起李劫，他們就會緊皺著眉頭說，哦，那個專門跟學校吵架的人。

我住的學生宿舍是真正的人間地獄。人稱筒子樓。在80年代，甚至直到90年代，凡是在中國高校裏留校的青年教師，幾乎個個都住過那樣的筒子樓。只是他們住得安安靜靜，而我住得沸沸揚揚，鬧得學校當局雞犬不寧。但這並沒有改變我的居住條件。我在筒子樓裏一直住到離校出走，遠走他鄉。

筒子樓是80年代中國高校非常重要的文化景觀，就像60年代的牛棚一樣。許多80年代崛起的青年知識份子，為什麼到了90年代居住條件稍稍一改變，馬上就變得俯首貼耳？就因為他們住過筒子樓。被殘酷的階級鬥爭嚇壞了的那代知識份子固然在精神上如同祥

林嫂一樣，只剩下眼珠間或一輪，還勉強表明是個活物。但 80 年代被筒子樓折磨過的又一代知識份子，精神狀況也好不到哪裏去。因此，若要研究 50 年代、60 代的知識份子，得從牛棚入手；而要研究 80 年代起來的那代知識份子，則應從筒子樓效應著眼。千萬不要小看這筒子樓對整整一代知識份子在文化心理上所起的作用。幾千年的極權傳統，已經把中國一代代知識份子的心理弄得相當脆弱，極權者一個眼色，一下噴嚏都可以把他們嚇得膽戰心驚，更何況讓他們日復一日，年復一年地住在地獄般的筒子樓裏？就此而言，極權者 80 年代對中國知識份子不動聲色的冷落和蔑視，在製造震懾和恐懼的效果上，並不比 60 年代的橫掃一切和關入牛棚差到哪裏去。

不要說那些住筒子樓住得十分聽話的同行同事和同齡的知識份子，就是我本人，回想起那十幾年的筒子樓生活，依然無法超然和平靜。我想著想著，就想像美國電影《哈里之戰》裏的男主角那樣，開著一輛坦克，把學校的那些行政部門和後勤部門通通剷除掉。

貳、在課堂和麻將桌之間的日子

把課堂和麻將桌聯到一起，是再搞笑也難以相聯的事情。但我留校以後到那年事變之間的日子，恰好就是在這兩者之間打發的。

講課和打麻將，在當時是我兩個最大的癮。我喜歡講課，站在講台上滔滔不絕，根本不管學生聽懂沒有。但他們好像全都聽懂了，有的聽出了自由和人文意識，有的聽出了其中可利可圖的地方，悄悄地記下來，拿去做了小報告，給他們的入黨或者直升研究生留校之類的前途，鋪平了道路。

我給從大一到大四的學生講過課，也給王曉明和其他人帶的研究生講過課。上海的高校，各處的沙龍，形形色色的研討會上，我

不知作了多少次演講，沒有一次寫過講稿。這不是我漫不經心，而是我沒法事先準備好稿子做演講。我早在大學實習的時候，就發現我根本無法就著講稿講課，就像我寫作從來不列提綱也不打草稿。我沒法列提綱，也無所謂草稿，一寫就是正稿，最多回頭潤色一下。

我不知道這算是什麼方式，感覺就像談戀愛一樣，無法事先設計好了，再去跟人家相談。那豈不成了騙子？我不是說那些使用講義和寫作列提綱打草稿的都是騙子，我是說，我沒有辦法把一篇文章和或者一個演講，重複成兩遍以上。

我在課堂裏或者在某個講座上，通常講著講著，就開始順當起來，而一順當，就變成了自言自語。我經常講到後來，會忘記聽眾的存在，彷彿在跟冥冥之中的什麼人對話一樣。我開始講課的時候，眼睛看著學生，講到後來，目光就直直的投在後面的牆壁上了。也是因為這個緣故，我在那次公安系統的講課中，誤把聽眾當作課堂裏的學生，稀裏糊塗地給他們講起了《論毛澤東現象》。

有不少學生後來以各種方式和各種筆調描繪過我的講課，其中大都是善意的，充滿溫情的。即便偶爾見到個別惡意中傷的，看到其他學生當中有人寫出下列的聽課感想，也不以為意了。真的，我沒想到當時坐在課堂裏的學生當中，還會有這樣的聽眾。在此，我引出這個學生當年寫的聽課感受，以表示我的感謝。

> 「一夜秋風起。」那天其實是立冬之後的第二天了。但他卻站在講台上望著窗外說：「只此一句，足矣！」我看到他的兩隻眼睛猶如落葉，甚至其整個一個人，都像是飄落於講台上的一瓣葉子。我被深深地感動了。我想起幾天前自己的幾行詩句——「在這個季節，因為愛，落葉都綻放如花瓣」——其實，落葉以落葉的方式存在，而花朵，則走向它自己不知道的地方去了。

時間穿越人體，而人體佔有又切割時間，每一秒鐘，都像是
人在時間之樹上新生或飄落的一瓣葉子。

人是一瓣葉子，他延著他自己的葉脈尋找生命的方位。在每
一個交叉點上，他為時間取名，又為空間舞蹈。

他是一個舞蹈者。

一個可能性的舞蹈者。

他的思維之河奔湧於自己的血管──而講台，也是他的神經元。

我看到所有的知識在他那裏被打碎又編織，他用他的思維之
河做經緯，又像拋泥丸一樣灑落滿天星斗。

我看到他手執可能性的彩綢，在舞蹈。

他講自己的課，以自己的方式講課，也以自己的方式給時間
命名。

在他那裏，他的存在就是時間的名字。

他是他自己的存在，也是作為一個人的存在而存在，作為一
朵花蕾，一瓣落葉的存在而存在。

存在在他自己沒有彷徨。

時間在他這裏沒有彷徨。

他給每一個學生送一大本書，寫道：？，？，？。

他給每一個人（學生）送一個禮物──可能性。

——這就是他的開放性的授課；

——這就是他的創造性的授課；

——這就是他的富有人情味的授課。

他授課之時，也就是他思考之時，也就是他存在之時。

無論思考，也無論存在，在他那裏，都是時間的名字，生命的名字，也是他自己的名字。

當一名教師，一名「人類靈魂的工程師，」在講課之時，不是在複製自己，不是在殘酷地給學生強施整容手術，而是給學生一個可能性，又一個可能性，許多可能性，只要這種種可能性是真的、善的、美的之時，就是最好的教師。

而當一名教師，以自己的生命在時間的舞台上扮演（存在）出許多真、善、美的可能性的楷模，讓學生自己去選擇——即把方法和目的以真、善、美的形式融合之時——就是一名教師的最高境界。

後記：在師大讀研期間，我慕名聽過著名文學批評家李劼先生的許許多多課，算起來有四個學期的課（加上我畢業後的一段時間），這期間我從未缺過課。他講歌德的《浮士德》、尼采的《悲劇的誕生》、海德格爾的《存在與時間》、畢卡索的《亞威農少女》、托爾斯泰和卡夫卡，以及海明威和福克納，等等，生動描述了二十世紀的西方文化風景——再加上另一道以《紅樓夢》為主的東方文化風景——李劼的講課始終對我有著深深的吸引，以至於在近十年來的歲月中，我的生命、我的血液裏都無不流淌著他的思想和精神。他對我的影響是一生的。

這個學生提到舞蹈，讓我想起胡河清生前寫我一篇小說的評論。我那時寫過一個中篇小說，叫做《無悲無喜》。胡河清讀了之後，

評論說，我的小說寫得像是在跳舞一樣。他在那篇評論裏，以癡人命名我這個作者。

講課在我確實有一種奇妙的快感，就像舞蹈家喜歡跳舞，演員迷戀舞台或銀幕，我特別喜歡講課。

可能性的舞蹈者，真不知這個學生怎麼會想到如此一個命名。我的講課和我的著述乃至小說和戲劇，全都是對可能性的一種迷戀。甚至跟女性在一起，都是對可能性的執著。一旦發現前面沒有可能性了，我會感覺自己正在被死亡的黑暗所吞沒。我痛恨那些迂腐的學院派，也在於他們總是把諸多的可能性固定成不可能。

然而，當我把對可能性的這種追求放到麻將桌上，那麼後果就是災難性的了。因為我不在乎實際的輸贏，而是一心一意地無休無止地追求更大的可能性。賭場最喜歡這樣的賭徒，而我麻將桌上的麻友們，當然也最喜歡找我打麻將。

這幫狗娘養的麻友，沒有我坐在麻將桌上，他們就感覺不踏實，缺了個冤大頭。雖然他們說起來還是詩人，比如宋琳；是作家，比如格非；是評論家，比如吳洪森，還有是後來到廣東一個什麼鬼地方做了編輯的什麼運長，人稱小豆豆。最後一個是後來到《青年報》做了記者的哥們，袁幼鳴。這些傢伙的名字聽上去都很古怪。有的故意弄得女裏女氣，比如宋琳。有的把自己打扮成洪福齊天的大吉大利之人，叫做運長。更有甚者，明明是個五大三粗的傢伙，竟然把個名字弄得像是幼稚園裏的小姑娘，叫什麼幼鳴。只有吳洪森的名字，比較合乎邏輯，聽上去像個黑社會的什麼角色，比如青幫頭子杜月笙帳下的管家或謀士。

假如你想瞭解一個男人是怎麼回事，很簡單，約他一起去趙賭場。同樣道理，在麻將桌上日復一日，年復一年地一起混著，對方肚子裏有幾根蛔蟲彼此都是一清二楚的。冬天的時候，大家凍得渾身發抖，還在使勁砌牌；夏日裏不怕汗流夾背，不怕蚊子叮咬，一

面不停地在腳上手上劈劈啪啪地拍打著蚊子，一面目光炯炯地盯著別人是不是已經挺牌。

我那時跟他們一起打麻將，在很大程度上是為了滿足一下虛榮心。因為他們雖然贏我贏得昏天黑地，但對我的尊重卻始終如一。我不許他們抽煙，他們只好不抽。我要坐自己喜歡坐的位子，他們也不忤逆我的習慣。反正我不在乎他們贏我，他們也不在乎對我保持敬意。偶爾來個幕間休息，他們一擁而出，跑到我的房間外使勁抽煙，抽完了馬上回來繼續操練。

吳洪森打麻將是頭腦最清楚的，發現誰挺了牌，打死他也不會打出那張沖牌來的，北方人叫做點炮。吳洪森從來不點炮。但他會說出引誘別人點炮的話來，儘管並非是故意的。他有一次突然說，誰要是把那個胡耀邦給殺了，這天下就好玩了。後來果然應驗，只不過不是他殺而已。其實麻將桌上的這幫傢伙，哪有那麼大的狗膽？吳洪森經常圖過個嘴癮。

格非也是從來不會犯糊塗的傢伙，而且打牌十分果斷，拿定了主意，一聲不吭。那模樣跟張藝謀很像，也跟我後來在紐約碰到的一個行為藝術家十分相近。那哥們竟然光著屁股坐到冰塊上，然後上了《紐約時報》，一舉成名。這類性格的人，通常非常堅忍，吃得起苦，也做得出事情。真正具有該出手時就出手的狠辣，也具有該妥協的時候就妥協的靈活。眼觀六路，耳聽八方，但看上去好像憨頭憨腦。就像那個張藝謀，第一次帶著《紅高粱》電影到上海聽反應的時候，居然土裏土氣地披著一件軍大衣，弄得像個陝西老農民一樣。

但千萬不要以為寫詩歌的宋琳會在麻將桌上犯浪漫主義的毛病。這傢伙雖然判斷不太準確，而且經常由於女朋友跟他吵架，弄得心不在焉，動輒點炮；但只要讓他知道那張牌打出去要點炮的，他卻是寧可吃下去也不會打出來的。宋琳點炮不讓人討厭，人人都

喜歡點炮的傻瓜。他讓人討厭的是，打牌的速度特別慢，經常低著頭在自己的牌陣裏看來看去，也不知道在看些什麼。為此，後來規定了打牌的速度，不許那麼浪費寶貴的時間。磨磨蹭蹭，丟三拉四，跟人約好六點鐘見面，起碼要讓人等到七點半、以後、才到。宋琳的詩人性格，主要是以這種方式體現出來的。

但宋琳也有宋琳的大事不糊塗。劉勇在一天天變成格非的時候，宋琳非常受不了。他不止一遍地問我，李劼，你真的認為劉勇的小說寫得很好麼？他故意不說格非，而說劉勇，暗示我是不是看走眼了。評論家是不好當的。不要說在複雜的文壇上，就是在朋友之間，在那張狗娘養的麻將桌上，都很難一碗水端得平的。

我記得宋琳後來與格非為了這事吵得很厲害。一個說格非小說寫得不好，另一個說宋琳寫不出那樣的小說來。為此，他們兩個弄得差點像阿慶嫂和沙老太婆那樣打起來，最後還是我這個胡傳奎，硬是把他們勸開了。宋琳氣乎乎地給我看他的胳膊，說他當過木匠，劉勇根本不是他對手。然後，宋琳拿出他寫的小說給我看。我看了老半天，只好非常誠懇地對他說，宋琳，你的詩歌寫得不錯。這是我能夠做到的最為委婉的表達了。雖然可以為朋友兩脅插刀，但做人的底線還是不能突破的。

宋琳的詩歌確實寫得不錯。當時，有許多詩人效法埃利蒂斯，但我覺得唯有宋琳的詩歌最具有那樣的感覺，如同地中海的陽光，非常燦爛。宋琳在詩歌裏的嗓子是相當迷人的，尤其是會讓一些情竇初開的女學生著迷。女孩子有誰不喜歡地中海的陽光？相比之下，同是中文系的女詩人徐芳，在詩歌上卻怎麼也達不到那麼迷人的程度。但徐芳的詩歌裏，有另外一種感覺，跟質樸相關。

後來寫《中國人可以說不》的張小波，當時也算是比較出色的詩人。語言的力度要比宋琳強，但我本人不是很喜歡。張小波的聲音太像《嚎叫》詩人金斯堡格。我後來在紐約的書店裏，特意把《嚎

叫》的原版詩歌翻出來讀了讀，實在讀不下去。不過，張小波的自
我評估是相當高的。有一次他到我家來，那時我還沒離婚，住在女
方家裏。我請他在我的房間裏吃飯。席間，我問他說，在同代詩人
當中，有哪幾個是你認為不錯的。他裝模作樣地想了老半天，然後
以一種深思熟慮之後的嚴肅口吻回答說，也就是，我了。

宋琳倒是從來不跟張小波爭高低。宋琳謙虛起來，會讓人認為
他是一個自甘平庸的傢伙。在那張麻將桌上，似乎沒有一個會承認
自己沒有出息的。就連小豆豆，也寫了不少小說。我給他推薦過好
幾次，好像還在某個不太著名的刊物上發表過。

小豆豆在麻將桌上是最具有董存端精神的人，假如我可以算作
黃繼光的話。沒人願意做邱少雲，因為趴在地上時間太長，誰也等
不及。小豆豆只要挺牌了，什麼牌都敢打，比誰都玩命。據說，他
在生活當中也有這樣的勇氣。他看見一個叫什麼沉的女生掉在河
裏，不顧一切地跳下去搶救，也不想想人家的個兒比他大好幾倍。
且不說名字就叫什麼沉，人的重量更沉。後來就有了一個歇後語，
叫做，小豆豆救什麼沉——誰主沉浮？我本來不相信這個故事。後
來我親眼看到小豆豆和哀幼鳴兩個跳到麗娃河裏打撈被我扔掉的麻
將牌，才相信那個故事不是虛構的。

但後來小豆豆好像學乖了。他有一度經常跟劉勇切磋，學了不
少本事。不僅不再胡亂炸碉堡，而且懂得了如何察眼觀色。

那張麻將桌上，雖然大家都在鼓勵炸碉堡和堵槍眼，但暗地裏
卻一個個都在向格非學習，向宋琳學習，沒有人向我學習。就連那
個四川幼鳴，也越來越沉穩起來。漸漸地，麻將桌上的人們，牛皮
與唾沫齊飛，技巧共世故一色。

也許是我越來越不喜歡麻將桌上的這種進化，一氣之下，把那
副麻將牌扔進了麗娃河裏。後來他們知道後，氣急敗壞，一定要我
說出，是在哪裏扔下去的。我被他們逼得沒辦法，只好走到橋上，

胡亂指著河水說，大概扔在這個方位。結果，小豆豆和袁幼鳴兩個，當場脫了衣褲，奮不顧身地跳入河裏，打撈了老半天。最後凍得索索發抖地爬上來，說，可能沉到於泥裏去了。

我被他們感動得只好去買了一副新牌，讓大家繼續操練。從此以後，再也沒有間斷過，大家一直打到通通出去點炮為止。沒錯，那年的事變，可以看作是這張麻將桌上所打出的最後一副麻將。至於各人的命運，不必細說，完全可以從麻將桌上各自的表現當中推算出來。

參、從批判者變成倖存者

有關宋琳的詩歌，我本來一直想寫篇評論。當時他和張小波還有復旦大學的兩個詩人一起出了本詩集，《城市詩人》。按照我原來的寫作計畫，把新潮小說作一個總結性的論述之後，就轉到先鋒詩歌的評論上。當時，已經有許多先鋒詩人給我寄來和送來了大量的作品，包括上海那幾個詩人的油印詩集《海上》和《大陸》。但在1988年的《詩刊》舉辦的那個運河詩會之後，我完全改變了想法，尤其是改變了評論宋琳他們詩歌的計畫。

那次的詩歌討論會，從船上一路到了揚州之後，發生了一個意想不到的插曲，致使我對先鋒詩歌的先鋒性，產生了深深的懷疑。

和眾與會者在揚州的一個賓館裏剛剛住定，我就接到了一個電話，是宋琳和朱大可打來的。他們說，他們也到了揚州。我當時楞了一下，不知道他們是什麼意思。因為在這次會議召開之前，宋琳和朱大可讓我跟唐曉渡說，他們也想參加。我後來跟曉渡說了。但曉渡請示了《詩刊》的主編之後，沒能得到同意。因此，我不知道他們來幹什麼。

他們在電話裏告訴我說，他們這次前來，是想跟與會的先鋒詩人見面，商量一下他們正在編輯的《先鋒詩歌導讀辭典》一事。他們要我給他們安排這次見面。我當時覺得非常突兀，但看在朋友面子上又不能拒絕。我答應了。我打完電話後跟曉渡商量，曉渡說，既然你已經答應他們了，那就讓他們來吧。

那天晚上，我把所有與會的先鋒詩人，也即是第三代詩人出席會議的代表，叫到我和曉渡住的房間裏，與朱大可和宋琳見面。當時在場的有韓東、廖亦武、周倫佑、歐陽江河、何小竹、荀明軍、車前子、老木等等一大批詩人。還有唐曉渡和另一個詩歌評論家陳超。

等詩人們陸陸續續地到齊之後，朱大可連寒暄的話都來不及說，就向大家宣佈，他正在主編一本《先鋒詩歌導讀辭典》。他拿出一本小本子，向眾人宣讀辭典的編委會名單。編委會裏除了他和宋琳之外，還有我和唐曉渡，還有謝冕，等等許多人。

我當時吃了一驚。因為我根本就不知道這件事情。後來我問唐曉渡，他說他也不知道這個編委會。但礙著朋友的面子，我不好說什麼，只能聽著朱大可繼續往下說。朱大可接下去開始宣讀入選的先鋒詩人名單，以及入選的詩歌篇目。聽他宣讀完了之後，在場眾人誰也不吭聲。當時的場面非常尷尬。多虧宋琳笑嘻嘻跟大家打了好幾個哈哈，才把氣氛緩和了一些。但氣氛剛剛有些緩和，詩人們馬上就開始發難了。首先是廖亦武說，他不想被編入辭典裏。於是又有哪個詩人說，他也不想被編進去。周倫佑表示，假如誰誰誰的詩歌也編入的話，那麼他堅決拒絕。其他詩人跟著鬧將起來，有的說，那個詩人的詩歌不行，得拿掉。有的說，那首詩是狗屁，根本不能放在辭典裏面。鬧了一陣子之後，弄得朱大可有些招架不住。他只好表示，假如有什麼想法，大家還可以商量。說後就匆匆忙忙地拉著宋琳離去了。

他們兩個一離開，那些詩人馬上圍住我，問道，你們怎麼可以如此隨便地編詩歌導讀辭典？

我搖搖頭回答說，我不知道這些事情。

你是編委，你怎麼不知道。

我是真的不知道。

後來他們問曉渡，曉渡說他也不知道。

於是，有人就說，他們不相信朱大可。他們對我說，假如這本辭典由唐曉渡和你李劼來編，我們願意接受，否則就不接受。如此等等。又鬧了一陣子。然後，我忘了是歐陽江河，還是周倫佑，向我建議說，李劼，你能不能把他們兩個叫來，我們跟他們談一次。我們要看看朱大可到底懂不懂詩歌，然後再作出決定，是否答應讓他把我們的詩歌編進去。於是，我跟曉渡商量，曉渡說，那樣也好，讓他們自己商談去吧。

結果，第二天，我打了朱大可和宋琳所住旅館的電話，把他們叫來了。好像還不止朱大可和宋琳，還有另外一個人，據說是出版社方面的。

那天是在歐陽江河他們的房間裏談判的。雙方坐定之後，我說，大可，他們有些想法，要跟你談談。然後又對那些四川詩人說，好了，你們有什麼意見，現在就當著大可的面說吧。

於是，歐陽江河蹭地站起來，開門見山地對朱大可說，朱大可，我們不信任你的詩歌鑑賞能力。假如你想繼續編這本辭典，能否向我們證明一下，你確實能讀懂這些先鋒詩歌。他一面說著，一面拿出一本四川的先鋒詩歌民間刊物，好像叫做《巴蜀詩群》。只見他隨手翻出其中的一首詩歌，遞給朱大可，說，請你當場給我們解讀一下。

朱大可的臉頓時漲得通紅通紅。其實，不要說朱大可沒碰到過這類事情，就是我也從來沒見過這樣的場面。這哪裏是詩人和評論家的會面，簡直就是金庸武俠小說裏那些江湖英雄的過招。

而且如此的直截了當。說實在的，那一刻，我對歐陽江河不由刮目相看，覺得這傢伙雖然平時說話喜歡誇張，但在這樣的場合，倒也真的做得出來。

後來是宋琳給朱大可打了圓場，把刊物接了下來，說，我們現在先談導讀辭典吧，詩歌我們帶回去看。朱大可趕緊說，對，我帶回去看了之後，會給你們作解讀的。這場談話後來是怎麼結束的，我不太清楚。因為我在他們談到一半的時候，起身離開了。我覺得很沒有意思。雖然我對朱大可的做法，非常不以為然。但又對這些詩人的如此計較，也覺得不是個味道。這實在是太江湖氣了。

那場談判當然是不歡而散。那些詩人後來又跟我和曉渡說了些什麼，但具體記不清楚了。後來我答應他們，我會和曉渡商量出一個合適的編選方式，轉告給朱大可。當時，曉渡由於在操辦整個會議，忙得不可開交。直到會議的最後一個晚上，他才抽出空來，和我商談了一下導讀辭典的事情。我們商量的結果是，由我回去轉告朱大可，我們可以參加編委，選編詩歌，但必須要開個正式的編委會會議。在編委會的會議上，通過選舉產生主編，然後再由主編負責編選工作。此外，編委會最好由評論家和編輯組成，詩人不宜參加其中。

我們當時這麼商定，並非對主編有什麼興趣，而是想提醒朱大可，行事得有個遊戲規則，做事得按照民主程序。同時也是提醒宋琳，詩人直接參加詩歌編選，會引起不必要的非議。因為詩人都有自己的詩歌偏好，而辭典不能帶有任何這類偏好。因此，有詩人躋身於編委會，容易產生誤解，以為辭典帶有某種詩歌偏好上的傾向。我回到上海之後，宋琳告訴我說，朱大可為了編這個辭典，特意到了華東師大的招待所裏，等著與我見面。

我當即就趕到招待所。我發現，在場的除了宋琳和朱大可，還有一個他們兩個的福建老鄉。宋琳和朱大可都是福建人。那人是個

小矮個，瘦瘦的，模樣像殷國明。我忘了他叫什麼名字，只記得他曾經在福建的一個評論刊物《當代文藝探索》做過編輯。

聽我說了我和唐曉渡的意見之後，朱大可表示他知道了，並且表示他會考慮的。然後說了一會，我就離開了。

好像是第二天，宋琳又把我叫去。到了那裏，朱大可遞給我一張編委的名單，還有他們選編的詩歌，說大概就這麼定了。我問他，我和曉渡說的那些意見呢？他說，他正在考慮。但他又說，現在等不及了，出版社正等著要出版導讀辭典。

我那天回到宿舍裏，越想越不高興。早在跟朱大可一起批判謝晉電影模式的時候，我就曾經對他說過，這種事情只能鬧著玩玩的，不能當真，尤其不能當作安身立命的事業。我對他說，最終，還是自己的著書立說，才是正道。但他沒有把我的話當回事情。《文匯報》上發表批判謝晉電影模式的文章之後，他一面叫我寫了呼應他的文章，也就是我後來寫的那篇〈謝晉時代應該結束〉，一面又轉身接受一張什麼週報的採訪，把事情一下子弄大了，就像把個女人的肚子搞大了一樣，想收回都來不及。不止如此，他又拉著我，在《上海文化藝術報》上，作了個訪談。就那麼點小事，弄得沸沸揚揚。後來有個為謝晉辯護的女記者問我說，你們是不是想通過批判謝晉來揚名啊？我很不高興地回答她說，你搞錯了，事實上正好相反，是我抬舉了謝晉。那女人聽了，滿臉驚詫，可能覺得我狂妄到了不可思議的地步。但我說的卻是實話。謝晉電影在美學上的層次，實在太低，根本不值得那麼興師動眾的。就好比我現在假如大談張藝謀電影，豈不是搞笑？誰抬舉誰呀？這道理很簡單。但由於被朱大可那麼興師動眾地一張揚，很容易讓人產生拿謝晉做文章的印象。

但朱大可卻樂此不疲，讓我十分失望。朱大可有時像個大孩子，有時又像個老謀深算的江湖人物。我覺得他骨子裏是天真的，只是他喜歡扮演一些不天真的角色，比如熱衷於做主編之類。因為

當時有一股風氣，誰做了主編，誰就成了哪個山頭的座山雕似的。尤其是《走向未來叢書》的成功，使整個 80 年代（可能直到現在依然如此）的青年學子，將做主編當作一種風尚。因為做主編畢竟比寫文章批判別人還要省力，且在效應上，又比寫文章更加收效。就好比主持一個《重寫文學史》之類的專欄，遠比寫作一篇重寫文學史的文章來得省力並且討巧。從效果上說，確實不失為一種成名的捷徑。但我不喜歡這一套，我自己不走這種捷徑，也對走此捷徑的人不以為然。

我想了老半天，決定對朱大可說不。我那天寫了一張字條，交給宋琳，讓他轉交朱大可。我在字條上表示，退出編委會。

當天晚上，朱大可就和宋琳，還有他們那個福建老鄉，來到我的寢室裏。他們三個坐定之後，那個小矮個一個勁地勸我，說是如今能夠站在一條戰壕裏的人，越來越少了。朱大可也認為，彼此的合作非常難得。宋琳知道我要發脾氣了，坐在一旁不說話，僅僅是跟著別人的說話聲，一會兒點頭，一會搖頭，弄不清他到底是在表示贊同，還是在表示反對。

我聽他們兩個說完之後，對朱大可說了一番話，大意是，不要以為你批判謝晉，就真的比謝晉優越和高明。你很可能做出比謝晉還不如的事情來。我告訴他說，我曾經寫過一篇〈傳統的批判和批判的傳統〉，指出批判者很可能會反過來成為自己的批判對象，這之間不存在不可逾越的距離。我還告訴他，雖說你是在編先鋒詩歌導讀辭典，但骨子裏的意識，很可能毫無先鋒性和先鋒感。因為你竟然連起碼的民主程序和對人的尊重都不懂，隨隨便便就把別人的姓名拿來做成一個編委會。我當即問他，這種行為跟專制極權行為有什麼不同了？

我當時恨恨地說了一通，聲音不高，但用詞嚴厲。朱大可聽完之後，臉色蒼白，一言不發地從我寢室裏跌跌撞撞地跑了出去。宋

琳在一旁嚇呆了，一個勁地嚅動著嘴唇，不知在說什麼。因為根本就沒有聲音從他嘴唇裏跑出來。

從朱大可出去的模樣上，我看出來，他並非真的是一個老謀深算的人，也不是一個真正具有專制性格的人。他只是想玩把主編，過把癮。

那時許多人都熱衷於那些個玩法。找些有影響的名字，湊出一個編委會，然後自任主編，或者編上一本書，或者策劃一套叢書，然後就成了一個人物。《走向未來叢書》那夥人，當年就是那麼做的。這夥人的成功，誘惑了許多天真爛漫，或者爛漫而不天真的學子，蜂湧著走主編道路。事實上，也真有人經由主編道路脫穎而出，出人頭地。成名成家一下子變得十分容易。誰都想試一把。一夜之間，皇城根下就可能冒出四大領袖，五大金剛，六大姑，七大姨。聽上去就像混江龍，一丈青之類的名頭，叫起來非常帶勁。國人一聽，馬上心領神會。然後再是什麼二龍山，威虎山，乳頭山。捏著一本刊物，就像是占著一個山頭。文化大革命的時候，人們忙著成立各種組織，建立各個司令部。這種狂熱到了 80 年代則變成了搶做主編。形式略有不同，骨子裏卻是一回事情。假如文化精英的行為可以作為衡量歷史進化的座標，那麼這個民族從 60 年代到 80 年代，也就取得了這麼一點進步。

可憐的朱大可，他也想玩一把。他哪裏知道玩這種東西，僅僅有點江湖氣是遠遠不夠的，還得會耍流氓耍無賴。還得會把寫文章的時間，全部化在玩弄權術上。裏面的名堂經可多了，哪裏是朱大可能夠學得像樣的。

自從那次談話之後，我跟朱大可就人各有志了。後來，劉曉波到上海來，好像找過朱大可。他們兩個倒是可以合作一下的，但也沒見他們合作出什麼事情來。我跟朱大可一直沒有再見面。直到那年事變發生，一群人聚首起草那個作家權利和自由宣言的時候，才重新在一塊坐了坐。至於那本導讀辭典下落如何，我就不知道了，也不想知道。

　　1986年在北京的新時期十年會上跟劉曉波衝突之後，我寫了〈傳統的批判與批判的傳統〉。這年，1988 年，在跟朱大可分道揚鑣之後，我進一步發現了所謂的批判，是非常靠不住的一種文化嬗變方式。我決意從批判者的角色中退出來。

　　我當時還沒有想到重建人文精神，更沒找到如何重建的途徑，但我意識到了問題的癥結，不止在於專制的權力，而且更在於文化心理的痼疾，也就是魯迅所說的國民性。文化批判的關鍵，不在於對權力話語說不，而在於對話語權力的警惕。因為專制不止是權力話語，而且更是一種文化病菌。文化批判不能再重演當年「五四」因為推倒什麼而最後導致的話語復辟，而應進入到對文化心理痼疾的診視上。當馬克思說出批判的武器不能代替武器的批判時，他沒有意識到，武器的批判也不能代替批判的武器。文化心理的問題，只能用文化心理的診視和人文精神的重建來解決。這是對集體無意識創傷的一種醫治，而不是對話語權力的挑戰和顛覆。

　　生活在極權話語之下的人們，很難避免感染專制的病菌。從某種意義上說，每一個人都有可能是帶菌者，無論是站在極權的立場，還是站在反對極權的立場。專制的病菌並不因為你是一個專制的反對者，而使你免於感染。對專制的終極批判，恰好是對自身文化心理和文化人格的重新塑造。要而言之，我們不可能避免成為專制的帶菌者，但我們有可能在一場與專制病菌的搏鬥中成為倖存者。當然，嚴格來講，這個主語應該去掉們字，因為事實上並沒有我們，而只有一個孤獨的個人，我。

　　我由此從批判者轉向了倖存者，我由此將我第一部文化批判的論著，命名為「一個倖存者的批判手記」。

　　就此而言，我應該感謝劉曉波和朱大可，因為我從他們身上看到了自己所面臨的問題。批判者被批判。這遠比所謂的剝奪者被剝奪要有意味得多。在批判者奮勇向前的地方，我退後一步，選擇了倖存者。

有關「一個倖存者的批判手記」的寫作，直接的起因是安徽胡永年的約稿。也是在那一年，1988 年，我收到剛剛在創刊的《百家》雜誌主編胡永年的來信，他希望我給該刊寫稿。他本來的意思是想約我文學評論上的稿件，但我在寫完那篇〈論中國當代新潮小說〉之後，對文學評論的熱情突然銳減。這原因有很多。既跟詩歌導讀辭典事件有關，也跟程德培在《文學角》發表對話後對我的不尊重有關，還跟我對整個文化氛圍的感受有關，當然更加跟我對所置身的學院和系所越來越感到失望有關。我當時的心境頗有些心灰意冷。而我又在那年接連參加的幾個會上，感覺到一種山雨欲來風滿樓的緊張。好像不知道會發生什麼事情，但又有什麼事情在前面等著。表面上看，一切都很平靜，但實際上又好像不會如此平安無事下去。在那樣的感覺當中，我告訴胡永年說，我不想再寫文學評論文章了。不料，胡永年回信說，你寫什麼文章都可以。只要你寫來，不管什麼文章，全都照發。

於是我就寫了「一個倖存者的批判手記」。其中第一篇，是〈中國文化的零哲學貧困〉。其中的第四篇，是〈中國晚近歷史上的語言革命和語言復辟〉。其中的第五篇，則是〈論毛澤東現象〉。

這個批判手記的前身，是我發表在上海的《青年報》上的一系列文章，諸如〈悲劇意識和災難意識〉，〈話說「現代人」〉，〈我之民族危機感〉，〈中國知識份子的人格生構和自我選擇〉。這些文章裏的意思，我也曾在一些會議的發言中表述過的。比如，在一個紀念五四多少周年的座談會上，我說，真正的民族危機感不是被日本人的刺刀架到脖子上，而是這個民族自身有沒有更新的能力。

但我那時候對開會發言，相對來說，已經冷漠得多了。記得有一次去參加文聯召開的什麼會議，當時主持者是從市委宣傳部轉到文聯去擔任秘書長的黃安國。黃安國是原來市委宣傳部那個課題組的負責人，所以跟我熟悉。在會議期間，他幾次叫人到我身邊，催我發言。

但我每次都拒絕了。我不是不給他面子，而是覺得無話可說，更是覺得說了又怎麼樣呢？開會總要人發言，這與其說是為了發言而開會，不如說是因為開會而發言。言論成了會議的點綴。說得太多，再精彩，也不能改變我依然住在地獄般的筒子樓裏，也不能改變我必須面對那些彼此毫不相干的同事，也不能改變我所走錯的那個房間。

我記得余秋雨也出席了那次會議，他還特意提到我，說我的文章很有意思。我的始終一言不發，可能也出乎眾人的意料。但我確實不想說話。再說，在當時的心境之下，很可能會說出非常尖銳的話來。我是不會說場面話的人，心裏怎麼想，嘴上就怎麼說。我不會先打量一下，這次會議來了些什麼人，大家都在說什麼，會議的主持者希望大家說什麼，如此等等。我這樣的與會者，在有些人的眼裏，很可能就是攪會者。以我當時的心情，也很可能會把話說到讓大家覺得尷尬的地步。

當然，還有一個原因，就是那天錢先生和徐先生都在會上，我不能隨便亂講話，以免讓他們也覺得尷尬。那次出席會議，還是錢先生特意叫我跟他一起去的。因為他們老先生可以叫學校裏派車接送。車到會場時，遠遠地看見余秋雨跑過來，很熱情地跟錢先生招呼和握手。我那次是第一次見到余秋雨，覺得他很謙恭，但又懷疑他是裝出來的。因為外面關於他在文革當中的說法，給人感覺他不會是個謙謙君子。但後來我發現，自己當時光憑流言作了判斷。90年代，余秋雨在報紙上寫文章，公開稱讚我有關《紅樓夢》的論著。這是怎麼也裝不出來的。當時就連我周圍的朋友，都儘量躲著我，更遑論公開著文稱讚了。

我還記得當時上海一些歷史系和中文系的學子，搞過一個什麼沙龍，請我去講過一次。我忘了講了些什麼，但我記得其中有原來上海師大歷史系的劉昶，還有我所在的中文系教師程怡。程怡是上師大歷史系元老程應鏐的女兒，劉昶則是程先生的學生。他當年寫過〈論中國封建社會長期延續的原因〉一文，用湯因比的挑戰和應

戰理論解釋中國歷史。我讀了文章之後,還特意跟一位與劉昶認識的同班同學去造訪過劉昶,交流過看法。80年代,還真出了許多人才,雖然其中不少轉瞬即逝。

現在想來,可能就是劉昶他們搞了那個沙龍。可能也是他們那批人當中的一部分,後來到日本去辦了《歷史研究》一刊。該刊在90年代發表了我好幾篇長文章,包括論魯迅和周作人,論曾國藩。那些都是我後來的論著《論中國晚近歷史》中的幾個章節。當然,那時候的想法比較明確了,就是重建人文精神。並且找到了一條基本的重建線索,找到了《紅樓夢》、王國維、陳寅恪那一脈的文化傳統,從一團亂麻中理出了一個頭緒。可惜的只是,那頭緒還沒理清楚,就被人攪了一下局。所幸的是,我依然倖存了下來。許多年以後,我被人提醒寫舊事回憶,由此把以前被掐斷了的線頭,重新理出來接上。現在想想,假如我當年不懂得倖存,只知道批判,可能就不會有後來的轉機。倖存確實比批判更重要。批判至多只面對專制,唯有倖存,才面對了專制的病菌,面對作為帶菌者的自身。

因此,批判是容易的,但想要倖存,卻非常不易。災難過後,革命過後,批判過後,到底能有多少人倖存下來?這與其說取決於免疫力,不如說取決於對自身心理那種專制病菌的診治。結束專制雖然不易,但人們畢竟一次又一次地嘗試過。1911年也罷,1949年也罷,先後都宣告過專制的結束。但誰敢說,專制的病菌從此被消滅了?就像吸血蟲病那樣,紙船明燭照天燒了呢?

肆、我走向那個象徵性的舞台,走向黑壓壓的觀眾

1988年,我做的另一件重要事情,就是把胡河清推薦給了錢谷融。那年,錢先生原來並不準備招收博士生。但我向他力薦了兩個

人，一個是胡河清，另外一個人是當年發表〈雙向同構〉時，給我寫信，然後又通過什麼人介紹給我認識的。我當時聽他談了談一些看法，就推薦給了錢先生。由於我的力薦，錢先生改變了決定，繼續招生，其實也就招了他們兩個。

胡河清從大學畢業之後，被分配在靜安區業餘大學裏教書。我在讀研究生的時候，他拉我去那裏講課。說是給學生開開竅，學校裏也會付點講課費。我跟胡河清的正式交往，其實是從被他拉去教書開始的。

當年在上海師大同窗讀書時，胡河清很少跟班上同學交往。我當時搞不清楚他年紀有多大，看上去比我還蒼老。後來人家告訴我，他是班上年紀最小的應屆生同學之一。我有時看見他一個人嚕嚕嚕地走到空地上，突然站定，然後就打起了太極拳。我既覺得有些好笑，又覺得這個人倒是完全活在自己世界裏的，根本不在乎別人怎麼看他。

我對他最深的一個印象，是有一次我在閱覽室裏看書，看見他正坐在一張空桌子上寫著什麼。我走過去看了看，發現他正在寫一篇文章。我很好奇，問他可不可以讓我看看。他一口答應。我於是拿起他寫好的稿子看了眼。大概將近二十頁左右。讓我非常吃驚的是，稿子上竟然沒有一處修改的痕跡。這就是說，他是一口氣寫出來的，一字不改，也一字不誤，就像人家打好草稿以後謄寫的一樣。他那篇文章寫的是關於當時有個叫潘曉的、在青年報上發起的一場人生討論。

胡河清給我的另一個印象，就是他的畢業論文。當時年級裏組織交流畢業論文提綱時，我特意去聽了他的發言。他從權利和義務衝突的角度，分析《哈姆雷特》中的王子角色。這在當時的同學當中，其思路之與眾不同，可說絕無僅有。

我在大學時的那個班級，百分之九十的學生是歷屆生。這些同學都有一定的社會經歷，當然也相當世故，並且勢利。上海小市民

通常所有的毛病，在班上同學當中一點不少。不要說胡河清，就是像我這樣的人，在班上都是吃不開的。我是直到大學畢業的時候，同學當中才有人半真半假地對我說，將來若干年以後，你將成為一棵參天大樹。也有人誠心誠意地對我說，我們班上將來就指望你了。但同時，他們當中又有人把我長篇小說如何如何描寫社會主義陰暗面報告了系總支。

基於這樣的氛圍，班級裏沒有人把胡河清當回事情。偶爾有人會提及他的父母，因為都是當年北大哲學系畢業的。或者提及他的外祖父，是當年北大的西語系主任。後來胡河清告訴我說，他母親這一系是個大家族，祖上官至中堂。他外祖父當年留洋歸來，在北大與蔡元培共過事。蔡元培還是他祖父祖母的證婚人。

我向錢先生推薦胡河清的時候，不僅提到了胡河清的才華，而且也提到了他的世家背景。我聽錢先生告訴我說，他後來託人給胡河清的母親捎過話，告訴她，胡河清在他這裏讀書。可是，錢先生告訴我說，胡河清母親冷冷地回答說，我兒子在他那裏讀書，是我兒子的事情，跟我不相干。

我不知道後來錢先生在胡河清畢業的時候，一度要他走人，不想把他留在學校，是否與此有關。但我知道胡河清的母親，確實在家庭上不想承擔過多的責任。胡河清給我看過他母親寫給他的信。他母親在信上說，她已經為了這個家庭，承擔得太多太多，心力交瘁。她希望胡河清完全自立，完全獨立，不要再讓她操心了。

胡河清的性格，像他母親一樣剛烈，陽剛之氣十足。但他內心深處卻又非常敏感和細膩，宛如一個貴族少女。我後來在紐約林肯中心觀看《歐根・奧涅金》的時候，看著台上的達吉雅娜，不知怎麼的會突然想起胡河清。胡河清內心那種貴族少女一般的清純，與他不無蒼老的長相，實在是個巨大的反差。沒人會想到，在胡河清蒼蒼然的外表底下，會深藏著一顆達吉雅娜式的心靈。當然，像這

樣的性格和氣質，無論是生為鬚眉還是生為粉黛，都是不合時宜的。尤其是生為鬚眉的外表，卻深藏著粉黛的柔婉，一旦碰上流氓便是大凶大禍。就此而言，《歐根‧奧涅金》裏的男主角拒絕達吉雅娜，無形之中是救了她。但胡河清卻沒有這麼幸運。胡河清的命運正好相反。假如上帝在冥冥之中也設有法庭的話，那麼我希望上帝能夠聽見我的聲音，就算胡河清命當如此，至少也應該懲罰作惡的流氓。

胡河清當年曾經報考過戲劇學院的研究生，但被人擠掉了。也就是聽他憤憤不平地說了那樣的經過，我才決意把他推薦給錢先生。我是想為朋友做件好事，哪裏想到他最後會被流氓所傷。

我對中文系那種人際環境的憎惡絕對不是無緣無故的。當我說那個學府像個瘋人院的時候，我同時想說的是，也是一座精神監獄。這個監獄的本性就是要扼殺所有不想成為囚徒的人，不管是學生還是老師。

假如明白了這樣的事實真相，那麼 80 年代風起雲湧的學潮也就可以得到一個直接的解釋了。不說別的，就以我在日常生活中的所見所聞，就可以說明，當時的學生心中，憋了多大的憤懑。

我有一次在食堂排隊買菜，前面是個從外地來讀書的女生。那女生不知抱怨了句什麼，裏面打菜的上海女工，馬上張開血盆大口，臭罵那個女生。其用詞之下流之骯髒，讓人分不清是從嘴裏出來的還是從胯下出來的。

而同樣的下流話，我後來的隔壁鄰居，一個校房產科員的岳母，也曾扔到過我的頭上。原因是我指責她的男人半夜三更躲在窗下偷聽我和女朋友談情說愛。那個老太婆僅僅仗著其女婿在房產科，就可以把我這樣的教師不放在眼裏。由此可以想見，學校裏的等級觀念顛倒到了什麼地步。一場場的政治運動，把教師打到了學校的底層，而被壓在更底層的則是可憐的學生。想想看吧，一個看

大門的保安人員，都可以動輒朝著老師破口大罵，更何況他們面對學生時的窮兇極惡。

麻將桌上的四川幼鳴畢業去了《青年報》之後，特地為此做過我一個題為〈法律與權益：新個人主義的核心〉的採訪，讓我痛痛快快地說了一通教師學生在學校裏應有的權益。這個採訪記錄，後來發表在《青年報》上，再後來，被收錄在我那五卷本思想文化文集的最後一卷裏。

80年代的學生風潮，當然有許多原因。但更為直接的原因，與其說是政治上的動盪，不如說是學校那種荒唐之極的被顛倒過來的等級觀念和學校制度對學生的壓制和迫害。學生考上大學時的風光和自信，進了學校之後，被無時不在無處不在的侮辱，打消得乾乾淨淨。他們就是沒有藉口，都想大聲叫喊幾下，更不用說找到理由上街了。學生喜歡上街，其實並不是對國家大事有多麼的關心，而是他們發現，唯有在上街的時候，他們才能在學校裏得到尊重。或者說，那些平時欺負他們的班主任輔導員尤其是那些學校勤雜人員，才不敢對他們窮兇極惡。換句話說，他們只有通過上街，來換取他們的尊嚴，同時享受一下自由的美妙。他們上街的時候，人人感覺到做人的快樂，感到一種空前的解放。

中國學生喜歡上街的祕密不在於政治變革，而在於學校裏面的種種不公。中國學生在學校裏，從來沒有主人的感覺。學生是學校的主人。這樣的道理恐怕直到今天，還沒有被學校當局或者政府當局真正認識到。1986年底1987年初上海那場學潮的起因，就是交大的學生在一個演唱會上跳到台上跟歌唱者共舞，結果被保安毒打，從而引起風潮。其實，那樣的衝突，幾乎每天每時每刻地發生在校園裏，只是程度不同罷了。

那年的學潮，我幾乎置若罔聞。我當時正被戀愛和離婚糾纏得昏天黑地，一會兒甜蜜，一會兒痛苦，分不清是日是夜。

　　但我通過吳洪森，知道一些情況。我也見過那個由於作為學生代表和校方談判而被開除的學生。我記得很清楚，那是在學校後門的一個小餐廳裏。吳洪森特意把我叫去，安慰那個學生。那個學生告訴我，開除他的是當時的教務長，王鐵仙，也就是後來當上了副校長的那個瞿秋白的外甥。我感覺這個傢伙很像周恩來的那個養子，看上去像個白癡，但面對不願做奴隸的人們，毫不留情。

　　那個學生說著說著，眼睛裏濕潤起來，聲音也有些哽咽。吳洪森不住地安慰他。我卻一句話也說不出來，心裏憋得很難受。我當然不會想到，許多年以後，我也會像這個學生一樣，被瞿秋白的外甥開除出華東師大。

　　當然，畢竟時代不同了。要在以往，這樣的開除意味著整個一生完蛋了。但既然改革開放的大門已經打開，想要關也關不住了。那個學生經過十年奮鬥，最後在生意上有成。我離開學校的時候，他已經是個大款，並且還在雄心勃勃地準備進一步的發展。

　　至於我接到學校的開除通知時，我對朋友如此形容那張開除令說，這就好比他們看著老虎跑進山林，然後在老虎背後朝著老虎尖叫，你被動物園開除了！

　　有關華東師大那年的學潮，我後來還是聽紐約的一個記者跟我說的。因為她當年曾經去學校祕密採訪過。其實說白了，學生想要的無非是自由和受到尊重。雖然那樣的要求通常被訴諸改善伙食之類的經濟訴求。因為學生懂得，在不能提政治訴求的前提之下，只有通過提出經濟訴求，來爭取得到校方的尊重。

　　然而，不管我如何同情和理解學生的處境和要求，但我對學生運動，卻一直是消極的。我天性不喜歡群眾運動。我是個徹頭徹尾的個人主義者。假如要以上街和不上街做劃分，前者是左派，後者是右派的話，那麼我肯定是個右派，而不是左派。我不喜歡法國三流作家薩特，除了他的作品不上台面之外，另外一個作品之外的原

因則是，這傢伙動不動就上街，並且特別喜歡作秀。就連人家給他諾貝爾獎，他也不放過作秀的機會。據諾獎評委透露，薩特先是拒絕諾獎，後來又悄悄地向委員會討錢，要他們給他那筆獎金。當然，人家不可能給他。但人家也不在外面抖露此事。總之，我不喜歡扮演薩特所熱衷的文化角色。

胡耀邦逝世的那天，我在校園裏看見出現了許多悼念性的大字報。我感覺又要起學潮了。但我根本就沒有把學潮跟我聯繫到一起。

第二天晚上，我像往常一樣，去第一學生宿舍找麻將桌上那些狗娘養的麻友們打麻將。我走到門口的時候，突然就看見了這群傢伙，一個個十分激動地衝出來。我以為他們在跟什麼人打群架。不同尋常的只是，宋琳衝在第一個，見了我，招呼說，李劼，一起去吧。由於有過那次導讀辭典的不快，宋琳不敢對我多說什麼。而我也被他弄得有些莫名其妙，怎麼跟人打架也叫我一起去？接著是格非走過來，拉著我說，走，走，走，李劼，一起去，一起去。我本想告訴格非說，我不會打架的，我最多只能在旁邊看看。我甚至還抱著等他們打完架，再回來打麻將也不遲的心理。而且，到時候還可以一面打麻將，一面說著打架中的趣聞逗樂。

我沒想到，他們根本不是去打架的。他們風風火火地湧進了大禮堂。大禮堂裏是學校請來的交響樂團，正在演出音樂會。並且已經演到了最後一個節目，好像是高唱國歌，還是高唱什麼。

一群人湧到後台時，節目正好演完，觀眾紛紛站起來，準備離去。這時，宋琳突然衝到台上，朝著準備離去的觀眾大聲喊道，大家不要走，不要走，我們接下去為胡耀邦舉行追悼會！於是，不僅是觀眾坐下來了，而且從外面又湧進來了許多學生和其他人等。

這時，格非對我說道，李劼，不能讓宋琳一個人在台上。他的意思是，叫我也站出去。我當時被這突發的事情完全給弄懵了，根本來不及從打麻將的閒情逸志裏迅速地轉入如此火爆的場面。

　　緊接著，宋琳噌噌噌地走回後台，直截了當地對我說，李劼，你第一個發言，只有你說話，才能讓大家安靜下來。

　　格非也連忙說，對，對，李劼第一個講，第一個講。

　　要是這是一場打架，我肯定一點也不會沾邊的。但這是一場演講，我卻怎麼也推脫不掉了。確實，麻將桌上的這群人裏，沒有人比我更會演講了。從這個意義上說，我是義不容辭的。就好比突然有人病倒，做大夫的肯定應當履行一下職責。

　　我當時根本沒有想過，他們到底商量了些什麼，他們的行動方案又是什麼？他們為什麼事先一點沒跟我商量？為什麼連個信兒都沒有透露給我？

　　直到今天，我都沒問過他們一聲，他們當時究竟商量了些什麼？是怎麼商量的？假如天底下還有比我更糊塗的人的話，那麼只有《紅樓夢》裏那個呆瓜了。

　　當時，沒等我反應過來，宋琳已經再度衝到台上，高聲宣佈這次會議的籌備委員會名單。宋琳念出的名單中，第一個就是我，李劼。我一下子成了整個行動的最高領袖，名列前茅，還第一個演講，比黎元洪當年突然做上大總統還要快。

　　整個戲劇性場面中最富戲劇性的，是我那該死的口才。我是在宋琳宣佈接下去請著名評論家李劼給大家演講之後，才從懵懂中醒過來，意識到我要站到黑壓壓的人群面前講話去了。從宋琳把話筒塞到我手裏，到我走到台前，在僅僅一分鐘不到的時間裏，我竟然能夠飛快地進入角色，講出了一番連我自己都意想不到精彩的話來。我先是表明自己從來不喜歡群眾運動，接著指出胡耀邦是中國知識份子最親密的朋友，他的逝世，將成為中國知識份子一個標記性的損失。然後指出，整個中國歷史已經處在一個關鍵性的十字路口，何去何從，很可能不在當權者手裏。也即是說，歷史的主動權很可能已經轉到了我們的手裏。歷史將由我們來創造。我們將創造歷史。如此等等。

　　整個演講，完全像是一篇準備好的宣言。我不僅以自己的演講證明了在宋琳宣佈的籌備名單裏我為什麼排在第一個，而且證明了宋琳為什麼請我第一個發言的緣由。假如我告訴別人說，整個籌備過程，我一無所知，任何人都不會相信的。因為我講得那麼明確，那麼清楚，聽上去一切都是有備而來的，一切都像真的一樣。

　　我實在搞不清楚，自己怎麼會有這種本事。我在平時講課也這樣，從來不作任何準備，只要走到講台上，一開口就是一篇完整的演講。

　　這可能真的是天意。不管我多麼不情願捲入學生運動，不管別人事先作了什麼樣的籌畫，我只要走到台上，一切都成了鐵板釘釘的事實，無論如何也賴不掉了。

　　麻將桌上的炸碉堡堵槍眼，只要我一出現，就全部由我承包了。而且承包得如此徹底，什麼人都不連累。後來他們一再問起，當時究竟是怎麼回事？我只好全部承認下來。因為那些最富有煽動性的話，確實是我說的。

　　時過境遷，沒有人會覺得我為他們承擔了什麼。格非後來乾淨得一塵不染，並且平步青雲，成為當紅作家，最後順利抵達文學博士和清華大學教授。

　　事後想起來，我當時被他推上去的時候，竟然忘了他在《迷舟》裏的那句警告：小心你的酒盅！

　　這在我的故事裏，卻是，小心你的演講！

　　我一直沒有弄明白的是，格非為什麼那麼積極？他當時正在出名的時候，萬事如意的時候，應該沒有什麼不平之氣要出呀？他憑什麼要像宋琳那樣豁出去呢？

　　宋琳的衝動，可能跟他的家世有關。他的父親是因為政治原因被槍殺的。他曾經有過刻骨銘心的經歷，深夜裏，拉著板車，把父親的屍體拉到荒山野地裏埋葬。那時他還很小，不到十歲吧。

　　我必須承認的是，我當時確實被他們感動了。尤其是被宋琳。他平時可是知道要點炮的話，絕對不肯打出那張要闖禍的麻將牌的。他那麼的不顧一切，就算是在跟人打架，我也只好走上前去。至於格非，一個打麻將絕對不肯點炮的人，竟然也變得那麼堅決。就算是他的一念之差，我也認了。

　　那一步跨出去，一切都將改變，永遠也退不回去。但我想都不想地跨了出去。所謂的承擔，是無法細想的事情。而且我根本就沒想過我去拯救什麼。我是個逍遙慣的人，以十分逍遙的方式，以極其逍遙的步調，走向一個沒有了逍遙的世界。至於前面是什麼樣的後果在等著我，我不在乎，也無法在乎。我覺得自己要做的那個演講是很平常的，一點沒覺得有什麼大不了。就像平時講課一樣，就像走進課堂裏，走到講台跟前一樣，我走向那個十分具有象徵性的舞台，走向黑壓壓的觀眾。

（全文完）

2003 年 10 月 22 日下午 1：45 分稿於紐約

附錄一　有關人文精神討論及其它「合作」舊事

　　自從旅居大洋彼岸以來，回首往事，恍如隔世。不過，有些在當時沒有弄明白的事情，反倒是想得比較清楚起來了。我是個黯於人事的糊塗人，按照一個作家朋友的說法，像我這樣的糊塗人，人見人騙也不稀奇。在錢財上稀裏糊塗不說，就是在常人十分看重的個人學術研究和思想成果上，也會隨意讓人哄了去分享，並且每次分享過後非但得不到友誼的快樂，反而由於感覺上當而被弄得十分沮喪，而最可笑的是，沮喪過後，還會再次上當。

　　周圍有些知情的朋友知道後，曾經要我把那些所謂的「合作」過程，尤其是那次轟動一時的人文精神討論的內情講出來，但我卻總是因為覺得自己糊塗得太可笑而作罷。再說，既然已經讓人受益了，何苦還要給人難堪呢？直到如今，由於事情早已時過境遷，說出來可能也無傷大雅了，我才答應公開我的那些可笑經歷。再說，真像友人所說，要是老不講，那些細節可能就永遠不會有人知道了。我不敢說那些細節有多少醒世意味，但至少可以讓後人少做我那樣的糊塗事。

　　往事如煙哪，我想，就先從人文精神這個想法的形成說起吧。

一、人文精神一說的緣起

　　有關人文精神一說，這想法最早在我心中形成乃是有一個大家都知道但又不便說的大背景，就是 8、90 年代之交，中國所發生的歷史事件。我想大家都記得，在那事過後，也就是 92 年，曾有個轉折，說是重新回到改革開放。那個轉折雖然差強人意，但其中的不

足也同樣早現端倪。因為其一，文明不能僅僅是物質的；其次，物質文明假如沒有相應的文化心理作基礎，那麼很可能導致一個人欲橫流世風日下的後果；而對中華民族來說，要建立一個健康的文化心理，首先得梳理傳統，借用現代心理學的術語來說，得醫治集體無意識創傷，那創傷用魯迅的話來說，叫做國民性。我想，這也是為什麼 80 年代的時候，不少原來從事文學批評的年輕人轉向文化批判的原因。從某種意義上說，我當時之所以把人文精神作為一個話題訴諸傳媒，也正是想繼續從 80 年代開始但又因為那個歷史事件而中斷了的文化批判。與 80 年代不同的是，我不想再從批判入手，而想從建設起步。過去大家都迷信所謂的不破不立，後來才明白唯有立字當頭，破，才能就在其中。我知道從事這樣的努力需要很大的自由空間，但那樣的空間卻又是無法等待而只能爭取的。努力去做是一回事，而能做到什麼程度則是另外一回事，這也即是所謂的謀事在人，成事在天的意思吧。

至於我個人的著述背景，雖然在 80 年代，已經開始從文學評論轉向文化批判了，但我對文化歷史著述上的全身心關注和投入，乃是在九十年代的事情。92 年十月份，對照歷史，有感於現實，我給《讀書》雜誌寫了一篇有關陳寅恪《柳如是別傳》的文章，叫做〈悲悼陳寅恪及《柳如是別傳》〉。該文是我 90 年代的第一篇思想和學術文章，從陳寅恪說到王國維，再從王國維上溯到《紅樓夢》。當時的《讀書》雜誌很不容易地發了我的文章，並且在某種壓力之下，刪去了十分之七的篇幅，好在大意基本上保留了。

在那篇文章裏，我通過自陳寅恪到《紅樓夢》的追溯，形成了後來有關人文精神的想法。雖然人文精神一說是在後來我有關《紅樓夢》的論著中正式提出的，但其基本意思，卻是在那篇文章裏形成的。當時，我把這意思歸結為一種新的人文傳統，一種民族精神之新篇章。具體論述如下：

《紅樓夢》之偉大在於展示了與以往傳統文化全然不同的審美境界，王國維之卓越在於領略了這種境界並以此拓展開去，奠定了一種新的人文傳統，而陳寅恪之睿智則在於領悟了王國維其人其死連同其著之深意，從而自覺承擔了文化的命運和自身的使命。此乃晚近中國思想史上最具深意的人文三部曲，以奏鳴曲式的結構互相聯接，一章終了，一章又起；宛如一場靈魂之接力長跑，存在之火炬，從容沉著地彼此傳遞，由此寫出一種民族精神之新篇章。以往之歷史，乃《資治通鑑》之歷史，《三國演義》之歷史；自《紅樓夢》，《「紅樓夢」評論》及《柳如是評傳》相繼問世，始見歷史有了別一種講述。權力鬥爭，道德相殘，於靈魂燭照之下方顯出其貧乏蒼白。

——《讀書》1993 年第四期

這個想法在後來寫的那部論《紅樓夢》的專著《歷史文化的全息圖像》中，有了更詳細的闡述，並且將原來所論說的那種新的人文傳統和民族精神之新篇章進一步明確為人文精神，我在展開有關《紅樓夢》的論述時，開宗明義地指出：

《紅樓夢》的問世，既標記著對以往歷史的顛覆，

又標記著一種人文精神的崛起。

——《歷史文化的全息圖像》，緒論第一頁

這種人文精神即是我在那篇文章中說的人文傳統，或者說民族精神之新篇章。在那部專著中，我又把這種人文精神稱之為一種貴族精神，並且說明：

貴族一詞，在我的詞典裏不是意指身份，而是強調精神。

——同上，第七頁

同時，第一章的第一句就表明：

> 以往所謂紅學研究之所以總是流於膚淺甚至庸俗，我以為一
> 個根本原因在於：貴族精神作為閱讀前提的嚴重闕如。

——同上，正文第一頁

此處所謂的貴族精神，其實指的就是前面所說的人文精神。痛感人文精神的闕如乃是我為什麼會思考從《紅樓夢》到陳寅恪這一文化現象的根本原因，而有關人文精神的倡揚，則是我有關《紅樓夢》乃至後來其他論著的一個十分重要的寫作前提。我想，凡是讀過我思想文化文集的讀者，都會明白這一點，此處毋須贅言。

人們如果讀過我那篇文章和有關《紅樓夢》的專著的話，對比一下後來王曉明他們所說的人文精神，不會看不出彼此的差異。這種差異的根本區別在於，我提出的人文精神主要是以整個民族文化心理的淪落為其語境和話語前提，也就是以《資治通鑑》和《三國演義》傳統對國人文化心理的負面影響作為參照系；而王曉明他們後來卻把這個前提改成了商業文明，把人文精神跟商業文明對立起來。這是一個十分嚴重的誤導，把它叫做偷樑換柱都不為過。因為造成國人文化心理淪喪的並不是商業文明，而是我所說的那個文化傳統，在五四時期，文化精英們把它歸結為文言文傳統當時也有人說是孔家店傳統，後來，人們又把它說成是所謂的封建主義傳統，我覺得那些說法雖然都有一定的道理，但都不準確。至於人文精神和商業文明的關係，乃是另外一個話題。這裏的關鍵在於，我所說的人文精神可以用陳寅恪的話歸結為自由之思想，獨立之人格；而王曉明他們所說的那個人文精神卻好像是拒絕做生意的意思，擺出一付不與生意人為伍的架勢，嚇唬一些在辛辛苦苦做生意的人們。其實，人文精神的有無，跟做不做生意是沒有很大關係的。商業文明，哪怕是以不公平競爭為特色的商業

氛圍對獨立之思想和自由之人格的影響，都要比我所說的那個文化傳統對人心的毒害要小得多得多。

按說，人文精神在本質上是一種有就有，沒有就沒有，從而沒什麼可多說的事情，本來沒有必要將此專門作為一個話題來談論。然而，基於當時所置身的文化空間比起八十年代來變得過於局促和狹小，我才向一些辦雜誌的朋友們建議把它變成一個話題，以此活躍一下文化氣氛，開拓一下精神的自由空間。當然，後來事情的發展證明我的這個想法太浪漫，人心早已淪落到了無可救藥的地步，以致於人文精神的談論都可以變成喪失了人文精神的人們之間的互相標榜。

二、人文精神是怎麼變成一個話題的

人文精神一說，最早是在南京變成話題的。我記得是在我寫完有關《紅樓夢》一著（1993 年八月）之後，那年的十月份，南京師範大學請我和我的同事王曉明一起到他們學校去作演講。當時，南京的《鍾山》雜誌因為在 80 年代發過我有關中國當代先鋒小說的長篇大論，彼此熟悉，所以想對我盡一盡地主之誼，請我吃飯，當然，同時也把王曉明一起請了去。記得是飯後坐在雞鳴寺喝茶聊天的當口，當時的《鍾山》副主編范小天問起，能不能給他們出出點子，把《鍾山》辦得更文化一點（大意如此）。我想了一會，就向他們作了一個建議，開個再度虛構的欄目。范小天當時聽了，不明白我在說什麼，而且，他認為再度虛構的說法學術氣太重，最好能通俗一點。於是，我就對他提了人文精神一說。我說，那就開個重建人文精神的專欄吧。接著，我把有關人文精神的意思以及如何重建等等，說了一通。其大意也就是我在前面所說的。由於剛剛完成那部有關《紅樓夢》的寫作，我的整個思考自然而然地集中在從論述《紅樓夢》而引出的一系列文化現象上。我很想通過有關人文精神的討論，

繼續深化那些文化思考。當時，我不僅對《鍾山》雜誌的范小天副主編說了有關人文精神的思考，還說了如何把人文精神變成一個話題的具體做法。我建議他在《鍾山》上專門開闢一個有關重建人文精神的專欄，每期發一篇長篇大論，同時，我告訴他，可以再聯繫當時的《讀書》雜誌，以對話的形式，跟《鍾山》互相呼應地連續做上幾期。范小天聽了很感興趣，並且後來真的開了個專欄，先是發了我《紅樓夢》一著中的最後一章，三萬多字的長文；後來又接著發了朱大可的一篇長文。此乃後話。

然而，那天對我所說的人文精神話題感興趣的，卻不只是范小天，還有在旁邊聽得津津有味的王曉明。在跟《鍾山》編輯部的朋友們會面之後，王曉明十分起勁地跟我談論如何將我有關人文精神一說推廣開去。他告訴我說，他參與編輯的《文藝理論研究》在十一月份就要開年會，他建議我借此機會，找些年輕朋友，以人文精神為題做個長長的對話，然後拿到《讀書》上去發表。我當時聽了覺得這主意不錯，於是就忘記了以前跟他幾度合作當中的不愉快感，同意跟他再度合作。不過，我告訴他，在具體找人一事上，我有點挑剔，我不願意跟某些毫無人文精神的人坐到一起談論人文精神。他當時也答應了，說是儘量找些志同道合的朋友一起做。當然，我當時對他這麼說，也包含著對他在那個歷史關頭曾多多少少表現過一點人文精神的肯定在內。

在從南京回上海的火車上的那幾個小時裏，彼此一直談論如何操作此事，並且談得十分投機，就像以前的那幾次合作一樣，一開始總是讓我感覺很可信任。為了表示對他的信任，我還主動提出，我主要著手構想整個討論，而在具體操作座談會和聯繫報刊雜誌一事上，則由他去做。

我沒有料想到的是，回到上海沒多久，王曉明就把人文精神一說移花接木地轉到了他的名下，變成了他的專利。其過程簡直就像是變

魔術一樣。在《文藝理論研究》的那個年會之前，王曉明在我毫不知情的情況下，把人文精神一說刪去我原來的基本構想，再把作為話題的人文精神砍掉其在南京的醞釀經過，只剩下人文精神這四個字，轉手倒給那些我曾經向他表示過不願意坐到一起的人們，並且跟他們一起商量出一個提綱。然後，他再轉身拿著那個提綱一本正經地跑來徵求我的意見。那情形好像是他構想了整個人文精神的話題，而我則莫名其妙地成了一個有幸受到他邀請的參與者。這就好比他從桌上偷偷地端走了我做的一道菜，乘我不注意的時候到外面轉了一圈，然後改頭換面地端回我面前，以一個廚師的身分請我品嚐。

那個改頭換面的人文精神提綱讓我相當吃驚，不僅在他所找的討論者當中有我跟他說過的那些我不願意坐到一起的人在內，而且他們把我所說的人文精神完全改變成了另外一副模樣。按照他們的意思，人文精神首先不是自由之思想，獨立之人格，而是一個學術性的說法，從而是一種文化人的標記，或者說，一種穿著學術外衣的自我標榜，以有別於文化的所謂商業化傾向。我不知道王曉明為什麼把人文精神作了這樣的偷樑換柱，是不是覺得自由之思想獨立之人格對他們而言太刺心了，還是故意把人文精神一說改成這付模樣給我出個難題？他當時對我作出的解釋是為了在《讀書》上發表，有必要作些妥協，從而把人文精神冠之以學術的名義。

我很驚訝王曉明對我搞了這麼一個突然襲擊，而且，他拿著這個提綱來找我的用意也並不是尊重我的意見，而是要我接受這麼一個既定事實，既接受他們的提綱，又接受他所找的那些人，包括我不願意坐到一起的人。如果我不接受，那麼我剩下的選擇就只有退出。假如我硬要表達我個人的意思，那麼，也不過是在整個討論當中的一種不同聲音而已，因為整個討論的大綱已經由他們那些人先行制定好了。我看完王曉明塞給我的那個提綱，好長時間說不出一句話來。我以前一直不明白，魯迅當年為什麼在大眾文學和國防文

學兩個口號上對周揚他們那麼憤怒，我以前一直覺得魯迅對周揚等人的憤怒有些莫名其妙，但當我面對王曉明的這種操作時，我突然明白了，原來是這樣的。不過，我與其說感到憤怒，不如說感到失望，甚至有些絕望。那是一種刻骨銘心的絕望，只有經歷過那樣的絕望才能體會到的無可奈何感。當然，絕望之後我選擇了遠遠離開，而沒有像我的至友胡河清那樣，在相類似的絕望之後，選擇了王國維式的撒手人寰。這也是後話。

我當時沉默了一陣之後，告訴王曉明，我決定退出，不再參加任何跟這有關的座談和討論。因為那樣我至少還可以保留一個事過境遷之後的發言權。當時曾有朋友建議我跟他們爭個明白，但我覺得那樣做不僅沒有了人文氣息，甚至連一點精神內容都沒有了。因為在我的心目中，人文精神首先不在於如何講說而在於身體力行，因而人文精神的根本性質乃是不爭的，並且是越爭越糊塗越爭越混亂。在我所提到的具有人文精神的那些人物中，比如曹雪芹、王國維、陳寅恪，都不是跟人家爭得不可開交的能說會道者，而是默默無語地或者辛勤寫作或者懸崖撒手或者壁立千仞的木訥人，而且，基本上都是孤獨者。孤獨，乃是人文精神的一個標記。假如在我跟王曉明商量那場討論時做錯了什麼事的話，那麼就是我當時忘記了人文精神乃是孤獨的特徵，或者說，我忘記了我所說的人文精神乃是一聲曠野呼告，而不是一場熱烈討論。而我後來選擇不爭，選擇退出，也正是出於內心深處對孤獨這一特徵的認同。再說，人文精神本來就是沒有什麼可以討論的。有沒有人文精神不在於你談論與否，而在於你所認同的文化心理和你所選擇的生存方式。衡量一個人有無人文精神，首先不是看他談論過這種精神沒有，而是看他所選擇的生存方式到底有沒有人文氣息和精神氣度。在生存選擇上越世故越精明，離人文精神就越遙遠。但有趣的是，又恰恰是因為遠離人文精神，使一些世故而精明的文化人特別想談論人文精神。說

後來那些討論人文精神的學者教授都太世故太精明也許過於尖刻，但從中找不出一個在人文精神無以生存的環境裏做不成人文教授的，卻也是個不爭的事實。這可真是太諷刺了，我是說，當初把人文精神作為一個話題提出，正是痛感於文化人的那種世事洞明皆學問和人情練達即文章，痛感於文化人的《三國演義》化，可是這場討論最後卻依然落到了那個世故精明的傳統裏頭。

我不知道這是因為自己太糊塗，還是別人太聰明，反正事情就變成那個樣子了。我後來成了一個地地道道的旁觀者，看著別人大叫大喊地做人文精神之秀。

直到好幾年過去之後，我才在一篇在一家海外的中文雜誌上發表的文章裏，旁敲側擊地對此表達了我的看法。那篇文章叫做〈TO BE OR NOT TO BE〉，借用了《哈姆雷特》的一句著名台詞，生存還是毀滅，感慨道：

只有喪失了靈魂的人才會呼喚靈魂，只有喪失了人文精神的人才會疾呼人文精神。這其實是每一個個體的自我需要和自我拯救，一旦變成大規模的討論，便成了一種奇特的互相安慰和互相欺騙。

這篇文章後來收在我的散文集《風燭滄海》中。

三、「雙向同構」合作背後的人際關係背景

從我的天性而言，乃是個自由散漫之人，不喜歡組織活動也不喜歡被人組織到一起。但我又有一個弱點，總是不好意思對人說不。我在華東師範大學的十多年裏，王曉明找我合作過許多次，我卻沒有一次對他說不。

王曉明第一次找我合作，還是我在讀研究生的時候。我當時構想了一個叫做雙向同構的思維方式，這個想法其實是我對自己少年時代所讀的黑格爾哲學的一種清洗，對線性的歷史觀和線性的思維

習慣的一種反思。不過，現在想來，當初王曉明找我並非是因為對我的這個想法有什麼學術興趣或者有什麼思想上的認同，而是他跟我合作這件事情對他有特殊的人事意義。

王曉明是比我早幾屆畢業的研究生，跟他一起畢業的有一個比他大一歲的同門，叫做許子東。那個許子東不僅比他大一歲，由於頗受導師的賞識，還比他高出一頭，成了當時中文系裏最年輕的副教授，而王曉明卻屈居講師。不僅如此，在王曉明被評審職稱升級時，作為評委的副教授許子東居然投了一張反對票，從而成為系裏有關同門相殘的一個笑談，人人皆知但又人人諱莫如深。當時有很多人同情王曉明，包括我在內。也是出於這樣的同情，當王曉明找我合作時，我雖然感覺到他對我所說的雙向同構其實並沒有如何深透的理解，但是考慮到他的那種人際處境，我很爽快地答應了。

當時，我雖然是在讀的研究生，但承蒙導師器重，正值天天向上之際，到處發表文章，還沒畢業已經被內定了要留校任教，如此等等。讀過我有關毛澤東現象文章的人都知道，我對拉幫結派深惡痛絕，十分瞧不起在人際關係上營營苟苟的行為。但一則是出於對王曉明的同情，再則是當他來找我時，言詞間倒也挺誠懇，模樣看上去也挺忠厚，也就不在意其他什麼了。

但接下去馬上就發生了一件十分有趣的事情。聽到王曉明找我合作之後，許子東居然放下副教授的架子，也很謙虛地找我，說是他也願意跟我一起合作，而且還把我和王曉明，還有跟我一起在讀研究生的另一個同學一起盛情邀請到他家裏。而且奇怪的是，我問王曉明怎麼辦時，他也沒有讓我拒絕許子東。他那次的接受許子東，讓我對他產生了一種生性怯懦的印象，不敢跟人拍案而起，寧可在背後或者說私底下做文章。

當然，王曉明本人不反對，我也不好說什麼，因為跟他合作本來就有為他抱不平的意思，他既然不反對，我又何苦讓許子東難堪

呢。就這樣，四個人聚在了一起，討論了幾次。當然，說來說去，雙向同構還是原來的雙向同構，只是延伸出了許多枝枝蔓蔓，就好比阿凡提的那隻兔子，煮了一大鍋湯，最後由我掌勺，大家一起分享。在我執筆所寫的那篇〈雙向同構的思維邏輯和文藝理論的雙向思考〉一文下，署上了四個人的名字。此文發表在 1986 年第三期的《文藝理論研究》上。

當時，跟我一起在讀研究生的那位同學是不願意署名的，他一再對我表示說，這怎麼可以，都是你的想法，又是你寫的。但我卻像請人吃飯一樣地向他表示，既然已經是大鍋飯了，就一起署著吧，對我來說，也不過是多一雙筷子而已。

其實，在那幾個合作者當中，這位同學是最理解我想法的。他的哲學底子很好，思路清晰，在彼此討論的時候，他的意見最有份量。相比之下，王曉明當時已讀過一些西方的文藝理論，對伊格爾頓有些體會。至於許子東，則完全是為了回應王曉明找我合作的舉動，我說的雙向同構到底是什麼意思，他根本不知道，也沒有興趣知道，我敢說，直到如今，他都不明白我當時究竟在說些什麼。

我想，這次合作的結果是讓他們二個都滿意的。通過這個合作，王曉明讓導師明白了，他並不是個無用無能的弟子，也讓許子東明白了，他並不是好欺負的。至於許子東，則以這樣的一個姿態，表明他雖然居高，但仍然是可以放下架子跟師兄弟們團結合作的，並且可以在署名上叨陪末座，從而消解一下那個投反對票的事件對他形象的負面影響。當然，更為重要的是，許子東同時以此向王曉明暗示，不要拉幫結派的對付他，他會親自入夥摻砂子，如此等等。可能他們之間還有些其他什麼意思在裏頭，但以我的黯於人事，至今都難以全部弄明白。

此事當時在上海好幾家報紙上做成新聞後，頗有些傳媒效應，而且看上去很是煞有介事。其實，這背後的人際關係內情，卻完全是另一回事情。

四、重寫文學史始末

按說，有過這麼個教訓後，我應該對這類事情有所警惕了。可是，我的弱點就在於從來不會對人說不。當王曉明第二次找我合作時，我又稀裏糊塗地答應了。這第二次是有關重寫文學史的合作。

早在讀大學的時候，我就不滿於教科書上的那種文學史，萌生了重寫文學史的想法，並且還專門寫過一篇題為〈中國新文學主流〉的長篇論文。那是 1981 到 82 年的事情。後來讀了研究生之後，這個重寫文學史的想法就更加明確，並且在那篇論文的基礎上，重新寫成〈中國新文學主潮緒論〉一文。該文寫於 1984 年，也就是我就讀研究生那年，後來摘要發表在杭州的一張文學評論報紙上，然後收在我的 88 年出版的評論集《個性‧自我‧創造》中。

我忘了當時王曉明是看了我那篇論文還是聽了我有關重寫文學史的框架性想法，他很有興趣地請我跟他再度合作。當時，又正值北大的幾個年輕同行，在《讀書》雜誌上發表了有關二十世紀文學史的一些看法。王曉明認為我們上海也可以做個相應的表示。我聽了這意思，沒覺得有什麼不好的，因為對教科書的不認同，乃是許多年輕學子的共識。不過，這次王曉明不知是因為吸取了上次讓許子東進來攪和的教訓，還是出於其他什麼考慮，把復旦大學的陳思和也拉了進來。至於我的那位同屆同學則由於對這類合作不太起勁，所以王曉明也就沒有勉強。

我以前從來沒跟陳思和打過交道，那時，王曉明跟他好像也不怎麼熟悉，反正彼此談過幾次後，感覺陳思和在史料上是下過點功夫的。在討論當中大家雖然都提了些想法，但我後來動筆時，還是以我 84 年那篇論文的構想為基礎，因為大家對此基本上沒有什麼異議。我一口氣寫了三萬多字，就是現在發表的這篇〈中國新文學概觀〉。不知是陳思和還是王曉明，本來想追隨北大的年輕同行們，提

議把這段文學史冠之以二十世紀文學的名稱，但我堅決不認同二十世紀文學一說。至於我為什麼不認同的原因，在我後來發表在 1988 年第七期的《北京文學》上的那篇與北大同行黃子平的對話裏，有過詳細論述。人們有興趣的話可以參閱。

當文章寫成後，在聽取他們二位的修改意見時，發生了一件古怪的事情，就是陳思和提出，要把他的名字署在最前面。我沒想到這個平時總是笑咪咪的陳思和，會對署名如此在意。那天離開陳思和家裏後，在騎自行車回家的路上，我徵求了王曉明的意見。王曉明十分堅決地對我說，這是絕對不行的，不僅整個框架性的構想是你的原創，而且文章本身也是你寫的，你理所當然地應該署名為首。

儘管王曉明說得斬釘截鐵，但我在修改完之後，把文章交給王曉明時，還是沒有如他所說的那樣署上自己的名字。因為在三人之間，雖然彼此年齡相仿，但陳思和最為年長，王曉明次之。我猜想陳思和的意思可能是應該長者為尊，所以我也不想跟他太計較，把署名空在那裏留個餘地給他。後來是王曉明看完後，在標題下寫上了三人的名字，把我寫在最前面，把他自己寫在最後面。這也是為什麼在我的這份手稿上，署名卻是王曉明筆跡的緣由。由於王曉明這麼寫上了三人的名序之後，最後那份定稿上，彼此也就照著署上了各自的姓名。

後來，我就再也沒有因為重寫文學史而見過陳思和。但王曉明跟陳思和的聯繫卻越來越密切起來。有關陳思和那裏的動靜，我基本上都是聽王曉明轉告的。王曉明告訴我說，後來陳思和對文章和署名都沒有什麼意見；又說，文章的定稿交給陳思和後，陳思和表示要拿到《文學評論》上去發表。於是，我就沒有再多問了。當然，事實上是，此文一直到現在都沒見發表，要不是我還保存了一份自己的手稿，這次所謂的合作就這麼煙消雲散，永遠不為人知了。

我不知道這篇文章後來為什麼沒有發表，是陳思和送到《文學評論》後沒有發表，還是陳思和根本就沒有送去發表，或者還有其他什麼緣故。但後來讓我奇怪的是，他們二個都不約而同地把這篇文章忘記得乾乾淨淨。他們沒有忘記重寫文學史這個說法，但他們忘記了這篇重寫文學史的文章。

套用一話上海話講，這可真正叫做眼睛一眨，老母雞變鴨。與文章的杳無音訊相反，王曉明、陳思和卻熱熱鬧鬧地改寫了整個重寫文學史的故事。我說的是，沒過多久，王曉明和陳思和二人突然在當時的《上海文論》上，開了一個名為「重寫文學史」的專欄。這次，王曉明非但沒有像上次那樣找我合作，連招呼都沒跟我打一下，好像這事本來就跟我毫無關係一樣，好像他們二個從來沒有跟我有過任何重寫文學史的合作一樣。更絕妙的是，他們在那個專欄裏擺出一付把文學史不知道重寫了多少次的權威姿態，自己不動筆，而是到處組織文章，就像文革期間組織大批判似的向文學史發動一輪又一輪的進攻。

然而，他們雖然辛辛苦苦地到處組織文章，但他們偏偏忘記了他們手中那篇三個人都署了名的重寫文學史一文，甚至連提都不提一下。他們所組織發表的所有文章，基本上都是對文學史的某個局部或者對某個作家某部作品的看法，沒有一篇總體上的宏觀論述。按說，他們跟我合寫的這篇〈中國新文學概觀〉是唯一的一篇宏觀論述，但他們寧可讓宏觀論述文章在他們的欄目中缺席，也不發表他們跟我討論了好幾次後由我執筆的文章。而我的不黯人事則又在於，當時居然沒有前去問他們一聲，既然你們如此熱衷重寫文學史，為什麼不發表三人署名的那篇重寫文學史文章呢？假如你們覺得我的名字放在那裏覺得刺眼，把我的名字刪去了發表也行嘛。因為不管怎麼說，這畢竟是唯一的一篇完整的重寫文學史論文呀。從這篇文章成文到他們開設那個專欄，只有一年不到的時間。就算他們的

見識和學術水平日新月異地突飛猛進，此文也不至於那麼快就已經過時，沒有任何發表價值。總之，我弄不懂他們為什麼死死地捂著那篇文章，並且諱莫如深，在他們任何有關重寫文學史的文字裏和場合上，都絕口不提。

當然，假如我真去問的話，不知道會得到怎樣的回答。只是事實上的結果，卻已經明明白白地擺在那裏了，那就是，重寫文學史一說自然而然地只跟他們二個人的名字劃上了等號。或者說，重寫文學史一說作為一個歷史性的話語，僅限於他們二個人。假如做一道問答題，80年代是誰在上海重寫文學史的？標準答案上只能填上王曉明和陳思和，寫上任何一個其他名字都會因答錯而失分。這就像後來的人文精神一樣，重寫文學史也不知不覺地成了跟他們二人的名字連在一起的沒有專利權的專利品，或者借用一句商業術語來說，成了他們二人的無形資產。而他們所要的也僅僅是這麼一個無形資產，至於文學史如何重寫，他們其實是無所謂的。他們除了喊出一句重寫文學史的口號之外，並沒有真的認真寫過一篇重寫文學史的宏觀構想文章。他們看重一個說法甚至一句口號的價值。就像他們後來對人文精神一說一樣，僅僅把它作為一句口號叫喊一通，至於人文精神究竟是怎麼回事，怎樣才叫具有人文精神，他們根本不關心，也不在乎。這是二十世紀80年代的中國知識份子掌握真理的一種最省事但又最收效的方式，不需要花費任何力氣，只要把一種說法或者一句口號想方設法弄到手，一切都解決了。不啻是麵包有了，牛奶有了，其他什麼全都有了。所謂的話語權力是如何取得的，所謂的學術權威是怎樣樹立的，假如後人不太懂的話，看了這個例子就明白了，根本不需要去認真學習《三國演義》。至於這種學術上思想上的泡沫化所造成的後果，時至今日，我想大家都已經看到了。

那年是1986年，我依然是在讀的研究生。記得是在第二年吧，陳思和出版了一本叫做《中國現代文學概論》的小冊子。那書名我

記得不太確切，但那裏面的基本框架卻跟我寫的那篇文章大同小異。現在，我在此發表那篇文章，以供人們比較和參閱。需要說明的是，這只是我那一年有關重寫文學史的思考。還需要說明的是，由於王曉明和陳思和在主持重寫文學史時完全忘了我所寫的並且由他們討論過的這篇文章，所以我在此發表時，也沒有特意去提醒他們。忘了就忘了唄。但又由於署名是王曉明寫的，我不便改動，所以原樣照發。

其實，在如何重寫文學史上，我後來又有了新的想法，我把那些想法寫在一篇題為〈中國現代文學史（1917-1984）論略〉的論文裏，也是三萬多字，發表在 1988 年第一期的《黃河》雜誌上。這就是後來黃子平為什麼寫信給我，請我給他寫一個有關重寫文學史的對話的緣由。說實在的，理論是灰色的，生命之樹長青。假如要我現在再構想一次重寫文學史，肯定又會跟以前不一樣。也許這也正是王曉明一再找我合作的原因之一，因為他長於在人際關係上搞七搞八，卻短於基於生命本身的思想創造和理論構想。在所謂的重寫文學史面前，假如拿去那個標語口號式的話題，王曉明剩下的乃是一次次的組織有關文章。其實，以王曉明和陳思和的擅長，做編輯挺合適，做官當然更合適，每每聽說他們當上了什麼協會的理事，我就為他們感到高興；但是，他們卻偏偏做了教授，所以把自己弄成了那付不倫不類的模樣。

至於現在發表的這篇〈中國新文學概觀〉，我自己早就很不以為然了。要不是想證實一下當年重寫文學史的內情，我根本就不會把這篇舊文拿出來丟人現眼。

這些往事聽上去好像很無聊，沒什麼意思。但我立此存照，也許對將來的人們研究這個年代的知識份子會有些幫助。有許多事情，我到現在都沒能全部弄明白。王曉明、陳思和在人際關係的運籌帷幄上是相當深刻的，那樣的深刻也許我一輩子都弄不明白。當

然，我也不想去弄明白。既然人和人不一樣，就不需要互相明白。我因為回首往事而想在此加以補充的乃是，當初為什麼要倡揚人文精神，正因為一些和我同齡的知識份子太《三國演義》了，《三國演義》到了可以把包括人文精神在內的任何話題都一起演義進去。我還想補充的是，跟我同齡的這一代知識份子，在求生上所花的力氣遠遠超過以往任何一代。當然，仔細想想，他們活得並不輕鬆，而且到頭來還不如《紅樓夢》裏那曲「好了歌」所唱的。但是，我想，也正是因為越來越多的人尋求如此個活法，所以也就沒有什麼事情是不合理的了。說來真是讓人絕望。

不過，我現在之所以寫下這篇備忘錄式的文字，則是因為還寄有一個希望，就是希望將來的人們再談論起人文精神時，聯想到的應該是《紅樓夢》，王國維，還有陳寅恪，而不是其他的什麼人，也不是我這個微不足道之人。

謝謝啦。

2002 年 9 月，寫於紐約

附錄二　重建人文精神討論的更正發言　兼論新左派思潮

——致《讀書》雜誌公開信

尊敬的《讀書》編輯部諸君：

　　我在此轉給你們網路上已經公開的〈有關人文精神討論及其它「合作」舊事〉一文。該文講說了我當年為何在發起和構劃了整個重建人文精神討論之後，又不得不被迫退到一邊的原因和經過。現在，我就此進一步為貴刊當年的「重建人文精神」討論作一下重要更正。誠如一些網友所言，這並不是什麼個人恩怨，而是十分嚴肅的思想文化話題。彼此間的分歧假如當初由於僅起於青萍之末還不太明朗的話，那麼今天無論在生存方式上，還是文化立場的選擇上，以及在各自的精神取向上，都已經標畫得十分清楚，從而可以毫不含糊地作出明確的區分和表述了。

　　我在此首先要重申的是，「我所說的人文精神可以用陳寅恪的話歸結為自由之思想，獨立之人格」。之所以對人文精神作出這樣的歸結，是因為我不願意看到中國的改革開放以犧牲自由思想和獨立人格為代價。由於眾所周知的歷史原因，從 80 年代開始的人道主義和個人自由價值體系的建設，在 90 年代被人為地中斷了。在這樣的歷史語境之下，自由思想和獨立人格，再一次被迫處在了壁立千仞的艱難境地，致使當我提及其處境時，都不得不使用「那個文化傳統」來指代封建專制的極權重壓。也就是說，我倡揚的人文精神，是相對於專制極權以及與之相關的傳統而言，而不是像王曉明他們那樣把它變成了對商品經濟衝擊的故作驚恐，即一面坦然接受商品經濟帶給的種種好處，一面大聲驚叫狼來了。當然，這並不是說，

商業社會對於人文精神沒有任何負面作用，而是說，在中國社會還沒有真正建立市場機制的時候，人文精神的倡揚不可能是對商業文明的拒絕，而只能是面對極權重壓的毫不妥協的自我確認和壁立千仞般的堅守不移。在極權傳統的重壓之下，商業文明的進入非但沒有壓抑現代人文精神，而且給人文精神提供了可能性空間。聯繫到王曉明他們後來把對商業文明的抨擊，進一步發展到對所謂全球化和現代化的討伐，好像人文精神的喪失不是由於極權傳統無處不在無時不在的作祟，而是中國社會走向市場經濟和現代世界經濟體系的緣故，我不得不嚴肅地指出，這不是在倡揚人文精神，而是在盜賣人文精神，踐踏人文精神。

上個世紀 90 年代中期以來，中國有一批知識份子，以悲天憫人的腔調，以貌似公正的姿態，對改革開放不得不面對的商業化現代化全球化大加指責，從而被人稱之為「新左派」。應該承認，新左派中的一些學人情況各有不同，其中有些確實是對社會公平和民間疾苦有深切的關懷，對現代化的負面影響有所警惕。他們這種關懷和警惕是有意義的，難能可貴的。但是就其思潮而言（不是指個人），這些「新左派」（尤其是其中的激進派）不同於老左派的地方在於，他們並非是封閉鎖國的產物，而恰好是改革開放的得益者。他們當中不少人走出過國門，無論是短期的訪問，還是長期的求學，有的還在西方大學裏謀得了學位和教職。他們不是不知道西方的社會模式和那種模式對於中國社會的借鑒意味，不是不知道西方社會無論怎樣商業化也必須承認的和法律加以保障的個人自由價值系統是如何的不可動搖。然而，他們出於某種生存策略，某種很不人文很不精神的動機和需要，一面享受著沒有出國的學子們難以享受到的種種惠遇，一面刻意地扮演西方文化的受害者，巧妙地取悅民眾當中因襲的一時難以克服的仇視西方心理和仇視美國心理，以此煽動粗俗的民族主義情緒。用一句俗話來說，就是得了便宜還賣乖。他們

生吞活剝西方文化中的一些概念，玩弄術語遊戲，把自己似是而非的研究論文，拿到國內的刊物上冒充經典招搖過市。他們照搬西方高校尤其是北美學院那些象牙之塔裏過氣的和正在過時的學術姿態，混淆語境上的差異，抹殺文化背景的不同，偷換歷史前提，胡亂兜售西方課堂裏講濫了的話題，把鵝毛插到鴨身上，把中國的問題說成是美國的罪惡，從而把西方左派的愚昧轉化為中國新左派的世故精明。他們利用國人嚮往美國和對美國大學的憧憬心理，借助自己曾在美國大學呆過或者還繼續享受著美國大學的種種惠遇，故意以不屑的語氣談論美國來顯示自己到過美國和正在美國的優越感。他們的反美姿態高聳入雲，可是從來沒見他們當中有人真的激進到足以放棄到美國的訪學機會和獲得到美國交流名額的地步。他們不過是借著自己去過美國和居住在美國的優勢，做做反美姿態，以此擾亂國人的視聽，引誘國人做他們自己絕對不想做的蠢事。只要自己活得滋潤，哪怕陷國人於洪水滔天。

這些中國當代最為精明世故的知識份子，一面充當民眾的精神導師，一面站在政府背後咕咕噥噥地做教練。在民眾面前，他們以教授或者美國大學教授的身份，帶頭朝美國吐痰，講說美國的種種不是，把美國妖魔化到不近情理的地步，好像他們不僅十分瞭解了美國，而且已經熟知到了足以蔑視美國取笑美國，從而將對美國的敵意悄悄地塞進民眾的下意識。一旦遇到什麼時機，這種敵意就會自行引爆，變成一種義和團式的非理性情緒，不可控制地發洩成民族主義暴亂。在文化或文學的同行面前，他們站在一貫正確永遠正確的立場上，指責這個不夠精神，教訓那個忘記了崇高。

至於他們面對政府，則既是低聲下氣的，又是趾高氣揚的。所謂低聲下氣，是指他們不會提醒政府進行體制改革，使中國走出極權傳統。比起政治精英和經濟精英不得不面對一步步深入的改革，這些精明的知識份子由於自身的既得利益而成了當今中國最為保守

最不想變動的食利集團。他們十分滿足於當下的現狀，並且很清楚自己正處在十分微妙的漁利環境裏，根本不需要改革，也不希望改革。他們的成功建立在各種歷史因素造成的僥倖上，任何一個細微的變化，都可能使他們喪失現有的優勢和既得的利益。

說他們對著政府趾高氣揚，是指他們竊據了道德的制高點，在反對現代化全球化的旗幟下，盡情扮演一個隻說「不能那樣做」從來不說「到底怎麼做」的教練。比如加入世貿組織會推進全球化，那麼中國不入世又該怎麼辦？又如現代化使中國走向貧困，那麼不搞現代化中國是否會富裕起來？大學體制這麼改革不行，那麼怎樣改革才行？教別人開車，老說不能那麼開，不說到底怎麼開，乃是最輕鬆也是最不負責任的事情。這就好比當年翁同龢之類說空話的清流，自己什麼實事都不做，卻津津有味地指責做事的人這麼做不行，那麼做不對。無論是比起在位的政府官員，還是比起在商場上奔波的生意人，這些教授和准教授都要安全得多，精明得多。在當事處事的行政當局者與百姓之間，他們不需要承擔任何風險。他們由此可以騰出足夠的時間和精力，胡編亂造一些誰也聽不懂的術語，悄悄地搶佔由於歷史大轉折而出現的話語權力真空。他們同時又意識到這種真空的暫時性和偶然性，為了使既得利益保值，他們把話語盡可能做得誇張，以求到手的話語權力不斷延續下去。

當然了，無論新左派玩弄什麼樣的學術遊戲，無論他們如何張冠李戴地引經據典，他們無可回避的要害在於，只反霸權，不反極權。他們非常明白，反對美國的霸權乃是這個地球上最最安全而又最最討巧的事情。在美國，你就是對著總統開槍，都可以找出一個精神恍惚之類的藉口而獲得法律的豁免，更毋需說以一個中國學者的身份對美國政府說聲不。但是，站在一個中國知識份子的良心或者良知的立場上反對極權，則是或多或少地要付出生存代價的。相比之下，反對美國的霸權當然又容易又輕鬆，隨隨便便

就可以寫出一本說不的暢銷書。反正不用負任何責任。這裏的祕密在於，他們利用了國人在階級鬥爭年代所受的單向思維和鬥爭哲學的毒害，引誘國人動不動就掉進發洩情緒的泥淖，從而逆歷史潮流而動地企圖將一個好不容易來到的雙向對話時代，重新推回極權主義的單向鬥爭時代。

當整個國家整個民族在跟外面的世界進行國際接軌的時候，國與國之間的事務就像人與人之間的關係一樣，是不能動輒訴諸鬥爭哲學的。國際事務早已不是我全贏你全輸的一百比零的單向鬥爭關係，而已是諸如百分之五十一比百分之四十九那樣的雙向協商關係。本著互利的原則進行談判妥協，需要的是冷靜的理性和務實的態度，而不是情緒的隨意發洩。唯有以求實效為目標的腳踏實地的對話和商談，唯有以談判解決各種國際事務的務實精神，才能使中國以一個全新的國際形象躋身於世界民族之林。但新左派的反對商業化反對全球化，反到了不斷地鼓勵國人進入吵架狀態鬥爭狀態，鼓勵到了彷彿戰爭馬上就要爆發的地步，刻意製造在其他大國面前做不成主子就有做奴隸危險的民族危機幻覺，致使民眾被一再籠罩在民族主義的陰暗情緒裏，也使政府當中的務實派經常如同當年的李鴻章那樣，一面做實事，一面遭唾罵。

誠然，現代化也罷，全球化也罷，都不是十全十美的歷史進程，是需要付出許多代價的。尤其是對於全球化可能帶來的生態環境的失衡，社會的變質，人性的異化，精神的沉淪，也確實是應該警惕和加以防範的。就此而言，新左派當中有些學人對此表示憂慮，作出提醒和警告，也是必要的。但相比之下，即便沒有全球化，生態也遭到了嚴重的破壞，社會也已經問題成堆，積重難返，人性也已經被摧殘得不成樣子，魯迅當年痛心疾首的國民性也已經病入膏肓。換句話說，早在現代化全球化影響到來之前，自然，社會和人，已經面臨了深重的危機。怎麼能將這已經發生的悲劇歸之於那個還

沒有到來的全球化呢？體制改革的迫切性，是連當政者都強烈意識到的課題，這些學貫中西的知識份子怎麼就裝得一點不明白呢？他們怎麼可以裝聾作啞地把污水通通潑到全球化頭上去呢？難道說，所謂的後現代文化批評，就是如此把鵝毛插到鴨身上？

　　毋庸置疑，人文精神的重建需要汲取東西方文化的人文精華。這種精華，就中國文化當下的語境而言，正是陳寅恪所說的自由思想和獨立人格。無論是從《紅樓夢》到王國維到陳寅恪的文化承傳，還是五四時期北大《新青年》的新文化精神，都以自由思想和獨立人格為指歸。就當今的中國現實而言，在諸多的西方文化當中，最需要最值得借鑒的乃是西方現代化準備階段和開始階段的人文主義經典，諸如洛克，盧梭和孟德斯鳩。然而新左派利用人們嚮往新事物的心理，把最時髦的解構現代性的西方理論推到國人面前，從而把一個簡單的題目做得極為複雜。他們舉起以反對中心話語，話語權力和話語霸權著稱的福柯，哈貝馬斯和薩依德，建立起他們言必稱福柯哈貝馬斯薩依德的話語中心，話語權力和話語霸權。他們不僅抽掉了無論是福柯、哈貝馬斯、薩依德還是早先的洛克、盧梭、孟德斯鳩，全都共同擁有的尊重個人自由價值體系的背景，而且悄悄地解構了西方人文傳統中至今不變的自由思想和獨立人格的文化主體性。無論面對中世紀的愚昧，還是現代化的弊病，個人自由的價值體系和自由思想獨立人格，始終是人文精神如何成為可能的根本前提和必要保障。而以中國當下的情形而言，甚至還有相當長的一段時間，知識份子主要面對的與其說是現代化的壓力，不如說是相當於西方中世紀的愚昧那樣的極權體系。把極權體系改換成現代化，從而將中國最為迫切地需要的洛克，盧梭和孟德斯鳩的思想作了福柯和德里達式的解構，這種行為讓福柯和德里達本人知道了，不是氣死，也該笑死。我想，這也就是德里達本人在新左派所主持的那些令人啼笑皆非的訪談中一再聲明，他說的不是那個意思的意思所在。

　　當王曉明等人將人文精神嫁接到反對全球化反對美國霸權的姿態上時，他們不是不懂這種做法的荒唐，不是不懂得這二者之間根本嫁接不到一起的道理，而是為了一碗可憐的學術權威紅豆湯，斷然出賣了重建人文精神的長子權。他們背叛當年在談論人文精神時的信誓旦旦，以此獲得躋身新左派行列的通行證，從新左派手裏分得了話語權力的一杯甜羹。此後，他們又將到手的話語權力和學術資源，轉而投放到欺世盜名的篡改文學史的努力上。他們乘著當年因有著豐碩的創造實績而聲名赫赫的當事人由於眾所周知的原因暫時缺席或者暫時無法像他們一樣大聲說話的時機，篡改歷史。他們以編選文論史論等方式，把文學史上的經典創造者，改換成了他們在訪學時搭識的東亞系小哥們，從而在西裝革履的學術外衣底下，透出一股勾肩搭背的江湖習氣。他們這種掉包式的文論史論編選，不僅越過了起碼的道德底線，而且違反了文學研究理當遵守的學術規則，喪失了學術研究應有的嚴肅性。當年為了他人的一句引文，他們曾經大聲疾呼學術規範；如今出於一點點人際關係上的鄉愿私利，他們竟然闖了學術紅燈。他們從來不放過生存利益上的種種實惠，而且經常一面高唱人文精神一面「分田分地真忙」。他們甚至不惜犧牲文學研究的學術性，召集文學同行大規模地舉行與文學風馬牛不相及的全球化與二十世紀國際研討會。這些人文精神的談說者由此與反對美國霸權的新左派笑容滿面地走到一起，在滿目凋零的人文景象中，喜氣洋洋地共結連理。你忙著給自己發獎，我趕著成立研究所。文化在輕浮的研究和名利場的惡習中腐化，精神在自我嘉獎和互相誇張中發黴。假如在過去的老左派那裏，人們還可以感覺到某種思想信念即某種悲劇意味，那麼在如今的新左派身上，人們看到的不過是一場純粹是生存策略即沽名釣譽的輕喜劇。

　　作為當初「重建人文精神」的始作俑者，在此刻不得不站出來為重建人文精神作更正發言時，我為昔日的同事和同行淪落到如

此顛倒的地步，感到深深的悲哀。歷史上的知識份子從來沒有過如此可憐的沉淪，古今中外的人文景觀也從來沒有過如此不堪的破敗。我不知道這究竟是上蒼在冥冥之中的懲罰，還是中國文化命中註定的一個什麼劫難。我力所能及想做的只是，在此提醒中國民眾和中國政府當中的務實者們，千萬不要被這批當代的「空頭清流」所愚弄。同時也借此提醒這批遠離中國實際，遠離中國歷史語境的空言家，你們的好戲已經做到頭了；如果對歷史負責，也對中國負責，就應當適可而止。我同時要指出的是，人文精神並不因為某些當年的講說者的背叛和把戲而不再存在，恰好相反，人文精神正因為他們的翻雲覆雨和背道而馳而顯露出了本初的意味。

人文精神的重建，並不是面對商業文明的某種姿態，而是每一個生命個體在極權傳統和極權話語下的自我確認和精神放飛。這是一種回到生命本身的努力，用老子在《道德經》裏的說法叫做，「返者，道之動」。重建人文精神非但不是趕時髦趕潮流的學院競賽，也不是西方著名人文學者艾賽亞‧柏林所批評的那種缺乏歷史意識的相對主義和機會主義，而且恰好是對古典時代的體味和回歸。當上個世紀的西方哲學家指出回到事物本身的時候，對存在的追問使人文精神獲得了一個擺脫絕對理性桎梏的契機，從而轉向了東方式的內心體認和精神回歸。自由既不可能來自恩賜，也不可能來自索取。當福柯哈貝馬斯們以西方知識份子慣有的批判理性向話語權力索取自由的時候，陷入的恰好就是這種索取一旦成功，馬上會反過來成為新的話語權力的理性批判悖論。也即是說，自由很難通過批判來抵達。自由是回歸，回到事物本身，回到生命本身。一如俗話所說，退一步，海闊天空。假如我當年沒有朝後退一步的話，今天就不可能獲得如此廣闊的釋述餘地。生命經由回歸獲得獨立，精神因為回歸而向前開闢出了無限的多維空間。

　　這樣的回歸當然意味著對歷史文化的重新審視，對集體無意識創傷的精神修復。個體的每一步回歸，無不意味著對群體在精神上和心理上的種種病痛的深切體味和自我醫治。一個民族的精神歷史，通常就在這樣的回歸中向前展開。對歷史的精神承擔，其實正是在個體的自我回歸中實現的。所謂國民性批判，與其說是魯迅式的憤世嫉俗，不如說是曹雪芹式的悲涼感懷，不如說是陳寅恪式的歷史悲憫。孤獨由此具有了空前的實在性，從而使存在有了被孤獨標畫的可能。存在是詩性的，不同於生存是小說性十足的籌畫。毋庸置疑，人文精神的重建所注重的乃是詩意盎然的存在本身，而不是策略性很強的生存籌畫。個體自由的價值體系，首先在個體的內心獲得確認，才有可能成為群體的共識。這樣的內心確認也許是知其不可為而為之，也許是君子有所不為，也許是君子有所必為。不管怎麼個說法，怎麼個做法，這，就是我所說的人文精神重建。

　　編輯諸君，你們可以對照一下我所說的人文精神重建和當年重建人文精神主談者的解釋，我相信你們不會比較不出其中的異同。假如是這樣的話，我懇請你們公佈我對重建人文精神的這份更正。此頌編安！

2003 年 8 月 30 日，於紐約

後 記

　　寫完這本備忘錄式的文字，我如釋重負。中國的 1980 年代文學，確實值得備忘。這是中國歷史上十分鮮見的狂飆突進時代，雖然僅十年左右時間，在整個歷史長河中顯得相當短暫。隨著時間的推移，人們將越來越清楚地意識到，80 年代的文學及其文化上的狂飆突進，是一份多麼珍貴的歷史遺產。

　　這個年代在文學和文化上所積蓄的歷史能量，至今還沒有充分體現出來。作一個相當保守的估計，那樣的歷史能量至少將重塑中國文化，從而給整個人類文化帶來奇觀式的嬗變。那樣的文化嬗變要麼不發生，一旦發生的話，許多不無招搖的文化理論都將成為過眼雲煙。諸如亨廷頓的文明衝突理論，福柯的歷史解構主義，德里達的所謂後現代理論，哈貝瑪斯的公民社會理論，更不用說那個莫明其妙的新儒家說法。

　　然而，不管這個年代多麼值得緬懷，不管這個年代的狂飆突進，將對中國文化甚至整個人類文化產生什麼樣的影響，但有關這個年代這份備忘式的寫作，卻並非是令人愉快的。假如可以用但丁的《神曲》作比方的話，有關這個年代的回憶和闡釋絕對不是天堂篇，而是地獄篇。我指的是，人心空前的黑暗，已經構成了地獄般的景象。我不得不閱讀的那些文字背後透出的種種黑暗，詩人尤其是作家和學者在文化心理上那種前所未有的扭曲，不要說在中國文化歷史上，即便在整個人類歷史上，也是罕見的。就此而言，這樣的寫作，如同一次地獄旅行，讓人不得不帶上一種我不下地獄誰下地獄的勇氣。

　　如果說，驚人的世故和狂妄，是當今中國文人的一大特色，那麼與之相應的，則是來自海外的同胞學者驚人的無知和愚昧。以諸

如哈佛大學那樣的美國學府作背景的同胞漢學家，一交跌進中國文
壇，西裝革履的斯文一掃而光。那些可憐的學者，我在 80 年代見
到的時候，尚有文質彬彬的模樣；及至 90 年代偶爾碰見，發現其
臉相都變掉了。一臉的黑氣和病氣。我本來很想建議人家早上起來
對著太陽做做深呼吸什麼的，一如當年我對周介人所說的那樣。可
是後來轉念一想，這類問題還是留待哈佛大學之類的高等學府去解
決吧，美國在那方面的醫療水平是很高的。至於最後是悲劇還是喜
劇，也只有各人好自為之了。能夠提醒的只是，中國的文壇，跟中
國的某些娛樂場所是一回事。那樣的溫柔鄉實在不是好玩的。

　　誠如引言中所說的那樣，本次寫作的直接起因，跟我當年的同
事同行在文學史的編寫上做了手腳有關。然而，隨著一章一章的展
開，整個寫作不知不覺地與原先的直接起因漸行漸遠。寫到最後一
章的時候，我都忘了最初是因為什麼而寫備忘錄的。現在回想起
來，那個起因實在是微不足道。打個比方，不過是小偷小摸，還沒
到搶銀行的地步。

　　一些好心的朋友，一再對我說，不要見一個打趣一個。殊不知，
常在河邊走尚且要濕鞋，更何況這樣的地獄旅行。我怎能把整個文
化心理痼疾僅僅歸結為個別人的道德品質？假如我說，只有個別人
心理不太健康，其他人全都純潔像一隻隻白天鵝，那豈不是我自己
出了什麼毛病了？

　　面對一個世故的寫作人群，我的寫作原則恰好就是拒絕世
故。我只要產生一絲世故的念頭，就會放棄整個的備忘錄寫作。
我明白這是傻瓜才會做的事情。我明白做了傻瓜就得承認自己是
傻瓜。

　　也有朋友說，你會被人深深地記恨的。我說我明白。既然是
針灸，第一針下去肯定會疼得跳起來。總歸有人要吃虧，總歸有
人要被人記恨。我能夠說的只是，請求上帝寬恕所有文化心理病

人，不管人家戴著詩人的桂冠，還是頂著作家的頭銜，或者是什麼什麼模樣的教授學者。在一個瘋人院裏，能夠遇見的大都是病人。我不過是為上帝穿了一次白大褂。當然，換一種說法則是為上帝背了次十字架。

現在寫完了，白大褂可以脫下來了，十字架也可以放下來了。想到以後再也不用看這些病人寫的文字，我感到由衷的快活。

我此刻也很想說一聲，別了，什麼什麼，以表示一下寫完之後的愉快和輕鬆。想到以後再也不用寫這類勞什子了，覺得比什麼都開心。

好了，現在結束了。我的義務盡完了，我得重新回到我的小說和戲劇世界裏去了。

別指望我還會給你們寫這類文字。

李劼

2003 年 10 月 28 日於紐約

國家圖書館出版品預行編目

中國八十年代文學歷史備忘 / 李劼著. -- 一版
. -- 臺北市 ： 秀威資訊科技, 2009.03
　　面 ；　　公分. -- (史地傳記類；PC0080)
BOD 版
ISBN 978-986-221-188-5(平裝)

1. 中國當代文學

820.908　　　　　　　　　　　98003634

 史地傳記類　PC0080

中國八十年代文學歷史備忘

作　　者 / 李　劼
主　　編 / 蔡登山
發 行 人 / 宋政坤
執行編輯 / 藍志成
圖文排版 / 姚宜婷
封面設計 / 陳佩蓉
數位轉譯 / 徐真玉　沈裕閔
圖書銷售 / 林怡君
法律顧問 / 毛國樑　律師
出版發行 / 秀威資訊科技股份有限公司
　　　　　　台北市內湖區瑞光路 583 巷 25 號 1 樓
　　　　　　電話：02-2657-9211　　　傳真：02-2657-9106
　　　　　　E-mail：service@showwe.com.tw

2009 年 3 月 BOD 一版
定價：550 元

讀者回函卡

感謝您購買本書，為提升服務品質，請填妥以下資料，將讀者回函卡直接寄回或傳真本公司，收到您的寶貴意見後，我們會收藏記錄及檢討，謝謝！如您需要了解本公司最新出版書目、購書優惠或企劃活動，歡迎您上網查詢或下載相關資料：http:// www.showwe.com.tw

您購買的書名：_____

出生日期：_____年_____月_____日

學歷：□高中 (含) 以下　　□大專　　□研究所 (含) 以上

職業：□製造業　□金融業　□資訊業　□軍警　□傳播業　□自由業
　　　□服務業　□公務員　□教職　　□學生　□家管　　□其它_____

購書地點：□網路書店　□實體書店　□書展　□郵購　□贈閱　□其他

您從何得知本書的消息？

　　□網路書店　□實體書店　□網路搜尋　□電子報　□書訊　□雜誌

　　□傳播媒體　□親友推薦　□網站推薦　□部落格　□其他_____

您對本書的評價：(請填代號　1.非常滿意　2.滿意　3.尚可　4.再改進)

　　封面設計____　版面編排____　內容____　文／譯筆____　價格____

讀完書後您覺得：

　　□很有收穫　□有收穫　□收穫不多　□沒收穫

對我們的建議：_____

_____

_____

_____

11466
台北市內湖區瑞光路 76 巷 65 號 1 樓

秀威資訊科技股份有限公司 　　　收

　　　　　　BOD 數位出版事業部

....

（請沿線對折寄回，謝謝！）

姓　　名：＿＿＿＿＿＿＿＿　年齡：＿＿＿　性別：□女　□男

郵遞區號：□□□□□

地　　址：＿＿＿＿＿＿＿＿＿＿＿＿＿＿＿＿＿＿＿＿

聯絡電話：(日) ＿＿＿＿＿＿＿＿＿ (夜) ＿＿＿＿＿＿＿

E-mail：＿＿＿＿＿＿＿＿＿＿＿＿＿＿＿＿＿＿＿＿＿